KB154975

사건과 형식

소설과 비평, 반시대적 글쓰기

사건과 형식

Event and Form:
Novel and Criticism, or Untimely Writings

최진석 평론집

소설과 비평, 반시대적 글쓰기

그린비

서문 비평, 사건의 수신기

한국어에서 '비판'과 '비평'은 상당히 다른 뉘앙스로 사용되곤 하지만, 이 두 단어는 '위기'crisis라는 동일한 어원에서 파생된 것이다. 역사문헌학자 코젤렉에 따르면, 본래 의학적이고 신학적 용어에서 기원한 '위기'는 병세의 호전과 악화, 또는 신성에 관한 신학적 해석의 분기점을 표지하는 '판단'의 뜻으로 쓰였고, 이것이 전용되어 정치적 '담판'이나 법적 '판결'이라는 의미로 확대되었다. 어떤 어휘가 갖는 다양한 의미론적 자장을 전부 해명할 수는 없지만, 오늘날 인문학에서 비판/비평Kritik, Criticism이라는 용어가 위기의 관념과 깊이 연관되어 있음은 분명하다. 그것은 이전과 이후라는 시간적 비가역성을 함축하는 동시에, 이쪽과 저쪽 사이의 건널 수 없는 공간적 단절성을 낳는다는 점에서 '결단'을 강요한다. 당연하게도, 그런 결단적 계기를 강요받는 자는 자신을 주체로 정립할 수밖에 없으며, 그가 내리는 비판/비평은 위기적 국면에 대한 돌파구로서 사건의 장을 열어 놓는다. 한마디로, 비판/비평은 사건화의 결절점을 가리키는 말이다.

비판/비평에 대한 인문학적 해석은 비평이 작품과 맺는 관계를 다시 생각하게 해준다. 오랫동안 문학장에서 벌어졌던 비평의 위상이나 의미, 효용을 둘러싼 논점들은 각각의 고유한 방식으로 정당화되어 왔다. 예컨대 문학비평은 무엇보다도 작품에 대한 섬세한 독해에 기반해야 한다는 것, 그래서 비평은 작가의 의도를 정확히 해석하는 데 바쳐져야 한다는 주장을 떠올려 보라. 다른 한편, 작가 스스로도 알아채지 못하는 무의식에 착안하여 텍스트가 갖는 내밀한 의미를 끄집어내야 한다는 입장도 있다. 나아가 비평이 작품에 대한 메타적 해석에 매달리지 말고 스스로를 하나의 작품으로 정립함으로써 문학의 장을 풍요롭게 해야 한다는 관점도 존재한다. 어느 쪽이든 나름의 설득력을 갖지만, 앞서 위기와 결단, 사건화의 지평에서 보자면 어쩐지 아쉬움이 없지 않다. 주체로서의 비평가와 그가 수행하는 행위로서의 비평이 서로 맞물리면서 나타나는 사건의 평면을 괄호 쳐 두고 있기 때문이다. 비평은 어떻게 사건이 될 수 있을까? 사건은 어떤 식으로 비평이 되는가?

쿤데라는 독자로 하여금 인식적 깨우침을 줄 수 없는 소설은 비윤리적이라고 말했다. 문학은 새로운 앎이라는 지평의 열림 여하에 따라 좋은 작품이 될 수도 있고 나쁜 작품이 될 수도 있다는 뜻이다. 그 앎의 지평을 내 식으로 옮겨 보자면, 일종의 사건적 전환이라 불러도 무방할 것이다. 읽는 이를 더 이상 이전처럼 살 수 없도록 강제하는 시간적 단절을 빚어내고, 되돌아갈 수 없는 경계 너머로 밀쳐 내는 공간적 절단의 파열적 경험. 문학의 장에서 만일 윤리적인 것을 말할 수 있다면, 그것은 이처럼 돌이킬 수 없고 돌아갈 수 없는 사건적 경험일 것이다. 한 사람의 운명을 바꾸고 한 집단의 여정을 뒤집어 놓는 그 경험의 절개선은 분명히 있고, 또 작동한다. 언제 어디서든, 어떤 방식으로든 자신이 딛고 선 땅에 깊은 균열을 내고 어떻게든 뛰어넘지 않을 수 없도록 강요하는 체험의 출발점에 문학이 있다.

문학에 대한 기대나 열의가 식다 못해 차갑게 굳어 버린 우리 시대에, 삶을 전변시키는 사건적 경험으로서 문학체험을 언급하는 것이 다소 낯간지럽게 느껴질지도 모르겠다. 책 읽는 시간과 여유, 기분이 객관적으로 확보되기 어려운 이 시절에 문학 운운하는 것 자체가 비현실적으로 여겨질 수도 있다. 하지만 어느 누구도 자기 삶을 교란시키고 요동시키는 사건적 경험이 없다고는 말 못하리라. 영화나 웹툰에서, 드라마에서, 사람과 사물, 비인간적인 것이 마주치는 거리에서, 도시 바깥의 어느 알려지지 않은 장소에서, 구체적인 요일과 날짜로는 특정할 수 없는 시간적 지체에서 우리는 자신도 모르게 그런 체험을 겪곤 한다. 만약 문학이 교과서에 실린 시나 소설, 수필 등의 규정된 양식에 불과하다면 그 같은 문학의 비현실성은 반박할 수 없는 사실일 것이다. 하지만 사건적 경험을 여는 문이 문학이라면, 그 문의 이름을 오랫동안 문학이라 불러 왔다면, 여전히 그 문이 열려 있고 또 우리를 유혹하고 있음을 부정할 수 없다. 관건은 그것이 어떤 문인가, 어떤 형식의 문학인가에 달려 있으리라.

단언컨대, 위기이자 결단, 사건으로서의 비평이 성립하는 지점이 여기다. 저도 모르게 넘어선 문지방 위에서 우리는 들어선 방의 온도와 느낌, 분위기가 바뀐 것을 느끼고 새로운 감응에 젖어든다. 또는, 그와 반대로 다른 방, 다른 길로 접어드는 복도를 만나 새로운 걸음걸이를 시작할 수도 있다. 사건은 대개 사후적으로 지각되는 경험이며, 알아채자마자 휘발되는 위기적 체험이다. 우리는 무엇인가 변화했다고 느끼는 순간부터 그에 적응하고 곧 그것을 일상으로 받아들여 무감해지는 탓이다. 그렇다면, 사건을 사건으로 남겨 두고, 다시 또 다른 사건과 만나도록 촉발하는 행위, 그 형식이야말로 비평의 자리가 아닐까? 삶의 이전과 이후, 운명의 이쪽과 저쪽 사이의 문턱에 어떤 이름을 붙이고, 이행에 서사를 부여하며, 그 과정 전체를 의미화하는 작업. 따라서 비평은 위기를 사건으로 전화시키면서, 동시에 그 사건이 사건으로 지속하도록 만드는 형식의 노고가 아닐 리 없다. 소설의 윤리가 새로운 앎의 지평을 여는 데 있듯, 비평의 윤리는 그 지평이 연이어지는 사건 속에 계속되도록 부지런히 불쏘시개를 대는 데 있을 터.

문제는 사건이 예고 없이 들이닥치는 우연이며, 비평에도 정해진 운명 따위는 없다는 데 있다. 사건을 향한 수신기는 늘 켜져 있어도, 때맞게timely 그것을 맞아들여 언어로 송출하는 일은 누군가의 의지에 맡겨진 일이 아니다. 어쩌면 비평가들의 수신기는 언제나 때맞지 않게untimely 작동하는 고장난 기계들이고, 그렇기에 그들이 내보내는 언어는 오류투성이이거나 혹은 아무도 듣지 못하는 묵음의 기호들에 불과할지 모른다. 그럼에도, 일종의 시시포스의 노동으로서 비평의 수신기는 항상 켜져 있지 않을 수 없으니, 그 누구도 사건화의 순간을 미리 알 수 없는 까닭이다. 그런 점에서 소설과 비평은 서로 다른 주파수를 발신하되 동일한 운명을 공유하는 반시대적 글쓰기 장치들이 아닐까? 이 역시 응답을 바랄 길 없이

　서문　비평, 사건의 수신기

그저 하늘 높이 쏘아 올려진 비평적 물음의 한 가지일 게다.

비교적 근년간 쓴 글들의 묶음이어서 별로 고칠 게 없지 않을까 낙관했는데, 막상 교정지를 받아 보고는 몹시 당황하지 않을 수 없었다. 시간도 흐르고 생각도 변하고, 무엇보다도 글 쓰던 당시와 지금의 감응이 전혀 달라서인지 나 자신의 글임에도 낯설게 다가오는 대목들이 자주 눈에 띄었다. 혼자 고민하고 고치려면 너무나 막연했을 텐데, 이번에도 주변의 호의와 도움 속에 가까스로 마무리 지을 수 있었다.

우선, 책 전반을 함께 읽으며 부족한 부분과 나아진 부분을 두루두루 지적하고 완성을 도와준 D에게 다정한 고마움을 전한다. 덕분에 내 글의 과거와 현재, 장점과 단점의 흥미로운 지점들을 확인할 수 있었다. 어느 날 갑자기 불쑥 내민 원고를 두말없이 기꺼이 출판해 주신 유재건 사장님과 임유진 주간님께도 깊은 감사를 드린다. 인문학 출판에 뜨거운 열정을 간직한 그분들로 인해 항상 글 쓰는 보람을 느끼고 있다. 마지막으로, 책을 만들며 여러 가지 난처했던 부탁을 일일이 받아 주며 고생해 주신 홍민기 팀장님의 손을 따뜻하게 맞잡고 싶다. 그의 세심한 배려 없이 이 글들을 한데 엮기는 정말 어려웠을 것이다.

순서상으로는 두 번째이지만 등단작과 소설비평을 모았다는 점에서 첫 번째 평론집에 값한다. 문학평론을 처음 시작했을 때, 부디 평론집 한 권은 낼 만큼 글을 쓰면 좋겠다고 막연히 바란 적이 있다. 지금 다행히 그 약속을 지킨 듯해 안도감이 들지만, 다른 한편으로 막연한 불안감이 고개를 드는 게 사실이다. 문학과의 만남이 여전히 내게 사건적일 수 있을까? 세상살이에 찌들고 타성에 젖어 보는 눈과 읽는 마음이 닫히지는 않을까? 아마도 그에 대한 대답의 일부는, 이 책을 읽는 독자들이 대신해 줄 수 있을 것이다. 바라건대, 내 눈과 귀가, 글쓰는 손이 더 이상 무디어지지 않도록 매서운 질정의 말을 되돌려 주시길, 나의 독자들이여.

2022년 초봄
최진석

차례

5부.　예술의 사회학과 사회의 예술학

일러두기

1 단행본·정기간행물 등은 겹낫표(『 』)로, 단편·영화·회화 등은 낫표(「 」)로 표시했다.

2 외국어 고유명사는 2002년에 국립국어원에서 펴낸 외래어 표기법을 따라 표기하되, 관례가 굳어서 쓰이는 것들은 그것을 따랐다.

1부. 도래할 문학의 시간(들)

1. 미-래의 목소리와 예술

—— 세월호를 사건으로 기억하기 위하여

1. 유령, 재현 너머의 요구

벌써 2년이 넘게 지났지만 여전히 생생하게 떠오르는 한 장면이 있다. 안개가 막 걷힌 고요한 아침바다 위로 거대한 여객선이 반쯤 기울어져 있고, 그 주변을 해경수색정이 느릿하게 선회하는 광경이 그것이다. 배 위에는 사람 하나 보이지 않는다. 마치 시간이 멈춰 수십 년간 그 자리에 정박해 있던 것처럼 배는 무심하게 떠 있을 뿐이다. 텔레비전을 통해 전 국민이 지켜보았던 이 모습은, 그러나 영원히 치유될 수 없는 트라우마의 표상이 되어 우리의 뇌리에 얹혀버렸다. 적요한 아침바다와 말없는 여객선의 수면 아래로는 물에 빠져 죽어 가는 아이들의 아우성이 들끓어 오르고 있었을 것이다.

　머릿속에 이 장면이 떠오를 때마다 나는 어쩔 줄 몰라 괴로워했다. 고통과 죄의식의 한편으로 강박적으로 피어오르는 기이한 상상 때문이다. 디지털 이미지로 저장된 저 아침의 평화로운 모습에는 아무 소리도 들리지 않는다. 아니, 조용한 파도소리와 잔물결을 헤치는 수색정의 소음만이 흐릿하게 들릴 뿐이다. 하지만 언젠가 기술이 더욱 발달하게 되면, 지금은 포착할 수 없지만 저 풍경에 기록된 수많은 미세한 음향들, 배가 이우는 소리, 선실에 물이 차오르는 소리, 그리고 숨막혀 하는 아이들이 몸을 휘저으며 엄마를 찾는 목소리가 고스란히 복원되는 때가 오지 않을까. 그때 다시 이 장면을 보게 된다면, 그땐 평화와 고요의 이면에 엄연히 존재하는 비극과 지옥의 진실을 듣게 되지 않을까. 막연하고 죄스러운 상상이지만, 나도 모르게 몸서리를 치며 절망에 빠지는 순간들은 그렇게 반복된다. 어떻게 해도 떨쳐 낼 수 없는 그 소리들, 인과적 시간의 경계 너머에서 들리는 그것을 '미-래의 목소리'라 불러도 좋을까.

19세기 전반, 현대식 정밀계산의 원조라 할 수 있는 찰스 배비지는 인간의 음성이 발생시키는 진동은 소멸하지 않으며, 공기 중을 떠돌다가 소리를 증폭시키는 장치를 만나게 되면 순간적으로 재생될 수 있다고 주장했다. 운동의 총량은 사라지지 않는 것이기에 음향의 진동 역시 공기 중에 고유한 음문音紋 같은 것을 남겨 두고, 부활의 시간을 기다린다는 것이다. "공기는 그 자체가 거대한 도서관이며, 그 페이지에는 여태까지 모든 남성이 말하고 모든 여성이 속삭인 것들이 영원히 기록되어 있다."[1] 같은 세기의 끝무렵에 이미 과학적으로 반박되어 '실없는 몽상'으로 치부된 이 상상력을 과연 무의미하다 할 수 있을까. 이런 발상에 묻어나는 진실은 과학기술에 대한 과신이나 맹목이 아니라, 모든 사라져 가는 것들을

---

1 프리드리히 키틀러, 『기록시스템 1800·1900』, 윤원화 옮김, 문학동네, 2015, 692쪽.

붙잡아 다시 불러내고 싶은 욕망에 다름 아니다. 하지만 이 욕망은 비단 주체에게만 속해 있지는 않다. 그것은 멀리 치워 놓아도 끊임없이 다시 돌아오고, 잊으려 해도 끝내 귀환하여 우리를 묵상에 빠뜨리는 목소리에서 발원한 것이다. 불과 37미터의 수면 아래서, 아직도 구조받지 못한 채 들려오는 고통과 비명은 대체 우리에게 무엇을 요구하고 있을까?

한 소설가의 말처럼 세월호는 사고가 아니라 사건이다.[2] 선박이 침몰했고 승객들이 사망했다는 사실 자체에만 국한한다면, 그것은 물질적 보상과 시간의 흐름을 통해 점차 회복될 전망을 가질 수 있다. 하지만 국민을 보호하는 데 존재이유를 두어야 할 국가가 국민을 구조하지 않았다는 데서, 그래서 사람들이 허망하게 죽어갔으며 그 모습을 다른 사람들이 지켜보아야 했다는 데서 세월호는 진정 사건적이지 않을 수 없다. 사상자 수나 화물의 손실액 따위로 계량되지 않는 비가시적 차원의 손상, 즉 정신과 감정에 돌이킬 수 없는 파괴와 충격을 불러일으켰다는 점에서 사건이라는 명명은 불가피하다. 이 세기를 살아가는 우리 모두는 2014년 4월 16일이라는 날짜를 수형번호처럼 (무)의식에 새겨 넣고 말았다. 출생이 개인의 생물학적 사건이라면, 세월호는 집단이 겪은 사회적 사건으로서 출생외상出生外傷에 비견될 일이다.

사건은 일회적이고 반복되지 않는다. 재현될 수 없다. 이 정의를 엄격히 따른다면 미-래로부터 들려오는 목소리는 그저 환청에 불과할 것이다. 객관적이고 물질적인 증거에 기대지 않은 채, 우리

---

2 박민규, 「눈먼 자들의 국가」, 김애란 외, 『눈먼 자들의 국가』, 문학동네, 2014, 56~57쪽.

는 집단의 주관적 감각에 의지하여 사건의 기억을 되살리려 애쓴다. 물질화되지 않는 기억은 언제나 되돌아옴으로써 그 실재성을 드러낸다. 평온한 꿈자리에서 돌연 깨어나 가슴을 부여잡고, 안온한 일상에서 갑자기 현기증을 느끼며 먹먹해하고, 무언無言의 아침 풍광 아래로 참혹한 비명을 들으며 묵상에 잠기는 한, 세월호라는 사건은 실재의 목소리가 되어 우리를 거듭 불러낸다. 그것은 선형적 시간의 바깥에서 들려오는 유령의 음성이다.

진상을 규명하고 책임소재를 분명히 하는 것 이외에도, 사건이 지닌 진실은 사라진 목소리가 유령처럼 다시 나타나 살아남은 자들에게 어떤 응답을 요구한다는 점에 있을 것이다. 그러니 재현할 수 있고 없음이 문제가 아니다. 진실은 재현할 수 없는 목소리가 지금-여기에 들릴 때 우리가 어떤 응답을 건넬 수 있을지, 그 문답의 순간을 어떻게 구성할 수 있는지에 달려 있다. 세월호를 기억하는 것은, 그렇게 일종의 윤리적인 행위로서 우리 앞에 제기되어 있다.

2. 트라우마, 진실의 구성

예술의 본령을 승화에서, 곧 현실의 남루함과 비참함을 미학적 형식을 통해 해소하는 데서 찾는 것은 현대의 통념이다. 삶의 고독과 소외, 타인과의 관계에서 생겨나는 상처, 전쟁과 재해로부터 비롯된 아픔과 슬픔을 이겨 내는 힘으로서 흔히 거론되는 것이 바로 예술의 위안하는 능력 아닌가. 마음을 다친 사람의 영혼을 쓰다듬고, 함께 울어 주며 위로하는 게 아니라면 도대체 예술의 기능이란 달리 무엇일까. 섬세한 기억의 조형을 통해 지나가 버린 것의 허망함을 채워 주고, 현실에 남아 있는 사람들을 위무하는 역할을 예술에 기대하는 것은 너무나 당연한 소망일 듯하다.

물질적으로 무용한 예술은 비물질적 차원의 보상을 통해 그 존재가치를 다할 것이라 사람들은 기대한다. 재현이 사건의 참혹함을 되새기는 것만이 아니라 살아남은 사람들에게 사건의 의미를 일깨우고 살 수 있도록 독려하는 힘이 된다면, 예술의 기능은 그것으로 충분할지 모른다. 상실을 대체하는 애도Trauer가 그런 것일 텐데, 세월호 희생자들에 대해 애도할 권리를 요구했던 대중의 외침도 이로부터 연유했을 것이다. 죽은 자에게 진심으로 슬퍼하고, 그럼으로써 현재의 삶을 살아가기 위한 의례로서의 애도. 하지만 사건을 승화시키고 애도하는 것, 미학화하는 것은 자칫 사건 자체의 의미를 상투화시켜 퇴락하게 만들거나 쾌락주의적으로 소비시킬 우려가 있다. 예술의 형식은 그것이 비극이든 희극이든 감각적 즐거움에 호소하는 측면을 갖기에, 사건을 예술 속에 조형하는 행위는 사건이 담고 있는 비명을 이미지와 사운드의 조합으로 치환할 수 있기 때문이다. 사건이 정말 일회적이고 반복불가능하다면, 지나간 시간을 되감을 수 없듯이 그것은 본질적으로 이해할 수 없는 것이다. 그래서 〈쇼아〉(Shoah, 1985)의 감독 클로드 란츠만은 사건을 이해 가능하게 만들고 미적으로 형식화하려는 모든 시도를 '외설적'이라 잘라 말했다.[3]

정신분석에서 트라우마의 치유도 유사한 문제를 제기한다. 억

---

3 이상빈, 『아우슈비츠 이후 예술은 어디로 가야 하는가』, 책세상, 2001, 110~111쪽.

압된 과거시점의 한 사건이 어느 순간 환자의 정신과 신체에 발현하여 신경증으로 나타난다. 분석가의 작업은 환자의 잠재적 기억을 더듬어서 의식 이전에 생겨났던 무의식의 상흔을 찾아내 현재적으로 복원하는 것이다. 프로이트에 의하면 그렇게 복구된 기억을 통해 환자는 자신의 신경증을 납득하게 되고, 이와 같은 자기이해가 치료의 발판이 된다는 것이다.[4] 요컨대 진실에 대한 앎이 고통을 벗어나게 만들기에, 사건은 반드시 재현되어야 한다. 정확히 사건 그 자체로서.

프로이트는 정신분석의 과학성을 질리도록 강조했지만, 기억을 통한 치유가 객관적으로는 입증되지 않는 방법이란 점은 아이러니하다. 왜냐면 애초의 상흔, 즉 환자의 무의식에 각인되었던 최초의 충격이 과연 있던 그대로 복구된 것인지 혹은 분석가에 의해 특정한 방식으로 '편집'된 것인지 증명할 수 없는 탓이다. 정확한 분석은 늘 환자의 '방어'와 '저항'에 부딪힌다는 프로이트의 주장에도 불구하고, 정신분석적 회상이 사건의 진정한 재현인지 아닌지에 대해서는 논란이 끊이지 않았다. 이에 만년의 프로이트는 결국 다음과 같은 진술을 내놓기에 이른다. "흔히 우리는 환자에게 억압된 것을 기억하게 하는 데 성공하지 못한다. 그 대신, 분석이 정확하게만 실행된다면, 우리는 구성의 진실에 대한 확신을 그에게 심어 줄 수 있다. 치료의 관점에서 볼 때, 그것은 되찾은 기억과 똑같은 치료효과를 갖고 있다."[5] 잊혀진 진실을 불러내 현재의 상

---

4 지그문트 프로이트, 『정신분석 강의』, 임홍빈·홍혜경 옮김, 열린책들, 2004, 385쪽.

5 지그문트 프로이트, 『끝이 있는 분석과 끝이 없는 분석』, 임진수 옮김, 열린책들, 2005,

처를 치유한다는 대의에 비추어, 그렇게 불러낸 과거가 '진짜' 과거와 달라도 궁극적으로는 별 상관없다는 식의 언급은 어이없고 무책임하게 들린다. 하지만 우리의 논점에서 정말 흥미로운 지점은 이제부터다.

분석가가 환자에게서 불러내는 진실은 객관적 사실, 즉 타임머신을 타고 과거로 돌아가 낱낱이 확인되는 팩트fact들의 집적에 있지 않다. 오히려 진실은 지금-여기서 고통받고 있는 환자 자신의 상태를 다른 상태로 바꾸게 하는 힘에 있다. 환자가 이해했다고 '믿는' 과거는 실제 과거가 아니라 그의 무의식을 통과해 '믿게 된' 과거이다. 그러나 아무렇게나 외재적으로 '갖다 붙인' 원인이 아니라, 현재 병을 일으킨 원인으로 작용하는 것이기에 치유의 효과와 연관되어 있다. 분석을 통해 구성된 과거는 실제 과거가 아니라 실재적 과거로서 라캉적 의미에서의 원인-효과의 관계를 맺는 것이다. 요컨대 구성된 진실로서 불러내어진 기억은 트라우마적 과거와 지금-여기 사이의 단락short-circuit을 역설적인 방식으로 이어붙이는 작업이며, 그것을 현재의 형식 속에서 제시Darstellung하는 과정이다.[6] 요컨대 그것은 사실 자체의 복원이 아니라 진실을 구성하는 과정인 것이다.

진실의 구성은 애도가 아니다. 알다시피 애도는 상실된 대상

296쪽.

6 재현(representation)이 원인과 결과를 기계적으로 결부시키는 반면, 제시는 원인과 결과를 상호 구조적인 효과로 간주함으로써 작용의 차원을 고려한다. 즉 제시는 의식과 무의식, 가시적인 사실과 비가시적인 진실 사이에 관계를 설정하는 실재적 차원을 기술하는 방법이다. Louis Althusser & Etienne Balibar, *Reading Capital*, Verso, 1979, pp. 188~189.

을 향했던 리비도를 또 다른 대상으로 전환시키는 것을 말한다. 그렇게 균열은 봉합되고, 상처는 잊힌다. 그러나 사실의 집적이 아닌, 진실을 구성하는 기억은 균열을 있는 그대로 남겨 둔 채, 봉합의 순간을 계속해서 지연시키는 과정으로서 우울증melancholia에 더 가깝다. 우울증은 상실된 대상에 대한 리비도를 자신에게 향하게 만듦으로써 자기파괴적 부정성으로 돌아설 수 있다는 게 프로이트의 근심이었다.[7] 이것이 그가 어떻게든 애도를 통해 상실을 '극복'하는 것이 중요하다고 주장한 이유다. 하지만 애도가 사라진 대상을 부당하게 지워 버리고, 그저 지나간 과거에 등 돌린 채 새로운 현실과 미래만을 바라보도록 강요한다면 어떻게 할 것인가? 이 강요된 화해를 따라야 하는 걸까?

정당한 애도가 가능하지 않을 때, 사건이 남긴 상실은 이해할 수 없는 목소리를 발산하여 우리가 듣도록 강제한다. 환청이나 망상처럼, 또는 유령의 방문처럼 불시에 나타나고 들려와 우리를 괴롭힐 것이다. 자기파괴적 우울증에 빠지지 않은 채 그 목소리를 들을 수 있는 방법이 바로 예술이다. 미-래의 목소리는 사실 자체로는 기록되지 않는 것이며, 비실제적인 유령으로부터 온 소리이자, 그 의미가 확정될 시간이 알려지지 않은 낯선 소음이다. 그러므로 사건을 사건으로 남겨 놓은 채 기억하고자 하는 예술은 그 목소리를, 고통과 비명을 듣고 지금-여기da에 정위시킬stellen 수 있어야 한다. 이는 재현 불가능한 목소리와 그에 대한 응답이 만들어 내는

---

7 지그문트 프로이트, 『정신분석학의 근본 개념』, 윤희기·박찬부 옮김, 열린책들, 2004, 255~256쪽.

문답의 순간을 구성하는 작업일 것이다. 그것이 가능할까?

너무 자주 인용되어서 진의가 불투명해진 한마디가 있다. "아우슈비츠 이후에 시를 쓴다는 것은 야만적이다."[8] 물론, 이것은 대학살이라는 인류사의 참극을 경험한 이래 우리가 더 이상 순수한 내면에 안주하여 그것을 미학화할 수는 없게 되었다는 체념 어린 인식을 표현한다. 예술의 불가능성이라는 부정적 테제에 고착되지 않으려면, 이 발언은 후일 다음과 같이 수정되고 보충되었음을 고려해야 한다. "고문당하는 자가 비명 지를 권한을 지니듯이, 끊임없는 괴로움은 표현의 권리를 지닌다. 따라서 아우슈비츠 이후에 시를 쓸 수 없으리라고 한 말은 잘못이었을 것이다." 무슨 뜻인가? 비명의 권리는 주체에게, 그것을 미학화하는 주체에게 있지 않다. 비명은 언제나 고통받는 타자, 애도될 수 없는 사건 속에 항상 되돌아오는 미-래의 목소리로부터 나온다. 주체는 그것을 무력하게 수신할 뿐이고, 예술은 이 수동적인 행위로부터만 가능한 활동이다. 달리 말해, 예술은 귀를 막아도 언제나 들려오고, 뿌리치려 애써도 결코 벗어날 수 없는 미-래의 목소리를 듣고 제시하는 작업이다. 그리고 유령의 말을 듣기 위해서는 필연코 유령이 — 적어도 허구의 형식으로나마 — 되어야 할 것이다.

그것은 살아남은 자의 명백한 책임이다. 이를 보상하기 위해 그는 다음과 같은 몽상에 시달린다. 그는 더 이상 살아 있는 것이 아니며, 1944년에 가스로 살해되었고, 그 이후 그의 전 실존은

---

8 Thedodor W. Adorno, *Kulturkritik und Gesellschaft I*, Suhrkamp, 1997, p. 30.

단지 상상 속에서만, 즉 20년 전에 살해된 어떤 자의 미친 소망의 유출 속에서만 이루어졌다는 몽상이 그것이다.[9]

가사假死 체험으로서의 예술. 이 섬뜩한 몽상을 표현하는 것, 즉 사건으로서의 세월호를 다시 제시하려는 시도는 어떻게 가능할까? 어쩌면 허구와 진실의 경계에 놓인 예술, 즉 소설이 미약하게나마 가능한 방식이 아닐까. 사건을 다시 불러내는 것, 실제로 들리지 않지만 실재로 존재하여 부유하는 미-래의 목소리를 청취하는 것, 그리하여 지금-여기에 제시하려는 그 시도들을 이제부터 살펴보고자 한다.

3. 바깥, 불가능한 동일시

우리가 살펴볼 첫 번째 소설은 2014년 여름 프란치스코 교황의 방한과 맞물린 이야기를 다루고 있다.[10] 세월호 사건이 일어난 그해의 현실을 가감없이 사실적으로 묘사하고 있는 이 작품에서, 우리가 의미심장하게 새겨보아야 할 대목들은 사실 너머의 차원이다. 즉, 눈에 '보이는' 사실의 세계와 '보고 알아야' 하는 진실의 세계, 그리고 일상 속에 '들리는' 목소리와 '들리지 않는' 목소리가 대비되고 교차하는 지점들에 주의해야 한다.

9　테오도르 아도르노, 『부정변증법』, 홍승용 옮김, 한길사, 1999, 469쪽.

10　최은영, 「미카엘라」, 『실천문학』 116호, 2014 겨울, 312~335쪽. 이하에서 인용된 소설들은 본문에서 괄호를 통해 쪽수만 밝히겠다.

'미카엘라'라는 세례명으로 호명되는 주인공은 교황의 방한을 맞아 서울로 올라오겠다는 엄마의 연락을 받고 살짝 짜증을 낸다. 힘겨운 서울살이에 지친 그녀는 엄마의 한없는 사랑을 실감할 때마다 보상 없는 노고에 평생을 바친 엄마를 안타까워하는 동시에 속상해한다. 병들고 무능력한 남편을 수발하며 청춘을 내리 보냈고, 다 큰 자식이 서울에서 고생할까 봐 염려하면서도 그게 부담이 될까 봐 함부로 연락도 못하는 "단순한 사람"(319)이 엄마인 탓이다. 무엇보다도, 쉬지 않고 일만 해야 하는 "초라한 현실" 속에서도 엄마가 하찮은 모든 일들에 대해 감사를 표하는 데 질려 버렸다. 김치가 잘 익어도, 돼지고기 가격이 내려도, 사마귀 치료가 잘 끝나도, 그냥 건강해도, 어쩌다 외식을 해도… 엄마는 그 무엇에 대해서도 고마움을 잊지 않는다. 그러나 미카엘라에게 엄마의 감사는 어쩐지 "기만"처럼 여겨지며, 세상을 수동적으로 견디며 살게 만드는 현혹처럼 여겨진다. 엄마를 바라보는 딸의 눈은 세상의 시선과 다르지 않다.

반면 엄마는 딸에게 모든 것을 미안해한다. 지금 딸에게 줄 수 있는 것과 비교되는 다른 것들이 언제나 떠오르는 까닭이다. 더 좋은 것을 먹이고 입힐 수 있는데, 그렇지 못하다는 사실이 엄마는 괴롭고 죄스럽다. 결혼하지 않겠다고 선언하는 딸의 모습에서조차 엄마는 "미카엘라가 왜 쉬운 길을 놔두고 어렵고 힘든 길을 가려고 하는지 이해할 수 없었다. 그 생각의 끝에는 '나 때문인가' 하는 일말의 죄책감이 깃들어 있었다"(317). 그래서 교황의 미사에 참여하기 위해 서울에 왔어도, 선뜻 딸의 집에 찾아가지 못한 채 찜질방에서 하룻밤을 청하고 만다. 거기서 엄마는 텔레비전을 통해 교황과 유민아버지가 만나는 모습을 보게 되는데, 이 장면에서 엄마는 그에게 한없는 동정과 공감을 느낀다.

그 짧은 시간 동안 자신의 억울한 사연을 전하기 위해서 그는 어떤 말을 해야 했던 걸까. 교황님에게 자신을 좀 봐 달라고 소리치던 마음은 어떤 것이었을까. 내 말을 들어 달라고, 지구 반대편에서 온 이에게 애원해야 하는 마음은 어떤 것이었을까. […] 마음 같아서는 그 인파를 헤치고 그 남자에게로 가서 그를 한번 안아 주고라도 싶었다. 그 남자의 아픈 마음을 나눌 재간이 없는 자신의 처지가 서글퍼졌다(325).

찜질방에서 엄마가 유민아버지에게 느끼는 감정은 "내가 만약 그처럼 미카엘라를 잃었다면 나는 어떻게 살 것인가"(326)와 같은 감정이입으로 설명될 만하다. 그러나 일어나지 않은 일을 상상해 보고, 그 대상에 몰입하는 이 감각은 그저 흔한 신파적 감성은 아니다. 엄마의 이러한 공감능력이 이 작품에서 서로 다른 타자들 사이의 연대를 빚어내는 까닭이다. 타인과의 관계는 사실로 채워진 이 세계에서 사실 '바깥'의 목소리를 들고자 할 때 비로소 생겨난다. 들을 수 없는 것을 들고자 귀 기울이는 태도가 그것이다. "텔레비전 뉴스는 그 남자와 교황님의 대화를 보여 주지 않았다. […] 생각만으로도 여자의 눈에는 눈물이 고였다. 그는 무슨 말을 했던 것일까. 들리지 않았던 그의 목소리를 여자는 듣고 싶었다"(325, 327).

이렇게 들리지 않는 것을 듣는 힘은 실상 모두에게 이미 주어져 있다. 엄마는 간밤에 찜질방에서 만난 할머니와 의미심장한 우정을 나누게 되고, 둘은 국밥집에서 아침밥을 함께 먹는다. 여기서 할머니는 자기 친구의 손녀가 세월호에서 희생되었고, 지금 그 친구를 찾기 위해 광화문에 가는 길이라고 알려 주면서 "갑자기 애처럼 소리를 내서 울었다". 아침결에 노인이 식당에서 우는 장면은 이상스럽기도 하거니와 자칫 '민폐'로 묘사될 만한 일이지만, "사람들은 말없이 바라봤"고 그 누구도 그들을 방해하지 않는다(328). 식당에서 밥을 먹던 다른 이들 역시 할머니의 울음에 공명한 게 아닐까? 물론, 사실의 세계에만 머물러, 들리는 것만을 듣는 사람들이 여전히 있고, 딱히 악하지도 않은 그들은 이 사회의 다수를 형성하고 있다. 우연히 텔레비전에서 엄마를 목격한 미카엘라는 광화문으로 엄마를 찾으러 나서고, 연대서명을 부탁하는 사람들 사이에서 예전에 직장에서 누군가 세월호가 "지겹지도 않느냐"라고 힐난했던 것을 기억해 낸다. 진실을 촉구하는 "목소리는 점점 소수의 것이 되어 가는 듯"했고, "다수의 선한 사람들의 세상에 대한 무관심이 세상을 망친다"는 아빠의 말이 새삼 옳은 듯 여겨지기까지 한다. 실은 미카엘라 역시 "무척이나 간절히" "세상으로부터 초대받고 싶었"던 것이다(330).

다수 속에서 안온히 살아가는 것, 다수의 일원으로서 재현되고 싶은 욕망은 누구에게나 있을 터이기에, 그런 욕망 자체를 비난하는 것은 옳지 않다. 하지만 소수로 남겨진 사람들에게는 그들을 소수로 만든 사건에 대한 정당한 애도가 허락되지 않았다. 사실로서 보이고 들리는 목소리는 '지겹다'는 이유로 부당한 애도를 강요하는 말뿐이다. 미카엘라는 자문해 본다. "대통령도 말하지 않았는

가. 과거는 잊어버리고 이제 미래로 나아가야 하지 않느냐고." 그 것은 강요된 애도이며, 불의한 화해이다. "햇볕이 너무 따가워 그 녀는 눈을 제대로 뜨지 못했다"(331). 이때 혼잡한 광장에서 미카엘 라는 엄마의 뒷모습을 발견하고 그 어깨에 손을 얹는다. 이상스럽 게도 그 여자의 모든 것이 엄마와 똑같아 보였지만, 그녀는 엄마가 아니다. 누구시냐며 "모든 면에서 엄마와 닮아" 있던 그녀가 이렇 게 말한다. "아가씨, 내 딸도 그날 배에 있었어요. [⋯] 내 딸을 잊 지 마세요. 잊음 안 돼요." 미카엘라가 붙잡았던 여자는 엄마가 아 니었으나, "그 목소리는 분명 엄마의 것이었다. 그 목소리가 그녀 의 가슴을 깊이 찔렀다"(331).

어린 시절의 미카엘라는 운동권 출신의 아버지가 출소한 후 제대로 된 직장생활을 못하며 엄마에게 의존하는 데 분노한 나머 지 부모의 관계를 "기생충과 숙주"로 본 적도 있었다. 그럴 법한 일 이다. 그러나 다수의 착하지만 무관심한 사람들이 세상을 망친다 는 아빠의 말은 새삼 그녀의 인식에 파고들어, 각성을 촉구하는 메 아리가 된다. 밥벌이에 무능한 아버지는 "기생충"이란 표현은 사실 의 차원이다. 왜 안 그렇겠는가? 하지만 소수와 다수가 뒤섞여 진 실을 향한 투쟁을 벌이는 현장에서 그녀는 문득 아빠에 대한 진실 을 '보고 알게' 되지 않았을까(330). 이러한 전환은 그녀가 세월호 의 유가족을 엄마와 동일시하고, 엄마는 유민아버지의 딸이나 할 머니 친구의 손녀를 자기 딸과 동일시하게 되며, 결국 마지막 장면 에서 서로를 부르는 모습으로 종결된다(그들이 서로를 직접 확인하고 부른 것인지는 알 수 없다). 그것은 사실로서의 혈연관계가 아니라 구 성된 진실로서의 공-동적 관계에 다르지 않다.

이 소설을 모녀간의 사랑과 이웃에 대한 따뜻한 공감으로 읽기는 쉽다. 그것은 보이는 사실의 차원이고, '가능한 동일시'다. 육친이 서로를 찾고 자신의 이웃과 친절히 지내는 것은 특별한 일이 아닐 터이기 때문이다. 하지만 혈육도 아니고, 이웃사촌도 아닌 순전한 타자들 사이에서 생성되는 관계는 다른 진실을 내포한다. 그것은 세상살이에 바쁘고, 육친의 정이나 이해관계 이상으로는 나가지 않으려는 사실의 세계 '너머'의 사건이다. 보이지 않는 것을 보려 들고 들리지 않는 것을 들으려 하는, 안티고네적 충동 속에서만 그러한 '불가능한 동일시'가 생겨날 수 있다.[11] 죄책감의 형태로든, 혹은 동정과 측은지심의 형태로든, 이 한 걸음 없이는 미-래의 목소리를 듣고 응답할 수 없다.

4. 소음, 비존재의 목소리

김애란의 단편 「어디로 가고 싶으신가요」는 소재나 서사를 통해 직접적으로 세월호를 호출하지 않는다. 어떤 의미에서 이 작품은 죽음과 타인이 갖는 의미에 대해 반추하고 되돌아보는 문학적 성찰의 층위에 얌전히 놓여 있는 듯하다. 하지만 배우자의 죽음이라는 사건이 홀로 남은 반려의 실존적 비애나 그리움에 머물지 않고, 타자와의 관계를 통해 또 다른 사건적 차원을 어떻게 열어 가는지 보여 준다는 점에서 세월호 이후의 삶에 대한 사유의 단초를 조심스레 드러내고 있다.

---

11 자크 랑시에르, 『정치적인 것의 가장자리에서』, 양창렬 옮김, 길, 2013, 120~121쪽.

이 작품의 서사구조는 간단하다.[12] 주인공 명지는 남편 도경이 불의의 사고로 사망한 후 무덤덤하게 일상을 보내다가 스코틀랜드에 있는 사촌언니가 태국 여행을 위해 집을 봐 달라는 요청을 하자 그리로 떠난다. 사실 집을 지켜 달라는 것은 핑계에 불과하고, 남편이 죽은 후 무심히 세월을 흘려보내는 듯한 사촌동생의 기분전환을 위해 한국을 떠나 있게 하려는 배려심에서 한 부탁이었다. 그렇게 이야기는 명지가 스코틀랜드의 에든버러에 가서 얼마간 지내다 그곳에서 유학하는 동창생을 만나고 돌아오는 구조를 취한다.

스코틀랜드에 도착하여 그곳에서 일상생활을 영위하는 명지의 태도는 사랑하는 사람을 잃었다고 보기에는 놀라울 정도로 무덤덤하다. 연인에 대한 애통함이나 슬픔, 그리움의 감정은 극도로 절제된 채, 마치 휴양차 여행 온 사람마냥 지루하고도 무감각한 태도로 그녀의 일상은 관통되어 있다. 흥미로운 것은, 상실했기에 지금은 존재하지 않는 타인에 대한 감정이 역으로 자기 자신에 대한 관찰과 발견으로 채워지고 있다는 점이다. 그것은 곁에 있던 타인이 내는 소리가 아니라 자기 자신이 만들어 내는 소리, 하지만 타인과 함께 있을 때는 결코 듣지 못했던 어떤 소리의 청취에서 잘 나타난다.

한국에 있을 때보다 혼자라는 느낌은 덜 들었다. 남편을 잃기 전, 나는 내가 집에서 어떤 소리를 내는지 잘 몰랐다. 같이 사는 사람 기척에 섞여 의식하지 못했는데… 남편이 세상을 뜬 뒤

---

12 김애란, 「어디로 가고 싶으신가요」, 『21세기문학』 70호, 2015 가을, 77~110쪽.

내가 끄는 발소리, 내가 쓰는 물소리, 내가 닫는 문소리가 크다는 걸 알았다. 물론 가장 큰 건 '말소리'였다. 상대가 없어, 상대를 향해 뻗어나가지 못한 시시하고 일상적인 말들이 입가에 어색하게 맴돌았다. 두 사람만 쓰던, 두 사람이 만든 유행어, 맞장구의 패턴, 침대 속 밀담과 험담. 언제까지나 계속될 것 같던 잔소리. 고민과 다독임이 온종일 집안을 떠다녔다. 유리벽에 대가리를 박고 죽는 새처럼 번번이 당신의 부재에 부딪혀 바닥으로 떨어졌다. 그때서야 나는 바보같이 '아, 그 사람, 이제 여기 없지…'라는 사실을 처음 안 듯 깨달았다(79~80).

우리가 현실에서 듣고 인지하는 소리는 대개 타인들이 만드는 것이다. 일상생활에서 타인이 내는 소리는 실상 모두 들리는 게 아니며, 대부분 객관 세계의 '소음'과 구별되지 않는다. 타인이 건네는 말은 선택적으로 수신되고, 대화는 대개 그렇게 선택된 언어에 부합하는 언어기호를 우리가 되돌려주는 행위를 가리킨다. 반면, 선택되지 않은 말, 그것은 이 사실의 세계를 둘러싼 다른 소음과 뒤섞이고 무의미의 진창에 버려질 것이다. 누군가 녹음기를 사용해 우리가 만드는 소리의 세계를 녹취한다면 거기엔 무엇이 저장되어 있을까? 상식과 통념을 통해 객관화되어 들리는 음향과 말소리들이 있을 것이다. 그러나 그것들은 소음이든 말이든 누구나 들을 수 있는 대상적 음향들의 집적물이다. 즉 사실들이다. 거기엔 부재가 기록되어 있지 않다. 가청주파수에 못 미치거나 넘어서는 소리들, 혹은 녹취의 현재를 벗어나 시간을 떠도는 미-래의 목소리들은 존재하는 것으로서 포착되지도 않는다. 명지가 홀로 남게 되면서, 간

취한 소리란 바로 그 부재의 소리, 존재하던 것이 더 이상 존재하지 않으면서 남긴 타인의 목소리의 흔적일 것이다. 역설적이지만 타자가 있었음을 밝혀 주는 것은 그의 부재로부터, 또는 부재로부터 다시금 드러나는 존재의, 미-래의 목소리를 통해서이다.

명지의 의식과 섞여 들며 진행되는 이 작품의 시점과 서술은 사라진 타인, 곧 도경의 흔적을 끊임없이 뒤쫓는다. 긴 의논 끝에 아이를 갖고자 결정하고, "뭔가 새롭게 시도해 보고픈 마음이 드는 봄날"에 요리를 하던 그녀는 한 통의 전화를 받고 시간의 혼돈에 빠져 버린다. 아마도 학교 교사로 일하던 도경은 제자 지용을 구하려다 함께 물에 빠져 익사한 듯하다. 장례식장에서 도경의 모친은 지용의 가족이 조문 오지 않은 것에 대해 화를 내지만, 지용이가 부모 없는 고아이고 몸져누운 누나와 함께 산다는 말을 듣고는 원망 어린 탄식을 내뱉는다. 멀쩡한 가족의 아이도 아니고, 성치 않은 집안의 부실한 아이를 구하려다 자신의 아들이 죽었다는 사실이 너무나 "허무"했던 것이다(81~82).

존재하지 않는 것의 목소리를 듣는다는 것은 어떤 것일까. 명지는 남편이 하던 버릇을 흉내내 휴대전화의 시리siri와 대화를 시도한다. 그저 입력된 대로 기술적이고 정보적인 사실만을 알려 줄 거라 기대했던 시리는 의미를 이해할 수 없는 답변을 내놓으며 명지에게 의혹을 안겨 준다. 가령 인간에 대해 어떻게 생각하느냐는 그녀의 질문에 시리는 "뭐라 드릴 말씀이 없네요"라고 모호하게 응답한 것이다. 물론 이런 답변은 그저 모른다는 뜻이거나 능력 밖이어서 말할 수 없다는 뜻일 수도 있다. 그런데 왜 '모르겠습니다'가 아니라 "뭐라 드릴 말씀이 없네요"일까? 명지는 시리가 주위의 '인간들'과는 다른 자질로서 "예의"를 가졌다고 판단하며 모호한 공감을 느끼지만, 곧 그것이 지하철 안내방송과 같은 것으로서 "누군가에게 목적지로 가는 법은 말해 줄 수 있어도, 거기까지 함께 가 주지는 못할" 것임을 알고 흥미를 잃은 채 귀국해 버린다 (104~105). 그런데 비존재의 목소리는 뜻밖의 계기에서 찾아왔다.

귀가 후 발견한 우편물 뭉텅이에는 지용의 누나 지은이 쓴 편지가 있었다. 오른쪽 몸의 마비로 인해 잘 움직이지 못하게 된 지은은, 마치 명지가 그랬던 것처럼 지용이 없는 집안에서 자신의 발소리를 느끼게 되고, 꿈결에서 지용의 방문을 받는다. 나중에야 도경과 명지에 대해 생각한 것을 사과하는 그녀는 명지의 그리움에 대해 "뭐라 드릴 말씀이 없어요"라며, 시리처럼 대답하고 있다. 그러나 지은은 덧붙인다. 도경이 지용이의 손을 잡아 준 것에 대해. 그 의미는 잘 몰라도, 손을 잡고 끝까지 가 준 것에 대해 고마움을 느끼고 있다고. 도경은 지하철 안내방송 같은 시리마냥 목적지만 알려 주고 끝낸 게 아니라 지용과 함께 끝까지 그 길을 가 주었던 것이다. 지은은 꿈속에서 지용이가 했던 말을 반복하며 명지에게 인사를 전한다. "사모님, 혼자 계시다고 밥 거르지 말고 꼭 챙겨 드세요"(109). 그녀는 명지에게 삶의 목적지까지 함께 가자고 권유하는 것일까. 그녀가 지용의 꿈을 꾸지 않았다면, 망자의 방문을 받지 않았더라면, 미-래의 목소리를 듣지 않았더라면 명지에게 그렇게 제안할 수 있었을까.

나는 당신이 누군가의 삶을 구하려 자기 삶을 버린 데 아직 화가 나 있었다. 잠시라도 정말이지 아주 잠깐만이라도 우리 생각은 안 했을까. 내 생각은 안 났을까. 떠난 사람 마음을 자르고 저울질했다. 그런데 거기 내 앞에 놓인 말들과 마주하자니 그날 그곳에서 처음 제자를 발견했을 당신의 모습이 그려졌다. 놀란 눈으로 하나의 삶이 다른 삶을 바라보는 얼굴이 떠올랐다. 그 순간 남편이 무엇을 할 수 있었을까⋯ 어쩌면 그날, 그 시간, 그곳에서 '삶'이 '죽음'에게 뛰어든 게 아니라 '삶'이 '삶'에게 뛰어든 것일지도 모른다는 생각이 들었다. 처음 드는 생각이었다. […] 혼자 남은 그 아이야말로 밥은 먹었을까? 얼마나 안 먹었으면 동생이 꿈에서까지 부탁했을까(110).

5. 허구, 머뭇거림의 형식

『삼국유사』의 일화 하나를 개작해 연극대본을 만들고 있는 k에게, 어느 겨울밤 십삼 년 전 같은 잡지사에서 일하던 임선배가 찾아온다. 그는 이미 죽은 사람이기에 찾아온 것은 유령일 테지만, k는 침착하게 차를 내주며 그를 맞이하고 있다. 한강의 단편 「눈 한 송이가 녹는 동안」의 첫 대목이다.[13] 오랫동안 진척을 보지 못해 거의 포기하다시피 한 원고를 앞에 두고, 그녀는 유령과의 대화를 통해 예전에 잡지사에서 있었던 일을 회상하는 한편으로 그때 풀지 못한 사연들을 하나씩 꺼내 놓으며 성찰의 시간을 갖는다. 그것은 그녀의 희곡만큼이나 "재미없는 이야기"이지만, 또한 그녀도 임선배도 거기에 붙들려 지금껏 벗어나지 못한 채 "날마다 생각"하게 되

---

13 한강, 「눈 한 송이가 녹는 동안」, 『창작과비평』 168호, 2015 여름, 289~326쪽.

는 이야기이다(299).

그들 사이에 류경주가 있었다. 신입사원 시절의 k는 어느 회식자리에서 경주가 임선배의 얼굴에 술을 뿌린 장면을 목격했다. 애초의 오해와는 달리, 둘은 "조심스러운 우정"을 형성한 적도 있었지만(305), 여사원은 결혼하면 퇴직해야 한다는 불합리한 사규를 놓고 의견충돌을 벌인 끝에 분개한 경주가 그에게 술을 끼얹었던 것이다. 경주와 임선배는 표면적으로 화해를 하긴 했어도 예전 같은 우정은 회복하지 못한 채 각자 자기의 길을 가고 만다. 아이러니한 점은, 어린 나이에 입사해 다소 구경꾼처럼 묘사되는 k도 실상은 회사의 정책이나 여사원들 간의 갈등, 임선배와 경주 사이의 다툼 가운데 한몫을 차지하고 있다는 사실이다. k가 채용공고를 보고 입사지원서를 낸 뒤 초조하게 결과를 기다리던 그때, 그 새로 난 자리는 사실 갓 결혼하여 퇴사를 강요받았던 윤선배의 자리였던 것이다. 일감 없이 출근투쟁을 벌이던 윤선배가 떠난 다음, k가 채용되었고, 회사는 전면적인 인사 배치를 통해 각 부서 직원들을 갈라놓았다. 아무런 저항도 할 수 없이, 권력자가 살라는 대로 살 수밖에 없는 그들은 "벌레"나 다를 바 없었다.

각자가 떠안아야 했던 고통에는 회사라는 거대한 기계의 억압 이외에도, 서로가 서로에 대해 부당한 폭력을 행사하고 그것을 감수한 채 연명해야 한다는 사실도 있다. "절이 싫으면 중이 떠나야 한다"는 임선배의 한마디에 분개해서 술을 뿌렸지만, 경주는 그를 향했던 분노가 실은 무의미하거나 정당하지 않았음을 잘 알고 있다. "그 모든 과정을 임선배가 몰고 간 것도 아니었는데, 나서지 않았을 뿐 늘 우리와 같은 편이었다고 할 수 있는데, 단지 모두와 똑같이 무력했던 것뿐인데, 나 자신부터 그토록 철저하게 무력했는데, 어째서 그 미소 짓는 얼굴에 술을 뿌릴 권리가 나에게 있다고 믿었던 것일까?"(305) 남사원은 결혼 후에도 퇴직할 염려가 없으니 직장에 "뼈를 묻으리라" 예상했던 것과 달리, 임선배는 경주보다 먼저 퇴사해 시사잡지에서 일하던 중 대기업에 대한 비판기사가 인쇄 직전 삭제되는 일을 겪게 되고, 그에 항의하기 위해 해직을 감수하게 된다. 경주와 한 직장에 있을 때 벌어진 일과는 다른 방식으로 임선배는 자기 운명을 결정했고, 가난에 시달리다가 암에 걸려 죽고 만다.

비극은 경주에게도 마찬가지로 일어났다. 결혼하면 바로 퇴직하는 불합리한 선례를 남기지 않기 위해, 그녀는 결혼과 동시에 출근투쟁을 벌이게 되고 1년이라는 시간을 버틴 후 퇴직하게 된다. k의 눈에는 이 역시 비장하지만 이해할 수 없는 일인 게, 경주는 "본의든 아니든 오랜 시간 그녀를 따돌리고 있는 바로 그 동료들을 위한 선례"를 만들기 위해 싸웠기 때문이다(315). 그리고 지방의 잡지사로 이직해 평온한 일상을 회복할 즈음, 불의의 사고로 경주 역시 세상을 뜨고 만다. 임선배든 경주든 역사에 남을 거룩하고 숭고한 기록을 남긴 것은 전혀 아니었다. 그들은 권력과 폭력에 맞선다는 명분 없는 명분을 안고 있었으나, 실은 무력하게 패배하고 말았다고 말하는 게 더 정확할 듯싶다. 오로지 사적인 기억을 통해서만, 죽은 자와 실패한 자의 대화 속에서만 그들의 모습이 간신히 드러나는 것은 그런 까닭에서다. 아마 그들 자신도 이를 모르진 않았으리라. 어느 날 경주는 k에게 이렇게 말한 적이 있다.

가끔 우리가 벌레 같다는 생각을 해 […] [갈참나무처럼] 이렇게 오래 살아가는 것들 아래 있으면 더 그런 생각이 들어. 우리가 해치지만 않으면, 어쩌다 불이 나거나 벼락만 맞지 않으면 수백 년도 살 수 있는 것들 아래에서, 이렇게 짧게 꼬물꼬물 살아가는 우리가 어떤 존재인지… 다음 달, 다음 해, 아니, 오 분 뒤 일조차 우린 알지 못하잖아. 그렇게 시간에 갇혀서 서로 찌르고 찔리면서 꿈틀거리잖아. 그걸 내려다보고 있는 존재가 어딘가 있다 해도, 그가 우릴 사랑할 것 같지 않아. 우리가 상처 난 벌레를 보듯 혐오하지 않을까? 무관심하지 않을까? 기껏해야 동정하지 않을까?(314)

이토록 보잘것없는 삶, 그 가운데 유일하게 살아남은 k는 어떤 존재의 의미를 지닐까. 그녀는 함께 어울리던 시절 임선배와 경주의 호의와 배려를 받으며 조금은 더 편안히 일상을 버틸 수 있었다. 그게 대단한 일은 아닐지라도 "계란이"에 불과하던 그녀의 삶을 어떤 식으로든 지금까지 지속하도록 도와준 것은 분명할 것이다. 약육강식의 이 세계에서 생존한 것을 기뻐해야 할까. 그녀가 어떻게든 그들보다 '강한 자'였음을 인정해야 할까. 아니, 오히려 "벌레"에 불과한 그들 사이에서 살아남았다는 사실은 현실의 평화와 안락, 또는 구원이 고통과 비명의 위장에 불과함을 반증하는 것은 아닐까. k가 끝내 완성하지 못하고 있는 대본은 무엇을 말하고 있는가.

『삼국유사』에는 승려 달달박박과 노힐부득이 유혹을 이겨 내고 성불하는 이야기가 나온다. 어느 겨울밤, 한 여자가 노힐부득을 찾아와 재워 줄 것을 청하지만 그는 유혹에 빠질까 봐 두려워 그녀를 거절했다. 다음날 아침 노힐부득은 달달박박이 유혹에 넘어갔으리라 짐작하고서 그의 암자에 찾아갔는데, 여자의 청을 받아들인 달달박박이 오히려 깨달음을 얻어 부처가 된 것을 알게 된다. 실은 여자가 관음보살이었던 것이다. 달달박박이 성불할 때 그와 그 주변의 모든 것이 황금으로 변했는데, 황금의 물이 가득 찬 목욕탕에 노힐부득이 몸을 담그자 그 역시 성불할 수 있었다는 이야기를 현대적으로 개작하는 게 k의 과제였다.[14]

그녀는 원 서사의 뼈대를 유지해 달라는 연출자의 요구를 받아들일 수 없었다. "그 승려들이 황금부처가 될 것 같지 않고, 길 잃은 여자가 관음보살일 것 같지 않았"기 때문이다(299). 실제로 그녀가 겪었던 지난 일들을 돌아보라. 임선배든 경주든, 그녀가 회상하는 모든 이들은 현실 속에서 '성불'하기를 바라 마지않았다. 그들의 성불은 다른 게 아니라, 평화와 안식을 얻는 것, 억압받지 않고 행복하게 자기 일을 하며 즐겁게 살아가는 것이었을 게다. 어쩌면 죽은 이들에 대해 정당하게 애도하는 것, 그래서 임선배든 경주든 그들을 떠올릴 때 비통함을 맛보지 않는 것일 수도 있다. 하지만 현실은 정반대 아니던가. k와 절친했던 경주는 유령의 모습으로나마 돌아오지 않았고, 임선배는 죽은 유령의 모습으로도 여전히 과거의 잔상을 찾아다니며 "재미없는 이야기"를 반복하고 있다. k는 살아

---

14 『삼국유사』 원문에는 암자를 찾아온 여자를 거절하는 첫 번째 인물이 달달박박으로 나온다. 그에게 거절당한 여자가 노힐부득을 찾아갔고, 전개된 이야기와 같이 그들은 차례로 성불하게 된다. 순서가 바뀐 것이 작가의 의도인지 혹은 실수인지 알 수 없지만, 이 깨달음의 서사가 갖는 진실의 힘은 그것이 허구든 아니든 상관없을 것이다.

남았기에 다행이라고 말할 수도 없다. 패배를 자인하는 그녀에게 생존은 유예된 죽음에 불과하고, 그녀가 맡은 역할은 임선배나 경주 같은 "벌레들"이 존재했음을 단지 "증인"으로서 간직하는 것일지 모른다(296). 그러니 어찌 그녀가 너도나도 모두 성불하는 이야기로 대본을 마무리할 수 있겠는가. 그런 이야기를 쓰는 것은 현실의 고통을 모른 척 외면하는 것이고, 결국 억압받고 죽어 가는 사람들을 가상 속에서 살아 있는 것처럼, 영생하는 것처럼 조작하는 위선이 아닐까?

나는 잠을 잘 수 없어요. 당신은 잠들 수 있어요?
잠깐 잠들어도 꿈을 꿔요. 당신은 꿈을 꾸지 않아요?

언제나 같은 꿈이에요.

잃어버린 사람들.

영영 잃어버린 사람들(319).

'눈 한 송이가 녹는 동안'은 승려들을 찾아온 여자가 자신이 머물 수 있게 허락해 달라고 한정했던 시간이다. 그런데 이 짧은 찰나의 순간에 시간은 더 이상 흐르지 않고, 눈 한 송이조차 녹아내리지 않는다. "우리가 시간 밖에 있으니까요"(317). 만일 그 순간이 다시 흐르기 시작한다면, k는 선택을 내려야 할 것이다. 설화가 알려 준 대로 모두가 성불하는 평화의 순간을 맞이하든지, 혹은 아무런 성불의 희망도 남지 않는 아비규환의 현실만이 계속되든지. 그래서 k는 이야기의 종결을 맺지 못한 채, '눈 한 송이가 녹는 동안', 곧 꿈이 지속되는 동안에서 글을 멈추고 말았다. 어쩌면 이는 부당한 애도를 거부하는 동시에 정당한 애도를 포기하지도 않는, 잃어버린 과거와 현재를 역설적으로 접붙이려는 시도가 아닐까? 시간의 흐름을 완고하게 중단시킴으로써 애도나 우울증이 우리를 망각하거나 파괴하지 못하게 가로막는 것.

작가에게 이야기를 종결지을 수 없다는 것은 그의 실패를 말한다. 이는 사실의 차원이다. 실제로 k는 미완결의 대본이라도 넘기라는 연출자의 요청을 거부한다. 말로 표현할 수 없으면 배우들의 몸짓으로라도 의미를 살려 보겠다는 연출자의 주장은 결국 멈춰 버린 시간을 흐르게 해서 거짓 애도나 자기 파멸적 우울증의 어느 한쪽으로 귀결되고 말 것이기 때문이다. 차라리 '눈 한 송이가 녹는 동안'에 멈추어 버리는 것, 이는 상실된 과거와 지금-여기의 현재 사이의 균열을 봉합하지 않은 채 지연시키는 과정이 아닐까? 한밤에 찾아온 유령, 그가 들려주는 미-래의 목소리를 듣고 대화하면서 실상 k는 이 문답의 과정을 통해 사실 너머의 진실을 구성하고 있는 것은 아닐는지. 어느 누구도 실제로 시간을 중지시킬 수 없고, 찰나의 순간에 멈춰 있음으로써 허위나 절망을 회피할 수 없다. 그것은 인간의 정신과 신체로는 허락되지 않을 것이다. 하지만 그러한 머뭇거림은 허구의 형식을 빌려서, 예술을 통해서만 가능하다는 것을 이 소설은 보여 주고 있지 않은가. 사건을 재현의 박제에 가두지 않은 채, 사건 자체로 남겨 두면서 지금-여기에 제시하는 것, 그리하여 진실을 구성하는 것.

6. 미-래, 예술의 정체(들)

사건에는 진실의 힘이 있다고들 하지만, 실제로 사건이 어떤 진실을 품고 있는지 우리는 알지 못한다. 사건은 지나간 것이고 반복불가능하기에, 사건이 벌어졌을 때 무엇이 일어나게 되었는지 복원할 수 없는 탓이다. 그래서 사건은 사실 너머에 있다. 진상 규명에 대한 의지와 분노가 아무리 크다 해도, 그것이 세월호라는 사건을 궁극적으로 애도할 수 있게 해주진 못할 것이다. 오히려 요청되고 있는 것은, 사건이 함축하는 의미를 생산하는 일이다. 그것은 사실의 총합을 넘어서는 진실의 구성이며, 그 실마리는 오직 현재의 인과를 넘어서는 미-래에서 찾을 수 있다.

미-래란 무엇인가? 사실들의 산술적 합산을 넘어선 사건 속에 미-래가 있다. 텅 빈 아침바다의 정적에서 언젠가 찾아낼 불가능한 목소리들, 지금 들리지 않는 비명과 고통의 절규조차 담아내는 시공간이 바로 미-래이다. 지금 눈에 보이고 귀에 들리는 사실들의 즉물성에 고착될 때, 우리는 진실이 주어진 무엇이 아니라 우리가 구성해 가야 할 무엇이라는 점을 망각한다. 진실은 미리 주어지지 않았기에 재현 불가능하지만, 지금-여기의 사건을 통해 항상 구성되는 것이기에 추구하지 않을 수 없다. 우리는 그 같은 진실의 힘을 추동하면서, 또 그에 떠밀리면서 미-래의 사건적 시공간에 도달할 것이다. 예술은 그 시공간을 앞당겨 표현하는 허구의 형식에 다름 아니다.

세월호를 사건으로서 재현하고자 한 많은 시도들이 계속되어 왔다. 「다이빙 벨」(2014, 이상호·안해룡), 「나쁜 나라」(2015, 김진열), 「업사이드 다운」(2015, 김동빈)과 같은 다큐멘터리 외에도, 다양한 시와 소설, 연극이 만들어져 상영되고 읽히거나 관람되었다. 직접적인 재현을 통해 아픔과 상실을 애도하거나, 분노와 증오를 통해 운동을 활성화시키는 것은 어느 쪽으로든 나름의 의미를 갖는다고 생각한다. 하지만 사건의 사실적 재현이나 감정이입에는 한계가 없지 않다. 정당한 애도를 위한 투쟁이 어떤 식으로든 부당한 애도에 승복하게 되거나 혹은 좌절의 우울증에 매몰되는 것이다. 국가적 기념행사가 되어 버린 5월 광주의 운동, 그것이 공식적 의례에 집어삼켜져 무기력하게 허물어지는 현실을 돌아볼 필요가 있다.

한편, 『금요일엔 돌아오렴』(창비, 2015)이나 『다시 봄이 올 거예요』(창비, 2016)처럼 유가족들의 목소리를 직접 채록하여 도서로 만든 경우도 있고, 『엄마, 나야』(난다, 2015)의 경우같이 작가들이 희생자들의 목소리를 빌려 시화한 작품집도 있다. 전자가 르포르타주와 수필의 형식을 결합해 사실에 방점을 찍었다면, 후자는 허구와 창작을 결부시켜 새로운 재현의 방법을 찾았다. 개인적으로는 후자가 더 흥미로운데, 이것이야말로 유령의 목소리를 빌려 세월호가 남긴 사건의 진실을 드러내는 작업이기 때문이다. 하지만 소설과 시 등의 더 많은 창작과 함께 아직 지켜보아야 할 부분이 많다.

이즈음에서 글을 맺어야 할 듯하다. 애도와 우울증의 양자택일이 아니라면, 그 중간 어디쯤에서 절충을 찾아야 한다는 뜻은 아니다. 아마도 그런 것은 없을 것이다. 모호한 중간자리는 운동을 일으키지도, 지속시키지도 못하며, 함몰시킬 따름이다. 하지만 예술은 그러한 모호한 자리를 통해 결코 어느 한쪽으로 완전히 빨려들어 갈 위험을 면하기도 한다. 예술 자체가 사실도 허구도 아닌, 모호한 형식이기 때문이다. 그것이 예술의 진실, 진실의 구성이라는 특수한 형식이 아닐까. 미-래의 목소리라는, 유령적이고 비실제적인 차원을 고집스럽게 주장하고, 환청과 환각을 이미지로 투영하며 언어로 드러내는 것. 증오와 복수라는 노예의 도덕에 침윤되지 않으면서, 화합과 화해라는 자기만족적 허위에 승복하지 않는 것은 아마도 예술의 이러한 기이한 정체停滯에 있을 법하다. 이제 그만 애도할 수도 없고, 우울하게 주저앉아 있을 수도 없는. 예술에 만일 윤리적 얼굴 같은 정체正體가 있다면, 그것은 오직 이러한 상태에 고집스레 머무르는 정체政體에 있지 않을까. 유령이 예술을 방문하고, 미-래의 목소리를 전해 줄 때 돌연 드러낼 모습으로서.

2. 문학, 혹은 공감의 사건
—— 감응의 감성교육을 위한 시론

1. 감정의 근대와 그 너머

다정한 친구의 생일잔치에 초대받았다고 상상해 보자. 그 친구를 즐겁게 해줄 선물을 준비해 찾아가서, 함께 생일축하 노래를 부르는 당신의 마음은 기쁨으로 설렌다. 그런데 문득 그 자리에는 당신만이 아니라 당신이 싫어하는 다른 친구도 초대받았음을 알게 된다. 생일을 맞은 친구의 우정에 당신만이 아니라 그도 포함되어 있음을 깨닫는 순간 왠지 모를 우울한 감정이 솟아날 것이다. 우울함은 곧 당신에게 슬픔을 불러일으키고, 나아가 싫어하는 친구뿐만 아니라 생일 당사자에 대한 까칠한 성미마저 돋울지 모른다. 공들여 마련한 당신의 선물을 당신이 싫어하는 친구의 것과 나란히 놓는 장면에서는 살짝 몸을 부딪히는 것만으로도 버럭 성질을 터뜨릴 수 있겠다. 부단한 감정의 변이와 복잡미묘한 심정의 혼란. 인간은 1초에도 600번이나 다른 마음을 갖게 된다는 불교의 가르침이 정말 생생하게 다가오는 순간들이다.

2015년 개봉해 큰 인기를 끌었던 애니메이션 「인사이드 아웃」(Inside Out, 피트 닥터)은 이렇게 우리의 마음이 기쁨joy, 슬픔sadness, 분노(극중 '버럭')anger, 소심fear, 까칠disgust의 감정들로 구분되고, 이것들이 자율적으로 서로를 조율하는 가운데 '나'라는 자아가 성립함을 보여 준다. 가령 기쁨이 조종간을 잡고 나머지 감정들이 보조를 맞추면 하루하루는 보람차고 적절한 감동으로 마무리되겠지만, 자칫 슬픔이 단독으로 조종간을 잡으면 우리의 심리는 엉망으로 망가지고 인생에 대한 관점도 비관의 구렁텅이에 떨어지고 만다. 감정의 의인법이라 부를 법한 이 이야기는 정서적 변화들을 연극화해 보여 줌으로써 신선한 감흥을 일으켰다. 나 역시 킥킥대며 영화를 보았지만, 동의할 수 없는 점도 분명 있었다. 정말 우리의 감정은 이렇게 다섯 가지밖에 없는 것일까? 가령 '헬조선'의 현실에 대한 우리의 '웃(기고 슬)픈' 감정은 무얼까? 기쁨과 슬픔이 산술적으로 합쳐진, 그래서 거꾸로 나눌 수도 있는 두 기분의 합산 같은 걸까? 혹은 '밀당'이라고 부르는 연인 간의 감정은 어떤가? 그게 단지 기쁨의 표현이 미처 인식되지 않은 채, 흐릿하게 표현된 것일 뿐일까? 거기 포함된 소심함과 까칠함의 느낌은? 우리가 살면서 표현하는 기분들이란 실상 명확하게 단언할 수 없는 어떤 감각의 유동이라고 부르는 게 더 정확하지 않을까?

이성을 인간의 본질로 상정했던 시대, 곧 근대는 감정을 부정하거나 죄악시했다. 데카르트는 정념에 휘둘리지 않는 명석판명한 인식을 사유의 절대 과제로 설정했고, 푸코가 보여 주었듯 17~18세기의 '훈육'이란 인간을 기술적으로 훈련시켜 동일한 패턴에 따라 생각하고 행동하게 만들 수 있다는 '합리적' 믿음에 근거해 있었다. 정신적 평형과 '올바른' 판단력이 의지하는 합리성 rationality은 본래 라틴어 '비율'ratio이란 단어에서 유래한 것이며, 이성적으로 생각한다는 것은 감정 역시 비율에 따라 적절히 분배해서 조절할 수 있다는 확신을 반영한다. 「인사이드 아웃」에서 의인화된 것처럼, 만일 감정이 셀 수 있는 대상이고, 통제할 수 있는 어떤 실체라면, 우리의 감정생활 역시 넘치거나 모자라지 않게 잘 관리될 수 있을지 모른다. 하지만 '감정의 흐름'이란 표현이 있듯이, 감정은 더하고 빼고 나누고 곱하는 사칙연산을 넘어서는 무엇이다. 물길도 그렇지 않은가? 분절된 모나드들이 아니라 끊임없이 유동하고 전이되는 감각을 통해서만 그 실상이 밝혀지는 운동에 가깝다. 감정의 동적 발생에 대한 이러한 성찰, 즉 흐름으로서의 감정에 주목해 보는 것은 어쩌면 근대 이후의 새로운 인간학의 지평을 따질 때 반드시 짚고 넘어가야 할 대목인지 모른다. 문학과 공감이라는 우리의 화두 역시 여기서 출발한다.

2. 감응, 존재하는 모든 것들의 공-동적 관계

아이러니하게도, 사람들을 동원하여 어떤 사태에 몰입하게 만들거나 떼어 놓는 요소로서 감정을 선택한 것은 근대이다. '이성의 시대'라는 수사가 무색하게, 사실 근대는 대중을 조종하고 통제하기 위한 중요한 매개물로 감정의 영역을 공들여 세공하고 교묘하게

1부 도래할 문학의 시간(들)

사용해 왔다.[1] 지금도 선거철이면 기승을 부리는 '색깔론'이나 '종북프레임', 또는 문화산업에서 널리 활용되는 '애국심 마케팅' 등은 감정이 개인적이기보단 사회적 현상이고, 사람들 사이에서 이리저리 옮겨 다니는 운동 에너지 같은 것임을 잘 보여 준다. '일베'로 극단화된 타인에 대한 혐오와 배척의 감정, 타 종족이나 성별에 대한 증오발언hate speech 등은 감정을 명확히 분리해서 현미경 위에 올려놓을 수 있는 단독적인 실체라기보다 마치 '소문'이나 '유령'처럼 보이지 않고 포착할 수 없는 비가시적인 힘으로 여기게 해 준다. 감정론에 대한 탐구의 전제는, 그것이 명료히 분절되지 않고 항상 움직이는 힘이란 점에 있다.

　운동으로서, 힘으로서 감정을 바라보는 데는 들뢰즈의 관점이 도움이 될 듯하다. 이는 그가 스피노자의 철학에서 빌려 온 감응affect의 개념에서 잘 드러난다.[2] 『에티카』Ethica는 '윤리학'이라는 통상의 번역어가 연상시키는 것과는 달리, 존재에 대한 운동론적 해석에 기반한 책이다(ethology, 행동학). 신에서 출발해 정신과 감응, 지성, 자유 등의 문제로 옮겨 가는 스피노자는 감응을 일반적인 감정과 구분짓는데, 후자가 일상의 의사소통을 위해 동원되고 변별되는 개별적 지각 상태를 가리키는 데 반해 전자는 후자의 구분들 사이의 이행을 표현하기 위해 사용된다. 예컨대 기쁨과 슬픔이 어

1　마벨 베레진, 「안전국가: 감정의 정치사회학을 향하여」, 잭 바바렛 엮음, 『감정과 사회학』, 박형신 옮김, 이학사, 2009, 75쪽.

2　'affect'는 최근 '정동'(情動)으로 옮겨지기도 하지만, 이 글에서는 감응(感應)으로 통일해서 번역하겠다. 이어지는 설명으로 알 수 있듯이, 후자는 '느끼고' '호응한다'는 운동 및 이행의 개념으로서 감응의 문제의식을 보다 직접적으로 드러낸다.

떻게 다른지 우리는 잘 알고 있다. 그런데 모든 기쁨이 다 같은 기쁨인지 묻는다면 애매해진다. 어릴 적에 먹고 싶던 아이스크림을 먹었을 때 느낀 기쁨과 성인이 되어 홍수에서 아이를 구조했다든지, 또는 타인들과의 협력을 통해 마을을 만들었을 때의 기쁨이 똑같지는 않을 것이다. 질적으로 유사하다 해도, 양적으로 단순 환산될 수 없는 이러한 차이는 기쁨의 상태가 단 하나로 정해져 있지 않음을 보여 준다. 슬픔이나 증오, 사랑 등에 대해서도 비슷하게 말할 수 있다. 감정의 특정한 상태에서 다른 상태로의 변화와 이행, 운동을 나타내는 개념이 바로 감응이다. 바꿔 말해, 개별적인 감정의 상태는 감응의 특정한 강도적intensive 양태를 가리킨다.

감응은 신체와 연결된 정신적 상태이기도 하다. 누군가는 기쁠 때 밥맛도 좋고, 놀이도 더 즐겁고 건강도 유지된다고 말함으로써 감정 역시 신체적이라고 대답하리라. 옳다. 그런데 감응이 일으키는 변화는 개념적 인식 이전의 신체적 양태의 변이와 연관된다. 길을 가다 우연히 철수를 만난다. 그에 대해 나는 좋지 않은 느낌을 갖고 있으며, 그와 눈을 마주치거나 목소리를 듣는 순간부터 묘한 불쾌감에 사로잡힌다. 내가 마주친 게 누구인지, 그와 나의 관계가 어떠한지 명료한 인식의 기제가 발동하기 이전에 무의식적이고 신체적인 차원에서 내 몸이 반응하는 것이다. 이런 기분은 그와 헤어지고 나서도 종일 안 좋은 느낌으로 이어져 다른 일조차 망쳐 놓을 수 있다. 대상으로서의 철수가 보이지 않더라도 내 몸은 계속 그에 대해 반응하고 있는 것이다. 그와 반대의 경우도 얼마든지 예시할 수 있을 듯하다. 언어적으로 철수에 대해 어떤 악감정을 묘사하더라도, 실제로 그와의 만남에서 촉발되는 나의 감각은 언어 이전에 신체적 증상으로 먼저 드러난다. 그것이 감응이다.

물론 인간관계만이 문제는 아니다. 숲이나 들판, 바다, 산, 색깔, 소리, 이미지 등, 우리가 신체적이고 정신적인 관계를 갖는 모든 것들에 연관된 특별한 감응들, 곧 아늑함이나 그리움, 두려움과 공포, 섬뜩함 등은 명확히 언어화하기 이전에 몸이 먼저 지각하는 존재의 특수한 양태이다. 지성 이전에 신체적으로 먼저 변형을 일으키는 관계적 존재라는 뜻에서, 스피노자는 우리를 자동기계automaton라 불렀다.[3] 여기서 '기계'는 인간을 폄하하는 단어가 아니다. 인간뿐만 아니라 모든 존재자는 다른 존재자와 맺는 관계에 따라 서로 다른 감응을 발생시키고, 그로 인해 매번 상이한 관계를 형성한다는 의미이다. 이에 들뢰즈는 존재하는 것은 이웃관계에 따라 다양한 방식으로 결합하고 해체되는 '기계'machina이며, 감각은 그러한 운동과 이행의 과정 속에서 표현되는 특이적인singular 실존적 양태라 간주했다. 요컨대 우리가 느끼고 명명하는 감정의 상태들은 감응이라 불리는 신체와 정신의 공-동적共-動的 관계의 특수한 일단면을 가리킨다.

여기에서 감응의 철학적 이론을 면밀히 고찰할 여유는 없다. 공감empathy이라는 논제로 재빨리 돌아가 보자. 대개 동정sympathy과 혼용되거나 때로 날카롭게 구별되는 이 단어는 근대 미학과 윤

---

3 질 들뢰즈 외, 「정동이란 무엇인가?」, 『비물질 노동과 다중』, 서창현 외 옮김, 갈무리, 2005, 28~30쪽. 번역은 원문을 대조해 수정했다. 참고로, 들뢰즈는 베르그손을 경유해 스피노자를 해석하고 있으며, 따라서 들뢰즈의 감응론은 스피노자 자체에 관한 논의와는 다소 차이를 갖는다는 점을 밝혀 둔다. 멜리사 그레그·그레고리 J. 시그워스 엮음, 『정동 이론』, 최성희·김지영·박혜정 옮김, 갈무리, 2015, 371~374쪽 참조.

리학, 정치학의 기초적인 바탕을 형성하는 중요한 관념이다.[4] '공동'을 뜻하고 '인입'이것을 가리키는 접두사 'sym-'과 'em-'에 유의하자. 타인에게 스며들어 가 타인과 맺는 공동의 감정적 기반 없이 아름다움이나 추함, 도덕과 비도덕, 공동체와 그 외부를 설정하고 판단할 수 없다. 특히 공감을 획득하기 위해서는 상상력이 매개된다는 점에 관심을 기울이자. 본질적으로 나 아닌 다른 것, 타자와의 동일성은 상상력을 통하지 않고는 불가능하다. 당사자가 아닌 다음에야 어떻게 타인의 신체나 정신적 감각을 공유할 수 있겠는가? 그러므로 공감을 위한 상상력은 항상 실천적 개입을 필요로 한다. 네 상실의 아픔을 나 역시 공유하고 아파하겠다는 의지적 개입 없이 그 느낌을 나누기는 어렵다. 그래서 루소는 타인에 대해 느끼는 연민pity은 자연스러운 정서적 현상이며, 정치체의 토대가 된다고 역설했다.[5] 감정이야말로 우리가 사회를 구성하는 데 가장 중요한 원천, 이성보다도 더욱 본원적인 중핵이라는 것이다. 자, 이제부터가 관건이다.

근대의 감정 논리는 사회를 상상하고 형성하는 핵심적 기제였다. 이때 사회란 국민과 국가, 민족이 하나로 합쳐지는 국민국가 nation-state로 총괄된다. 영토적으로 내부와 외부의 경계가 확정되고, 동일한 언어와 도량형 체계, 행정적 법규 등으로 관할되며, 동

---

4 이 두 단어의 의미론적 구분이나 한국어 번역의 용례에 대해서는 신형철, 「감정의 윤리학을 위한 서설 1」, 『문학동네』 82호, 2015 봄, 404~409쪽을 보라. 서구어의 어원적 의미와는 별도로, 우리의 논의를 위해 필요한 부분은 공감이 타자의 상태에 대한 실천적 과정을 포함하며, 그것은 자기중심적인 의지와 (때로 그 역을 포함하는) 그 이상을 요청한다는 데 있다.

5 장자크 루소, 『인간 불평등 기원론』, 주경복·고봉만 옮김, 책세상, 2003, 38~41쪽.

질적인 유대감의 공동체가 근대 사회요, 국가이다. 여기서 법과 규범의 가시적 장치들은 하드웨어요, 애국심이나 국민감정, 동포의식과 같은 감정적 유대는 소프트웨어라 할 만하다. 전자는 규모의 문제를 빌미로 대의 민주주의를 실행하는바, 구성원 전부의 의지와 권리를 대신해서 재현하는re-presentation 정치체제가 그것이다. 후자는 어떠한가? 직감하다시피, 애국심과 국민감정, 동포의식 역시 재현적이다. 공동체 참여자들 각자의 지각이나 감수성, 감성적 차이들을 고려하지 않은 채, '이것이 당신이 느껴야 할 감정'임을 강제하고 주입한다. 김연아가 소치올림픽(2014)에서 부당한 판정으로 은메달에 머물렀을 때, 그때 당신이 느낀 분노는 비단 정의에 대한 감정에서 유래한 것만은 아니었을 것이다. 독도에 대해서도 마찬가지다.

개인보다 '큰 것', 네이션(국민/민족/국가)을 매개로 형성되고 작동하는 감정은 그 형식과 내용이 이미 규정된 채 전달되고, 복제되기만 한다. 조건에 따라 다르게 변이하거나 유동하면서 서로 다른 감각의 차이를 느껴 보고 그에 관해 토론할 여지를 주지 않는다. 근대 사회는 의지적으로 타자에게 개입하여 공통의 규범적 감정의 유대를 만들고, 마침내 네이션의 울타리 내부에 봉인한다. 애국심 등으로 치장된 이런 감정이 감응이라는 보다 깊은 저류의 한 가닥에 불과함은 앞에서 언급했다. 근대의 감정이론을 넘어서는 감응의 사유를 끌어들여야 하는 이유가 이로부터 나온다. 타자와의 공-동적 관계를 새로이 구성하기 위한 공감은 감정이 아니라 감응에 기반해서 다시 음미되어야 하는 것이다.

3. 문학, 낯선 공감의 사회적 생성

문학이 상상력을 통해 감정의 문제를 다룬다는 통념은 주의해야 한다. 그것이 어떤 감정인지 명시하지 않은 채 문학과 감정을 연결 짓는 것은 근대의 감정이론을 고스란히 답습하는 일에 불과한 탓이다. 문학은 정치의 바깥에서, 정치와는 무관히, 종종 반정치적인 독자성을 가지고 그 존재의 의의를 주장했으나, 근대라는 넓은 맥락에서 볼 때 문학은 네이션을 구성하는 데 복무하는 충실한 문화적 장치로서 기능해 왔다. 바로 공감이라는 익숙한 방법을 통해서.

가령 이광수의 『무정』(1917)의 마지막 대목에서 형식과 선형, 영채가 수재민을 위한 음악회를 열자고 결의했을 때, 그것은 단지 동포들을 애틋해하는 마음, 위안을 주고자 하는 연민과 동정 때문이었을까? 거기엔 주인공들뿐만 아니라 독자들마저 그 정서적 경험에 동참하도록 유도하여 민족이라는 네이션으로 결집하게 만드는 재현적 힘이 작용하고 있진 않은가?[6] 이는 '큰 것'으로서의 근대적 공동체를 향한 결합작용이며, 등장인물의 감정이 어떻게 전달되고 작용하게 될지 이미 그 정서적 회로를 짜 놓은 방식대로 구동시키는 논리적 구조물이다. 헤겔이 『미학』에서 소설을 '근대의 서사시'라 불렀을 때, 우리는 서사시가 고대의 민족과 국가를 형성하는 방식으로 어떻게 쓰이고 읽혔는지 잘 판단해 보아야 한다. 같은 식으로 근대의 문학적 상상력은 네이션이 만든 도식으로 흡수되어, 네이션을 강화하고 보완하는 방식으로 작동해 왔다. 이렇게 표현되는 문학의 감정은 재현된 감정이자 대의된 감정이고, 다른 방

---

6 김홍중, 『마음의 사회학』, 문학동네, 2009, 336~337쪽.

식으로는 흐르거나 운동할 수 없는 네이션의 일방향성에 예속되게 마련이다. 이때 공감은 네이션으로 지칭되는 동일자의 집단, 즉 민족과 국민, 동포, 동향인과 같은 초개인적인 거대 집단에서만 유통되는 정서적 화폐와 다름없다. 들뢰즈식으로 말한다면, 네이션의 감정과 공감대는 몰mole적 척도에 따라 코드화된 감응의 한 양상에 불과하다.

근대 사회에서 제련된 문학적 감정 자체를 비난하고 싶지는 않다. 그때는 그런 것이 필요했을지 모른다. 전근대적 지형에서 새로운 사회를 향해 나아가야 할 때, 혹은 식민지의 현실에서 새로운 공동체가 만들어져야 할 때 필요한 것은 합리적 이성과 더불어 공동의 감정적 연합이며, 동서고금을 막론하고 문학은 이를 위한 탁월한 형식을 제공해 왔다. 실로 근대 문학은 민중을 하나로 엮는 감정의 접착제로서 커다란 역할을 담당했다.[7] 공감의 물질적 상상력으로서 문학이 근대 문화의 가장 유력한 형식으로 부상할 수 있었던 것은 이렇게 네이션과 결합했기 때문이었다. 하지만 네이션과 개인이 이반하는 경우, 즉 '큰 것'이 '작은 존재'들을 매개해 주는 조화로운 접착체가 되지 않고, 오히려 개인을 억압하거나 왜곡시키려 할 때는 어쩔 것인가? 네이션으로 환원되지 않는 감정의 구조를 불필요하거나 잘못되었다고 볼 수 있을까? '큰 것'을 벗어나는 그런 감각이 너무 작아서 무의미하거나, 사소하다고 말할 수 있는가? 근대의 국민국가적 지형을 벗어나기 시작해 탈근대의 현재에 이른 지금, 감정의 형식으로서 문학은 어떻게 변형되어야 할까?

---

7 베네딕트 앤더슨, 『상상의 공동체』, 윤형숙 옮김, 나남출판, 2003, 제2장.

거대 담론적 논리보다는 한국적 지형에서 발생한 구체적이고 실감 있는 언어로 사태를 기술하는 게 더 정확할 듯하다. 2010년대 내내, '헬조선'과 '세월호'라는 화두는 우리에게 근대의 네이션을 무너뜨리고 폐허로 만드는 커다란 충격으로 다가왔다. '큰 것'의 신화가 와해되는 현장에 자신도 모르게 도달한 것이다. 개인이 생명과 안전을 보장받기 위해 기꺼이 자신의 권리를 유보함으로써 구성되었다는 사회계약의 신화는, 기껏 그렇게 약속해서 만든 울타리가 지옥과 다름 없으며, 여기서 살 길이란 죽는 길과 다르지 않게 폐쇄되어 있음을 깨닫게 된 현실 아닌가. 한마디로, "국가가 국민을 구조하지 않은 사건"[8] 앞에 우리는 더 이상 근대적 네이션을 추구하거나 지향할 수 없게 되었다. 이러한 절망적인 현재 앞에 문학은 어떤 식으로 작동해서 무엇을 생산해야 할 것인가?

공감은 여전히 문학의 과제로서 필요하고 결정적이다. 공통적이라기보다 공-동적인 감각을 이끌어내 조형함으로써 네이션과는 다른 집합을 구성하는 능력인 까닭이다. 하지만 그것은 익숙한 공감이 아니라, 낯선 공감이어야 한다. 문제는 이 당위를 추상적 논리가 아닌 구체적인 실천 속에서 보여 줄 것인가에 있다.

문학은 공감의 사회적 생성장치로서 그 질료를 감정이 아니라 감응으로부터 이끌어내야 한다. 감정의 정치학, 곧 감각을 특정한 이름과 상태에 결박시킴으로써 옳고 그름을 미리 정해 분배하는 방식으로 문학이 기능할 수는 없다. 그런 시대는 끝났다. 이제 근대적 네이션이 무너지고 해체된 폐허로부터, 이전의 네이션과

---

8 박민규, 「눈먼 자들의 국가」, 김애란 외, 『눈먼 자들의 국가』, 문학동네, 2014, 57쪽.

는 이질적으로 형성되는 또 다른 공동체를 향한 욕망을 문학은 담아야 한다. 그렇게 하기 위해서는 감정이 아니라 그 저변을 흐르는 감응으로부터 문학의 질료를 길어 내야 한다. 네이션 이후의 삶, 파편적인 원자들로 분산된 개인들을 '큰 것'에 환원하지 않는 방식으로 어떻게 다시 결집시킬 것인가? 널리 산포된 그들의 감응을 서로 연결하고 전달하여 형성되는 공감의 집합체를 문학은 어떻게 보여 줄 것인가? 아직은 미약하지만 그 강렬한 징후를 다음 세 편의 소설을 읽으며 추적해 보도록 하자.

1) 우연한 타인들 사이의 공감 —— 최진영의 「하룻밤」[9]

때로는 하룻밤 사이에 일어난 사건이 인생의 모든 비의를 응축해서 전시하기도 한다. 소설의 주인공 "나"는 대학생이지만 별다른 특징 없이, 그 나이 또래의 고만고만한 젊은이의 감정과 욕망, 세상에 대한 관심을 갖고 살아간다. 하지만 자세히 뜯어보면 그는 타인과 세계로부터 단절된 기분으로 매일을 영위해 간다. 여자친구와의 관계는 지루하고 가식적으로 여겨지며, 충만된 교감을 주지 못한다. 그저 낯모르는 여자와 잠을 자거나, 무료한 시간을 때우는 게 현재의 공허를 메우는 유일한 방법으로 여겨질 정도다. 이야기는 O, K, S 등의 친구들과 오랜만에 뭉쳐 클럽을 가기로 하면서 시작된다. 목적은 뻔하다. 괜찮은 여자를 만나 하룻밤을 보내는 것. 하

---

9 최진영, 「하룻밤」, 『창작과비평』 170호, 2015 겨울, 240~264쪽. 이하 본문의 괄호 안 숫자는 해당 쪽수.

지만 주인공에게는 다른 이유도 있다. 그것은 머릿속에서 들리는 급브레이크 소리를 잊어버리고 삶에 대한 어려운 고민으로부터 벗어나는 것이다.

일견 세상에 대한 치기 어린 냉소와 의혹 정도로 읽힐 법하지만, 줄거리가 전개되면서 풀려 나오는 주인공의 처지는 우리 시대의 젊은이들을 장악하고 있는 곤혹을 가감없이 드러낸다. 신경쇠약에 걸린 어머니는 매일 주인공에게 전화를 걸어 가출한 동생을 찾아 오라고 닦달하고, 그걸 뿌리치지 못하면서도 딱히 대책이 없는 주인공은 인생에서 출구를 찾지 못한다. 돈 없는 청춘이란 게 작지 않은 걸림돌이긴 하지만, 가장 힘든 문제는 이 세계를 살아갈 만한 전망이 보이지 않는 것이다. 인간관계는 소통이 끊어진 채 표면 위를 왕복하고, 주인공이 겪었던 불행한 기억은 현재와 미래를 발목 잡는 트라우마로 솟아오른다. 살아도 살아 있다고 부를 수 없는 현실. 여기서는 어떠한 꿈도 꿀 수 없으며, 마치 심해어처럼 바닥을 훑으며 연명할 수밖에 없다. "유토피아는 지상이나 하늘이 아니라 바로 바다 바닥에 있는 것이다. 인간이 닿을 수 없는 곳. 닿기 전에 짓눌려 죽어 버리는 곳. 하지만 여기가 바로 유토피아지. 나는 60%의 세계에 있다. 절대 암흑과 냉혈의 세계에 있다. 저기 보라. 번쩍거리는 심해생물들이 짝, 아니 먹잇감을 찾고 있다"(244).

뻔한 '헬조선'의 이야기처럼 들린다 해도 무리는 아니다. 청춘들은 삶의 의미를 모른 채 방황하고, 외면적 관계는 영원한 타인으로 머물러 있다. 가족은 훼손되어 어머니는 자식의 고민을 모른 채 자기 요구만을 보채고, N이라는 이니셜로 표기되는 동생은 형보다 처음 만난 사람들에게 더 마음을 터놓는다. 클럽에서 만난 여자 G

는 자살할 결심이라며 주인공에게 "증인"이 되어 달라고 칭얼거린다. 함께 간 친구들은 돈을 빌린 채 사라지거나, 돈을 빌려 달라는 말 외에는 별로 할 말이 없다. 도무지 타인과 정서를 공유하거나 공감할 만한 상황이 아니다. 서로를 향한 발화와 행동의 모든 것들은 자신의 요구만을 향할 뿐 타인 그 자체를 지향하지는 않는다. 여자 생각으로 따라나선 길이었으나, 주인공조차 자신에게 따라붙는 G를 귀찮아하고 다가갈 마음이 없다.

새벽녘 우연히 들어간 편의점에 동생 N이 아르바이트를 하고 있음을 발견하고, 주인공은 집으로 돌아갈 결심을 한다. 하지만 또 다른 우연일까? K와 S가 속속 그 자리에 모여들고, 다섯 명은 이런 저런 대화를 나누며 국밥집으로 향한다. 놀랍게도, 대단찮은 대화들 틈으로 타인에 대한 느낌이 환기되고, 주인공은 G에 대해 묘한 감정을 가지며 작은 친절을 베풀기도 한다. 그러던 중 주인공이 차를 타지 못하는 이유가 밝혀지는데, 이것이 그의 트라우마의 핵심이다. 17세이던 고교 시절, 그는 힘과 성적, 돈, 외모 등 모든 면에서 우월한 P를 만나 온갖 굴욕 속에 심부름꾼 노릇을 했는데, J는 자기와 비슷한 처지의 친구였다. 어느 날 P가 형의 차를 끌고 나와 J에게 운전을 시키고 과속으로 도로를 달리라고 명령한다. 뒷자석에 여자와 함께 타 섹스를 벌이고, 그것을 "나"에게 촬영하도록 강요했던 기억은 끔찍한 사건의 출발점이었다. "강변북로는 지옥이었다. 우리가 타고 있던 차는 지옥의 핵이었다"(261). 양순하던 J가 갑자기 욕을 내뱉으며 마구잡이로 차를 몰다가 큰 사고가 났다. 두 달 만에 퇴원한 주인공은 자신의 동의도 없이 자퇴 처리가 되었고, J는 반년 넘게 의식불명에 빠진다. 아무도 처벌받지 않았다. P는 아무런 대가도 치르지 않은 채 잘만 살더라는 후문을 들었을 뿐이다.

짐작하다시피, 빈부의 계급 차이와 권력 차이, 강제와 폭력으로 점철된 학창 시절의 악몽이 주인공에게서 삶의 의욕을 빼앗았고, 타인들과의 원만한 관계를 형성하지 못하게 만들었다. '가족'에 있어서도, '우정'에 있어서도 그는 응당 가족과 우정이 베풀어 주는 감정적 교류를 맛보지 못했다. 이로 인해 그는 영구적인 관계불능의 트라우마에 빠질지도 모른다. 하지만 사회의 규범적 코드가 작동하지 않거나, 규정된 감정의 회로가 가로막혀 있는 곳에서도 감응은 흐른다. 무의식적이고 신체적인 감각을 일깨우면서. 이 밤의 경험, 알 듯 말 듯한 타인들과 정처 없이 길을 걸으며 나눈 대화와 정서의 교환이 그들 사이에서 알 수 없는 공-동적 분위기를 형성한 것이다.

문득 공기가 청명해진 느낌이었다. 오늘밤은 이제 지난밤이 되었다. 지난밤 길바닥에서 일어난 이러저러한 일들을 차근차근 떠올려 보니 불면증에 시달리며 이따금 꾸는 복잡한 꿈 같았다. 하지만 저기 앞에 승희와 기태와 남수와 또 이름이 뭬랬더라, 지은이랬던가, 지은이 오순도순 걸어가고 있지 않나. 꿈은 아니었던 거다. 해장국 먹고 헤어질 때 지은의 전화번호를 꼭 받아야겠다고 생각했다. 지은이랑 자는 사이가 되겠다는 건 아니다. 해장국 값을 갚고 싶어서다. 죽지 않고 살아 있는지 가끔 확인도 해 봐야 할 것 같고. 그렇게 확인을 하다 보면 나도 죽지 않을 수 있을 것 같고(263).

청년 시절에는 누구나 겪을 법한 하룻밤의 식상한 에피소드일 수 있다. 하지만 아무런 규범적 이름으로도 명명되지 않은 상태에서 우연히 묶인 이들, 해장국 한 그릇으로 허기를 채우고 서로를 '이름으로써' 부르기 시작한 이들 사이에서 조심스레 생겨나는 연대를 지켜볼 이유는 충분하다. 타인의 죽음에 대한 관심은 곧 타인의 삶에 대한 관심과 연결되고, 다시 자기 자신의 삶과 죽음에 대한 관심으로 이어진다. 이로써 자신들도 명확히 의식하지 못하는 공-동적 관계가 서서히 조성되고 있다. 물론 이것은 단 한 번의 시도에 의해, 마치 '소설처럼' 이루어지는 마법이 아니다. 횡단보도를 건너던 주인공은 문득 P의 조소를 목격한 환영에 시달리고, 자신을 향해 다가오는 그의 자동차 앞에 얼어붙고 만다. 그가 길을 건넜는지, 또는 어떤 사고를 당했는지 알 수는 없다. 하지만 보도 건너편에서 그의 동료들이 어서 건너라고 부르는 소리도 들려왔음은 분명하다.

2) 비-공감의 공감 ── 김애란의 「입동」[10]

"나"와 아내는 오랜 상의 끝에 경매로 싸게 나온 아파트를 구매하기로 결정했다. "집값의 반 이상을 대출로 끼고서" 가능한 일이었고, "몇십 년간 매달 갚아야 할 원금과 이자를 떠올리면 자주 마음이 무거워졌"지만(261), 온전히 자신의 소유로 남는 집이라고 생

---

10 김애란, 「입동」, 『창작과비평』 166호, 2014 겨울, 258~280쪽. 이하 본문의 괄호 안 숫자는 해당 쪽수.

각하면 감수할 만한 결단이었다. 무엇보다도 유치원에 다니는 아들 영우와 아내가 기뻐하는 모습이 큰 보상이 되었다. 아이는 온전히 삶의 중심이었다. 아내는 "앞으로 영우가 어린이집을 옮겨 다니지 않아도 되겠다며 기뻐했"고, 집을 구해서 "부모로서 뭔가 해줬다 싶은" "뿌듯한 표정"도 지어 보였다(261). 가족이 살 수 있는 공간을 마련했다는 사실, 현재 대한민국에서 이보다도 중요한 경사가 또 있을까? "20여 년간 셋방을 부유하다 이제 막 어딘가 얇고 연한 뿌리를 내린 기분. 갓 돋은 뿌리 하나가 땅속 어둠을 뚫고 나갈 때 주위에 퍼지는 미열과 탄식이 내 몸에도 고스란히 전해지는 느낌이 났다. […] 어딘가 어렵게 도착한 기분. 중심은 아니나 그렇다고 원 바깥으로 밀려난 건 아니라는 '안도'가 한숨처럼 피로인 양 몰려왔다"(261~262).

　"원"이란 이 사회가 허락한, 살도록 만들어 준 생존의 한계지대를 가리킨다. 그 바깥을 넘어가면 가족도 해체되고 주체도 더 이상 삶의 의미를 찾을 수 없다. 신자유주의적 질서에 대한 푸코의 비유를 들자면, '살게 만들고 죽도록 내버려 두는' 생존의 경계선이 그 원의 내부에 있는 것이다. 20년 넘게 생존의 거처를 찾아 헤매다 간신히 그 밖으로 내몰리지 않을 영토에 진입하게 되었으니 왜 축하할 일이 아니겠는가? 조소일망정 "그래도 나는 그냥 푸어인데 너는 하우스푸어니 얼마나 좋냐"(262)는 친구의 말처럼 이 "원"의 안쪽에 들어서게 된 것은 사회적 생존에 있어 중대한 사건이라 할 만하다. 따라서 아내가 집을 꾸미는 데 반년 이상 공을 들였다든지 하는, 생존이라는 절대 필요로부터 해방되어 삶을 누리고 싶어 하는 이유는 단지 소시민적 허식은 아닐 것이다. 삶은 생존 이상이며, 그것을 가시화해 줄 만한 표징을 요구한다. "아내에게는 정착의 '사실'뿐 아니라 '실감'이 필요한 듯했다. '쓸모'와 '필요'로만 이뤄진 공간은 이제 물렸다는 듯, 못생긴 물건들과 사는 일은 지쳤다는 듯. 아내는 '물건'에서 '기능'을 뺀 나머지를, '삶'에서 '생활'을 뺀 나머지를 갖고 싶어 했다"(263).

당연히, 아이는 그러한 삶을 삶으로서 표상하게 해주는 상징이다. 여느 가정에서나 볼 수 있는, 아이의 성장을 둘러싼 부부 간의 마찰조차 추억이 되고, 기껏 잘 꾸며 놓은 집을 아이가 더럽힌다든지, 구석빼기로 기어들어가 숨고 먼지투성이로 만드는 일쯤은 아무것도 아닐 것이다. 흔히 '사건'이란 단말마적으로 일어나는 변화에 붙는 명명이지만, 실상 아이가 자라고 커 가는 광경은 시간의 긴 흐름이 빚어내는 '장기지속적' 사건에 비견될 만하다. 이 시간의 작업을 단절시키는 참혹한 사건이 벌어진 것은 지난봄이었다. 52개월도 못 된 작은 아이는 후진하던 어린이집 차에 치여 치료도 제대로 못 받은 채 숨지고 말았다. 황망해하는 부부에게 어린이집 원장은 '사고'를 조용히 매듭지어 넘어가고자 했고, 실제로 그렇게 되어 버렸다. 가해 차량은 보험이 들어 있어서 민사상의 필요한 손해배상은 다 받을 수 있었으며, 운전사가 교체되었고, 현장의 보육교사까지 이직 조치됨으로써 아들 영우의 죽음은 재빨리 지워져 버렸다. 부부를 더욱 상심케 한 것은, 동네에 퍼진 "차마 입에 담지 못할 소문"(268)이었다. "나"가 보험사에 다닌다는 이유로 돌게 된 보상금에 대한 사람들의 추측이었을 것이다.

영우가 죽은 후 주인공의 어머니가 급히 올라와 가정살림을 돌봐 주다가, 어느 날 밤 부엌에서 복분자병을 깨뜨린다. 사실 이것이 소설의 첫 장면이다. 두 달 전, 어린이집 원장이 나빠진 평판을 쇄신하고자 돌린 복분자액이었는데, 아마 어떤 실수였는지 부부에게까지 그게 배달된 것이다. "무감"(270)이 죄라 볼 수는 없겠지만, 부부에게 다시 없는 모욕이 된 것은 사실이다. 그리고 돌려보내리라 결심만 한 채 한쪽에 방치해 둔 그 병을 어머니가 깨뜨려 부엌 벽을 붉게 물들여 놓았다. "검붉은 액체는 어머니의 흰색 티셔츠뿐 아니라 식탁과 장판, 밥통과 전기주전자 등 자잘한 가재 위에도 어지럽게 튀어 있었다. 특히 식탁과 마주한 벽의 상태가 심각했는데, 산뜻한 올리브색 벽지 위로 시뻘건 얼룩이 번져 있는 게 마치 누군가 순전히 이웃을 모욕하기 위해 갈겨 놓은 낙서 같았다"(259).

생존의 전장으로부터 비로소 삶의 영토로 진입한 부부가 간신히 꾸린 가족의 영역은 이렇게 짓밟혔다. 세간살이 전체가 검붉은 피 같은 액체로 더럽혀졌고, 부엌을 꾸밀 때 특히 아내가 신경 썼던 올리브색 벽지에 튄 복분자액은 이 소시민의 삶이 손쉽게 훼손되고 복구할 수 없는 정서적 나락에 빠질 수 있음을 암시한다. 일반적으로 가족은 사회적 삶의 가장 기본적인 토대가 되며, 국가는 가족이라는 기초로부터 비롯되고 유지될 수 있다고들 한다. 가족과 시민사회, 국가의 동형성을 주장했던 것은 바로 근대성의 화신인 헤겔이었다. 하지만 그것은 국가라는 '큰 것'의 공동체가 그 하부단위들을 짓누르고 통제할 때 생겨나는 위계에 다름 아니다. 국가는 대체될 수 없으나 가족은 얼마든지 그럴 수 있다. 역사의 거대한 수레바퀴가 네이션이라는 마부에 의해 조종될 때, 그 마차를 끄는 작은 존재들은 단지 도구로서만 소용될 따름이다. 간혹 마차에서 이탈한 작은 존재들, 즉 "원" 밖으로 밀려난 존재들은 어떻게 되는가?

잘 알려진 헤겔의 언명에 따르면, 역사의 수레바퀴는 부단히 전진할 뿐이어서 바퀴 아래 깔린 작은 꽃잎사귀는 어쩔 수 없이 짓이겨져야 한다. '큰 것'은 그렇게 존재를 이어 가는 게 이치니까.

소시민들, 작은 사람들의 불행이나 아픔에 공감하는 것은 좋다. 그런데 그런 감수성은 루소가 언급했던 타인에 대한 동정과 연민에 가깝고, 이때 타인은 나와 동류의식을 지닌 동포나 국민, 민족의 누군가로서 네이션의 매개에 의해 연결된 동일자의 형상 속에 포함되어 있다. 그런 감정도 좋을 수 있고, 필요하기도 하다. 하지만 지금 우리는 그 이상을 읽어 내고자 한다. 짐작하듯, 세월호의 희생을 암유하는 이 작품은 국가가 더 이상 국민을 구조하지 않는 시대의 희생에 대한 서사인 까닭이다. '큰 것'을 경유해 만들어지는 감정은 전체를 위해 부분들을 어서 망각하고, 한시라도 급히 '큰 것'의 대열에 동참할 것을 종용한다. 아이를 잃은 가족에 대해 동네 사람들이 보인 태도가 그것이며, 어쩌면 실수로 복분자액을 보냈을 어린이집 원장조차 그런 마음을 품고 있었을 것이다. 세월호에 대해 시간이 흐르면서 사람들이 보인 반응들, '산 사람은 살고, 죽은 사람은 어서 잊어야 한다'는 말은 '대중적 정서'나 '국민감정'을 빌미로 표출되곤 하지만, 정확히 '큰 것'에 척도를 두었을 때만 발설될 수 있는 폭력의 수사다. 복분자액을 깨뜨린 시어머니에게 무심코 내뱉은 아내의 말 "아이 씨…"(260)나, 시장에 가서 사람들의 눈치를 살피는 아내의 두려움은 어쩌면 "원" 밖으로 내몰리게 된 사람들의 공포를 투영한 것인지 모른다.

어느 밤, 복분자액으로 새빨갛게 드러난 상처를 도배를 새로 하여 지우자는 아내의 제안은 무엇을 말하는가? 아마도 세상 사람들의 '공감'과 마찬가지로, '산 사람은 살아야' 하는 '큰 것'의 길을 수용하는 것일 수 있다. 그것은 자연스런 현상이며, 불가피한 애도로서 생존을 삶으로 다시 바꿔 가기 위한 용기이기도 할 것이다. 그런데 부부가 "협동"(273)하여 오밤중의 도배를 한창하던 중 아내는 식탁 아래서 영우의 이름자를 발견하고 오열한다. 구석에 숨기를 좋아하던 아이가 남긴 불완전한 글자들. 그 옆에 아내가 주저앉아 울고 있고, 벽에는 아직 빨간 복분자액의 흔적이 비처럼 꽃처럼 쏟아지고 있다. 길지만 이 장면을 인용해 보겠다.

> 아내는 연주를 끝낸 뒤 수천 명의 기립박수를 받은 피아니스트마냥 다시 울기 시작했다. 사람들이 던진 꽃에 싸인 채. 꽃에 파묻힌 채. 처마 밑에서 비를 피하는 사람마냥 내가 받치고 선 벽지 아래서 훌쩍였다. 흰 바탕에 이름을 알 수 없는 아이보리색 꽃이 촘촘히 박힌 벽지를 이고서였다. 그러자 이제 그 꽃이 마치 누군가 아내 머리 위에 함부로 던져 놓은 조화弔花처럼 느껴졌다. 살아 있는 사람에게 악의로 던져 놓은 국화 같았다. 우리는 알고 있었다. 처음에는 탄식과 안타까움을 표했던 사람들이 우리를 어떻게 대하기 시작했는지. 그들은 마치 거대한 불행에 감염되기라도 할까 우리를 피하고 수군댔다. 그래서 흰 꽃이 무더기로 그려진 벽지 아래 쭈그려 앉은 아내를 보고 있자니, 아내가 동네 사람들로부터 '꽃매'를 맞고 있는 것처럼 느껴졌다. 많은 이들이 '내가 이만큼 울어 줬으니 너는 이제 그만 울라'며 줄기 긴 꽃으로 아내를 채찍질하는 것처럼 보였다(279).

이것은 독자의 어설픈 공감을 끌어내기 위해 묘사한 장면이 아니다. 세상 사람들이 보여 준 관심과 곧 꺼져 버린 호의는 원 안쪽에 그들이 머물기 위해 내비친 동정과 연민에 다르지 않다. 그 자체를 비난할 수는 없어도, 그런 무수히 많은 행위들이 무의미하게 우리의 일상을 포위하고 있음도 분명하다. 아내와 주인공이 맺는 "협동"의 공동체는 아마 가족이나 부부라는 이름으로 더 이상 부를 수 없으리라. 그들을 '가족'과 '부부'라 부른다면, 이는 원 안쪽의 사람들과 이들 사이의 체험의 차이를 지우는 일이 되고 말 것이다. 차갑게 형식화된 세계에 대한 비-공감의 공동체가 "나"와 아내 사이에 있다. 이들 사이의 공감은 '동정'이나 '연민'으로 표상되는 감정의 유대가 아니라, 아이의 쓰지 못한 이름자에서 돌연 체감되는 감응의 연대가 아닐 수 없다. 공감 너머의 공감, 그것은 기존의 사회적 형식을 넘어서는 감응적 관계 속에서만 어렴풋이 피어날 뿐이다. 비-공감의 공감. 문학이 그려 내는 공감은 이런 게 아닐까? 하지만 '입동'立冬이라는 제목이 시사하듯, 감응의 공-동체는 아직 여전히 미약하며, 위태롭기까지 하다.

3) 공감 너머의 낯선 공감 —— 윤이형의 「대니」[11]

미래 시점의 어느 날. 예순아홉의 노파가 손자를 데리고 놀이터에 왔다. 그때 깔끔하게 차려입은 젊은 남자가 다가와 "아름다워"라고

---

11 윤이형, 「대니」,『러브 레플리카』, 문학동네, 2016, 7~47쪽. 이하 분문에서는 괄호 속 숫자로 쪽수를 제시한다.

말한다(14). 누구를 지시하는 단어인가? 손자 민우인가? 어처구니 없게도 그가 아름답다고 지칭한 것은 주인공 노파였다. 인생의 아름답던 시절은 오래전에 지나가 버렸고, 자식 대신 손자를 키워 가며 노년의 고단한 나날을 보내고 있는 그녀에게 젊음은 그 자체로 부럽고도 반감을 갖게 하는 무엇이다. "주름도, 상처도, 나쁜 의도도 없고 아직 부서지지도 무너지지도 않은 얼굴들"을 보면 "이유 없이 시선이 떨궈지고 잘못한 것도 없이 주눅이" 드는 그녀의 노년은 "무심히 상처 입히는 능력을 잃어버린 자의 질투"(15)로 채워져 있다. 청춘과 만년의 대립, 이 화해 불가능한 적대에 대한 이야기는 그 자체로는 별반 새로울 게 없다.

주인공은 변두리의 올드타운에서 외롭게, 그러나 자신의 나이와 처지, 입장을 충분히 숙지했기에 전혀 그렇다고 느끼지 않으면서 무탈하게 살고 있다. 경제적으로 풍족하지 않고, 따로 기대고 의지할 대상이 없다면 피할 수 없는 만년의 일상이다. 다행히 노인복지센터에서 마련해 준 지역 도서관의 사서 자리는 그녀에게 소일거리가 되었고, 무언가 일하고 있기에 인간답다는 느낌마저 선사했다. 그래서 사위와 어렵게 살아가는 딸아이가 민우를 부탁했을 때, 적잖은 아쉬움을 느끼며 손자를 떠맡아야 했던 것이다. "나는 유유자적 시장을 구경하거나 산바람 강바람을 쐬고 싶을 때 적적하게나마 산책할 자유를 포기하고 싶지도 않았다"(20). 아이에 대한 애정을 시시콜콜 표현해서 무엇하랴. "내 핏줄이 뻗어 간 가지 끝에 이런 것이 맺혀 있다니, 믿을 수 없을 정도로 감사하고 뭉클한 존재"(20)이기에 아이에 대한 사랑은 더 말할 나위가 없다. 그러나 갓난아이를 부모 대신 돌보는 것은 소일 삼아 할 만한 일이 아니고,

심각한 박탈감과 체력의 소진을 동반하는 노동에 가깝다.

나는 기계가 아니다.

집이 비는 주말이면 나는 가게에서 소주를 사다 한 병씩 마시며 그렇게 중얼거렸다. 중얼거린 다음에는 차라리 기계라면 좋겠다는 생각이 들었다. 몸이란 건 웃기고 요망한 덩어리라 음식물처럼 혼자만의 시간도 주기적으로 넣어 줘야 제대로 일을 하겠다고 우아를 떨어 댔다. 평소에는 내가 그저 기름 약간 거죽 약간을 발라 놓은 뼈 무더기 같다가도, 조용한 방에 앉아 컵에 따른 소주를 천천히 목으로 넘기고 있으면 그나마 사람이라는 더 높은 존재로 회복되는 기분이었다. 가끔 검푸른 한강 물 생각이 났다. 천사 같은 손주 키우기가 유일한 소일거리이자 낙인 늙은이, 그게 내게 주어진 역할이었다. 아무도 내가 울 만큼 힘들 수도 있다는 걸 알지 못했다(21).

몇 문장만으로도 직감할 수 있는 사실은, 노인이 아이 보기에 지쳤다는 것과 홀로 만년을 영위할 여유를 원한다는 것, 그리고 다른 누군가와 소통하지 못해 아쉽다는 것이다. 앞의 두 가지는 불가피한 조건에서 연유한 현실이지만, 아마도 마지막 것은 체념 속에 내면 깊이 밀어 넣어 버린 욕망일 듯하다. 그래서 청년, 즉 대니를 다시 만났을 때, 그가 그녀 대신 짐을 옮겨 주겠다고 제안하자 화를 내며 부러 타박을 주었던 것일 게다. 그것은 대니에 대한 경계심의 발로가 아니다. 이미 누구와도 공감할 수 없다고 단정했기에 자신을 방어하기 위해 취한 무의식적 반응이었을 것이다. "왜 그렇게 짜증이 나는지 알 수 없었다. 순수한 친절이자 호의에서 나온 듯 보이는 그의 살가운 태도가 몹시도 견디기 어려웠다. 그것이 실은 내게 친절도 호의도 베풀어 주지 않는 타인들에 대한 짜증이라는 사실을 그 순간에는 알지 못했다"(23).

이런 방어심리는 비단 주인공 노인의 것만은 아닐 듯하다. 우리는 성인이 된 이후로, 대개 알지 못하는 타인으로부터의 호의나 친절을 기대하지 않으며, 또한 받고자 하지도 않는다. 그것은 위험하거나 타인의 불순한 의도를 숨기고 있으며, 종종 언젠가 되갚아야 할 '빚'으로 남게 된다. 세상을 알면 알수록, 또 살면 살수록 견고하게 굳어지는 이런 태도는 주체 자신의 인식과 결단의 산물이라기보단, 그가 받아들인 세상의 견해이자 관점에 더 가깝다. 그러니 나이를 먹고도 이런 것을 모른다는 게 뭔가 이상할 수밖에. 노인은 대니에게 오히려 충고한다. "다른 사람의 감정도 조금은 읽을 줄 알아야지"(24).

놀랍게도, 대니는 인간이 아니다. 그는 아이를 돌보기 위한 목적으로 만들어진 안드로이드, 인공지능AI 로봇이다. 그런데 대니가 처음 노인을 만나 아름답다고 말한 것은 그의 의지에서 나온 발언은 아니었다. 그것은 대니의 소유자가 "심심해서"(11), "대니가 되어 보고 싶"어서(12), "충동적으로"(12) 입력한 단어였다. 대니는 "인간 감정의 팔십 퍼센트를 느끼고 재현할 수 있고, 중간 정도 수준의 농담을 할 수 있"는 기계지만(18), 실상 인간이 입력한 행동 패턴 이외에는 구사할 수 없는 순수한 기계로서 제작된 존재다. 그런 그가 사람들에게 "적게는 백만 원에서 많게는 천만 원까지 요구"하는 "버그"를 일으켰고(18~19), 이게 문제가 되어 결국 폐기(재

1부 도래할 문학의 시간(들)

설정)되기에 이른다. 도대체 무슨 일이 벌어진 것일까?

　아이를 돌보는 목적으로 인해 대니는 타인의 욕망을 읽고 성취해 주는 일을 수행하도록 설계되어 있었다. 통념적으로 아이는 애정을 갖고 길러야 하는 인간이기에, 애정이 결핍된 비-인간인 기계는 그런 일을 할 수 없다고 간주된다. 하지만 타인의 애정이란 궁극적으로 그의 욕망이고, 애정의 충족이란 그 욕망의 만족을 가리킨다는 것을 대니는 여실히 보여 준다. 바꿔 말해, 타자의 욕망이 관건이라면, 이는 단지 아이를 돌보는 문제만은 아니다. 인간 일반, 타인 전체에 대해 어떤 태도를 취하고, 특정한 관계를 형성하는 것에 관한 문제다. 인간의 존엄과 자존에 대해 예민한 감각을 지닌 노인은 애초에 대니를 기계 이상으로 취급할 마음이 없었다. 대니의 섬세한 육아는 짐짓 지치지 않는 기계적 특성으로 간주되었고, "아이는 애정을 필요로 하고, 그 애정은 아무리 서툴고 부족하다 해도 인간의 우물에서밖에 길어 올릴 수 없는 자원"이란 판단은 대니의 능력을 내내 불신하도록 만들었다(27). 그녀가 스스로를 인간으로 여기고 대접받고 싶어 하는 만큼, 그녀가 대니를 인간으로 대하는 것은 어려운 노릇이다.

　그런데 타인의 욕망에 반응하는 대니의 능력은 실상 데이터로 산정되는 기계적 메커니즘으로부터 연유한 게 아니었다. 대니는 "냄새"와 "소리"라는 감각에 주의를 기울이고(29), 환경에 따른 인간의 행동 패턴을 욕망과 결부시켜 이해한다. 예컨대 더운 날 아이보기에 지친 노인이 마시고 싶어 하는 것은 "뜨거운 코코아"라는, 대단히 인간적인 감각을 그는 체득하고 있지 않은가? 욕망은 결국 신체의 문제이며, 언어로 명명하기 이전의 지각 수준에서 벌어지는 상호작용이다. 앞서 우리는 인지적으로 개념화되기 이전에 체화된 감각을 감응이라 불렀다. 그렇다면, 대니는 감정의 논리에 사로잡혀 살아가는 인간과는 다른 무엇 아닐까? 다시 말해, 감응적인 교감과 행동 능력을 지닌 존재, 또는 인간 이상의 인간적 존재는 아닐는지.

혹자는 대니의 능력이 '빅 데이터'와 같은 무한 수의 자료들을 집적하고 분석하여 통계적 패턴을 추출함으로써 획득한 것이라 추측할지 모른다. 당연히, 그렇지 않을 리 없다. 그러나 감응을 놓고 이야기한다면, 살짝 방향이 달라진다. 빅 데이터는 거시적 차원의 통계학이다. 그 지표에는 물론 감정적 요소도 포함되어 있지만, 그것은 어디까지나 '인간적'으로 표지된 감정이다. 달리 말해, 감각적 흐름으로부터 추출되어 특정한 성질로 고정된 감정적 표현들만이 수집과 분류, 사용의 기준이 된다. 시간의 흐름에 따라 다양한 강도로 변이하고, 그 강도적 차이들을 의미화하는 능력과는 다르다. 왜냐면 상이한 강도에 의해 차이화된 감응의 유형들이 내포하는 의미들은 동질적이지 않기 때문이다. 먹고 싶던 아이스크림을 마침내 먹게 된 아이의 기쁨이, 성인이 되어 이웃과 나누게 된 교감의 기쁨과 동일할 수는 없지 않은가. 같은 기쁨이되 서로 다른 의미적 양태로 분화되는 기쁨의 다양성. 거기에 감응의 차원이 존재한다.

대니와 노인은 각자의 신체에 새겨진 노동의 흔적들을 소재로 이야기를 나눈다. 그것은 몸에 각인된 관계의 역사라 할 수 있다. 삶의 여정에서 생긴 무수한 생채기를 지닌 노인과 달리, 기계로 만들어진 대니에게 그런 자국이 있을 리 없다. 그래서 대니는 지희 대신 받은 〈은하 친구들〉 캐릭터 도장자국을 보여 주며, 사십 년이 지나도 지워지지 않았으면 좋겠다는 욕망을 내비친다. 왜냐면 "할머니랑 이 얘기한 거 기억날 테니까요"(37). 단순한 '추억 쌓기'라면, 이 역시 빅 데이터의 하나로 분류될 만한 사례에 불과하리라. 하지만 이 발언은 노인의 마음에 새겨지는 감응적 효과를 낳았다. 이는 흔한 감정의 파편이 아니다. 노인은 대니에 대해 설명할 수 없는 미묘한 기분에 사로잡히게 되었기 때문이다.

딸이 외국여행을 가게 되었을 때, 우연히 아이가 아프기 시작했고, 큰 고비 끝에 낫게 되었을 때 노인은 자책감에 사로잡힌다. 그래서 대니에게 연락하지 말 것을 주문하게 된다. 대니와 만날수록 "나는 내게 일어나고 있는 일이 뭔지 몰랐고, 알고 싶지도 않았"지만(35), 결국 "네가 잘해줄수록 나는 괴로워"(41)라는 역설적 정서를 통해 자신의 느낌을 부정적으로 봉인하게 된 것이다. 그런데 이런 미묘한, 의식되지 않는, 막연한 감각적 교응은 그녀에게만 일어난 일이 아니었다. 대니 역시, 타인의 욕망을 읽고 만족시켜 주도록 설계된 이 기술적 창조물 또한 무지의 상태로부터 점차 또렷하게 확장되고 명료해지는 감각을 찾아 나아가고 있었다. 그들 사이에서 벌어진 분절되지 않는 대화 장면을 조심스레 읽어 보자.

처음에는 잘 느껴지지 않았어요. 할머니가 무얼 원하는지, 무얼 하고 싶은지. 그런데 조금씩 잘 보이고 들리게 됐어요. 지금도 보여요. 그는 내게 그렇게 말했고 이것은 거짓이 아니다. 그런데 왜 가라고 하죠? 나를 미워하나요? 그는 내가 울음을 그칠 때까지 내 어깨를 안아 주었고, 이것 또한 거짓이 아니다(44).

둘이 함께 살기 위해서는 돈이 필요하고, 그 돈을 대니는 사람들에게 요구했다가 문제가 되어 회수된 것이다. 후일 '돌아온' 대니는 그녀를 알아보지 못한다. 두뇌회로가 초기화되어 새롭게 설정되었을 것이다. 노인은 그에 대한 회한을 안은 채, "나는 일흔두 살이고, 그를 사랑했고, 죽였다. 아무도 그것을 알지 못한다. 모든 것이 희미하게 사라져 가지만 그 사실은 변하지 않고, 나는 여전히 살아 그것을 견딘다"라는 말로 기억의 창을 닫는다(47). 누구라도 이 소설을 읽고 나면 가슴을 치는 먹먹함을 느낄 것이다. 그러나 요점은 다른 데 있다.

이 소설을 불가능한 사랑의 회고담으로 읽을 소지는 충분하다. 맞는 말이다. 하지만 한 걸음 더 나아가 본다면, 우리는 대니와 노인의 관계를 결코 '실패한 사랑의 이야기'로 환원할 수 없음을 깨닫는다. 범상한 '사랑'의 감정에 둘의 관계를 가둘 때 우리가 기대할 수 있는 것은 기껏해야 인간과 로봇의 로맨스다. 보다 근본적인 차원에서 되물어 가야 한다.

대니와 노인 사이에는 명백한 차이가 있다. 기계와 인간, 젊음과 노년… 여기에 감정의 속박과 감응의 자유를 덧붙여 본다면 지나친 시도일까? 노인은 인간의 우월성, 노년의 편벽됨, 그리고 내면을 빌미 삼아 외부로부터의 자발적인 고립을 자처하고 있었다. 전형적인 근대적 인간성의 일면이다. 그녀는 모나드이며, 정해진 창문을 통해서만 바깥과 소통한다. 피로와 외로움, 자식사랑이라는 정해진 감정의 회로만을 왕복할 따름이다. 그 회로의 경계선을 넘어서는 촉발자가 대니였다. 대니는 인간과 기계의 구분을 무화시키고, 젊음과 노년의 차이를 건너뛰었으며, 내면적 인간이란 기실 신체와 욕망의 상호작용을 통해 다른 존재와 연결되어 있음을 일깨워 주었다. 즉 감응을 통해 감정의 한계를 넘어서고, 통념과는 다른 방식으로 타자와의 관계를 구축해 나간 것이다. 공감 너머의 낯선 공감, 감응적 공-동성이 생성되는 현장을 그들은 보여 준 게 아닐까? 허구의 형식으로나마 우리의 시야에 투영된 것은, 감응이 새로운 관계의 저류가 되는 잠재적인 시간성, 즉 미-래의 세계가 아닐까?

4. 감응의 감성교육과 공감의 미-래

사회는 특정한 방식으로 분절된 감각들이 정연하게 배치된 체계이며, 정치적인 것이란 그러한 감각적인 것의 배치를 교란시키고 새롭게 짜 넣는 과정이다.[12] '큰 것'의 척도에 맞춰 미리 결정되고 강제되는 감각적 요소를 감정이라 볼 때, 그러한 감각의 배치를 넘어서고 일탈하려는 이행과 운동의 감성을 감응이라 불러도 틀리지 않을 것이다. 문학과 정치의 긴밀한 관련은 이로부터 성립한다. 현실의 가시적 질서를 지배하는 법과 제도, 관습과 상식, 통념들은 이미 분절된 감각들을 따라 감응을 회전시키고 유통시키는 '홈'이라 할 수 있다. 감정의 상태로 고착된 감응은 그 홈을 따라 흐른다. 애국심과 국민감정, 대중적 정서 등으로 표명되는 네이션의 표지들, 또는 증오와 혐오에 기반한 적대적 감정의 원환이 그렇다. 반면, 그

---

12 Jacques Rancière, *The Politics of Aesthetics: The Distribution of the Sensible*, Continuum, 2004, pp. 12~13.

홈이 막혀 폐색되거나 감응의 힘이 홈을 넘어설 정도로 강력하게 분출할 때, 기성의 감각적 배치는 더 이상 '정상적으로' 기능하지 못한다. 아무리 큰 운하라도 홍수로 넘쳐나는 물을 가두지 못하여 사방으로 범람하는 광경이 연출될 때, 우리는 정해진 물길을 위반하고 다른 길을 뚫어 내는 탈주선과 그 선을 타고 흐르는 감응의 흐름을 목격한다.

문학이 직접 정치의 무대에 작용하여 거대한 혁명을 이끌어 낸다든지, 제도와 법, 규범을 전복시키는 사건을 야기시키는 것은 불가능하진 않아도 대단히 어려운 노릇이다. 혁명적 사건은 텍스트 바깥의 거리에서 준동하는 감응의 폭발이며, 현실을 규정하는 형식의 예기치 못한 파열인 까닭이다. 물론, 이 말이 문학과 정치적인 것의 관계를 전면 부정하는 식으로 읽혀서는 곤란하다. 오히려 우리는 문학이 언제나 정치적으로 작동해 왔고, 정치적 사태는 문학의 힘을 빌려 형상화되었음을 잘 알고 있다. 다만 분방하게 요동치는 감응의 흐름을 문학 역시 텍스트 위에서 문자로써 정박시키고 일정하게 배치하는 작업이란 점을 감안할 때, 문학이 하는 일이란 감응의 발아와 유출, 그것이 만들어 내는 특정한 흐름의 양상을 온전히 기술하는 데 있다. 근대 문학은 네이션을 매개로 민중적 감응이 조형되는 과정 및 양상을 충실히 그려 냈고, 그로써 근대적 공동체를 설립하는 데 기여했다. '큰 것'에 대한 욕망에 촉발된 민중의 감응이 네이션의 형태 속에 응집되었던 것을 어떻게 부정할 수 있겠는가? 들뢰즈와 가타리가 언급했듯, 감응으로 충만한 욕망은 혁명적인 동시에 파시즘적 블랙홀로 순식간에 전도될 수 있는 눈먼 힘이기도 하다.

1부 도래할 문학의 시간(들)

우리는 문학의 적극적이고 긍정적인 작용을 다른 곳에서 발견해야 한다. 예를 들면, 문학은 '큰 것'을 향해 모여드는 감정의 회로가 파손되는 지점을 항상 예민하게 포착하는 한편으로, 거기에 조성되는 감응의 저수지를 그려 왔던 점에서 찾아야 할 것이다. 플로베르의『감정교육』(1869)을 떠올려 보자. 이 작품은 사회의 이상에 개인이 어떻게 합치하는지를 시험해 본 서사로서 근대 문학의 전형적인 도정을 따르고 있다. 그러나 주인공 프레데릭은 '큰 것'을 향한 추구를 무리하게 시도하다가 결국 파산에 이르고 만다. 혁명과 새로운 사회 건설이라는 부산한 과정에서 변방으로 밀려나고 도태되는 인생을 묘사함으로써 '큰 것'과 합일하려는 작은 개인의 욕망이란 이루어질 수 없는 꿈이란 점을 생생히 보여 준 것이다. 플로베르는 '감정교육'이라는 제목을 통해 공동체에 일치하려는 소망의 무상성과 그러한 좌절로 인해 상처받은 감정에 대한 위로와 배려를 표현하고 싶었을지 모른다. 그것은 '큰 것'에 대한 불가능한 욕망을 스스로 다독일 줄 아는 성찰적 개인의 형성이다. 이 작품이 역설적인 방식으로 독자들에게 '큰 것'을 향한 모험에 뛰어들라고 강조할 수는 있을지언정, 이면에서 그런 모험이 성취될 수 없는 몽상임을 일깨워 준다는 사실은 변하지 않는다.

헬조선과 세월호. 근대적 공동체가 의미를 잃고 심각하게 균열을 빚으며 침몰하는 지금, 감정이 아닌 감응을 통해 우리는 어떤 집단을 다시 상상할 수 있을까? 세 편의 소설에서 엿보았듯이, 그것은 근대적인 네이션으로 결집되는 '큰 것'의 표상은 아닐 듯하다. 오히려 자신이 죽은 줄도 모르고 계속 꿈결에 나타나는 아버지처럼, 여전히 이 세계를 배회하는 '큰 것'의 헛된 그림자 아래 흘러내리는 감응의 저수지를 탐침하고 기술하는 데 문학의 과제가 있다. 그것은 가족과 같은 전통적인 기표로 불러낼 수 없는 감응적 힘에 대한 예민한 감수성을 단련하는 것이자, 타자에 대한 손쉬운 공감을 걷어 냄으로써 날카로운 비-공감의 공감을 드러내는 일이고, 익숙한 공감 너머의 낯선 공감을 지금-여기로 새로이 이끌어내는 과정이다. '큰 것'이 누수되는 지점에 모여드는 작은 것들의 연합, 통념과 상식의 코드로는 지각되지 않는 신체적이고 무의식적인 감성으로 구성되는 기이한 집합이 이로부터 발생한다. 네이션과 같은 견고한 모델을 설정하지 않기에 그것은 신체 없는 이미지로만 나타나며,[13] 유령처럼 실체를 갖지 않기에 통상의 방법으로는 실증할 수 없을지 모른다. 바로 그런 이유에서 허구로써 실재를 조형하는 문학은 그러한 감응의 흐름을 통찰하고 그려 낼 수 있는 능력을 갖는다. 감성의 교육이란, 그렇게 감응의 유동을 놓치지 않고 뒤좇는 예민한 감각을 단련하는 길이자 노력에 다름 아니다.[14] 이와 같은 실천 속에서만, 감응으로 구성되는 미-래의 공-동체는 보이지 않게 예기될 수 있을 것이다.

---

13 이토 마모루, 『정동의 힘』, 김미정 옮김, 갈무리, 2016, 144~146쪽.

14 최진석, 『감응의 정치학』, 그린비, 2019, 394~398쪽.

　　　　　1부 도래할 문학의 시간(들)

3. 장편의 상상력과 그 전망
── 최근 공모전을 통해 살펴본 장편소설의 가능성

1. 위기의 장편소설

문학에 대한 관심이 갈수록 흐릿해지는 우리 시대에, 실제 작품과 만나는 경험이 중고등학교 수업시간을 제외하면 그다지 많지 않은 학생들에게 장편소설이란 '길이가 긴 소설' 이상도 이하도 아닐 듯싶다. 하지만 얼마나 길이가 길어야 장편인지, 정말 길이 하나 때문에 그런 이름을 붙이는 것인지 제대로 알고 있는 경우는 몹시 드물다. 교과편제상 단편소설 위주로 가르치고 배우는 교육현장의 여건과 시험용 답안을 작성하는 데 초점을 둔 수업 과정에서 실제로 장편소설을 읽어볼 기회는 많지 않기 때문이다. 이런 상황에서 대학 신입생들을 상대로 장편소설의 역사적 의미나 가치, 특성에 대해 설명하고 함께 토론해 보는 것은 여간 어려운 일이 아니다. 길이 이외에 도대체 장편소설을 중편이나 단편과 구분 짓는 특색이 과연 무엇인지, 소설이라는 장르의 가장 중요한 본류가 다른 무엇도 아닌 장편소설에 있다는 문학사적 통설이 과연 무슨 뜻인지 논의하기가 대단히 궁색해진 환경 속에서 우리는 살고 있다.

당연하게도, 사정은 장편소설에만 국한된 문제가 아니다. 굳이 '장편소설'이라 특정하지 않더라도 문학 전반에 파고든 위기는 비단 교육현장에서뿐만 아니라 사회문화적 현실 곳곳에서 자주 눈에 띈다. 잠자는 시간 빼고 일상의 거의 전부를 잠식하고 있는 스마트폰 문화는 도무지 책 읽을 시간을 허락하지 않고, 현대적 소통의 대명사가 된 소셜네트워크서비스SNS는 모든 텍스트를 정보의 관점에서 해석하고 분배함으로써 상상력과 예술적 형상화에 대한 해석적 과정을 밀어내 버린 지 오래다. 20세기부터 텍스트 문화를 장악하고 대체하리라 예언되던 영화는 물론이고, 넷플릭스나 왓챠 같은 영상 스트리밍 서비스는 문학적 서사의 공간을 거의 송두리째 빼앗아간 느낌이다.[1] 소설이, 특히 삶의 서사적 형상화를 목표로 삼는 장편소설이 둔중하고 읽히지 않는 구태의연한 장르처럼 여겨지는 것은 어쩌면 당연한 노릇처럼 보인다. 여전히 문학을 애호하며 꾸준히 읽고 쓰는 독자와 작가가 있음에도, '문학의 위기'라는 표제가 무엇보다도 '장편소설의 위기'를 반증하는 것처럼 보이는 까닭이 여기에 있다.

거의 30년 가까이 운위되던 '위기'나 '죽음'의 담론을 여기서

---

1 2020년 코로나19의 전 세계적 유행으로 인해 실외활동이 제약되자, 넷플릭스 시청으로 여가를 보내는 사람들이 대폭 늘어났다. 텔레비전이나 컴퓨터 모니터, 스마트폰 등 어디서나 시청 가능한 플랫폼을 확보한 넷플릭스의 약진은 영상서사의 지속적 발전을 확증 짓고 있다. 「넷플릭스에 울고 웃는 통신사들 '손잡을까, 거리 둘까」, 『한겨레』 2020년 8월 24일. 상대적으로 독서에 보내는 시간도 증가했다는 기사도 있지만 영상 서비스 산업의 규모에 비할 바는 아니다.

상론할 필요는 없다. 근대성의 끝을 가리키는 징후의 하나로서 문학의 종언을 선언하는 데 머물지 않고, 현장 여기저기에서 생겨나는 구체적인 사태들을 짚어 보는 작업이 요청되는 형국이다. 가령, 문학장 안팎에서 벌어지는 종말과 변형, 생성의 분위기를 포착함으로써 현재적 규정성의 바깥에서 등장하는 낯선 현상들을 언어화하고 개념적으로 규정하려는 시도 등이 그렇다. 제도의 안쪽과 바깥쪽 모두를 두루 훑어 가는 조밀한 탐색이 요청되는바, 모든 일이 그렇듯 가시적인 부분부터 차례로 검토해 나가는 게 순서일 듯싶다. 문학상 공모전을 통해 장편소설의 현재를 돌아보려는 시도는, 그러한 작업의 한 과정에 해당된다. 흥미롭게도, 최근 수년간 각종 출판사와 언론사, 문화재단 등에서 주최한 장편소설 공모전을 일별해 보면, 당선작을 내지 못한 경우가 두드러지게 많다. 여러 가지 이유로 수상작을 내지 못하는 사례는 공모전에서 비일비재하기에 '당선작 없음'이 그 자체로 문제적이라 할 수는 없다. 그러나 여전히 많은 작가들이 공모전에 참여하고 있고 나름대로 작품성을 갖춘 작품들이 꾸준히 쓰이고 있음에도 '당선작 없음'의 경향은 점차 증가하는 실정이다. 비록 공모전이라는 제도적 형식이 갖는 한계가 분명히 존재함에도 불구하고, 문학성 자체에 대한 평가와는 다른 한 축으로서 이 같은 공식적 영역의 현상에 대한 분석이 필요하다는 사실은 두말할 것도 없다.

이 글의 목적은 장편소설을 둘러싼 역사철학적 분석이나 미학적 가치의 이론적 논증, 개별 작가나 작품의 문학적 성취나 한계 등을 짚어 보는 데 있지 않다. 그보다는 훨씬 구체적이고 현행적인 과제로서 최근 수년간 열린 장편소설상 공모전의 흐름과 경향을 조감해 보고, 그것이 드러내는 장편소설의 현재적 지반에 대해 타진해 보는 데 집중하고자 한다.

2. 장편의 상상력과 세계의 총체화

공모전과 관련된 논의를 하기에 앞서, 이 글의 열쇠어인 '장편소설'이 왜 문제적 대상인지 간단히 언급해 보자. 알다시피, 학교 교육에서 문학의 장르는 시, 소설, 희곡, 수필, 비평의 다섯 가지다. 비록이 같은 장르의 유형학이 교육적 관점에서 간략화된 제도적 규범에 불과함에도, 일단 특정하게 정립된 장르의 이론은 해당 시대의 문학적 지평을 형성하여 개별 작가와 작품의 진로를 일정하게 규범화하는 역할을 맡는다.[2] 소설 쓰는 법을 배우지 않았어도 교실에서 작품을 읽고 분석하는 법을 습득하면, 적어도 무엇이 소설이고 소설이 아닌지 식별할 수 있는 것과 다르지 않다. 그러므로 장르의 인식을 통해 구축된 문학의 지평은 작가에게는 어떻게 쓰는가에 대한 실천적 감각을 익히게 해주고, 독자에게는 어떻게 읽어야 하는가에 대한 독서의 시야와 취향을 마련해 준다. 초점을 소설에 한정 지어 말하자면, 관건은 왜 그냥 '소설'이 아니라 '장편소설'에 그렇게 많은 관심과 열의를 쏟아부으며 집중하는가에 있다.

---

2 Paul Hernadi, *Beyond Genre: New Directions in Literary Classification*, Cornell University Press, 1972, p. 1. 장르를 주형(mold)이나 구조로 보는 양식론적 관점이 주로 이를 대변한다. Ibid., p. 22. 고전주의와 달리 근대에 접어들수록 문학장르들 사이의 경계는 파괴되는 경향이 있다. Tzvetan Todorov, *Genres in Discourse*, Cambridge University Press, 1990, p. 13. 그러나 제도로서 문학교육의 주된 관심사는 분명 장르 사이의 식별능력을 키우는 것이다.

단편소설이 'short story'의 번역어인 반면 장편소설은 'novel'을 옮긴 말이란 점은 잘 알려져 있다. 어떤 용어의 어원학적 기원이란 실제 그 용어의 본질과는 무관하게 관습화된 측면이 강하기에, 두 단어가 단지 서로 다른 뿌리에서 나왔다는 점 때문에 완전히 상반된 것이라 보기는 어렵다. 상이한 단어가 현재 일치하는 의미역을 갖거나, 그 반대의 경우도 충분히 있을 수 있다.[3] 그럼에도 문학의 역사를 돌아보았을 때 short story가 아니라 novel이 현대 소설일반의 비조로 추인될 만한 근거는 풍부한데, 예술적 글쓰기로서 문학과 그 하위장르로 규정된 '소설'의 명칭이 바로 novel에서 온 까닭이다. 소위 장르론적 체계의 일부로서 소설은 곧 novel이며, 이것이 근대 이래 시나 수필, 비평과는 구분되는 소설이라는 장르를 표상해 왔던 것이다.[4] 이 소설이라는 명칭이 바로 지금 우리의 논제인 장편소설임은 물론이다. 따라서 '근대' 또는 '현대' 문학의 서

---

3 예컨대 러시아문학사에서 장편소설은 'roman'이고 중단편소설은 'povest'로 번역된다. 전자는 중세 유럽 이래 로망스문학에서 연유한 단어고, 후자는 '이야기'라는 의미의 순수 러시아어에서 안출되었다. 유럽어 'novel'에서 연원한 'novella'라는 단어도 소설을 가리키는 용어로 사용되지만, 빈도수는 그다지 높지 않고 문학사의 기술적 용어로는 단편소설에 더 가깝다. 이는 러시아 비평계의 관용적 특징을 보여 주는 것이지만, 동시에 소설의 개념에 대한 서로 다른, 심지어 상반되는 명명이 있음을 알려 준다. 일례로, 바흐친은 고대 이래 지속적으로 성장해 근대 이후에 만개한 글쓰기를 'roman'이라 칭했다. 그리고 이의 한국어 번역어가 '(장편)소설'이었음을 반추해 볼 필요가 있다. Михаил Бахтин, "Эпос и роман", *Вопросы литературы и эстетики*, Художественная литература, 1975, p. 451.

4 근대 소설론 옹호자인 이언 와트는 18세기 중엽 유럽에서 등장한 소설(novel)이 중세 이래의 로망스(romance)와는 변별되는 장르라 규정짓고, 전자야말로 개인주의와 사실주의, 예술적 독창성을 동시에 담보하는 새로운 글쓰기 양식이었노라 선언했다. 그에 따르면 디포와 리차드슨, 필딩은 낡은 이야기 장르를 새로운 서사적 구성형식 속에 녹여 낸 진정한 근대 작가들이었다. Ian Watt, *The Rise of Novel: Studies in Defoe, Richardson and Fielding*, University of California, 1957, ch. 1. 바흐친과 달리 근대의 이전과 이후를 '단절'로 보고, 후자의 새로움을 명명하기 위해 'novel'을 채택한 경우다.

사적 장르, 문학의 '위기'나 '죽음'의 주요한 대상은 다름 아닌 장편소설을 가리킨다.[5] 이런 연유에서, 관행적으로 원고지 80매 내외의 단편소설이 상당수 신춘문예와 문예지 공모전의 대상이 되고, 문학계간지들이 싣는 주된 작품 유형이지만, 문자예술로서의 소설이 문제적인 것으로 운위될 때 그 대상은 장편소설이 되는 것이다.

장르의 의미론적 내용을 주축으로 삼는 이 같은 정의는 역사철학적 소설이론, 예컨대 '(장편)소설은 근대의 서사시'라는 저 유명한 명제를 근거 짓는다. 19세기 독일관념론의 대표자 헤겔로부터 연원한 이 명제는 20세기 마르크스주의 미학자 루카치를 거쳐 근대소설론의 주요한 이론적 주축이 되었다. 고대 그리스에 실재했다는 총체적 세계상이 분열되고 파편화된 근대에서, 새로운 시대의 주인으로서 부르주아지가 자신들의 세계상을 가상적으로나마 총체적인 것으로 엮어 내고 싶었을 때 소설이라는 산문의 형식을 잃어버린 고대적 총체성의 대체물로 삼았다는 설정이 그것이다.[6] 이러한 철학적 논리가 실질적인 근거가 있는지, 혹은 사회계약론처럼 근대의 문학예술을 구성하기 위해 요청된 상상의 지렛대인지 탐구할 만한 여력은 지금 없다. 다만, 지난 200년간 문학을 여흥거리나 일상생활의 잡사雜祠 이상으로 간주하려 했던 모든 시도는 대부분 이러한 역사철학적 가정을 당위적인 전거로 삼아 온 게 사실이다. 소설은 한 시대와 사회에 속한 모든 인간들의 세계관과

---

5 '근대문학의 종언'과 등치되는 '소설의 종말'이란 곧 장편소설의 몰락을 가리킨다. 가라타니 고진, 『근대문학의 종언』, 조영일 옮김, 도서출판b, 2006, 51~53쪽.

6 게오르크 루카치, 『소설의 이론』, 김경식 옮김, 문예출판사, 2007, 182~183쪽.

사상, 의지와 욕망을 담아내는 장르이기에 삶의 진실에 올곧게 복무하며 그 자체로 대단히 충전적인 사유가 집약된 글쓰기라는 것이다.

예컨대, 국민국가와 자본주의가 결합하여 성립한 근대 시민사회는 개인의 원대한 지향과 성취욕이 곧이곧대로 실현되기 어려운 조건을 이룬다. 권력과 돈으로 대변되는 욕망의 구조로서 시민사회는 개인을 한없이 왜소하게 만들고, 공적 정의를 향한 그의 의지는 (국가와 자본의 합작품인) 공동체의 구조적 압력 속에 허물어지게 마련이다. 이렇게 개인의 지향과 욕구는 '문제적'인 것으로 판명나며, 이러한 문학적 전화는 근대 소설을 일종의 '비극'으로 변전시켜 고대적 영웅서사시의 부정적 풍모를 통해 표현된다. 그래서 근대인들은 소설을 읽으며 웃거나 울고, 서로 싸우기도 하고 화해하기도 하며, 자신이 속한 세계를 성찰하고 비판하며 대결했던 것이다. 교양소설Bildungsroman로 대표되는 이러한 소설을 읽음으로써 근대적 인간은 '어른'이 되고 '사회인'으로 성장한다는 가설이 그렇다. 요컨대 소설은, 무엇보다도 그 묵직한 길이의 중량감[長篇]을 통해 주인공이 살아가는 세계의 총체성을 형성하고, 이로써 독자로 하여금 주인공과 동일시하여 유사-세계체험을 할 만한 바탕을 마련해 준다. 세계를 대신하는 세계, 시간의 서사적 전개를 통해 (부정적이든 긍정적이든) 가상의 세계를 전시하고 실험하며 실제 현실을 가늠해 볼 수 있게 만드는 장치가 바로 장편소설인 셈이다.[7]

---

7 교양소설의 개념적 정의에 대해서는 오한진, 『독일 교양소설 연구』, 문학과지성사, 1989, 제1장을 참고하라. 근대적 교양과 소설에 대한 비판적 논평은 다음 두 권을 예시할 수 있는데, 근대의 종언이 곧 장편소설로서 교양소설의 몰락과 일치한다는 점을 염두에 두자.

한국의 근대사를 관통해 통용되던 관념, 곧 소설은 한 사회의 미래적 전망을 투사하는 담론이며, 소설가는 그 사회의 지식인이자 선지자로서 혼돈에 빠진 현실로부터 응당 도래해야 할 미래를 앞서 끌어오는 인텔리겐치아라는 언명을 더 길게 나열할 필요는 없겠다. 이 같은 소설가의 자기의식은 소설을 한 사회와 그에 소속된 개인들을 집단적 주체로 탈바꿈시켜 근대성의 지평 위에 세우는 가장 강력한 인식적 수단이 되어 왔다.[8] 한마디로, 세계는 소설을 통해 총체화되고, 개인은 그렇게 총체화된 세계상을 통해 자신의 소속감과 정체성을 확립하게 된다. 장편의 상상력이란 그 이중의 과정을 수행하는 구성적 장치에 다름 아니다.

3. 문학장과 장편소설의 현실

2021년 현재, 창작과 비평 모두에서 공통적으로 장편소설은 그 정체가 '모호한 대상'이 되었다. 인터넷과 결합한 영상이미지의 확대나 소설의 단편화 경향 등은 오래전부터 지적되어 온 그 현상의 배경이지만, 문제의 본질은 전술했던 소설과 근대성에 관련된 시대적 변화에 더 깊이 연관되어 있다. 이 자리에서 상론할 일은 아니지만, 소위 '포스트모던'에 인접한 문학장의 변동을 반영하는 현상으로서, 소설 특히 장편소설의 운명에 관련된 지대한 관심이 수차

후버트 오를로프스키, 『독일 교양소설과 허위의식』, 이덕형 옮김, 형설출판사, 1996; 프랑코 모레티, 『세상의 이치: 유럽 문화 속의 교양소설』, 성은애 옮김, 문학동네, 2005.

8 '민족'이라는 공동체의 상상과 형성에 소설이 했던 기여는 잘 알려진 주제이다. 황종연, 『비루한 것의 카니발』, 문학동네, 2001, 89쪽.

례 표명된 바 있다. 문학의 사회형성적 기능이 소진되었으니, 그 중추에 있던 소설의 역량 또한 명운을 끝마친 게 아니냐는 진단이 그 것이다.[9] 당연히 이는 장편소설의 현재성에 관한 질문이 아닐 수 없다.

가령 한국문학장에서 장편소설을 의제화하여 그 현황과 문제점을 검토하고, 향후의 진로 등에 관한 논의가 벌써 세 차례나 있었다. 2007년 계간 『창작과비평』이 주도한 '한국 장편소설의 미래를 열자'라는 기획이 그 첫 번째였고,[10] 이를 재가동시켜 2012년 '다시 장편소설을 말한다'가 특집으로 다루어진 것이 두 번째였다.[11] 작가와 비평가, 연구자 등이 참여하여 다양한 입장을 개진한 이 기획들에서, 21세기 한국문학은 장편소설에 대단히 불리한 여건에 처해 있으며, '문학의 종언'이 아닌 '새로운 출발'을 모색해야 할 시점에 이르렀고, 무엇보다도 한국문학을 세계문학의 무대로 끌어올리기 위해서는 장편소설을 집중적으로 육성해야 한다는 의견들이 제

---

9 고진의 테제에 대한 이에 대한 비판적 논평으로는 서영채, 『미메시스의 힘』, 문학동네, 2012, 108~117쪽 등을 보라.

10 『창작과비평』 136호, 2007 여름. 다음의 글들이 게재되었다. 최원식·서영채, 「대담: 창조적 장편의 시대를 대망한다」; 황석영, 「전업의 고통으로 감당하는 문학의 본령」; 공지영, 「삶의 보편적 통찰을 복원하는 장편소설」; 배수아, 「낙관주의자, 배신자, 행복한 사람」; 김연수, 「그 입술에 아무리 귀를 기울여 봐도」; 강영숙, 「물량공세와 개미군단」; 이기호, 「전국의 조교들은 단결하라!」; 최재봉, 「장편소설과 그 적들」; 정호웅, 「우리 소설의 새 길 열기」; 진정석, 「한국의 장편, 단절의 감각을 넘어서」. 이 특집에 대한 비판적 논평은 김형중, 「장편소설의 적: 최근 장편소설에 관한 단상들」, 『살아 있는 시체들의 밤』, 문학과지성사, 2013, 153~172쪽을 참조하라.

11 『창작과비평』 156호, 2012 여름. 게재된 글은 다음과 같다. 한기욱, 「기로에 선 장편소설」; 백지연, 「장편소설의 현재와 가족서사의 가능성」; 허윤진, 「분노와 경이」; 김동수, 「아름다운 것들의 사라짐 혹은 사라지는 것들의 아름다움」.

시되었다.[12] 하지만 2015년『문학과사회』가 '문제는 '장편소설'이
아니다'라는 특집을 내걸었을 때, 상황은 급격히 바뀌어 있었다.[13]
이른바 '장편소설 대망론'이라 불리던 저간의 추세에 의문을 제기
하고, 장편소설의 근본 의의를 되살펴보며, 오늘날 장편소설이란
무엇이고 또 그것이 가능한지를 묻고 답하는 이 세 번째 기획에 이
르러 장편소설의 갈 길은 오리무중에 빠져 버린 듯싶다. 장편소설
에 대한 이론적 논의의 종언을 선언한 것도 그렇지만,[14] 이후 7년이
흘러 지금에 이르는 동안 이렇다 할 만한 장편소설론이 제시되지
않았기 때문이다.[15] 장편에 대한 상상력, 세계의 총체화에 관해 질
문하고 그로써 도래할 시간을 예감하는 글쓰기 형식은 더 이상 논
란의 대상이 되지도 못하는 형국이다.

    작가와 비평가, 연구자들 사이에서 벌어진 논쟁적 사안들을
지나, 이제 다른 각도에서 장편소설의 현재성에 대해 잠시 언급해
보자. 문학공모전이라는 제도적 차원과 관련된 문제가 그것이다.
문학상의 수여와 수상에 관련된 이 영역은 표면적으로 문학적 활

---

12 세 번에 걸친 장편소설의 현재와 전망에 대한 논의는 따로 다루어 볼 필요가 있는 논제
    라 생각된다. 장편소설 공모전의 현황을 조명하는 이 글과는 달리, 한국문학장 전반의
    실정과 문제의식을 담아내는 이론과 비평, 창작과 수용의 다면적 차원들을 아우르고 있
    기 때문이다. 이에 장편소설 대망론을 다루는 세 차례의 논의에 대해서는 별개의 논문
    으로 분석하고자 한다.

13 『문학과사회』 103호, 2013 가을. 아래의 글들이 실렸다. 강동호, 「리얼리즘이라는 이데
    올로기의 숭고한 대상: 장편소설론에 대한 비판적 시론」; 김태환, 「누가 말하는가: 서
    술자의 역사」; 조연정, 「왜 끝까지 읽는가: 최근 장편소설에 대한 단상들」.

14 강동호, 「리얼리즘이라는 이데올로기의 숭고한 대상」, 앞의 책, 269쪽.

15 한기욱의 「장편소설 해체론과 비평의 미래: 『문학과사회』 2013년 가을호 특집에 대하
    여」(『문학과사회』 104호, 2013 겨울, 338~353쪽)는 이전 호에 대한 비판적 답변이며,
    김영찬의 「오늘의 '장편소설'과 '이야기'의 가능한 미래」(『어문론집』 62집, 중앙어문학
    회, 2015, 421~445쪽)는 장편소설을 대체하는 새로운 형식에 대한 논의를 담고 있다.

동과 업적이 연관된 문학성의 평가적 차원에 대한 문제지만, 사회적으로는 출판과 판매라는 시장적 차원, 그리고 대중의 인지도 고양이라는 지극히 현실적인 문제에 맞닿아 있다. 달리 말해, 문학성의 공적이고 제도적 차원에 있어 공모전은 현재 해당 장르가 사회적으로 어떻게 유통되고 대중적으로는 어떻게 인지되는지를 가시화하는 표지로서 문제적이다. 이상하게도, 문학공모전을 다룬 공고문이나 심사보고, 수상소감과 당선평 등은 자주 눈에 띄지만 이를 한국문학의 문제적 장면 속에 담아 포착한 경우는 드물다. 간혹 연구논문이나 비평이 나오기도 했으나 소략한 수준이고, 무엇이 장편소설 공모전의 핵심에 있으며 문제적인지 논쟁적으로 접근한 사례는 잘 보이지 않는다. 1977년 민음사가 '오늘의 작가상'을 제정해 장편소설 공모전이 본격화된 이래, 수많은 장편소설상이 만들어졌다가 사라졌다는 사실에 비추어 보면 대단히 특이한 현상이 아닐 수 없다.

제도로서의 장편소설 공모전이 문학적 공헌에 대한 치하의 의미뿐만 아니라 문학산업의 일부분으로서 작동하게 된 것은 문학동네소설상과 문학동네작가상, 한겨레문학상 등이 생긴 1990년대 중반 무렵이었다. 출판시장의 성장과 그에 따른 독자시장의 확장이 맞물려 생겨난 이 현상은, 이후 상금이 총 1억 5천만 원에 달할 정도로 확대·팽창해 나갔다. 하지만 이러한 과열 현상은 2000년대에 접어들며, 특히 2013년을 전후해 꾸준히 내리막길을 걷고 있는 형편이다.[16] 우후죽순처럼 편의적으로 생겨났다가 어느새 없어진 수

---

16 장강명, 『당선, 합격, 계급』, 민음사, 2018, 44~47, 113쪽. 2013년 한 해 동안 개최된 장

많은 공모전을 거치며, 문학상이 과연 얼마나 효용성을 갖는지에
대한 비판적 시선도 없지는 않았다. 그럼에도 날로 쇠락해 가는 문
학장의 영역을 보전하기 위해서는 출판산업의 지속성을 고려하지
않을 수 없었고, 이에 따라 문학상의 권위를 시장과 결합하여 독자
들에게 호소하는 수단으로서 문학상 제도가 존속해 왔던 것이다.
애매한 균형점은 2015년 즈음부터 깨지는데, 신경숙 표절사건과
문학권력 논쟁, 문단 내 성폭력 문제와 같이 문학장 안팎에서 폭발
적으로 이슈화된 지점 이외에도 소위 '문학장의 구조변동'이라 할
만한 현상이 그 결절점에 있다. 즉 문학독서가 더 이상 한국 독자층
의 주요한 활동으로 나타나지 않는 사태가 가시화된 것이다. 예컨
대 2015년 대형 인터넷 서점(예스24)이 발표한 종합 베스트셀러 순
위 20위권에는 문학작품이 한 권도 포함되어 있지 않았는데,[17] 이
러한 추세는 이후 문학이 한국출판시장에서 주요한 위치를 점하지
않고 있음을 표징하는 사례로 자주 거론되었다.[18] 공모전의 대상으

편소설 공모전은 모두 13개에 달했고, 상금 총액만 7억원이 넘었다. 신춘문예나 문예지
등단에 걸린 단편소설 수상금에 비해 장편소설상 상금이 현저히 높은 까닭은, 그것이
'수상작 출판'이라는 시장의 관행과 연결되어 있기 때문이다. 이 점에서 장편소설 공모
전과 문학상은 1990년대 중반 이래 문학의 대중화 경향성을 타진하는 지표로 간주되었
고, 문단문학보다는 대중문학의 범주에서 논급될 수 있다.

17 「예스24, 2015년 베스트셀러 분석 및 도서판매 동향 발표」(집계 기간: 2015년 1월 1일
~ 2015년 11월 30일),『채널예스』, 2015년 12월 3일.

18 지표만 본다면 이 같은 판단은 정확한 것으로 보이지 않는다. 가령 2016년에는 한강의
『채식주의자』가 종합 3위에 올랐고, 조남주의『82년생 김지영』이 종합 2위에 기록되
었다. 그러나 곰곰이 따져 본다면, 이런 문학의 선전에는 부가적 요소들이 함께 결부된
효과임을 알 수 있다. 예를 들어, 2016년은 한강이 맨부커상을 수상한 이후에 생긴 일
이며, 2017년은 페미니즘의 사회적 약진과 무관하지 않다. 2015년 페미니즘 도서가 전
년도 대비 9.6% 증가한 데 비해, 2016년에는 269.4%, 2017년에는 751.1%로 폭증했
던 것이다. 「예스24, 2017년 북 트렌드 키워드는 'JUMP UP-도약': 예스24, 2017년 베스
트셀러 분석 및 도서판매 동향 발표」(집계 기간: 2017년 1월 1일 ~ 2017년 11월 30일),

로서 장편소설이 문학성 자체의 기량을 겨루는 장이 되기보다, 문학에 대한 대중적 취향을 분별함으로써 출판산업과 독서시장의 동력으로 소진되어 온 이래 이제 그 애초의 취지나 영향력은 상당 부분 감퇴해 버린 것이 아닌지 의구심을 갖게 만드는 지점에 이르렀다.

문학상을 통해 독서열기와 출판의지, 판매고를 함께 올리려던 기획이 무망해지고 있는 현재, 우리는 장편의 상상력이 갖는 본래적 힘과 지향에 대해 되묻지 않을 수 없다. 단지, 변화된 시대적 여건에서 다시 무엇을 어떻게 추진할 것인가라는 의욕적인 답변만을 바라보고 던지는 물음은 아닐 듯싶다. 관건은 문자적 텍스트의 서사가 그려 내는 세계, 그것을 총체성이라 부르든 혹은 다른 무엇이라 명명하든, 그러한 서사의 특성을 지금 우리는 굳이 장편소설에서 찾아야 할 이유를 갖지 않는다는 데 있다. 이미 20세기를 점령한 영화는 물론이고, 인터넷과 스마트폰, SNS 등의 전자네트워크는 과거에 소설이 그랬던 것과 동일한 '세계의 총체성'을 우리에게 제공한다. 바꿔 말해, 우리가 세계를 경험하는 더 손쉬운 수단은 문학이 아니라 전자화된 네트워크 미디어에 있다. 가상적이든 아니든 총체로서의 세계경험이 더 이상 (장편)소설에 위임되지 않은 시대, 우리 시대에 장편소설이란 무엇인가? 핵심은 그것이 존속하는가 사라지는가에 있기보다, 어떻게 변화하고 있는가를 묻는 데 있지 않을까?

『채널예스』, 2017년 12월 4일.

4. 소설, 익숙함과 낯설음의 사이에서

창작이 강령적 제언이나 지침에 따라 이루어지지 않는 자율적 창조행위라는 사실은 언제나 변함없는 문학의 대전제일 것이다. 그런 의미에서 '최근 공모전을 통해 살펴본 장편소설의 가능성'이라는 부제를 달고 있는 이 글 또한 창작에 대한 이런저런 지침을 내놓는 강평이 될 수 없다. 어쩌면 그 같은 연역적 회로를 통해 문학을 지도하고 조직하려는 시도야말로 전형적인 '근대적' 문학관에 가까울 듯싶다. 특히 공모전이 공적이고 제도적인 영역에 있다는 점에서 문학성 자체에 대한 평가와 함께 대중적 취향과 시장의 경향성을 함께 포괄하는 대상이라는 점은,[19] 이에 대한 연구가 원리원칙의 연역이나 이념적 전망보다는 현재 문학장의 가시적 영역에 대한 분석에 초점을 두게 만든다. 물론, 이 과정에서 드러나는 비공식적이고 외부적인 요인들, 곧 문학장의 공인된 흐름이나 지향성을 벗어나는 장면들이 표출될 수 있고 이를 통해 문학장의 변형과 전이적 지대들을 탐사할 수 있다는 점에서 공식/비공식, 제도/비제도의 이분법적 틀로써 문학공모전을 판단해서는 곤란하다. 우리는 일단 명료하게 엿보이는 지표들로부터 아직은 발아하는 차원들을 예감해 보는 데 만족할 수밖에 없다.

지금부터는 장편소설상을 둘러싼 최근의 추세를 개관해 보고, 대략적인 분석을 통해 근래의 경향에 대해 조감해 보자. 이를 위해 2016년 이래 순수하게 '장편소설'을 대상으로 삼은 공모전에서 수

---

19 전국의 다양한 지자체나 문인단체 등에서 주관하는 문학상 외에도, 문단문학의 주류인 창비가 만해문학상을 운영하고 있다는 점은 이 제도가 문학성과 대중성에 골고루 걸쳐 있는 형식임을 반증한다.

상한 작품들을 일별할 것이다. 최근 5년을 기점으로 추산한 까닭은 '당선작 없음'이 현저히 증가하는 추세를 보여 주기 위함이다.

	2016	2017	2018	2019	2020
제주 4·3평화 문학상 (2013 시작)	칼과 학 (정범종)	서른의 반격 (손원평)	난주 (김소윤)	당선작 없음	당선작 없음
한겨레문학상 (1996 시작)	누운 배 (이혁진)	다른 사람 (강화길)	체공녀 강주룡 (박서련)	당선작 없음	코리안 티처 (서수진)
혼불문학상 (2011 시작)	고요한 밤의 눈 (박주영)	칼과 혁 (권정현)	독재자 리아민의 다른 삶 (전혜정)	최후의 만찬 (서철원)	당선작 없음
창비 장편소설상 (2007 시작)	망고 스퀘어에서 우리는 (금태현)	당선작 없음	당선작 없음	내게는 홍시뿐이야 (김설원)	당선작 없음
문학동네 소설상 (1995 시작)	스파링 (도선우)	알제리의 유령들 (황여정)	당선작 없음	최단경로 (강희영)	당선작 없음
세계문학상 (2005 시작)	붉은 소파 (조영주)	저스티스맨 (도선우)	스페이스 보이 (박형근)	로야 (다이앤 리)	도서관을 떠나는 책들을 위하여 (오수완)
대산문학상 (1993 시작)	유령의 시간 (김이정)	디어 랄프 로렌 (손보미)	아홉 번째 파도 (최은미)	단순한 진심 (조해진)	9번의 일 (김혜진)

2016년 이후 주요 장편소설상 공모전의 수상 현황[20]

---

20 문학상이 상업적 제도로서 정착했음을 주장한 장강명은 1995년 이래의 수상작 현황을 다양한 각도에서 분석해 놓았다. 장강명, 『당선, 합격, 계급』, 123~124쪽. 동인문학상 이나 한국일보문학상 등의 주요 문학상들도 장편소설을 포함하긴 하지만 수상작에는 단편을 모은 소설집도 여럿 있기에 이 글에서는 제외했다. 또한 2018년부터 시작된 계간 『자음과모음』의 경장편소설상은 원고지 700매 이하의 작품을 대상으로 하기에 목록에서 제외했다.

2016년부터 5년간의 추이 중 눈에 띄는 부분은, '당선작 없음'이 점차 증가하고 있다는 점이다. 이는 2010년대를 전후해 꾸준히 나타나는 현상이며,[21] 최근 몇 년 동안 더욱 강화되는 경향성을 보여 준다. 심사위원회가 수상작을 내지 않는 이유는 여러 가지겠으나, 이렇게 자주 당선작을 찾지 못하는 것은 아마도 '장편소설'에거는 기대치를 충족시키는 작품이 눈에 띄지 않거나 그 '눈'을 넘어서는 작품들에 대한 판단과 평가의 기준이 아직 수립되지 않아서일 수 있다.[22] 미달인가, 초과인가? 전자라면 작품의 질적 상승을 독려해야겠으나 후자라면 이제 새로운 창작에 대한 시야를 넓혀야 할 때가 왔다고 할 만하다. 현재 한국문학장에서 장편소설의 이동 경위가 어느 쪽에 가까울지, 그 여부는 실제 작품들을 충분히 읽어 본 연후에나 판정 가능할 문제다.

그렇다면 최근 당선작들은 어떤 경향성 위에 올려놓을 수 있

---

21 2014년의 경우 문학동네소설상, 문학동네작가상, 창비장편소설상, 중앙장편소설상 모두에서 당선작이 나오지 않았다. 장강명, 『당선, 합격, 계급』, 51쪽.

22 2020년 당선작을 내지 못한 『창작과비평』의 경우, 313편에 달하는 응모작들이 "영화, 드라마, 만화, 게임 같은 대중문화 장르의 코드를 유연하게 활용함으로써 특유의 활력을 갖춰 나가는 방식"이 두드러졌지만, "서사구조의 완결성을 논하기엔 미흡한 점이 있었다"고 평가함으로써 여전히 장편이 갖는 세계에 대한 서사적 상상력을 높이 평가하고 있음을 보여 준다. 김영찬 외, 「심사경위」, 『창작과비평』 188호, 2020 여름, 534~544쪽. 『문학동네』의 경우, 개별 심사위원 모두의 의견을 거의 20여 쪽에 걸쳐 실으며 다양한 평가를 내놓았는데, 기존의 문학적 가치판단을 넘어서거나 이례화시키는 작품들에 좀 더 높은 점수를 주었다는 점이 특징적이다. '이상한 사고회로'를 가진 인물의 독특함(권희철)에서 시작해, '존재나 세계를 다르게 배치하려는 상상력'(김미정)으로 이어지며, 반(反)소설에 대한 기대(황종연)로 마무리 지어지는 심사평을 숙독해 볼 필요가 있다. 권희철 외, 「심사평」, 『문학동네』 105호, 2020 여름, 462~483쪽. 이런 논의들을 뒤집어 본다면, "문단에 반향을 일으킬 만하거나 심사위원들에게 희열을 안긴 작품을 발견하지 못했다"는 혼불문학상 심사위원단의 결정도 동일한 궤적에 놓여 있다고 할 수 있다. 「제10회 혼불문학상 수상작 선정 않기로… 상 제정 이후 처음」, 『연합뉴스』 2020년 7월 16일.

을까? 작품을 직접 읽고 구체적인 '살'을 음미하기보다 추상적인 '뼈'만을 추려 내는 것은 다소 고답적이고 위험스러울 수도 있으나, 전반적인 흐름을 조감해 본다는 의미에서 표에 제시된 작품들을 관통하는 열쇠어들을 뽑아 보겠다. '여성' '역사' '사회'가 그것들이다. 일견 이미 눈에 익은 개념들처럼 보이지만, 우리가 주목하고자 하는 것은 한국 현대문학의 흐름 속에서 특히 장편소설의 창작과 비평에서 이 단어들이 형상화했던 주제의식이 최근 수년을 거치며 점차 다른 각도와 편차를 통해 재의미화되고 있다는 사실이다. 상식적이고 통념적인 어휘의 뜻을 벗어나, 최근의 사회문화적 변화와 맞물려 역동 중인 이 열쇠어들이 공모전이라는 제도적 장치 속에서 어떻게 투영되고 있는지 살펴본다면, 2020년을 전후한 한국 장편소설의 추이 중 일부를 가늠할 수 있을 듯하다. 당연하게도, 이 세 열쇠어들은 개별 작품에서 단수적으로 실현되기보다 복합적인 형태로 구체화되고 있음을 미리 지적해 두겠다.

1) 여성, 젠더의 목소리로 말하다

2015년, 전 세계적으로 확산된 '미투운동'의 여파는 한국 문화계에도 강력한 영향을 끼쳤다. 문학은 물론이고 미술, 영화, 음악, 연극 등의 대중문화 전체에 파급된 이 파도는 페미니즘을 사회적 의제로 부각시켰고, 성소수자와 장애인, 청년 등의 문제와도 연결되어 한국의 문화구조를 재편하는 데 일조했다. 문학장에 집중해서 말한다면, 가부장적 남성중심주의에 따라 짜여진 문학사 전반을 고쳐 쓰는 작업이 이루어졌고, 소설작법과 비평의 관점을 뒤바꾸는 근본적인 동력으로 작용했다.[23] 이 현상을 단지 유행이라 볼 수 없는 이유는 분명하다. 우리가 알고 있는 근대 소설의 내용과 형식, 특히 교양소설은 남성 주인공의 성장을 주제와 소재 양면에서 차용했고, 여성은 단지 그의 성장을 뒷받침하는 '수단'으로 활용되어 왔기 때문이다. 이런 흐름에 맞서 페미니즘적 전환은 작품의 주인공, 즉 말하고 행동하는 주체를 여성으로 전환시키는 데 결정적인 계기가 되었고, 이는 창작의 현장에 직접적으로 반영되었다.『코리안 티처』(서수진)의 세 주인공,『9번의 일』(김혜진)의 화자,『난주』(김소윤)의 정난주,『체공녀 강주룡』(박서련)의 강주룡,『내게는 흥시뿐이야』(김설원)의 김아란, 그 외에도『서른의 반격』(손원평),『다른 사람』(강화길) 등에서 우리는 여성이 자신의 관점과 입장, 체험을 통해 서사를 전개시키는 모습을 찾아볼 수 있다.

두말할 나위 없이, 주인공이나 화자의 성별이 여성이라고 그 작품이 페미니즘 문학이 되는 것은 아니다. 그럼에도 전체 서사의 구조가 기존 소설의 익숙했던 틀거지를 따르지 않고, 여성 또는 소수자의 처지와 상황을 십분 반영하고 유지하며 결말을 내는 방식은 소설이 페미니즘과 불가분의 결합성을 보이며 나아가고 있음을 드러내는 징표가 분명하다. 장편소설이 긴 호흡을 가진 총체적 세계를 구축하는 장르라는 점을 염두에 둔다면, 이제 여성이 그려 내는 세계상은 더 이상 남성적 세계의 결여태나 반쪽에 머물지 않고 그 자체로 하나의 완성된 세계상을 구성해 내고 있다고 할 만하다.

23　오혜진,「문학을 부수는 문학들: 서문을 대신하여」, 권보드래 외,『문학을 부수는 문학들』, 민음사, 2018, 9~10쪽.

예컨대 1980년대부터 노동현장에서의 파업과 혁명은 남성의 몫이자 업적이라는 통념에 대립해, 강주룡은 가정 내의 평등과 그 실천이 운동의 첫걸음이라고 강조한다. 공장에서 콜론타이를 읽는 의식화 교육의 한가운데서 "오늘은 여성 저술가가 여성 노동에 대해 쓴 글을 읽었는데 정작 이 자리에 그 당사자가 한 사람밖에 없다는 것은 우리가 크게 반성해야 할 일"이고 "가정부터 의식화하는 것을 당장의 목표로 두고 다음 세미나에는 부인들을 모시고 오는 것으로 해봅시다"라는 그녀의 발언은 통쾌한 감응과 더불어 기성의 노동문학이 제대로 다루지 못했던 부분을 명료히 조명하고 있다.[24] 이런 점들에서 여성 캐릭터의 온전한 자립성 및 기성의 남성적(교양소설적) 관점이나 태도와는 변별되는 '또 다른 세계의 가능성'이 장편소설에서 자라나 왔음을 확인해 볼 수 있다.

2) 역사, 상상의 공간이 비틀어지다

과거 사건의 집합으로서 역사는 오랫동안 장편소설의 소재가 되어 왔다. 긴 호흡으로 등장인물과 그의 세계를 묘사하기 위해서는 실제로 벌어졌던 일을 대상으로 창작하는 것이 작가에게 수월한 노릇이 될 것이다. 하지만 최근의 장편소설에서 역사는 이전에 그랬던 것과는 다른 방식으로 작품 속에 이입되고 가공되며 주제화된다. 비유하건대, 이는 역사 속에서 정사正史와 야사野史의 차이이며, 팩트fact에 대한 랑그langue와 파롤parole의 관계와 같다. 텔레비전에

---

24 박서련, 『체공녀 강주룡』, 한겨레출판, 2018, 202쪽.

서 사극이 방영될 때마다 실제 사실과 같은가 다른가를 두고 벌어지는 논전의 핵심은 정사를 얼마나 비틀고 상상적 요소를 차입했는지의 여부다. 서고에 보존된 사료에 얼마나 충실한가 아닌가가 정사와 야사의 차이를 갈음했다는 뜻이다. 하지만 역사 자체에 대한 관점이 크게 달라진 우리 시대에는 그러한 논쟁이 별다른 의미를 갖지 않는다. 정사라는 것 또한 서술자의 관점과 입장, 위치에 따라 규정되는 변항變項이지 '있는 그 자체로서의 팩트'는 아니기 때문이다. 푸코가 말했듯, "누가 말하는가?" "말하는 자의 위치는 어디인가"에 따라 묘사되는 대상의 모양 및 색채는 현저히 달라진다.[25] 그러므로 정사/야사의 이분법이 역사를 원용하는 절대적 기준이 되는 시대는 지났다. 거꾸로, 우리에게 역사는 지나간 과거를 얼마나 창조적으로 해석하고, 지금-여기로 끌어와서 우리의 눈앞에 펼쳐 낼 수 있느냐의 문제로 전위되었다.[26] 최근 장편소설에서 역사적 사건이 소재로 인입되고 문학적으로 형상화될 때, 바로 이 같은 전위적인 관점이 적극 활용되는 것으로 보인다.

그 대강을 훑어보면, 『난주』(김소윤)는 신유박해를 배경으로 양가집 규수에서 노비로 떨어진 정난주의 일대기를 그리고 있고, 『체공녀 강주룡』(박서련)은 일제 강점기의 독립운동과 노동운동이

---

25 Michel Foucault, *The Archaeology of Knowledge*, Tavistock Publications, 1972, pp. 50~52.

26 이른바 '전형논쟁'이 드러내듯, 사실주의 문학론에서 역사에 대한 묘사는 현재를 당위적으로 구성하는 타당한 조건들을 정확히 짚어 내고 형상화하는 것을 가리킨다. 가령 발자크의 『고리오 영감』은 물욕에 젖은 개인을 정밀하게 그려 냄으로써 19세기 프랑스에서 부와 사회적 지위를 획득해 나간 부르주아지를 전형화했다는 의의를 갖는다. 게오르크 루카치, 『역사소설론』, 이영욱 옮김, 거름, 1987, 182~183쪽. 이런 관점에서 보면 역사소설이란 현재를 이해하기 위해 과거를 얼마나 사실적으로 묘파했는지를 따져 보는 정치적 형식에 해당된다.

배경으로 설정되어 있다. 패망 직전의 만주국을 배경으로 펼쳐지는 『칼과 혀』(권정현)라든지, 마르크스의 숨겨진 일화를 중심으로 짜여진 『알제리의 유령들』(황여정)도 이에 포함시킬 만하다. 역사 소설에 역사적 자료가 원용되는 것 자체는 그다지 특이하지 않다. 하지만 과거에 있었던 일을 어떤 식으로 새로이 직조하고, 그로써 창발적인 효과를 유인하느냐는 다른 문젯거리가 될 것이다.

예를 들어, 정조 시대를 배경으로 천주교 박해와 다빈치의 「최후의 만찬」을 교차시킨 『최후의 만찬』(서철원)을 살펴보자. 이 소설은 언뜻 생뚱맞아 보이는 두 소재를 연결지어 붙여 놓는다. 우연히 입수된 다빈치의 명작을 면밀히 고찰하는 과정에서 장영실의 영향력을 감지하고, 이로써 만년이 묘연했던 장영실의 행적을 재구성하게 된다는 설정은 역사적 상상력의 한계를 훨씬 넘어서 있다. 상식적으로 장영실과 다빈치는 동일한 무대에 함께 올려놓을 수 없는 '불가능한 짝'이지만, 역사적 사건(천주교 박해)을 경유해 사료의 빈 곳(장영실 삶의 마지막 부분)을 메워 보려는 시도는 정녕 특이해 보인다.[27] 작품의 예술적 성취나 한계를 짚어 보는 것과는 별도로, 역사의 낯선 지리를 개척하는 이런 필력은 비교적 '팩트'를 재구성

---

[27] 정조와 최무영이 「최후의 만찬」의 구도에 대해 토론하며, 그 구상과 인과율을 통해 인왕산을 추정해 낸 장면은 '역사적 사실성'의 측면에서 불가능할뿐더러 합당하지도 않다. 18세기 조선에는 아직 서구 근대의 투시법이 도입되지 않았고, 소실점을 이어 산의 구도를 잡는 것과 '산세'를 묘사하는 것은 전혀 다른 작업이기 때문이다. 서철원, 『최후의 만찬』, 다산책방, 2019, 160~161쪽. 이 외에도 얼핏 난삽해 보일 정도로 겹겹이 중첩된 서술구조는 구성적 취약점을 보이지만, 바로 그로 인해 평면화될 수 있는 역사적 사건을 입체화하여 재창조했다는 점을 심사위원단은 높게 산 듯하다. 이에 대한 동의 여부와는 별개로, 새로운 스타일의 작품에 대한 비평적 감식안의 수립은 작품의 생산에 발맞춰 늘 필연적으로 요청되는 과제이다.

해 현재를 정당화하는 데 복무해 왔던 이전의 장편소설과는 또 다른 창작의 진로를 예감하게 해준다.

3) 사회, 낯선 공동체가 만들어지다

모든 근대 소설은 한편으로 사회소설이었다. 문제적 개인이란 그의 실존적 욕망과 이상이 사회적 구조와 맞부딪혀 파열하고 좌절하는 사건 속에서 태어난 캐릭터이기 때문이다. 근대 장편소설의 가장 핵심적인 흐름은 개인이 어떻게 사회와 대결하고 패배하는지, 또는 궁극적으로 사회 속의 일원으로 성장할 수 있는지를 따져보는 서사적 상상력에 놓여 있었다. 관건은 이 사회의 구조를 이해하는 것, 조직의 위계와 서열, 상호관계를 인식함으로써 적대적으로 보이던 사회를 진정 사랑할 수 있을 정도로 내면화하는 데 있다. 오이디푸스 서사에 비견할 만한 이 과정이야말로 교양소설의 핵심 기축을 이루고, 서사의 남성중심적 성향을 반영하는 특징이라 할 수 있다. 그런 점에서 근대의 사회소설이란 결국 남성주체의 시각과 입장, 그의 성장을 위한 시간적 과정에 상당한다. 하지만 이 주체의 자리에 여성을 옮겨 두고, 서사의 시간적 여정을 (창조적 대상으로서의) 역사적 현실에 결부시킬 때 상황은 어떻게 변모하는가?

　　페미니즘을 기치로 내세우든 아니든, 여성 작가들과 여성적 주체들의 등장으로 인해 생겨난 가장 괄목할 만한 변화 중 하나는 주인공과 사회의 관계가 교양소설의 전형적 구조를 답습하지 않는다는 점이다. 비장미를 앞세우며 비극적 대립을 추동하고 교착과 파열의 거대한 영웅서사를 조직하는 대신, 일상생활을 배경 삼아 구체적 현장에서 구체적 관계를 통해 사회와 대결하는 인물들이 등장하고, 그들은 자기 개인의 성장을 목적지 삼아 이야기를 끌고 가지 않는다. 예컨대 『서른의 반격』(손원평)은 인턴사원 김지혜가 사회생활을 시작하며 맞닥뜨린 부조리를 고발하고 맞서 싸우는 이야기를 담아내는가 하면, 『9번의 일』(김혜진)은 '일'이라는 나날의 노동이 우리 삶을 갉아먹는 질곡이 될 때 겪게 되는 감정의 유동을 묘파한다. 물론 이런 사회적 서사를 구축하는 작품에 여성서사만이 있는 것은 아니다. 『저스티스맨』(도선우)의 경우, 연쇄살인사건을 화제 삼아 만연한 인터넷문화의 병폐를 비판하는데, 이는 '사회'의 실체가 종래의 관념적 대상에서 대단히 구체적인 실물로, 정보의 네트워크로서 실감될 때 우리의 일상에서 어떤 폐단이 벌어질 수 있는지 상세히 그려 내 보여 준다. 아마도 비판적 묘사라는 측면만을 강조한다면, 지금 열거한 작품들이 기왕의 '비판적 리얼리즘'과 동일 궤적에 놓여 있노라고 답할 수도 있을 법하다. 관건은 비판과 더불어 창안, 삶의 형식으로서 새로운 공동체의 모형을 예감하되 그것이 교양소설이 노정했던 것과 같이 기성 사회와의 화해로 귀결되지는 않는 지점을 발견하는 데 있을 것이다.

지금 우리가 '낯선 사회의 발견과 구성'이라는 주제를 제안해 보는 이유도 그와 다르지 않다. 그것은 '전복'이나 '혁명'처럼 거대서사에 동원되던 익숙한 관념의 언어도 아니고, '파국'이나 '절멸' 같이 지난 십 년 이상 한국사회에서 유행처럼 떠돌던 종말론적 신비의 언어도 아니다. 오히려 세대 간 갈등이 격화되고, 여성과 소수자에 대한 억압이 여전하며, 낯익은 가족과 사회를 벗어나 새로운 관계를 모색하는 청년들의 내적 욕망을 반영하는 현상에 대한 관찰과 기술에 가까운 것이다.

가령 『내게는 홍시뿐이야』(김설원)의 주인공 '나'(아란)는 집을 떠난 엄마에 대한 기대를 접어 버리고, 자신의 능력과 노력을 동원해 스스로의 삶을 조금씩 만들어 나가는 인물이다. 이 과정에서 그녀는 또 다른 약자들과 연대하면서 혈연관계 바깥에서 유사가족 또는 대안가족을 만들어 가고 있다. 이 소설에서 '엄마'는 일종의 서사적 유인책으로서 끊임없이 호명되지만 그 자체가 목적이 되지는 않는 특이한 대상이다. 각각의 에피소드를 엮는 고리에서 우리는 엄마에 대한 화자의 심리적 의존을 엿보지만, 결국 완성되는 것은 그 연결된 고리들을 통해 이루어진 비-가족의 울타리다.[28] 불우한 처지에 빠진 주인공이 당당히 자립해서 자기 삶을 건설하며, 그러면서도 기원(부모나 국가)을 잊지 않고, 또 자신만의 가족을 구성한다는 전통적 서사에 비하면 상당히 이례적으로 보인다. 하지만 바로 이러한 예외적 상상력의 힘에 주목해야 할 것이다. 현존하는 익숙한 세계와는 다른 시공간, 낯선 공동체를 구상하고 시도해 본다는 점에서 오히려 우리는 장편소설이 기지개를 켤 새로운 무대를 예감해 볼 수 있지 않을까?

---

28 아버지에 대한 완벽한 무지, 그리고 엄마와는 절연된 현실. 이 두 가지는 현재의 청년 세대가 부모로 대변되는 기성사회와의 단절을 통해 공동체 자체를 새로이 구상하고 창출해 내야 하는 환경에 놓여 있음을 상징적으로 대변한다. 김설원, 『내게는 홍시뿐이야』, 창비, 2020, 195쪽. 이를 '반역'이나 '거부'와 같은 거창한 사회 및 세대론적 의제로 내세우지 않고도, 이 소설은 스스로의 삶을 창출해 가며 서로를 부축하는 가족 아닌 가족, 비-가족적 공동체가 지금 여기서 발생하고 있음을 시사하고 있다. 물론, 은희경의 『소년을 위로해줘』(문학동네, 2010)의 경우처럼, 대안가족의 서사는 근래에 자주 형상화되는 문학적 주제이기에 완전히 새롭다고는 할 수 없으나, 장편의 호흡으로 그 다양한 가능성들을 타진해 보는 것은 사례의 창안이라는 관점에서 여전히 유익하다.

1부 도래할 문학의 시간(들)

5. 소설 이후, 다시 우리는 어떤 소설을 예감하는가?

불과 5년간의 수치를 통해 근래 장편소설상에서 '당선작 없음'이라는 현상이 문학의 위기를 반영하는 표지인지, 시대의 자연스런 추세인지, 혹은 또 다른 새로운 흐름의 시작인지를 가늠해 보기란 어려운 노릇이다. 무엇보다도 '상'이라는 규범적인 의례가 지닐 수밖에 없는 취약점을 염두에 두어야 하는데, 수상이 반드시 명작을 보증하는 것이 아니며 낙선이 곧 졸작을 뜻하지도 않기 때문이다. 19세기 파리 미술계의 제도적 규준에 못 미치는 작품들을 따로 내걸었던 1863년의 낙선전이 인상파의 모태가 되고 현대 회화의 큰 물길을 열었던 데서 알 수 있듯, 입상을 기준으로 현대 한국문학장에서 장편소설의 향방을 짐작하고 전망해 보는 데는 근본적인 한계가 있다.

거꾸로, 장편소설상이라는 규범적 척도의 경계선에서 생성되는 창작의 힘에 주목하는 것이야말로 진정 생산적일 수 있다. 앞서 언급한 작품들 이외에도, 이전의 '정통 서사' 범주 안으로 귀속시키기에 모호한 작품들은 무수히 많다. 당연히, '척도의 바깥'이 의미하는 바가 무엇인지에 대해서는 다양한 논쟁이 가능할 것이다. 요점은 그 '모호함'에 있다. 척도의 바깥에 있다는 점이 '결여'나 '불완전'이 아니라 새로움의 '태동'이나 '생성'으로 간주될 가능성이 있다는 의미다. 작가는 읽히기 위해 쓴다는 대원칙을 염두에 둔다면, 결국 작품의 생명은 언젠가 만나게 될 (미래의) 독자를 염두에 둘 수밖에 없지 않겠는가? 이런 의미에서 전통적인 장편소설의 개념을 계속해서 덧대고 확장시키는 한편으로, 전폭적으로 '다르게' 생각할 여지를 개방해 둘 필요가 분명히 있다. 즉 내용에 있어서나 형식에 있어서나 소설이란 이러저러한 것이며, 장편이란 이러저러한 것이라는 우리 무의식적 통념을 해체시킴으로써 장편소설의 관습적 울타리를 뛰어넘어야 한다는 말이다.

문학, 특히 소설이라는 장르 규정의 안과 밖, 또는 정통과 순수를 내세우는 문단의 이쪽과 저쪽 사이의 갈림길이 유달리 두드러지고 있는 현재, 공모전이 여전히 공적 제도의 한 가지로 기능하고 있음은 부인할 수 없다. 무엇보다도 공모전이 특정 문학단체나 출판사, 시장과 밀접하게 연관되어 있는 한 문학상 수상 여부를 통해 문학 자체의 낡음과 새로움, 소멸과 생성 등을 판가름 짓기는 무척 어려운 일이다. 게다가 여성, 역사, 사회라는 열쇠어들은 기실 근대문학이 출범된 이래 끊임없이 문제화되었고, 주요한 문학사적 논쟁의 의제로서 거론되어 왔기에 이 개념들의 조명이 자칫 지나간 주제의 귀환이나 재탕에 머물 가능성도 배제할 수 없다. 그럼에도 만일 새로운 것의 발아가 언제나 낡은 것과 혼종된 가운데 일어나는 사건이며, 절단과 단절이 이전의 지평을 전제하는 가운데 벌어지는 사태라는 점을 고려한다면, 문학상 공모전을 통해 가시화되는 장편소설의 양상들은 익숙함을 투과하는 낯설음을 발견하고 음미하도록 우리를 종용하고 있다고 말해도 좋겠다. 문화적 기억이란 그 같은 비교를 통해 성립하는 새로움의 창안을 떠받치는 토대라 할 만하다.[29] 우리는 공모전의 한계를 곱씹어 보는 가운데, 그 경계선에서 피어나는 낯선 작품들을 하나씩 조명해야 할 것이다.

『도서관을 떠나는 책들을 위하여』는 이 점을 아주 재미있게

---

29 보리스 그로이스, 『새로움에 대하여』, 김남시 옮김, 현실문화, 2017, 75~76쪽.

펼쳐 낸, 색다른 소설적 시도를 보여 주는 작품이다. 가상의 도서관에 방치된 장서 가운데는 본문이 사라진 채 누군가 그 책을 읽다가 남긴 밑줄과 주석만으로 가득한 책이 있다. 세월의 흐름 속에 본문의 잉크가 날아가 버린 것이다. 이제 누군가 다시 그 책을 읽는다면, 그는 밑줄과 주석을 통해 본문을 유추해 내고 스스로 채워 넣어야 할 상황에 놓일 것이다.[30] 당연하게도, 그렇게 복구된 책은 결코 원형 그대로가 아닐 것이며, 읽는 사람에 따라 서로 다른 책으로 재탄생할 수밖에 없다. 바로 이것이 소설의 운명 아닐까? 다시 말해, 장편소설이 세계를 총체적으로 구성해 내려는 시도라면, 그것의 운명 또한 이와 같지 않을까? 작가가 완전히 장악하고 있는 자신의 작품이란 없으며, 마찬가지로 세계 속에 던져진 그 어떤 작품도 결코 완성될 수 없다는 금언을 좇는다면, 장편소설의 내용도 형식도 결코 완결되고 규정된 범주에 갇히지 않을 것이다. 지금 입상의 의례 속에 주목받는 작품들은 한편으로 현재 유효하게 준수되는 특정한 규범의 연장을 보여 주지만, 그 외곽으로는 척도 바깥의 이질적 글쓰기의 씨앗을 담지하고 있을 수 있다. 핵심은 그것을 발견할 수 있는가, 낯선 새로움을 지각하고 그에 합당한 미적 형상을 부여할 수 있는가에 달려 있다. 그렇다면, 여전히 쓰이고 읽히는 소설적 글쓰기는 제도적 장의 안팎에서 생겨나는 불명료한 모호함을 동력 삼아 제 나름의 형상을 갖추어 가는 중이라고 말해도 좋을 성싶다.

이러한 인식은 문단문학의 경계를 허물고, 하위의 장르들, 이질적인 장르들을 문학의 큰 범주로 모아 내는 견인차가 된다. 예를

---

30 오수완, 『도서관을 떠나는 책들을 위하여』, 나무옆의자, 2020, 170쪽.

들어, 최근 SF가 문학독자들의 큰 사랑을 받으며 존재감을 드러내는 현상이 그렇다. 비현실적 공상의 산물로 치부되던 SF는 문학 자체의 실재성에 대한 정의가 크게 바뀐 오늘날, 문학이라는 큰 우산의 정당한 한 부분으로 간주되며 생동하는 중이다. 나아가 장편소설의 형태로도 우리 앞에 제시되고 있음은, 앞으로 소설이 어떤 방식으로 내용과 형식을 변전시키며 유전流轉하게 될지를 가늠해 보는 지표가 될 것이다.[31] 또한 단편화되고 상업화된 측면이 부각되어 왔던 웹소설 분야 역시, 그 장르 특유한 서사능력과 대중성 및 문학성으로 인해 전통적인 장편소설의 역량을 공유하며 약진하고 있음을 기억해 두어야 한다.[32]

다른 한편, '전통적인' 문학상에 대한 현실적 문제제기 역시

---

31 2016년 머니투데이가 주최하는 '한국과학문학상'이 신설되었고, 장편소설 분야도 이에 포함되어 있다. 이후 SF에 대한 독자대중의 열렬한 관심에 힘입어 2021년 '문윤성SF문학상'이 새로 제정되었다. 이와는 별개로 2009년 황금가지가 주관하는 '좀비문학상'이나 조선일보의 '판타지문학상' 등은 넓은 의미에서 문학성 자체의 변형과 이행, 전환을 예시하는 사례들이었다고 할 만하다. 이 같은 '장르문학'들은, SF의 사례에서 극명히 드러나는바, 문단문학에 대한 '신체강탈적 침입'이기보다 '문학의 가능성을 확장하고 심화하는 에너지원'에 가까워 보인다. 복도훈, 『SF는 공상하지 않는다』, 은행나무, 2019, 27쪽.

32 2020년 초겨울, 혼불문학상 주관단체와 전주문화방송(전주MBC)이 주최한 '혼불문학 토론회'에서는 소설가와 평론가, 출판사 관계자, 웹소설 작가 및 연구자 등이 참여하여 열띤 논의를 이어 갔다. 직접적인 계기는 당해의 수상작이 없음을 두고 혼불문학상의 현황을 점검해 보는 것이었으나, 발제와 토론은 현재 장편소설의 내용과 형식이 크게 변화를 겪고 있으며 문학상 또한 이 같은 흐름을 반영하고 그에 응답해야 한다는 데 모아졌다. 종래까지 유지되었던 많은 분량과 긴 호흡의 서사적 글쓰기를 대신해 실험적이고 전통적 규준을 벗어나는 작품들에도 기회가 주어져야 하는 한편, 웹소설과 같은 파격적인 현재성을 주의깊게 관찰하며 수용할 수도 있어야 한다는 것이다. 이 같은 제언들이 어느 정도 받아들여질지는 미지수이나, '장편소설'이라는 표제를 통해 계속되던 문학상의 의례가 소설에 대한 시야와 개념을 갱신시키고 개방시키는 계기가 되어야 한다는 점에서는 한결 같은 기대가 엿보이는 자리였다. 이러한 토론회의 분위기와 내용에 대해서는 유튜브 컨텐츠를 참조할 수 있다. 「혼불문학 토론회: 혼불문학상의 현재와 미래」, 전주MBC Original, 2020년 12월 10일.

장편소설과 공모전에 관련된 반성의 지점에서 간과할 수 없다. 문학상은 심사와 출판이라는 양자 구도 위에서, 즉 문학성의 평가와 독서시장으로의 진출이라는 두 마리 새를 동시에 좇는 제도이다. 각각 독립적으로 자신의 행위를 수행하는 작가(글쓰기)와 비평가(심사와 평가), 독자(읽기)가 출판사(시장)와 엮이며 서로 교차하고 만나는 공적 무대가 바로 문학공모전인 것이다. 따라서 문학상을 둘러싸고 "개인의 윤리가 공공의 윤리로 전환되는" 장면을 목격하는 것은 전혀 우연한 일이 아니다.[33] 관건은 이를 문학의 여러 차원이 서로 만나는 교점의 축하행사로서만이 아니라, 여기서 발생하는 위계화와 감식안의 편식, 출판시장의 독점적 지배구조를 발견하고 비판하여 새롭게 전환될 수 있도록 매진하는 데 있다. 100년에 가까운 구래의 등단제도를 폐지하자는 움직임이 거세게 일고, 기성의 문예지를 중심으로 투고와 게재의 상호인정 시스템이 권력의 축으로 작동하는 현실에서 문학은 그 견고한 장의 '외부'를 절실히 바라는 중이다.[34] 아마도 이로부터 제도와 규범 바깥의 새로운 문학적 상상력이, 이전과는 다른 장편의 총체적 세계상이, 그에 대한 낯설지만 파격적인 심미안이 마침내 뜨이지 않을까?

문학의 시대가 저물고 있다지만, 여전히 많은 작가들이 글을 쓰기 위해 고투하고 있으며 팔리지 않을 책들을 펴내는 출판사들도 여전히 많다. 무엇보다도, 스마트폰과 영화, 온갖 삶의 편이적便易的 요소들이 곳곳에 포진해 있음에도, 문자예술의 유혹에 기꺼이

---

33 서영인, 「문학상 비평은 어떻게 가능한가」, 『문학과사회 하이픈』 여름호, 2020, 61쪽.
34 앞의 글, 68쪽.

손을 내미는 독자들이 남아 있다.[35] 문학이 죽었는지 살았는지를 두고 관련된 논의는 계속해서 회자될 터이지만, 실제로 지금-여기서 무엇이 벌어지고 있는지, 문학의 생성이 있다면 그것은 어떻게 펼쳐지고 있는지를 꼼꼼하고 부지런히 탐사하는 눈이 필요한 시점이다. 장편소설, 아니 소설의 미-래 역시 그 같은 고민 속에서 홀연히 싹틀지도 모른다.

---

35 통념과 달리, 문자예술과 현대의 첨단 매체가 서로 상반되기만 하는 것은 아니다. 텍스트의 구성과 변형에 매체의 특이성은 늘 원동력이자 견인력이 되어 왔고, 그에 따라 텍스트의 예술적 직조 능력은 한층 배가되곤 왔다. 김형중, 「장편소설의 적」, 172쪽. 또한 이야기하기 곧 서사 형식의 변형도 전망해 봄 직한 과제이다. 김영찬, 「오늘의 '장편소설'과 '이야기'의 가능한 미래」, 441~442쪽.

1부 도래할 문학의 시간(들)

2부. 소설, 반시대적 고찰

4. 비인간, 또는 새로운 부족들의 공-동체

── 황정은의 소설이 던진 물음

1. 세계의 비참, "이것이 인간인가"

그날 이후, 모든 것이 변했다. 사라져 버렸다. 우리는 아이들을 잃었고 공동체를 상실했으며 마음마저 놓아 버렸다. 어렴풋한 미래의 희망과 실존의 의지처, 함께할 연대의 끈이 소멸했다. 일상은 태연히 반복되지만, 삶은 이전과 이후로 무참히 갈라져 버렸다. 유예된 정의와 연기된 애도 속에 문득 드러난 것은 우리가 의미를 정박시킬 수 없는 시간, '이음매에서 어긋난' 시간을 살아간다는 사실이다. 거대한 사건이 일어났지만 그 의미가 불명不明에 빠진 시간, 그래서 메시아가 내리는 최후의 평결을 다시 기다려야 하는 '사이-시간'이 우리 시대의 근본 규정이다. 죽음도 삶도 아닌, 다만 무한한 기다림 속에 던져진 이 세계의 비참. 우리를 과연 인간이라 부를 수 있을까.

삶의 파탄, 인간의 소진 앞에서 문학은 무엇을 하는가? 전망

perspective을 제시하는 게 문학의 소임이라 믿었던 시대가 있다. 미래를 현재의 가능성으로부터 형상화하는 문학이 그것이다. 하지만 '예외상태'를 정상으로 삼아 연명하는 이 시대는 전망에 대한 믿음을 상실한 지 오래다. 오히려 실낱같은 희망으로 오도誤導할지 모르는 전망과 철저히 단절하는 것만이 문학에 남겨진 유일한 과제라 언명된 시대를 살아가는 듯하다. 섣부른 기대나 위로를 제공하지 않는 직면의 문학, 단호하다 못해 유쾌하기까지 한 재앙과 재난의 서사화 경향을 보라. 2010년을 전후한 수년간 한국문학은 전쟁과 테러, 집단자살, 사회적 유랑과 전 지구적 차원의 궤멸에 관한 묘사들을 문학의 남겨진 가능성으로 제시해 왔다. 하지만 파국적 상상력의 이면으로 낯익은 휴머니티가 슬그머니 되돌아온다든가, 또는 절멸을 다만 유희로서 희구하는 사유의 성긴 태도 역시 감지되었던 것도 사실이다. 문학 속에 되풀이 선언되었던 파국들은 실상 이 시대가 그렇게나 회피하고자 했던 '오도된' 전망의 또 다른 판본이 아니었을까.

이러한 정황에서 황정은의 소설은 각별하다. 파국과 소진의 격동 속에 그녀는 자신의 눈길을 결코 인간에게서 떼어 놓지 않는 까닭이다. 하지만 그것은 인간에 대한 연민이나 혐오가 아니요, 한계상황에 내몰린 인간에 대한 호사가적 관찰도 아니다. 차라리 그녀의 글쓰기는 인간을 극한까지 질문하는 것, 무엇이 인간이고 무엇이 인간이 아닌지, 인간이란 어떤 조건에서 인간일 수 있고 또 아닌지를 사유하고 문자로 옮기려는 시도라 할 수 있다. 글쓰기의 비인간주의라 명명할 법한 그녀의 소설은 인간에 대한 일체의 감정적 동조를 내려놓은 채 인간과 비인간의 경계를 탐문한다. 그녀의 글쓰기는 인간의 시선을 떠나 사물의 응시에 가닿고, 역사와 사회의 타자로 옮겨 가는 것이다. 인간의 지평에서 시작하지만 인간 너머, 비인간의 차원에서 움직이는 글쓰기. 바로 이것이 황정은 소설의 불가해한 매혹이자 힘이다. 하지만 이는 그녀의 글이 인간과 비인간의 이분법 위에서가 아니라, 그 질문을 내밀하게 곱씹으며 삶의 여러 지층들을 부단히 횡단하는 가운데 쓰여지기 때문이다. 정녕 이를 인식하지 못한다면, 우리는 그녀에게서 환상과 현실이 어지럽게 교차하거나 폭력과 인간애가 기묘하게 섞여드는 장면들만을 보게 되리라.

왜 비인간이 문제일까? 관건은 비인간을 통해 묘사되는 삶의 '낯선' 양상들이다. 통념과는 '다른' 방식으로 현실을 구성하는 비인간의 욕망과 힘에 대한 기록으로서의 글쓰기. 온갖 인간적 가능성이 파국에 이르고 소진된 이 시대, 곧 사이-시간을 살아가는 방법을 황정은은 문학적으로 환유하려 한다. 그것은 판타지가 아니다. 단언컨대, 황정은 문학의 리얼리즘은 가시적 현실의 이면에 내재한 비가시적인 잠재성의 지대를 펼쳐 보이는 데 있다. 우리가 (근대적) 인간학을 넘어서 비인간과 조우하고, 그의 응시를 통해 만들어지는 새로운 삶의 편린들을 숙고해야 하는 이유가 여기에 있다. 아마도 이 경로만이 그녀의 글쓰기를 문학으로 남겨 두는 한편으로 문학의 '너머'까지도 바라볼 수 있게 해주는 축이 될 것이다. 일단 여기서 출발해 보자.[1]

---

[1] 이 장에서 인용한 황정은 소설과 글의 출처는 다음과 같다. 「문」, 「일곱시 삼십이분 코끼리열차」, 「곡도와 살고 있다」, 「오뚝이와 지빠귀」, 『일곱시 삼십이분 코끼리열차』(문학동네, 2008); 『백의 그림자』(민음사, 2010); 「대니 드비토」, 「낙하하다」, 「묘씨생」, 「뼈 도둑」, 「파씨의 입문」,

2. 비인간, 완파되는 언어와 사물의 세계

많은 평론가들이 황정은의 글쓰기에 나타난 언어의 (불)가능성에 주목한 바 있다. 기호와 지시대상 사이의 정연한 체계가 유실되고, 커뮤니케이션이 오작동을 일으키며 망가진 세계. 오직 언어에 기대어 간신히 지탱되나, 역으로 언어로 인해 존재의 실상實相이 가려진 세계. 여기에 이 세계 '너머'가 불현듯 틈입해 들어온다. 가령 「문」에서 우리는 이 세계와는 다른 차원에서 튀어나온 알 수 없는 존재를 만난다. 그것은 이름을 갖지 않기에 명명할 수 없고, 따라서 "사과"일 수 있지만 또한 "두리안"일 수 있으며 또는 어느 쪽이든 "상관없을" 수도 있다. "결정적이지 않은 상태"에 있다는 것. 이를 소유할 수 있는 인식의 기호는 존재하지 않는다. '불가능한 언어'라는 익숙한 표제 앞에 멈추지 말자. 결정불가능한 이유는 그것이 끊임없는 운동, 이행의 와중에 있기 때문이다.

> 마지막 남은 부분이 아지랑이처럼 흔들리며 풀어졌을 때였다. 두리안의 정수리가 있던 부근에서 무언가 데굴데굴 굴러서 의자 위로 툭 떨어졌다. m은 그것을 집어들었다. 손바닥에 올려놓고 보니 ㄱ자로 구부러진 작은 조각이었다. 아무것도 씌어 있지 않은, 엔터 모양의 조각(34).

이 무명無名의 작은 조각은, 한 문장을 이어 다음 문장으로 넘

『파씨의 입문』(창비, 2012);『야만적인 앨리스씨』(문학동네, 2013);『계속해보겠습니다』(창비, 2014);「가까스로, 인간」,『문학동네』80호, 문학동네, 2014 가을. 이하 본문의 괄호 안 숫자는 인용 작품의 해당 쪽수.

기기 위한 표지, 연속적인 이행의 한마디를 지시하기 위해 사용되는 보이지 않는 빈 자리("엔터")다. 여백 없는 글쓰기가 애초에 가능하지 않듯, 비가시적이고 분별불가능한 실재가 있다. 언어 너머, 인간 너머의 자리가.

낯선 사물의 자리, 그것은 외계로부터 침범한 초월적 실체가 아니다. 언제나 내재하고 있던 잉여이자 잔여로서 라캉의 대상a처럼 그것은 돌연 존재감을 드러내고 익숙한 현실에 이물감을 도입한다. "사람은 아니고, 딱 알겠더라고, 이건 그거다, 라고. […] 그야 밤중에 내 얼굴 근처에서 '마요네즈마요네즈마요'라거나 '서쪽에 다섯 개가 있어'라는 둥, 중얼거릴 때는 좀 오싹하기도 했지만 말이야"(「곡도와 살고 있다」, 170). '너머'의 존재들은 일상의 언어가 얼마나 편향적인지, 그리하여 언어가 인간이라는 주체를 중심으로 시점화되었다는 것을 역설적으로 증언한다.

동물원은 가장 인간적인 영역이잖아. […] 압도적인 인간의 영역, 그게 동물원이야. 동물원의 동물들이 어딘지 사람의 얼굴을 하고 있는 것은 그 때문이야(「일곱시 삼십이분 코끼리열차」, 85).

우리가 보지 못하는 것은 인간적 "희로애락이 희박"한 세계(「문」), 흡사 "모자의 언어"라는 식으로 그것 자체의 언어가 실존하는 차원(「모자」), 혹은 "나무늘보나 달팽이"처럼 인간과는 다른 속도와 리듬을 갖고 존속하는 "걔네들의 입장"일지도 모른다(「오뚝이와 지빠귀」). 하지만 저편에 무언가 있다고 형용함으로써 금세 너머의 진실을 알았다는 식으로 자만하지 말자. 그 또한 언어의 환상이며, 지극히 인간적인 의식의 허영에 지나지 않는다.

니체에 따르면 주체란 주어subject의 습관에서 배어 나온 환영이다. 벼락이 친다고 말할 때 실제로 벼락이 주체가 되어 무엇인가를 타격하는 게 아니라 벼락 자체가 그 현상의 전부다. 비인간의 차원, 인간 너머의 무엇을 말할 때도 비슷한 주의가 필요하다. 만일 거기서 무언가 다른 실체(주체)를 궁구한다면 그 역시 인간적 견지에서 파생된 언어의 효과일 따름이다. 그러므로 비인간이란 모종의 실체가 아니라 인간의 지식과 이성, 언어가 포착해 내지 못하는 운동을 가리키는 이름일 뿐이다. 명사가 아닌 동사, 명명하기라는 행위를 통해 간신히 그 흔적을 드러내는 힘의 유동. 따라서 너머의 존재는 나-주체의 언어적 대상으로 재현되지 않고, 운동으로 스스로를 표현한다. 그것은 인간적 주체의 정념들을 실어나르는 듯 보이지만 실상 있는 것은 주체나 정념이 아니라 그것들의 운동, 즉 발화다.

> 왠지 나는 지금 이렇고 저런 기억과 감정들의 덩어리라는 느낌이 들어. 그리고 말들과 말들과 말들과, 말들. 나는 지금 꽤 많은 말을 하고 있는데, 이것은 아주 오랜만의 일이야. [⋯] 그냥 타고 싶었어. [⋯] 두 번째 든 생각은 말을 하고 싶다는 것이었어 (「문」, 20, 24~25).

이러한 말하기는 대상 없는 행위이자 충동에 따르는 활동이다. 합리적 커뮤니케이션을 넘어서 발화 자체만을 목적으로 삼는 운동인 것이다.[2] 니체의 조언을 되새긴다면 발화의 주체는 없다. '말하다'의 동사로서만, 운동 자체로서만 그것은 '있다'. 인간의 시선을 벗어난 이탈과 탈구의 움직임으로서의 말. 주체도 목적도 없이, 그것은 다만 말하기의 형식 속에서 수행될 따름이다. 비인칭적 운동으로서 거기에 문법과 인지가 작동할 리 없다. 통상의 관점에서 볼 때 '죽은'dead과 '죽지 않은'not dead 사이에 기묘하게 성립하는, '안 죽은'undead이라 묘사할 수밖에 없는 이행의 상태, 즉 비인칭의 중얼거림만이 있다.[3]

> 나는 이것을 본다, 보다니, 하지만, 무엇으로, 무엇을, 어디에서, 언제까지, 보는 나는 무엇이고, 앞으로, 앞이 있다면 말이지만, 무엇으로, 될까, 어디에서, 언제까지, 무엇을, 무엇으로, 본다, 그런데, 누가, 누군가, 무엇으로, 무엇을, 그러나, 어디에서, 언제까지, 하고 반복해서 생각하다가, 전혀 확고하지 않은 상태로, 퍼졌다. 냉장고 곁에서(「대니 드비토」, 49).

인간 곁에서 "묽고 무심한 상태"로 흘러다니다가 "부스러기" 처럼 "말끔히 사라질" 존재. 인간의 관점에서 이러한 운명은 필연코 "가혹"하고 "쓸쓸"하며 "덧없"다. 이러한 서술에 짙게 배인 인

---

2 이 점에서 황정은 서사의 특징은 "이야기하기의 충동 혹은 미메시스적 충동 자체를 드러내는 일"에 있다. 서영채, 「명랑한 환상의 비애」, 『일곱시 삼십이분 코끼리열차』, 290쪽.

3 "그러므로 우선적으로 존재하는 것은 '말한다'(ON PARLE)는 것이고 익명적 중얼거림이며, 가능한 주체들은 거기에 배치된다. '담론의 무질서하면서 지속적인 거대한 웅성거림.' [⋯] '나는 말한다'에 대한 비인칭으로서의 3인칭의 선행성." Gilles Deleuze, *Foucault*, Éditions de Minuit, 1986, p. 62.

간적 파토스를 무시하고 싶지는 않다. 다만 그 너머에 엄존하는, 말하기-운동하기로서의 비인간적 유동에 유의하고자 한다. 그것은 상승인지 하락인지 모를, 결정불가능한 역설을 통해서만 겨우 표명되는 어떤 움직임이다. "저는 깊이, 깊이, 상승하고 있습니다"(「대니 드비토」, 53).

황정은 글쓰기의 기본 정조로 지목되는 「낙하하다」를 살펴보자. 존재하는 모든 것은, 나는 나로서 너는 너로서 항상-이미 낙하하고 있다. "고독"은 원자적 직하운동에서 기인한 단독자의 정념이다. "떨어지고 있다"로 반복되는 진술은 "공허한 마찰"을 되풀이할 뿐 진정 유의미한 관계가 부재함을 보여 준다. "외로움"과 "두려움", "개인적으로는 이미 지옥"이라는 정서는 인간적으로는 이해할 만하지만, 비인간의 측면에서는 그저 물리적 우주의 진공을 지시할 따름이다. 결여된 것은 사건이다. 낙하 자체가 아니라 충돌 없는 하강, 반향 없이 흩어지는 목소리의 단독성이 두려움과 외로움을 빚어낸다. 전철의 출구방향을 묻는 사소한 사건이 작지만 낙하의 방향을 바꿔 놓는 충돌로 비화하는 것도 그래서이다. 그로 인해 서로 무관심하게 낙하하던 존재자들이 일순 마주치고 불꽃을 일으키며 격발된다. 그리하여, 견고했던 '나'와 '너'의 경계가 혼동되고 뒤섞이기 시작한다. "다름 아니라 나였을지도 모르겠다. 나는 아주머니였을지도 모르겠다"(75). 나와 너 사이에서 사건적 관계를 유발하는 제3항, 이는 인간적인 것들 사이에 틈입한 비인칭적 사태, 곧 충돌이라는 운동이다. 이 시점에서 황정은의 소설들에 빈번히 되돌아오는 사건의 공리를 잘 기억해 두자. "세 개의 점이 하나의 직선 위에 있지 않고 면을 이루는 평면은 하나 존재하고 유일하다"(65). 이 알 듯 말 듯한 신비스런 공리는 무한히 낙하하던 존재자들을 사건적 관계로 끌어당기는 욕망의 주문을 불러낸다. "누가 누가 누가 없어요 나와 나와 나와 충돌해줘"(78). 이 주문이 현실을 변형하는 힘으로 어떻게 작동하는지 예의주시하도록 하자.

비인간의 시점이 극명하게 드러난 텍스트는 「묘씨생」일 것이다. "다섯 번 죽고 다섯 번 살아"난 고양이의 발화로 기술된 이 소설은 그저 우화일 수도, "의미없는 이야기"일 수도 있다. 요점은 그가 인간의 이름들로 채워진 이 세계의 "완파"를 기다린다는 것. 인간의 시점은 넘어섰으되 아직 종언은 도래하지 않은 시간, 역사와 역사 이후의 사이-시간에서 벌어지는 서사가 이 작품의 내용이다.[4] 물론 그것은 파국의 전조들이다. 때로는 인간과 어울리며 때로는 인간에게 쫓기며 생을 영위하는 고양이는 이름을 갖지 않는다. 그에게 주어진 유일한 인간적 이름은 "몸"이며, 순전한 고깃덩이로서 목숨을 반복하고 있다. 그런데 몸의 시야에 들어온 인간의 삶이란 것도 신통치 않다. 곡씨 노인은 다른 인간들로부터 "자신들과는 종이 다른 생물을 보는 듯"한 취급을 받고, "인간아"라는 폭언을 들으며 비참하게 살아간다. 실로 "보잘것없는 인생"이며, "이 몸과 같은 묘씨생보다도 못한 일생으로서의 인생"이 아닐 수 없다.

---

4 Giorgio Agamben, *The Time that Remains*, Stanford University Press, 2005, pp. 69~72. 궁극적 파국/구원인 파루시아(parousia)는 '이미'와 '아직' 사이에서 결정불가능하게 지연된 시간, 즉 심판은 이미 내려져 있지만 아직 그 끝에 도달하지 않았기에 유예되어 있는 시간을 말한다. 파국은 매 순간 되풀이되지만 종결되지 않는 것이다. 때문에 인간은 산 것도 죽은 것도 아닌 상태로('안 죽은') 이를 무한히 견뎌야 한다. 그것은 '기다림'의 시간이자 역설적인 '불사'의 시간이고, 모든 기존의 관계들이 해체되어 재구성을 기약하는 '무의미'의 시간이기도 하다.

그저 사람의 삶이란 허무하고 구차하다는 말일까? 하지만 이 작품은 원한감정에 그득한 동물의 서사도 아니요, 인생의 부박함을 사설하는 기담도 아니다. 차라리 이는 인간적 가능성의 "완파"에 대한 물음으로 읽어야 한다. 우리는 개체로서의 죽음을 계통으로서의 삶으로 슬쩍 바꿔치고 생명의 영원성을 획득한 것처럼 연기하는 데 익숙하다. 그것이 근대의 인간학, 즉 휴머니즘이다. 여기에 "완파", 곧 궁극적인 파국의 자리는 없다. 끝없는 생의 반복 가운데 인간은 짐짓 진보와 영생을 사는 듯, 단독자로서의 삶을 괄호치고 가족과 사회, 국가와 인류의 이름으로 생의 유한성을 탈각한 듯 시늉한다. 그러나 묘씨는 묻는다. "일생을 마친 뒤에도 일생이란 가능성이 남으니 좋을까"(125). 버려진 음식을 주워 먹으며 동류의 동정조차 얻지 못한 채 무감각하게 살아가는 곡씨 노인의 삶이나 강제로 배를 절개당해 썩어 가는 살을 견디며 서서히 '죽어 가고 살아가는('안 죽은')' 고양이나 무엇이 다른가. 이를 "다섯 번 죽고 다섯 번 살아나는" 식의 환상 속에서 반복하는 것이 과연 "좋을까". 그것은 차라리 죽을 수 없는 운명에 대한 "원한"으로서의 연명이 아닐까. 그러므로 "완파"란 이러한 생의 가능성을, 인간학적 환상의 말소에 대한 갈망이라 새겨도 틀리지 않으리라.

3. 살해당한 아이들, 인간의 비윤리와 소진된 인간

"그대는 어디까지 왔나." 이 도저하고 외설적인 질문을 되풀이해 던지는 『야만적인 앨리스씨』는 뒤집어진 교양소설이다. 교양Bildung이란 파편화된 근대사회를 살아가기 위해 필요한 개인의 재능과 사회적 능력, 인간적 관계의 축적을 가리킨다. 근대국가에서 시민적 삶의 체득 과정과 이를 반영하는 상징적 형식이 교양소설인 것이다. 그것은 자연적 자아가 사회적 일원으로 성장해 가는 여정으로서 누적적이며 가산적인 행로다. 하지만 계몽의 변증법과 겹쳐지는 교양의 도정은, 아도르노와 호르크하이머가 지적하듯 맹목과 폭력의 습득 과정이기도 하다. 생존의 요구에 맞춰 인간은 자신과 타자를 불구로 만들며 유보 없는 전진을 강제당한다. 인지 너머의 것, 언어와 논리를 벗어나는 일체는 비존재로 선고되어 말살될 운명이다. 아이러니하게도 인간의 가능성을 만개하도록 축복된 계몽과 교양은 자기파괴와 괴물성의 미래로 되갚아진다. "그대는 어디까지 왔나." 이것은 인간의 "완파"까지 얼마만큼의 가능성이 남았는지 추궁하는 비인간으로부터의 물음이라 할 수 있다.

　원초적 시공간으로서 고모리는 원초적 신화를 보유한다. 오래전 굶주리던 주민들이 아기 셋을 나눠 먹고 묻은 뒤 "무덤에 관해서는 영문을 모르는 것으로 해두었다. 비참한 뼈들을 숨긴 봉분은 그대로 방치되어 있다가 잡초들 틈으로 사라졌다"(9). 원한 어린 아이의 뼈를 찾으러 앨리시어는 길을 떠나지만 곧 모래무덤 아래로 떨어져 허우적대다 탈진한다. 낙하의 악몽, 이것이 소설 전체의 반복을 이루는 골자다. 이는 또한 앨리시어의, 그의 아버지의, 그의 어머니의, 어머니의 어머니가 겪는 "반복되는 꿈"일 터인데, 이유 없는 되풀이만이 꿈꾸기의 목적이란 점에서 소설 전체는 죽음의 반복강박에 사로잡혀 있다. 이름 없이 개장에 갇혀 짖는 법도 모르다가 "여름이나 늦가을에 정성껏 불에 구워"져 뼈와 가죽만 남긴 채 버려지는 개들, 그것이 앨리시어를 비롯한 아이들의 공통된 운명이다. 학대당하고 살해당할 그들의 삶은 개인에게나 가족·사회에서나 아무런 증산 없이 절멸을 향해 떠밀려져 있다. 이런 의미에서 앨리시어 전傳은 성장 없는 쇠락이자 무한한 감산 과정인 반反교양의 무대화인 셈이다.

『신약』을 패러디하듯 "씨발년"은 "포스트 씨발년"을 낳고 앨리시어는 "씨발년으로 이 거리에 서"게 된다(159). 수태와 자애의 상징인 모성은 여기서 악의 진원처럼 묘사되고, 따라서 벗어날 수 없는 나락의 굴레를 형성한다. 평론가들이 숱하게 인용하며 분석한 어머니의 "씨발됨"은 그래서 시간이 지날수록 강화되는 비가역적 악순환의 핵이다. 그것이 파멸적인 이유는 어느 누구도 이 연쇄 고리에서 빠져나갈 수 없는 탓이다. 하지만 가해와 피해의 물고 물림에 대해, 그래서 있을 수 있는 무죄의 항변에 대해 앨리시어는 냉연히 침을 뱉는다. "웃기시네. 그렇게 말하고 싶은 앨리시어는 꺼져라"(41). 모두가 모두에게 늑대가 되는 세상Homo homini lupus에서 책임은 명확히 분배되지 않는다. 폭력으로 자신을 무장하여 또 다른 "씨발년"이 되려는 앨리시어의 선택은 그래서 충분히 '인간적'이기까지 하다. 폭력에 맞서는 동시에 폭력의 분신이 되는 것. 폭력의 순환에 뛰어들어 기꺼이 그 한 고리가 되는 것.

> 앨리시어에게 그녀는 사람이 아니다. 사람 아닌 어떤 것, 말하자면 씨발. […] 그녀에게 앨리시어는 사람이 아니다. 사람 아닌 어떤 것, 말하자면 씨발.(125)

서로가 서로에게 비인간이 되는 것일까? 그렇지 않다. 인간으

2부 소설, 반시대적 고찰

로 살아남기 위해 강요된 "씨발됨"이야말로 '인간적인, 너무나 인간적인' 선택이니까. 앨리시어는 이 반복강박에 완전히 몸을 내맡긴다. 그리하여 여장한 채 거리에 나서는 앨리시어는 이미 "오래전그의 어머니와 닮았다"(159). 폭력의 원환은 이렇게 완결된다. 개수구멍 없는 개수대처럼(「뼈 도둑」), "씨발됨" 이외엔 벗어날 길 없는세계. "그건 지옥일지도 모르겠다"(「낙하하다」, 69). 비참한가? 그렇다. "만사의 근원은 가족"이며 "서로의 상처를 이해하"라는 상담사의 말처럼 우리가 여전히 인간적인 세계를 기대하고 있다면.

개인과 가족, 사회를 관통하는 폭력의 연쇄는 '인간의 비윤리'라 불러 마땅하지만, 또한 불가피한 자연사적 과정처럼 보인다. 무한한 낙하에 이유가 없고 도덕을 말할 수 없듯, 폭력의 목적은 폭력 자체이자 그것의 순환인 까닭이다. 여기서 인간이 동물("개")이되는 것은 비하가 아니라 생의 본원적 진실이다. "씨발됨"은 자연의 본래면목으로 드러나며, 파국은 자연사적 사실로서 죽음충동Todestrieb으로 표제화될 법하다. 프로이트에 따르면, 이 충동은 모든살아 있는 것을 비생명의 원점으로 되돌리는 강력한 추력이며, 가학과 피학의 형태로 끊임없이 변전하여 귀환한다. 앨리시어의 "야만"이란 그런 자연사적 맹목으로의 회귀이지만, 동시에 본래적인인간사적 과정이기도 하다. 이것이 앨리시어가 폭력으로부터 벗어날 수 없는 이유다. 안[內]에서도 바깥[外]에서도, 거듭 귀환하는[再, 外] 폭력의 무구성無垢性이란 그런 게 아닐까. 아이 셋을 잡아먹은 원초적 신화의 잔혹을 깨뜨리지 못한 채, 동생의 죽음으로 원점에 되돌려진 이야기는 먹히지 않은 아이를 찾으라는, 또는 아이가 먹히지 않도록 지키라는 루쉰魯迅의 절규처럼 들린다. 하지만 폭력에 맞서는 폭력이란 점에서 그러한 투쟁은 지극히 인간적이다. 결국 그 종점은 "앨리시어의 실패와 패배의 기록"일 수밖에 없다 (161).

이 소설에서 우리가 목도하는 것은 파국의 또 다른 판본이다. 그러나 거기엔 종말을 향해 경쾌하게 질주하는 주체의 쾌락이 제거되어 있다. 비인간의 응시로부터 각인된 인간과 사회, 역사의 절멸은 자연사적 무관심으로 채워져 있기에 인간적 정념은 자리를 찾지 못한다. 폭력의 맹목적 굴레에 자신을 봉인한 앨리시어는 "씨발년으로 이 거리에 서"서 그의 운명을 반복할 것이다. 어디까지? "바닥에 닿"을 때까지(131). 3년 넘게 지속되는, 또는 영원한 낙하운동이 갑자기 끝날 수 있을까. "바닥"이란 물리적 실체이기보다 사건의 제3항인 운동, 낙하의 방향을 돌리는 클리나멘이 아닐까. 바닥(파국) 이후에도 낙하는 계속되리라. 하지만 다른 방향으로, 충돌과 변형을 동반하며. 앨리시어는 말한다. "그래야 다른 데 가지"(131).

전환에 유의하자. 만일 "다른 데"를 향할 수 있다면, 지금 여기의 폭력과 맹목은 진정한 끝이 아닐 수 있다. 종국적 파국은 아직 오지 않았고, 어쩌면 영원히 오지 않을 수도 있다. 그렇다면, 우리는 파국과 파국을 잇는 사이-시간에, 죽음과 죽음을 잇는, 사건과 사건을 잇는 영원한 변전의 (무)시간적 지속 사이에 유예되어 있는 게 아닐까. 파국이란, 죽음이란 원점회귀의 절멸이 아니라 오히려 지속적인 생성을 끌어들이는 단락(short-cuit)이라 불러도 좋으리라. 정신분석의 통상적 해석에 반기를 든 들뢰즈는 죽음충동을 차이 없는 반복을 중단시키고 차이로서의 반복을 일으키는 비인칭적 생성으로 보았다(『차이와 반복』). 부정을 넘어서는 긍정, 그것은 부정의 논리적 역전이 아니라 부정성을 끝까지 밀고 나갈 때 비로소 드러나는 역설의 차원이다. 폭력적 생의 원환을 절단하는 힘은, 그 운동을 멈추는 게 아니라 다른 방향으로 돌릴 때, 그것을 계속해 나갈 때 실현된다. 보라, 굴속에 떨어진 앨리시어는 클리나멘, 곧 사건적 편위偏位를 기다리고 있지 않은가. 파국 너머의 또 다른 시간의 차원을, 그것의 도래를. "뭐냐면… 뭔가 다른 일이 벌어지기를. 밤과 낮이 뒤집어지기를"(130).

유예의 시간은 진공으로 남아있지 않다. 그 사이-시간 동안 수많은 앨리시어가 폭력의 저주를 몸에 새기고 동생은 입이 막힌 채 살해당할 것이다. 폭력은 한편으로 자연사적 순환이지만 동시에 인간사적이고 사회사적 과정이다.[5] 이것을 중절시키는 유일한 방법은, 역설적이게도 행위하지 않는 것이 아니라 무위無爲를 행하는 데 있다. '죽은'과 '죽지 않은' 사이의 '안 죽은'을 살아가는 것, 바꿔 말해 비인간의 자리에 서는 것. 온갖 인간적 가능성을 끝까지 소진시키는 일이 그것이다. 언어도 인식도 합리도 인간적인 모든 것을 탈각시키는 것. '인간'이라는 주인기표를 둘러싼 신학과 형이상학, 법과 제도, 연민과 원한의 정념을 소진시키는 것. 이는 애도되지 않는 무한한 멜랑콜리의 반복이며, 애도로 봉합될 수 없기에 매번 다르게 되돌아와 인간-주체의 가능성을 남김없이 소거해 버리는 운동이다. 휴식을 통해 보충되는 피로가 아니라 더 일어설 수

---

5 Theodor Adorno, "Die Idee der Naturgeschichte," *Philosophische Frühschriften(GS1)*, Suhrkamp, 1997, pp. 354~356.

없을 만큼 탈진해 버려 진정한 침묵('안 죽은')에 이르는 죽음충동.[6] 비인간의 자리가 여기서 드러나며, 비로소 '또 다른' 존재 상태로 이행할 수 있는 잠재성이 가동되기 시작한다. 하지만 서서히. "내일은 어제와 같지만 어제와는 다를 것이다. 세계의 귀퉁이가 약간 뒤집혔고 점차로 더 뒤집힐 것이다"(149). 소설 저편에서 들려오는 비인간의 목소리가 다시 묻는다. "이것을 기록할 단 한 사람인 그대, 그대는 어디까지 왔나"(162).

4. 살아남은 아이들, 비인간의 윤리와 공-동체

『계속해보겠습니다』는, 들뢰즈식으로 말한다면 소진된 인간이 잠재성의 '애벌레-주체'로 어떻게 이행하는지를 보여 주는 실험의 기록이다. 분위기는 『야만적인 앨리스 씨』와 사뭇 다르지만 근본 정조에 있어 유사한 상황이 여기서도 반복된다.

우선 파탄된 정신의 소유자인 어머니 애자를 살펴보자. 그녀는 소진되었다. 남편 금주가 죽은 뒤로 그녀는 과거의 기억에 완전히 삼켜져 버렸고 자식마저 돌볼 수 없는 처지에서 요양원에 들어간다. 회복할 수 없는 피로가 그녀를 에워싸고, "인생의 본질"은 "허망"이란 결론이 내려진다. "그런 것이 인간의 삶이므로 무엇에도 애쓸 필요가 없단다"(12). 애자는 신체도 정신도 극단까지 파산했을지 모른다. 그러나 그녀에게 "세계란 원한으로 가득하며 그런 세계에 사는 일이란 고통스"럽다는 정념이 남아 있는 한 그녀는 완

---

6 질 들뢰즈, 『소진된 인간』, 이정하 옮김, 문학과지성사, 2013, 33쪽.

전히 소진된 게 아니다. "아무래도 좋을 일과 아무래도 좋을 것으로 가득"한 세계는 여전한 가능성을 간직하고 있기에 그녀는 임신한 나나에게 질투와 분노, 의혹의 감정마저 투사하고 있다. "왜 너희는 행복하니, 왜 너희만 행복해지려고 하니"(137). 그녀는 여전히 인간으로 남아 있는 것이다.

소라와 나나는 실상 한 쌍의 공동체다. 그녀들은 앨리시어와 그의 동생처럼 대칭적 상사성의 관계로 묶여 있다. 앨리시어의 동생이 살아남았다면 그 역시 형처럼 폭력에 감염되어 생의 맹목을 반복해야 했을 텐데, 나나도 소라처럼 "나는 어디까지나 소라. 소라로 일생을 끝낼 작정이다. 멸종이야"라고 결심했을 개연성이 높다(45). 이러한 자기절멸의 의지는 "포스트 씨발년"을 승계하지 않기 위한 소진의 첫 걸음이지만, 또한 충돌 없는 낙하의 연장이 되기 십상이다. 사건을 낳지 못하는 탓이다. 나나의 임신을 혐오하는 한편으로 애자가 되기를 거절하는 소라는 인간의 존엄(가능성)을 지키지만, 비인간의 자리로 선뜻 나아가지 못한다. 오히려 추락하는 단독자("부족")로서 그녀는 애자를 은밀히 반복할 위험에 처해 있다. "세계엔 이런 일뿐, 하고 순식간에 애자의 말에 휩쓸렸다. 아무래도 좋을 일과 아무래도 좋을 것. 이런 일뿐인 세계에서 살아가려면 애초부터 세계엔 그런 것뿐이라고 여기는 것이 좋다"(60).

나나의 이름은 반복으로 구성된다. "앞으로도 뒤로도 아름답다는 뜻입니다"(86). 그러나 이 반복은 회귀가 아니라 증식과 산포를 통해 차이로서의 반복을 일으킨다. "쓸쓸하고 불안할수록 나나가 늘어서 나나나나"(88). 각자의 서사에서 제목인 "계속해보겠습니다"를 반복하는 이 역시 나나다. 통상적 해석과 달리 임신 자체는 중요하지 않다. 그것은 지극히 '인간적'인 사건이고, 이는 모세의 가족들이 나나에게 보인 기대와 관심으로도 충분히 입증된다. 차라리 우리는 나나의 비인간-되기에 주목해야 한다. 그녀는 애자의 심적 파산이 인간적 가능성에 머물렀기 때문임을 직감하여 그녀와 같은 운명을 거절하지 않는가. "애자와 같은 형태의 전심전력, 그것을 나나는 경계하고 있습니다"(104).

그렇다고 나나는 소라처럼 자신의 한계에 갇힌 채 "종말"을 맞으려들진 않는다. "언제까지나 이대로, 라고 생각하는 마음과 부숴 버리자, 그만 깨 버리자고 생각하는 마음과 그 밖의 마음이 뒤섞여" 갈등하는 풍경 속에 나나가 있다(120). 그녀의 임신은 차이 없는 반복인 삶으로부터 벗어나려는 최초의 사건이며, 회심은 아마 "충돌"의 예감에서 비롯되었을지 모른다. 과연 그녀는 사슴의 뿔에 "푸욱, 하고 찔리"는 꿈을 꾸거나, 소라의 태몽을 통해 "단풍꿈"(변화가능성)을 꾸고 있지 않은가. 아기를 가져 "신체에서 모체로의 전환"이라는 몸의 변형(이행)을 경험하는 것 또한 그녀가 유일하다. 임신을 두려워하지만 "무섭더라도 감당하겠다고 마음먹었어"라며 (122), 자연적 생의 반복으로부터 사건적 관계로 나아가려 한다. 요점은 임신이라는 '사실'이 아니라 '사건', 타자와 마주치고 파열하여 그 결과를 자기 몸에 각인하려는 욕망에 있다. 자기보존의 본능으로부터 소진의 충동으로의 이행. 이 변화는 모세와의 결혼, 곧 가족적 관계를 거부하는 데서 더욱 명확해진다. "평범한 사람들, 평범한 집안"이지만 "무섭고 섬뜩한" 모세의 가족은 "낯선", "이웃에 사는 잘 모르는 사람들"의 반복이다(『야만적인 앨리스 씨』, 119). 인간의 윤리, 그 맹목에 종속된 삶을 사는 사람들. 결혼하지 않고 가족

없이 아이를 낳는 게 얼마나 큰 "사회적 대미지"인지, 나나가 얼마나 "이기적"으로 결정하는지 반문하는 모세의 모습은 그들이 인간에 고착되어 있으며, 따라서 낙하의 악무한과 폭력의 순환에 그대로 사로잡혀 있음을 반증한다. '인간적인, 너무나 인간적인' 동일자들의 공동체共同體가 그 이름일터.

하나의 직선 위에 있지 않은 세 개의 점이 만드는 평면, 그것은 사건의 장이다. 나기는 소라와 나나의 두 점과 일직선에 놓이지 않은, 우연히 개입한 제3의 점이 아닐까. 도무지 이문利文이 남지 않는 데도 "삸"이라는 역설적 이름의 가게를 운영하는 나기. 이성애의 '정상성'을 벗어난 그의 정념은 어디를 향하는가. 그는 모세가 염려하는 "사회적 대미지"에 아랑곳 않고 자신을 미워하는 "너"를 사랑한다. 그를 '동성애'라는 편견 가득한 용어로 간단히 정리하지 말자. 나기의 정념은 "너"를 소유하는 게 아니라 "충돌"하는 데 있기 때문이다. 육감으로 부딪히고 "물질적으로 당도할 수 있는 번지수"로서의 "너"에 대한 열정은 "감촉에 관한 기억이고 열망이므로 영영 사라지지 않을" 사건의 단단한 실재성을 함축한다(208). 사건은 치명적이다. 주변으로부터의 따돌림과 폭행, 심지어 사랑하는 "너"로부터의 멸시까지도 감수해야 한다. 그러나 사건이란, 단독자 사이의 거리를 돌파해 한순간에 부딪히고 멀어짐으로써, 그렇게 온갖 인간적인 가능성이 소진됨으로써 피어나는 또 다른 삶이 아닐 수 없다.

소진된 인간은 그 사이-시간을 살아간다. 이 순간은 언제나 최후로부터 n-1의 시간, 진정한 최후, 파국의 바로 '곁에' 있다. "너"의 죽음을 직감하지만 그 소식을 받기까지 사이-시간을 살아가는 나기의 시간이 그것이다. 이는 완전한 종말 직전의 무한히 연기된 시간이지만 이미 파국을 살아가는 시간이며, 동시에 파국 너머를 준비하는 구원의 시간이 된다. 하지만 또한 그것은 무한한 기다림 속에 방치되어 의미가 불명不明에 빠진 시간, 최후의 평결을 무작정 기다려야 할 시간이기에 어떠한 인간적 전망으로부터도 분리되어 있다. 선과 악, 유용함과 무용함의 인간적 기대와 희망은 버려져야 한다. 응답없는, 순수한 물음의 시간.

어쨌거나 네가 살아 있다는 소식, 네가 이미 죽었다는 소식. 세계의 끝, 같은 것. 너를 기다리는지 너의 죽음을 기다리는지 알 수 없는 상태가 되어 버려서, 너의 죽음을 생각할 때 나는 나의 죽음을, 예컨대 세계의 끝이라는 것을 생각하고는 하는데 세계가 괜찮은 것이냐는 질문에 어떻게 대답을 할까(184).

사이-시간의 존재에게 세계는 손쉬운 절멸의 대상이 되지 않는다. 그것은 감내하고 견디며 받아들여야 하는 시간이다. 구원은 지금 이 시간이 다하면 저절로 찾아올 그 무엇이 아니다. 오히려 구원은 나와 연루된 지금 여기에서 구성되어야 할, 도래하게 될 시간의 이름이다.

이로부터 공동체에 대한 물음이 불거져 나온다. 파국에 도달한, 소진된 인간은 무엇을 할 수 있는가? 사회도 국가도 인간성도 남아 있지 않다. 자연과 인간, 사회의 폭력이 뒤섞여 절멸에 도달하고, 살아남은 아이들은 무엇을 해야 할지 질문을 던진다. "충돌"에 관한 물음과 응답을 요구한다. 소진 이후의 삶에서 그것은 가능성이 아니라 잠재성의 문제다. 무위無爲라는, 즉 인간학적 목적에 포획되지 않은 채 함께 모이고, 서로 살아가는 길.[7] '무위를 행한다'는 역설적 표현이 암시하듯, 소진된 인간, 곧 비인간이 삶을 구성하는 방식은 지극히 낯설다. 통념과 상식, 일상의 도덕과 규범을 허물어뜨리듯, 그리하여 외견상 "완파"를 원하는 듯 행해지는 무위의 사례들을 나는 다음 두 장면에서 짚어내 보고 싶다.

첫째, 애자의 방치 속에 어린 소라와 나나가 순자로부터 받은 도시락은 무엇인가? 선물이다. 해석되어야 할 의미 이전에 그것은 밥과 김치로서의 질료적 자양이다. 나기와 소라와 나나, 타자들을 접목시켰던 토양이다. "나기와 나나와 나는 말하자면, 한 뿌리에서 자란 감자처럼 양분을 공유한 사이, 라고 말할 수 있을까"(41). 선물과 "친절"을 혼동하지 말자. 친절은 나나가 소라에게서 거부한 연민이고 뒤늦게 가족을 확인하려 든 금주네의 가족애家族愛다. 선물은 차라리 도둑질에 가깝다. 교환이 아니라 그냥 받는 것이다. 달리 말해, 선물은 보상의 약속 없는 무한한 증여로서만 그 힘을 발휘한다.[8]「묘씨생」의 "몸"이 우연히 곡씨 노인의 "체온을 받아들"이거나, 『백의 그림자』에서 오무사가 알전구를 덤으로 얹어 주는 것, 혹은 소라와 나나가 순자의 도시락을 조건 없이 받아먹은 것처럼. 전적인 단독자가 아니라 타자에게 늘 기대고 얹혀사는 삶, 그것이 선물과 도둑질의 공통적인 토대이다. 대칭적 교환경제에 길들여진

---

7 장-뤽 낭시, 『무위의 공동체』, 박준상 옮김, 인간사랑, 2010, 172쪽. "언제나 인간의 종말이 관건이 된다."

8 Gilles Deleuze et Félix Guattari, L'Anti-Oedipe: Capitalisme et Schizophrénie, Les Éditions de Minuit, 1972, p. 219.

인간이라면 기겁하고 말, 합리적이지 않기에 '비인간적'이라 불리는 삶의 진실이 무엇인지 똑똑히 들어 보자.

빚을 지지 않고 살 수 있나요. [⋯] 그런 것 없이 사는 사람이라고 자칭하고 다니는 사람을 나는 별로 좋아하지 않아요. 조금 난폭하게 말하자면, 누구의 배[腹]도 빌리지 않고 어느 날 숲에서 솟아나 공산품이라고는 일절 사용하지 않고 알몸으로 사는 경우가 아니고서야, 자신은 아무래도 빚이 없다고 말하는 사람은 뻔뻔한 거라고 나는 생각해요(『백의 그림자』, 17~18).

나나의 아이가 모체로부터 자양을 뺏어오는 것 또한 다르지 않으리라. 일방적인 주기와 받기, 그렇게 선물과 약탈은 공-동(共-動)의 관계를 구성한다. 관건은 그것이 지속적인 흐름의 운동을 구성하고, 낙하의 어느 순간에 클리나멘이 빚어내는 충돌, 곧 사건적 관계와 연결된다는 사실이다.

두 번째는 순자가 세 아이들과 만두를 빚는 광경이다. 겉보기에 그들의 협동은 여느 집안의 가족행사와 구별되지 않는다. 대개 한 집안의 명절맞이가 웃어른의 주도로 일사불란한 통일성을 이루는 데 비해, 그들은 아무렇게나 모여앉아 제각각의 일에 몰두한다. 명절이라는 의례는 목적 없는 형식임이 드러나고, 따라서 그들의 함께-있음l'être-en-commun은 공통의 생산물을 예상하거나 보장하지 않는다. 오히려 그들이 "늘어놓은 만두는 소라와 나나와 오라버니의 것이 다 다른 모습"이고, 정념은 질서 없이 유동하여 "그립고 즐겁고 애틋하고 두렵고 외롭고 미안하고 기쁜 마음이 뒤섞여

뒤죽박죽. 엉망진창"이 된다(156). 우리가 아는 공동체는 여기에 없다. 부서지고 파열된 공동체의 폐허 위에 생겨나는 것은 바로 공-동체이다. 주체도 목적도 없이 함께-함으로써만 구성되는 우연의 연대.[9] 이 장면을 모세의 집안과 비교해 보라. 중산층의 평균적 가족에는 지켜야 할 권위의 구조가 있기에 건강한 가장의 요강은 매일 다른 이의 손으로 비워져야 한다. '가풍'이라는 규율이 그것으로서, 가부장적 서열로 조직된 이 가족은 전형적인 동일자들의 집합이다. 여기서 가족의 '명분'을 벗어나는 일탈이나 위반은 허락될 수 없다. '미혼모', '아비 없는 자식'이란 이 공동체에서 추방의 징표와 동일할 것이다. 모세가 악인이 아님에도 불구하고 나나가 단호히 그를 거절한 것, 더 정확히 말해 그와 가족적 관계를 맺지 않으려는 것도 그런 까닭이다.

소라와 나나, 나기는 대체 누구인가? '정상'과 '일반성'에 기댄 관점에서 볼 때 그들은 진정 낯선 존재, 비인간이 아닐까. 개인과 사회, 국가를 종별화하는 일상의 범주들은 그들에게 이질적이다. 바틀비마냥 그들은 공동체의 척도를 부단히 거절함으로써 인간의 윤리를 벗어난다. 비인간으로 살고자 한다. 인간 '너머'의 차원, 그것은 인간-주체의 외부에 있는 순수 잠재성으로서의 타자성을 말한다. 따라서 소라, 나나, 나기를 어떤 인격적 실체로서 재현하거나

---

9 황정은의 소설이 사회적이고 정치적인 물음으로서 우리에게 다가오는 지점이 여기다. 사회라는 제도가 아니라 그 생성에 대한 사유로서 사회적인 것(the social)이 진정 문제인 것이다. 차미령, 「2010년대 소설의 사회적 성찰」, 『문학동네』 82호, 2015 봄, 440쪽. 앞서 황종연은 이와 같은 문제의식을 2000년대 이후 소설들의 주요한 특징으로 거론한 바 있다. 「매 맞는 아이들의 정치적 상상력」, 『탕아를 위한 비평』, 문학동네, 2012, 172쪽.

해석하는 것은 또 다른 인간학적 환상에 빠지는 일이 될 것이다. 우리는 인간 너머로의 이행과 운동으로부터 그들이 모종의 신체성을 획득해 가는 과정을 조심스레 따라가 보아야 한다. 그것은 인간적 감성 및 합리성과는 이질적인 속도와 리듬에 그들이 어떻게 공명하여 '비인간-되기'(devenir, 생성)를 감행하는지 살펴보는 일이다. 그리하여 분해가능하고 또 결합가능한 공-동체의 잠재성이 어떻게 현실화되는지 지켜봐야 한다. 불가능해 보이는가? 당신이 그것을 표명할 언어를 발견하지 못해서 그런 것은 아닌가? "당신이 상상할 수 없다고 세상에 없는 것으로 만들지는 말아줘"(187).

5. 새로운 부족들, 문학과 공-동체에 대한 물음

그날 이후, 우리는 얼마나 달라졌는가. 그것은 진정 파국이었을까, 혹은 사이-시간의 한 단락이었을까. 세계가 금세 종말을 고하고 무無로 돌아갈 뿐이라면, 나기의 "너"가 술취한 목소리로 되뇌듯 "멸종하고 엎어지는" 운명을 피할 길이 없다(207). 그래서 "외롭"고 겁에 질린다. 인지상정일 것이다. 하지만 비인간의 자리에서 본다면 어떨까. 앨리시어처럼 우리는 이미 파국 '안'에 있지만 여전히 도래하지 않은 최후의 '바깥'에 남겨져 있지 않은가. 완전히 끝난 것은 아직 없다. "이번 파도는 너무 작았어, 다음 파도를 기다려"(「파씨의 입문」, 226). 앨리시어의, 소라와 나나, 나기의 삶이 왜 파국적이지 않겠는가. 하지만 나나가 담담히 진술하듯 완전한 절멸은 "천만년에 걸쳐 서서히" 이루어질 일이다. 사이-시간, 문턱의 시간이란 인간에게는 닫힌 공간이지만 비인간에게는 셀 수 없이 열려 있는 마디들의 한 틈새일 따름이다. 나나와 함께 우리는 아직 생각할 수 있고, 무엇인가 만들어 볼 수도 있을 것이다. "세계가 끝나는 순간이란 천천히 당도할 것이므로 나나에게는 이것저것 제대로 생각해 볼 시간이 있을 것입니다"(226). 비인간의 감각, 우리는 거기에 다다를 수 있을까?

소라와 나나는 나기에게 "도깨비"였다(35, 189). 낯선 타인으로서, 그다음엔 공명하는 타자로서 그들은 마주쳤다. 공동체의 일원이 아니라 공-동체의 한 부분일 때 그들은 비로소 하나의 집합을 이룬다. 그것은 만두를 빚기 위해 모여 제각각 무엇인가를 만들어 내놓은 다음에 흩어지고, 또다시 모여들 수 있는 함께-함[共-動]의 '비인간적' 집합에 다름 아니다. 여기에 가족을 만들어 대代를 잇고 사회와 국가의 일원으로 복무해야 할 인간적(근대적) 목적은 없다. 이들에게는 통념도 양식bon sens도 습속도 없지만, 그 자체로 충만하다. 심지어 이 낯선 존재들은 물방울을 나비로, 비생명을 생명으로 바꾸려는 이상한 주술가, 실험가이자 발명가처럼 보인다.

소라, 나나, 나기, 라고 말하며 나는 탁자에 물방울 세 개를 찍어 두었다. 그런데… 하고 소라가 말했지. 나기가 너무 조그맣다, 왜 이렇게 조그매, 제일 조그매, 맘에 안 든다는 둥 말하며 나기라는 물방울에 물방울을 보태고 보태다가 섞이고 말았다. 세 개의 물방울이 뭉쳐 조금 더 큰 한 개의 물방울이 되고 만 것이다. […] 죽은 게 아니야 이건. 합체한 거야. 파워 레인저처럼 셋이서 합체. 봐, 이게 뭐 같아? 나는 이게 뭐 같냐면… 나비 같다 (202).

낙하하는 단독자로서 그들은 각자 "하나뿐인 부족"임을 어렴풋이 자각하고 있다(204). 인간이 하나의 종種의 이름인 것과 달리, 비인간은 낱낱의 개별자들이 각각의 부족을 이루어 살아가는 '다른' 존재들이다. 부족들의 공-동체. 그래서 우리, 인간의 시선에서 볼 때 그들은 '인간답게' 사는 것도 죽는 것도 아닐지 모른다. 그런 그들에게 인간의 윤리를 강요할 수 있을까. '가까스로, 인간'처럼 보이는, '안 죽은' 유령적 존재인 그들에게는 차라리 '비인간의 윤리'란 게 있지 않을까.

> 귀신일까요, 우리는, 귀신일지도 모르죠, 이 밤에, 또 다른 귀신을 만나고자 하는 귀신, 하고 말을 나누며 탁하게 번진 달의 밑을 걸었다(『백의 그림자』, 168).

공동체 너머의 공-동체를 찾으려는 욕망이 이로부터 피어오른다. 또 다른 비인간을 불러 모으는 주술 같은 목소리들이 이제 들리기 시작한다. "노래할까요"(같은 책, 169). 이 노래를 듣고 있는 우리들, 사이-시간의 존재들 또한 비인간이 되지 않을 수 없다. 존재론적 변형으로서의 비인간-되기. 그들의 노래를 듣고 함께 부르기 시작할 때, 우리는 벌써 비인간과 함께-하고 있을 터이기 때문이다. 그럴 때 우리 역시 공-동체를 구성하리라, 그렇게 바랄 수 있으리라. 그것은 희망 없는 기대, 대답 없는 질문 속에 묵묵히 행해야 할 무위로서 우리에게 이미 요청되어 있다.[10]

---

10 이 지점에서 '비인간'과는 다른 계열을 긋는 황정은의 최근 단편들을 떠올리지 않을 수

　　　　　2부　소설, 반시대적 고찰

다시 묻건대, 그날 이후 문학은 무엇을 할 수 있는가? 작가는 좌절된 가능성을 일으켜세워 그럴듯한 희망의 가상을 제시하지 않는다. 그렇다고 모든 전망의 덧없음, 전적인 절멸의 도락을 희구하지도 않는다. 인간적인 것과의 결별은 누구에게나 두렵고 고통스런 일인 까닭이다. 그럼에도 넘어야 할 것이 있다면, 그것은 여전히 우리를 결박하는 온갖 인간적인 기대와 집착이다. 반복하건대, "그대, 그대는 어디까지 왔나." 이것이 황정은의 소설이, 그녀를 빌려 비인간이 우리와 문학에 던지는 물음이다. "그러니 누구든 응답하라. 이내 답신을 달라"(「가까스로, 인간」, 449).

없다. 예컨대 「양의 미래」(2013), 「상류엔 맹금류」(2013), 「누가」(2013), 「웃는 남자」(2014) 등이 그러하다. 나는 이 작품들을 비인간과는 다른 맥락에서 '유사인간'의 서사로 재구성해 보고 싶지만, 지금은 어쩔 수 없이 미루어 둘 수밖에 없다.

5. 우리 모두의 이장욱

── 주체 없는 자리에서 주체처럼 글쓰기

1. 아르마딜로, 혹은 소설의 공간

빨간 모자를 쓴 아이가 날아간다. 마치 가족사진에서 갓 뽑아낸 듯한 표정으로 손에 쥔 과자봉지를 허공으로 날린다. 어찌나 천천히 날아가는지 그 모습을 보고 있는 내 입속에 고소한 향미가 느껴질 정도다. 소녀는 25년 전의 겨울, 횡단보도를 지나던 참이었다. 파란불에서 노란불로, 다시 빨간불로 바뀌는 사거리에는 택시가 질주하고 있었다. 기사가 앞유리를 가득 메운 민들레 포자들이 눈송이였음을 알아챈 것도 그때였다. 이상한 노릇이다. 택시는 지난해의 여름을 달리고 있던 까닭이다. 허공에는 아이가 떠 있고 쏟아진 과자들이 창문 너머로 흩어진다. 작년의 택시는 25년 전 소녀의 몸뚱이 아래에 멈춰 섰다.

인기 절정의 아이돌 가수가 생방송 도중에 급사한다. 트로트와 랩을 뒤섞어 부르는 독특한 창법 덕에 남녀노소를 가리지 않고 사랑받던 그녀가 흥에 겨워 도약했을 때, 문득 하얀 민들레 포자들이 떠다니는 것이 눈에 띄었다. 이 찰나의 순간, 균형을 잃어버린 그녀는 무대 아래로 곤두박질쳐 피를 쏟아 냈다. 공중에 잠시 떠 있을 때, 아마도 민들레 포자들을 보고 일그러뜨렸을 그녀의 이상한 얼굴은 당시 생중계를 지켜보던 시청자들에게 그대로 전달되었다. 무엇인가 보이지 않는 물체에 부딪히기라도 했다는 듯한, 인생의 마지막 표정이 사람들의 뇌리에 단단히 각인되어 버렸다. 그녀는 언젠가 횡단보도 위에서 동일한 광경을 마주했고, 택시에 치어 죽은 적이 있다.

가수가 데뷔하기 전, 노량진에서 함께 횡단보도를 걸었던 남자는 그녀의 노래를 들으며 수음을 하곤 했다. 그것은 PC방과 편의점 야간 아르바이트로 연명하던 그가 자신과 팔짱을 꼭 끼고 있던 그녀의 체온을 기억해 내는 방식이었다. 그의 마음을 달래는 방법이 하나 더 있었다. 남자는 폴더형 잭나이프를 여자의 체온을 대리해 주는 물건으로 삼았다. 그렇게 노래를 들으며 칼을 만지작거리던 어느 날, 무언가에 심하게 부딪힌 기분 속에 그는 천장으로 붕 떠올랐다가 툭 떨어졌다. 하필 거기 칼이 있었던 것은 정말 기이한 노릇이다. 남자는 택시 기사가 처음 차를 샀을 때 옆에 앉혔고, 어릴 적 아르마딜로의 우리 앞에 웅크려 누운 채 영영 깨어나지 못했던 그의 아이였다.

여기는 아르마딜로의 공간이다. 이 명명에 딱히 별다른 이유는 없다. 화자인 '나'가 이 모든 광경들을 지켜보는 이곳에, 30년 전 동물원에서 살던 아르마딜로가 지나가는 모습이 홀연히 포착되었기에 붙은 이름이다. 기척도 없이 슬그머니 움직이던 이 작은 동물의 몸짓은 "사방이 콘크리트로 둘러싸인 우리 안에도 다른 세계가 있다는 투였다".[1] 지금-여기의 질서와는 다르게 조형되고 지속하는 그 세계는 우리와 무연관한 시공간이다. 연관이 없기에 무의미하며, 의미가 없기에 존재하지도 않는다. 모 아니면 도, 이것이냐 저것이냐? 존재와 비존재의 이토록 강고한 분할선을 보라. 가령 25년 전 소녀가 차에 치여 죽은 것이라면 작년의 택시는 그녀와 부딪힐 수 없을 것이다. 인기 만점의 아이돌 가수가 무대에서 횡사했다면 그녀는 어릴 적 횡단보도에서 사망할 수 없다. 아르마딜로 우리 앞에서 소년이 영영 깨어나지 못했다면, 고된 일상을 견디며 노래와 수음, 잭나이프를 위안 삼다가 칼에 찔린 것은 누구란 말인가? 무엇보다도, 여름 녘 도로를 달리던 택시 기사의 눈에 민들레가, 눈송이가 언뜻 비치지 않았더라면, 소녀의 죽음도 아이의 잠도 다른 생의 궤적을 긋지 않았을까? 그러나 여기는 30년 전의 아르마딜로가 지나가던 곳. 시간과 공간이 어그러지고, 우연과 필연이 꼬리를 문 채 얽혀 드는 이 장면들은 누군가의 시선 속에서 그로테스크하게 연결되며 통찰되고 있다. "사건의 진상을 이해한 사람은 이 도시에서 나밖에 없을 것이다"(124).

누군가 시공을 초월한 다양한 사건들의 인과관계를 투시하고 그 의미를 안다고 주장한다면, 당신은 어떤 판단을 내릴 것인가? 그는 미친 사람 혹은 신이 아닐까? 물론, 한 가지 다른 가능성도 있다. 상상과 망상이 교차하는 자리, 허구라는 이름의 광기가 허락되

---

1 이장욱, 「아르마딜로 공간」, 『고백의 제왕』, 창비, 2010, 120쪽. 이하 괄호 안의 숫자는 인용 작품의 해당 쪽수.

는 세계, 시공간의 뒤틀림과 뒤얽힘이 환영받는 장르, 소설이 바로 그것이다. 아, 이거 너무 소설 같은 이야기인가?

2. 글쓰기, 차이를 불러내는 주술

물론 모든 소설이 인과의 사슬을 마음대로 조작할 수 있는 것은 아니다. 거꾸로 소설은 엄격한 인과적 질서를 옹호하고 그에 규정받아 왔다. 19세기 이래 '사실주의' 또는 '리얼리즘'이라 불려 온 소설사의 지배적 경향이 서사의 합리적 연관과 조직화를 표방했음을 기억해 보자. 예컨대 가난한 시골집에서 수도로 유학 온 법대생이 전당포 노파를 살해하고 그녀의 재물을 탈취했을 때는 모종의 사실적이고 논리적인 이유가 있어야 한다. 즉 시골집에는 노모와 여동생이 그의 성공을 위해 빈곤과 모욕을 감내하고 있다든가, 진정한 초인은 벌레 같은 범인凡人들을 밟고 설 권리가 있다는 이론에 주인공이 경도되어 있음을 넌지시 비추어야 하는 것이다. 뿐만 아니라, 주인공을 둘러싼 경제적 사정과 정치적 입장, 철학적 견해 및 주변 사람들의 반응과 평가, 그들이 맺은 사회적 관계 등에 일관성을 부여함으로써 살인의 목적과 결과가 설득력 있게 연결될 수 있어야 한다. 소설이 하나의 세계를 만들어서 우리 앞에 제시한다고 할 때, 소설 속 인물들이 생동감을 지니고 그들이 살아가는 세상이 생명력을 갖는다고 할 때, 우리가 염두에 두는 것은 이 같은 이야기의 총체화된 구조가 아닌가?

이러한 이야기의 총체성은 소설과 삶 사이의 개연적 상관성을 주장하는 근거가 되며, 문학제도를 통해 통념 속에 고착되어 왔다.

소설은 삶의 모방이며, 인생에 개연적으로 접근하는 방법이란 주장이 그렇다. 소설은 삶에 대한 간접경험이라는 '공식'은 우리 머릿속에 주입된 일종의 문학적 세계상에 다름 아니다. 그런데 정말 그런가? 소설과 삶은 얼마나 서로 닮았는가? 인생은 정말로 소설에 핍진逼眞한 것인가? 우리네 삶도 기-승-전-결의 소설적 서사처럼 진전되어 가던가? 25년 전 횡단보도를 걷던 소녀는 자기 삶의 어느 단계에 있었던 것일까? 교통사고는 그 순간을 생의 결말로 기록하겠지만, 아이돌 가수의 시점에서는 출발이나 전개의 어느 지점에 불과할 것이다. 혹은, 지금 이 글을 읽고 있는 당신은 자기 삶의 어떤 시점에 있는지 말할 수 있는가? 지금 이 순간이 인생의 기-승-전-결에서 어떤 단계에 있음을 아는 것은 오직 인생의 '바깥'이라는 관점에서만 가능한 게 아닐까? 삶과 소설의 근본적 차이는 그 바깥 곧 종말(죽음)을 아는지 모르는지의 여부에 달려 있다. 소설의 끝은 알 수 있지만, 삶은 그렇지 않다. 그러니 소설도 삶도 서로를 모방하지 않는다. 그것은 불가능한 명제이자 과제이다.

소설은 삶과 다르다. 이장욱은 이 역명제를 역설적으로 실천하는 작품들을 초기부터 발표해 왔다. 왜 역명제의 역설인가?

첫째, 역명제에 관하여. 삶에는 목적이 없고, 따라서 행복이나 진리를 향한 어떤 의미연관도 가정할 수 없다. 이런 관점에서 소설은 진리나 진실 같은 선명한 목표를 가질 수 없고, 그에 관련된 의미도 전제하지 못한다. 열차에 짓뭉개진 젊은이의 죽음이 어떤 여자의 두통에서 비롯되었다는 어이없는 진술로 시작하는 그의 첫 장편 『칼로의 유쾌한 악마들』(2005)은 서로 무연관해 보이는 인물들의 단순히 복잡하기만 한 관계들로 채워져 있다. 흔히 인물들의 생생한 캐릭터를 강조하기 위해 사용하는 '입체적'이라는 표현은 이장욱의 소설에 대해서는 전혀 다른 뜻을 갖는다. 그것은 서로 면과 면을 이어 주되 내용적 상관성을 갖지 않는 '연관 없는 지속'을 가리키기 위해 동원되는 수사이다.[2] 옆자리의 승객과 때로 팔꿈치를 부딪히기도, 때로 가벼운 눈인사를 주고받을 수도 있지만, 하차하고 나면 그것으로 이 세상에서의 인연은 다한 것이라는 인생의 통속적 진실처럼. 죽은 친구를 조문하기 위해 함께 여행하는 사이라 해도 사정은 다르지 않다. 『천국보다 낯선』(2013)의 정, 김, 최 세 사람은 서로 인생경험을 나누어 온 관계지만, 함께 겪은 시간들을 기억하는 방식은 제각각이어서 도무지 공감대로 맺어진 사이라 보기 어렵다. 마치 영화에서나 나올 법한 '발산하는 이미지들'의 복합체만이 그들 사이에서 연출될 따름이다.[3] 인생이 그러하듯, 소설도 목적과 의미를 상실한다.

　둘째, 역명제의 역설적 실천이 이로부터 도출된다. 삶은 소설과 다르다. 소설은 삶을 모방하지 않는다. 그렇다면 거꾸로 목적 없고 의미를 채우지 않는 소설을 쓸 수 있다면, 그것이야말로 삶에 가까운 것이리라. 역설의 미메시스. 당연하게도, 이런 시도는 아주 낯선 게 아니다. 누보로망의 대표작 중 하나인 『몰로이』(Molloy, 1951)는 주인공의 목적 없는 서사를 우회와 반복, 혼동과 상실의 과정 속에 내버려 둠으로써 그 같은 반反소설적 목적, 또는 삶의 역설적 진

2　김형중, 「소설무한육면각체: 이장욱론」, 『살아 있는 시체들의 밤』, 문학과지성사, 2013, 308~311쪽.

3　백지은, 「짧은 그림자: 박민규와 이장욱 소설의 이미지에 관하여」, 『독자시점』, 민음사, 2013, 314쪽.

실을 보여 준다. 기-승-전-결의 통상적 서사 구조를 제거한 채 끊임없이 유전流轉하기만 하는 인물의 말과 행동은 끝내 소설 자체를 부정하는 지점까지 나아갈 정도다. "자정이다. 비가 창문을 때리고 있다. 그때는 자정이 아니었다. 비가 오고 있지 않았다."[4] 인생과 문학의 유비를 포기하고, 무목적과 무의미를 전면에 내세우는 이러한 조류를 언젠가 '포스트모던'하다고 부른 적이 있다. 앞서 전시했던 아르마딜로의 공간에서 벌어지는 상호 평행하는 사건들 또한 그런 프리즘을 요약한다고 볼 수 있겠다. 그것은 우리에게 익숙한 이 세계와는 다른 질서, 완전히 별개의 것은 아니라도 다만 한두 가지의 사소한 요소들이 바뀌거나 결락됨으로써 판연히 다르게 구성되는 세계에 관한 이야기다. 가령 변희봉이 배우가 아닌 세계, 그래서 영화 「플란다스의 개」(2000)나 「괴물」(2006)의 등장인물로 나오지 않는 세계. 하지만 '그 세계'에서 '이 세계', 곧 변희봉이 명배우로 통용되는 세계의 흔적을 엿본 누군가의 진실이 망상과 착란으로 치부되는 세계에서 소설이 쓰여진다면, 그것은 삶에 대한 모방인가 아닌가?[5]

　　다른 세계에 대한 상상력으로서 소설적 글쓰기가 만약 그 '다름'을, '차이 자체'를 불러오는 행위라면, 그렇게 쓰여진 작품을 읽을 때 마주치게 되는 당혹을 '비존재들이 존재의 영역으로 불쑥 튀어나와 버린 난처함'이라 부를 수도 있겠다.[6] 현실에 보이지 않는

4　사뮈엘 베케트, 『몰로이』, 김경의 옮김, 문학과지성사, 2008, 263쪽.

5　이장욱, 「변희봉」, 『고백의 제왕』.

6　권희철, 「불면의 밤, 익명의 중얼거림: 이장욱의 『고백의 제왕』」, 『당신의 얼굴이 되어라』, 문학동네, 2013, 53쪽.

것, 그래서 존재하지 않는다고 믿어진 것, 사실fact로서 기록되거나 기억되지 않은 것이 돌연 등장해 자신의 존재를 주장하고 과시할 때 겪게 되는 곤혹은 잔혹하고 고통스럽기까지 하다. '고백의 제왕'이라는 별명으로 불리는 '곽'은 실제인지 아닌지 알 수 없는 이야기를 진실의 형식인 고백 속에 담아냄으로써 다른 이들의 욕망을 충족시키지만, 종국적으로 그들의 욕망 자체를 배신하는 모욕과 분노, 수치심과 경멸감을 자아냄으로써 없느니만 못한 진실을 드러내고 만다. 핵심은 '곽'을 악마화하여 그의 고백을 위악적이고 해악적인 말로 규정짓는 데 있지 않다. 오히려 발설되지 않은 채 비존재의 영역에 남겨졌어야 할 '그것'을 폭로함으로써 지금-여기의 안정성을 붕괴시키고, '다른 세계'를 도입해 버린 고백 자체가 문제다. "곽이 중얼거렸다. 희미한, 들릴 듯 말 듯한, 아주 먼 곳에서 들려오는 듯한, 그런 목소리였다."[7] '비인칭의 세계, 유령적 사건'이라 명명되는 그 목소리는 "존재의 영역에는 없는 비존재이고 익명적 존재인 유령이며 그들이 출몰하는 불면의 시간과 카타콤, 아르마딜로 공간"으로의 부름에 다름 아니다.[8] 통상의 목적도 없고 의미도 없으며, 그로써 심지어 주체마저 소거된, 비존재와 익명성의 중얼거림이 이장욱의 글쓰기를 삶도 아니고 소설도 아닌, 그러나 삶이자 동시에 소설적인 것으로 만드는 해석의 열쇠로 제시되어 왔다.

---

7 이장욱, 「고백의 제왕」, 『고백의 제왕』, 109~110쪽.

8 권희철, 「불면의 밤, 익명의 중얼거림」, 『당신의 얼굴이 되어라』, 58~59쪽.

3. 포스트모던의 전설, 또는 주체도 목적도 없는 이야기

만일 우리가 이장욱의 작품을 1990년대에 만났다면, 우리는 그를 가차없이 '포스트모더니스트'라 불렀을지 모른다. 다행스럽게도 (!), 그의 소설은 온갖 '포스트'의 물결이 사그라든 후에야 우리에게 도착했다. 그러나 모든 것을 막연하게 뭉뚱그리는 철지난 유행어가 수식하지 않는다 해도, 그의 글쓰기에 대한 평가는 대체로 근대적 서사양식의 품새를 완연히 벗어나는 탈근대의 징후를 보여준다는 것이었다. 예를 들어, 단일한 관점이나 초점으로 응집되지 않는 '비원근법적'이고 '비유클리드적'인 시점(김형중), 언어의 성취와 소멸이 동시적으로 발생하는 '사라짐의 이미지'나 '바깥의 이미지'(백지은), 낮과 밤의 상대성을 넘어선 절대적 어둠으로서 '불면의 밤'이자 '익명의 중얼거림'(권희철)이 그것들이다. 레비나스와 블랑쇼 등을 참조하는 이러한 평가는 주체성과 의미연관, 목적론이라는 근대적 서사의 전형적 궤적을 깨뜨리는 글쓰기로서 이장욱의 소설을 규정짓는다.

"주체도 목적도 없는 과정, 그것이 역사다."[9] 결코 포스트모더니스트가 아니었던 어느 철학자의 언명을 조금 유연하게 확장해보자면, 이는 소설에 대한 발언으로도 읽힐 법하다. 역사histoire란 곧 이야기이기도 한 까닭이다. 기-승-전-결의 순서로 단계별로 전진하지 않는 삶, 그리고 이 같은 삶을 모방하는 소설은 분명 '주인공'이라 부를 법한 주체를 갖지 않고, 그가 획득할 특정한 목적이나 의미를 위해 전개되지 않는다. 실제로 이장욱의 작품에서 숭고한

---

9 Louis Althusser, *Politics and History*, New Left Books, 1972, p. 181.

대의라는 목적, 주제화된 결말을 향한 극적인 전개나 전환, 주인공이라는 꼬리표로 특정되는 작가적 분신을 찾기란 어려울 뿐만 아니라 쓸모없는 짓이 된다.

예컨대, 25년 전에 죽었던 소녀는 아이돌 가수가 되어야 할 어떠한 생의 목적도 갖지 않았을뿐더러, 무대 위에서 죽지 않고 다른 삶을 살아야 할 특별한 이유도 지니지 않았다. 다만 어떤 생에서는 어린 나이에 횡단보도 위에서 교통사고를 당해야 했고, 어떤 생에서는 가수가 되어 절정의 인기 속에 죽었을 뿐이다. 한편, '곽'의 고백은 모종의 숨겨진 진실을 폭로해 타인들을 놀라게 만들려는 목적으로 이루어진 행위가 아니었다. '외설적'이고 '순수한' 상태에서 발설된 그의 말은 차라리 고백의 주체가 그 자신이 아니었음을 보여 주는 증거에 불과하다. 다른 한편, 전 세계를 고향으로 삼지만 동시에 전 세계를 타향처럼 느끼는 하루오는 '절반'과 그 절반의 어디쯤에 있는 (비)존재를 여행하는 중이었을지 모른다. 존재이기도 하고 비존재이기도 한, '절반 이상의' 누군가에게 이 세계의 목적이란 게 있을 수 있을까?(「절반 이상의 하루오」) 유명세를 얻다가 갑자기 타계한 화가의 삶을 추적하면 할수록 그의 고유한 개성은 사라져 버리고, 사소하고 평범한 단면들만 드러나는 가운데 온갖 요행과 실수, 우연만이 남발하는 오리무중의 생애만을 목도한다면 대체 거기에 어떤 의미를 부여해야 할까? "같은 곳을 지나면서도 같은 곳인지 모르겠고, 다른 곳을 지나면서도 다른 곳 같지 않은 길 […] 아아, 이것이 곧 인생이요 세계가 아닌가."[10] 아니

---

10 이장욱, 「우리 모두의 정귀보」, 『기린이 아닌 모든 것』, 문학과지성사, 2015, 158~159쪽.

면 죽었는지 살았는지, 기약 없이 집을 떠난 러시아 호러 작가의 집에서 벌어지는 기괴한 이야기는 어떤가? 정작 자신의 글은 시작도 못한 채 남의 집 유령 이야기나 쓰고 있는 소설에서 도대체 글쓰기의 진정한 주체는 누구란 말인가?(「이반 멘슈코프의 춤추는 방」)

목적을 거부하고 의미를 무산시키며 주체를 제거해 버리는 이러한 글쓰기는 최근작에 이르러 더욱 강화되는 듯 보인다. 「행자가 사라졌다!」에서 어느 날 우연히 사라진 애완용 뱀 행자는 일종의 맥거핀으로서 화자의 가족들을 묘사하는 구실이 될 뿐 '실종'이라는 사건의 해결을 위한 아무런 역할도 맡지 않는다. 「크리스마스 캐럴」은 성탄 전야에 전화를 건 아내의 옛 애인이 화자를 대학가 술집으로 불러내 함께 술을 마신다는 이야기인데, 치정이나 불륜 혹은 사랑에 관련된 어떠한 기대할 만한 서사도 풀려 나오지 않는다. 오히려 만취 상태로 귀가한 화자의 눈에는 아내인지 노파인지 또는 죽음인지 알 수 없는 환상이 드리워지고, "아주 느리고, 부드럽고, 아름다운, 늙은 아이의 목소리"만이 섬뜩한 노랫소리에 실려 들려올 따름이다. 권선징악을 주제화한 동명의 찰스 디킨즈 작품과는 판이한 전개다. 한편, 「낙천성 연습」은 모든 금지에 저항하던 신경증 환자 아버지에 대한 아들의 저항을 극화하는 가운데, 거꾸로 순환의 악연에 짓눌려 있는 아들의 신경증적 인생을 전시해 준다. 반복되는 운명의 자가당착이라 할 만한 이러한 서사 구조는, 연인의 죽음에 복수하려는 주인공의 비가시화된 이면을 폭로함으로써 진심이란 차라리 혐오스러운 것일 수 있음을 시사하는 「최저임금의 결정」에서 절정에 도달한다. 그 외에 「양구에는 돼지코」나

「스텔라를 타는 구남과 여」, 「눈먼 윌리 맥텔」의 경우에도 주인공의 의지나 목적과는 무관하게 흐르고 표류하는 운명이 묘사되고, 그를 끝내 자기 파괴적으로 치닫게 만드는 외적인 힘에 대한 서술이 주도적이다. 어떤 식으로든 그전까지 보아 왔던 이장욱적 글쓰기의 전형을 새 작품집에서도 확인하기란 그리 어려운 게 아니다.[11]

아마도 이러한 경향은 발표 당시부터 화제가 되었던 두 작품에서 가장 첨예하게 드러나는 듯싶다. 먼저 「에이프릴 마치의 사랑」을 보자. 자신의 시를 블로그에 옮겨 적고 가볍게 코멘트를 다는 미지의 여성에게 연정을 품는 시인이 주인공이다. 그는 점차 자신의 시보다 여성의 시가 더욱 시적인 것으로서 지각되는 기이한 경험을 하게 된다. 그녀에 의해 변주되거나 새로 쓰여진 시를 제 것인 양 발표하면서 명성을 얻지만, 그녀가 갑자기 블로그를 폐쇄하자 그는 더 이상 자신의 시마저 쓸 수 없는 정신적 파산에 빠지고 만다. 원본과 복제본 사이의 주객관계가 전도된 형국인데, 이로부터 시적인 것의 기원이나 진정성이란 불가능하거나 애초에 존재하지 않았던 것으로 밝혀지게 된다. 「복화술사」는 이러한 비극을 희극적 판본으로 다시 써 놓은 작품이다. 밥벌이이자 예능으로 복화술을 공연하던 아버지는 서슬 퍼런 독재 정권 시대에 인형극을 공연하다가 저도 모르게 '독재 타도'를 내뱉은 후 폐인이 되었다. 그자신도 억제하지 못한 내면의 목소리에 집어삼켜진 채 더 이상 자신의 말을 갖지 못하게 된 것. 복화술에 대한 환멸과 증오를 품고 사는 아들은 아버지와는 다른 길을 걷지만, 그 역시 전래의 기예가

---

11 이장욱, 『에이프릴 마치의 사랑』, 문학동네, 2019.

자신에게 운명적으로 찾아오는 사건을 피하지 못한다. 압도하는 운명처럼 저도 모르게 발출되는 '크리피'한 목소리는 주인공의 삶도 의지도 생명도 자기의 것이 아니란 사실을 보여 주고 있다. 목적과 의미의 붕괴에 이어, 주체의 기각은 이렇게 완성된다.

문제는 이제부터다. 이장욱의 작품을 고대의 서사적 전통을 잇는 운명비극으로 읽지 않는다면, 어쩌면 본래부터 실재하지 않던 목적이나 의미의 거대한 중압을 간단히 털어 내는 포스트모던한 익살로 읽지 않는다면, 그의 소설은 결국 무엇일까? 목적을 파괴하고 의미를 부인하며 주체를 소거하는 이 같은 글쓰기는 근대 소설의 역사를 비웃으면서 그저 언어의 향락을 지속하고 실험할 따름인가? 물론, 앞선 비평들은 이런 평가에 선을 그으며, 여기서 역설적인 의미를 조형하고자 했다. 가령 철학사와 나란히 진화했던 근대 문학사의 숨은 축으로서 원근법과 코기토를 해체한다든지, 문자적 매체를 경유하여 이미지 미학과의 연계를 구축한다든지, 혹은 여하한의 내부화에도 저항하는 절대적 외부를 드러내기 위한 메타의미론적 사건이라는 것이 이에 해당된다. 그렇게 모든 의미의 해소라는 반목적론적 목적론 또한 하나의 반의미론적 의미론을 노정하는 것이라면, 무화된 주체 이후에는 어떠한 주체가 올 것인가? 이는 가능하고도 정당한 물음인가?

4. 문자로 증언하는 자, 그리고 작가의 자리

V는 여섯 살 위의 이복형에게 평소부터 지대한 관심을 갖고 있었다. 살아생전에 직접적인 교류를 가진 적은 없으나, 형의 책이 출판

될 때마다 따로 구해 읽으면서 그가 누구인지, 그의 삶이란 어떤 것인지 늘 궁금해하며 생각에 잠기곤 했기 때문이다. 이제 형이 죽은 후, 그의 삶과 작품에 대한 비평들이 나오자 V는 분개하게 된다. 그가 보기에 형에 대한 비평들은 한결같이 부당하거나 편파적이고, 심지어 사실을 벗어난 오해와 오류투성이였다. 직접 형의 전기를 쓰고자 나선 그는 자신의 취재 과정을 기록하기 시작한다. 그의 목적은 형의 삶에 대한 정확하고도 공정한, 하나의 진실한 이야기를 제공하는 것, 즉 '서배스천 나이트의 진짜 인생'을 세상에 들려주는 것이다. 그렇다. 이것은 러시아 문학 전공자이자 번역자이기도 한 이장욱도 익히 알고 있는 블라디미르 나보코프의 소설이다.

알다시피, V의 시도는 끝내 완수되지 못하고, 완성될 수도 없다. 마치 탐정소설처럼 전개되는 그의 진실 게임은 파고들면 들수록 사실성 여부조차 불투명하게 바뀌는 기현상을 겪는다. 서배스천의 '진짜 인생'은 그의 믿음이, 정확히 말해 그의 글쓰기가 구성한 환상의 서사에 더 가까워 보이는 탓이다. 궁극적으로는 서배스천 나이트라는 작가가 정녕 실존하던 인물인지, 다만 V가 자신의 글쓰기를 지속하기 위해 동원한 허구적 미끼인지조차 의심스러울 지경이다. 흥미롭게도, 진실 찾기의 모든 시도가 무위로 돌아간 마지막 장면에 이르러 V는 서배스천에 관한 이야기 전체가 실은 자신의 것이었음을 알아차리고, 그에 관해 서술하기 시작한다. 이장욱의 소설을 반추해 볼 만한 중요한 장면이기에 인용해 본다.

그의 비밀이 무엇이었건 간에, 나도 한 가지 비밀을 알게 되었다. 그것은 바로 영혼은 항구적인 상태가 아니라 존재 방식일 뿐이며, 내가 영혼의 파동을 발견하고 따라간다면 어떤 영혼이라도 나의 것이 될 수 있다는 사실이다. 내세는 어떤 영혼이라도 선택해서, 아무리 많은 영혼 속에서라도 의식적으로 살아갈 수 있는 능력을 의미하는지도 모른다. 그 영혼 모두가 자신들이 짊어진 짐을 서로 맞바꿀 수 있다는 사실을 모르고 있다. 그러므로 나는 서배스천 나이트다. [⋯] 서배스천을 연기하는 나 [⋯] 주인공은 남는다. 아무리 애써 본들 내 역을 벗어날 수는 없기 때문이다. 서배스천의 가면은 내 얼굴에 꼭 달라붙어 있어서 그 닮은 모습은 지워지지 않을 것이다. 나는 서배스천이다, 혹은 서배스천이 나다, 아니면 우리 둘 다 우리가 모르는 누군가다.[12]

V의 이러한 고백은 거의 자동적으로 정귀보의 '진짜 인생'을 취재하는 화자의 마지막 말로 우리를 이끈다. 평생 무명의 화가였다가 죽고 나서 명성을 얻은 화가 정귀보, 지극히 단조롭고 지루한 인생을 살았던 정귀보, 하지만 그를 만났던 모든 사람들이 저마다의 놀라움을 표하고 독창성을 감지했다는 정귀보. 인생의 마지막 순간이 자살인지 추락사인지 모를 정도로 모호함만 가득한 그의 족적을 좇던 '나'는 문득 자신의 존재에 대한 의문과 성찰의 도정에 들어서게 된다.

정귀보의 예술이야 평론가들이 설명할 문제지만, 정귀보의 인

---

12 블라디미르 나보코프, 『서배스천 나이트의 진짜 인생』, 송은주 옮김, 문학동네, 2016, 239~240쪽.

생을 탐구하는 것은 소위 평전을 쓰겠다는 나의 몫이 아닌가. 그러나 나는 뭘 어떻게 시작해야 하는지조차 알 수 없었다. [⋯] 그런 것을 쓰려는 나라는 인간은 대체 무엇이란 말인가? [⋯] 단지 나는 무언가가 내 안에서 조금씩 피어오르고 있다는 것은 깨닫고 있다. 어쩌면 그것은 정귀보의 인생에 대한 기나긴 글의 첫 문장 같은 것인지도 모른다. 마지막 문장이 없는⋯ 짧고 건조한⋯ 첫 문장 말이다. 첫 문장에서 두 번째 문장이 나오고, 두 번째 문장에서 세 번째 문장이 이어지고, 세 번째 문장에서 또 다른 문장이 태어날 것이다. 그러던 어느 날, 나는 거기서 아무렇지도 않게 걸어 나오는 정귀보를 보게 될는지도 모른다. 해변에서 놀고 있는 우리를 향해 다가오는 우리 모두의 정귀보를 말이다.[13]

서배스천이든 정귀보든, 핵심은 누군가의 '진짜 삶' 혹은 '사실로서의 인생'을 찾아내는 데 있지 않다. 타임머신이 발명되지 않는 한, 그런 기도는 다만 순진무구한 소망에 지나지 않을 것이다. 차라리 문제는 그 '진짜'에 대한 믿음이 저도 모르게 불러내는 어떤 욕망에 있다. 주변인들의 증언이 아무리 배치된다 해도 자신이 확신하는 이복형의 삶을 기필코 발견하겠다는 V의 욕망, 120일간 바닷속에 잠겨 있다가 스스로 걸어 나왔다는 정귀보의 시신을 확인하고야 말겠다는 '나'의 욕망. 이토록 무모한 그들의 욕망이 불러낸 것은 사실로서의 진실이 아니라 존재하지 않던 삶, 보이지 않고

---

13 이장욱, 「우리 모두의 정귀보」, 『기린이 아닌 모든 것』, 179~181쪽.

들리지 않던 비존재의 영역이었다. 아니, 차라리 그런 차원을 허구라는 형식 속에 구성해 낸 것이라 말하는 게 더욱 적합할지 모른다. "뜻밖의 욕망 […] 그것은 집착이 아니며, 호기심이나 의무감은 더더욱 아니었다. 이상하게 들릴지도 모르지만, 나는 그것을 '영원한 탐구열'이라 말하겠다"(177~178). 성공이든 아니든 한 편의 이야기 속에서 말하고 행동했던 서배스천과 정귀보, 그들을 불러낸 주술사-주체인 화자(들).

근대적 진리서사의 중심에는 데카르트적 코기토, 곧 사유하는 주체가 있다. 세속의 신으로서 주체는 이 세계를 정초하고, 유일무이한 보편적 진리를 그 세계를 관통하는 축으로 설정한다. 만일 소설에 데카르트적 중심이 있다면, 그것은 사실주의가 표방하는 총체적 서사를 근거 짓는 주인공의 진실성을 가리킬 것이다. 하지만 그런 진실이 의심스럽거나 사실과 일치하지 않을 때(「동경소년」, 「변희봉」), 현실과 교차하거나 만나지 않을 때(「아르마딜로 공간」), 유령 같은 비존재적 차원과 겹쳐져 있을 때(「밤을 잊은 그대에게」, 「이반 멘슈코프의 춤추는 방」), 허구와 실제 사이에서 마구 요동칠 때(「고백의 제왕」, 「기린이 아닌 모든 것에 대한 이야기」, 「우리 모두의 정귀보」) 유일무이한 진실의 담지자인 보편적 주체는 거세된다. 예의 코기토의 몰락, 주체성의 해체가 발생한다. 여기서 데카르트를 조금만 더 물고 늘어져 보자. 전능한 악령은 주체로 하여금 그가 존재한다고 속일 수는 있겠지만, 이를 위해서라도 최소한 속는 주체가 존재해야 한다는 역설을 떠올리며. 근대성의 가상적 정초자로서 보편적 주체는 없다. 보편적 진리나 진실도 있지 않다. 하지만 어떤 특수한 서사, 허구 공간의 이야기를 틀 짓기 위한 누빔점으로서의 주체, 더 정확히 말해 주체의 자리는 불가피하다. 물론 그 공간은 언어로 이루어져 있다. "진리를 허구의 구조 속에 자리 잡게 만드는 것은 말이다."[14]

　제한적으로나마 반목적론적 목적론, 반의미론적 의미론을 끌어들일 수 있다면, 이제 비주체적 주체의 가능성에 관해 말할 차례다. 이것이 코기토와는 다른 계보에 속해 있음을 다시 강조할 필요는 없을 듯싶다. 반대로 '우리 모두의 주체'는 대단히 왜소하고 왜곡된 형태로, 마치 얀 반 에이크의 「아르놀피니 부부의 결혼식」(1434)에서 배경 속 거울에 비친 화가의 모습처럼 작고 거의 눈에 띄지 않는 형태로나 제시될 만한 것이다. 하지만 누빔점이 그렇듯, 이 주체의 역할은 마냥 미소하지만은 않을 터인데, 한 폭의 그림 속에서 아르놀피니 부부의 결혼이 혼약으로서 성립하기 위해서는 단한 명의 증인, 곧 그리는 주체로서 화가의 자리가 필수 불가결한 까닭이다. 그것은 바로 작가라는, 실존하든 하지 않든 이야기의 화자이자 말하는/글쓰는 주체로서 작가의 자리가 아니겠는가?

　　이제 당신이 알아야 할 유일한 사실을 말해 줄게. 내일이 바로 우리의 결혼식이야. […] 하객으로는 몇 명만 초대하기로 했어. […]
　　바로 당신이 와 주었으면 해.
　　작가라는 당신이.

14　Jacques Lacan, "The Subversion of the Subject and the Dialectics of Desire," *Écrits*, trans. Bruce Fink, W.W. Norton & Company, 2006, p. 684.

모든 것은 증언의 문제니까. 모든 건 기록(글쓰기—인용자)의 문제니까. […] 이 글은 일종의 청첩장이야. […] 이건 알아둬. 듣는 당신이 이미 말하는 당신이라는 걸 말이야.

우리의 증인이 되어 줘.

우리의 영원한 결합에

신성한 증인이.[15]

5. 주체가 돌아왔다! 단 그가 아니었던 방식으로…

구성하는 주체/글쓰는 작가의 현행성actuality이라는 측면에서 본다면, 왜 이장욱의 인물들이 그토록 기이한 경험을 겪게 되는지, 사건과 기억의 혼돈 및 착란, 다중적 시공간의 교차와 왜곡 속을 살아가는지 이해할 만하다. 특정한 관측 위치에 있다는 점에서는 유일무이하지만 결코 보편적일 수는 없는 작가-주체의 자리 때문이다. 우리는 언제나 사태의 특정한 면만을 볼 수 있다. 인간의 눈이 사물의 전면全面이 아니라 전면前面만을 보는 것처럼. 그러고는 자기가 본 것이 전부라고 확신해 버리는 게 우리의 본성이다. "믿음의 체계에 자신을 의탁하는 순간 모든 게 가능한 존재, 그게 또 인간이라고."[16] 따라서 '보지 못한 것을 보지 못했노라'고 말한다면, 그것은 이미 본 것에 관한 이야기가 된다. 기린이 아닌 모든 것에 대한 이야기는 끝내 기린에 관한 이야기로 환원되어 버리고 만다. "나의 입은 언

---

15 이장욱, 「아르놀피니 부부의 결혼식」, 『기린이 아닌 모든 것』, 73~74쪽.
16 앞의 글, 51쪽.

제나 무서운 진실만을 말했던 것입니다".[17] 이토록 '무서운 진실'이 한낱 우스개일 수만은 없을 터.[18] 그렇다면 말이 말을 낳고, 이야기가 또 다른 이야기로 변주되어 이어지는 이 순환은 무엇을 노정하는가?

관건은 주체가 아닐까? 포스트모던의 물결 속에 역으로 억압되었던 주체, 숱한 '사망 선고'를 받아 두 번이고 세 번이고 죽어야 했던 작가. 그(들)의 자리는 어떤 것인가? 실로 질문은 '주체란 무엇인가?' '작가는 누구인가?'에 있지 않다. 니체가 단언했듯 '무엇'what이라는 정체성에 관해 물을 때 우리는 본질주의적 환상에 다시금 걸려들고 말 것이다. '어떤'which이라는 물음이야말로 회귀한 유령이 취해야 할 서사의 형식이다. 바꿔 말해, 철학이 '어떤 주체인가?'를 물을 때 문학은 '어떤 작가인가?'를 같이 캐물어야 한다. 당연히, 이때 작가는 이야기를 끌고 가는 화자, 글쓰기의 주체가 아닐 수 없다. 이 같은 시도를 소설적으로 되비추려는 시도가 바로 이장욱의 최근작에 나타나지 않았나 싶다.

「에이프릴 마치의 사랑」은 전형적인 메타소설적 구조를 띤다.[19] 소설은 '김강준' 곧 화자인 '나'가 그녀의 일상에 관해 자세히

---

17 「기린이 아닌 모든 것에 대한 이야기」, 앞의 책, 121쪽.

18 '무서운 진실'은 도스토옙스키의 소설 『지하로부터의 수기』(1864)에서 표명된 '비열한 진리'(gadkaia istina)의 변형된 판본일 것이다. 「고백의 제왕」에서 '곽'의 발화는 그 진위 여부는 알 수 없으되, 듣는 모두를 경악시키고 불쾌한 감정에 사로잡히게 만들며, 믿게 만드는 힘이 있다. '듣는 당신이 이미 말하는 당신'으로서 사건 속에 연루되도록 만드는 것이다. 진실은 사실이기에 힘을 갖는 게 아니라 믿음을 전파시키는 힘(감염력)을 갖기에 사실이 된다.

19 이장욱, 「에이프릴 마치의 사랑」, 『에이프릴 마치의 사랑』, 이하 본문 괄호 안 숫자는 해당 쪽수.

묘사하는 것으로 시작된다. 아침부터 늦은 밤에 이르기까지 수 쪽에 걸쳐 서술되는 그녀의 하루는 마치 지근거리에서 지켜보기라도한 것처럼, 혹은 그녀 자신이 쓰고 있는 것처럼 세밀하게 관찰되고 기록되어 있다. 단지 인물과 행동의 외양에 대한 것만이 아니다. 자신의 "조울증적 기분 자체가 상투적이라 느꼈"(42)거나, "이 모든게 부질없다는 것을 알고"(43) 있다거나, 또는 하루 일과가 "지극히 트리비얼하고 무의미하며 구토가 날 지경"(43)이라는 식으로 그녀의 감정까지 정확히 재현하고 있을 정도다. '나'는 이런 식으로 그녀의 삶을 예측하는 데 대해 미안함마저 느낀다지만, 그날 저녁 그녀가 올릴 게시물을 통해 자신의 예측이 틀리지 않으리란 점을 깊이 확신하고 있다. 타인의 삶에 대해 그 처음과 끝을 안다고 믿는것, 이는 화자가 그녀를 자신의 문학적 대상으로 간주하고 있음을뜻한다. 그녀의 일상거취에 대한 세밀한 지식과 아울러, 두 사람이 "아주 깊고 은밀한 운명으로 연결되어 있다"(49)라고 생각하거나, "서로 감응하고 있다는 것"과 "서로가 서로를 깊이 느끼고 있다는것"(56)을 확언하는 데는 확고한 이유가 있다. 그녀는 그의 세계 속일부로서 마치 작중인물과 작가의 관계처럼 설정되어 있는 탓이다. 그들의 관계를 선명히 표방하는 단어는 바로 '안다'라는 동사에있는바, 생활의 외적 징표들뿐만 아니라 내면의 정서, 시를 매개로정교하게 조형된 미적 태도마저 그녀는 그의 것처럼 간주되는 상황이다. "내가 당신을 알고 있는 만큼, 당신은 나를 나 자신보다 깊이 이해하는 사람이라고 나는 덧붙였다. 어쩌면 당신은 나보다 더나 자신에 가까운 사람인지도 모른다고 나는 썼다. 당신은 내 영혼의 가장 어둡고 예민한 곳을 나보다 깊이 느끼고 있으며 바로 그렇

2부 소설, 반시대적 고찰

기 때문에…"(72~73). 그녀에 대한 그의 매혹은 자가성애적 나르시시즘의 발현과 다르지 않을 터.

이러한 유사-통일성이야말로 세계와 주체 사이의 총체성을 담보하는 축이라 할 만하다. 하지만 그녀가 점점 그의 통제를 벗어나고, 그의 시를 변용하는 동시에 새로 쓰며, 다르게 창안하는 지점으로 나아갈 때 그 우위의 변동이 일어난다. 그녀의 시를 서둘러 자신의 것으로 바꾸어 놓는 모습에서, 우리는 '앎'의 주체가 어느 쪽으로 이전되었는지 능히 짐작할 수 있는 것이다. 그가 무의식적으로 털어놓았듯, 그녀는 그의 '영혼의 가장 어둡고 예민한 곳을 그보다 깊이 느끼고 있'을지 모른다. 그녀의 앎은 그를 압도하기 시작했고, 그녀에 대한 매혹은 더욱 깊어졌으되 더 이상 그녀는 그의 것으로 남지 않을 것이다. 그녀를 자기 앎의 지평에 가두려는 필사적인 노력에도 불구하고, 그녀는 그의 부름에 한 번도 응답하지 않았으며 오히려 블로그를 폐쇄시킴으로써 둘 사이의 소통을 영구적으로 단절시켜 버렸다. 일종의 이드 같은 존재로서의 그녀. 나-주체라는 자아의 부름을 받았던 것처럼 보였어도, 실상은 자아를 매료시키는 동시에 집어삼켜 버리는 미지의 존재가 그녀다. 확실히 초자아(평론가 '최')조차 그보다 그녀에게 더 큰 매혹을 느낄 정도니 이는 그의 패배가 처음부터 예정된 게임이나 매한가지인 셈이다. 하지만 단지 자아-주체의 전능성을 좌절시키고 미지의 힘-이드의 승리를 전시하는 게 이 작품의 목적이라면, 저 포스트모던의 기법 목록을 따로 한 번 더 외는 것이 나을 성싶다. 관건은 좌절 이후, 자아-주체가 무엇을 하는가에 있다.

다시 시를 쓸 수 있을까 의심스러웠다. 실은 두려웠다고 말하는 편이 옳았다. 시를 쓰는 일도, 시를 쓰지 않는 일도. […] 우리는 서로를 잊고, 그렇게 서로를 잊음으로써 우리 자신을 잊고, 아마도 어느 낯선 계절에 도착해 있겠지. 그런 계절의 언제쯤엔가, 나는 새로운 블로그를 하나 개설할지도 모르겠다. 그 블로그의 이름은 물론… '에이프릴 마치의 사랑'일 것이다.(76)

감상 가득한 이 문장에서 포착해야 할 것은, 그가 나중에 언제고 글을 다시 쓰고야 말겠다는 예감이나 다짐이 아니다. 만약 자아와 이드, 초자아의 합동공연으로서 그와 그녀, 평론가의 이야기가 하나의 상황 속에 있다면, 그는 이미 자신의 미래를 살아 본 셈이며, 앞선 사건은 그 미래를 소설적 환상을 통해 투사한 것에 불과하리라. 아마도 이 쳇바퀴는 계속 돌 것이지만, 그리하여 매번 실패와 좌절을 반복할 것이지만, 그때마다의 감응은 항상 다르다는 게 핵심이다. "이것이 오늘의 기분"이라는 반복적 어구는 그와 그녀 사이의 교감과 오인의 드라마가 그들 사이의 현행적 관계에 따라 늘 다르게 조형될 것임을 고지하고 있지 않은가? 주체는 속기 위해서라도 항상-이미, 그러나 언제나-달리 먼저 있어야 하는 것. 주체의 이 같은 실존이야말로 기만이라는 사건의 발생을 위한 첫 번째 조건이지 않을 수 없다. 하지만 그것은 괄호 쳐진 조건이기에 보이거나 들리지 않고 감지조차 되지 않는 것이다.

그런 의미에서 복화술이란 '배로 내는 목소리'[腹話術]가 아니라 '겹쳐서 울리는 목소리'[複話術]이자 '다른 존재로 이월하는 능력'[分化術]이라는 진술은 진정 통찰력이 있다. 그것은 입증 가능한 구체적인 기능이나 동작에 관한 것이 아니라 비가시적으로 사태를 변화시키는 힘을 가리키기 때문이다. 그래서 복화술은 단지 기예가 아니라 '철학'이자 '인생관'이고, 관객들의 착오나 착각에만 의존하는 유희이지도 않다. '영혼의 복화술', 그것은 모세가 시나이산의 꼭대기에서 신의 음성을 불러내 유대 민족을 설복시키고 약속의 땅으로 이끌었던 감응의 능력에 다름 아니었다. 우리의 믿음도 지식도 모두 이 힘에 귀속되어 있는바, 진실은 그 목소리를 들을 수 있는 자에게 도래할 사건의 다른 이름일 따름이다.

> 그들은 […] 자신의 내부에서 진정한 목소리를 끌어냈을 뿐이다. 그들은 진심으로 신의 목소리를 듣고 있다고 생각한 것이다. 그래요. 우리 자신도 모르는 내면의 목소리가 신의 목소리라고 한들 그게 잘못이겠습니까? 그 목소리가 거부할 수 없는 진실을 알려 준다면 그게 바로 신의 목소리가 아닙니까? 그걸 인간을 넘어선 초월자의 목소리라고 한들 대체 무슨 잘못이겠습니까?[20]

발성기관의 육체적 소유자를 무시한 채 내뱉어지는 이 목소리의 주체는 누구인가? "내 의도와 관계없이 튀어나오는 그것, 스스로 발생하고 스스로 움직이는 그것"[21]은 마치 블로그상의 연인처럼 나-주체와 가깝지만 멀리 있으며, 적대적이기조차 한 힘의 현현이

---

20 이장욱, 「복화술사」, 『에이프릴 마치의 사랑』, pp. 82~83.
21 앞의 글, 99쪽.

다. 그렇게 초자아의 외설적 명령과 이드의 무제한적인 욕망이 겹쳐진 가운데 자아는 고립되고, 주체는 데카르트적 전능성을 상실하고 만다. '국풍 81'의 어용 공연에서 아버지가 외친 '독재 타도!'는 아버지가 민주주의의 투사였기 때문이 아니라 바로 통제적인 분위기에 짓눌려 반감을 품은 이드적 목소리의 발출에 불과했다. 마찬가지로, 아들인 '나'가 직장과 일상에서 겪은 다양한 사고들 역시 정의감이나 의협심에서 비롯된 게 아니라 다만 '견딜 수 없는' 욕망의 표출에 기인한 사건이었다. 견딜 수 없고 제어할 수 없는 힘, 마치 도스토옙스키의 지하실 같은 '다른 어딘가'로부터 울려온 목소리라는 게 핵심이다.

만일 복화술사의 고백을 비범한 능력을 지닌 평범한 사람의 이야기로 읽는다면, 우리가 여기서 찾아낼 것은 단지 희극적 웃음에 불과할지 모른다. 그러나 그의 이야기에서 비극적인 것을 느낄 수 있다면, 이는 단지 나쁜 운명에 대한 연민이나 동정 탓만은 아닐 듯싶다. 거꾸로 그가 1인칭의 시점에서 자기 이야기를 펼쳐 내고 있다는 점, 작가-주체의 관점으로부터 자신의 운명에 대해 말하고 있음이야말로 복화술사의 이야기를 비극적인 것으로 만들어 준다.[22] 「에이프릴 마치의 사랑」에서 그녀와 그의 동일성에도 불구하고 그들 사이의 분열을 한편('나')의 입장에서 서술했던 것과 마찬

---

22 한 대담에서 이장욱은 자신의 작품들에 1인칭 화자가 많다는 점을 자각하며, 사건을 생성시키기 위해서는 "1인칭을 세계에 밀어 넣는다는 포지티브한 측면"이 필요함을 강조했다. 이장욱, 「절반 이상의 이장욱」, 『Axt』 no. 006, 2016년 5/6월, 111쪽. 이는 한편으로 독자와 인물의 공감대를 형성하는 기술적 요인이면서, 다른 한편으로 세계와 글쓰는 주체의 사건적 연관을 적극적으로 실현시키는 방법으로 볼 만하다.

가지로, 복화술사인 '나'는 나와 동일한 원천에 있는 또 다른 나 혹은 나-아닌-나라는 부정적 힘과 공존하며 그에 관해 서술하고 있는 까닭이다. 그러므로 이를 '자아의 분열'이라는 테마로 쉽게 환수해서는 안 된다. 이 같은 테마는 그 자체가 데카르트적 주체의 권위와 일의성을 전제하는 '뒤집어진 서사'에 불과할 테니까. 차라리 '자기의 왜소함과 균열을 맞닥뜨린 주체의 태도'라 명명해 보면 어떨까? '나'가 만난 또 다른 복화술사는 이렇게 말한다.

> 자네가 겪고 있는 걸… 나뉠 분 자를 써서 분화술이라고 한다네. 분화술에 사로잡힌 복화술사들은 진정한 마스터가 되거나… 자살해 버리는 경우가 대부분이라더군.[23]

모 아니면 도, 이것이냐 저것이냐? '주체의 죽음'이나 '작가의 죽음'을 다루어 왔던 포스트모던 소설과 이장욱의 글쓰기가 갈라지는 지점이 여기다. 복화술, 아니 분화술을 '질병'이 아닌 '능력'으로 받아들이는 것, 궁극적으로는 자아의 분열과 그로 인한 망상에 빠져들지언정 '마스터'가 될 수 있는 가능성을 남겨 두는 것. 이는 비록 이미 도래한 미래, 반복될 영원회귀로서의 미래를 노정할지라도 끊임없이, 반복강박적으로 그 길을 다시 가 보려는 시도라 할 만하다. 매 단락의 말미마다 자기 말에 토를 달아 듣는 이/읽는 이의 반응을 예측하고 반박하는 것, 그럼으로써 매 번의 발화 속에 '당신'을 끌어들여 자기의 고백을 대화로 사건화하는 것('듣는 당신

---

23 이장욱, 「복화술사」, 115쪽.

이 이미 말하는 당신'이라는 진실의 생성). 다른 존재의 차원, 비존재의 영역이란 '저 너머'의 초월적인 어딘가에 있는 게 아니라 바로 청자/독자를 강제로 글쓰기에 관여시킴으로써 대화하게 만들고, 사건화를 가동시킬 때 열리는 시공간이 아닌가?[24]

다시 말하지만, 복화술은 기술이 아닙니다. 그저 여러 목소리를 내는 재주가 아니에요. 복화술은 영혼의 문제입니다. 생명의 문제입니다. 세상의 다른 곳에서, 당신의 깊은 곳에서, 무언가를 불러오는 능력입니다. 의심스러우신가요? 의심스럽다고? 야 이 새끼야, 그렇다면 그런 줄 알아.[25]

6. 돌아올 주체를 위한 파반느

언젠가 포스트모더니스트들과 한데 엮여 그렇게 호명되던 철학자는 다음과 같이 진술한 적이 있다.

비가 온다.
그러니 우선 이 책이 그저 비에 관한 책이 되기를.
말브랑슈는 "왜 바다에, 큰 길에, 사구沙丘에 비가 오는지" 자문

---

24 대화는 초월성과 관계 맺는 게 아니라 내재성의 장 위에서 인접한 다른 요소 즉 타자와 상호 관여하는 사건이다. Mikhail Bakhtin, *Problems of Dostoevsky's Poetics*, trans. Caryl Emerson, University of Minnesota Press, 1997, ch. 2. 바흐친의 독자로서 이장욱 역시 이를 잘 알고 있으리라.

25 이장욱, 「복화술사」, 116쪽.

했다. 다른 곳에서는 농토를 적셔 주는 이 하늘의 물이, 바닷물에는 더해 주는 것이 없으며 도로와 해변에서는 사라져 버리기에.

하늘이 도운 다행스런 비든, 반대로 불행한 비든 이러한 비가 문제는 아니리라.[26]

비는 총체적으로 내린다. 우리는 낱낱의 빗방울을 맞을 수는 있지만, 통상 '비가 온다'고 할 때는 그 낱알의 빗방울을 가리키진 않는다. 비는 전체의 연관을 통해 우리에게 오며, 우리는 그것을 지각하여 '비가 온다'고 말하는 것이다. 하지만 이 비가 문제가 아니라면 무엇이 문제란 말인가? 바다에, 큰 길에 내리는 비는 금세 그 형체를 잃고 어디론가 사라져 버린다. 그처럼 우리는 다른 세계, 비존재의 영역, 유령적인 것을 마주해도 그것이 그것임을 알아차리지 못한다. 인식과 감각에 익숙하지 않으며, 따라서 지각의 구조에도 감지되지 않는 탓이다. 보이지 않고 들리지 않는 것, 존재한다고 믿지 않았던 것이 비로소 감수感受되는 순간은 모래언덕에 새겨진 물길을 보았을 때, 비의 흔적을 마주했을 때다. 비도 모래도 이 사태의 주체는 아니지만 그것들로 인해 무엇인가 바뀌고 말았다. 약소하기 이를 데 없는 주체의 효용이란, 바로 이러한 사건화의 첨점尖點을 제공하는 데 있지 않을까? 더도 덜도 아닌, 딱 그만큼의 기능을 위한 자리, 그것이 주체다. 그렇다면, '이장욱'이라는 이름 역시

---

26 루이 알튀세르, 『철학과 맑스주의: 우발성의 유물론을 위하여』, 서관모·백승욱 옮김, 새길, 1996, 35쪽.

그 같은 글쓰기를 위한 빈 자리, 주체가 떠난 자리에서 주체처럼 글을 쓰는 어떤 유사-주체를 위한 자리가 아닐런가?

알튀세르를 비틀어 말한다면 비존재가, 유령이 문제는 아니리라. 속임을 당하기 위해 속는 주체가 필요했던 것처럼, 존재 바깥에 있는 비인간적인 것을 감각하기 위해서는 감응하는 주체가 없을 수 없다. 그러한 주체가 '정상'일 수 있을까? 당신처럼 있는 것을 있다 하고, 없는 것을 없다고 무감히 말할 수 있겠는가? 거꾸로 25년 전의 횡단보도에서 작년의 택시를 관찰하고, 거기서 빨간 모자를 쓴 아이가 허공에 떠오르는 광경을 목격하는 자, 그것을 태연히 하나의 시선 속에 포착하는 자는 우리와 같을 수 없다. 그는 감히 '안다'고 말하는 자인데, 30년 전 아르마딜로 우리에서 열린 '다른 세계'를 지금-여기서 생생히 보고 있기 때문이다. "사건의 내막을 알고 있는 것은 나뿐이다."[27] 사건을 이질적인 여러 요소들, 즉 시간과 공간에 널리 흩뿌려진 질료들이 모래언덕에 내리는 비에 섞여 일정한 무늬를 만들어 내는 현상에 비유할 수 있다면, 그것들을 한데 모아들여 상상과 망상이 교차하는 자리, 허구라는 이름의 광기 아래 불러 모으는 자리가 바로 글쓰기의 주체가 있는 곳 아닐까? 시공간의 뒤틀림과 뒤얽힘이 환영받는 장르, 소설의 공간 속 말이다. 아, 이거 너무 소설 같은 이야기로군!

그러니 언젠가 어느 낯선 계절이 도착한다면, '에이프릴 마치의 사랑'이라는 블로그에는 다음과 같은 시구가 올려져 누군가에게 관찰과 통찰의 대상이 될지 모를 일이다. 이제 그저 기다릴

---

27 이장욱, 「아르마딜로 공간」, 『고백의 제왕』, 126쪽.

밖에.

아침일까. 가리봉일까.

아니면 낯선 계절일까.

그곳엔 꽃잎들이나 눈송이들이 날아다니겠지.

혹은 총알일지도 몰라.

당신, 잘 지내요.

아르마딜로를 구하면 누구보다도 먼저 당신에게 줄게.

빨간 모자의 소녀에게도 안부.[28]

---

28 앞의 글, 138~139쪽.

6. 원형의 감옥
── 최진영 소설의 기억과 자유

1. 원형과 모상

낙타의 배에서 펭귄과 자라가 태어났다. 나고 자라면서 자라 새끼
는 뜨거운 모래더미로 뒤덮인 사막이 더 친숙할지언정 제 어미와
형제에겐 아무런 친연의 감정도 느끼지 못했다. 삶의 어떠한 이유
나 목적도 알지 못한 채 다만 사막 위에서 자신을 비롯한 모든 것
을 증오하며 연명하는 게 그들 생生의 진실인 듯하다. 펭귄 새끼의
말을 빌리면 그들은 "사막이 낙타를 덮"쳐서 잉태되었고, "태어나
지 말아야 할 곳에 태어난 죄를" 지었을 뿐, 현생現生의 의미는 전혀
알려져 있지 않다. 따라서 사막에서의 출생은 그 자체로 원죄에 다
르지 않다. 삶이란 원죄의 무한한 반복일 따름이다. 낙타조차 자신
이 왜 종種이 다른 새끼들을 낳았는지, 그들이 사막에서 무엇을 알
수 있고 무엇을 바랄 수 있는지 모른다. 살 수 없는 곳에 자신들을
낳아 놓은 어미에게 자식들은 증오를 감추지 않고, 삶의 진짜 의미

를 얻기 위해 두더지를 만나 책을 건네받는다. 하지만 동물도감 같은 책이 알려 주는 것은 종의 오래된 역사로서 새끼들은 기억할 수 없는 조상의 생태 기록에 불과하다. 만약 종에 시원始原이 있다면 삶에 이유나 목적도 있을까? 새끼들은 종의 반복 속에 망각된 생의 이유와 목적을 기억하려 애쓴다. 자라 새끼에게 그것은 "기억나지 않는 다정함"이며, 자기 등에 "이끼"를 키우는 생명의 배태일지 모른다. 하지만 그 다정함을 채 떠올리기도 전에 펭귄은 사마귀에게 잡혀 두 눈을 뽑히고, 어미는 자라 새끼에게 끔찍한 진실을 들려준다. "나도 처음부터 낙타는 아니었다. 이렇게 살아남은 것이지."[1] 그리고 어미는 자식을 통째로 집어삼킨다.

어느 작가에게든 글쓰기를 태동시킨 원형적 이야기가 있게 마련이다. 먼 유년기의 추억이든 환상적으로 채색된 우화이든, 그런 이야기는 작가가 무엇에 관해 쓰고 있는지, 도대체 왜 쓰는지를 현시하는 글쓰기의 지표가 될 법하다. 작가가 작품이나 사적인 회고를 통해 자주 자신의 어린 시절이나 창작의 근원적 사건으로 되돌아가는 것은 그런 까닭에서다. 하지만 모든 이야기는 서사라는 시

---

1 최진영, 「새끼, 자라다」, 『팽이』, 창비, 2013, 195쪽. 이 글에서 언급하는 최진영의 작품과 출처는 다음과 같다. 『당신 옆을 스쳐간 그 소녀의 이름은』, 한겨레출판, 2010; 『끝나지 않는 노래』, 한겨레출판, 2011; 「돈가방」, 「남편」, 「어디쯤」, 「주단」, 「엘리」, 「월드빌 401호」, 「새끼, 자라다」, 「창」, 「첫사랑」, 「팽이」, 『팽이』, 창비, 2013; 『나는 왜 죽지 않았는가』, 실천문학사, 2013; 「囚」, 『첨벙』, 한겨레출판, 2014; 「0」, 『내가 태어나서 가장 먼저 배운 말』, 한겨레출판, 2015; 『봄의 터미널』, 『한국문학』, 한국문학사, 2015 가을; 「하룻밤」, 『창작과비평』 170호, 2015 겨울; 「원형」, 『현대문학』 2015년 11월; 『구의 증명』, 은행나무, 2015; 「오늘도 무사히」, 「또 다른 질문을 부르는 문장」, 『불가능한 대화들 2』, 산지니, 2015. 이하 본문에서 해당 작품을 인용할 때는 작품명과 쪽수만 표기하며, 굵은 고딕 글씨는 전부 작가 본인의 것이다.

간적 형식을 통해 표현되며, 이는 글쓰기의 이유나 목적이 직접적으로 제시되는 게 아니라 글을 쓰는 행위 속에서 굴절되고 변형된다는 사실을 암시한다. 후설이 설명하였듯, 서사는 지나간 시간을 다시 당기고Retention 다가올 시간을 미리 당김Protention으로써 구성되는 현재이기 때문이다. 그래서 추억과 우화는 원형일 수 없는 원형, 즉 현재를 통해 항상 다시 쓰이는 기원의 모상을 가리킨다.

한 걸음 더 나아가 보면, 원형적 이야기를 다시 쓰는 것은 꿈의 작업에 비견할 만하다. 프로이트에 따르면, 꿈은 의식이 경험하는 현실에 대한 도덕적 거리를 통해 변용된다. 꿈의 이미지는 무의식을 통제하려는 의식의 노력과 의식으로부터 일탈하려는 무의식의 길항 가운데 축조되는 까닭이다. 꿈과 텍스트의 생성을 동렬로 놓고 말할 수 있다면, 우리는 소설의 심층서사를 곧이곧대로 작가의 주제의식으로 환원시킬 수 없다. 텍스트의 날줄과 씨줄은 마치 의식과 무의식으로 엮어진 직조물같이, 작가의 의지와 욕구, 체험적 반영을 담는 동시에 그가 회피하려고 했던 것, 의식에서 흘러내리는 것을 포함한다. 후자를 우리는 텍스트의 무의식, 혹은 글쓰기의 욕망이라 부르는바, 결국 독서는 글쓰기 자체와 마찬가지로 후자의 흔적을 읽어 내려는 노력이 아닐 수 없다. 바꿔 말해, 원형을 원형으로서 마주하는 게 아니라, 지금-여기서 현행화되는 원형, 곧 심층서사로서의 모상을 불러내는 것이 비평적 독서의 과제다.

서두에 펼쳐 놓은 최진영의 단편 「새끼, 자라다」는 단지 초기작의 일부이기에 '원형적'인 것은 아니다. 일견 이 작품은 그녀의 소설세계가 갖는 사회적 밀도와 강도를 우화적으로 돌려 말하는 것처럼 읽힌다. 그렇게 볼 때, 사막이란 파국적 현실에 대한 절망의 표상으로 해석되며, 서사는 "사막의 부당한 법칙"으로 암유된 신자유주의적 위험에 대한 작가적 저항이 될 수 있다.[2] 하지만 이러한 분석 이면을 들여다보자. 도대체 거기에 없는 것이 아니라 있는 것, 그러나 읽히지 않은 채 남아 있는 것은 무엇인가? 플롯에 집중하여 서사를 뒤좇다 보면 우리는 자라 새끼가 도달한 기억의 실패, 죽음만을 목도할 뿐이다. 그렇지만 정말 주의를 기울여야 할 것은 실패한 기억이 아니라, 기억-하기라는 행위가 아닐까. 전자가 과거이자 결과이고, 종결된 사태라면, 후자는 현재이자 원인이며, 종결되지 않은 사건 자체를 가리킨다. 최진영의 작품세계를 유전하는 기억의 테마는 정확히 후자의 입장에서 논의되어야 동일한 서사의 영원한 반복을 면할 수 있다. 요컨대 기억-하기가 관건이다. 하지만 그것은 원형의 복원이나 재현이 아니라 지금-여기에 소환되어 다시 쓰이는 현행적 사건으로서 원형적인 것을 불러냄이다. 이 점에서 자라 새끼, 또는 최진영 소설의 인물들의 유일한 행위인 기억-하기는 그녀의 글쓰기가 끊임없이 회귀하여 다시 시작하는 단 하나의 시제를 이룬다.

기억과 기억-하기. 스피노자식으로 말한다면, 이 두 단어는 결과와 원인의 짝에 대응한다. 결과로서의 기억은 현재의 실패에 결박되어 있다. 신 없는 세계, 이유 없이 내버려진 이 세계의 원형은 오래전에 유실되었다. 하지만 기억-하기가 문제일 때 이야기는 달라진다. 어차피 원형이 없는 세계가 대전제라면, 원형에의 지향

---

2 박진, 「포스트 IMF 시대, 문학의 욕망과 욕망의 윤리—김사과, 최진영, 황정은의 소설」,
『작가세계』 제88호, 2011, 257~271쪽.

은 지금-여기의 현재와 섞여 들며 기원(원인)이라는 이름의 모상을 만드는 작업일 것이다. 글을 쓰는 것도, 글을 읽는 것도 온전히 이렇게 모상을 창안하는 것이라면 반복은 원형의 필연적인 운명일 터. 자라 새끼가 겪어야 했던 수난의 서사는 실상 최진영의 모든 작품들에서 변주되며 저마다의 모습으로 다르게 실현되어야 할 원형-모상의 불러냄이 아닐까. 그것은 작가 자신마저 규정할 수 없는 글쓰기의 맹목적 힘이기에 오직 글쓰기 자체의 욕망에 의지해서만 풀어낼 수 있는 역설의 고리 같은 것이다. 원형에 대한 기억-하기로서 최진영의 문학을 궁구하고자 한다면, 이는 초기작부터 현재에 이르기까지 반복되고 있는 글쓰기의 운동 속에서만 그 형상을 얼추 엿볼 수 있을 듯하다.

2. 기억과 유토피아

자라 새끼는 무엇을 기억하고자 하는가? 대체 왜 기억하려고 하는가? 최진영의 소설에서 거의 맹목적이다시피 제기되는 기억의 테마는 기원에 대한 추구로 요약된다. 그런데 '무엇'과 '왜'로 나누어지는 이 질문들은 조심스럽게 구분될 필요가 있다. 먼저, 무엇을 기억하고자 하는지, 행위의 대상에 초점을 맞출 경우 우리는 즉물적인 답안에 곧장 갇히고 만다. 하나의 사물로서, 명사적 대상으로서 발견되는 기원은 기억 속에 정박되어 현재로부터 절연될 것이며, 지금-여기의 글쓰기의 현행성과는 무관한 사물로 남을 것이기 때문이다. 가령 이런 식으로. 무엇을 기억하려 하는가? 유토피아, 잃어버린 낙원. 실제로 최진영의 작품에서 이상화된 원형으로서 유년기와 유토피아가 부재한다는 점은 벌써 지적된 바 있다.[3] 그런데 '부재'라는 결과에 방점을 찍고 만족한다면 우리는 "사막"이 된 지금-여기 너머로는 나아갈 수 없다. 과거는 지나간 시간이기에 돌이킬 수 없고, 현재는 내버려진 채 벌써 최후에 도달했기 때문이다. "곧 종말이 온단다. 아니, 지금이 바로 종말이란다"(「월드빌 401호」, 161). 여기가 '왜?'라는 질문이 이어져야 할 지점인데, 말이 나온 김에 「월드빌 401호」에 관해 좀 더 이야기해 보자.

"나"는 '세계' 혹은 '지구촌'이라고 새겨읽을 수 있는 빌라에 고립되어 있다. 사실 "나" 자신이 고립을 자초했으며, 심지어 원하기까지 했다. 엄마가 불의에 세상을 떠난 다음, "괴물"이라고 부르는 악한의 폭력과 착취에 시달리던 "나"는 그를 고발해서 감옥으로 보냈다. 그 후 바깥 세상과는 인연을 끊어 버린 채 쓰레기장이 된 집 안에서 연명해 왔기에 세상이 어떻게 바뀌고 세월이 어찌 흘렀는지 완전히 무감각해진 상태다. 폐쇄된 '월드빌'에서 "나"는 무엇을 하는가? 기억-하기. 서사의 진행 속에 주인공은 자신의 이력을, 마주쳤던 타인들을, 유일하게 공존(사육)하는 개 '종철이'와의 관계를 되새긴다(종철이는 주인공 자신의 이름이다). 신체적 감각성을 거의 말소시킨 채 온전히 기억에만 매달리는 주인공의 자아는 거의 데카르트적인 영점에 도달했다고 말해도 과언이 아니다(주인공을 "좀비"라고 부르는 이웃의 언급은 이러한 영점과 역설적인 대칭을 이룬다). 그런데 주인공의 행위, 곧 기억-하기는 사실 자체의 재생이 아

---

3 조형래, 「반사회적 상상력과 상호부조라는 간극: 최진영 소설의 유아기적 경험의 문제」, 『문학동네』 69호, 2011 겨울, 475~476쪽.

니다. 괴물에 대한 치가 떨리는 회상은 자기를 향하던 괴물의 증오가 서로간의 유사함에서 연원한 게 아닌지 의심하게 만들고, 자신이 "괴물 덕분에 세상의 본질을 알게 된" 게 아니냐는 식견마저 낳는다(157). 또한 "나"는 태연하게 종철이에게 성기를 핥게 시킬 정도로 무도덕하긴 하지만, 어린 시절 좋아하던 여자애에 대한 성적인 환상만은 끝내 거부하는 수치심도 갖고 있다. "가장 빛나던 그때를 이런 악몽으로 끌고 오지 말자고. 그때의 나와 지금의 나를 같은 인간으로 만들지 말자고"(164). "나"는 원형을, 현재의 기원으로서의 과거를 복구하려는 게 아니라 기억-하기를 통해 현재에 머물며 현재를 어디론가 끌고 가고 싶은 것이 아닐까.

기억-하기는 과거를 끌어내 현재를 구성한다. 도대체 왜 기억하는지를 물을 때 우리가 염두에 두어야 할 것은 바로 현재가 다른 두 시제와 분리되지 않은 채, 시간의 앞과 뒤로 이어지는 운동을 일으킨다는 점이다. 공포와 비참에 흠뻑 적셔져 있거나, 또는 아련한 동경에 침식된 과거의 이미지는 유토피아의 실재성에 대한 리트머스 시험지로 사용된다. 훼손된 현재를 위로하여 환각에 침윤되게 만드는 미약媚藥이 아니라 현재로부터 미래로 나아갈 수 있게 미는 원형으로서의 기원적 장면들이 여기에 있다. 하지만 원형은 원형 그 자체로서 우리에게 전달되지 않는다. 그 자체로서의 원형은 불가능하다. 우리는 기억을 통해서만 부재하는 것을 존재하는 것으로 인식할 수 있다. 지금-여기로 현행화하는 것이다.

「첫사랑」의 "나"는 J의 아름다움에 매혹되어, 학창 시절 내내 J의 흔적을 은밀하게 뒤좇는다. 첫사랑은 아버지나 신, 돈보다도 사랑할 만한 것이지만, 발설할 수 없고 안아 볼 수 없는 거리 속에서

만 현존하는 대상이다. 착시와 착오, 없는 것을 있다고 오인할 때
만 간신히 사랑의 대상은 "나"에게 모습을 드러낸다. "교실 뒷문에
서 누군가가 J를 불렀다. 나를 부른 게 아닌데도 나는 고개를 들었
다. 창가에 앉아 있던 J가 고개를 돌려 저를 부른 아이를 쳐다봤다.
그리고 환하게 웃었다. 아름다웠다"(241). 첫사랑은 모든 사랑의 원
형이요 기원이다. 하지만 그것이 원형이고 기원임은 과거시제로나
마 지금-여기로 불러냈기 때문에 구성되는 진실일지 모른다. 주인
공이 아름다움과 죽음을 함께 일기장에 적어 내리고, Y의 구애를
끝내 거절할 때 지각했던 것은 유토피아적 기원과 현재의 막연하
지만 냉연한 분리감이었을 것이다.[4] 하지만 앙상하게 메마르고 타
락한 현재는 바로 그 원형의 이미지, 기원에 대한 맹목적 열정을 통
해서만 영원한 정지 상태("사막")에서 탈주할 수 있다. 기억-하기의
주체가 미적인 차원을 원형의 이미지로부터 지워 내지 않고 보존
하는 이유는 그것이다. 왜 기억하는가? 현재를 살기 위해서. 아니,
현재 '이후'를 살아가기 위하여.

이런 논의가 다소 형이상학적으로 들릴지 모르겠다. 기억-하
기가 원형을 지금-여기로 이끌어내 미래로 향하게 하는 운동이라
면, 그것은 "별이 총총한 하늘이 갈 수 있고 또 가야만 하는 길들의
지도인 시대, 별빛이 그 길들을 훤히 밝혀 주는 복된 시대"(루카치)

---

4 주인공이 Y를 거절하는 직접적인 사유는 아마 J에 대한 자신의 동성애적 열정을 공적으로
표명할 수 없었기 때문일 듯하다. 첫사랑, 즉 원형의 유토피아는 이렇게 열정과 금지의 역
설적 대상으로서 지속되고 작용한다. 그것은 존재한다고도 부재한다고도 말할 수 없는
("삶과 죽음 사이의 가느다란 틈", 「월드빌 401호」) 모호한 경계지대에서만 점멸되는 유
령적인 것이다. 그래서 "가장 먼 곳에서 유령처럼 흔들리는 J의 뒷모습"(257)은 비현실의
실재로서 유토피아, 즉 부재하는 최상의 대상(u-topia)이라는 정의에 정확히 부합한다.

에 대한 이상과 얼마나 멀리 떨어져 있겠는가. 그런데 지금은 "삶과 죽음 사이의 가느다란 틈"을 살아가는 시대이며(「월드빌 401호」, 159), 그 어떤 복된 전언도 의심스런 소문처럼 들리기에 "진실의 자리는 맨 끝"에 놓인 시대이다(「남편」, 54). 기억-하기 이전에 기억이 무엇보다도 먼저 우리를 장악하고 있다. 그렇기에 남매를 두고 떠난 엄마의 "집"은 동경의 정향점인 동시에 회의의 첨점으로 지정된다. 만일 그 "집"에 대한 환상을 의심하지 않은 채 현재를 살아야 한다면, 매일의 삶은 아무런 변화도 없는 "이진법처럼 반복"되기만 할 것이고, 언제나 "충분히 예상할 수 있"는 영원한 감옥으로 지어지고 말리라(「팽이」, 288).[5]

근대 소설이 원형에 대한 회복에의 의지를 표현하는 장르라면, 최진영의 소설은 원형을 실제로 찾아나서 그 실존을 캐묻고 확인하는 장르이다. 이 점에서 『당신 옆을 스쳐간 그 소녀의 이름은』(이하 『당신 옆』)을 '역전된 성장소설'로 표지하는 것은 과히 틀리지 않은 지적이다.[6] 다만 성장소설, 근대의 교양소설이 잃어버린 유토피아에 대한 꿈을 되살리려는 기대와 희망의 서사에 소설의 운명을 걸었던 반면, 유토피아에 대한 맹렬한 적개심으로 똘똘 뭉친

---

5 루카치의 문장에 대한 작가의 답변은 이렇다. "근데 그 시대는, '갈 수 있고, 그 길을 별이 환히 밝혀 주는 시대'는 과연 얼마나 행복했을까요? 행복하기만 했을까요? 저는 '정신적 고향'이 무엇인지 모르겠어요. 정신적 고향에 가면 삶의 의미가 있나요? 행복이 있나요? 스스로 행복할 줄 모르는 사람이, 정신적 고향을 찾으면 저절로 행복해지나요? 희망이란 어딘가에 있는 것을 찾는 것인가요, 없는 그것을 스스로 만드는 것인가요?"(「또 다른 질문을 부르는 문장」, 124~125).

6 정주아, 「'계모 찾기', 버림받은 세대와 냉혹한 모성의 세계」, 『실천문학』 108호, 2012 겨울, 233쪽.

이 역전된 서사는, 만일 유토피아가 정녕 '진짜'가 아니라면 파괴해 버리고 말겠다는 정념으로 무장했다는 게 다르다.

성도 이름도 분명치 않은 10여 세 전후의 어린 소녀가 당돌하게도 가출을 감행하고, 자신의 친부모라 간주되는 어른들을 감히 "가짜"라 부르며, "진짜" 엄마를 찾아나서는 모험담이 이 소설의 줄거리다. 이 여정에서 소녀는 장미언니와 태백식당 할머니를 만나고, 폐가의 남자와 살기도 하며, 각설이패에 뒤섞여 지내다가 유미와 나리라는 가출소녀들과 어울린다. 빈궁과 몰락, 남루함에 찌든 사회 하층부의 삶을 오롯이 통과하며 그녀는 성장하지만 이 과정은 퇴행적이다. 무조건적 이상으로서의 유토피아, 즉 "진짜엄마"에 대한 열망이 점차 조건적인 것으로 구체화되면서 '진짜'의 보편성과 진정성을 훼손해 버리는 탓이다. "나의 진짜엄마는, 첫째 맞고만 있진 않는다. 둘째, 얼굴이 메추리알 같다. 셋째, 내 숨소리에 언제나 귀 기울인다. 아니, 이딴 건 다 필요없으니까 오직 하나, **반드시 불행해야 한다**"(121), "언제나 배고프고 추운 사람"(238).

「팽이」의 남매는 엄마가 찾아 떠난 "집"을 "따뜻한 곳", "행복한 곳"이라 상상했다. 그렇기에 자신들이 버려졌다는 느낌을 더욱 메우기 어려웠고, 부재하는 엄마의 자리를 그리워했으며, 자기들만의 "집"에 대한 소망을 강렬히 꿈꾸게 되었다. 하지만 『당신 옆』의 소녀는 그 "집"이 정말 따뜻하고 행복한 곳인지, 도대체 있기는 한 것인지 직접 찾아가 확인해 보기로 결심한다. 기억의 대상을 기억-하기로 한 것이며, 먼 시공간에 절연된 유토피아를 향해 거슬러 올라가 보기로 했다는 의미에서 기억의 시추를 거꾸로 돌려놓았다. 물론 "진짜엄마"를 전제했다는 점에서 그녀는 아직 유토피아에 대한 이상을 버리진 못했다. 그렇지만 '가짜'를 지움으로써 최종적으로 '진짜'를 찾겠다는 그녀의 방법은 그 동기만큼이나 절망적인 결과로 치닫고 만다. 모든 사람은 타인의 불행이나 행복에는 무관심하며, 오직 자기의 생존만을 위해 살아간다는 진실을 문득 깨달았기 때문이다. 끔찍하게도, 소녀의 '성장'이 이루어진 발견과 각성의 지점에서 그녀는 자신조차 바로 그러한 타인의 하나임을 알게 된다. "거울을 보면, 그 속에도 있다"(274). 그토록 찾아헤매던 "진짜엄마"는 소녀 자신이고, 그녀는 세상의 모든 '가짜'들과 별반 다르지 않은 존재인 셈이다.

소설은 소녀가 친구 나리를 성폭행하고 자살하도록 만든 나리의 새아빠를 살해하는 것으로 종결된다. 이러한 파국적 결말을 세상에 대한 복수나 분노의 표출로 한정시켜서는 안 된다. 왜 소녀가 이러한 종결을 선택했는지 이해하는 게 중요하다. "진짜엄마"란 존재하지 않으며 유토피아의 부재 뒤로는 가짜의 허상만이 남아 있음을 깨달았을 때, 소녀는 "투명인간"이 되기로 결심하지 않았던가. 투명인간은 세상에 존재했다는 어떠한 증거도 남기지 않으며, 그래서 그 어떤 타인도 자신을 지각할 수 없는 단독자를 뜻한다. 저 멀리 찾아가야 할 곳으로서의 유토피아는 허상이며, 기억의 대상으로서 그런 것이 있다면 환영에 불과할 것이다. 투명인간이 되겠다는 소녀의 결단은 "엄마 속으로 들어가고 싶"다는 자기환원, 영점으로의 회귀에 다름 아니다(206). 진짜든 가짜든 엄마가 나이고 내가 엄마라면, 유토피아 따위를 왜 남겨 두어야 할까. 엄마가 찾아갔다는 "집"이 존재하지 않는 허상이라면, 그저 내가 사는 이곳이 그 집과 다르지 않은 곳이라면 구태여 세상으로 나아가 모험을 벌일 이유가 어디에 있을까. 바꿔 말해, 세상의 파멸을 직감하여 집 안에 있으나 밖에 있으나 "똑같아"라고 단언했던, 하지만 "그래도, 나갈래?"라고 되묻던 월드빌의 "나"는 자신의 세상으로 되돌아가기로 마지막 결심을 해버린 것이다. 그러므로 이제 해야 할 일은 간단하다. 바로 이상의 원형을 파괴하는 것. "진짜엄마"가 아니라 자식을 강간하고 착취하는 나리의 새아빠를 죽여 버리는 것.[7] 기억-하기의 귀결은 이렇게 기억 자체의 파기에 도달하고 만다. 엄마는, 진짜는, 유토피아는 없다.

3. 시간과 타자

유토피아를 기억하는 퇴행적 모험은 비단 소녀 하나만의 사례는 아니다. 혹은 단 한 차례의 여정도 아닐 것이다. 실상 '진짜'를 찾아서는 모든 서사는 이 과정을 무한히 반복해 왔다. 소녀가 장미 언니의 남자친구 백곰과 맞서 싸울 때 그녀는 이렇게 뇌까리지 않았던가. "나는 이미 태어나기도 전에 보고 듣고 짐작하는 천 년의 세월을 살았다. 태어나서는 그보다 훨씬 지독한 세월을 단숨에 견뎌 냈다. **맞고 때리고 지르고 울고, 부수고 찌르고 할퀴고 물고, 박살 내**

---

7 더 정확히 말해 '새아빠'는 '진짜엄마'라는 원형의 모상이며, 유토피아가 이 세계 속에서 감각화된 형상이라 할 만하다. 우리의 논의대로, 유토피아라는 이상의 원형이 존재하지 않는다면, 실제로 파괴할 수 있는 것은 그 모상일 뿐이다. 『당신 옆』의 말미를 장식하는 나리 새아빠와 소녀의 격투, 그 와중에 오버랩되는 소녀 가족의 진실은 원형의 가치를 훼손하는 모상에 대한 적개심을 동시에 보여 주고 있다. 역설적이게도 모상이 없어야만 원형으로의 회귀도 상상적이나마 이루어질 수 있는 것이다. "엄마 배 속에서 작은 손으로 두 눈을 가리고 입을 하나로 모은 나. 평화야. 엄마가 배에 손을 얹고 나를 부른다"(294).

고 집어던지고 다치고 도망가고, 닦고 짓이기고 삼키고 내 혀부터 씹어 대는 그런 것들"(52). 수난의 역사, 투쟁의 연대기는 진짜를 찾아가는 행로에서 불가피하게, 필연적으로 마주쳐야 하는 운명이다. 기억-하기는 기억보다 오래된 역사를 통과하며 이 과정을 반복해 왔다. "천 년의 세월"은 무수히 되풀이되었던 이러한 사건의 시간을 지칭하는, 주체 '너머'의 목소리에서 발원한 말일지 모른다. 실제로 소설 속 작중 서사와는 별개로 진행되는, 본문과는 다른 문자체로 인쇄된 '전지적'인 독백에도 이 목소리는 스며 나오고 있다. "사람들은 내가 보지도 듣지도 말하지도 못한다고 믿었으나 나는 이미 보고 듣고 말하는 일생을 천 년 넘게 보낸 존재였다"(63).

어쩌면 천 년이 넘는 시간의 흐름 속에 소녀는, 혹은 소녀와 같은 누군가는 '진짜'를 찾기 위해 수없이 전 세계를 주유했으며 자신의 기원을 살해함으로써 유토피아의 망상을 깨뜨려 놓았을 수도 있다. 하지만 그렇기 때문에 유토피아는 없다, 라고 단언한다면 이는 결과에만 착목하여 사태를 바라보는 것일 게다. 질문은 결과를 원인 삼아 다시 던져져야 한다. 그렇다면 왜 이러한 반복은 다시 시작되고야 마는가, 천 년의 세월이 넘도록?

소녀는 투명인간이 됨으로써 세계-내-존재로서 자기의 흔적을 지웠다. 육체성을 말살하여 순수한 사유로서, 정신으로서 자신의 반복을 기억-한다. 전지적 독백의 화자는 이렇게 투명해져 버린, 데카르트적 영점에 도달한 주체이리라. "모두가 담고 있는 추억은 저마다 달랐지만, 이것 하나만큼은 다들 알고 있었다. 우린 모두 버려졌으며, 아무도 우리를 찾지 않을 거란 것. 그 속에서, 나는 마음 편히 잘 수 있었다. 굳이 좋은 상상을 하지 않더라도 악몽 따원 꾸지 않을 수 있었다"(285~286). 그럼 왜, 우리는 "우주"의 "암흑"(161)에 왜 그대로 머물지 않는가? 엄마도 아이도 하나가 되어 더 이상 시간 위로 흐르지 않는 "평화"(294)에 머무르지 않는가? 이 질문은 온전히 글쓰기 자체에 대한 질문으로 이어질 수 있다. 도대체 왜 계속 쓰는가?

잠시 이야기를 돌려 보자. 흔히 근대적 주체의 시발점으로 평가받는 데카르트의 존재증명은 세 단계로 이루어져 있다. 첫 번째는 의심하는 주체로서의 나. 알다시피 나의 육체적 감각 자체는 기만당할 수 있어도 그것을 의심하는 나 자신은 기만될 수 없다. 두 번째는 신의 존재. 의심하는 내가 확실하다면, 이러한 확실성의 원천은 바로 전지·전능·전선한 신에게 있다. 세 번째는 세계의 실재성. 신이 존재한다면, 나의 감각과 인식에 와 닿는 이 세계의 현존은 확실한 것이다. 다소 거친 요약이지만, 이러한 데카르트적 사유의 길은 최진영 소설세계의 논리와 무척 닮은 듯하다. 단, '역전적'인 방식으로. 첫째, 폐허가 된 세계 이전의 유토피아, 그것을 찾아나서는 주체의 여정은 방법적 회의에 해당된다. 모든 가짜를 지우고 진짜를 구제하려는 소녀의 태도를 보라. 둘째, 유토피아의 가상을 허물어뜨리고 모든 육체성을 소거시킴으로써 유일한 '나 자신'으로 후퇴해 버리는 절차는 어쩐지 신의 절대성에 대한 확언과 귀의에 유사하지 않은가. 그럼 세 번째 단계로의 이행은 불가피하다. 이 세계, "쥐떼" 같은 타자들로 가득 찬 현실은 어떻게 될 것인가? 뒤집어진 데카르트적 서사로서 최진영의 소설은, 이 논법대로라면 최종적으로 이 세계의 소멸을 확증하고 선언해야 할 것이다.

이와 같은 소설적 모험으로서 『끝나지 않는 노래』를 읽어 보도록 하자. 특이하게도 이 작품은 두 개의 시제가 반대 방향에서 서로를 향해 다가오는 방식으로 전개되고 있다. 하나는 20세기 초엽에 시작되어 2011년의 현재로 순행하는 시간으로서 두자와 그녀의 쌍둥이 딸 수선과 봉선, 그리고 수선의 딸 은하의 삶을 세밀하게 조명하고 있다. 다른 하나는 서울에서 빈곤하게 살아가던 은하가 화재가 난 고시촌에 갇혀 힘겹게 버티다 끝내 죽음을 맞는 40여 분간의 이야기다. 책의 말미에 이르러 두 개의 시간은 겹쳐지며 생의 비극적 정조를 심화시킨다. 식민지 농촌에서 태어나 일생 동안 고생만 하다가 소진된 채 죽어 가는 민초들의 이야기, 특히 가부장적 남성사회의 구조 속에서 부당하게 희생되고 억압받아 온 여성들의 목소리를 들려준다는 점에서 이 소설은 신산스럽고 애틋하기 이를 데 없다. 하지만 등장인물들에 대한 어둡고 무거운 감상은 그 자체로는 크게 새롭지 않으며, 근대 문학에서 정형화된 소재로 통용되었던 것도 사실이다. 우리가 읽어 내야 할 것은 이 작품의 서사가 무엇을 기억-하고 있으며, 그것이 이 세계의 실재성에 대해 어떤 입장을 취하는가이다.

세계는 무상無償의 고통이다. 두자와 그녀의 딸들은 행복의 경험을 맛본 적이 없다. 물론, 단발적으로 그런 것이 있었을지도 모른다. 예컨대 두자가 태철과 보낸 신혼의 짧은 순간들, 처음으로 성에 눈뜨고 육체와 마음의 쾌락에 온전히 젖어들었던 체험은 오래도록 두자의 정한情恨으로 남지 않았던가. 하지만 태철의 배신과 힘겨운 생존의 시절은 행복의 기억을 기억-하기의 운동으로 바꾸지 못했다. 나중에 태철과 재결합한 후에도 예전과 같은 즐거움은 돌아오지 않았던 것이다. 오히려 자신을 일하는 도구로 비하하고 박대했던 엄마와 자신이 비슷해졌음을 느끼며, 두자는 체념과 탄식 속에 서사의 바통을 두 딸에게 넘겨주고 만다. 수선과 봉선도 크게 보아 사정은 다르지 않다. 해방 후 근대화의 사회적 기류로 인해 두자 때 보다는 상황이 나아진 듯도 싶으나, 본질적으로 변한 것은 없다. 보다 조숙하던 수선은 동성에 대한 연모의 감정으로 괴로워하다 평생을 소진해 버렸고, 분방하던 봉선은 어떤 식으로도 자신이 만족할 만한 일상을 일구어 낼 수 없었다. 그들이 결국 안착했던 마지막 장소는 형제자매끼리 함께 사는 판잣집일 뿐이다. 두 아이의 두 엄마로서 '정상적' 가족의 상궤 바깥에 머무는 것. 과연 이 세계는 살 만한 곳일까?

　세계는 타자들의 눈과 말이다. 하이데거라면 '세인들의 잡담'이라고 불렀을 소문의 세계가 우리들의 현실이다. 두자와 수선, 봉선의 삶을 끈질기게 갉아먹는 것은 다름 아닌 타자들의 시선이자 그들의 혀끝이었다. 그들의 눈과 혀는 개인으로서의 두자와 수선, 봉선이 인생의 작은 기쁨을 취하고자 할 때마다 나타나 그것을 빼앗아 부수어 버린다. "두자와 쌍둥이가 결국 태철의 집으로 들어가게 되자, 사람들은 진짜 염치없고 무서운 년이라고 두자를 욕했다. 자식 죽이고 자기만 살아서 결국 남자 집으로 들어가려던 수작이었다고 말을 지어냈다. 두자는 아무 대꾸도 하지 않았다. 구르고 구르던 소문이 모래알처럼 닳아 스스로 사라질 때까지, 두자는 묵묵히 흙을 파고 씨앗을 심고 잡초를 뽑았다"(140~141). 사갈蛇蝎 같은 세인들의 눈초리와 말을 견디게 해준 것은 그저 세월의 흐름 이외엔 아무것도 아니다. "시간은 저수지의 썩은 물처럼 고여 들었다. 엄마의 마음을 짐작만 하다가, 결국 짐작조차 거부하고픈 날들이

덕지덕지 겹쳐졌다. 고인 시간이 녹슬어 뚝뚝 떨어뜨리는 녹물을 받아먹으며, 쌍둥이는 아무도 모르게, 죄를 감추듯 조금씩, 아주 조금씩만 자라려고 애썼다"(141). 정말 이 세계를 계속 살아야 할까?

시간의 흐름이 점점 현재로 다가와 수선과 봉선, 은하의 시간과 겹쳐질 때, 그리하여 은하가 고시원에서 불길을 피하다 마침내 숨을 거두는 장면에 이르면 이 세계에 대한 입장은 확연히 정리될 법하다. 소녀가 육체의 기원을 파괴하였듯, 육체의 시공간으로서 세계 역시 파멸을 유예해야 할 이유를 찾기 힘들 것이다. 그러나 여기에 '반전'이 있다. 기억 속 그녀들의 삶은 처참하고 보잘것없지만, 기억-하기를 통해 섬세하게 포착된 삶의 장면들은 세인들의 눈과 말이 잡아채지 못했던 행복의 면면들을 간직하고 있다. 기억-하기 전에는 기억의 당사자조차 알지 못했던 의미의 시간이 그러하다. "안 가고 뭐 하노. 어여 가라. 새엄마의 목소리가 조금 떨렸다. 깊고 시꺼먼 낭떠러지로 떠밀리는 것만 같은데, 한 번 떨어진 발은 제 뜻과 상관없이 한 걸음, 두 걸음, 저절로 움직여 남자 뒤를 따르고 있었다. 살면서 새엄마와 가장 많은 말을 나누었다는 생각이 번뜩 들었다. 같이 밥하고 나물 캐고 바느질하고 밭 일구면서, 별 의미 없는 대화라도, 두자와 새엄마는 세상에서 가장 많은 마음을 나누었다. 그 사소한 말들의 무게가 두자의 어깨를 짓누르고 발목을 붙잡았다"(50~51).

어느 시인의 말처럼 타자는 지옥이다. 그들의 말과 눈은 또 다른 타자들을 살해하고, 자신들도 타자들의 말과 눈에 의해 죽어야 할 운명이다. 그렇지만 동시에 타자들이 없다면, 애초부터 '나' 자신의 존재 자체도 불가능했을 것이다. 이 사실을 의식하는 나, 곧 단독자이자 "투명인간"인 나도 유토피아의 이상만큼이나 허망한 몽상에 지나지 않으리라. 장황한 철학적 논변이 아니라 생활의 실감 속에 육박하는 현사실성이 바로 타자들과 그들의 세계 아닐까. "나는 누가 키웠을까. 누가 내 똥오줌을 치우고 내 입에 밥을 떠 넣어 줬나. 나를 업어 주고 달래 주었나. 언니들이 키웠겠지. 할머니도 한 번쯤은… 내 콧물을 닦아 줬겠지. 똥 묻은 내 엉덩이를 물로 씻겨 줬겠지. 내 기저귀를 빨고 내 입에 밥을 떠 넣고, 깨진 내 무르팍에 된장을 발라 줬겠지. 할머니도, 한 번쯤은"(104). 기억 속의 나는 언제나 혼자였으나, 기억-하기는 그 이면에 비스듬히 걸쳐진 관계의 사슬을 흐릿하게 되비춘다.

왜 이토록 도저한 수난의 연대기는 "끝나지 않는 노래"인가? 소설의 등장인물들에게 그들의 삶은 '끝내고 싶은 노래'일지 모른다. 그것은 '역사'라고 불리는 공식적인 기억에서 항상 실증되어 왔다. 하지만 기억-하기를 통해 재구성된 삶의 면면들은 고집스레 혼자로 남고자 했던 주체들이 실은 서로 연관되어 있으며, 관계를 통해 생을 지속해 왔음을 보여 준다. 그것은 삶에 대한 무의식적인 욕망이며, 유토피아의 부재로 인해 야기된 절망이나 죽음에 대한 투항과는 다른 것이다.[8] 이 작품을 "영영 끝나지 않을 이 노래"로서 다시-기억-하는 일은, 그래서 두자와 수선, 봉선 및 은하뿐만 아니라 다른 모든 타자들, 그리고 독자 자신에게도 해당되는 글쓰기로부터의 요구가 아닐 수 없다. 요컨대 이 세계에 대해 무의식과 욕망에서 발원한 명령이 그것이다.

---

8 권희철, 「그때 최후의 심판이 시작된다」, 『문학동네』 71호, 2012 여름, 624, 626쪽.

하지만 세인들의 세계는 여전히 저열하고 비루하다. 거액을 습득한 현장에 출두하지 않은 막냇동생을 아예 존재하지 않는 사람으로 치부해 손쉽게 내쳐 버리는 형제간의 다툼이 예증하듯(「돈 가방」), 세인들에게는 두자의 자식들이 보여 주는 최소한의 애정과 우애도 남아 있지 않다. 누군가 자신을 죽일지 모른다는 두려움에 빠져 하루에 한 명씩 교실 창밖으로 친구들을 내던지는 의례를 만들어 마음의 평안을 얻고, 왕따를 면하기 위해 누군가를 먼저 왕따로 몰아야 조그만 생존이나마 보장받는 세상. 그곳에서 인간은 "벌레"가 된다. "다른 이유는 없다"(「창」, 222). 그런데 냉혹한 기계적 심성이 지배하는 듯한 이 세계에는 우리가 알지 못하는 다른 어떤 것도 함께 있다. 정확히 말해, 바로 곁에 있지만 아무도 눈치채지 못하는 무엇이 있다. 거대한 생물처럼 살아 숨쉬는데, 그 누구도 인지하지 못한다는 게 신기할 지경이다. '그것'의 이름은 "엘리"다.

엘리는 인간이 아니다. 인간에게는 당연한 문명의 습속, 곧 분변을 가리거나 참는 것, 식탐을 조절할 줄 아는 절제, 혹은 초식동물은 육식을 하지 않는다는 상식과 통념 따위를 엘리는 아랑곳하지 않는다. 코끼리의 형상을 지녔지만 단지 코끼리만은 아닌 다른 무엇으로서의 엘리. 정신분석에 익숙한 독자라면 엘리가 무의식이자 이드의 현신現身임을 금세 알아차릴 것이다. 단편의 주인공은 엘리를 빌려 연애와 사회, 행복, 가족에 대한 자신의 이야기를 털어놓는다. 이야기가 진행될수록 "나"가 갖고 있는 고민의 본질이 선명히 밝혀지는데, 그것은 타인들의 욕망과 자신의 욕망이 충돌하고 만족을 얻지 못해서 얻게 된 좌절의 경험이다. 자기의 행복은 타인들에게 저당잡혀 있으며, 스스로의 욕망을 끄집어낼수록 그 이면으로는 죄책감과 열패감이 두텁게 자리잡는다. 심지어 "괜히 태어났다. 나는 태어나지 말았어야 했다"라고 탄식할 정도다(「엘리」, 142).

주목할 만한 점은 엘리에 대한 주인공의 애착이다. 가령 결혼과 취업, 출산과 육아를 놓고 "내"가 애인과 벌이는 신경전은 승패가 뻔하다. "나"의 비합리(엘리의 "비협조") 때문이다. 일상적으로 그런 선택이 생존을 위해서는 불리한 것임을 잘 알면서도, "나"는 바틀비처럼 합리를 사양하고 싶다. 엘리에 대한 주인공의 사랑은 자신도 설명할 수 없는 맹목에 본질이 있다. 우리는 곧 이로부터 불거져 나오는 죄책감의 테마를 조명할 터이지만, 일단 이것이 의식 너머의 무의식, 또는 자아를 태운 채 광분하는 이드를 향한 열정임을 염두에 두자. 기억-하기가 불러내는 것은, 유토피아의 이상이라는 명석판명한 대상이 아니라 언제나 살아움직이며 통제되지 않는 '그것'일지 모른다. "지금 내가 믿을 건 엘리뿐이다"(148).

4. 죄와 선택

기독교는 죄의 삶을 죽음이라고 가르치지만, 적어도 현생에서 그것은 죄책감이다. 하지만 우리를 진정 괴롭히는 것은 나의 죄를 과연 누가 지었는가라는 역설적인 물음과 마주쳤을 때이다. 만일 내가 길에다 돌을 던져 누군가를 죽였다면, 나는 그에 책임지지 않을 도리가 없다. 죄는 형사법에 따라 취조될 것이며, 응분의 대가를 치러야 할 것이다. 그런데 내가 아닌 타인이 겪는, 누군가가 짊어진 고통에 대해서도 나는 유죄일까? 그의 고통에 대해 내가 아무런 지각도 공감도 하지 못한다 해도? 그럼에도 내 마음을 움켜쥐는 부끄럽고 두려운 심정은 내가 정녕 죄를 지은 탓일까? 나의 죄로 인해 누군가 아프거나 죽는 게 아닐지라도, 나의 건강함과 행복한 삶은 그에 대해 책임을 져야 할까? 이는 논리적 구별이 아니라 윤리적 분별에 속하는 문제로서, 최진영의 소설에 나타나는 죄책감의 기원과 의미를 해명하기 위한 핵심적인 고리가 된다.

주와 단은 쌍둥이 형제다. 태어날 때는 같았지만 자라면서 차이가 생겨났다. 주가 손발로 기어 다니다가 멀쩡히 두 발로 일어섰을 때, 단은 자꾸 넘어지고 일어서는 것을 힘겨워했다. 더 힘센 놈이 더 많이 먹고, 조금 더 강한 게 아니겠느냐는 부모의 우스개는 두고두고 주에게 저주가 되었다. 선천적인 근육무력증을 앓고 있는 단은 성년이 되기 전에 죽을 것이란 진단을 받게 되고, 온 가족은 단의 생명을 연장하기 위해 매진하는 병원공동체로 '전락'한다. 한창 청춘을 구가해야 할 주에게 단이라는 짐은 부담스럽고 무거우며, 신의 외설적인 희롱에 다르지 않다. 주는 거칠게 항변한다. "신이 배분을 잘못한 거지. 공평히 나누질 못했던 거야. […] 둘 중 하나는 분명 너무 많이 가졌어. 사랑이나 건강이나 행운이나 행복이나, 모든 것을 한 그릇에 넣고 잘 섞어서 공평히 나눴어야 했는데, 신이 너무 게을러서 섞지도 않고 대충 나눈 거야. 이건 다 게으르고 무책임한 신 탓이지, 내 탓이 아니야. 내가 엄마 배 속에서 모두 뺏어 먹어서 그런 게 아니야. 그건 절대 아니지"(「주단」, 103).

'나 때문일까?' 이 질문은 최진영의 작품세계를 떠받치는 또 다른 테마의 하나다. 기억-하기의 문제의식과 원형에 대한 갈망은 모두 죄의식이라는 그늘을 배면에 깔지 않고는 작동하지 않는다. 하지만 지금까지 논의했던 것과는 다른 방향에서다. 기억이 사실에 관한 것이고 결과에 따르는 것이라면, 단의 장애는 단지 단의 신체에 대한 문제일 뿐이다. 예컨대 단은 병들었고, 아팠으며, 죽는다. 그것으로 끝날 일이다. 그런데 기억-하기는 다르다. 주는 단의 병고에, 고통에, 사망에 혹시 자신이 끼어들지는 않았는지, 자신으로 인해 단이 파멸하는 것은 아닌지 기억해 내야 한다. 물론, 이는 원인과 결과를 실증할 수 없기에 필연코 감당할 수 없는 죄책이다. 그래서 주는, 주의 무의식은 기억-하지-않기로 한다. 자신의 죄를 벗어날 수 있는 유일한 방책은 죄와 자신을 분리시키는 것뿐이기 때문이다. "한두 번 겪는 일이 아니다. 살면서 여러 번 과거를(혹은 기억을) 잃었다. 통째로 잃는 건 아니고, 기억 전체를 몸에 비유하자면 엄지손톱이나 머리카락 한 올 정도를 잃어버리곤 했는데, 정도가 심할 때는 얼굴만큼을 잃어버리기도 했다. 사라진 기억은 시간이 흐른 후 인상적인 꿈의 형태로 되살아나기도 했으나, 대부분은 영영 복구되지 않은 채 주변 사람들의 기억에 기생하여 간신히 존재했다"(95). 기억과 신체의 유비는 우연한 일이 아니다. 기억-하고자 하는 것은, 혹은 기억-하지-않고자 하는 것은 사실에 관련된 게 아니라 무의식적으로 믿고 있는 자신의 행위(죄)와 연관되어 있는 탓이다. 나는, 나의 몸은 죄를 선택한 게 아닐까?

　죄책감에 강박된 주인공을 사로잡는 감정은 외로움과 두려움이다. 이 역시 최진영의 소설에 빈번히 출몰하는 감정선들인데, 무의식에 기반해 있다는 점에서 통상의 정서적 분류에 따르지 않는다. 다시 말해, 또렷이 대상화된 감정이 아니라는 뜻이다. 자신이 지은 죄를 알 수 없기에, 내가 어떤 죄를 짓기로 선택했는지 여부를 확신할 수 없기에 외로움과 두려움은 제멋대로 출렁거리며 주체를 꽉 움켜쥔다. 어쩌면 기억-해야 할 원형은 유토피아 같은 기쁨의 낙원이 아니라 외로움과 두려움의 고독한 섬일지 모른다. 이섬은 '월드빌'과는 또 다른 장소로서 나의 죄를 캐묻는 내면의 목소리로부터 주체의 내면을 방어하기 위해 마련된 도피처인 까닭이다. 이즈음부터 최진영의 작품에 낮게 울려퍼지는 아버지의 목소리는 "어디쯤이냐"는 주체의 위치에 관한 물음을 담는다(119). 그런데 이 목소리는 질문을 위한 게 아니라 추궁하고 책망하기 위해 발성되고 있다. 너는 죄를 짓지 않았느냐고, 왜 죄를 고백하지 않느냐고.

초자아의 목소리가 외설적인 것은 아무런 근거나 이유도 제공하지 않은 채 무조건적인 자백과 복종을 강요하기 때문이다. 어떤 목적이나 필요도 알지 못한 채 무작정 수행해야 하는 의무가 아버지의 목소리에 실려 있다. 아들은 아버지가 그려 준 엉성한 약도에 의지하여 "성원빌딩"인지 "선원빌딩"인지, 아니면 "서운빌딩"인지를 찾아가는 중이다(「어디쯤」, 66). 그런데 가면 갈수록 길은 미로처럼 얽혀 들고, 심지어 왔던 길로 거슬러 되돌아가는 것조차 불가능해진다. 그런 와중에 여러 가지 '현실적'인 요구들을 끊임없이 던지는 여자친구의 전화가 계속 걸려 오고, 아버지는 아버지대로 어디까지 왔는지, 알려 준 대로 정확히 가고 있는지를 확인하도록 재촉한다. 여자친구는 결혼과 가족으로 이어지는 일상생활의 합리를 상징한다. 프로이트식으로 말해 자아가 거기에 귀속된다. 반면 아버지는 초자아적인 명령을 대변한다. 목적지에 가야 할 이유나 필요도 알려 주지 않은 채, 정해진 임무를 수행하지 못하는 아들을 질책하고 처벌하려는 힘이 그것이다.

혼돈스럽기만 할 뿐인 이러한 길찾기를 기성 세대가 부과하는 위압적 질서로 여기거나, 출구 없는 현대 사회의 질곡으로 간주하는 것은 어느 정도 옳은 해석이겠지만 어쩐지 싱겁다. 아들이 처한 미로 속의 길찾기는 기억-하기의 연장선에서 분석되어야 한다. 우리는 앞서 원형의 탐구이자 유토피아의 확인이라는 여정으로서 몇 편의 소설들을 독해했고, 종국에는 기원의 파기라는 극적인 무대를 목도하고 말았다. 이제 원형적인 것은 그저 가상으로나마 표상될 뿐, 실체로서는 존재하지 않는다. 기억은 대상을 상실했다. 그럼 아무것도 없는 것일까? 기억은 더 이상 유효하지 않아도, 기억-하기는 가능할 것이다. 왜냐면 그것은 있는 그대로의 과거를 되살리는 게 아니라 현재와의 접점 속에서 재구성하는 운동이며, 현재를 통해 현재의 이전과 이후를 가늠하는 과정이기 때문이다. 따라서 기억-하기는 선험적인 목적지를 갖지 않는다. 별빛은 먹구름에 잠겨 있고, 가야 할 길을 알려 줄 지도는 본래부터 존재하지 않았다. 그렇다면 선택을 강제하는 아버지의 목소리는, 복종해야 할 명령이 아니라 반문해야 할 대상이지 않을까. "이름을 알려 주세요, 아버지. 나도 잘 기억은 안 난다만. 길을 따라가면 돼. 그런 길은 어디에나 있어요. 그래도 가야 할 곳은 한 곳이지 않니. 아버지는 가 보셨어요?"(89) 물음을 제대로 던지지 못할 때, 기억-하기의 향방을 기억에 의존할 때, 갈 수 있는 길은 그저 "내리막길"이며 "블랙홀 같은 검은 구멍"이다(91). 물음은 선택이고, 선택은 물음이자 응답이다.

여기 아버지의 죽음을 목격한 아들이 있다. 아버지는 물을 한

잔 마시고 죽었다. 그 물은 아들이 마실 뻔한 물이고, 반대로 아버지는 아들이 마시고 죽지 않은 물을 마실 수도 있었다. 아버지는 죽을 때 만족스럽다고 적었다. 이제 질문은 온전히 아들의 것으로 남는다. 아들이 선택한 것은 아버지의 죽음일까, 자신의 삶일까. 만약 전자라면 아들의 삶은 지옥으로 점철될 것이다. 아버지를 죽인 죄인이니까. 후자라 해도 역시 지옥을 벗어날 길은 없다. 아버지의 목숨을 선택하지 않았으니까. 아들 원도는 이 질문에 갇힌 채 방황한다. "왜 사는가. 이것은 원도의 질문이 아니다. **왜 죽지 않았는가.** 이것이다"(『나는 왜 죽지 않았는가』, 16). 타인의 죽음에 나는 책임이 있는가?

기억-하기는 원도의 과업이다. 표면적으로 원도는 횡령과 사기로 큰 부자가 되었다가 한순간에 재산을 날려 버리고, 실패한 인간이다. 원도는 가족으로부터 버림받았으며, 하룻밤을 숙박하려 들른 여관방의 주인도 원도가 혹여 자살이라도 하지 않을까 노심초사하다가 급기야 내쫓아 버린다. 어디에서도 환대받을 수 없는 추방당한 자가 원도다. 그의 비극은 자신이 선택하지 않은 것들에 대한 결과를 받아들일 수밖에 없다는 데 있다. 다시 말해, 그의 수난은 선택하지 않은 것을 선택해야 한다는 이중의 역설로부터 야기되었다. 그러므로 원도는 최초의 순간으로 돌아가고자 한다. 선택당하지 않았고, 자신이 선택할 수 있었던 원형의 시간으로. 마치 대마가 잡힌 바둑판을 복기하는 것처럼, 지금-여기의 실패를 초래한 첫 번째 한 수를 발견하고 교정할 수 있다면 모든 것은 제대로 다시 시작될 것이다. "괴롭다. 그 무엇도 명확히 말할 수 없다. 하지만 분명 존재할 것이다. 결정적인 순간이. 내 인생이 뒤틀려 버린

단 한 순간이. 알아야 한다. 그때 내게 무슨 일이 있었는지, 내가 어떤 선택을 했는지를"(23). 현재의 실패를 태동시킨 최초의 실패는 어디에 있는가? "내게도 그런 때가 있을 것이다. 내 인생이 삐끗한 단 한순간. 그것을 찾아야 한다. 샅샅이 뒤져야 한다. 원도는 자신이 살아온 하루하루를 모조리 기억해 내려고 한다. 그래야만 답을 얻을 수 있고, 죽지 않을 수 있다고 믿는다. 다 기억해 내야 한다고. 퍼즐을 맞춰야 한다고"(23~24).

　　재미있는 사실은 원도의 기억은 항상 이중화된 시점 속에 무대화된다는 점이다. 그 하나는 서사의 논리를 이어 가는 시점으로서 과거를 복기하는 원도의 의식 상태를 드러낸다. 문법에 준거하고 인과적 논리를 통해 구사되는 '정상적'인 언어가 여기에 속한다. 다른 하나는 내밀성의 시점으로 표징되는바, 텍스트에서 굵은 글씨로 처리되어 문장 사이에 끼어들거나 마침표 없이 길게 이어지는 문구들, 또는 띄어쓰기가 교란된 채 한 단어처럼 붙여쓰여진 문장들이라 할 수 있다. 이를 원도의 독백을 파고드는 초자아의 목소리이자 대타자의 응시라 불러도 좋을 텐데, 주체의 의지와 의식을 훼손하고 이면의 욕망을 들추는 공포의 실상이 여기에 있다. 약간 길지만 인용해 본다.

　　뒤에서 누군가 말했다. 공부도 못하는 새끼가. 원도만 들을 수 있는 말이었다. 또한 알아들을 수 없는 말이었다. 낄낄낄. 어떤 놈이 **바로 당신** 웃었다. 원도는 속으로 상스러운 욕을 했다. 어머니와 그 짓을 한다는 욕을 여러 번 했다. 그리고 죄책감에 빠졌다. **아니다**. 이것은 내게 필요한 기억이 아니다. **아니다**. **그것이**

다. 원도가 고개를 젓는다. 다른 것이 있을 것이다. **물론이다. 모든 것이다**(27).

죽어야겠다는 생각과 나는 왜 죽지 않았는가라는 생각이 같은 무게로 시소의 양 끝에 앉아 있었으며, 원도는 어느 쪽으로 몸을 기울일지 선택하지 못한 채 시소의 중간에 위태롭게 서 있다. 죽어야겠다는 생각은 최근 것이고 왜 죽지 않았는가라는 생각은 오래전 것이지만, 최근 것이라고 해서 더 가볍지도, 오래된 것이라고 더 묵직하지도 않다. 언어이자 이미지인 생각은 무게가 없다. 유령처럼 존재하는 그것은 유령처럼 사람을 홀린다. 이성이나 논리가 아니라, 들릴 듯 들리지 않는 숨소리, 보일 듯 보이지 않는 그림자, 잡아먹었는데날뛰고엄마가쿨럭쿨럭심장도불쌍한 비명이때리면서사악한폭발해버렸지태양을새하얀어둠과차가운눈물처럼 규칙도 의미도 경계도 없는 요설로 존재 자체를 지배한다(41~42).

정신착란을 의심하게 만드는 이러한 문장구사는 원도가 의식하고 의지하는 최초의 기억이 부상하는 것을 방해한다. 정상적인 기억행위의 사이마다, 마치 대화라도 나누려는 듯이 끼어들고 반문하거나 대답해 버리는 '비정상적' 발화이기 때문이다. 물론 이것은 무의식의 흐름일 텐데, 그럼 과연 원도가 기억하고자-하는 것은 어느 쪽일까? 인과율을 충실히 따르는 시간배치 속에 확정되는 정연한 문장의 구조 속에 있을까, 악의에 찬 이죽거림을 통해 아무 때나 마구잡이로 틈입하는 낯선 목소리에 있을까. 기억-하기의 궁극적인 원인-대상, 즉 원형적인 것은 어디에 있는가?

　라캉에 따르면 말할 수 없는 것을 말하게 하는 것은 의식의 산물이 아니다. 기표의 질서는 사물과 기호를 정연하게 배치하여 특정할 수 있게 해주지만, 이 작용의 잉여로서 배출되는 목소리는 지정된 좌표를 갖지 못한 채 방황해야 할 운명이다. 상징계의 현실에 안착하지 못한 채 부유하다가 순간적으로 나타나고 사라지는 유령적 이미지를 떠올려 보면 제법 비슷할 것이다. 진실, 그러니까 "진짜"는 기호에 정박되지 않은 유령적인 목소리로 출몰하는 힘이며, 따라서 항상 허구의 구조를 통해서만 현시되는 역설적 존재이다. 요컨대 원도의 삶을 틀어 놓은 최초의 순간, 원초적 장면을 기억-하기 위해 우리는 의식에 난입한 목소리들, 이물異物처럼 침투해서 온전한 논리를 교란시키고 해체하는 그것에 유의해야 한다. 소설에서 이 유령적 존재의 현신이 바로 장민석이다. "아버지. 침범이 뭐예요. […] '장민석'이다"(92). 장민석은 기억의 대상이 아니라 기억-하기의 환상이며, 원도를 현재로 이끌어 내는 충동적 힘이다. 장민석으로 인해 원도는 사랑과 질투에 눈을 떴고, 욕망하는 주체로 기립하지 않았던가. "그 모든 것은 원래 내 것이었다. […] 없던 장민석이 생기면서, 없던 원도가 한꺼번에 생겼다"(93). 타인이라는 실체로서 장민석은 실존하지 않을지도 모른다. 장민석은 실증되지 않는 또 다른 자아, 대타자의 흔적이다.[9] 우리의 논의를 되새기면, 장민석은 기억에는 없고 기억-하기를 통해서만 현존하는 목소리다(원도는 어디서나 그의 [비]웃음소리를 듣는다). 그래서 오히려

9　서영인, 「근원적인 것의 심연」, 『문학의 불안』, 실천문학사, 2015, 201~202쪽.

장민석의 '환상'은 원도가 감히 알고 싶어 하지 않는 것, 회피하고 싶어 하고, 그의 의식으로부터 흘러내리는 것을 발설한다. "우리는 선택하지 않아. 선택당하지"(77).

선택은 자유로운가. 외설적인 아버지는 두 개의 컵을 내밀었다. 너는 어느 쪽을 선택할 것이냐? 두 컵 사이에는 삶과 죽음이 가로놓여 있다. 나 자신뿐만 아니라 타인의 삶과 죽음까지도 오롯이 나에게 부과된 책임이다. 아버지는 아들이 내민 물을 마시고 죽었다. 내가 죽인 게 아니라 우연히 죽은 것이다. 이것은 기억의 사실이다. 그러나 기억-하기는 다른 말을 전한다. "제가 고른 컵을 들고 원도가 말했다. 아빠도 먹어"(210). 아들이 죽인 걸까? 증거에 따른 귀책사유를 묻는다면 아닐 것이다. 질문은 바뀌어야 한다. 나는 정말 아비의 죽음을 원하지 않았는가. "알 수 없다. 일어나지 않은 일이다. 일어난 일에 대해서만 말하자면, 죽은 아버지의 죽음에는 분명 원도의 의지도 묻어 있다. 절대 그것을 원하지 않았다 **너는 모른다** 하더라도, 원도는 한마디는, 죽은 아버지가 저승으로 가기 위해 밟아야 했던 돌다리 역할을 했다. 하고 말았다. […] 중요한 것은, 아무것도 하지 않은 것은 아니라는 사실이다"(213). 무엇을 했든, 주체는 하고야 말았다. "모든 것이 결정적이다"(234). 선택하지 않는 것 역시 하나의 선택이며, 누구도 이토록 엄중한 역설로부터 자유로울 수 없다.

거의 정신분열적인 독백적 대화, 또는 대화적 독백의 난마로부터 귀환하는 질문은 "왜 사는가"가 아니라 "왜 죽지 않았는가"이다. 돌려 말해, 기억-하기 역시 (선택하지 않을 수 없는) 하나의 선택이라면, 도대체 왜 그것을 하는가. 대답은 의외로 도저하다. 삶과 죽음에 초연해서가 아니라, 의연해서도 아니라, 죽지 않는 것은 단지 생을 원하기 때문이다. "살고 싶었다. 사는 데 특별한 이유가 있어서가 아니라, 그것을 모른 채로도 살았고, 살아 있으므로, 사는 데까지는 살고 싶었다. 나는 왜 죽지 않았는가라는 질문은 죽고 싶지 않다는 열망의 다른 표현이었다"(240). 이를 생존에의 욕구, 생명력 따위로 치장할 수는 없다. 삶에 대한 열망은 기억이 아니라 기억-하기의 소산이며, 결국 대타자 앞에서 대질되어야 할 가혹한 수난의 길을 여전히 예고하기 때문이다. "왜 사는가. 이것은 원도의 질문이 아니다. 왜 죽지 않았는가. 이것 역시 아니다. **그것을 묻는 당신은 누구인가. 이것이다**"(243~244).

5. 자유와 비극

그러므로 우리는 자유롭지 않다. 생은 강요되어 있다. 선택하는 것도 선택당하는 것도 불가피한 나의 죄, 책임이다. 이것이 유토피아-없음의 진정한 의미다. 원형은 궁구할 수 없고 기원은 파괴되어야 했다. 얼핏 이는 비극적 세계인식처럼 여겨진다. 우리는 영원한 현재에 갇힌 채 앞으로 나갈 수도 뒤로 물러설 수도 없는 듯하다. 기억-하기를 통해 우리는 과거나 미래의 '다른' 시제를 향해 도약하는 듯하지만, 어느새 영원한 반복 속에 되풀이되는 생의 기억으로 순환하는 것이다. 원형은 원형으로서 동어반복적으로 재현된다.

나날이 태어나는 낙타의 새끼들 중엔 종종 자신이 누구인지 궁금해하는 것들이 있었고, 자신의 과거를 기억해 내는 것들도 있었다. 두더지가 죽어 없어졌기 때문에 그들의 물음은 두더지의 책을 가진 자라 새끼에게 몰렸다. 자라 새끼는 책에 있는 얕은 문장을 말해 주었고, 낙타의 새끼들은 자라의 말을 보물처럼 안고 살았지만, 그것이 갈증을 해소해 주진 않았다. 자라 새끼는 낙타가 새끼를 낳을 때마다 멀리서 그 광경을 지켜보았다. 그리고 책을 펼쳤다. 낙타의 새끼들은 대부분 푸른 잎이나 맑은 물이나 촉촉한 진흙을 밟은 채 선명한 표정으로 책에 실려 있었다. 이것은, 오래전의 책이거나 오랜 후의 책일지도 모른다고 자라 새끼는 생각했다. 오래전 우리는 그런 곳에서 살았을지도, 오랜 후 우리는 그런 곳에서 살게 될지도 모르지만, 지금 우리는 사막에 살고 있다고(「새끼, 자라다」, 198).

최진영의 작품 전반에는 출구 없이 갇힌 수인의 처연함이 곳곳에 흘러내린다. 무슨 수를 써도 폐허가 된 이 세계는 "무연"하다(「월드빌 401호」, 172). 그래도 나갈 것인가, 기억-할 것인가? 이 질문에 대한 응답은 아버지의 외설스런 명령에 의해서도, 직장상사의 합리적 설득에 의해서도 나올 수 없다. 살고 싶다는 데 어떤 강력한 근거가 있어야 하는 것은 아니지만 적어도 "죽고 싶지 않다는 열망" 정도는 있어야 한다. 기억-하기가 '다시 당기고' '미리 당겨서' 현재를 구성하는 것이라면, 그렇게 구성된 현재는 어떤 팽팽한 긴장tension의 단초라도 내장하고 있어야 할 것이다. 열망은 거대한 산불이 아니다. 아주 작은 성냥불 정도일지라도, 그것으로부터 비로소 월드빌의 거주민은 밖으로 나갈지 말지를 두고 더 이상 망설이

2부 소설, 반시대적 고찰

지 않은 채, 이제 나가야겠다는 최소한의 이유나 목적을 얻을 수 있다. 작가에게 글쓰기는 이 '최소한'을 발견하고 점화시키려는 고집이 아닐까. 또는 글쓰기의 이러한 맹목을 작가가 뒤좇는 것이 아닐까.

멀쩡하던 직장인이 아침에 눈을 떠 방문을 여는데 열리지 않는다. 고장이 아니다. 문을 열면 벽이 있고, 그래서 열어 봐야 소용이 없음을 "그저 안다"(「囚」, 316). 아니 보다 근본적으로는 문을 열고 나가는 것이 여기에 머무는 것보다 더 큰 불행의 시작임을 직감하기에 나가고 싶지 않은 것이다. 그래서 사실의 진술은 어느새 확신의 진술로, 확정의 선언으로 바뀌게 된다. "문이 열리지 않습니다. 문을 열어 봤자 벽입니다. 나갈 수가 없습니다"(317). "나"는 그저 바틀비처럼 "나가고 싶지 않다"(320). 왜 나가길 거부하는가. 열어 보지 않은 문 뒤에 벽이 있다고 왜 믿고자 하는가.

월드빌의 거주민은 타인들에 대한 두려움으로 인해 스스로 고립되었다. 타자는 "괴물"이다. 그러나 방 안에 갇힌 "나" 역시 괴물이 되지 않았던가? 나 아닌 타인, 사람이 없는 곳에는 삶도 없다. 어느 날 마침내 방문을 열고 밖으로 나섰을 때 세계가 폐허로 돌변하고, 그것을 바라보는 "내"가 아득한 무연함을 느낀 것은 타인 없는 삶의 무-연無-緣함과 다르지 않다. "나"는 "내 세상"에 갇혀 "천 년의 세월"을 보냈을지 모르나, 그것은 과거로도 미래로도 연결되지 않는, 그래서 현재에서 현재로 이동하지 않는 원형의 감옥이 아닐까. 물론, 고립은 기억-하기의 과정이었기에 실상 "나"는 타자와의 관계 속에 항상-이미 연루되어 있었음을 지적해 두자. 작가에게 글쓰기는 실상 이 엄정한 진실을 괴롭도록 재확인하는 과정이다.

「囚」의 주인공 역시 사정은 다르지 않다. 사방이 벽으로 둘러 싸인 방 안에 갇힌 주인공에게 삶은 아직 살아 보지 않은 시간이고, 타인은 아직 만나 보지 않은 사람이다. 어쩌면 직장상사도, 직장생활도, 이대리와 그의 아내도 모두 장민석처럼 실존하지 않은 채 자아의 내면을 배회하는 낯선 욕망의 반향일 수 있다. 하지만 그런 낯섦의 침입이야말로 이미 연루된 삶을 증표함에 틀림없다. 이는 기억-하기가 불러낸 회피불가능한 이방의 시간이다. 그래서 방안에 갇혀 있어도 밖에 있어도 "똑같다"(「월드빌 401호」, 173)는 단념이나, "이곳에서 나가야 한다면, 저곳 역시 나가야 할 곳"(「囚」, 324)이란 단언은 언제나 이미 바깥에 나와 있음을 역설적으로 증언하고 있다. 때문에 수리공이 찾아와서 강제로 문을 부수었을 때, 그때 시간은 마침 정오를 향해 부지런을 떨고 있고, '발견적 사건'으로서 외부가 지금-여기서 조용히 부상함을 깨닫게 된다.

고요하고 외롭고 아름다운 이곳에 주인 없는 햇살과 나뿐인 줄 알았다. 그런데,
발아래서 아주 작은 기척이 느껴진다.
천천히 앉아 가만히 들여다본다.
까만 똥처럼 볼품없지만 그 어느 때보다 내게 가장 가까운 정오의 그림자.
여기 있었구나.
...ㅅㅏㄹㅁ

...이다(341).

원형을 궁구할 수 없는 이유는, 만일 그것에 유폐된 과거의 시간에 매몰된 것이라면 무슨 수를 써도 가닿을 수 없는 절대의 절연 상태에 놓인 것이기 때문이다. 우리는 기억에 없는 것에 관해 말할 수 없다. 하지만 기억-할 수 없는 것은 그것 스스로가 갑자기 말하기 시작한다. 그것이 원형이다. 기억-할 수 있다면, 원형은 어느새 "발아래서 아주 작은 기척"이 되어 움직인다. 나와의 관계 속에, 나와 연루된 채. 엘리와 같은 무엇으로서, 도대체 없는 것이 아니라 있는 것으로서 낯선 기억-함을 통해 모습을 드러낸다. 물론 이는 인식론에서 말하는 객관화가 아니다. 현재로 불러내지고 접속하게 된 원형은 스스로 기억-함으로써 삭제불가능한 생을 주장한다. 원은 말한다. "난 살고 싶다는 거야"(「원형」, 130). 법과 규칙에 섞여 들지 않으며, 욕망하는 것은 무엇이든 가감 없이 행위로 옮기는 원은 순수한 것일까, 괴물스런 것일까. 원은 사람들을 기다리지만 사람들은 그를 두려워한다. 무의식적으로는 그의 생육인 아버지나 그를 사랑하는 형조차도 기피한다(136). 원은 자신이 불러일으킨 모든 사건에 대해 자신에게 '탓'이 있음을 인정한다. "형. 나 때문이야. 내가 그런 거야"(140). 그러나 이는 사회적 도덕관념이나 책임감이 아니다. 존재 자체의 유죄성에 관한 기억-하기다.

그렇다면, 아예 존재하지 않았더라면 이 죄는 다 씻어질까. 생겨나지 않았을까. 기억-하기는 실증의 이면을 보는 행위다. 두 자의 인생이 스스로도 지각하지 못한 채 타인들에게 연루되어 있던 것처럼, 존재 자체는 기실 죄를 물을 것이 없다. "우리가 태어나지 않았다면 아무 일도 일어나지 않았을까. 아무도 죽지 않고 다치지 않았을까. 이런 질문은 무의미하다. 그 모든 일이 일어나기 전에 우리는 이미 존재했다. 태어났고, 이름을 얻었고, 무럭무럭 자랐다. 우리는 누군가의 허락 아래 태어나거나 죽지 않는다. 존재에 대한 이해를 구할 이유가 없다. 하지만 그 이유 없음이 곧 존재의 부정인 것만 같아 마음으로 자꾸 변명을 하게 된다. 오늘도 이렇게 살아 있는 이유에 대해"(142). 이 통찰은 하이데거가 존재에 관해 언명했던 것처럼, 도대체 왜 없는 것이 아니라 있는가에 대한 의미심장한 문학적 울림을 전파한다. 존재는 관계이며, 상호연루로서 누구나 무죄이되 동시에 유죄인 셈이다. 생은 비극이지만 또한 자유인 것이다. 이 자유는 자신에게 어떤 의미를 갖는가.

표면상 형과 아우의 속깊은 우의를 되새기는 듯 보여도, 「원형」은 글자 그대로 원형에 관한 질문일 따름이다. 존재의 원형이자 생의 원형. 관계이자 연루의 반복. 하지만 이것이 기억의 대상이 되어 차이 없이 되풀이될 때 우리는 세인들의 잡담과 같은 퇴락한 인용만을 만나게 된다. "사랑의 첫 번째 의무는 상대방에게 귀기울이는 것이다", "사랑은 무엇보다도 자신을 위한 선물이다"(「하룻밤」, 242). SNS 프로필에 걸린 이런 문장들은 우리를 외롭거나 두렵게 만들지 않는다. 우리를 격동시키는 것은 기억-하기를 통해 불현듯 육박하는 이물감, 스스로의 생을 주장하는 억압된 원형이다. "나"의 살아 있음의 감각은 타인의 죽음을 기억-하게 만들기에 절대 회피하고 싶은 것이지만, 어쩌겠는가. "내" 곁에는 속되지만 알량한 즐거움이나마 함께 누릴 S나 O, K가 있고, 귀찮고 피곤해도 이야기를 나누어야 할 은지가 있으며, 늘 동생을 챙기라는 엄마도 있다. 무엇보다도 여자와 자고 싶다는 아무 이유도 댈 것 없는 욕망이 자리한다. 죽지 않고 "살았으니까. 살고 있으니까"(252). 하지만 그때마다 파고드는 낯선 목소리가 있다. "내가 열여덟 살 때는 사람을 죽였다"(260). 이것이 기억-함의 고통이고 수난이며, 이해할 수 없는 생의 이면이다.

클럽에서 놀다가 나와 저마다의 욕구를 만족시키기 위해 밤새 좌충우돌하는 청년들의 이야기는 새롭진 않아도 생기롭다. 각자에게는 각자의 서사가 있고, 서로에게 증인이 되길 요구한다. 타인의 죽음에 대한 기억으로 짓눌린 주인공조차 그의 파트너에게 호감을 느끼고, 작품 내내 영문 이니셜로만 지칭되는 친구들은 일순 승희와 기태, 남수, 지은이라는 이름으로 불리게 된다. 걱정하던 동생은 의젓하기 이를 데 없고, 돈 없는 친구들의 위장을 달래기 위해 기꺼이 해장국을 사기로 한다. 이만하면 월드빌이나 벽에 갇힌 남자와는 차원이 다르게 삶의 태동이 느껴지는 서사라 아니할 수 없다. 하지만 집요하게 기억-하는 것은 작가인가 글쓰긴가? 사실의 기억 속에 나는 자동차 사고의 당사자 중 하나일 뿐이나, 기억-하기 속에서 나는 J의 죽음에 한 "역할"을 맡았다. 기억-하기는 삶의 진실을 현상하게 해주지만 사실로서 입증할 수 없다면 그것은 단지 허구일 터. 이것이 세상살이일 것이다. 하지만 기억-하기 속에서 나는 죄책감을 방기할 수 없고, 승희와 기태와 남수와 지은이와 해장국으로도 이러한 죄책의 상기는 저지될 수 없다. 「하룻밤」의 마지막 장면, 젊은 그들이 화기애애하게 횡단보도를 건너려 할 때 돌연 등장한 P와 그의 웃음이 현실인지 환영인지는 분명치 않다. 확실한 것은 발밑에서 미세하게 감지되는 "ㅅ ㅏ ㄹ ㅁ"(「囚」)의 약동에도 불구하고, 생이 자유인지, 비극인지에 관한 물음은 아직 답을 얻지 못했다는 사실이다. "그날의 강변북로는 아직 끝나지 않았다. 아니, 지옥은 그날의 강변북로만이 아니다. 모든 길이 지옥이다. 나는 계속 그 길을 달리고 있다. 브레이크도 핸들도 없이"(「하룻밤」, 264). 자유인가, 비극인가? 또는 집요하게 반복되는 물음이 먼저인가? 도대체 왜 질문을 하는가, 어째서 글을 쓰는가?

6. 글쓰기, 원형의 감옥

작가의 고백에 따르면, 글쓰기는 어떻게든 필요에 의해 시작된 습관 같은 것이었다. "잊지 말아야 한다고. 뭐든 기억해야 한다고. 기억이 바로 나라고", "글쓰기란 죽지도 도망가지도 않는 훌륭한 숙주다. 나는 그것에 냉큼 들러붙었다"(「오늘도 무사히」, 115, 119). 그것은 누구의 필요인가? 작가 본인이 어린 시절을 술회하며 이야기하듯, 글을 쓰지 않으면 자신이 살 수 없을 것 같았고, 살기 위해 글을 쓰는 데 거의 필사적으로 매달렸다. 그러니 작가가 글쓰기를 더욱 간절히 원했다고 할밖에. 따라서 최진영의 고백은 이렇게 바꾸어 읽어도 좋겠다. '글쓰기가 내게 냉큼 달라붙었다.' 숙주는 작가 자신이었던 셈이다. 작가가 글을 쓰는 게 아니라 글이 작가로 하여금 쓰게 한다. 그렇게 작가는 죽지 않고 살아남는다. 죽고 싶지 않다는 열망도 가질 수 있다. 하지만 모든 글이 사람을 살리지는 않는다. 딱히 그래야 할 필연적인 이유는 없다. 특정한 글쓰기만이 그렇게 할 수 있고, 그렇게 하는 것일 뿐이다. 글쓰기는 그렇게, 인간의 역사보다도 더욱 오래도록 살아남을지 모른다. 마치 천 년 후에도, 사람이 더 이상 읽고 쓰지 않을 때에도 여전히 쓰이고 누군가에게 읽혀지는 글이 있듯이(『구의 증명』, 7). 달리 말해, 기억-하는 행위 속에 소생하는 글쓰기가 항상 있으며, 이것을 두고 글쓰기의 욕망이라 부를 수 있으리라.

일반적으로 언어는 작가의 도구라고들 말하지만, 만일 그렇다면 작가가 쓸 수 있는 것은 단지 기억의 사실에 그치기 십상이다. 작가가 통제할 수 있고, 질서를 부여할 수 있으며, 의지를 통해 말해야 할 것과 말하지 않을 것을 분별하여 걸러 낸 문장들. 하지만 말은 본래 그렇지 않다. 우주의 본질은 "사이코패스"와 같아서 "무자비하고 아름답다"라는 형용모순적 표현 속에 결합하듯이. "우주가 그럴진대 모든 게 그러하지 않겠는가. 존재하는 모든 단어, 우주가 품고 있는 모든 존재와 감정과 사물이"(「0」, 264). 잃어버린 책의 제목이 "The Earth"였는지, "The other Earth"였는지, 그도 아니면 "Another Earth"였는지 혼동에 빠진 상황에서 시작되는 「0」은 글쓰기의 본질이 기억이 아니라 기억-하기임을 여실히 보여 준다. 읽어 보지도 않았지만 찾아야 한다는 강박에 사로잡힌 주인공은 '무자비함'과 '아름다움'의 역설을 앞에 두고 언어에 대한 자신의 무능력을 고백하고 만다. "언어는 나의 유일한 연장. 그 연장이 불편하고 무서웠다"(265). 왜 불편하고 무서운가? 말은 의미를 정박시키는 게 아니라 흩뿌려 놓으며, 진짜와 가짜를 뒤섞어 놓을 뿐만 아니라 가짜를 진짜로 오인하게 만드는 탓이다. 타인을 속이는 동시에 자신도 속인다.

이러한 불안감의 원형은 어린 시절부터 적어 내린 일기에서 기원한다. 일기는 학교숙제도 아니고 삶의 기록이라는 장르의 충실성에서 작성된 것도 아니다. "누구라도 볼까 전전긍긍하여 베개 홑청 속이나 서랍 깊숙한 곳에 감춰 두던"(266) 것이기에 온전히 글쓰는 이 자신의 현재("기억", "감정")만을 투사하는 스크린 같은 것이다. 달리 말해, 여기에 쓰인 것은 타인의 시선('눈')이나 평가('혀')를 염두에 두지 않은 순수한 자기투사의 산물이다. 따라서 불편함과 두려움, 곧 불안감의 정체는 일기에 적힌 것은 나 자신이 아닐 수도 있다는 것, 또는 역으로 온전한 나 자신일 수도 있다는 데 있다. 누구에게도 들키고 싶지 않은 나 아닌 나. 그런 것이 논리나 형식을 갖추었을 리 없다. 하지만 바로 그렇기에 자신의 온갖 충동과 욕망이 날것 그대로 투사될 수 있기도 할 터.[10] 불편함과 두려움은 이에 관한 미세한 의식, 즉 글을 쓰는 동시에 그것을 기억-함에서 차오르는 감정에 다름 아니다. "그저 누구라도 그것을 읽고 나의 비밀을, 비열함을, 합리화를, 혹은 상처나 원망을 알게 될까 두려웠다. 그리고 또 몰랐다. 대체 왜 기록하는지를. 내게 있었던 일을 마음에 묻어 두지 않고 굳이 글자로 옮기고, 그것을 남들이 볼까 두려워하는지를"(267). 이는 정확히 왜 기억-하는가이자 왜 쓰는가에 대한 질문일 것이다. 기억-하기와 글쓰기의 원형, 즉 왜 지금-여기로 그것을 불러내는지에 대한 애초의 물음 말이다.

"쓰인 나는 진짜가 아니"다. "기록은 기억이나 말과 조금 다른 성질을 가지고 있어서, 나를 좀 더 그럴 듯한 사람으로 만들기에 좋았다"(271~272). 자기의 위선에 대한 반성이라면 그저 시시한 고백

---

10 작가 자신의 체험과 겹쳐지는 대목을 보라. "내면이 치명적으로 난장판이 되는 사춘기였다. 그때부터 썼다. 아무거나 썼다. 닥치는 대로, 생각나는 대로, 아무 서사도 인과도 감동도 반성도 없이 고자질하듯 휘갈렸다. 글을 썼다기보다 토해 낸 셈이다. 생각하는 척 연기하는 대신 뭐라도 쓴 것인데, 써야만 했다." 도대체 왜? 미리 답하자면, 그것은 이미 우리가 짐작했던 바 그대로다. "그렇게 보내는 시간이 날 살린다"(「오늘도 무사히」, 116~117).

에 불과할 진술이다. 그럼에도 불구하고 우리 역시 집요하게 물고 늘어져야 할 것은 도대체 왜 쓰는지에 대한 의문이다. 지금 네가 쓰고 있는 것이 자기위장이나 거짓말, 감상 어린 위로에 지나지 않는다면, 그래도 왜 써야 하는가? 아마도 그것은, 진짜와 가짜가 『당신 옆』의 소녀가 맹신했던 것과 달리 일도양단하듯 구별되지 않는 하나의 진실이기 때문일 듯하다. 이 진실은 감추어진 게 아니라 태연히 드러나 있기 때문일 듯하다. 우주가 아름답고 무자비하다는 것은 언어 속에서만 형용모순이지, 기실 달리 설명할 필요가 없는 실재인 것이다. 그래서 진실을 말하기 위해서는 허구를 써야 한다. 오직 허구만이 진실에 관해 말한다. "나"에게 소설은 "진짜 거짓 이야기"지만, 이상하게도 "소설을 쓴답시고 가짜 인물과 사건을 지어내서 그것에 나의 감정을 입힐 뿐인데도, 많은 경우 더 적나라하게 진짜가 드러났다"(278~279). 이렇게 홀연 왜상적으로 자신을 타격하는 것은 "뜻하지 않은 감정"으로서, 그것은 "분명 내가 상처받았다고 생각했는데 상대에게 미안했고, 내가 잘못해 놓고도 서러웠고, 모두의 칭찬과 인정을 받은 일에 모욕감이 들기도 했으며, 내가 왜 그런 어이없는 말과 행동을 했는지 이해할 수 없었고, 나 빼고는 아무도 모르는 일이지만 내가 그것을 알고 있다는 사실만으로도 부끄러"운 감각이다. 이것이 바로 기억-하기라는, 글쓰기라는 행위를 통해 현행화된 원형이 아닐까. 지금-여기에 불러내어진, 그래서 기억에는 존재하지 않고 사실이라고 단언할 수도 없으되 현재를 구성하고 있는 이전의 것. 그리하여 간신히 이후로 나아가게 추동하는 것.

　　글을 쓰는 것은, 기억-하는 것은 모호함을 낳는다. 가짜이고 거짓이며 부끄러운 노릇이다. 이 점에서 타인에게 공감한다고 말하거나 적는 것은 공허하다. 그게 진짜인지, 진정한 것인지, 떳떳한 것인지 알 수 없기 때문이다. 우리가 할 수 있는 것은 그저 상상하는 일, 다시 말해 허구를 지어내는 일 뿐이다. 가짜이고 거짓이며 부끄러운 노릇을 감행하는 것이다. 원도가 그랬듯이 기억-하기, 글쓰기라는 '역할'을 떠맡지 않으면, 선택당하는 것을 선택하지 않으면 그저 벽 속에 갇힌 수인으로 남아 있을 수밖에 없다. 왜 기억-하는가, 글을 왜 쓰는가? "49 대 51의 비율일지라도, 나는 하나의 문장을 선택해야만 한다. 우주는 분명 아름답다. 아름다움의 총체다. 존재 자체가 거룩하다. 또한 사이코패스다. 그는 그 문장을 선택한 것이다"(284). 그러므로 기억-하고 글을 쓰는 행위는 없는 책을 만들고, 읽지 않은 책을 쓰는 것이다. 거짓말을 하고 가짜를 지어내서 부끄러움을 느끼는 것이다. 거기에 진실이라고 기억-되는 것이 있으니까. 통념적으로 자신과의 관계로만 한정되는 이 고립된 행위는 실상 타인에 대한 어떤 몸짓이 아닐 수 없다. 잃어버린 책의 제목은 필연코 "또 다른 우리에게To Another Us" 향하는 것이다(281). "그러려면 우선 그를 만나야 한다. 만나기 위해 건물과 차와 사람 속에 뒤섞여야 한다. 무서워도 사랑해야 한다. 그러다 다시 방을 뛰쳐나와 이른 아침 버스에 홀로 몸을 싣게 되더라도"(285).

좋은 것이든 나쁜 것이든, 기쁜 것이든 슬픈 것이든, 행복한 것이든 처참한 것이든 원형은 지금-여기에 기억-하는 만큼, 글로 쓰여지는 만큼 되살아나서 우리를 끌어간다. 통속적인 추억과 다른 점은 그 끌어냄이 향하는 행선지를 우리가 모른다는 사실이다. 위안이나 안도, 만족일 수도 있지만, 전혀 그 반대일 수도 있다. 불안이나 분노, 고통, 증오를 마주하게 되어도 역시 기억-하고 글을 쓰겠는가? 그렇다고 응답하는 게 작가의 욕망이고, 최진영의 선택은 아닌가. 글쓰기에 의해 이미 선택당한 선택이자 욕망되어진 욕망. 「봄의 터미널」은 전작들과는 상이하다는 '신선함'을 줄 정도로 서정적이고 애잔한 어조로 집필된 작품이지만, 우리가 지금까지 논의했던 거의 모든 요소들을 함께 모아 보여 주고 있다. 하지만 기억-하기와 글쓰기라는 우리의 주제에 한정하여 이야기를 마무리하도록 하자.

버스터미널에서 아르바이트 삼아 개표원으로 일하는 주인공은 어느 날 오래된 지인인 봄을 만난다. 정기적으로 지방행 차를 왕복하는 그녀가 자신을 기억하는지 궁금해하면서, 반복되는 일상에 불과했던 아르바이트는 봄에 대한 기대감으로 충전되어 간다. "나는 매일 꿈을 꾸듯, 꿈을 확인하듯, 꿈을 잊지 않으려는 듯 봄을 기다렸다. […] 지구가 태양을 두 바퀴 도는 동안 터미널은 내게 봄이었다"(112~113). 자신의 외양만으로 무시하고 깔보는 타인들의 불친절을 감내하면서도, 봄이 자신을 기억하고 있음을 알게 되자 삶의 태도도 사뭇 변화를 겪는다. 사실 봄의 기억은 반복되는 것으로서, 어린 시절 주인공에 대해 보였던 그녀의 관심과 걱정이 되돌아온 것이다. 이는 사회적 관계 속에서의 인정과는 다른 것으로서 존재에 대한 긍정이자 존중일 터. 만약 봄의 기억이 "나"의 기억과 만나서 애틋한 연정으로 이어진다면, 이 서사가 특이하다고 할 만한점은 별로 없을 일이다. 나에 대한 봄의 기억은 그녀에 대한 나의 기억-하기뿐만 아니라, 지금껏 무심하게 곁에 내버려졌던 타인들에 대한 기억-하기 또한 촉발했음이 중요하다. 문 밖의 벽을 통해 보지 않던 것, 그래서 실존하지 않던 것이 보이기 시작하고 존재하기 시작한 것이다. 어느 날, "거대한 도시의 위험한 새벽에 발을 디딘" 아이와 젊은 여자에 대해 쓸데없이 표시한 관심이 그러하다. "그때까지 여기 있는 건 위험할지도 몰라요"(118). 주인공은 봄이 찾아가는 곳을 따라 택시를 타고 가고, 봄을 걱정하는 택시기사에게 자신의 심경을 고백한다. 사실만을 두고 본다면 평범하기 그지없는, 청춘남녀의 연애담에나 어울릴 법한 이야기다.

요점은 봄을 기억-함으로써 "나"는 그녀와 관련된, 나아가 그녀와 무관하기조차 한 모든 것들을 기억-하기 시작했다는 데 있다. 봄이 두 번째로 자신을 기억한 날, 알 수 없는 이유로 봄과의 만남이 단절된 날 이후 "배가 침몰했다"(130). 봄의 생일이 4월 16일이란 것은 그저 우연일 것이다. 하지만 기억-함을 통해 이 모든 사실들은 새롭게 배치된다. 어릴 적 스치듯 보았고, 황급히 지나쳤기에 영구한 죄책으로 남았던 일은 봄이 타인의 일에 개입하다가 구타당했던 사건이다. 왜 그 자리에서 빠져나갔는지는 분명치 않다. 하지만 "그곳에는 내가 있었다"(132). 이것이 중요하다. "나"는 그곳에 있기를 선택하지 않았지만, 그곳에 있도록 선택당했던 것이고, 봄의 곤경은 필연코 나와 연관되어 있다는 사실. 봄이 구타당했기에 내가 끼어들지 않았던 게 아니라, 내가 끼어들지 않았기에 봄이 구타당했던 것일지 모른다. 사실 자체만을 따져볼 때 봄의 실종이나 배의 침몰은 서로 무관하고, 나와도 아무런 관련이 없다, 어쩌면 봄과도 무연관할 것이다. 서로 연결되어 있다는 아무런 실증이 없다. 그러나 "단지 그 배를 타지 않았다는 이유만으로 봄이 안전하다고 생각할 수 있나"(133). "나"는 배의 침몰에 대해 침묵할 수 있는가. 이미 배를, 4월 16일을 기억-하고 있는데, 봄을 기억-하듯.

전반적으로 최진영의 소설은 사회적 서사의 분위기를 물씬 풍기는 것만큼이나 개인적이고 도피적이며 철저한 '자기중심적' 이야기로 충전되어 있다. 물론 후자들은 기억-하기의 문제이다. 원형적인 것을 있는 그대로 재현하는 게 아니라 지금-여기로 끌어내 자기 앞의 의미를 만들어 내는 것. 현재를 구성하고 미래로 나아간다는 애초의 정의를 문학이론이나 소설작법상의 문제로, 혹은 작가에 대한 이상적 평가로 끌고 갈 생각은 없다. 다만 그것은 글쓰기의 무연한 힘이다. 작가는 자신의 몸을 거기에 빌려 주는 것일 뿐이다. 그렇기에 최진영의 서사들이 보여 주는 의미들은, 그것이 희망적이든 절망적이든, 위안적인 것이든 냉혹한 것이든 글쓰기가 불러낸 원형적인 것의 산물이 아닐 수 없다. 그런 것들은, 들뢰즈가 자신의 사유를 가리키며 말했듯, 어느 정도 '비정상적'인 '교접'으로 태어난 괴물성을 띠기 쉽다. 문학이 도덕 아닌 윤리에 기대고, 오직 그것만을 맹목하는 행위라면 원형의 감옥을 벗어나기는 어려울 것이다. 역설적이게도 그 감옥에서만 글쓰기는, 기억-하기는 비롯될 수 있는 것이기에 자유 역시 거기에만 온전히 남을 수 있는 것이다.

7. 진실을 조형하는 허구의 미학과 윤리
── 김숨의 『한 명』에 대한 감응적 독서

1. 일본군 '위안부' 문제와 사실의 딜레마

일제 35년의 식민지 경험을 공유하는 한국인에게 위안부 피해는 '당연한' 사실, 팩트fact 자체이다. 역사 교과서에는 '일제 강점기'로 표지되는 시기가 엄연히 기재되어 있으며, 2018년 현재, 해방 73주년을 맞이한 지금도 곳곳에서는 식민지배의 물질적이고 정신적인 잔재들을 어렵잖게 찾아볼 수 있다. 파괴되고 망실된 문화유적, 도시와 농촌의 배치와 명명, 학제의 구성과 학풍, 관료기구와 정치제도, 나아가 일상의 무의식적 관습과 언어적 습관 등 모든 면에서 식민지는 은밀하게 작동하는 육감의 현실이다.[1] 그런 의미에서 위안

---

[1] 가시적인 제도와 권력장치, 피해자들의 생존 여부 등으로 표명되는 것뿐만 아니라, 피식민자들의 일상과 세태, 무의식 속에 각인된 태도와 세계감각 전반에 걸쳐 식민의 경험은 장기지속적인 위력을 발휘한다. 의식 아래 억압되면서 오히려 의식의 주체를 지배하는 힘, 이와 같은 정신분석적 효과를 우리는 식민지 트라우마라 부를 수 있을 듯하다. 미즈노

부 피해자는 살아 있는 식민지의 강력한 표상이 아닐 수 없다. 일제를 몸소 겪었던 한국사회의 한 세대로서 위안부 피해자들은 아직 생존해 있지만, 집단적으로 호명되는 일제 피해의 세대 경험은 국가와 민족의 정체성과 곧잘 등치되어 공식적 역사에 기입되어 왔다.[2] 그러나 개별적 체험 속에 식민주의의 폭력을 고스란히 아로새긴 채 살아왔고 또 지금도 살아남은 개인은 위안부 피해자들이 거의 유일한 것이다. 흔히 '위안부 할머니'라는 부름말이 나타내듯, 폭력의 생존자인 그들은 늙고 병들었으며 곧 개인적 실존마저 소진될 운명에 처해 있다. 만일 그들이 모두 다 이 시간의 저편으로 건너가 육체적 존재감마저 상실한다면, 우리는 과연 어떻게 식민지를 기억할 것인가? 그때도 위안부 피해는 '당연한' 사실로서 우리 앞에 역사적 실존을 증거할 수 있을까?

한국에서 일본군 위안부 피해가 공식적인 사실로서 인식되고 연구된 것은 1991년 8월 14일 김학순 할머니의 증언을 통해서였다. 반세기 넘도록 밀봉되어 왔던 '위안부'라는 단어는, 당시 이미 노령

나오키 외, 『생활 속의 식민지주의』, 정선태 옮김, 산처럼, 2007; 차승기, 『비상시의 문/법』, 그린비, 2016, 제3부 참조.

[2] 식민주의를 유럽 대 비유럽, 근대 대 전근대, 국가 대 국가, 혹은 민족 대 민족의 이분법적 도식 위에서 파악하는 관점이 대표적이다. 한마디로, 근대 국민(민족)국가의 지평 위에서 '우리'와 '그들'을 나누어 생각하는 집단적 기억으로서의 식민주의가 그것인바, 이는 식민주의를 제도와 체제의 가시적 차원에서 제거할 수 있다는 환상을 내장하고 있기에 그 자체로 근대성의 부면을 이룬다. Homi Bhaba, *The Location of Culture*, Routledge, 1994, pp. 72~74. 이 점에서 위안부 문제는 강제징용이나 재일동포의 문제와는 다른 지평에 놓이는데, 후자는 한국정부와 국민이 자신의 과거로서 오래전부터 인식하고 문제제기해 왔으나 전자는 비교적 최근에서야 문제화되었을 뿐만 아니라 지속적으로 문제적인 것인지 아닌지를 '검증'받고 있기 때문이다. 강제징용과 자이니치(在日)는 국가 간 문제로서 공식화되었으나 일본군 위안부는 '합의'의 대상으로서 격하된 채 역사의 응답을 기다리는 중이다.

에 접어든 피해자의 목소리를 통해 수많은 다른 증인들을 불러냈고, 중국과 북한, 동남아시아와 구미에서도 일본군의 '성노예'로 착취당했던 여성들의 호소를 이끌어 냈다. 마침 한국과 일본의 정치 사회적 분위기가 민주주의적 대의에 부합하는 분위기로 전환되던 와중이었고, 이에 언론과 학계, 시민사회의 공적 여론이 더해져 위안부 문제의 공론화가 적극적으로 이루어졌다.[3] 특히 한국과 일본의 역사학계가 이 문제에 심대한 관심을 기울였던바, 위안부의 역사적 실존을 전적으로 부인하거나 일부만 인정했던 일본정부의 입장에 맞서 위안부 피해의 실제적 입증이라는 과제를 주요하게 내세운 터였다. 위안부 생존자의 "여기 피해자가 있다!"라는 처절한 육성만으로는 충족되지 않는 객관성의 세계에서, 이 문제를 실정적 법정에 제출하고 유죄성을 증명하기 위해서는 '사실이 곧 진실'이라는 가치판단을 앞세우지 않을 수 없었던 까닭이다.

하지만 일본정부가 가해 사실을 발뺌하는 가장 중요한 근거는 역사적 사실의 부재이다. 더 정확히 말해, 국가적 주체로서 일본정부와 위안부를 모집했던 하급 단위의 종사자들을 연결시키는 객관적 고리들을 실증할 수 없다는 것이다. 1937년 중일전쟁을 일으키며 본격적으로 대륙을 침략한 일본군은 현지에서 군부대가 주민들을 대상으로 약탈과 학살, 강간을 자행함으로써 반일감정을 초래하자 그 '대안'으로 식민지에서 위안부들을 공급하기로 결정했다. 이에 일본 본도와 조선, 대만 등지에서 경찰력을 동원하거나 여러

---

3 윤미향, 『25년간의 수요일』, 사이행성, 2016; 오누마 야스야키·와다 하루키·시모무라 미츠코 , 『군대 위안부 문제와 일본의 시민운동』, 이원웅 옮김, 오름, 2001.

군기관과 현지 하수인들을 통해 반半강제적으로 위안부들을 동원했다. 문제는 각종 공문서나 개별 증거들이 있음에도 불구하고, 국가에 책임을 지울 수 있는 정부 수반과 말단 사이의 문서적 고리가 완전하게 밝혀져 있지 않다는 점이다. 피해를 주장하는 위안부들의 파편화된 호소와 증언, 그들의 말을 뒷받침하는 많은 직·간접적 자료들이 법정에 제출되었으나 국지적 상황들만을 입증할 뿐 일본 정부, 국가의 최종 책임을 문서적으로 확증할 수 없다는 게 일본의 입장이다.[4] 알다시피, 법과 제도에서 문서는 객관성과 실증성의 근거가 된다. 이에 따라 가해의 사실을 증명할 만한 사실의 연관이 부재하므로 국가의 위안부 동원을 '사실'이라 입증할 수 없다는 기묘한 논리가 성립한다.

위안부 피해는 사실이기에 우리는 그것을 진실 자체와 동일시한다. 그러나 지나간 사건으로서의 사실은 아무리 정교하게 복원한다 할지라도 과거의 사실 전체가 될 수 없다. 그렇다면 우리의 진실은, 과거에 대한 반성과 윤리적 책임은 본래 불완전할 수밖에 없는 걸까? 그와 같은 사실의 존재론적 불안은 위안부 피해 문제가

---

4 정확히 기술하자면, 조선인 위안부 동원에 관한 일본 육군성의 1938년 3월 4일자 통첩문이 발견됨으로써 일본정부책임론은 확정적이 되었다. 윤명숙, 『조선인 군위안부와 일본군 위안소제도』, 최민순 옮김, 이학사, 2015, 119쪽 이하. 사실, 일본정부와 군부, 하급단위에서 저지른 위안부 모집의 계획과 실행 사실 등은 수없이 많은 문서적 자료들로 명백히 드러나 있다. 김경일 외, 『동아시아 일본군 '위안부' 연구』, 한국학중앙연구원, 2017; 전쟁과 여성 대상 폭력에 반대하는 연구행동센터 엮음, 『그들은 왜 일본군 '위안부'를 공격하는가』, 김경원 외 옮김, 휴머니스트, 2014; 요시미 요시아키, 『일본군 '위안부' 그 역사의 진실』, 남상구 옮김, 역사공간, 2013; 일본의 전쟁 책임 자료센터, 『일본의 군'위안부' 연구』, 강혜정 옮김, 동북아역사재단, 2011. 그러나 일본정부는 그 자료들을 일관되게 엮어서 정부책임으로 귀결 짓는 또 다른 사실의 연결고리들을 증명하도록 요구하며, 그로써 정부책임론을 회피하는 상황이다.

결코 당연하게 수용되지 않으며 논쟁의 언저리에 위태롭게 걸쳐져 있음을 시사한다. 사정이 그러하다면, 상상력과 창조를 동력으로 삼는 예술활동, 특히 허구를 장르의 기저에 두는 문학은 역사적 사실과 진실, 윤리와 책임의 문제에서 어떤 역할을 맡을 수 있을까? 만일 사실만이 진실의 무대에 입장권을 갖는다면, 문학은 역사 속의 범죄와 단죄, 반성의 법정에서 아무런 발언권도 얻지 못할 것이며, 인권과 책임, 윤리의 문제에 관해 어떠한 기여도 할 수 없을 것이다. 그러나 사실이 애초에 불완전한 지반 위에 놓여 있다면, 그리하여 사실에 의존한 진실과 책임, 윤리가 무망해 보인다면 우리는 문학이 그것을 어떻게 대신 감당할 수 있을지 고민해 보아야지 않을까? 문학이 허구라는 조건을 떠안으면서도 동시에 그것을 넘어서 역사와 진실, 책임과 윤리의 공간에서 발언할 수 있는 조건을 되물을 필요가 있다.

2. 사실과 허구 사이의 예술적 표현

위안부 피해의 책임을 부정하는 일본정부와 우익의 논리는 말단관리나 징모업자들로부터 국가의 본체로 연계되는 사실의 끈을 입증할 수 없다는 주장에서 본모습을 드러낸다. 문서든 증언이든 연계의 고리가 발견되는 즉시, 또 다른 중간 고리를 제시하라고 강짜를 부림으로써 확정적 사실로부터 무한한 간극을 벌리는 방식이다. 사실에 대한 요구에 맞서 사실 자체로서 답하려 할 때, 법적 실증을 위해 '팩트'의 논리로 대응하려 할 때, 우리는 결코 진실과 정의, 책임의 윤리에 도달하지 못할 성싶다. 물론 사실의 문제를 집요하고도 끝까지 천착하는 노력을 중단할 필요는 없다. 하지만 그것과는 별개의 태도와 방법으로서 우리는 진실과 정의, 윤리의 문제에 다가서는 수고를 모색해 보아야 한다. 사실의 과중을 한켠에 내려둔 채 허구를 경유해 생각해 보는 것, 여기에 예술과 문학의 노고가 있다. 그렇다면 과연 문학은, 허구의 창작은 사실의 딜레마를 어떻게 견뎌 내며, 그와는 다른 방식으로 어떻게 진실의 문제에 응답할 수 있을까?

위안부 문제가 국가와 민족 간의 첨예한 대립과 논쟁, '합의'의 주제로 부각되기 이전에, 그에 관해 문학적으로는 이미 다양한 방식의 형상화가 이루어진 바 있다. 예컨대 제2차 세계대전이 끝난 후 일본문단에서는 종군 경험을 토대로 집필된 여러 편의 소설들이 나온 바 있으며, 여기에 위안부의 형상이 직·간접적으로 묘사된 적이 있다.[5] 그 이후로도 간간히 종군 경험을 일본인 남성의 시각에서 낭만적으로 회상한 여러 수기들이 유행한 바 있는데,[6] 아직 위안부 피해의 윤리적이고 정치적인 문제의식이 발동하기 전에 등장한 그와 같은 글쓰기 태도는 위안부 문제를 손쉽게 '연애관계'로 등치시켜 그 심각성을 쉽게 절하시키거나 무화시키는 경향이 없지 않았다. 일본군에 동원되어 언제 죽을지 모르는 극도의 긴장 상태

---

5 일본의 전후 복구가 한창 진행되던 1950년대에 후지 마사하루의 『동정』(1952)과 다무라 야스지로의 『메뚜기』(1959) 등이 발표되면서 위안부의 존재 자체는 문학적 사실로서 이미 알려지고 있었다. 김미영, 「역사 기술과 변별되는, 문학의 내러티브의 특성」, 『어문학』 93, 한국어문학회, 2006, 325쪽. '문학적 사실'이라 부른 까닭은 문학이 현실의 경험을 소재로 허구적인 가공을 거친 표현물이라는 장르 자체의 정의 때문이다.

6 센다 가꼬오, 『종군위안부』, 이송희 옮김, 백서방, 1991. 1985년 일본에서 출간된 이 책은 종전의 '로맨스 서사'로서의 위안부 서사를 새롭게 바라보게 만든 전기를 이루었다.

를 완화시키는 감정적 교류를 위해 위안부 서사를 소모시키거나, 혹은 전시라는 급박한 상황의 불가피성으로 인해 일본군과 위안부 사이의 유사-동지적 관계를 긍정적으로 기억하려는 시도들이 그러하다.[7] 하지만 전쟁이라는 특수 상황 속에서 이루어진 그와 같은 유사-연애나 유사-동지적 관계는 위안부 제도라는 보편적 인권에 반하는 폭력을 정당화할 수 없음이 물론이다. 이렇게 인권과 정의에 대한 원론적 관점에도 불구하고, 위안부 문제를 상황적으로 협소하게 조감하고 재현하고자 할 때마다 사실과 진실의 차이에 관한 수많은 논란들이 빚어졌다.

1991년의 공론화 이전에도 위안부를 문제화한 소설이 여럿 발표된 바 있으나, 장편의 상상력으로 이를 처음으로 형상화한 작품은 윤정모의 『에미 이름은 조센삐였다』(1982)를 꼽는다. 이후 위안부를 주요한 소재로 삼거나 서사의 기둥줄거리로 삼아 전개시키는 작품들이 다수 나타났지만, 대중의 큰 호응을 받지는 못한 듯싶다.[8] 여기엔 여러 가지 이유가 있겠지만, 문학적 재현의 호소력이

---

7 박유하, 『제국의 위안부』, 뿌리와이파리, 2013, 64~68쪽. 자신의 위안부 경험을 진술했던 피해자 할머니들의 증언집에는 실제로 일본군인과 맺은 정서적 유대감이나 감정적 결속 등이 드러나기도 한다. 하지만 폭력적 통제와 살해위협, 그리고 육체적이고 성적인 노동착취로 점철된 위안소 생활에서 나타난 작은 '순정적' 일화들로써 제국주의와 군사주의적인 폭력과 인권탄압이 합리화될 수는 없다. 개인적 연애관계로 낭만화하는 태도야말로 피해라는 사실의 실체성을 은폐하는 극악한 방법이 아닐 수 없다. 안연선, 『성노예와 병사 만들기』, 삼인, 2003, 107쪽 이하.

8 고혜정의 『날아라 금빛 날개를 타고』(소명출판, 2006) 이후 위안부 피해를 형상화한 문학작품은 한동안 거의 나오지 않다가, 2015년 12월 28일 박근혜 정부의 한일위안부합의가 맺어지면서 사회적 이슈로 부각되며 다시 등장하기 시작했다. 권비영의 『몽화』(북폴리오, 2016), 김은진의 『푸른 늑대의 파수꾼』(창비, 2016), 이금이의 『내가 거기 가면 안 돼요? 1·2』(사계절, 2016), 김숨의 『한 명』(현대문학, 2016) 등이 그렇다. 해외의 경우는 테레즈 박의 『천황의 선물』(A Gift of the Emperor, 1997), 노라 옥자 켈러의 『종군위안부』

날로 반감되는 시대적 사정과 더불어 영화라는 압도적인 시각 매체에 의해 위안부 문제가 제시되면서 불거진 논란도 거론하지 않을 수 없겠다. 김숨의 작품을 통해 위안부 문제와 사실의 재현, 허구와 진실의 질문을 본격적으로 제기하기 전에 그 전후 맥락에 대한 논의를 최근에 벌어진 몇 가지 논쟁들을 통해 조감해 보자.

위안부 문제를 직·간접적으로 다룬 최근의 영화 두 편은 「귀향, 끝나지 않은 이야기」(조정래, 2017)와 「군함도」(류승완, 2017)일 것이다. 전자는 동일 감독의 2015년 작 「귀향」의 후속편으로 만들어졌는데, 전작前作의 제작스토리는 민족의식이 앙양된 한국사회에서 적지 않은 반향을 불러일으킨 바 있다. 기획 단계부터 장장 14년이나 걸려 완성시킬 수 있었으며, 총 73,164명의 시민이 크라우드펀딩에 자발적으로 나서 재정적 보조를 담당했기 때문이다. 그러나 공식적 역사로부터 소외된 위안부 피해자들의 진실을 밝히겠다는 애초의 취지와는 무색하게 이 작품은 개봉되면서 심각한 선정성 논란을 낳았으며, 나아가 위안부를 일면적으로, 즉 남성적 폭력에 의해 고통받고 희생되는 수동적 모습으로 조형해 버렸다는 비난까지 받았다. 위안부라는 하위주체subaltern를 말 못하는 어리고 유약한 소녀와 등치시킴으로써 피해자의 피해자성만을 강조했을 뿐이란 것이다.[9] 이미지적 재현이 갖는 탁월한 사실성에도 불구하

(*Comfort Women*, 1997), 이창래의 『제스처 라이프』(*Gesture Life*, 1999), 양석일의 『다시 오는 봄』(めぐりくる春, 2010) 등이 나온 바 있는데, 위안부가 세계적 주목을 받는 주제가 되기까지 소수의 의식있는 작가들이 꾸준히 노력해 왔다.

9　이 영화에 대한 상세한 비평과 논평에 대해서는 손희정, 『페미니즘 리부트』, 나무연필, 2017, 234~261쪽을 보라.

고, 시각적 사실의 즉물성이 사건의 진실을 제대로 담보하지 못하는 교훈을 남긴 사례이다.

다른 한편, 「군함도」는 거대 자본을 투입하여 문제의 하시마端島를 복원했으며 탄광과 조선인 징용노동자들의 생활을 고증하는 데 애썼음에도 불구하고, 결과적으로는 역사적 사실에 반하는 작품 아니냐는 논란에 휩싸이고 말았다.[10] 피해자를 무시한 채 맺어진 한일위안부합의가 다시금 초미의 관심사로 부각되고, 새로운 정부에서 그 문제를 '정상화'하리라는 기대가 어우러진 가운데 개봉된 이 영화는 '애국심마케팅'과 '역사왜곡'을 둘러싼 공방 속에 관객과 평단의 냉소를 받으며 문을 닫았다. 그럼 왜곡의 진상은 무엇인가? 여러 다른 요소들 가운데 위안부 문제만을 논의한다면, 작품 속에 나오는 오말년이 조선인 포주에게 위안부로 팔리게 되었다는 설정이라든지 조선인 징용자들이 일본 여학생을 강간하는 장면 등이 한국의 관객들에게 '받아들일 수 없는 사실'로 여겨졌음을 지적해야겠다. 식민지배를 통해 조선은 일방적으로 착취당하고 고통받아온 선량한 피해자라는 이미지를 공유하는 한국인 관객들에게 조선인이 조선인을 위안부로 넘기고 일본인을 강간한다는 서사는 그들의 무의식적 통념을 벗어나기 때문일 것이다.[11] 아마도 이런 논란이 일어난 까닭은 피해 사실이 곧 진실이며, 진실은 늘 옳은

---

10 「독과점·역사왜곡·국뽕·친일… 논란의 바다 건너고 있는 '군함도'」, 『중앙일보』 2017년 8월 1일.

11 이에 대해 류승완은 일본의 분열정책의 결과일 뿐이라 해명했으나, 논란에 대한 유의미한 방어로 받아들여지지 못했다. 「'군함도'는 영화다 vs '지옥섬'은 실화다」, 『디스패치』 2017년 8월 2일.

것이라는 강박관념이 우리에게 스며들어 있기 때문은 아닐까?

예술작품에 대한 우리의 (무)의식적 태도는 그것이 역사적 사건을 다루는 것이라면 사실에 입각해야 하며, 그러한 사실은 당연히 진실한 것일 수밖에 없다는 모종의 도식에 따라 주조되어 있다. 하지만 '사실=진실'의 등식이 예술적 표현의 전체 기조와 구도, 가치평가의 최종 심급이 될 때 문제는 풀 수 없는 난경에 빠지고 만다. 이 경우 우리는 발생했던 사건의 마지막 한 조각까지 사실의 조각들을 긁어모으지 않는다면 그 어떤 재현도 불가능하다는 절망에 빠질 것이며, 예술창작이 본령으로 삼는 허구적 창조는 어디에서도 정당한 근거를 발견할 수 없게 될 것이기 때문이다. 예술적 표현은 사실과 허구 사이의 딜레마에 갇혀 있으며, 이는 문학에서도 예외가 아니다. 더욱이 시각적 환상조차 독자의 자발적인 상상력을 통해 대체해야 하는 문학적 글쓰기는 허구를 장르 본래의 정의로서 떠안고 있기에 해결이 쉽지 않다. 예술적 창조이자 표현으로서 문학은 위안부라는 준엄한 역사의 질문에 어떻게 응답해야 할까? 무용한 여기餘技에 빠지지 않게 위해 문학은, 허구적 창작은 어떤 방식으로 사실에 응전하는 표현적 구성의 힘을 드러낼 것인가?

3. 김숨의『한 명』에 나타난 미학과 윤리

1)『한 명』, 경험을 넘어서는 이야기의 진실

허구가 진실과 윤리를 담보하고 역사에 대한 책임을 불러낼 수 있을까? 이 질문에 관련하여 김숨의『한 명』은 깊이 음미해 볼 만한 한 가지 길을 보여 주는 작품이다. 작가는 위안부 피해자들이 들려

주는 사실의 편린들을 자신의 글쓰기에 모아들이고, 여기에 현재의 숨결을 불어넣어 우리들에게 전달하고 있다. 이 작품이 주는 감동은 위안부들이 실제로 겪었던 참혹한 사실 그 자체를 묘사하는데 있지 않다. 오히려 사실의 조각들을 한데 모아 이야기의 구조 속에 통합함으로써 진실을 구성하고 표현하는 허구적 힘에 있다. 실제 사실들을 다큐멘터리적 형식으로 병치시키는 게 아니라 소설적구도 속에 풀어냄으로써 날것의 사실 자체와는 '다른 식으로' 구성했다는 점에 우리는 주목해야 한다.

독자의 입장에서는 소설의 첫 대목부터 등장하기 시작해 매페이지마다 매겨지는 주석번호들이 낯설게 여겨질 법하다. 궁금증이 일어 책의 말미에 배치된, 아홉 페이지에 걸쳐 316개를 헤아리는 후주를 넘겨다보게 되면 누구나 질릴 법한 사실들의 목록을 마주치게 된다. 작가가 제시하는 목록은 위안부 피해자들이 직접 겪은 일화들, 체험적 기록들을 채록한 증언집들을 적시한다. 박두리, 진경팽, 강무자, 최갑순, 정옥순, 문옥주, 이옥선, 김춘희… 여기 기재된 이름들은 모두 일본이 벌인 전쟁에 동원되어 실제로 위안부 생활의 고통을 살아 낸 생존자들의 실명이다. 김학순 할머니가 자신이 위안부였음을 세상에 밝힌 이래, 238명의 또 다른 피해자들이 자신들의 피해 사실을 알렸고 정부에 등록한 바 있다. 식민지 조선에서 위안부로 동원된 인원이 대략 20만 명 정도로 추산되며 생존한 이들 가운데 상당수가 자신을 드러내지 않았다고 짐작되는 형편이다. 적어도 이름을 밝힌 이들은 실존하는 개인들로서 사실과 진실을 자신들의 위안부 피해의 기록 속에 밝힌 사람들인 것이다. 『한 명』의 후주 목록으로부터 읽게 되는 이름 전부는, 그리하여 적확한 사실 자체이자 진실의 명부로서 이 허구의 이야기를 뒷받침한다.

하지만 소설의 본문에서 우리가 그 이름의 실제 주인들을 직접 만나는 것은 아니다. 오히려 소설은 철저하게 허구의 규칙에 따라, 스토리와 플롯의 예술적 구성원칙에 의거해 이름을 재배치하고 있다. 그것은 "그녀"로 지칭되는 화자의 시선과 체험에 비쳐진 세계이며, 그곳을 살아가는 타인들의 삶을 극화시킨 형태로 돌아온다. 실제 사실로부터 길어 낸 위안부 피해자들의 목소리는 작가의 의도에 따라 주석 표시와 고딕문자체로만 간혹 도드라질 뿐, "그녀"가 보고 들었던 다른 위안부 피해자들의 이야기로 변주되어 우리들에게 전해지는 것이다. 사실은 그렇게 허구 속에 섞여 들어 구별 불가능한 한 편의 이야기로 재구성된다.

60년도 더 전 그녀는 군자의 고향집을 찾아갔다. 동갑내기인 군자가 **보고 싶어 죽겠어서.** […] "너도 만주 실공장에 갔었냐?" 그녀가 아무 말도 못하자 군자 어머니가 물었다. "우리 군자는 만주에서 안 나왔냐?" "군자, 집에 안 왔어요?" "안 왔다. 우리 군자하고 같이 안 왔냐?" "같이 못 나왔어요…" 같이 나왔다가 중간에 헤어졌다는 말을 할 수 없어 그녀는 그렇게 말했다. "왜 같이 못 왔냐?" "그러게요…" "**같이 왔으면 얼마나 좋으냐.**" 군자 어머니가 두 손으로 그녀의 팔을 붙잡고 울었다. 그녀의 팔이 자신의 딸이라도 되는 듯. […] 앞니가 뭉텅 빠진 여자가 다짜고짜 그녀에게 물었다. "**내 딸은 왜 못 나왔냐?**" "아주머니 딸이 누군데요?" "희숙이 말이다.[…]" […] 상심한 마을 여자들이 돌아

간 뒤 군자 어머니가 그녀에게 물었다. "그럼, 너 혼자 왔냐?" 혼
자만 살아 돌아왔다는 죄책감에 그녀는 보리밥이 목구멍으로 넘
어가지 않았다.

혼자만 살아 돌아온 게 죄가 되나? 살아 돌아온 곳이 지옥이어
도?[12]

물론 작가적 구성에 의한 서사의 전개가 전체를 차지하진 않
는다. 실제 역사적 자료들에서 취재한 작품이란 점이 도드라지는
부분은 위안소 생활을 묘사하는 장면들로서, 여기서는 사실들을
그대로 보여 주기로 처리하여 서술된 부분들이 자주 등장한다. 아
마도 너무나 참혹한 실상들, 날것의 사실 자체가 갖는 무게감으로
인해 작가적 상상력이 따로 부가될 필요가 없을뿐더러, 그런 부가
자체가 희생자들에 대한 모욕이 될 소지가 있어서 그랬을 수 있다.
가령 아래 인용문의 경우는 각 문장의 말미마다 증언록을 지시하
는 후주번호들이 붙여져 건조하게 기술되는 형편이다.

소녀들의 몸에는 보통 하루에 15명 정도가 다녀갔다. 일요일에
는 50명도 넘게 다녀갔다.
졸병들은 대개 바지를 벗으려면 시간이 걸리니까, 지퍼를 내리

---

12 김숨, 『한 명』, 현대문학, 2016, 15~17쪽. 이하 본문에서는 괄호 속에 쪽수만 표시한다.
    원문에는 고딕 표기에 후주가 표시되어 있지만 인용문에서는 후주를 생략하고 고딕으
    로만 처리했다. 소설에서는 이야기가 전개될수록 후주만 나타나고 고딕 표기는 줄어들
    거나 나타나지 않곤 한다.

고 훈도시만 풀고서 다녀갔다. 그럴 때면, 군복 바지 허리에 매달린 주머니칼집이 그녀의 배를 쿡쿡 찔렀다.

소녀들의 아래가 부어서 그게 잘 들어가지 않으면 군인들은 삿쿠에 연고를 발라서 들어가게 했다(87).

『한 명』은 그 소재와 성격으로 인해 출판되면서부터 조용한 화제의 중심에 올랐다. 신문과 방송 매체들이 인터뷰를 할 때마다 강조했던 것은 이 작품이 철저히 사실에 기반해 있고, 작가가 위안부 피해자들의 실제 경험을 고증하여 창작했다는 점이었다.[13] 물론 이는 사실이며, 위안부 피해자들의 기록물이 없었다면 이 소설은 이토록 생생한 고통의 증언록이 되지 못했을 법하다. 하지만 끔찍하고 몸서리쳐질 정도로 악마적이었던 일본군의 가학성을 '있는 그대로' 묘사하거나, 재현하는 데 초점을 맞춘 것은 아니다. 단지 그 정도가 덜하다거나 초점이 달라졌다는 뜻이 아니라(만일 그랬다면 작가는 사실 자체를 회피하거나 누락하고, 완화시켰다는 비난에 직면했을지도 모른다), 예술적 구성을 통해 피해의 체험을 다른 것으로 전화시키고 있다는 게 중요하다.[14]

---

13 "일본군 위안부 피해자들의 처절한 고통을 다큐멘터리처럼 풀어낸 소설 『한 명』…" 「김 숨 작가 "위안부 할머니 '한 명' 남아도 고통 잊지 않기를"」(평화방송 라디오 〈열린 세상 오늘! 윤재선입니다〉 인터뷰), 『평화신문』 2016년 8월 27일.

14 작가는 "객관적 진실에 다가가기 위해 할머니들의 증언을 직접 인용했지만 증언 내용이 너무 참담해 독자들이 오히려 허구처럼 생각할까 봐 경계하면서 글을 썼다"고 전하는 형편이다. 증언록에 토대했으되, 거기 적혀 있는 사실을 곧이곧대로 받아쓰지는 않았다는 뜻이다. 요점은 허구 같은 진실이 아니라 진실 같은 허구로서의 소설에 있다. 「위안부 소재 장편소설 『한 명』 펴낸 소설가 김숨 "위안부 증언 너무 참담… 차라리 허구 같아"」, 『경향신문』 2016년 8월 7일.

위안부 체험을 소설화시켰다는 세간의 평가에도 불구하고, 실제로 이 작품에서 일본군 위안부 생활을 다룬 것은 절반 정도의 분량에 그친다. 소설 후반부에서는 일본의 패전과 함께 화자가 위안소를 탈출하여 천신만고 끝에 두만강을 넘어 한국으로 들어오고, 다시 숱한 고생을 겪으며 고향으로 되돌아왔다가 떠난 후의 이야기가 펼쳐진다. 후반부 이야기 전개는 전반부부터 간간히 지속되어 온 "그녀"의 현재적 삶과 과거 회상, 그리고 홀로 남게 되어 죽음을 기다리고 있는 '한 명'에 대한 그녀의 심적 풍경을 보여 주는 데 집중하고 있다. 요컨대 이 작품은 역사적 사실을 재현해 다큐멘테이션하는 '위안부 소설'에 한정되지 않는다. 실제로 후주 중 240번 정도까지만이 이 책의 전반부, 즉 위안소 생활에 바쳐졌을 뿐 나머지 백여 개의 후주는 화자의 현재적 삶에서 빚어지는 위안부 피해의 문제의식을 예각화하고 재구성하는 데 소용되는 형편이다. 귀환 이후의 삶, 위안부 피해 경험이라는 역사적 사실과는 또 다른 차원에서 공감받고 성찰되어야 할 장면들, 허구적 보충을 통해서만 드러나는 생존자들의 내적 체험의 풍경이 그것들이다. 결국 위안부 문제란 '당시' 상황에 한정되지 않는, 현재적 문제라는 의미다.

이불 속으로 들어가 눕지만 잠은 오지 않는다. 옷수선가게 여자의 개를 거절한 것이 마음에 걸린다. 늙고 병들어 더는 새끼를 낳을 수 없는 개를 옷수선가게 여자가 어떻게 할지 걱정된다. 개의 운명이 한 인간에게 달렸다는 사실이 어쩐지 부당하게 생각된다(192).

역사의 공식적인 기억과는 한 발 거리를 둔, 사적이고 비공식적인 실감의 묘사가 더욱 흥미롭다. 위안부 피해라는 한국 현대사의 굴곡을 이야기로 재현하는 문제가 문학적으로 중요하지 않을 리 없다. 실제 피해자들의 증언을 토대로 그들의 목소리를 모자이크처럼 직조해 지금-여기의 현실로 불러내 형상화하는 것보다 문학의 사회·역사적 소명에 부합하는 것도 없을 듯하다. 하지만 문학사적 의의를 잠시 내려놓고 생각해 보면, 작품이 르포르타주에 가까워지고 다큐멘테이션으로 근접해 갈 때 우리는 문학이 역사와 어떻게 다른지, 진실이 사실과 어떻게 구별되며 의미를 갖는지 정확히 파악할 수 없게 된다. 사실성이 우선시되는 입장에서 허구는 부차적이고 열등한 도구로 전락하며, 이야기는 진실을 알리는 방법이기보다 미화하거나 조작하는 불명예스런 의혹의 수단으로 내려앉을지 모른다. 하지만 사실이 진실을 담보하지 못할 때 우리는 허구의 힘에 의존하지 않을 수 없다. 우리가 진실 어린 사실을 확인하기보다 사실을 구원하는 허구의 진실, 사실이 이르지 못하는 진실의 자리에 감히 다가가려는 허구의 힘을 찾는 이유가 여기에 있다.

2) 리얼리즘, 감응을 생산하는 문학

우리는 팩트로서의 사실을 신봉하는 경향이 있다. 역사를 생각할 때마다 숙연한 감상과 엄정한 책임감을 동반하는 것도 역사를 '있는 그대로의 사실'이라는 가치론적 평가 속에 받아들이는 탓이다. 사실은 다른 무엇보다도 사실 자체이기에 의미를 갖는다. 일단 벌어진 사태는 되물릴 수 없고, 시간의 흐름 속에 처분 불가능한 존재의 흔적을 남겨 놓는다는 믿음이 여기 전제되어 있다. 그러나 무엇이 사실인지, 사실이 우리의 바람마냥 옳고 그름의 분명한 잣대 위에 올려져 있는지는 간단히 해결될 문제가 아니다.

사실은 날것 그대로 해석되지 않는다. 역사는 사실이기보단 해석의 문제다. 2013년 출간되어 위안부 문제를 논쟁의 도마 위에 올린 『제국의 위안부』를 그 대표적 사례로 꼽을 만하다. 위안부 모집과 위안소 운영 등의 제반 사항에 대한 책임은 일본정부보다 조선인 징모업자들에게 더 많이 지워져 있고, 위안부들과 일본 병사들 사이의 관계는 그다지 착취적이지 않았으며, 위안부들이 세간의 짐작보다 훨씬 나은 처우를 받았다는 주장을 펼치는 이 책의 문제성은 다만 그것이 우리의 상식에 반한다는 점에 있지만은 않다. 위안부 피해자들의 증언록과 각종 역사기록들, 증거자료들에 기대어 집필된 이 책은 사실이란 그것이 어떻게 원용되는지에 따라 얼마든지 상이한 해석의 근거로 제출될 수 있음을 보여 준다.[15] 물론, 해석의 온당성이 다시 결정적인 문제가 되겠지만, 사실이 진실의 당연한 토대가 되리라는 우리의 통념이 얼마나 간편하고 순진한 것인지를 역으로 입증해 준다. 사실이 진실이 되는 것은 해석의 프리즘을 통해서다.

통념상 역사는 지나간 것에 대한 기록을 말한다. 있는 그대로의 사실에 관해 기록해 놓은 것이 역사라는 것이다. 대개 실증주

---

15 박유하, 『제국의 위안부』. 이 책을 둘러싸고 벌어진 법정분쟁과 한일 간 진보적 지식인들 사이의 논쟁 등을 정리하며, '박유하 현상'의 본질과 문제점을 적시한 정영환, 『누구를 위한 '화해'인가』, 임경화 옮김, 푸른역사, 2016을 함께 보라.

의라 불리는 이런 관점은 역사가 갖는 객관성과 진실성을 확증하는 근거가 된다. 실제로 일어났던 사실을 언어로 옮겨 놓은 것이므로 역사는 거짓일 리 없고 따라서 진실하다는 논리다. 사실과 진실, 그리고 기록으로서의 역사를 하나의 계열로 엮어 놓은 실증주의는 근대 학문이 갖춰야 할 가장 중요한 태도이자 방법론으로 오랫동안 강조되어 왔다.[16] 비단 역사학만의 문제는 아니다. 허구 세계의 창조를 본래적 과제로 삼는 문학 역시 있는 그대로의 사실을 얼마나 정확히 포착하여 언어화하는가에 따라 상이한 가치평가를 받아 왔다. 사실 자체는 아니더라도 사실에 최대한 근접한 소재와 관점을 통해 문학작품의 객관성과 진실성을 검증받도록 요구되었기 때문이다. 19세기를 고유한 전성시대로 꼽는 사실주의적 문학관이 그것 아니던가? '리얼'real하다는 것은 곧 '사실'fact자체와 일치한다는 뜻이고, 이는 작가와 작품이 보유한 투명한 현실감각과 상통하는 듯 여겨졌다.[17] 사실주의는 사실의 리얼한 재현이란 의미이다.

그런데 기록의 소재는 사실 자체로부터 취해질지언정 사실 자체가 될 수는 없다. 보르헤스의 재치있는 소설 속 주인공 푸네스는 한 번 읽은 책이라면 무엇이든 통째로 기억할 뿐만 아니라 지나간 날들 모두를 정확하고 세세하게 기억하는 능력을 갖고 있다.[18] 하지만 어제 하루를 기억하기 위해 오늘 하루를 다 바쳐야 한다면 그

---

16 스튜어트 휴즈, 『의식과 사회』, 황문수 옮김, 개마고원, 2007, 제2장.

17 김욱동, 『리얼리즘과 그 불만』, 청하, 1989, 52~55쪽. 무엇을 '리얼'하다고 보는가는 전적으로 시각과 이데올로기의 문제임에도 불구하고, 이를 은밀히 사실의 문제로 치환하여 리얼하다거나 그렇지 않다는 식의 등급을 매기는 비평이 지난 세기 동안 유행하기도 했다.

18 호르헤 루이스 보르헤스, 「기억의 천재 푸네스」, 『픽션들』, 황병하 옮김, 민음사, 1994.

것이 과연 탁월하고도 유용한 능력일까? 내일 기억해야 할 오늘이 어제의 똑같은 반복이며, 어제는 그제의 반복이어야 한다면? 그렇게 기억된 과거란 최초의 단 하루 전체의 영원한 되풀이에 불과할지 모른다. 설령 일어난 사실 전체를 정확히 기억할 수 있다 해도, 그렇게 재생된 사실 자체를 가치 있다고 부를 수 있을지 의문이다. 결국 우리가 기억하는 사실은 과거 자체가 아니라 그 일부이며, 특정한 방식으로 편집된 부분적 기록이 아닐 수 없다. 우리는 오직 특정하게 조직된 기억만을 기록할 수 있다. 역사가 그러하며 문학 또한 예외이지 않다. 지나간 세월 전체를 역사의 기록으로 삼는다면 우리는 산적한 데이터 무더기와 쓰레기 더미를 구분할 수 없을 것이다. 또한 구구절절한 사실의 나열이 문학이라면, 그것을 읽는 것과 지금 비루한 현실을 살아가는 게 어떤 차이가 있겠는가? 사정이 그러하다면, 사실과 허구란 본래부터 구별 불가능하게 얽혀 있는 게 아닐까?

기록이, 기억이 그리고 역사와 문학이 편집의 결과라는 생각이 불쾌하게 여겨질 수도 있겠다. 어쩌면 우리는 그 가운데 더 중요한 사실만을 추려내서 역사의 자료로 삼고 문학의 소재로 길어 올린다고 주장할 수도 있을 것이다. 맞는 말이다. 하지만 무엇이 더 중요하고 가치 있는지 결정하는 것도 편집이라 할 수 있으며, 사실을 선별하는 특정한 태도이자 방법론을 가리키는 것이다. 여기서 역사를 다양한 비유법을 동원하여 직조하는 수사학이라 규정한 해체론적 관점을 참조해 볼 만하다.[19] 역사든 문학이든, 객관성의 대

---

19 Hayden White, *Metahistory: The Historical Imagination in Nineteenth-Century Europe*, The

　　　2부　소설, 반시대적 고찰

의 아래 사실들을 선별하고 조합한 '예술적 산물'artistic production로 간주한다는 게 핵심이다. 그러나 '사실 자체는 알 수 없다'는 허무주의적 귀결이 우리의 논점은 아니다. 오히려 '사실은 구성된 것으로서만 알려질 수 있다'는 점을 새겨 두는 게 더욱 흥미로울 듯하다. 모든 사실은 항상 이미 구성된 것이다. 통념상 날것의 자연, 즉 사실 자체라고 간주되는 것은 언제나 인공적artistic으로 조형된 부산물이며, 그것이 허구적 서사로서 이야기의 기원이다.[20]

그렇다면 허구는 어떤 효과를 발생시키는가? 허구는 왜 중요할까? 그저 거짓된 것, 실제로 있지 않은 것을 그럴 듯하게 속이는 게 허구의 효과라면 구태여 고민할 이유가 없을 것이다. 차라리 허구는 우리로 하여금 특정한 감응affect을 일으키기에 실재적이고 진실한 거짓이다. 소비에트 초창기의 몽타주 이론가 레브 쿨레쇼프의 실험을 간단히 예거해 보자.[21] 알다시피 몽타주란 사실의 단편들로 구성된 컷들을 병렬시켜 놓을 때 발생하는 착시 효과다. 뜨겁게 끓어오르는 수프를 한 장면 보여 주고, 그 다음 장면에서 수프를 바라보는 사람을 제시한다고 해보자. 그 사람이 몹시 초라하고 홀쭉한 얼굴로 수프를 바라본다면 우리는 그가 배가 고픈 상태라고 짐작할 것이다. 이 두 장면을 함께 연결시킴으로써 관객은 두 개의 독립된 장면들에 인과적인 서사를 도입하게 되고, 심지어 배고픈 사람에게 수프를 주어야 한다는 정서적 동요마저 일으키게 된

Johns Hopkins University Press, 1980.

20 마이클 티어노, 『스토리텔링의 비밀: 아리스토텔레스와 영화』, 김윤철 옮김, 아우라, 2008.

21 Lev Kuleshov, *On Film*, University of California Press, 1974.

다. 분리된 별개의 사실들 사이에 연속성이 설정되는 것은 이야기 (허구)라는 모멘트를 통해서다. 나아가 동정 혹은 정의감에 육박하는 이러한 정서의 발현효과를 감응의 운동이라 부를 때, 우리는 허구의 진실효과에 대해서도 납득할 수 있게 된다. 진실은 허구로부터 구성된다. 하지만 그것은 특정한 조건에 의해 그렇게 되며, 감응적 작용을 수반하는 실재적 감각의 효과에 다름 아니다.

사실 자체가 진실을 낳지는 않는다는 진술은 허구가 곧 진실이라는 명제를 즉각 도출하지는 않는다. 관건은 허구를 어떻게 구성하는가, 그렇게 구성된 허구는 어떤 감응적 효과를 산출하며 그것이 진실로서 어떻게 지각되는가에 달려 있다. 날것 그대로의 사실에 결박되어 그것을 고스란히 언어의 화폭에 옮겨 담으려 할 때 우리는 생경한 자연주의적 박제품만을 목격할 따름이다. 삶의 세목들을 인지하지 못해도 삶이 주는 감각적 만족을 충분히 감지할 수 있듯, 우리는 사실의 즉물적 재현을 넘어서 삶을 감응시키는 허구적 구성, 즉 문학이 산출하는 진실효과에 주의를 기울여야 한다. 바로 그렇게 감응을 생산하는 문학에 주어지는 이름이 리얼리즘일 것이다.

3) 문학, 환상과 불가능한 동일시의 윤리

『한 명』의 첫 머리에 제사처럼 붙여진 작가의 말, "세월이 흘러, 생존해 계시는 일본군 위안부 피해자가 단 한 분뿐인 그 어느 날을 시점으로 하고 있음을 밝힙니다"는 단지 이야기의 도입을 위한 가정법이 아니다. 시간의 경과 속에 그것은 언젠가 벌어질 미래 시제의 사실이지만 아직은 허구의 잠재적 차원에 머무른 진실이기도 하다. 그리고 정말로 도래할 어느 시점에서 위안부 피해자들이 하나둘씩 사라져 버려, 마침내 한 명만이 남게 된다면 무슨 일이 벌어질까? 깊은 동정과 울분, 안타까움과 더불어 우리가 마주치게 되는 것은 위안부 피해의 모든 분노와 슬픔, 억울함의 감정이 그 한 명만의 사실로서 봉인된다는 게 아닐까? 위안부라는 역사적 사건의 당사자가 오직 그 한 명의 사실로 축소되고 망각되는 것을 지켜보게 되지 않을까? 사실이 제아무리 도저한 가치론적 무게를 지닐지라도 그것의 실존이 소멸하고 만다면 가치 또한 사라지고 만다. 그래서 사실의 문제를 사실로써 답하는 것은 항상 불충분할 수밖에 없다. 사실의 의미는 진실로써 보충되어야 하며, 이는 팩트의 외부 곧 허구를 통해서만 가능한 작업이다. 『한 명』이 위안부 문제라는 역사적 사실에 대한 응답이 될 수 있는 이유는 르포르타주나 다큐멘터리가 아니라 소설의 표현적 형식을 취하기 때문이다.

'있는 그대로의 사실'이 아닌 허구의 형식으로 소설은 무엇을 우리에게 보여 줄 수 있을까? 어떻게 소설은 사실을 대신하여 역사에 대한 진실과 정의, 책임의 윤리를 건네줄 수 있는가? 허구는 우리에게 환상을 통해 불가능한 동일시를 제공한다. 이로써 타자의 개인적 실존이 나-주체의 실존적 문제로 전이되고, 우리를 사건의 당사자로 바꾸어 놓는다. 감응과 교감, 예술적 표현은 가상의 동일시를 불러내는 게 아니라 사건이 불러일으킨 문제를 독자 앞에 가져다 놓음으로써, 즉 문제화problematize함으로써 자신의 문제로 인정하고 응답하도록 강제하는 힘이다. 우리가 허구를 진실을 위한 불가피한 경유지로, 사실 너머의 진실을 불러내는 힘으로 음미해야 하는 까닭이 여기에 있다.

1인칭 주인공 시점을 서술방식으로 선택함으로써 『한 명』은 화자의 회상이 갖는 정서적 밀도를 강화하고 감정적 변이와 현재 시점에서 경험의 흐름을 밀착해서 묘사하는 데 적절한 보조를 받고 있다. 하지만 1인칭의 한계를 고스란히 노출하기도 하는바, 화자의 내적 심경에 정박됨으로써 외부 세계 및 타자와의 적극적인 소통이나 관계는 간접화되거나 단절된 채 진행될 수밖에 없는 것이다. 작품 전반부는 만주에서 겪은 위안소 생활에 대한 회상으로 거의 채워져 있기에 1인칭 서술의 한계는 잘 드러나지 않지만, 후반부에 이르러 화자의 현재 생활이 부각되고 "그녀"의 감정과 욕망이 사유와 행동의 동력으로 본격화됨에 따라 내면에 유폐된 삶은 그 한계를 계속 노출하고 만다.

예컨대 누군가 매달아 놓은 양파망 속의 고양이들에 대해 동정은 하면서도 무슨 일이 벌어지는지에 대해서는 소극적으로 일관한다든지, 골목길에서 갑자기 나타나 탈을 주고 사라진 여자아이에 관해 궁금해하면서도 적극적으로 찾아나서는 데는 부정적인 모습을 보이는 것 등이 그렇다. 또한 언론을 통해 위안부로 등록된 마지막 한 명이 죽어 가고 있다는 소식을 접했으나, 이에 대해 어떠한 응집된 사유의 실마리를 찾지 못한 상태로 과거 회상에 빠져 버린다든지 일상의 여러 가지 감정적 사변에 표류하는 장면들 역시, 내면의 복잡한 심경은 드러내되 화자가 현실에 대해 구체적인 발화나 행위를 취할 만한 용기나 이유를 발견하지 못했음을 보여 줄 뿐이다.

전체주의 군대의 남성주의적 권력에 의해 무자비하게 짓눌린 개인이 답답하고 적대적인 현실에 맞서 능동적인 활동에 나설 수 없는 것은 너무나도 당연하다. 그런 것을 요구하고 기대하는 것 자체가 또 하나의 폭력일 수 있다. 하지만 개인의 사적 소회나 기록으로 함몰되지 않기 위해 소설은 그것을 공-동성共-動性의 지평으로 끌어올릴 계기를 준비해야 한다. 김숨의 작품에서 이와 같은 필요는 환상이라는 설정을 통해 자주 구현되는바,[22] 우리는 실제인지 상상인지 알 수 없는 이 허구적 장치의 도움을 받아 "그녀"가 내적으로 세계 및 타자와 소통하고 유폐된 내면의 문턱을 넘어서게 된다는 것을 목격한다. 위안부 생존자들의 다큐멘터리('사실')를 우연히 시청하던 "그녀"는 영상 속 "그이", 세상에 알려진 '최후의 위안부'와 만나는 환상을 체험하고 모종의 변화가 일어나는 것을 체감하게 된다.

······ 그이는 그녀처럼 혼자 산다. 카메라가 그녀의 집 마루와 부엌과 방을 비춘다. 작은 빌라지만, 옹색하다는 생각이 들지 않는다. 모든 물건들이 제자리에 있는 느낌이 든다. 거실 창 연두색 커튼이 꿈을 꾸듯 하늘하늘 흔들린다. [···] 식탁 위에도 작은 선인장 화분이 놓여 있다. "가시들 한가운데 꽃이 피어 있는 게 신기하지 않아?" 밥공기를 엎어 놓은 것 같은 선인장 한가운데 주

---

22 "저는 리얼리즘적 재현에 한 가지를 더 보탬으로써 새로움을 획득할 수 있다고 생각합니다. 그것은 결국에 환상일 터인데, 저는 그 환상이 시대 초월적이고 보편적이면서도, 저만이 이미지화해 낼 수 있는 환상이어야만 한다는 생각을 합니다." 김숨, 「소설 너머의 소설을 향한 몽상」, 『불가능한 대화들: 젊은 작가 12인과 문학을 논하다』, 산지니, 2011, 41쪽.

황색 꽃이 한 송이 피어 있다. 흰 가시들이 꽃을 촘촘히 포위하고 있다. "기특하기도 하고, 안쓰럽기도 하고…… 이 꽃이 꼭 나 같아." […] "아무도 몰랐지. 위안부 신고하고, 티브이 나오고 하니까 알았지. 그 전까진 아무도 몰랐지. 다들 놀랐지. 위안부였다는 말이 퍼지니까 사람들이 이상하게 거리를 두더라고. 예전 같지 않은 게. 그래서 장사를 그만뒀지. **위안부였다는 걸 알고 나서도 친구로 남아 있는 사람이 정말 친구야**"(188~190).

"그이"의 말을 듣기만 한다는 점에서 이 장면은 정확한 대화는 아니다. 그러나 환상이 갖는 속성상 "그이"의 말건넴은 실상 "그녀"의 내면의 목소리, 욕망의 변주일 가능성이 높다. 재개발 지역에 집을 사 두어 되팔 때의 이익을 노리는 조카의 부탁에 따라 다 허물어진 15번지 주택가에 홀로 사는 "그녀"는 어쩐지 홀로됨의 편안함을 느끼고, 인생에서 최초의 만족감마저 향유한다. 다큐멘터리에 나오는 "그이"의 혼자로서의 삶은 "그녀"가 소망하는 혼자로서 충족하는 삶에 다르지 않다. 그렇지만 이 '홀로'는 세계 및 타자들과 격리되어 유폐된 생활이 아니다. 과거의 치욕스럽고 쓰라린 체험이 현재의 소통에 장애가 되지 않을 때 가능한 공-동적 삶이 그것이다. 타인을 침해하지도 않고 침해받지도 않는 그러한 삶이야말로 "행복"이라는 이름이 어울리는 관계일지 모른다.[23] "그

---

23 아마도 우리는 이러한 공동체를 '밝힐 수 없는 공동체'이자 '마주한 공동체', '불가능한 공동체'와 비교해서 사유해 볼 수 있을 듯하다. 파시즘적 전체주의를 경험했던 블랑쇼와 낭시, 바타유 등은 억압 없이 연대하는 공동적 관계를 그렇게 부른 바 있다. 모리스 블랑쇼·장-뤽 낭시, 『밝힐 수 없는 공동체, 마주한 공동체』, 박준상 옮김, 문학과지성

녀"는 이 가능성을 "그이"와의 만남에서 발견하고 있는 것이다. 환
상 속의 "그이"는 톨스토이의 『부활』을 언급하며 불모지에서 싹트
는 생명의 신비와 아름다움에 관해 이야기를 들려주고 있다.

> "몇십만의 인간이 자그마한 땅을 불모지로 만드려고 갖은 애
> 를 썼어도, 봄빛의 싹이 돋고 새들이 찾아든다니 얼마나 황홀해.
> 처음에 이거 읽고 얼마나 울었는지 몰라. 내가 원래 잘 안 울거
> 든…" 그이는 여자를 향해 싱긋이 웃어 보이고는 계속 책을 읽
> 는다. "이 온갖 만물의 행복을 위해서 신이 마련해 주신 세계의
> 아름다움…"(191)

4) 감응의 공-동성, 개인의 행복과 연대의 응답

순수하게 소설적 허구만이 제시할 수 있는 이러한 환상은 과거의
고통스런 기억에 함몰된 "그녀"가 타자와 세계를 향해 조금씩 감
각의 촉수를 뻗고 관심의 손길을 내밀도록 독려하는 계기가 된다.
기르는 개를 쉴 새 없이 임신시켜 새끼를 낳으면 시장에 내다 팔
던 옷수선가게 여자가 끝내 쓸모없어진 개를 "그녀"에게 팔려 했
을 때 거절한 것을 후회하고 동정심을 드러내는가 하면(202), 양파
망에 갇힌 고양이를 꺼내 주지 못했던 것을 못내 마음 아파하며 죽
은 새끼 고양이를 손수건으로 감싸 주기도 한다(210). 그것은 온갖
폭력에 학대당하고 신음하는 모든 존재들에 대해 그녀가 공감하고

사, 2005.

동일시함으로써 자신의 과거를 직시하는 행위이며, 마침내 위안부였던 자기에게도 손을 내밀고 말을 건네며 연대의 심정을 표현하는 것이다. 그것은 절박한 외침이나 정의감 어린 구호 속에서 발출되는 떠들썩한 고함이 아니라 침묵의 긍정을 통해 드러나는 견고한 연대감이다. 이에 "그녀"는 고양이가 물어 온 까치를 두 손으로 받쳐 들고 하늘을 향하며, 자신에게 비뚤어진 탈을 선물한 여자아이를 찾아 골목길을 헤매기도 한다. 일종의 무상無價의 노고라 부를 법한 이런 변화는, 그녀가 고통 속에서만 떠올리던 자신의 과거에 애도를 표하고 현재적 삶을 위해 끌어안는 의식적 모습으로 전이되고 있다. "평생 누구에게 매달리거나, 정이라는 걸 줘 본 적이 없"던 자기가 하는 행동을 이상하게 여기는 한편으로, "그녀"는 곧 열세 살이 될 여자아이가 자신과 같은 경험을 겪게 될까 봐 불안해하는 것이다. 타자와의 관계는 늘 불안 속에서 시작될 수밖에 없는 일이다.

"그이" 윤금실을 만나는 두 번째 환상은 불가능한 동일시가 발생하는 결정적 장면을 보여 준다. 명확한 이유를 알 수 없지만, 화자는 "그이"와의 만남을 바라고 있다. 그 한 명이 세상을 떠나기 전에 다른 한 명이 더 있음을 알려 주고 싶다는 욕망이 그 바람의 실체일 것이다. 심지어 화자는 "증언이라는 걸 하고 싶은 마음도 생긴다"(236). 그렇지만 "그녀"가 원하는 증언은 역사적인 사실이나 공식적 기억의 한 고리가 아니라 '있는 그대로' 실존했던 자신의 존재증명에 다름 아니다.

나도 피해자요.

그 한 문장을 쓰기까지 70년이 넘게 걸렸다(236).

피해자로서 자신을 긍정하는 것. 그것은 공식적 기억에서 삭제된 개인이 역사의 장에 진입하기 위해 외치는 고함이 아님을 유의하자. "그녀"는 이 문장을 통해 죽어 가는 한 명을 대신해 자신의 이름이 등재되길 원하는 게 아니다. 이는 "그이" 윤금실에게도 마찬가지이며, 여기서 유일하게 확인할 수 있는 사실은 두 사람은 공-동共-動의 감응을 나누고 있다는 점이다. 그들은 '위안부'라는 역사적 사실의 한 고리로서가 아니라 실존하는 누군가'들'로서 자신의 이름과 존재를 남기고자 한다. 그것은 법리적 실증성이나 공식적 역사 기록으로는 도저히 담보할 수 없는 실존의 무게 그 자체일 것이다. 그렇기에 그들은 차라리 **"나는 위안부가 아니야"**(238)라는 사실의 반대명제조차도 발화할 수 있게 된다. 역사적 자료 속의, 실증적 사실관계를 통해 증명받고 입증되어야 하는 존재의 공식적 승인이 아니라 "어떤 말로도 자신의 고통을 설명할 수 없"으며(237) "죽기 전까지 행복하게 살고 싶"다는(238) 단지 피와 살을 지닌 진실의 실존으로서 자기 존재를 스스로 긍정하려는 몸짓만이 여기에 있다.

우리는 이 소설을 죽어 가는 한 명을 대신해, 혹은 그이를 위해 버스에 올라 증언대를 찾아나서는 화자의 결단에 관한 이야기로 읽을 수 있다. 아마도 역사적 실제로부터 취재한, 개연성 있는 사실주의적 묘사로서 이 작품의 가치를 드러내는 데는 그만한 근거도 없을 듯싶다. 하지만 가시적인 의의 이외에도, 우리는 행복에 대한 추구라는 지극히 사적이고 소박한 징후로서 "그녀"의 목소리를 온전히 들을 수 있어야 한다. 공식적인 역사에 맞서, 민족과 국가의 기억 이면에 잠긴 개인의 욕망은 '위안부 문제'라는 대의에 가려져 늘 후경화되곤 했다. 잔인한 식민지배와 인권에 대한 잔혹한 유린, 보상받을 수 없는 고통의 어두운 언어에는 언제나 타자들의 공동체로 환원되지 않는 단독적 실존의 행복을 향한 고집스런 욕망이 있다. 증언을 위해 버스에 오른 "그녀"는 위안부 시절에 강물에 빠져 죽을 뻔했던 시절을 환상의 형식으로 돌이켜 본다. 뱃전에서 소녀들 각자는 자신들의 행복했던 시절을 욕망하며 침묵에 잠겨 있고, "그녀"는 자신도 모르게 강물에 빠져든다.

한 치 앞도 내다보이지 않을 정도로 혼탁한 강물이 맑아지더니, 온갖 꽃으로 장식한 상여가 나타났다. 상여 속에 누워 있는 사람은 그녀 자신이었다. 꽃들 속에 파묻힌 그녀의 얼굴은 엄마 젖을 실컷 먹고 잠든 아기의 얼굴처럼 통통하게 살이 올라 있었다. **이렇게 죽는구나** 하고 죽음을 받아들이려는 순간에 격앙된 소리가 들려왔다. "잡았다!" (255)

사람은 누구나 자신이 원하는 행복의 원형적 이미지를 갖고 있으며, 그것은 어떤 대의나 목적으로도 수렴되지 않는 온전히 개인적인 만족의 원상이다. "엄마 젖을 실컷 먹고 잠든 아기의 얼굴처럼 통통하게 살이 오른" 자신을 바라보는 것, 이는 죽어 가는 한 명을 대신하는 게 아니며 또 그 한 명을 위한 것도 아니다. 바로 자기 자신으로서의 한 명이 되어 스스로의 실존을 그대로 인정하고 긍정하는 이미지일 것이다. 당연하게도, 사실로 환수되지 않는 실존적 진실로서 이와 같은 행복에 대한 욕망은 타자의 시선에 의해 객관화되지 않는다. 죽음을 투과해 마주친 자신의 욕망은 누구와도 균등하게 나누어 가질 수 없다. 달리 말해, 사실의 차원에서 누군가의 행복의 원형은 결코 참칭되거나 탈취될 수 없는 일이다. 오직 환상이라는 허구적 장치를 통해서만 우리는 그것에 가장 가까이 다가갈 수 있다. 불가능한 동일시가 그것이다. 문학이 사실을 대신하여, 사실을 넘어서서 수행할 수 있는 진실과 정의, 윤리적 행위의 유일한 방법이 여기에 있다. 어쩌면 『한 명』은 이러한 불가능한 동일시를 통해서만 접근할 수 있는 위안부 문제의 진실을 감응의 차원에서 우리에게 던지고 있지는 않을까? 그로써 우리는 무엇이 될 수 있는가?

4. 당사자-되기, 문학이 생산하는 미학과 윤리적 실천

잃을 것 없이 풍족한 이들 사이에서 동일시는 어려운 문제가 아니다. 재산과 권리, 생활의 외형적 크기에서 그들은 쉽게 서로를 비교하고 만족의 균분, 동일성을 만들어 낼 수 있다. 하지만 더 이상 잃을 것이 없는 이들, 유형적 재산이나 권리를 박탈당했고 무형적 여유나 감정조차 갖지 못한 이들은 어떠한 사회적 셈으로부터도 내쫓긴 자들이다. 그들은 무無로서만 표지되기에 어떠한 비교나 균분, 동일성의 수단으로도 잴 수 없는 존재이다. 역설적이게도, 그러한 '대지의 저주받은 자들'에 대한 불가능한 동일시만이 진정한 구원의 첫 걸음이 된다. 랑시에르는 이를 현실의 질서에 복무하는 정치/치안police이 아니라 보이지 않는 정의를 내세우는 정치적인 것

the political의 실천으로 규정지은 바 있다.[24]

팩트, 사실 그 자체는 우리의 '보이는' 현실을 구성하는 요소이지만, 그것에만 천착할 때 우리는 사실의 징검다리를 영원히 완성할 수 없는 자가당착의 절망에 함몰된다. 진실은 사실의 너머, 그 외부로부터 발견되며 윤리는 그와 같은 진실을 마주할 때 우리가 받아들여야 하는 감응의 강제적 위력이다. 자기 속에 갇힌 채 평생을 살아오던 "그녀"는 "그이"와 만나는 환상을 통해 세계와 타자에 대해 조금씩 마음을 열고 있다. 그것은 물론 시민사회에서 기대될 법한 적극적이고 공식적인 제도적 교류는 아니다. 오히려 "그녀"가 맺는 것은, 말 못하는 동물들과, 잘 알지도 못하는 어린 소녀와, 한번 만나 보지도 못했던 막연한 "한 명"과의 비가시적 소통의 관계다. 실증될 수 없는 비-사실의 진실로서 이러한 관계는 허구라는 상상적 수단을 통해서만 가능한 공-동성일 것이다. 공식적으로 알려진 마지막 한 명이 사라진다 해도, 또 다른 한 명이 나서서 그가 '되고', 다시 이러한 흐름이 끊임없이 지속되는 것. 역사적 실존으로서 위안부 경험의 유무와는 별개로 무의식적인 감응의 나눔을 통해 자기 자신이 당사자가 되는 것. 이 작품에서는 "그녀"가 "그이"에 대한 또 다른 당사자가 되었지만, 소설을 읽는 와중에 우리 역시 "그녀"에 대한 또 하나의 당사자로 변화하진 않았는가? 바로 당사자-되기라는 진실의 생성이자 윤리적 체험의 과정을 『한 명』은 우리에게 선사하고 있는 게 아닐까?

단 한 장면에서, 소설은 "그녀"의 이름을 반복적으로 알려 준

---

24 자크 랑시에르, 『정치적인 것의 가장자리에서』, 양창렬 옮김, 길, 2013, 112~126쪽.

2부 소설, 반시대적 고찰

다. "풍길"이 그것이다. "그녀"가 그토록 소망하던 어린 시절의 무구한 행복의 이름이 아마 풍길이었을 것이다. 하지만 이제 그녀는 반드시 다시 풍길일 필요가 없다. 그녀는 어느새 자신의 개별적 실존을 넘어 "한 명"으로서 다시 살게 되었고, 지나간 행복과 다른 또다른 행복을 예감할 수 있게 되었기 때문이다.

몸이 나른해지면서 새벽에 꾸었던 꿈이 떠오른다. 꿈에 그녀는 15번지 골목에서 마주치고는 하던 여자아이의 손을 그러잡고 강물로 걸어갔다. 강물 앞에 여자아이를 앉히고 자신도 그 옆에 앉았다. 손으로 강물을 떠 여자아이의 얼굴을 씻겼다. 여자아이의 얼굴에서 땟물이 흘렀다. 그녀는 땟물이 말끔히 씻길 때까지 강물을 떠 여자아이의 얼굴을 씻겼다(257).

사실은 시간의 풍상에 씻겨져도 진실은 영원히 생성할 것이다. 사실의 잔해 속에 진실이 있기 때문이 아니라, 사실의 표현적 구성이 항상 진실을 생산하기 때문이다. 그렇기 때문에 진실이란 언제나 유령적인 목소리로 우리에게 다가올 수밖에 없다. 과거와 현재의 균질적 시간 속에서는 실존하지 않지만, 지금-여기의 예술적 표현을 통해서는 항상 생성할 수 있는 잠재성으로서 진실은 우리를 감응시킨다. 허구의 현상학, 그것은 예술이 진실을 담보하기 위해서는 결코 버릴 수 없는 과정이며 문학이 미학과 윤리를 담보하기 위한 필연적 조건일 것이다.[25] 이런 의미에서 "그녀"에게 행복

---

25 최진석, 「유령적 글쓰기, 또는 허구의 윤리와 사실의 비윤리: 스베틀라나 알렉시예비치

은 그 이면에 여전한 "두려움"을 결코 완전히 지워 버리지 못할 듯 싶다. 하지만 고통의 각인을 통해서만 과거의 유폐를 벗어나 현재를 살고, 비로소 미래를 향하는 윤리의 가능성을 엿볼 수 있다는 것조차 우리가 맞아들여야 할 진실이다. 『한 명』은 그렇게, '소설적 진실'로서의 허구를 통해 우리 앞에 사실을 넘어서는 삶의 세계, 연대의 가능성을 묵묵히 보여 주고 있다.

의 '목소리 소설'을 읽으며」, 『인문예술잡지 F』 19호, 이음, 2015, 22~36쪽.

3부. 신 없는 세계의 글쓰기

8. 이웃, 그 신성하고도 섬뜩한 이야기
—— 문학과 타자의 정치학

1. 너희도 착한 사마리아인처럼 되리라

유대교의 율법가들은 예수를 몹시 싫어했다. 그의 가르침이 율법이 정하는 경계를 자주 넘어섰기 때문이다. 하루는 율법가가 예수를 떠보려고 영원한 생명을 얻는 법에 대해 물었다. 예수는 율법서에 적힌 바가 무엇이냐고 반문했고, 율법가는 마음과 목숨, 힘과 생각을 다해 신을 사랑하는 것, 그리고 이웃을 자신의 몸처럼 사랑하는 것이라고 답했다. 그 말이 뜻하는 대로 실천하라는 예수의 답변에 율법가는 다시 묻는다. 누가 자신의 이웃이냐고. 저 유명한 사마리아인의 비유가 등장하는 장면이 여기다.

어떤 사람이 예루살렘에서 예리고로 내려가다가 강도들을 만났다. 강도들은 그 사람이 가진 것을 모조리 빼앗고 마구 두들겨서 반쯤 죽여 놓고 갔다. 마침 한 사제가 바로 그 길로 내려가다가 그 사람을 보고는 피해서 지나가 버렸다. 또 레위 사람도 거기까지 왔다가 그 사람을 보고 피해서 지나가 버렸다. 그런데 길을 가던 어떤 사마리아 사람은 그의 옆을 지나다가 그를 보고는 가엾은 마음이 들어 가까이 가서 상처에 기름과 포도주를 붓고 싸매어 주고는 자기 나귀에 태워 여관으로 데려가서 간호해 주었다. 다음 날 자기 주머니에서 돈 두 데나리온을 꺼내어 여관 주인에게 주면서 "저 사람을 잘 돌보아 주시오. 비용이 더 들면 돌아오는 길에 갚아 드리겠소" 하며 부탁하고 떠났다.[1]

이제 예수가 묻는다. 저 셋 중에 강도 만난 사람의 이웃은 누구이겠냐고. 굳이 율법가의 답변을 기다릴 필요도 없겠다. 누구라도 사마리아인이라 답할 것이다. 저 시대에 사마리아인은 유대인과 비유대인의 혼혈로 낙인찍혀 천대와 멸시를 받던 족속이었다. 그럼에도 자신을 박해하던 유대인을 돕고 보살펴 주었으니 어찌 그의 진정한 이웃이라 부르지 않을 수 있으랴? '착한 사마리아인'이란 이렇게 자신을 둘러싼 조건을 넘어서 의당 행해야 할 것, 곧 보편적 윤리로서의 환대를 실천하는 사람을 가리킨다. 그렇게 정의는 낯선 자에 대한 환대를 통해 성립한다. 성경의 권위가 우대받던 어느 시절이든 저 사마리아인의 행동은 신의 법을 지상에 구현하려는 숭고한 행위로 존경받아 왔다. 그럼 우리가 발 딛고 있는 이 시대는 어떠한가?

타인에게 친절하라! 단언컨대, 이것은 우리 시대의 정언명령

---

1 「루가의 복음서」 10장 30~35절, 『공동번역성서』.

3부 신 없는 세계의 글쓰기

이다. 누구든 나 아닌 사람에게 호의를 베풀고 올바르게 대우하라는 실천적 강령이 마치 지상과제처럼 우리에게 던져져 있다. 한마디로, 이는 착한 사마리아인이 되라는 요청이자 환대를 통한 이웃되기의 과제라 할 만하다. 이러한 환대는 법과 제도의 개선 혹은 사회적 불평등 및 불공정의 개정을 넘어서, 일상생활의 윤리로 제기되는 까닭에 훨씬 근본적이다. 개인의 소소한 생활습관으로부터 집단의 공적 활동에 이르기까지 우리는 자신의 마음가짐과 행동거지를 세심히 살피면서 타인의 삶을 침해하지 않기 위해 관심과 배려를 기울여야 한다. 환대란 타인에 대한 절대적인 존중이며, 그것을 지키고자 애쓰는 마음과 행동이기 때문이다. 레비나스와 데리다를 전거로 둔 인문학적 사유는 이러한 절대적 환대야말로 정의의 초석임을 철학적으로 뒷받침해 준다.

어쩌면 2000년대 이래 한국문학을 사로잡아 왔던 윤리와 정치에 대한 열정에는 이토록 정의로운 환대를 실천하려는 강고한 집념이 놓여 있지 않았을까? 어느 비평가의 말대로 문학이 삶을 추문화함으로써 거꾸로 삶의 문제적 계기를 밝히고 해결을 촉구하는 노고라면,[2] 문학은 윤리나 정치 그 자체는 아닐지라도 이미 윤리적이고 정치적인 기능을 수행하는 활동에 다름 아니다. 그 궁극의 목적에는 추문에 휩쓸린 사람들, 곧 강도를 만나 부상당한 사람들에게 환대를 베풂으로써 진정한 이웃이 되고자 하는 사마리아인의 욕망이 있다. 그러니 부디 타인에게 친절하라! 그의 이웃이 돼라! 문제는 저 아름다운 우화가 예수의 시선을 통해 우리에게 들려진

---

2 김현, 『한국 문학의 위상/문학사회학』, 문학과지성사, 1991, 53쪽.

이야기라는 데 있다. 우리는 사마리아인이 어떤 정념의 우여곡절을 겪고 있는지, 그가 마주한 이웃의 이웃됨은 어떤 것인지 전혀 알수 없다. 여기에 이웃되기의 곤혹과 환대의 (불)가능성이라는 역설이 숨어 있다. 이기호의 소설집 『누구에게나 친절한 교회 오빠 강민호』를 펼쳐 들었을 때 문득 솟아난 불안스런 의혹은, 그가 이러한 내면 풍경에 관해 고집스레 이야기를 펼쳐 온 작가임을 잘 아는탓이었다.

2. 적대의 진실, 또는 환대의 불가능성

우선 전작 『김 박사는 누구인가?』(문학과지성사, 2013)에 실린 「탄원의 문장」을 떠올려 보자.[3] 교육을 명목으로 후배를 과음하여 죽게한 학생 P를 구제하기 위해 애쓰는 대학교수 '나'는, 한때 P와 연애관계에 있던 최를 설득하여 탄원서를 쓰도록 종용한다. 단지 지도교수로서의 책임감이나 의무감에서 비롯된 의례적 요청은 아니었다. 화자는 P와 친숙했던 시절들을 기억하고 있으며, 그로부터 P가법정 조서로는 환원될 수 없는 "'사실' 이외의 세계들"(192), "입증불가능한 세계"(174)에 속해 있다고 믿는 까닭이다. 그것은 '법보다앞서 있는' 영역이자 행위 관계들의 인과성보다는 '마음과 영혼'에가까운 영토로서 비-사실 곧 문학적으로만 접근 가능한 세계이다. 화자는 오직 사실로만 구축된 이 척박한 세계를 보충하기 위해 탄

---

3 이기호, 「탄원의 문장」, 『김 박사는 누구인가?』, 문학과지성사, 2013. 이하 괄호 안에 해당 쪽수만 밝힌다

원의 '문장'으로써 P를 구해 내고자 한다. 그것이 자신이 할 수 있는 유일한 환대의 몸짓이었을 터.

약속 기한을 넘겨 전해진 최의 탄원서는 이런 믿음을 뒤흔들어 놓는다. 다정한 청춘남녀로만 보였던 P와 최는 실상 폭력으로 얼룩진 관계였으며, 최는 P로부터 벗어나기 위해 결별했던 것이다. 공적 문서로는 조명되지 않는 사적 개인의 삶, 곧 "고유명사"의 세계를 화자는 안다고 믿었지만 실상 그 믿음조차 일면적 사실이지 결코 온전한 진실은 아니었다. P를 향한 환대는 '내' 맹목의 산물에 불과하며 최를 희생시키는 적대의 이면을 포함하고 있던 것. 어쩌면 절대적 환대란 단지 믿음의 절대성 이상은 아닐지 모른다. 더구나 그것이 온전히 모든 타인을 향할 수 없다면, 과연 환대는 가능한 것이며 정의로울 수조차 있을까? 그렇다면 모든 타자의 이웃이 되는 것, 곧 절대적 환대는 불가능한 망상일까?

스멀스멀 기어 오르던 이 같은 의혹은 차기작 『누구에게나 친절한 교회 오빠 강민호』에서 전면적으로 의제화된다.[4] 물론 이는 문학적 의제이기에, 허구의 인물과 상황, 행위를 통해 우리에게 '이야기'의 형태로 전달되고 있다. 하지만 허구를 빌미로 한 이 소설적 도전이야말로 진정 발본적이다. 데리다를 빌려 말한다면 환대는 예외를 남겨 두지 않는 절대성에서만 성립하는 것이기에,[5] 비록 이야기의 형태라 할지라도 여기서 환대의 필연성과 정의의 실재성이

---

4 이기호, 『누구에게나 친절한 교회 오빠 강민호』, 문학동네, 2018. 이하 이 단편집의 작품을 인용할 경우 쪽수로만 표기했다.

5 Jacques Derrida & Anne Dufourmantelle, *Of Hospitality*, Stanford University Press, 2000, pp. 23~25.

도출되지 않는다면 앞으로 우리가 어떻게 환대나 정의에 대해 떠들 수 있겠는가? 중요한 것은 작가의 물음, 그 물음이 던져지는 형식일 것이다. 손쉬운 환대가 아니라, 그 이면으로부터 은폐된 적대가 드러나는 방식들에 주목해야 한다.

표제작 「누구에게나 친절한 교회 오빠 강민호」를 살펴보자. 조그만 전답을 둘러싸고 아버지와 숙부 사이에서 분쟁이 벌어지자 화자인 '나'는 숙부의 마음을 풀어 줄 겸 고향으로 돌아온다. 여기서 그는 후배 종수를 만나는데, 예전에 교회에서 화자와 가깝게 지내던 윤희는 현재 그의 여자친구이다. 교사로 일하는 그녀는 해외 연수에서 돌연 이슬람교로 개종했고, 학교에 히잡을 쓰고 다니면서 물의를 일으켰다는 소식을 전해 듣는다. 종수의 부탁에 따라 화자는, 다소 귀찮은 마음에도 불구하고 윤희의 어려운 형편을 떠올리며 그녀에게 "현실적인"(231) 해결책을 권유하게 된다. 뜻밖에도 그녀는 굉장히 적대적인 태도를 취하고, 화자가 기억하지 못하는 어떤 일을 들추면서 무섭게 그를 몰아세운다. 과거에 무슨 일이 일어났는지는 서사로 직접 기술되지 않기에, 화자도 독자도 영문을 모른 채 이야기를 따라갈 수밖에 없다. 화자는 그 광경이 낯설지 않다고만 느낄 뿐, "연결고리"(233)를 찾지 못한 채 그들과 헤어진다.

실마리는 귀가한 화자 앞에 그의 아내가 촌스러운 "분홍색 스트라이프 무늬의 비키니"(208/235)를 보여 주면서 흐릿하게 드러난다. 아내의 수영복은 그에게 다시 "낯설지 않은 기분"(235)을 불러일으키는데, 소설의 서두에서 윤희가 개종하기 전에 입었던 수영복이 바로 아내의 것과 같은 것이었기 때문이다. 대략 짐작해 볼 만한 사실은, 언젠가 화자는 윤희와 미혼일 적 아내에게 동시에 똑같은 수영복을 선물했으리란 것이다. 어쩌면 윤희는 그 선물을 애정의 징표로 여겼을지 모르지만, 화자는 결국 지금의 아내와 결혼해 버렸다. 화자의 친절은 윤희의 삶의 궤적에 어떤 식으로든 상처가 되어 그녀의 삶을 굴절시키는 데 일조했을 수 있다. 환대의 손짓이 적대의 화살이 되어 타인에게 꽂혀 버린 격이다.

아무에게나 선물을 주고 호감을 사는 '무의식적 바람둥이' 서사로 이 작품을 읽는다면, 문제를 너무 쉽게 풀다 못해 기각시켜 버리는 셈이다. 우리는 다른 지점으로 주의를 돌려야 한다. 비록 자각하지 못했어도 타인의 삶에 '부정적' 영향을 끼친 것이니 화자는 유죄인가? 그러나 그가 양다리를 걸쳐 윤희를 농락했다든지, 범죄적 행위를 통해 위해를 가했다는 암시는 나오지 않는다. 주어진 기억-진술로만 판단한다면, 화자는 미필적 고의에 따른 책임은 있으되 이 역시 '도덕적 차원'에 국한된 것이다. 관건은 친절함, 곧 윤희에 대한 환대가 불가피하게 적대를 함축한다는 데 있다. 흔히 '교회 오빠'라는 단어에 내포된 사회적 통념대로 화자는 윤희에게 친절을 베풀었으며, 그것은 그녀에게 모종의 오해를 불러일으켜 상처로 남게 되었다(화자가 윤희에게 의도적으로 접근해 희롱하고 그 사실조차 망각했다는 가정은 일단 접어 두자. 그런 해석은 텍스트를 스릴러로 환원함으로써 환대의 문제설정을 와해시켜 버릴 것이다). 화자가 윤희와 연애를 했다 해도 문제는 동일하다. 지금의 아내가 윤희의 입장에 놓였을지 모르니까. 대체 문제의 뿌리는 어디에 있을까?

추문은 무지로부터 나온다.[6] 무엇이 환대이고 무엇이 적대인

---

6 김현, 『한국 문학의 위상/문학사회학』, 52쪽.

지, 우리가 모른다는 사실로부터. 안타깝게도, 우리는 사마리아인의 환대가 절대적이고 정의 그 자체임을 직관하는 예수와 같지 않다. 우리는 환대가 시간의 작용을 통해 어디로 흘러 무엇이 될지 전혀 알 수 없는 무지의 상태에 놓여 있고, 따라서 환대로부터 무능력하게 분리되어 있다. 그럼 애초에 아무런 호의도 베풀지 말아야 옳을까? 진심으로 좋은 뜻을 갖는다 해도 그것이 언젠가 부정적으로 기울어질 가능성이 있다면, 여하한의 환대도 불가능하다는 뜻일까? 모든 환대는 기실 적대를 향한 걸음걸이란 것인가? 그렇다면 이웃되기란 자기기만적 착각에 지나지 않을 터.

3. 타자의 타자성, 혹은 적대의 불가피성

옳은 일도 하다 보면 나쁘게 될 수 있다는 변명은, 그 옳은 일이 대개 숨겨진 사심私心의 발로란 사실 때문에 무색해지게 마련이다. 이와 비슷하게 환대는 운이 나빠 적대가 되는 게 아니라, 애초에 적대로부터만 환대를 착상할 수 있음을 섬뜩하게 깨닫는 경우도 있다. 이기호의 경우에는 「권순찬과 착한 사람들」이 이를 예증하는 이야기-실험이라 할 만하다.

　대학에서 문학을 가르치는 화자 '나'는 무력증에 빠져 글을 쓰지 못한 채, 매일 술이나 마시면서 시간을 보내는 중이다. 그러다 작업실로 사용하는 아파트 입구 건너편에서 벌이는 권순찬의 1인 시위를 목격하게 된다. 그의 어머니가 103동 502호 김석만으로부터 7백만 원을 빌렸는데, 어렵게 그 돈을 갚자마자 사망하고 말았다는 딱한 사연이었다. 문제는 권순찬 또한 돈을 갖고 있었으며, 어머니가 사망한 후에야 이를 알게 된 그는 이중으로 불입된 돈을 되돌려 달라고 시위를 벌이게 된 것이다. 일찍 돈을 갚았다면 어머니가 죽지 않았을지 모른다는 죄책감이 그로 하여금 한여름의 땡볕에서 시위를 벌이게 했으리라 짐작하지만, 화자는 타인의 일로만 여기고 방관하고 만다. "안타깝지만 성가신 것. 그것이 그때 내 솔직한 마음이었다"(87). 더구나 502호는 폐품팔이로 연명하는 김석만의 노모가 홀로 기거하던 집이었다. 권순찬의 이 딱한 처지를 듣게 된 아파트 주민들은 그를 동정하기 시작하고, 거처를 내주거나 일자리를 알아봐 줄 정도로 호의를 베푼다. 급기야 그를 위해 모금을 벌여 7백만 원을 갚아 줄 정도로 발전할 지경이다. "정중하게"(94), 아무 조건 없이 건네는 주민들의 순수한 환대라 할 만했다. 하지만 그는 "사람들의 그 모든 선의를 거부"하는데, 이유는 자신의 시위가 돈 때문이 아니란 것이었다. "저는 원래 그 할머니한테 돈을 받을 생각이 없었습니다. 저는 김석만 씨를 만나러 온 거예요. 그 사람을 직접 만나서 일을 해결하려고요…"(95).

진짜 문제는 여기서부터다. 갈등의 아름다운 해소를 기대하던 주민들은 그의 거절에서 무언가 배은망덕함을 느끼고, 불쾌한 감정에 휩쓸렸던 것이다. 화자에게 권순찬을 설득해 보라고도 부탁하지만, "나"는 왠지 그에게 역정을 내면서 소리를 지르고 만다. "애꿎은 사람들 좀 괴롭히지 마요! 애꿎은 사람들 좀 괴롭히지 말라고!" 권순찬의 시위는 결국 주민들의 신고로 막을 내린다. '착한 사람들'의 환대를 외면한 권순찬은 "아무 저항 없이"(101) 끌려 나갔고, 다섯 달 가까이 지속되던 그의 시위는 순식간에 종결되고 말았다. 그러다 어느 밤중에 화자는 고급차를 타고 나타난 김석만을 목격하는데, 그 순간 자신이야말로 애꿎은 사람에게 화를 냈다는 점을 깨달으며 마침내 권순찬에 관한 글을 쓰기 시작한다.

우리는 '착한'이라는 형용사가 권순찬이 아닌 그의 타자들, 곧 아파트 주민들에게 붙어 있음에 주목해야 한다. 권순찬은 무력하게 타인의 의사에 휘둘리는 "흩날리는 눈송이"(100) 같은 사람이지만, '착한 그들'의 환대를 저버림으로써 순식간에 이 '아름다운 서사'에 구멍을 내고 훼손을 감행하는 적대자가 되었다. 물론 어느 누구도 그를 원망하거나 탓하고, 적의를 품지 않는다. 적어도 표면적으로는. 권순찬은 그만한 대우조차 받지 못한 존재인 것이다. 그럼에도 권순찬은 감히 서사 전체의 안타고니스트가 되고 말았으니, 그의 유일한 죄목은 타인의 친절을 제멋대로, '합리적' 이유 없이 거부했다는 환대의 거부, 적대의 표명에 있는 셈이다. 물론, 주민들의 친절은 실상 그들 자신의 소시민적 만족감을 위한 것일 뿐이라고, 이기심으로부터 비롯된 자위적인 호의이기에 환대가 아니라고 비판할 수도 있다. 아마 틀리지 않을 것이다. 소설의 서술시점 또한 주민들의 이율배반적 속성을 암시한다. 하지만 그렇다고 그들의 환대가 처음부터 부정당해도 좋다고 말할 수는 없으리라. 독자들이 예수가 아니듯, 주민들도 예수가 아니니까.

공정을 기하자면, 우리는 주민들이 권순찬의 내면을 이해하지 못한 만큼이나 권순찬 역시 주민들의 속내를 파악하지 못했다고 말해야 할 듯하다. '적이란, 우리가 아직 그의 이야기를 듣지 못한 자'라는 금언처럼, 권순찬과 주민들은 서로가 서로에 대해 무지한 점에서는 모두 유죄일 것이다. 후자의 환대는 전자의 개인사에 비추어 결코 순수한 호의 그 자체로 받아들여지기 어렵고, 전자의 거절은 후자의 조건에 견주어 전혀 납득할 만한 것이 되지 못했던 것이다. 타자의 타자성, 이는 우리 시대에 절대적 환대의 필수 조건으로 선언되고 필연코 포용되어야 한다고 선포되지만,[7] 실상 타자에 대해 한낱 타자일 수밖에 없는 우리가 어떻게 타자를 있는 그대로 받아들이고 그의 적대를 온전히 환대로써 감싸 안을 수 있단 말인가? 우리는 예수가 아닐진대. 그토록 날카로운 적의를 감내하면서, 우리는 과연 타자를 절대적으로 받아들일 수 있을까? 그 괴물성에도 불구하고, 기꺼이 그의 이웃이 되길 욕망할 수 있겠는가?

지금까지 우리가 타진해 온 환대의 가능성과 불가능성, 타자는 과연 이웃인지 괴물인지에 대한 모든 질문이 「한정희와 나」에 직설적으로 표현되어 있다. 한정희는 아내가 어릴 때 보살핌을 받았던 마석 엄마와 아빠의 양자 재경 오빠의 딸이다. 어려운 시절의 아내를 건실하게 돌보아 준 은혜를 생각하며, 재경이 교도소에 가 있는 동안 '나'와 아내는 기꺼이 정희를 맡아 기르기로 했다. 아이에 대한 동정심과 사근사근한 성격 등은 환대에 따르는 현실적 어려움을 넘어설 수 있게 해주었으나, 어느 날 학교에서 정희가 같은 반 아이를 따돌리고 괴롭히는 주동자였다는 이야기를 듣고 사태가 급변한다. 아이다운 순진함과 아이답지 않은 잔인함을 동시에 보여 주면서 정희는 자신의 행위를 정당화하고, 사과문마저 소설을 쓰는 화자에게 떠맡기려 하자 마침내 분노가 폭발하여 그녀를 윽박질렀던 것이다. 그렇게 아이와 헤어진 화자는 타자를 환대한

---

7 Emmanuel Levinas, *Totality and Infinity: An Essay on Exteriority*, Kluwer Academic Publishers, 1991, p. 170.

다는 것이란 무엇인지, 그게 가능하기는 한 일인지 자신 없이 반문한다.

> [타인의 고통에 대한 이해나 재현이—인용자] 잘 되지 않아서 고통스러웠던 적이 많았다. 그게 잘 되지 않는 고통… 어느 땐 내가 이해할 수 있는 고통이란 오직 그것뿐인 것 같다는 생각이 들기도 했는데, 그런 생각이 들 때면 어쩐지 내가 쓴 모든 것이 다 거짓말 같았다. 누군가의 고통을 이해해서 쓰는 것이 아닌, 누군가의 고통을 바라보면서 쓰는 글. […] '절대적 환대' […] 마음 저편에선 정말 그게 가능한가, 가능한 일을 말하는가, 계속 묻고 또 묻지 않을 수가 없었다. 신원을 묻지 않고, 보답을 요구하지 않고, 복수를 생각하지 않는 환대라는 것이 정말 가능한가 (265).

데리다에게 '모든 타자는 모든 타자다'tout autre est tout autre는 환원 불가능한 타자의 절대성과 환대의 불가피성을 강조하기 위한 언명이지만, 여기서는 거꾸로 타자는 타자이기에 결코 나-주체와 공감할 수 없음을 증거하는 언명이 된다. 게다가 권순찬의 이웃들처럼 '착한' 위선의 낯빛도 없이, 한정희의 오만하고 잔인한 이기심을 접하게 되면 타자를 과연 '나'의 이웃이라 불러도 좋을지, '나'는 기꺼이 그의 이웃이고 싶은지 알 수 없을 지경이다. 예수처럼 모든 것을 관통하는 선의를 통찰할 수 있다면 그것만으로도 환대는 절대적일 수 있겠지만, "우리의 내면은 늘 불안과 절망과 갈등 같은 것들이 함께 모여 있는 법"(266)이기에 결코 환대를 그 자체로서 절대적인 것으로 제공하거나 수용하지 못한다. 이기호는 타인에게 친절하라는 우리 시대의 강령을 소설적 허구, 곧 거짓말의 형식으로 그것이 거짓된 게 아니냐고 질문하며 답해 보고 있는 것이다. 만일 작가의 의혹이 실상이라면, 우리는 거짓이 진실을, 적대가 환대를, 괴물이 이웃을 견인한다는 섬뜩한 역설 앞에 망연히 주저앉아야 할지도 모를 일이다.

4. 다시, 작가의 환대를 기다리며

세간에 만연한 환대와 정의의 유행에 대해 은근슬쩍 딴지를 거는 이기호의 이 소설집은 불온하다. 좋은 게 좋은 것이니, 타인을 환영하고 친절을 베풀며, 이웃이 되라는 이 시대의 강령에 '거짓말' 곧 소설로써 그 이면을 드러내는 까닭이다. 우리 시대의 주조음에 역류하는 '삑사리'를 낸다고나 할까. 그래서 「한정희와 나」의 마지막 독백, "이렇게 춥고 뺨이 시린 밤, 누군가 나를 찾아온다면, 누군가 나에게 도움을 요청한다면, 그때 나는 그를 어떻게 맞이할 것인가? 그때도 나는 과연 그에게 손을 내밀 수 있을까?"(271)라는 읊조림은 쓸쓸한 시대종언처럼 들릴 정도다.[8] 이제 우리는 모두 환대라는

---

8 약간 맥락은 다르지만, 이기호는 지난 10년간 작가들이 '사실'의 차원을 과도히 뒤좇았고 그것이 비극이었다고 진단한다. 이기호·임현 대담, 「누구나 알지만 불가능한 이기호」, 『문학동네』 95호, 2018 여름, 25~26쪽. 초점은 '팩트'로서의 사실이 아니라 "마음의 사실을 제대로 바라보고 거기에서부터 다시 진실을 추출하는" 데 있다. 바꿔 말해, 인간의 마음을 이해하는 것, 단순명쾌하게 선의의 프로그램에 따라 환대와 정의를 수행하는 게 아니라, 복잡미묘한 믿음과 불신의 다면체를 통과하면서 어떤 과정에 도달하는 것에 있다. "내가 할 수 있는 최대치의 진실이 그런 한심한 내 마음을 보여 주는 것뿐"일지라도.

'위선'을 내던지고, 타자를 도외시한 채 즉물적인 각자의 세계에서 생존하도록 애써야 할까? 소설집이 내비치는 의혹들을 곱씹어 보면, 누가 과연 돌을 던질 수 있을까 싶다.

영생을 얻는 법에 대한 율법가의 질문에 예수는 율법서에 적힌 대로, 즉 마음과 목숨, 힘과 생각을 다해 신을 사랑하고, 이웃을 자기 몸처럼 사랑하라고 응답했다. 이에 관한 수많은 쟁점들 중 하나는 이웃을 자기 몸처럼 사랑하라는 응답의 역설이다. '나'는 타자가 아닌데 어떻게 그의 몸을 내 몸처럼 아낄 수 있는가? 타인을 자기 몸처럼 보살핀 사례를 우리는 착한 사마리아인에게서 보았다. 하지만 그것은 예수의 눈을 통해 드러난 환대이기에 솔직담백한 진실인 만큼이나 비인간적이다. 우리는 사마리아인의 내면에서 요동치는 '불안과 절망과 갈등'에 관해서는 알지 못하는 까닭이다. 예수가 들려주는 이 우화는, 따라서 믿음에 관한 이야기다. 믿지 않는 자, 믿지 못하는 자에게 환대는 보이지 않고, 이웃은 존재하지 않는다.

그저 믿음이 아니라 맹목만이 환대를 낳는다는 지적에 유의하자.[9] 우리가 믿을 때, 오직 그때만 환대는 환대가 된다. 권순찬이 주민들의 호의를 받지 않았을 때, 그는 그것이 환대라 믿지 않았다. 마찬가지로 주민들에게 권순찬의 호소는 자기들의 친절을 거절한 것이었을 뿐, 모욕당한 사람이 정당하게 돌려받고자 하는 정의의 요구로는 보이지 않았다. 즉 권순찬이 초대하는 환대로 여겨지지

---

9 슬라보예 지젝·에릭 L. 샌트너·케네스 레이너드, 『이웃』, 정혁현 옮김, 도서출판b, 2010, 293쪽 이하.

않았던 것이다. 무지의 추문은 환대를 환대로서 믿지 못한 데서 유래한다. 그것이 환대의 역설이며, 환대가 정의가 될 수 있는 유일한 방법이다. 환대는 절로 정의로운 게 아니라, 정의에 대한 맹목이 있고서야 비로소 정의로운 환대가 될 수 있다는 것. 그러므로 타자에 대한 정의는, 그의 몸을 내 몸같이 환대할 수 있을 때 또한 가능하다는 역설이 성립한다. 그렇다, 아이러니컬하지만 믿지 않고는 환대도, 정의도, 이웃도 있을 수 없다.

타자는 타자일 수밖에 없다는, 그래서 절대적 환대를 쉽게 받아들일 수 없다는 소설적 고백은, 이상하게도 절망적이지 않다. 역설적으로, 맹목의 가능성은 그로부터 생겨나기 때문이다. 한 편의 자전소설처럼 읽히는 「이기호의 말」에서 화자 이기호를 구한 것은 아무 근거 없는 믿음, 자기의 거짓과 위선에도 불구하고, 혹은 그것 때문에라도 불러내어진 타인의 환대가 아니던가? '내'가 타자를 환대할 이유가 없는 만큼이나 타자에게도 '나'를 환대할 근거는 없다. 우리는 (마치 자동차 사고처럼) 그저 만났을 따름이고, 거기서 생겨나는 최소한의 이해와 오해, 그에 깃들인 환대에 대한 믿음만이 환대를 환대로 만들어 주고, 각자를 서로에 대한 이웃이 되게 해줄 것이다. 비록 '거짓말'의 형식일지라도, 이에 대해 작가가 다시 또 다른 이야기를 들려주길, 책장을 덮으며 감히 맹목을 담아 믿어 본다.

9. 적대와 우정 사이의 모호한 타자
── 이웃, 우리 시대의 소설사회학

1. 거리, 분리와 연결

두 점 사이의 거리는 얼마나 멀고 또 얼마나 가까운가? 대뜸 이런 질문을 받는다면, 실제 간격이 어느 정도나 되는지 되묻는 게 상식적이다. 아마도 직선거리의 실측 여부에 따라 답변도 제각각일 게다. 간단한 일이다. 하지만 별로 특별해 보이지 않는 이 문답을 위상수학의 관점에서 본다면 그 양상이 사뭇 달라진다. 만약 두 점이 동일한 폐곡선 안에 있다면, 양자 사이의 거리가 얼마나 벌어져 있든 결국은 연결될 수 있으며, '가깝다'고 말해도 좋을 듯하다. 반면 두 점 사이를 분할하고 단절시키는 분리선이 있다면, 다시 말해 한 점은 폐곡선의 안쪽에 있고 다른 점은 바깥쪽에 있다면 두 점을 서로 만나게 하는 일은 불가능해진다. 양자의 직선거리가 아무리 가까워 보여도 둘을 나누는 분리선을 거치지 않고서 연결시킬 수 없는 탓이다. 요컨대, 아무리 멀리 떨어져 있어도 인접한 관계가 있고 근접한 듯 보여도 절대 마주칠 수 없는 관계가 있다. 자, 이제 우리의 질문을 던져 보자. 이 중 이웃이란 어떤 관계를 말하는 걸까?

이웃에 대한 사랑은 인권과 다문화주의, 소수자에 대한 존중을 미래 사회의 토대로 삼고자 하는 우리 시대의 명제다. 이는 신자유주의적 경쟁이 일상화되고 각자도생이 생존의 철칙처럼 군림하는 현실, 즉 타인에 대한 혐오와 멸시, 공격적 언어와 행위가 난무하는 시대상황에 대한 윤리적 대응이라 할 만하다. 역설적이게도, 이러한 대응의 필요성과 긴급성이 부각되면 될수록 우리의 시선은 현실 자체의 참담함과 암담함에 더 오래 머무르는 듯싶다. 지금도 여전히 문제화되고 있는 최근 십여 년간의 사회상을 그저 복기하기만 해도 이 점은 분명히 드러난다. 가령 여성과 장애인, 성적 소수자에 대한 이해와 포용이 강조되는 이면으로 차별과 폭력은 그치지 않았고, 기후위기나 감염성 질병과 같은 아포칼립스적 위기의 고조와 무관하게 타인의 희생을 아랑곳 않는 태도도 강화되는 실정이다. 이웃을 사랑하라는 윤리적 정언명령은 나 자신과 타인 사이에 아무런 분리선이 없노라 외치지만, 실제 현실은 성별과 빈부, 장애와 성적 지향, 세대 등과 같은 온갖 차이의 절대성으로 위계화된 채 적대의 그물로 에워싸여 있다. 감히 말하노니 이웃은 없다! 있는 것은 오직 '나' 자신뿐이며 '우리'는 다만 동류 사이의 자기애를 지칭하는 명칭일 따름이다.

억압 없는 삶에 대한 꿈을 문학이라 부른다면,[1] 이웃에 대한 사유는 필연적이다. 단독자로서 살아가는 게 아닌 바에야 타자와

---

1 김현, 『한국문학의 위상/문학사회학』, 문학과지성사, 1991, 50쪽.

맺는 삶의 지평을 염두에 두지 않을 수 없고, 억압 없는 삶은 이웃이라는 타자와 함께 만들어 가는 상호관계를 전제하는 까닭이다. 그렇다면, 이런 관계는 적대의 강고한 분리선, 즉 나와 너, 우리와 그들을 무리 짓고 구별하는 폭력과 어떻게 다르고 같을까? 이웃에 대한 사유가 타자를 향한 사랑이라는 숭고하고 존엄한 동시에 추상적이고 신학적이기까지 한 명제로 완결될 수 없는 이유가 여기에 있다. 모두에 대한 모두의 사랑은 그것이 아름다운 영혼의 소망에 머무는 한 공허하고 무의미하며, 심지어 억압적이기까지 하다. 진정 이웃과 함께 살기 위해서는 사랑의 달콤한 꿈과 더불어 적대의 냉연한 현실을 마주하고 직시할 수 있어야 한다. 그런 연후에야 이웃은 나 자신의 또 다른 얼굴이나 적의에 찬 원수의 이름이 아니라 낯선 우정의 대상으로서 우리 앞에 마주설지 모른다. 이제 우리의 이야기는 타자로서의 이웃, 나와 무관하며 때로 적대적일지도 모르는 그와 만나는 방식에 대한 것이다.

2. 무지, 기원과 결과

이웃이란 누구를 말하는가? 사전적 정의를 끌어온다면, 이웃은 나란히 또는 가까이 곁에 있어 경계를 마주하는 자다. 인접해 있는 존재, 멀리 있지 않은 상태로 나와 교통하는 어떤 현존. 하지만 이웃과 나 사이에는 모종의 '경계'가 있다. 앞서 두 점 사이의 관계에서 언급했던 것처럼, 관건은 이 경계선이 어떤 것인가에 달려 있다. 한 점을 포함하지만 다른 한 점은 영원히 밀어내는 분리의 척도인가, 아니면 두 점을 모두 싸안음으로써 아무리 멀리 떨어져 있더라도 궁극적으로 만남을 허락하는 연결의 계기인가? 이렇게 생각한다면 이웃이란 단지 멀고 가까움의 문제는 아닐 듯싶다. '곁에 있다'는 말은 실제로 옆집에 산다든지 이웃고장, 이웃나라에 산다는 뜻이라기보다 서로를 나누는 분리선이 존재하는가 또는 부재하는가를 가리키는 것이다. 이 같은 의미에서 경계 위에 서 있는 이웃은 불투명하고 모호한 정체성을 갖는다. 그가 누구인지 밝혀지기 전까지, 이웃은 아직 적도 친구도 아니다.

그럼 이웃에 대한 적대는 어디서 기원하는 걸까? 엇갈린 평행선처럼 스쳐 가던 타인이 내게 적이 되는 순간은 대체 언제부터인가? 적대란 DNA에 새겨진 인간 종의 불변적 자질이거나 고대로부터 현대에 이르는 사회구조에 내재한 문명의 역설인가? 심원한 인류학적 고찰이나 철학적 인간학을 요구할 법한 이 물음들은 때로 어처구니없을 정도로 단순한 계기 속에 답변을 간직하곤 한다. 유전자 코드나 문명의 질곡 혹은 신화나 성서 속의 전설과 달리, 적대의 현실은 너무나도 사소하게 시작되어 환원 불가능한 현존의 형태로서 엄존하는 무엇이다. 적은 추상의 관념이 아니라 나와 마주한 구체적인 타자이며, 방금까지 곁의 이웃으로 실존하다가 어느 순간부터 타자가 되고 적으로 돌변해 버린 낯선 존재를 가리킨다. 내가 안다고 생각했거나 또는 알 수 있으리라 확신했건만 끝내 자신을 알리지 않은 채 어둠 속에 자신을 묻어 버리는 자가 이웃, 아니 적이다. "당신이 한 번도 이야기를 들어 보지 못한 자, 그가 바로 적이다."[2] 한마디로 말해, 무지는 적을 낳는다.

---

2 웬디 브라운, 『관용』, 이승철 옮김, 갈무리, 2010, 17쪽에서 재인용.

인터넷 중고사이트를 기웃거리던 소설가 이기호는 어느 판매자가 자신의 소설책을 헐값에 내놓았다는 사실을 알고는 불쾌감에 젖는다. 심지어 다른 책 다섯 권을 사면 '덤으로' 끼워 줄 정도로 싸구려 취급을 하며, "꼴에 저자 사인본"이라는 설명까지 달았다는데 격한 모욕감을 느낀 나머지 잠도 이루지 못할 지경이다.[3] 판매자는 혹시 내가 아는 다른 작가가 아닐까? 나를 모욕 주기 위해 일부러 책을 팔고 그런 치욕적인 표현까지 쓴 게 아닐까? 아무리 고민해도 판매자가 누구인지, 왜 그런 글을 올렸는지 알 수 없던 이기호는 결국 판매자 '제임스 셔터내려'를 직접 만나 보기 위해 KTX를 타고 광주에서 일산으로 향한다. 그런데 약속장소에서 만난 당사자는 전혀 생면부지의 낯선 사내다. 책을 구매하는 척, 겉표지 다음 장을 살펴보던 이기호는 마침내 자기의 서명과 함께 책의 주인이 누구인지 알게 된다. "최미진 님께. 좋은 인연. 2014년 7월 28일 합정에서 이기호"(22).

문제는 최미진이란 사람도 전혀 기억에 없거니와 눈앞에 선 판매자 '제임스 셔터내려' 역시 난생처음 본 사람이라는 데 있다. 이 사람은 누구인데 그토록 모욕적인 말로 내게 수치심을 주었는가? 책날개의 작가 사진과 구매자가 동일인임을 알아챈 판매자는 당황하여 도망치지만 이내 돌아와 죄송하다는 사과의 말만 연발한다. 그러나 이기호에게 중요한 것은 왜 자신의 책만 무료증정의 대상인지, '꼴에 사인본' 운운할 정도로 정말 한심했던지 여부다. 따

---

3 이기호, 「최미진은 어디로」, 『누구에게나 친절한 교회 오빠 강민호』, 문학동네, 2018, 10쪽. 이하 본문 중에 인용할 때는 괄호 속에 쪽수만 표시한다.

지고 보면 모욕감의 원인은 그의 적의 어린 평가 때문이 아니었던 가? "아니, 나는 단지 그냥 궁금해서…"(27) 하지만 판매자의 묵묵 부답 앞에 끝내 궁금증을 해소하지 못하고 귀갓길에 나선 이기호. 독자들 역시 궁금하다. 판매자는 누구이고 최미진과는 어떤 관계 인가? 왜 그는 이기호에게 그토록 적대적이어야 했던가?

광주에 도착한 직후 '제임스 셔터내려'에게 걸려 온 전화는 사 건의 전말을 이야기해 준다. 그는 최미진의 전 애인이었지만 현재 는 헤어진 상태다. 어디에 있는지 어떻게 지내는지도 전혀 알지 못 한다. 이기호의 소설책도 최미진의 소유품으로 그녀가 떠날 때 판 매자에게 남겨 두고 간 물건일 따름이다. 곧 이사를 가야 하는 상황 에서 판매자는 전 애인의 책들을 떨이로 중고사이트에 내놓은 것 이고, 아마도 그녀 이름이 적힌 사인본을 접하자 복합적인 감정의 굴곡이 일어나 그처럼 모욕적인 표현을 적었을 것이다. 당연히 이 기호 본인이 책을 사리라 예상하지 못했기에 벌어진 일이지만, 그 로서도 할 말이 없지는 않다. 본의 아니게 타인에게 모욕을 주었으 나, 동시에 스스로도 수치심을 느끼게 되었으니까.

아저씨… 아저씨는 우리 미진이도 잘 모르잖아요… 모르면서 그냥 좋은 인연이라고 쓴 거잖아요… 그건 그냥 쓴 게 맞잖아 요… 씨발, 아무것도 모르면서… 내가 책을 왜 파는지… 내가 당 신이 쓴 글씨를 얼마나 오랫동안 바라봤는지… […] 그런데 씨 발, 내가 뭘 그렇게 잘못했다고…(30~31)

비록 스스로 모욕을 당했다고 느꼈기에 한 행동이지만 이기호가 품었던 '앎에 대한 의지'는 결과적으로는 타인을 모욕하게 되었고 수치심에 빠뜨리기까지 했다. '제임스 셔터내려'의 불만처럼 이 기호는 그가 누구인지, 최미진과는 무슨 관계인지, 어떤 감정의 굴곡 속에 그들이 파경을 맞았는지 전혀 알지 못한다. 이러한 무지야말로 자신을 향한 적대에는 민감한 반응을 끌어냈으나 자신이 발산했던 적대에는 무감각할 수밖에 없던 이유 아닐까? 그가 판매자의 정체나 적대의 이유 등을 캐기 위해 궁리했던 시간들은 오히려 그 자신이 누구인지를 드러내는 순간들에 다름 아니었다. 아이 셋과 부부가 웅크려 자는 집의 담보 대출금을 갚을 때가 왔고, 보험사에서는 작가가 '일용 잡급'이므로 '일당 만팔천 원'에 불과하다는 평가를 받았다. 또 모욕과 수치에 골몰함으로써 소설가라는 직업의식도 전혀 발휘하지 못했던 것. 그를 사로잡았던 앎에 대한 의지는 적대의 원인일 뿐이었고, '제임스 셔터내려'는 다만 이 과정을 보여 주기 위해 끌려 나온 맥거핀에 불과하다. 자신을 향한 적대에 몸둘 바를 몰랐지만 정작 분개하고 씁쓸해하며 모욕감과 수치심에 몸부림치며 은밀히 적의를 불태웠던 것은 이기호 자신이었다. 이토록 섬뜩한 적대의 연쇄는 타인에 관해 알지 못하는 자신으로부터 연유했음이 틀림없다. "나는 나의 적의가 무서웠다"(31).

타자를 향한 모든 적대는 다 자신의 소산이니 무조건 반성하라는 게 이 작품의 주제는 아니다. 오히려 이웃과 적대의 문제가 결코 명료하게 가려질 수 있는 사안이 아니라는 점, 멀리 있든 가까이 있든 이웃과 타자는 한 몸이며, 따라서 적대적 관계는 타자가 "나와 아주 가까운 거리에 있"다는 사실 자체에서 연유한다는 점이 핵심이다(33). 이 거리는 멀지도 가깝지도 않은, 그러나 분리와 연결의 모호한 경계선이 지날 만큼의 좁은 틈새일 것이다. 누군가 나의 이웃이 되거나 타자가 되는 것, 심지어 적이 되는 것은 이 좁은 틈새에서 아주 우연히 발생할 수 있는 불가지의 사건과도 같다. 이러한 삶의 역설은 이웃-타자의 적대가 우리에게 본성적으로 기입된 특징이라기보다 언제든지 돌발될 수 있는 경계적 사건의 가능성 위에 열려 있음을 시사한다. 나와 타자를 분리시키는 적대의 분리선은 나와 이웃을 연결시켜 주는 평면과 동일한 지평 위에 있다.

3. 경계, 계급과 계약

그러니 적의 기원은 이웃이라 말해야 옳다. 적에 대한 무지는 이웃에 대한 무지에서 흘러나오고, 나와 이웃의 화해 불가능한 교착상태는 기실 자연 상태에 가까운 것으로 밝혀진다. 만인에 대한 만인의 투쟁, 또는 Homo homini lupus. 신화적으로 읽히기 쉬운 이 곤혹을 우리 시대의 지형 위에 덧입혀 생각해 볼 필요가 있다. 이웃과 타자, 적의 구별이라는 문제는 고심 어린 사변적 성찰이나 희귀하고 괴짜스런 통찰 속에서만 드러나는 진리가 아니다. 차라리 그것은 신자유주의와 포스트민주주의라는 우리 시대의 즉물적인 현실이 보여 주는 맨얼굴에 가깝다.[4] 바꿔 말해, 일종의 현사실성Faktizität으로서 적과 이웃의 교차는 그에 마주한 '나'가 서 있는 자리, 우리

---

4 논의가 너무 비약하는 걸 주의해야 하겠으나, 이른바 '신자유주의적 경쟁만능주의'나 '민주화 이후의 민주주의' 시대의 특징이 적과 자기의 차이를 통한 정체성 정립 및 적대화에 있음은 잘 알려진 사실이다. 오찬호, 『우리는 차별에 찬성합니다』, 개마고원, 2013, 89~98쪽; 콜린 크라우치, 『포스트민주주의』, 이한 옮김, 미지북스, 2008, 195쪽.

의 현재를 철저히 캐묻기 위해 필요한 소급절차라 할 수 있다.

충치치료를 위해 치과를 방문한 라영주는 코디네이터가 어릴 적에 아파트 위층에 살던 백성희임을 알게 된다. 유년기부터 초등학생 때까지를 함께 보낸 그들은 '같은 평수, 같은 구조의 아파트'에서 층만 달리한 채 어울려 지냈고, 친자매처럼 허물없이 굴던 사이였다.[5] 무엇보다도, 화자인 영주는 자신보다 어린 성희에게 작은 마음의 빚을 느끼고 있었는데, 또래보다 작고 둔하던 자신을 성희가 늘 놀이에 끼워 주고 배려해 주었기 때문이다. 이렇던 관계에 모종의 변화가 생긴 것은 영주가 성장하며 어른의 세계를 엿본 이후다. 그녀가 4학년 1학기 반장 선거에서 당선되었을 때, 담임은 영주가 "같은 동네 아이들끼리 너무 친한 티를 내면서 '위화감'을 조성"한다며 힐난했던 것이다(92). 위화감은 '차별'과 비슷한 말로서 그네들이 다른 동네 친구들을 따돌리고 있으니 이는 영주의 잘못이란 뜻이다. 물론 영주는 이를 곧이곧대로 받아들일 정도로 순진하지는 않았다. 오히려 위화감을 느끼고 차별대우를 당하는 대상은 자기 동네 아이들로서, '자가' 소유자가 아닌 '영구임대주택'에 사는 친구들이었던 것이다. 학교에서 흔히 '가정환경' 파악을 빌미로 행해지던 소유재산 조사는 아이들을 계급적 차이에 눈뜨게 만들었고, 이로써 친근했던 '이웃'은 낯설고 불편한 '타자'로 변별되기 시작한다.

흥미로운 점은 영주가 처한 모호한 입장이다. 그녀의 내적 분

---

5 김유담, 「우리가 이웃하던 시간이 지나고」, 『탬버린』, 창비, 2020, 90쪽. 이하 본문에서 쪽수만 표시하겠다.

열과 갈등은 이 경계선적 위치로 인해 생겨나는데, 자가와 영구임대주택 사이의 '임대아파트'가 그녀의 정체성이 되었던 까닭이다. 후자에 속한다는 데 대한 수치심과 전자를 향한 욕망은 "방과 후 피아노학원과 영어학원을 다니고, 피자집에서 생일 파티를 하는 아이들"과 영주가 "자연스럽게 어울릴 수 없"게 만들었고, 이로 인한 자괴감에 늘 시달리게 된 것(94~95). 아래윗집 이웃사촌처럼 어울려 지내던 성희와의 관계는 이런 비틀어진 마음으로 인해 멀어지게 되었고, 성희에게 상처를 주었다는 자책과 동시에 스스로도 상처받았다는 복합적인 심사가 뒤얽힌 채 어린 시절은 종막을 고한다. 이런 유년기의 기억을 잊고 살던 영주가 치과에서 성희를 다시 만났던 것이다. 서사는 둘 사이에서 옛 우정이 회복되는 과정을 보여 주지 않는다. 얼핏 두 사람은 예전의 관계를 되찾아 친근한 이웃과 다정한 친구로 되돌아가는 듯싶지만, 치과광고를 위해 블로그에 홍보글을 올려 달라는 성희의 부탁은 영주의 기분을 상하게 했고 관계는 다시금 틀어지고 만다. 얼핏 영주의 자존감과 모욕감 때문에 이 두 번째 분리는 벌어진 듯하지만, 실제로는 성희를 만남으로써 자신의 삶이 아무것도 나아지지 않았음을, 즉 영구임대주택을 멀리하고 임대아파트를 벗어나려던 그녀의 몸부림이 별반 소용이 없었음을 깨달았기 때문에 생겨난 것이었다.

일견 성희는 성공한 듯 보인다. 분양권을 고수하지 못한 채 떠나야 했던 영주네와 달리 성희네는 결국 아파트를 소유하게 되었고, 지금은 나름 유망한 치과 코디네이터가 되었다는 자부심마저 갖고 산다. 하지만 그녀의 삶에 가까이 다가갈수록 영주는 성희조차 그다지 나아지지 않았음을 알아차리고 만다. 놀랍게도 성희는 영주 자신의 현재 처지와 크게 다르지 않은 삶을 살고 있다. 영주가 그토록 빠져나가고 싶어 하던 인생의 빈궁한 자리에 성희 또한 아직 머물러 있으며, 이런 그녀가 다시 자기 곁의 이웃으로 돌아왔다는 사실은 어찌 보면 진전 없는 자기의 삶을 괴롭게 비추는 거울을 마주한 것이나 다름없었을 터.

직사각형 모양의 방에 들어섰을 때 내 방에 온 듯한 기시감을 느꼈다. 내 자취방과 모양이나 가구 배치가 너무 흡사했다. 작은 창을 면한 자리에 놓인 책상이나 방 안쪽 가장 구석진 자리에 놓인 침대의 위치까지.
"원룸이 다 똑같지 뭐."
성희는 대수롭지 않게 말했지만, 어린 시절 우리가 썼던 방의 모습과 비슷해서 친숙하면서도 비루한 느낌이 동시에 들었다. 가리봉동과 이문동, 서울의 반대편에 위치한 각자의 방은 우리가 떠나온 K동 주공아파트의 문간방보다 조금도 나아지지 않았다는 생각에 서글퍼졌다(105~106).

"조금도 나아지지 않"은 삶에 대한 공포와 적의는 이웃을 낯선 타자로 바라보게 만들고, 타자를 위협적인 적으로 인식하며, 다시 그 적을 자신에게서 발견하는 과정 속에 구체화된다. "무기력하고 공허한 표정의 지금 얼굴이야말로 어쩌면 성희의 진짜 모습일지도 모른다"는 생각은 아마 성희에게서 영주 자신을 보는 느낌과 겹쳐졌기에 더욱 끔찍했을 것이다. 그것은 도망쳐야 할 불운한 과거이자 여전히 거기 사로잡힌 현재의 모습인바, 언젠가 도달하고 싶은 '동경의 대상'으로서 전혜린의 모습과는 정 반대편에 놓인 섬뜩한 이미지였을 것이다(100). 그렇게 꺼림칙할 정도로 가까이 다가온 예전의 이웃은 부지불식간에 잔뜩 경계심 어린 타자로, 노골적인 적으로 뒤바뀐 채 적대의 분리선 바깥으로 밀려나 버린다. "그만 엮이고 싶어"(110). 이제 둘 사이에는 넘어설 수 없는 단단한 분리의 경계선이 놓이고 말았다.

계급적 차이와 그 자의식이 초래한 적대적 분리의 양상은 필경 정치적인 것이라 말해도 좋으리라.[6] 현실 정치의 소재나 용어, 개념 따위는 언급되지 않지만, 「우리가 이웃하던 시간이 지나고」에는 스스로 소외됨으로써 이웃과의 우정을 적대로 변질시키고, 나아가 그 같은 적대로 인해 자신의 정체성마저 획득하는 과정이 묘파되어 있는 까닭이다. 예의 '자신에 대한 앎'이 그것인바, 우리가 '나' 자신이 되는 계기는 타인과의 관계를 끊고, 이웃에 무감각하며, 무의식적으로나마 이 같은 자기거세를 자신의 정체성으로 받아들이는 과정을 통해서이다.[7]

---

6 제도나 규범, 법 등의 성문화된 정치적 질서와 달리 정치적인 것(the political)은 삶의 비공식적인 부면들을 아우르는 감각의 분할, 세계상의 차이 등을 빚어낸다. 한 사람의 사적 개인으로서 영주의 삶은 거대 정치적 차원과 맞닿는 부분이 없지만, 어린 시절부터 그녀가 부딪힌 계급적 차이의 감응은 이후 그녀 자신의 삶과 이웃의 관계, 타자와 적에 대한 태도 등을 형성했기 때문이다. 최진석, 『감응의 정치학』, 그린비, 2019, 47~49쪽.

7 자기에 대한 진정한 앎은 의식적 수준에서의 가시적 표상이 아니라 무의식적인 앎, 자신도 모른 채 스스로의 사유와 행동을 틀 짓는 불가해한 지식이다. 라캉이 진리는 기만을 통해 성립한다고 말한 것은 정확히 지식의 무의식적 차원을 가리키는 것이다. Jacques Lacan, *The Four Fundamental Concepts of Psycho-Analysis*, W.W. Norton & Company, 1978, p. 138.

왜 신경제거라고 하지 않고 신경치료라고 하는 걸까. 신경이 제
거되면 아무런 아픔도 느껴지지 않는 것이 당연했다. 이 도시에
온 이후 나는 점점 아무것도 감각할 수 없는 무신경한 사람에
가까워지고 있었다. 이유를 골똘히 생각해 보고 싶었지만 쏟아
지는 졸음을 이길 수 없었다. 팔짱을 낀 채 스르르 눈을 감았다
(113~114).

뚜렷하게 가시화되지는 않지만 현실을 분할하는 가장 근본적
인 분리선으로서의 계급은 우리 시대에 가장 근본적인 적대의 전
선이며, 이웃과 적을 구분하는 강력한 척도로 기능한다. 하지만 이
같은 계급의 분리선이 만들어 내는 파장은 정치경제학의 심급을
넘어서고 벗어나 있다. 계급이 절단해 놓은 경계의 정치학은 곧 이
웃의 윤리학을 노정하고, 우리의 사유와 행동을 특정한 방식으로
재단해 놓는다. 바꿔 말해 계급이라는 기준은 일상생활 속에서 윤
리의 외피를 쓴 채 이웃을 판단하고, 이로써 이웃은 적과 친구의 범
주 속으로 도덕적인 분할을 겪게 된다.[8] 실로 우리가 이웃으로부터
적을 발견하는 순간은 그가 통념의 도덕을 벗어날 때, 파렴치하고
비도덕적인 괴물로 둔갑할 때가 아닌가? 적은 내가 속한 공동체의
윤리적 분리선이 위반되었을 때 모습을 드러낸다. 즉 사회 내에서 암

---

8 추문(scandal)은 이웃에게서 벌어지는 가장 강력한 사회적 규탄의 대상인바, 윤리적 결함
이나 무도덕이 그 원인처럼 여겨지지만 실상 계급의 질서가 탈구되고 해체될 때 이를 저
지하기 위해 발생하는 사회적 안전장치라 할 만하다. 19세기 유럽의 부르주아 소설이 이
를 잘 보여 주는데, 추문 속에서 이웃은 공동체의 적으로 규정되며, 지탄과 배제의 과정을
통해 해당 사회에서 소거되고 만다.

묵적으로 부여된 상호적 계약이 침해될 때, 적이 가시화되는 것이다.

4. 타자, 신과 광인

사회계약에 기초한 근대 사회는 자유로운 개인의 정체성을 전제한
다. 달리 말해, 공동체가 성립하기 위해서는 자기의 의지대로 계약
관계에 참여할 수 있는 개인이 먼저 있어야 한다. 이 같은 개인들
사이의 관계는 재산과 권리의 평등하고 자유로운 교환원칙에서 보
장되는바, 주는 것과 받는 것이 등가의 가치를 지녀야 한다. 화폐나
재물과 같은 실물 재화의 교환은 시장과 정치경제학이 담당하고,
감정과 정념, 이데올로기의 교환은 문화와 문학 등의 감각적 형식
이 떠맡는다. 사회 속의 모든 것은 단일한 척도로 측정되고, 등가의
원리에 따라 교환되고 순환되어야 한다.

　　만일 누군가가 이 같은 교환의 원칙을 깨뜨린다면 어떤 일이
생길까? 이는 다만 개인과 개인 사이의 분쟁을 넘어서 공동체의 존
립에도 심각한 영향을 끼치는 사건이 될 것이다. 재물에 관련된 일
이라면 차라리 쉽게 해결된다. 경찰이 그를 체포하고, 법원에 넘겨
사법적 처벌을 가함으로써 사회로부터 격리시키면 끝나기 때문이
다. 문제는 법의 영역 바깥에서 그런 사태가 벌어졌을 때, 즉 윤리
적 분리선이 횡단되고 구멍이 났을 때 나타난다. 타인에 대한 도덕
적 죄책은 합당한 보상을 통해 갚아져야 하고, 고마움의 감정 또한
표현되는 만큼 받아들여져야 한다. 마땅히 해야 할 고마움을 표현
하지 않는 것만큼이나 감사의 표시에 이유 없이 응하지 않는 것도
등가교환의 원칙을 위배하는 것이다. 마음속 죄의 대가를 치르도

록 허락하지 않는 것이기 때문이다. 이 모두는 원한과 적대의 목록에 기입되어 함께 어울릴 수 없는 분리선 바깥으로 서로를 밀어낸다. 이웃에 대한 관계도 예외이지 않다. 감정의 동등교환이 어긋날 경우, 사법적 관할권에는 속하지 않으나 공동체의 윤리적 분열을 일으킴으로써 적대의 질곡 속에 너와 나를 몰아넣는 것이다.

건너편 빌라 2층에는 어떤 사내가 산다. 이름도 사연도 알 수 없는 그와 화자는 기묘한 인연을 맺게 되는데, 통상적 의미에서의 좋고 나쁨이나 유쾌함과 불쾌함, 환대와 적대의 이분법으로는 정리되지 않는 모호한 관계가 그것이다. 그와의 첫 번째 만남은 화자가 공원에 아이를 데리고 나갔을 때 일어났다. 또래 친구가 없는 아이를 걱정스레 바라보던 화자는 이상한 모습으로 그네를 타고 있는 사내를 발견한다. 포악스러울 정도로 거칠게 그네를 타는 사내는 곁에 화자의 아이가 지켜보고 있음을 아는지 모르는지, 귓가에는 리시버를 꽂고 이상한 소리를 내면서 그네타기에 몰두할 뿐이다. 아이는 위협적인 그의 모습에 몸을 움츠리지만 이내 "두려움과 매혹이 가득한 눈으로" 그의 모습을 좇는다.[9] 타인의 존재를 아랑곳 않는 사내는 대단히 불쾌하고 기이한 느낌을 안겨 준다. 악의적으로 묘사하는 문장은 없지만, 그에 대한 묘사를 읽는 누구라도 사내가 '비정상적'이라는 직감에 젖지 않을 수 없다. 타자의 시선과 실존을 무시한 채 마치 자기 외에는 아무도 존재하지 않는다는 듯이 행동하는 것은 교환을 약정한 사회의 에티켓이 아니다. 더구나

---

9 윤이형, 「이웃의 선한 사람」, 『작은 마음 동호회』, 창비, 2019, 145쪽. 이후 본문에서 쪽수만 쓴다.

옆의 아이에 대한 일말의 친절이나 배려도 없이 위험천만하게 그 네타기에 몰입해 있는 그는 어른인지 아이인지조차 식별 불가능한 낯선 타자이다(145). 이런 그의 불가해한 이미지는 화자와의 두 번째 만남으로 더욱 강화된다.

평소 밤늦게 담배 한두 대를 피우는 걸로 스트레스를 해소하는 화자는 그날도 무심히 흡연을 하려던 참이었다. 늘 서서 피우던 그가 그날따라 건너편 화단가의 시멘트 단에 걸터앉아 담배를 피운 것은 이기심의 발로는 아니었다. 아이를 안다가 허리를 다친 이후 어쩔 수 없이 생긴 버릇이었던 것이다. 하지만 갑자기 머리 위로 식초가 쏟아지고, 깜짝 놀란 화자가 올려다 본 빌라의 2층은 후일 그 이상한 사내의 집으로 밝혀지게 된다. 식초 대신 염산이나 황산이 아니라는 점을 다행스럽게 여기면서도, 화자의 불쾌감과 두려움은 가시지 않는다. "방의 주인이 누구든 그가 내게 한 행위에는 인간 대 인간의 의사소통을 구성하는 어떤 필수요소가 완전히 결여되어 있었고, 그것이 내 몸을 떨리게 한 음침함의 원인이었다. 그는 내게 말을 할 필요가 없다고 생각한 것이다. 말이라는 수단의 가능성을 처음부터 고려해 보지 않은 게 분명했다. 그에게 나는 인간이 아니라 다만 대상이었다"(152~153). 자기 잘못을 십분 인정하면서도, 식초를 뿌린 사람이 분명 사회적 관계로부터 단절된 자, 사회생활에 문제가 있는 누군가일 것이란 상상은 멈추지 않는다. 만일 그가 '정상적'인 사회인의 하나였다면 이렇게나 '악의적'인 행동은 할 수 없었을 것이란 짐작에서다.

반전은 세 번째 만남에서 벌어진다. 동네 슈퍼마켓에서 장을 보던 어느 토요일, 화자와 아내는 잠시 아이의 존재를 잊고 말았다.

잠깐 사이에 아이는 슈퍼마켓 밖으로 나갔고, 몇 미터 앞에서 오던 트럭을 보지도 않은 채 도로를 향해 달린 것이다. 끔찍한 교통사고가 벌어지려던 찰나, 아이를 구한 것은 바로 그 사내였다. "거대한 오랑우탄이 달려와 새끼를 낚아채고는 곧바로 나무 위로 점프해 올라가는 것 같은 움직임"으로 그는 아이를 구했고, 화자가 경황이 없던 사이에 사라져 버린다(147). 감사의 인사를 전해야 한다는 마음에 그를 쫓던 화자는 사내의 집이 식초를 부었던 집이란 데 한 번 더 놀라는데, 작품의 서사를 전진시키는 그의 내적 갈등은 모두 이 사건으로부터 비롯된 것이다. 어떻게든 보답해야 한다! 흡사 강박과도 같이 화자는 사내를 찾아간다. 하지만 아무리 찾아가도 사내는 문을 열어 주지 않고, 백만 원을 봉투에 넣어 현관 아래로 밀어 넣어도 되돌려 보내 버린다. 평범한 선물상자를 보내도 전부 반송해 버릴 정도니, 아무리 사양지심의 발휘라고 해도 선뜻 납득하기 어려운 일이다. 핵심은 사내가 자기 행위에 대한 어떤 자의식도 갖지 않으며, 마치 "자신이 한 선행을 이해하지 못하는 것처럼" 군다는 데 있다(137). 사양의 반복, 아니 감사든 뭐든 받을 게 전혀 없다는 사내의 태도는 화자로 하여금 도리어 "내가 몹시 뒤틀리고 은혜를 모르는 인간처럼 느"끼게 만들었고, '초라함'과 '부채감'의 무게를 더함으로써 악몽에 시달리게 만들 정도였다. "은인이던 그는 아는 사람이 되었고, 다시 아무런 교류 없는 타인으로 되돌아갔다"(138). 누구의 잘못인가?

이쯤이면 도대체 사내의 정체가 무엇인지, 왜 자기의 선행을 부인하고 답례를 거절하는지 몹시 궁금할 것이다. 화자는 사내로부터 이유를 듣는 게 자신의 소명이나 된다는 듯, 집요하게 그의 뒤

를 쫓고 마침내 그와 함께 식사를 하는 데 성공한다. 사내의 이야기
는 놀라움 그 자체다. 그는 미래를 볼 줄 아는 능력을 지녔고, 이 때
문에 사람들과의 관계를 기피하는 중이다. 왜냐면 그와 관계된 사
람들의 앞날을 보게 되기 때문이다. 놀이터에서 잠깐 손이 스친 화
자의 아이도 사고를 미리 볼 수 있었기에 구했던 것이고, 심지어 자
신에게 벌어질 미래도 모두 다 알고 있다는 게 사내의 주장이다. 그
가 선행을 부인하는 이유도 그에 있는바, 자신은 알고 있었기 때문
에 행한 것이지 착한 일을 하려고 행했던 게 아니란 뜻이다. 모든
일이 알기에 행하고, 알기에 행하지 않는 선택의 결과라면 여기 어
디에 선과 악이 있을 텐가? 당연하게도 화자에게 이는 너무나 이상
한 말이고, 조리는 전혀 닿지 않는다. 난감한 표정의 사내는 믿지
못하겠으면 아무렇게나 생각하라는 태도로 일관한다. 그가 이렇게
나오니, 끝내 분을 참지 못한 화자가 격분하고 멱살잡이까지 하는
것도 무리는 아닐 게다.

너무나 뜻밖의 이야기로 마감되기에 이 작품의 주제나 의미를
명쾌히 보여 주거나 일목요연하게 정리하는 것은 불가능할 지경
이다.[10] 하지만 하나의 설명적 연관을 찾지 못할 바는 아니다. 사내
는 현실 세계의 질서로부터 비껴 난 존재다. 초월적이거나 관념적
인 의미에서가 아니라 세속적 현실의 일상적 규범을 벗어난 채 살
아가며, 거의 단독자적 생존에만 함몰되어 있다. 그의 귀는 항상 리
시버로 막혀 있고, 타인과 소통 불가능한 소리들을 내뱉으며, 인사

---

10 실제로 이 작품은 단 하나의 의미로 수렴되도록 짜여진 이야기라기보다, 다양하게 변주
되고 변양될 수 있는 주제적 가능성을 지닌다고 생각한다. 하지만 이것이 지금 우리의
논제는 아니다.

나 안부, 감사와 보답, 친절과 겸양 같은 일상생활의 도덕관념에도 무관심하다. 공동체를 규율하는 가시적 질서는 벗어나지는 않는다 해도, 이 가시적 질서를 하부로부터 지탱하고 조직하는 불문율은 전혀 따르지 않는 것이다. 가식적 친절이나 위선적 태도, 허례허식 따위에 대해 우리는 경멸감을 금치 못하지만, 실상 나날의 일상은 그 같은 무언의 질서 및 비공식적 관계를 통해 간신히 영위되는 형편이다. 일종의 감정적 등가교환을 표상하는 이 질서는 나와 너 사이에서 보이지 않는 교량을 놓고, 이를 통해 서로를 이웃으로 확인하게 만들며, 위험스러운 적대를 기각시킨다.[11] 분리와 연결의 미묘한 경계 위에서 펼쳐지는 곡예는 교환을 바탕으로 한 사회의 위태로운 모험이다. 자, 그럼 이웃은 왜 적이자 친구인 동시에, 친구도 아니며 적도 아닌가? 연결과 분리의 줄타기가 어느 순간 한쪽으로 기울어질 때, 그는 친구이거나 적으로 판명되는 게 아닐까?

사내의 기이한 행태는 그가 이러한 시민적('정상적') 삶으로부터 유리되어 있음을, 그것을 거부하고 벗어나려 애쓰고 있음을 암시한다. 실제로 사내가 미래를 볼 수 있든 없든, 광인이든 신이든 그런 정체성 따위는 중요하지 않다. 화자가 베푸는 호의나 감사의 인사, 겉치레일지언정 진심을 나누는 교류 따위에는 아무런 관심도 없고, 오직 자기만의 서사에 빠진 채 화자의 논리적 서사와 충돌

---

11 언어의 여섯 가지 기능 중 친교적 기능은 의사소통의 논리적 구조를 벗어나지만, 이것 없이 일상의 언어활동은 이루어질 수 없다. 로만 야콥슨, 『문학 속의 언어학』, 신문수 엮고 옮김, 문학과지성사, 1989, 61쪽. 타인과 맺는 대화의 대부분은 정보적 가치가 없고 쓸데없이 버려지는 낭비에 가깝지만, 이 무용성과 무의미로 말미암아 타자는 우리의 이웃이 된다.

하고 이탈의 선을 그어 가는 한, 사내는 모호한 이웃으로서 타자든 적이든, 혹은 친구든 불가해한 존재로 우리 앞에 서 있는 것이다.

5. 이웃, 적대와 우정

다시 그럼, 이웃이란 무엇인가? '친밀하고 가까운 존재'라는 통념적 정의는 이웃에 대해 아무것도 알려 주지 않는다. 중요한 것은 이웃의 정의가 아니라 무엇이 이웃을 규정하며, 이웃을 나에 대한 타자나 적, 심지어 친구로 만들어 주는가에 있다. 그것은 아무리 멀리 떨어져 있어도 나와 이웃을 이어 줄 수 있는 연결의 선이거나, 아무리 가까이 근접해 있어도 결코 마주할 수 없게 만드는 분리의 선이다. 우리는 이 선에 붙여진 다양한 이름들을 알고 있는데, 계급과 윤리는 일상적 삶의 궤적을 관통하며 이웃이 누구인지 드러내는 경계짓기의 주요한 요소들일 것이다. 이 경계화-정체화의 과정들을 통해 이웃은 비로소 그가 누구인지 모습을 드러내는바, 그는 '제임스 셔터내려'와 같이 원한의 날카로운 송곳을 세우지만 볼품없는 남자이거나, 오래전 알고 지내던 속되지만 친근한 동생일 수도 있고, 또는 적의와 선의가 기묘하게 교차하는 섬뜩하도록 낯선 사내일지도 모른다. 이들은 우리 곁에 언제나 있었고 지금도 그렇지만, 감히 누구라 말할 수 없는 모호한 타자들이다.

　　너무나 쉽게 적으로 변해 버리는 이웃을 두고 볼 때, 또는 정반대로 이웃에 대해 언제든 적대할 수 있는 우리 자신을 두고 볼 때, 적대만이 이웃관계의 진실처럼 여겨지는 것은 당연한 반응이다. 실제로 프로이트는 전쟁은 결코 없어지지 않으리라 단언하며 이는 우리 내부에서 적대라는 무의식적 힘이 결코 사라지지 않을 것이기 때문이라 단언한 바 있다.[12] 바로 이 '우리 안의 적대'야말로 인간의 불가피한 전제임을 통찰했기에 내린 진단일 게다. 정신분석적 설명에 따르면 "네 이웃을 네 몸처럼 사랑하라"는 기독교의 금언은 불가능한 역설의 과제를 인간에게 제시하는바, 적대가 인간의 근본 조건임을 직시하지 않고는 이웃의 본질적인 괴물성과 폭력성을 우리가 감당할 수 없을 터이기 때문이다. 적으로서 이웃에 대한 관계는 결국 나 자신의 정체성을 정립하기 위한 필연적 과정에 다름 아니다. 그것은 하나의 필요악으로서, 적을 통해 우리는 우리가 되는 까닭이다.[13] 하지만 이것이 다일까?

역으로, 만일 적의 기원이 이웃이라면, 어쩌면 친구의 기원 역시 이웃이라 말할 수 있으리라. 왜냐면 모호한 경계 위의 존재로서 이웃은, 연결과 분리의 절단선이 그어지기 전까지, 그 모호함 가운데 아직 자신이 누구인지 밝히지 않았기 때문이다. 이 같은 모호함은 나와 너, 이웃이 결코 하나가 될 수 없음으로 인해 절대 해체되지 않는다. 그러니 이 모호함이야말로 언제나 남는 유일한 것이며, 적대의 가능성만큼이나 우정의 잠재성을 간직하는 힘이 아닐까?

머나먼 독일 땅에서 만난 두 가족은 서로를 통해 이방에서의 외로움을 달랜다. 한편은 한국인 가족이고 다른 한편은 베트남인 가족으로 서로에 대한 무지를 통해 한데 맺어질 수 있던 것. 그러나

---

12 지그문트 프로이트, 「왜 전쟁인가?」, 『문명 속의 불만』, 김석희 옮김, 열린책들, 2004, 349쪽.
13 케네스 레이너드, 「이웃의 정치신학을 위하여」, 슬라보예 지젝·에릭 L. 샌트너·케네스 레이너드, 『이웃』, 정혁현 옮김, 도서출판b, 2010, 30~31쪽.

동시에 무지는 분리의 싹을 틔우고, 적대의 균열마저 일으킨다. 한국은 남을 침략한 적이 없다는 아이의 말은 일가친척을 한국군에게 잃은 가족의 마음을 격렬히 할퀴고, 두 가족은 더 이상 이웃으로 남을 수 없게 된 것. 적의 기원은 이웃에 있다는 우리의 결론을 다시 한번 확인할 수밖에 없는 걸까? 하지만 오랜 세월이 지난 후, 아이는 자신이 상처 입힌 가족을 찾아가 인사를 건넨다. "씬짜오, 씬짜오."[14] 짐짓 아름다운 동화처럼 막을 내리는 이 작품의 후일담을 알 길은 없다. 그들이 다시 예전과 같은 관계를 되찾을지, 상봉의 기쁨을 뒤로 한 채 다시 각자의 삶으로 침잠해 갈지, 알 수 없는 노릇이다. 오히려 우리에게 중요한 것은 서로를 향한 인사말, 두 번씩 반복되는 그 외국어의 물질적 반향이다. 막연한 느낌만으로 전해지는 이 인사는 타자의 언어로서 그 명확한 뉘앙스가 포착되지 못한 채 흩어져 버리는 소리에 불과하다. 그러나 소리의 파동을 일으키며 발설된 그 기표는 나와 이웃의 고막을 치고, 낯선 감각과 느낌의 진동을 일으킬 것이다. 서로를 가른 분리의 폐곡선이 떨리며, 그중 약한 고리가 깨어질 가능성도 이로부터 비롯되는 법. 우정의 유물론 또는 유물론적 우정의 출발점이 바로 이곳이리라.

이웃은 그 자체로는 적도 아니고 친구도 아니다. 하지만 이웃이라는 모호한 타자는 적대와 동시에 우정의 시작점이기도 하다. 아직은 어느 쪽도 아닌 그토록 모호한 경계의 출렁임, 이웃에 대한 무지와 그 불가해한 타자성이야말로 적대의 공포만큼이나 우정의 기쁨을 우리에게 던져 줄지 모를 일이다. 그러니 지금 필요한 것은

---

14 최은영, 「씬짜오, 씬짜오」, 『쇼코의 미소』, 문학동네, 2016, 93쪽.

그 타자의 모호한 말을 분석하고 해석하기보다, 그대로 반복하는 것, 중첩된 말의 울림으로부터 미지에 찬 의미의 선을 서로 연결 짓기 시작하는 데 있을 것이다. "씬짜오, 씬짜오."

10. 너희도 신처럼 되리라
—— 이기호 소설의 신학정치론

1. 소설, 욥의 이야기

세계는 끝없이 광대무변하며, 자아는 한없이 왜소하기만 하다. 그런 자아와 세계의 마주침, 그리고 충돌. 도대체 왜 나는 이 세계 속에 던져져 있으며 내게 가해진 까닭 없는 상처와 고통은 어디에서 연유한 것인가? 육체와 정신을 사로잡는 이 실존적 감각의 정체가 무엇인지, 도무지 알 길 없는 답을 찾는 자아의 여정을 소설이라 불러도 좋을까? 요컨대 소설은 자아와 세계 사이에서 벌어지는 대결의 기록이다. 그렇다면 이는 루카치의 언명과는 조금 다르게, 비단 근대 문학의 고유한 사정에만 속할 리 없다.[1] 어느 시대든 자아는 세계와 맞부딪히지 않은 적이 없으며 존재를 건 사투 속에 자신을 증거하지 않은 적이 없었던 까닭이다. 고대 서사시의 주인공이 자

---

[1] 게오르크 루카치, 『루카치 소설의 이론』, 반성완 옮김, 심설당, 1985, 70쪽 이하.

신의 몰락한 운명을 두고 신에게 항거하거나 세인들에게 외쳐 동감을 호소할 때마다, 우리는 자아와 세계의 대립이 서사화되는 장면들을 목도해 왔다. 패배의 통한이든 성공의 찬미든 소설은 세계에 맞선 자아의 행위를 새겨 놓는 문자의 노동에 값한다.

아마도 욥의 이야기는 그러한 대결이 묘사된 최초의 기록이라 불러 마땅하리라. 부족과 민족의 집단적 서사를 넘어 개인을 호출하고, 신에게 대항하는 그의 심리적 분투를 무대화함으로써 세계 대 자아라는 원형적 구조를 담아내기 때문이다. 하지만 형식의 기원이라는 점만으로 욥의 이야기를 소설적인 것으로 단정 짓기에는 아직 부족하다. 고난과 항의, 회개의 서사 속에서 우리를 주인공과 감응적으로 일치시키는 지점에 주목해야 한다. 이것이 종교적 서사라는 점을 잠시 접어 둔다면, 세계 즉 신에 대한 항의가 펼쳐지는 욥의 위치야말로 그의 관점과 행위가 곧장 우리와 겹쳐지게 만드는 요소일 것이다. 흡사 비인격적 자연이 인간에게 내리는 무심한 폭력과 같은 재앙을 통해 욥은 자식과 재산을 잃지만 신앙은 상실하지 않았다. "벌거벗고 세상에 태어난 몸, 알몸으로 돌아가리라. 야훼께서 주셨던 것, 야훼께서 도로 가져가시니 다만 야훼의 이름을 찬양할지라."[2] 하지만 부스럼이 그의 신체를 갉아먹기 시작하자 태도는 표변한다. 눈물 흘려 자신을 위로하는 친구들을 향해 욥은 무엇이라 외쳤던가? 자기의 출생을 원망하고 무고한 자신에게 고통을 안겨 준 신을 비난했다. 놀란 친구들은 욥을 탓하며, 은총이든 징벌이든 한결같은 믿음을 유지하는 것만이 신의 뜻에 부합하

---

2 「욥기」 1장 21절, 『공동번역성서』. 이하 본문에서 약어와 장절만 표시하겠다.

는 태도라고 그를 꾸짖는다.

욥은 물러서지 않는다. 당당하고 결기 있게 자기 주장을 내세운 게 아니라 처절하고 비참할 정도로 악을 쓰며 신성과 운명의 불가지不可知를 걸고 넘어졌다. 어떻게든 욥에게는 죄가 있을 수밖에 없고, 인간의 죄과에 비하면 벌은 약소한 것이니 받아들여야 한다는 친구들의 논리는 욥의 유죄를 전제한다. 자식이 몰살당하고 재산을 약탈당한 것, 신병으로 고통당하며 죽느니만 못한 삶을 사는 것도 모두 본인이 알든 모르든 인과응보의 사슬에 따른 귀결이란 것. 그러나 내가 모르는 죄에 대해서도 내가 책임을 져야 하는가? 죄 없는 죄는 무죄 아닌가? 그렇다면 고통은 부당한 것이며 무의미한 게 아닌가? 이것이 욥의 항거의 핵심이다. 무고한 고통, 이것이야말로 신의 외설성, 분별없고 사정없는 그의 난폭성의 징표가 아닌가? 기실 인간의 삶이란 모두 그러하지 않은가? 아버지를 살해하고 어머니와 자식을 낳은 오이디푸스의 죄는 누구의 것인가? 세계의 거대한 벽에 맞부딪혀 산산조각 나 버린 문제적 개인은 어떤 죄를 지었는가? 인간적 무력과 무능이 유죄의 근거가 될 수 있을까? 이처럼 분노에 찬 욥의 비난은 세계와 자아 사이에서 벌어지는 충돌과 파국에 관한 소설적 원형이라 할밖에. 그러니 이 이야기가 신앙의 진실과 비밀을 동시에 담아내는 형식이지 않을 수 없다.

2. 모멸감, 신앙의 이면

사회 전반의 종교적 기반이 거의 사라진 현대 한국에서 신과 인간을 모티프로 삼는 소설 작품은 그리 많지 않다. 하지만 몇 가지 기억나는 것들을 꼽아만 봐도, 당장 그 작품들이 욥의 이야기를 (무)의식적 원천으로 삼고 있음을 확인하기란 어렵지 않다.

예컨대 이문열의 『사람의 아들』(1979/1987)은 1970년대 한국 사회를 배경으로 민요섭과 조동팔의 (反)신학적 모험과 쟁투를 담고 있다. 제도종교로서의 기독교에 반감을 품은 민요섭은 아하스 페르츠라는 가상의 인물을 창조해 내는데, 그는 사랑과 용서의 신인 예수의 안타고니스트 혹은 안티크리스트로 표상된다. 흥미로운 점은, 이 같은 사유의 원천이 욥의 주제와 멀리 있지 않다는 데 있다. 아하스 페르츠는 7번에 걸쳐 예수를 만나 논쟁을 벌이는데, 구세주에 대한 그의 적대는 실상 구세주의 무능력 곧 세상을 구할 수 없다는 데서 기인한 것이다. 에덴동산에서 쫓겨난 이후 내내 고통과 환난에 시달리기만 했던 인간 앞에 서로를 용서하고 사랑하라는 예수의 가르침은 위선이거나 자기의 무능을 감추기 위한 거짓술수 아니겠는가? 아하스 페르츠의 항의는 삶의 부조리한 고난에 대한 욥의 질책과 정확히 일치하고 있다.

> 당신은 무슨 대단한 선심을 베푸는 양 진복팔단(眞福八端)을 외쳤지만 그것들이 어떻게 참된 복일 수 있는가요? 그것은 기껏 우리들에게 부당하게 짐 지워진 불행의 자의적인 삭감, 실은 부끄럼 속에 되돌려주어야 할 약탈물이 아닌가요? 왜 인간은 슬퍼하고 굶주리고 목마르고 박해당해야만 참으로 복 있는 자가 될 수 있는가요?[3]

---

3 이문열, 『사람의 아들』, 민음사, 1998, 234쪽.

이청준의 단편 「벌레 이야기」(1985) 역시 유사한 문제의식을 공유한다. 소박하고 특별할 것 없는 일상을 영위하는 부부의 외아들 알암은 다리 한쪽에 장애가 있다. 아내는 동정과 연민으로 늘 아이의 안위를 노심초사하지만, 이 또한 자녀양육의 일상사인지라 평범하고 안온한 생활을 보내는 중이다. 그러던 어느 날 주산학원에 다녀온다던 아이가 실종되고 부부의 삶은 고통의 무저갱 속으로 빨려 들어가고 만다. 아이의 무사귀환을 바라던 아내는 기독교에 마음을 의탁해 안정을 찾는 듯싶지만, 주검이 되어 돌아온 아이를 두고 발광하지 않을 수 없다. 하지만 신에 대한 원망도 잠시, 죽은 아이가 내세에서 행복할 수 있게 바라는 것 또한 부모의 심정이기에 아내는 다시 종교에 의지하게 된다. 그러다 살인범을 면회하고 온 당일, 다시 발작하게 되는데 자신의 소중한 존재를 빼앗아간 그자가 이미 신에게 귀의해 버렸기 때문이다. 자신의 용서 없이도 구원받을 수 있다면, 대체 신은 왜 알암이를 희생시켰던 것일까? 범인이 아내의 원망이나 증오조차 받아들이고 용서하게 되었다는 전언에 아내는 이렇게 절규하고 만다.

하지만 그것이 과연 주님의 뜻일까요? 당신이 내게서 그를 용서할 기회를 빼앗고, 그를 먼저 용서하여 그로 하여금 나를 용서케 하시고… 그것이 과연 주님의 공평한 사랑일까요. 나는 그걸 믿을 수가 없어요. 그걸 정녕 믿어야 한다면 차라리 주님의 저주를 택하겠어요. 내게 어떤 저주가 내리더라도 미워하고 저주하고

복수하는 인간으로 살아가겠다는 말이에요.[4]

어느 쪽이든 광대무변한 신성의 섭리 앞에 어쩔 줄 모르는 자아의 초라함이 겹쳐져 대립의 구도를 형성한다. 당연하게도, 이 같은 대립의 승패는 언제나 이미 결정난 것. 그러나 욥의 거역이 인간의 입장에서 의미를 가졌던 것과 마찬가지로, 소설의 주인공들 역시 왜소하고 비겁한 자신의 권리를 절망적으로 부르짖는다. 욥의 서사를 반복하는 가운데, 우리의 호기심을 끄는 광경은 이승우의 『에리직톤의 초상』(1981/1990)에서도 찾아볼 수 있다. 신화 속 에리직톤의 사연을 잠시 돌아 보자. 어느 날 에리직톤은 숲에 들어가 도끼로 나무를 베는데, 그것은 곡물의 여신 데메테르의 신성한 숲에 속한 것이었다. 이에 분노한 여신은 그로 하여금 아무리 먹어도 허갈에 시달리게 만드는 저주를 내리는데, 급기야 그는 딸을 팔고 자신의 몸마저 뜯어먹는 최악의 상황까지 치닫는다. 이 극복 불가능한 굶주림은 진리와 구원에 대한 인간의 무한한 갈급을 떠올리게 만드는 실존적 고뇌에 비견된다. 문제는 이 허기가 신체적 빈사 상태를 넘어서 정신적 감정의 밑바닥까지 할퀴어 버린다는 데 있다. 지고하고 지엄한 절대 존재가 미약하고 가련한 존재자를 가만히 굽어볼 때 그에게서 솟아나는 모멸감이 그것이다. 형석이 들려주는 이야기의 한 토막은 성 베드로 광장에서 그가 맞닥뜨린 그 감정의 묘사에 바쳐져 있다.

---

4 이청준, 『벌레 이야기』, 문학과지성사, 2013, 76쪽.

까마득하게 높은 곳에 하나님이 계셨습니다. 은빛 가운과 황금색 관을 햇살에 반사해 내며 아래를 내려다보고 서 있는 그 자태는, 신이 아니라면 감히 그 누구도 취할 수 없는 위엄으로 치장하고 있었습니다. 신이 아니라면 도저히 허락될 수 없는 권위와 자만과 우월함으로 눈이 부셨습니다. 신의 대리자. 이것이 그분의 이름입니다. 아! 신음 같은 것이 내 입을 뚫고 나왔습니다. 그분은 너무 높은 곳에, 너무 인간과 동떨어져 계셨기 때문에, 그리고 나는 너무도 낮은 곳에서 벌레처럼, 그래요, 한 마리의 구더기처럼 꿈틀대고 있었기 때문에 그 순간 목 근처의 마디마디를 찌르는 듯한 통증이 엄습하는 것을 느껴야 했습니다. 그것만이 아닙니다. 더 나쁜 것은 다시 찾아온 참기 힘든 모멸감이었습니다.[5]

자신이 맞이한 고통에 그 어떤 의미도 부여하길 거부한 채 순수 부조리로서 규정짓는다는 점에서 욥은 '최초의 이데올로기 비판가'로도 불린다.[6] 세 친구의 신학적 변론에 맞서 그는 무의미한 고난에 대한 항거 자체의 정당성을 굽힘 없이 주장하며, 마침내 신의 인정마저 받아 냈다. 즉 성서에 전하기를, 친구들과의 논쟁 중에 신은 욥에게 직접 현전하였고 그의 손을 들어 주게 된다. 이에 욥은 자신의 신앙을 다시 한번 확인하며 회개했는데, "그 후 욥은 백사십 년을 살면서 사대손을 보았다"는 것이다(욥 42:16). 그러나 우리

---

5 이승우, 『에리직톤의 초상』, 예담, 2015, 124~125쪽.
6 슬라보예 지젝, 『죽은 신을 위하여』, 김정아 옮김, 길, 2007, 201쪽.

의 관심사는 신이 손실을 보상해 주었다는 행복한 서사, 끝내 변신론으로 귀결되는 성서의 일부로서 욥의 서사가 아니다. 그의 이야기를 소설적인 것으로 만들어 주는 것은 인간으로서의 욥이 겪은 저항 불가능한 세계-신의 힘 앞에 그가 무엇을 느꼈던 것인가에 있다. 재앙 이전과 이후, 그의 상실감과 절망감을 단순히 양적 보상의 관점에서 똑같다고 말할 수 있을까? 모멸감은 그 다름의 감각을 빚어내는 계기인바, 이는 왜 하필 시련의 대상이자 주체가 바로 나이며, 나는 어째서 무력하게 신(과 악마)의 유희 속에 빠져 있는가를 스스로에게 질문하고 대답할 때 필연적으로 솟아나는 감응일 것이다. 구전설화를 전하기라도 하는 양, 황급히 이야기를 마무리 짓는 「욥기」의 마지막 페이지는 이 감응에 대해 아무런 설명도 남겨 놓지 않았다. 그것은 소설의 몫이며, 우리는 이를 이기호의 『목양면 방화 사건 전말기』에서 읽어 보려 한다.

3. 아버지, 혹은 신의 이름

오래전부터 「욥기」의 후속편을 쓰고 싶었다는 작가는 욥을 '아버지'라는 정체성을 통해 규정짓는다. 이 점이 대단히 이색적이다. 기독교적 전통에서 보통 신은 아버지요 인간은 그의 자녀로 불리지 않았던가? 그런데 욥을 아버지라는 관점에서 바라보자면, 대단히 기이한 모습들이 눈에 띄게 불거져 나온다. 예를 들어, 신과 거래를 한 악마가 집을 무너뜨려 자식들을 앗아갔을 때 욥은 신을 원망하지 않았다. 하지만 발바닥에서 정수리까지 종기가 번졌을 때 욥은 처음에는 신을 힐난하는 아내를 꾸짖었지만 시간이 흐르자 자기 출생을 한탄하며 신앙의 균열을 드러내기 시작했다. 통념에 비추어 보면 이상하고도 우스운 일이다. 자식들의 죽음 앞에서는 태연히 신의 위대함을 설파하던 자가 정작 자기 몸의 질병에는 정반대의 반응을 보이다니! 더구나 친구들과의 논쟁 끝에 현현한 신의 음성에 너무나도 "쉽게 굴복"할 뿐만 아니라 "그리 기세 좋게 하나님과 맞짱 뜨던 모습은 다 어디로 가고, 하나님을 실제로 한 번 보고 나더니, 바로 회개, 용서받고 축복받는 모습"은 상식적으로는 이해하기 힘든 광경이다.[7] 달리 말해, 욥이라는 인간의 비일관성이 적나라하게 드러나 버린 것.

작가는 이 희비극적 장면들에 일종의 '슬픔의 도화선'이 있으리라 짐작한다. 이 슬픔이라는 감정은 성서 속 욥의 이야기에는 명징하게 드러나지 않는 정서다. 설령 자식과 재산, 믿음을 상실한 욥에게 슬픔이라 부를 만한 모종의 감정이 있었다 해도, 그것은 소유물이나 절대자에 대한 관계 속에서만 의미를 갖는 것이었다. 그렇다면 작가가 직감한 '슬픔의 도화선'이란 무엇을 가리키는가? 원작에서는 채 발화되지 못한 것, 오직 '속편'을 통해서만 불타오르게 될 모종의 감응적 관계를 뜻하지는 않을까? 종교적 전승 가운데 '신앙의 사수'로서 높이 떠받들어지는 욥과 그의 자식의 관계가 그것 아닐까? 이데올로기 비판가에서 절대 신앙의 수호자로 태세를 전환한 아버지, 세인들의 존경과 숭앙 그리고 사랑을 받는 위인을 아버지로 둔 자식은 어떤 생각과 태도로 그와 만나며 충돌하게 될

---

7 이기호, 『목양면 방화 사건 전말기』, 현대문학, 2018, 167쪽. 이하 이 책의 인용은 본문 중에 괄호 속 숫자로 표시한다.

까? 어쩌면 그것은 신에 대한 욥의 관계, 세계에 대한 자아의 관계와 비슷하면서도 다르지 않을까? 혹여 그것은 인간이 인간으로서만 느끼는 신과 세계에 대한 왜소감, 그 모멸감은 아닐까? 종교적 텍스트의 표면에서는 드러나지 않은, 아버지와 아들의 내밀한 관계를 애써 구성해 보아야 할 까닭은 충분하리라. 이기호의 이 작품이 '욥기 43장'이라는 가상의 텍스트를 부제로 내세우는 이유도 그에 있다.

어느 지방 촌락인 목양면의 목양교회에서 화재가 발생했다. 사망자는 목사인 최요한과 신자인 정수아 두 사람. 작품은 이 화재 사건의 전말에 대해 주변인들이 조사받는 형식으로 진행된다. 질문자의 말이 직접 나오지는 않으나 열 명의 사람들(과 간증집의 한 대목, 그리고 다른 한 존재)은 조사자에게 답하는 방식으로 마을과 교회, 즉 목사와 장로 및 그 가족과 마을 사람들을 둘러싼 이야기를 전해 주고 있다. 흡사 증언록을 읽어 가듯 매번의 문답은 각양각색의 사람들이 자신들의 관점에서 상황을 규정하고 서사화하는 방식으로 나타나는데, 시점이 다른 만큼 동일한 사람이나 사건에 대해서도 상이한 해석들이 제시된다는 게 특징적이다. 그러나 증언이 조금씩 엇나가는 와중에도 전체 상을 그려 보기는 그리 어렵지 않다. 우리의 주제에서 가장 중요한 요소인 최요한 목사와 그의 아버지 최근직 장로의 관계에 대해 서술해 보자.

최근직은 이 소설에 내포된 이야기의 중심축을 만드는 주인공이다. 증언을 듣다 보면 마을 사람들은 그에 대한 충성심과 경외감 혹은 반발감을 내면화하고 있으며, 이의 연장선에서 아들 최요한에 대한 인정과 부정 역시 이루어지고 있다. 아들 최요한의 생각이나 태도, 행동도 대개 아버지에 대한 관계로부터 파생되어 나온 것이며, 어쩌면 이것이 사건의 결정적 열쇠가 될지도 모른다. 하지만 일단 최근직의 이야기를 먼저 풀어 볼 필요가 있는데, 왜냐면 그가 바로 현대의 욥에 해당되는 인물이기 때문이다.

청년기에는 중학교 교사로 일했고 학생들을 위해 헌신적으로 직무를 수행하던 그였다. 가족에게도 충실했으며 신앙생활에도 모범을 보이며 살던 그였으나, 마흔일곱이 되던 해 교통사고로 모든 가족들을 한꺼번에 잃는 변을 당한다. 최근직 본인도 화상으로 1년 넘게 치료받다가 퇴원 후 마음을 잡지 못해 방황하는데, 인근 오구산 중턱에서 목을 매려 시도하기에 이른다. 그 자신이 직접 적었던 바, 그때 그는 다음과 같이 기도했다고 한다.

잔혹하신 하나님 아버지 보소서.
이제 다 되었나이까.
굽어서 나를 보소서. 침침한 골짜기와 흙구덩이에 무릎 꿇은 나를 보소서.
당신께서 완력으로 핍박하신 내가 이제 여기에서 끝을 보고자 하나이다.
이것이 주의 뜻입니까?
이것이 당신의 뜻이라면 그 뜻이 닿기 전에 내가 먼저 의지를 보이리라.
내 의지로 당신을 찾아가 그 이유를 물으리다(143~144).

신의 자비와 은혜를 찬양하는 통상의 기도와 분명 다르다. 최후의 절규에 가까운 기도였기에 그럴 법도 싶지만, 여기에는 가족이 몰살당하고 재산을 강탈당했으며 신병으로 괴로워하는 욥의 목소리가 그대로 오버랩되어 울린다. "죽는 게 두려워도 죽어야 할 것만 같은 마음"(148)의 그에게 돌연 신의 목소리가 들린 것이 그때다. 간증집에는 최근직이 구체적으로 어떤 말씀을 들었는지 적시되어 있지는 않으나 마을 사람들 사이에서 퍼진 소문으로는 딱히 특별한 내용이 없다. 의롭지 않은 입으로 교만하게 말한 자를 꾸짖었다든지(박순애의 증언, 42), 그저 신의 음성을 듣고 회개한 후 '다시 살았다'는 게 전부다(고수종의 증언, 51). 하긴 세상 사람들에게 계시의 내용이 실제로 무엇인지 중요하지 않을 수도 있다. 계시 받았다는 사실조차 별로 중요하지 않을지 모른다. 관건은 계시 이후, 그의 삶에 생겨난 변화다. 사람들은 죽음 문턱에서 되돌아온 최근직이 전심으로 포도농사를 일으켜 큰 재산을 모으고 마을을 보살피게 되었다는 사실이 하나의 신화요, 영적인 기적으로 전해지기 때문이다. "참혹한 일을 겪고도 끝내는 하나님께 순종한… 그 뒤로 장로님이 손 권사님을 만나서 다시 가정을 이루시고, 최요한 목사님도 태어나고…"(51) 마치 욥과 같이, 회개와 부활 이후 재산과 가족을 되찾으니 이 어찌 기적이 아닐 텐가?

신앙의 산증인 같은 아버지의 밑에서 태어난 자식, 욥의 자식은 욥을 어떻게 생각했을까? 문제는 여기서부터다. 우리는 반복되는 서사를 지켜보는 듯싶다. 마을 사람들의 눈에는 (목사답지 않게) 어딘지 유난스럽거나 이상스럽게 보이는 최요한의 심경을 그의 부인으로부터 전해 들을 수 있다. 그녀에 따르면 최요한은 늘 아버지를 무서워했으며 두려움에 떨었다는 것(96~97). 물론 이때의 무서움과 두려움은 아버지라는 인간에 대한 것이 아니라, 신도들의 집회에서 자신을 호출하고 큰 사명을 맡기며 방언을 하는 비인간적 존재로서의 아버지, 곧 신의 대리자에 대한 감정일 것이다. 게다가 최요한은 자신이 사고로 죽은 아들 성한의 대체물이라 의심했으며, 어머니가 사망하자 그러한 감정은 더욱 강화되고 만다. 욥의 아들은 나는 누구인가, 라는 히스테리적인 질문 속에 포위되어 있었으며 아버지로부터의 탈주를 꿈꾸던 또 다른 (은밀한) 이데올로기 비판가로 성장했던 것이다. 심지어 그는 목사직을 자신의 천직이라 생각지도 않았던 듯한데, 조원효의 증언에 따르면 성직에 대한 사명감은 차치하고 신도를 끌어 모으고 교회를 번영시키는 최소한의 생존능력조차 결여되어 있었다(117~118). 종교적 권위를 신봉하고 신앙에 모든 것을 바치는 데 삶의 목적을 두었던 아버지의 명령에 그저 충실히 순종할 수밖에 없었던 듯싶다. 욥의 아들은 욥에 대해, 마치 욥이 신에게 느꼈던 모멸감을 반복해서 느끼고 있지 않았을까?

기실 이 같은 아버지 상은 그리 낯선 것이 아니다. 가부장제 사회에서 아버지의 권위는 세속사회의 군주나 종교적 신에 비등한 위세를 지닌다. 프로이트 역시 초자아의 위상을 아버지나 신으로부터 끌어들였던바, 그러한 아버지가 신의 목소리를 듣는 이적을 체험했고 죽었다 살아난 기적의 화신이라면 더 말할 것도 없겠다. 하지만 이러한 아버지의 표상이야말로, 어쩌면 욥이 그토록 저항하던 외설적이고 무조건적인 명령의 발동권자였던 절대자 신이 아닌가? 초월적 존재에서 현세의 실존으로 내려온 신적인 아버지는, 과거에 그 자신이 할 수 있었던 최소한의 항거마저 아들로 하여금 내밀하게 감추고 괴로워하게 만든 더 큰 억압의 화신이 된 게 아닐까? 신앙의 사수를 넘어 이데올로기 비판가로서 욥의 이미지는 어느새 그 자신이 이데올로기가 되고 신앙 자체가 되진 않았을까?

4. 신, 그것은 무의식이다

눈치 빠른 독자라면 우리의 논의가 기묘하게 변전하는 순간을 직감했을 것이다. 우리는 종교적 서사의 차원에서 세속적 소설의 지평으로, 그리고 다시 아버지와 아들 사이의 정신분석적 구도 속으로 슬그머니 미끄러져 들어왔다. 이는 신학에서 인간학으로 논점을 하강시키고, 세계의 표면으로부터 심성의 내부로 관점을 삼투시키는 탐침을 가동한다. 욥은 그의 자식에게, 그 자신이 저항하던 신과 같은 존재가 되어 버렸다는 것. 세계와 마주해 대결하던 자아는 어느새 하나의 세계가 되어 자기의 분열된 (또 다른) 자아에 대해 군림하는 존재가 되었다. 기이한 반복이자 역설의 진실/비밀이 여기 있다.

　이제 욥 자신의 내면을 들여다볼 차례다. 성서 속의 욥은 자신을 드러낼 수 없으니, 그의 현대적 대타代他라 할 만한 최근직의 이야기를 들어 보자. 그런데 작품에는 그의 이야기가 단일하게 서술되어 있지 않음에 주의해야 한다. 9장 「믿음으로 말미암아 다시 서는 주의 자녀—최근직 장로 신앙 간증집 中」과 화재사건 이후 최근직 자신이 증언한 11장을 조심스럽게 대비하며 독해해야 하는 것이다. 이 두 서사는 사뭇 상반되는 지점들을 노출하는데, 일단 전자인 간증집은 신도들을 상대로 자신의 믿음을 무대화한 이야기라는 점을 고려해야 한다. 목회자로서 최근직은 자기 신앙의 발생과 위기, 회복을 효과적으로 서사화해야 했으며, 이는 간증집의 이야기가 한 편의 액자소설처럼 직조되어 있는 이유를 잘 설명해 준다. 반면, 11장의 증언은 사건에 대한 공식적 조사관의 물음에 대한 답변들로 구성되어 있고, 사랑하는 자식의 죽음 앞에 별다른 군말을 덧붙이지 못하는 아버지의 심경이 솔직하게 표명된 것이다. 이 두 가지 텍스트의 차이와 반복은 우리로 하여금 아버지이자 신이었던 최근직의 정체성을, 아들에 대한 욥의 정체를 어느 정도 해명해 줄 듯싶다.

흥미롭게도, 최근직의 삶은 최요한의 삶과 너무나 유사한 것이었다. 합리적이고 이성적인, 가족들에게도 늘 높임말을 쓰던 아버지를 존경하되 거리감을 갖고 살던 그는 어머니의 울타리에서 자라났으며, 신과 목사의 그늘 아래서 종교적 영성의 감수성을 체득해 나갔다(125~127). 이렇게 본다면 세상만사에서 신의 섭리를 느끼고 성령이 항상 주변을 맴돌고 있다는 그의 확신은 그리 신기한 게 아니다. 하지만 그 같은 종교적 열성의 기저에 깔린 감응이 무엇인지 알게 되면, 다소 섬뜩한 기분에 감싸이지 않을 수 없다.

전, 사실 하나님이 많이 무서웠습니다. 어머니가 읽어 주시는 구약 속 하나님은 자식이 부모 말을 듣지 않으면 성읍의 모든 사람이 나와 돌로 쳐 죽이라 호통치는 분이셨고, 처녀가 아닌 여자가 결혼을 해서 들통이 나면 그 역시 집에서 끌어내어 돌로 쳐 죽이라고 명령하는 분이었습니다. 규율을 지키지 않거나 계명을 어기는 경우, 또 하나님을 부정하는 경우 역시 마찬가지였죠.

돌로 내리치고 물이나 불로 심판하는 하나님이시라니, 그 얼마나 무섭고 두려운 분입니까? 어린 저에게 하나님은, 세계는, 또 한편 그런 곳이기도 했습니다(128).

여기서 잠깐, 비교를 위해 최요한의 아버지에 대한 진술을 겹쳐 놓자면 다음과 같다. 그의 아내 권미정의 전언이다.

아버님을 봬도 아버님보다는 교장 선생님이나 동네 큰 어른을 뵙는 것만 같았다고… 더구나, 엄청난 일을 겪고 하나님까지 직접 만난 분이라고 하니까… 어린 마음에 무섭기도 하고, 두렵기도 하고, 이 세상 사람이 아닌 것처럼 느껴지기도 했대요… 그냥 성경에 나오는 사람 같은…(96~97).

아버지라 불리는 신적 존재는, 혹은 신과 다를 바 없는 아버지라는 존재는 부자 모두에게 '구약의 신'으로서 표상된다. 구약의 신이란 무엇인가? 사랑과 용서로 표방되는 신약과 달리 구약은 분노하고 처벌하는 가혹한 신성의 기록이다. 신약의 예수가 인격화된 신으로서 온정과 화합의 상징이라면, 구약의 신은 징벌을 통해 신성의 권능을 증거하는 존재다. 바꿔 말해, 강압하고 질타하며 명령하는 절대자가 바로 그이다. 욥이 마주했던 신이 그러했고, 최근직이 어려워했던 아버지 그리고 신앙하던 신이 그랬으며, 최요한에게는 최근직이 동일하게 그 같은 표상이었다. 이토록 우연스럽고도 필연적인 반복은 모성의 체험에서도 되풀이된다. 최근직의 후처가 신앙의 후예로서가 아니라 다만 어린 자식으로서 최요한을 감쌌던 것처럼, 최근직의 모친 역시 지엄한 말씀의 준행이 아니라 사랑을 통해 그를 보살폈기 때문이다. 한국전쟁 당시 연고 없이 목 매달린 시체를 애써 내려 주고 매장해 준 사연은 그의 어머니가 베풀어 준 사랑의 마음에 다르지 않았을 터. 성경을 인용하며 밤길을 되돌아가 시신을 수습해 준 그의 어머니에게 신의 명령은 그저 '핑계'에 불과했을 것이다. 하지만 어린 최근직에게 이 사건은 오히려 신에 대한 그의 부정적 감정을 강화시키는 데 기여하고 말았으니, 그는 "처음 보는 시체보다도 하나님의 말씀, 성경의 말씀이 더 두려웠"기 때문이다(135). 실제로 그가 성장하여 성실하게 직무를 수행하고 가족을 건사했으며 신의 계율을 준행했던 데는 "그래야 저희 아이들도 화를 입지 않고 복을 받을 거라고 생각했"던 탓이 크다(137). 복종이 곧 행복이요 거역이 화가 되는 예속적 신앙의 태도는 구약의 종교적 심성을 대변해 준다. 필시 악마와 신이 만나기 전까지 욥의 모습도 그와 같지 않았을까?

정말 신은 그런 존재인가? 우리는 지금 논점이 구약의 신에 두어져 있음을 분명히 해야 한다. 욥의 이야기에서 소설적 서사의 원형을 궁구했거니와, 아버지와 아들이라는 가깝되 멀리 있고, 친근하되 엄격한 사이의 원상조차 사랑과 용서보다는 복종과 처벌이라는 구약적 관계로서 조명되는 까닭이다. 신약이 가정하는 긍휼과 연민의 신은 무서움과 두려움을 자식에게 요구하지 않는다. 하지만 엄밀히 말해, 그와 같은 신은 결코 신의 정의에 부합하지 않는다.

절대적 존재로서의 신은 결코 인간사에 관심을 갖지 않을 것이다. 자신에게 순종하고 찬미한다고 은사를 내려 주지 않을 것이며, 거역하고 비난한다고 앙화를 내리지도 않을 것이다. 인간의 예지로는 전혀 종잡을 수 없을 때, 오직 그러할 때만 신은 무섭고도 두려운 존재가 된다. 신은 인간의 주관에 자신을 종속시키지 않는다. 신은 그저 자기의 뜻대로, 인과율 바깥에서 비인격적인 비일관성에 따라 '제멋대로' 인간사에 개입하거나 내버려 둘 것이다. 그리하여 복된 자에게 재앙을 쏟아 붓고 악한에게 행운을 듬뿍 넘겨 줄 수도 있는 존재가 바로 신이다. 인간이 원망하든 찬양하든, 아무려나 신에게는 상관없는 노릇이다. 오직 이것만이 절대자인 신의 의지요 능력에 다름 아니다. 그렇게 본다면 자기에게 닥친 재난의 의미를 묻는 욥에게 내게 능력이 있으니 그럴 수 있는 것이라 강변하는 '떼쟁이' 신의 모습, 아무 위엄도 없고 '성질머리만 가득한' '못되고 못난' 신의 형상, 자기 원하는 대로 무엇이든 '멋대로' 실행하는 신의 욕망은 그 자체로 신에게 가장 적합한 이미지가 아니겠는가?(인간의 관점에서 미달하는 신의 비유적 이미지는 그저 인간의 것일 따름이다)

욥의 복종이란 결국 이 같은 신의 본래면목을, 비일관적이고 비인간적인 신의 본질을 그가 깨달았던 데서 온 게 아니었을까? 아버지의 형태 속에 옮겨진 신 또한 그와 다르지 않을 터. 아버지의 정체 속에 무-분별하게 자리한 신의 표상이란 세계의 부조리와 모순, 역설을 그대로 담아낸 비인격적인 힘 자체와 무엇이 다를까? 다만 세속시대의 아버지는 신의 표상을 괄호 속에 감춘 채 인간의 모습만을 보여 줄 따름이며, 이는 자식에게 신앙 없이 신과 만나는 과제를 안겨 주는 난제나 마찬가지 아닌가? 그러니 자식은 스스로에게 히스테리하게 분열된 질문을 던지지 않을 수 없다. 나는 그의 자식인가 아닌가? 존재인가 무인가? 아버지는 내게 무엇을 원하는가?[8] 이 같은 질문이 제대로 답변받지 못할 때, 모멸감은 인간의 감정으로서 제기될 수밖에 없다. 단, 그것은 인간적인, 너무나 인간적인 감응이란 사실을 적시해 두어야 한다.

따라서 신성의 옹호가 무엇을 뜻하는지 조금 더 심도 있게 캐물을 필요가 있다. 시험을 통과한 후 욥이 맞이한 신이 그 이전의 신과 같을 리 없다. 그에게 신의 요구는 결국 아무것도 요구하지 않음인 동시에 모든 것에 대한 요구와 같았을 것이기 때문이다. 달리 말해, 순종과 찬양의 대가로 그 무엇도 약속하지 않는 신은 인간의 어떠한 요구에도 부응하지 않기에 아무것도 요구하지 않는 신이며, 또한 그렇기에 역으로 모든 것을 항상적으로 요구하되 인간의 요구는 전혀 들어주지 않을 무조건적이며 절대적인 존재일 게다. 말 그대로의 의미에서 인간을 넘어선 신, 비일관적이며 인과율 바깥에서 인간을 움직이는 내재적 동력으로서의 비인간적인 신. 라캉식으로 말한다면 그것은 바로 무의식이 아닐까? 인격적인 신, 인간과 마주앉아 인간을 상대하는 신을 지우고, 스스로 무신론을 정초하는 존재. 그러므로 신, 그것은 무의식이다.[9]

---

8 자신의 존재(/무)와 부모의 욕망에 대한 질문(che vuoi?)은 신경증자(히스테리증자) 고유의 물음이다. 브루스 핑크, 『라캉과 정신의학』, 맹정현 옮김, 민음사, 2002, 215쪽.

9 자크 라캉, 『세미나 11』, 이수련·맹정현 옮김, 새물결, 2008, 96쪽.

5. 인간, 너희도 신처럼 되리라

욥과 친구들의 논쟁 말미에 현전한 신이 내뱉는 말들은 자기 자랑과 과시처럼 들리며 '코믹물의 요소가 가미된 공포물'에 가까워 보인다.[10] 마치 힘만 센 어리숙한 아이가 어깨에 잔뜩 힘을 주고 허세에 가득 차 약한 이들을 겁박하는 것처럼. 그러나 조금 꼼꼼히 살펴본다면 신의 발언은 인간적 설득이나 논증, 또는 위협과도 다르다. 아니, 신은 정직하고도 정확하게 자신에 대해 기술하고 있을 따름이다.

> 내가 땅의 기초를 놓을 때 너는 어디에 있었느냐? 그렇게 세상 물정을 잘 알거든 말해 보아라. 누가 이 땅을 설계했느냐? 그 누가 줄을 치고 금을 그었느냐? 어디에 땅을 받치는 기둥이 박혀 있느냐? 그 누가 세상의 주춧돌을 놓았느냐? […] 바다가 모태에서 터져 나올 때 그 누가 문을 닫아 바다를 가두었느냐? 바다를 구름으로 싸고 먹구름으로 묶어 둔 것은 바로 나였다. 바다가 넘지 못하도록 금 그어 놓고 문에 빗장을 내려놓은 것은 바로 나였다. […] 네가 천상의 운행 법칙을 결정하고 지상의 자연법칙을 만들었느냐? 너는 구름에 호령하여 물을 동이로 쏟아 땅을 뒤덮게 할 수 있느냐? 네가 "나가라"고 명령하면 "알았습니다" 하며 번갯불이 번쩍 튕겨 나가느냐?(욥, 38:4~38:35)

순전한 권위와 권능으로 가득 차 자신을 정의하는 신의 말씀

---

10 지젝, 『죽은 신을 위하여』, 200쪽.

은 신성의 진실과 비밀이 어디에 있는지 정확히 증거한다. 신성이 란 인간의 숭배와 복종, 찬미로써 성립하고 유지되는 게 아니다. 오 히려 신성은 신성 그 자체로써 존립하고 지속된다. 바꿔 말해, 신 성은 신성의 능력의 표현 이상도 이하도 아니다. 신은 신이기 때문 에 신이며, 신 아닌 것들은 신의 정의에 잉여적일뿐더러 아예 존재 의 자격조차도 결여한 것들이다. 나는 신이기에 욥 너에게 재앙이 든 권세든 행복이든 파멸이든 그 무엇도, 아무것이나 무작위적으 로 던질 능력이 있다. 이를 통찰하는 데 신앙의 진실과 비밀이 있는 것. 욥의 순종은 이를 확실히 깨닫는 데 있었다.

희화화된 판본으로 나타났긴 하지만 소설 속의 신 또한 이를 정확히 표명하고 있다. 신의 권능은 어디에서 연유하는가? 욥에게 나타나 자신을 드러낸 신의 본질은 무엇인가?

무슨 소리냐? 나는 답변하는 이가 아니니라. 나는 질문하는 이 니라. 태초부터 그랬고, 3천 년 동안 그랬고, 앞으로도 계속 그 러할진대 왜 새삼스럽게 그러느냐(152).

신성은 능력이고, 언제나 그저 능력일 뿐이다. 능력의 실재는 그것이 남김없이 표현되고 발휘된다는 데 있을 뿐 인간적 희로애 락과는 아무런 관련이 없다. 예컨대 모든 것을 잃었던 최근직이 회 심의 계기로서 떠올리는 것은 신의 목소리를 직접 들었다는 사실 이었다. 기적을 경험했고, 이것이 그의 부활과 부흥의 결정적인 추 진제가 되었다는 것. 신도들이 그에게 바치는 순종과 경외의 감정 은 그가 보통 사람과 달랐다는 점, 즉 신과 직접 접촉했다는 데서 연유한 것이다. 하지만 신은 무엇이라 말하는가?

> 최근직이 목을 매려는 순간, 누구의 목소리를 들었는지, 네가 아
> 느냐? 그것이 나의 목소리 같더냐? 무슨 소리! 나는 그렇게 한
> 가한 이가 아니니라. 나는 그때 최근직이 그곳에 있었는지 알지
> 도 못했느니라. 그때 최근직을 부른 사람이 누구인 거 같더냐?
> 네가 그를 모른다고 할 수 있느냐? 그건 최요한의 모친, 손순녀
> 가 아니더냐? 그때 최근직과 손순녀(후처—인용자)가 만난 것이
> 나의 의지 같더냐? 내가 최근직을 그렇게 죽음에서 구한 것 같
> 더냐? 말도 안 되는 소리. 최근직은 손순녀를 만나기 이전부터
> 이미 살려고 했던 사람이니라. 네가 그것을 알더냐? 가족을 다
> 잃어도 제 목숨을 스스로 끊기 어려운 것이 사람이니라. 슬픈 것
> 은 슬픈 것이요, 살고 싶은 것은 살고 싶은 것. 최근직은 자기 의
> 지로 산 사람이니라(154~155).

놀랍게도 신은 스스로 신성을 부정하고 있다. 아니, 분명히 말
해 부정된 것은 인간이 믿는 신성이지 신의 신성 자체는 변한 게 전
혀 없다. 섭리와 은총으로써 최근직은 살아난 게 아니다. 기어이 죽
으려 할 때 들었던 것은 그가 가장 듣고자 했던 것, 죽지 말라는 목
소리였던 것이다. 신은 그를 호명한 적이 없으며 아예 찾으려 들지
도 않았다. 다시 강조하건대, 신은 존재하면 그뿐, 여하한의 신앙도
종교도 필요로 하지 않는다. 그런 의미에서 작품 속에 출연한 신은
인간화된 형상을 통해 인간이 믿는 자신의 형상을 거부하고 있다.
인간은 신을 믿고자 의지하기에 신을 믿는 것이지 신이 자신을 믿

으라 강제하거나 강요한 적은 없는 것. 이쯤 되면 처벌과 분노의 화신으로서 구약의 신은 그를 둘러싼 숱한 신학적 표상을 완전히 벗어나 버릴 듯싶다. 신성이란 관념 자체가 인간학의 산물인바, 신은 오히려 자연 그 자체처럼 인간사에 무심하고 인간적 성정의 바깥에 있는 무의식적 힘 자체와 유사해 보이기 때문이다. 그렇다면 남는 것은 무엇인가?

신은 최근직의 삶이 "자기 의지"에서 비롯되었음을 강조한다. 물론 그가 스스로 죽고자 했던 결의를 부인할 수는 없다. 그러나 죽으려 했던 절망의 순간에조차 살고자 하는 충동이 없지 않았으며, 이는 최근직 자신에게도 살고 싶었던 무의식적 욕망이 작동하고 있었음을 반증해 주지 않는가? 가령 그가 난생처음 보는 손순녀의 아버지를 지극정성으로 간호하고 그녀의 집에 머물렀던 것은 단지 측은지심의 발동 때문만은 아니었다. 신은 여기서 그의 욕망을 엿보았고, 욕망이 있는 한 그는 살고자 하는 존재자가 틀림없었다. 어쩌면 최근직에게 신은 필요하지 않았을지 모른다. 그가 온전히 매달리고자 했던 것은 신의 이름이요, 신의 관념이었을 것이다. 그렇기에 바로 6개월 뒤 손순녀가 최요한을 낳았을 때 그가 느낀 감정은 감사와 기쁨이 아니라 "수치심과 고통" 즉 모멸감이었던 것이다. 죽은 아내와 아이들이 뇌리에서 채 사라지기도 전에 다른 여성과 아이를 만들었다는 사실은 어떠한 종교적 관점에서도 부끄러움의 이유가 되진 않는다. 그것은 인간의 도덕심에서만 발생하는 감정에 가깝다. 최근직이 아들을 존중하는 듯 부정하는 듯, 신앙적 결실의 대상으로만 여겼던 이유도 여기에 있다. "그렇게라도 최근직은 고통을, 모욕을 잊으려 했던 것이니라. 그것을 내가 만든 것 같더냐? 내가 뭘? 나는 아무것도 하지 않고 있었느니라"(158).

　프롬은 구약의 신이 유대 전승의 오랜 이미지, 즉 포악하고 이기적인 고대적 신화의 형상에 근사하다는 통념을 깼다. 그에 따르면 유일신앙을 강압하는 구약의 신은 거꾸로 우상숭배를 부정하는 무명無名의 신으로서 아무런 인간적 말씀 없이 자신을 표명하는 '신(성) 없는 신(앙)'의 표징이라는 것이다. 예수와 같은 인격적 현존이 아니라 번개와 우레, 폭풍과 홍수 같은 자연력의 형상으로만 나타나는 신은 도대체 신인지 아닌지조차 의심스러운 존재일 뿐이기에 오직 침묵만을 약속할 따름이다. 하지만 바로 이 같은 '속성 없는 신'이야말로 아무런 치유의 약속도 내걸지 않은 채 환자의 욕망을 비추는 스크린으로서 기능하는 정신분석가의 원칙에 해당된다. 그러니 다시, 신은 무의식이다. 자신도 모르게 저질러졌던 죄과의 몫, 죄 없는 죄에 따르는 고통은 그러므로 순전히 인간 자신에게 돌아갈밖에. 무의식에 대한 이러한 전적인 책임이야말로 인간을 진정 자유롭게 만들고 전능하게 만드는 원천이 된다. 인간도 신과 같이, 그저 자신 외의 모든 것에 무관할 때, 그러나 바로 이로부터 모든 것들에 대해 책임이 있을 때 비로소 신처럼 되리라. 이에 걸맞은 마이스터 에크하르트의 시편을 읊조린다면 다음과 같다.

> 내 본성은 오로지 내 것이며,
> 내 안에 있어야 마땅하고
> 다른 누구의 것도 아니며
> 천사나 하나님의 것도 아니다.

내가 하나님과 하나가 되어 있다는 점 말고는.[11]

　인간이 신으로서 성화聖化한다는 것, 본래적 의미에서 이것은 종교적 신앙에 충실하다는 뜻이 아니다. 차라리 신을 거역하던 욥이 신성의 본질을 목도하고 그에 순응했다는 사실에서 나타나듯, 세계의 거대함에 자아의 미약함을 인정하고 그 차이를 철저히 인식하는 데서 드러나는 모종의 형질변화를 가리킬 것이다. 이토록 철두철미한 '무지에 대한 앎'이야말로 실상 욥의 진실이자 비밀이었을 터인데, 미욱하게도 지금-여기를 살아가는 우리들에게는 '앎의 무지'만이 완고히 자리잡고 있지는 않은가? 자신의 무지에 대한 고백에도 불구하고, 최근직의 물음이 끝내 욥의 통찰 없이 공전하는 까닭을 짐작하기란 어렵잖은 일이다.

> (화재의 원인이—인용자) 합선인지, 다른 이유 때문인지, 나는 잘 모르겠습니다. 나는 내 아들이 그랬다고는 생각하진 않습니다.
> 거기에도 어떤 다른 뜻이 있겠죠… 다른 뜻이 있을 겁니다….
> 한데, 내가 그걸 잘 모르겠습니다. 그게 어떤 다른 뜻인지… 그걸 잘 모르겠어요….
> 왜 아무 잘못 없는 사람들이 고통받아야 하는 것인지…
> 고통에 무슨 뜻이 있다는 건지…
> 나는 잘 모르겠습니다(161~162).

---

11 에리히 프롬, 『너희도 신처럼 되리라』, 이종훈 옮김, 휴, 2013, 71쪽에서 재인용.

통찰은 전지숲知로부터 오지 않는다. 인간에게 그것은 가능하지도 않을뿐더러 교만하고 불가능한 과제인 탓이다. 하지만 그 같은 불가능을 넘어서려는 악전고투, 절대자로서 신-세계와의 대결마저 무릅쓴 욥의 모험은 분명 이를 가능케 만들었다. '회개' 이후의 그가 어떤 삶을 살았는지는 중요하지 않다. 핵심은 그의 두 번에 걸친 전회, 신과 적대하고 화해한 이야기의 전말, 그 계기의 이야기 자체이다. 「욥기」를 소설로서 다시 읽는 것은 신앙의 형식과 종교의 테두리를 넘어서, 그 과정에서 벌어진 욥의 내면을 상상하며 신성의 본질과 비밀을 캐묻기 위함이다. 작가가 이 소설을 「욥기」의 속편으로 여겼던 이유는 성경의 후광을 덜어 낸 채 욥과 마주하기 위해서였으리라.

하지만 초월적 전지자의 시선을 전제한 성경의 시점과 유한자 인간의 눈높이가 일치할 수는 없다. 모멸감이라는 인간적 감응은 이로부터 불가피하게 생겨나는 부산물일 터. 그것의 불가피성과 불가역성, 그리고 공허함을 인식하게 해주는 데서 문학으로서의 성경 읽기가 비로소 성립할 듯하다. 소설은 어디까지나 소설이요 소설로서만 의의를 갖는다. 그것이 바로 종교와 문학의 차이다.

11. 서사의 향락,
혹은 신 없는 세계의 두려움과 떨림
—— 윤이형과 최정화의 정치신학

1. 만약 신이 없다면…

위대한 사상가들의 말이란 언제나 알쏭달쏭한 여운을 남기는 법인데, 프로이트를 잇는 정신분석의 대가 라캉도 예외는 아니었다. 가령 1968년의 학생 봉기에서 그가 파리의 시위대를 향해 던졌다는 한마디가 그렇다. "여러분이 혁명가로서 열망하는 것은 새로운 주인입니다. 여러분은 새로운 주인을 얻게 될 것입니다!" 혁명가가 원하는 것은 자신의 주인이다? 자본가와 국가관료에 맞서 새로운 사회를 건설하겠다고 앞장 선 학생들에게, 기성 세대에 대한 굴종을 거부하고 주체적인 삶을 개척하겠다고 나선 청년들 앞에 이 무슨 '망발'인가? 구구절절한 논란과 해석들이 잇달았지만, 이제 우리는 라캉의 진술이 무엇을 뜻하는지 대략 알 만하다. 어떤 형태로든 우리가 의존하는 대타자는 결코 사라지지 않으며, 우리는 무의식적으로 그것을 욕망하고 있다는 것이다.

흥미롭게도, 라캉은 도스토옙스키를 인용하며 자신의 발언을 세심히 다듬었다. 『카라마조프가의 형제들』에는 명철한 이성과 자기 확신을 지닌 이반 카라마조프가 등장하는데, 그는 신이 존재하지 않는다면 어떠한 도덕적 금제도 없을 것이기에 행위의 무한한 자유가 보장되리라 주장함으로써 이복동생인 스메르쟈코프가 아버지 표도르 카라마조프를 살해하는 데 이론적 동기를 제공한다. 하지만 라캉은 신의 부재가 곧 도덕의 부재로 이어질 것이란 도스토옙스키의 우려에 손사래를 친다. "'만일 신이 존재하지 않는다면, 모든 것이 허용될 것이다'란 말은 분명 순진한 발상입니다. 우리 분석가들은 신이 존재하지 않는다면 아무것도 허용되지 않으리란 점을 아주 잘 알기 때문이죠. 신경증자들이 매일 그것을 증명하고 있으니까요."[1] 요컨대 신이 없다면 우리는 아무것도 할 수 없다.

여기에 반전이 있다. 도스토옙스키의 마지막 장편소설에서 가장 유명하고도 문제적인 테제는 이반의 것이지만, 사실 이 작품의 주인공은 막내 알료샤 카라마조프이다. 당연히, 그가 여러 등장인물들과 나눈 대화를 유심히 살펴보지 않을 수 없다. 알료샤는 조숙한 중학생 콜랴와 이야기하며 신을 믿느냐고 묻는다. 콜랴는 자기 같은 어린애에게 진지하게 질문을 던지는 알료샤에게 놀라워하면서 이렇게 답한다. "아니요, 오히려 나는 신에 관한 한 아무것도 반대하지 않습니다. 물론, 신은 그저 가정에 불과하지만… 그래도…

---

1 Jacques Lacan, *The Seminar of Jacques Lacan, Book II*, W.W. Norton & Company, 1991, p. 128.

나는 신이 필요하다는 것은 인정하는데, 질서를 위해서… 세계의 질서 같은 것을 위해서요…. 만약 신이 없다면, 그것을 고안해 내야 하겠죠."[2] 작가 개인의 신앙심과는 별개로, 도스토옙스키는 신의 부재를 현실의 필요를 통해 보충하는 데 인색하지 않았다. '세계의 질서'가 그것이다.

지금 우리가 살아가는 세계에 과연 그런 질서가 있을까? 우연하고 부박하게 흘러가는 각자의 삶을 의미있고 정연하게 조율해 줄 어떤 원리 같은 게 존재한다고 말할 수 있을까? 흔히 신이 떠났다거나, 죽었다고 선언되는 이 세계에 무엇이 남아 있기에 우리는 끊임없이 '먹고 싸며'(/읽고 쓰며) 살아가는가? 낡디낡은 신학논쟁을 벌이자는 게 아니다. 오히려 우리는 도스토옙스키를 통해 라캉을 보충해야 한다. 신은 사라지고, 질서는 훼손되었을지 모른다. 하지만 그런 것이 없다고 단언하는 것과, 필요하다고 요청하는 것은 전혀 다른 문제다. 어린 콜랴가 말한 것처럼, 신이 없다면 만들어 내기라도 할 일이다. 정의나 도덕과 같은 심대한 형이상학의 문제가 아니다. 삶이 제멋대로 유동하여 뭉개지지 않게 하기 위한, 순전히 실용적인 필요를 위해서다. 오늘을 어제와 다르지 않은 하루로 만들어 주면서도, 또한 동일하지는 않은 내일의 나날들로 엮어 내는 질서. 그것은 이야기, 즉 서사다.

2 표도르 도스토옙스키, 『카라마조프가의 형제들 3』, 김연경 옮김, 민음사, 2007, 92쪽.

2. 불안의 서사: 윤이형, 『러브 레플리카』[3]

근대 소설은 성숙한 남성의 형식이라고 루카치가 말했을 때,[4] 그는 자신의 진술이 예외가 되는 지점을 차마 생각하지 못했던 듯싶다. 예컨대 소설의 주체가 성숙하지만 남성이 아니거나, 또는 남성이지만 미성숙한 경우가 그렇다. 만일 그런 경우가 생긴다면, 그것은 아마 소설이 아니라는 식으로 부정했을 공산이 크다. 사유하는 정신과 그것을 표현하는 입이란 영혼에 대한 통찰과 형식을 일구어 내는 능력의 결합이고, 이는 성숙한 남성이라는 표상 속에서만 성립하는 이념이었던 탓이다. 아이러니하게도, 루카치가 살던 시대에 이미 그러한 표상과 이념의 행복한 조화에는 금이 가 있었다. 19세기 문학이 여성의 자양분을 통해 남성의 목소리를 형성해 냈다면, 20세기는 여성 스스로가 말하고 글을 쓰기 시작한 시대였던 것이다.[5] 또한 그것은 남성적인 생의 무게와 의미로부터 이탈한, 기계적 미성숙과 맹목의 힘으로써 서사를 직조하기 시작한 시대다. 신의 죽음을 선포하기 이전에 신은 벌써 떠나 버린 셈이다.

어른들이 사라진 아이들의 세계가 그렇지 않을까? 윤이형의 「핍」은 어른 없는 세계의 아이들이 어떻게 생존하는지, 무엇으로 연명해 가는지를 내밀하게 관찰한다. 아이에게 어른은 세계의 울타리이자 보호막, 정신적이고 물질적인 인도자로 인식되지만, 의외로 아이들은 어른 없이도 어른의 세계를 충실히 모사하며 반복

---

3 윤이형, 『러브 레플리카』, 문학동네, 2016. 이하 괄호 안 숫자는 이 소설집 해당 단편의 쪽수.

4 게오르크 루카치, 『루카치 소설의 이론』, 반성완 옮김, 심설당, 1985, 91쪽.

5 프리드리히 키틀러, 『기록시스템 1800·1900』, 윤원화 옮김, 문학동네, 2015, 348~349쪽.

하는 존재들이다. 혼란과 무질서, 파괴가 지배할 것이란 우려와 달리, 어른이 실종된 세계에서 아이들은 어른과 유사한 질서를 복구하고 창조하며 삶을 영위해 간다. 아이들은 여전히 화폐를 유통시키며 물건을 사고팔고, 텔레비전을 방송하고, 있을지 모르는 외부의 침략에 대비해 군사훈련도 준비한다. "세상에는 아무런 일도 일어나지 않은 것 같았다. […] 어른들이 사라지자 아이들이, 마치 기계의 부품이 교체된 것처럼, 그 자리에 들어와 나이 많은 선임자들이 하던 일을 했다"(226~227). 아이들만 남은 세계는 다소 불편하고 불안하지만, 어른이 꾸려 가던 세계도 그건 마찬가지였지 않은가.

물론, 아이들은 어른이 돌아오기를, 세계의 완전한 질서가 복원되기를 갈구한다. 노트북과 휴대전화의 전원을 항상 켜둔 채로 어른들의 메시지가 도착하길 기대하고 있으며, 기억나지 않는 부모의 얼굴을 떠올리려 애쓰고, 자신들이 받았던 사랑을 상상한다. 심지어 방송을 통해 자신들의 잘못을 고백하고, 집 나간 아이를 찾듯 어른의 귀환을 애원할 정도다. "어디에 있든지, 보고 있다면 돌아와 주시기 바랍니다"(228). 거의 유사 종교적이라 할 만한 이 결핍의 세계. 각 절의 번호만이 최초의 사태로부터 얼마큼의 시간이 흘렀는지 암시할 뿐, 이야기가 어떤 식으로 전개되는지 잘 알 수도 없다. 정말 이 세계가 결여한 것은 어른이 아니다. 마치 인간의 기도 속에 신이 임재해 있듯, 아이들의 소망 속에 어른의 세계-질서는 이미 들어와 있다. 부족한 것은 상상적인 게 아니라 삶에 내재적인 것으로서의 서사다. 우연히 어린 아기를 발견하고 키우려 했을 때, 핍이 직감한 것은 무의미하게 반복되는 나날들을 고정하고 색깔을 입혀 줄 어떤 이야기가 생겨났다는 사실이다. "정말 기이했다. 그와 얀보다 훨씬 큰, 너무 커서 크기를 가늠할 수도 없는 어떤 서사가, 바람에 날아갈 것 같던 자신들의 무의미한 일상을 붙잡아 안전하고 아프게 지켜 주기 시작한 것 같았다. 모든 게 너무 얼얼해서, 너무 힘들고 무겁고 졸려서, 핍은 자신이 살아 있음을 잊을 수가 없었다"(214). 그래서 주인공의 이름은 '핍'ᄑ이고, 그것을 메울 서사를 찾아 어른이 되어 가는 여정이 소설, 즉 삶이 아닐까.

서사는, 그러나 내용이 아니다. 분명 서사는 의미를 형성하여 삶을 채워 주고, 우리를 생활하도록 추동하는 힘이겠으나, 근본적으로 서사는 형식이며 삶이 허물어지지 않도록 지탱하는 뼈대일 따름이다. 온전히 '나' 자신으로 살아갈 수 없는 까닭은, 서사가 내가 세계를 바라보고 세계가 또한 나를 바라보는 렌즈가 되어 주기 때문이다. 처음엔 "곤약처럼 미끄러운 작은 회백색 덩어리"지만, 점차 나를 "감싸 안았"고 결국 하나로 엉켜 살게 되는 "쿤"은 바로 이와 같은 어른의 형식, 서사의 다른 이름일 듯하다. 그래서 어른이 된 우리는 쿤에게 업혀 사는 아이들일 뿐이고, 쿤을 떼어내는 수술을 받고 나서도 또 다른 쿤들을 계속 찾아다니는 "불완전한 어린애"로 남는다(「쿤의 여행」, 111~113). 어른이 존재하지 않는다면, 어른이 되어야('만들어야') 한다는 강박은 이 세계에 어떤 질서를 도입해야 한다는, 타자들과 공존하는 세계구조를 만들어야 한다는 의지에서 연유했을지 모른다. 그것은 타자의 폭력으로부터 자신을 지키는 방편이자 자신을 사랑하고 "내가 되"는 불가피한 방법이다 (110). 이 세계에서 어른이 되지 않아도 좋다는 말은 기껏해야 아이로 환원된, 죽은 타자(아버지)에게나 가능한 말이다. "괜찮아요, 자라지 않아도"(114).

불가피한 서사는 곧 불가능한 서사라는 사실은 아이러니이면서 역설이다. 딸기와 루카는 서로가 비슷하기 때문에 사랑에 빠졌다. 둘은 성적 소수자였고, 영화를 좋아했으며, 서로에게서 기쁨과 즐거움을 찾아냈다. 루카의 미완성 시나리오가 보여 주듯, 자신이 없으면 소외될 서로를 염려하는 마음에서 서로 간의 일치는 절정에 도달한다. 그런데 이는 딸기의 서사로 대체되고 보충되면서 사실상 파열을 예고하고 있다. 최초의 에덴에서 신이 맺어 준 짝이었던 아담과 이브는 서로의 이질성에 경악하여, 다른 동산에서 동성의 짝을 만나 행복을 누리는 듯하다. 하지만 "상대방이 자신과 비슷하다는 이유로 사랑에 빠졌던 아담과 루카가 실은 서로가 얼마나 다른지 깨닫는 장면으로 끝"날 것(「루카」, 130)이란 사실은 최후의 서사적 진실로서 불안하게 예감된다. 우리는 타자와 어울리기 위해 어른의 서사를 구성하고, 서사의 질서로써 자신의 세계를 구축하지만, 그것은 필연코 타자를 자기 세계의 소수자로 만들어 추방해 버릴 운명이다. 딸기의 세계는 루카를 유일한 "시민"으로 갖지만, 이는 동시에 루카를 "소수자"로 소외시키는 길인 것이다(143~144). 루카의 아버지가 자신의 세계에 아들을 받아들이는 방법은 상상적으로 아들을 살해하는 것이고, 그에 대한 딸기의 적대는 결국 모든 어른의 서사는 자기만을 위한 것일 뿐임을 증명한다. "왜 내가 이해해야 하는가?" "이해해 버리면 끝장이"다(149).

신이 없는 세계를 지탱할 가능한 질서로서의 서사는 끊임없이 이야기를 만들어 내든가, 혹은 아무런 이야기도 만들지 않는 데서 그 본질을 극적으로 드러낸다. 허언증과 거식증의 이야기다. 경은 남에게 들은 이야기를 자기 식으로 복제해서 마치 자신이 그러한 삶을 살았던 것처럼 믿는다. 그녀의 시간이 연속적으로 흐르지 못하고 단속적으로, 마치 "누군가가 멀리 떨어진 곳에다 나를 복제"하는 듯이 "옮겨지는 기분"으로 살아가야 하는 이유다(「러브 레플리카」, 156). 외국인 노동자를 추방당하게 해서 결국 자살하게 만든 원인이 자기라는, 이 애절한 속죄의 서사는 실상 타인의 서사를 빌려 온 것이고, 이런 식으로 자신의 삶을 온통 타인의 이야기로 도배하는 짓은 "끔찍하다고밖에 생각할 수" 없는 "기억의 병"일 뿐이다(172). 그러나 거식증을 앓는 이연 역시 타자의 서사를 먹고산다는 점에서 본질적으로 다르지 않다. 그녀가 원하는 것은 타인의 시선에 포착된 "완전히 다른 몸"이고 "내가 아닌 사람으로 다시 태어나 다르게 사는 것"이기 때문이다(166).

경의 환상은 진흙처럼 무너진 타자들의 세계를 자신의 손으로 새로 만드는 것이다. 그들의 손바닥에 자기의 이름을 서명하여 그 세계의 온전한 주인이 되고자 하지만, 그것은 가짜이며 생기 없는 세상이기에 곧 떠나야만 한다. 자신은 "신"이 아니라 "괴물"이며, 그 행위는 "이상한 모양으로 비틀린 자기애"일 따름이다(186). 이연이 느끼는 자신에 대한 부끄러움과 혐오는 자신이 경과 다르지 않음을 암시한다. 그녀들은 서로가 서로를 복제replica하고 있으며, 사랑love이란 신이 부재하기에 혼자서는 온전히 설 수 없는 이 세계에 도입된 서사의 이름이다. 생의 "피로한 강박"(171)을 나눠 질 누구도 없음이 이 서사의 본질 아닐까. 도스토옙스키의 말처럼 무엇이든 허용되겠지만, 성공할 수는 없는. 그렇다면 탯줄로 자기 목을 감는 태아의 출생거부라는 의지만이 오히려 진실하지 않을까. "사라져야 하지 않겠는가, 어차피 실패할 거라면"(「굿바이」, 80).

3. 향락의 서사: 최정화, 『지극히 내성적인』[6]

신이 없다면 만들기라도 해야 할 것이란 콜랴의 말을 충실한 신도인 알료샤는 인정한다. 그런 것이 인간의 믿음인 까닭이다. 이 생각을 어떤 것도 금지되어 있지 않다는 무제한적 행위의 자유로 받아들인 것은 이반인데, 그는 욕망의 자유와 행위의 자유 사이의 차이를 미처 염두에 두지 못했다. 신이 없는 세계를 견디기 위해 도입하는 질서는 환상을 포함한다. 그 환상을 건너는 모험이 욕망의 자유이며, 그것은 모든 것을 허용할지 모른다. 하지만 환상이 실제 행위로 실현될 때, 욕망의 자유는 역으로 제한되고 일면적인 파국으로 치달을 뿐이다.[7] 그렇다면 환상의 창조이자 환상의 횡단으로서 욕망의 자유는 무엇을 뜻하는가? 신이 가정일 뿐이라면, 그리하여 질서는 필요에 의해 도입된 것일 따름이라면, 그 결과로서의 서사는 다양한 방식으로 실험해 볼 만한 욕망의 구조물이 아닐까.

최정화는 자신의 글쓰기가 "흐름의 감각"에 의지하며, 그것은 "이야기가 입을 벌렸다가 다무는 느낌"이라고 설명한다(「작가의 말」, 271). 입을 벌렸다가 닫음으로써 흐름의 한 조각을 베어 물어 완결 짓는 매번의 행위가 바로 서사다. 이는 정의나 도덕, 혹은 신이 존재하느냐 아니냐의 형이상학적 문답이 아니라 삶의 필요에 의해 요청된 욕망의 자유라 할 수 있다. 우리에게 전해진 어떠한 이름의 윤리에 의해서도 구애받지 않는 순수한 욕망의 실험. 그렇지만 들뢰즈와 가타리의 분열증적 탈주는 아닌데, 왜냐면 '몰윤리의

---

6 최정화, 『지극히 내성적인』, 창비, 2016. 이하 괄호 안 숫자는 이 소설집 해당 단편의 쪽수.
7 슬라보예 지젝, 『How to Read 라캉』, 박정수 옮김, 웅진지식하우스, 2007, 85~86쪽.

조형'(강경석)으로서 작가의 서사는 언제나 이면의 프레임 위에서 작동하고 있으며, '작은 신'이 된 타자의 시선에 항상 노출되어 방해받기 때문이다. 따라서 작가의 소설에 나오는 인물들은 '못난 신의 아이들'Children of A Lesser God이라 불러도 좋겠다.[8]

3주간 집을 봐 줄 사람을 찾던 화자는 면접을 보러 온 여자에게 기묘한 느낌을 받는다. 외양으로는 보잘것없어 보이지만, 어쩐지 그녀가 자기의 자리를 차지하러 온 듯한 불쾌한 감각에 시달리는 탓이다. 여자의 미소는 "여기는 이제 내 집이고, 지금부터 나는 네가 될 수 있어"(「구두」, 10)라고 말하는 듯하며, 이 "침입"의 느낌은 "말도 안 되는 생각"이지만 동시에 맹렬한 적의로 반향되어 튀어 오른다. 재미있는 것은 안주인의 이런 망상이 여자에 대한 "경계심"과 "죄책감", 나아가 가족에 대한 알 수 없는 "소외감"과 "외로움"을 야기하고 있다는 점이다. 흡사 감수성의 실험실과 같은 그녀의 이야기는 면접 온 여자의 "즐기는" 듯한 시선 속에 응집되고, 역설적으로 "일상의 행복을 증명해" 줄 정도다(24). "나"와 "그녀" 사이의 착각과 혼동은 누구의 것일까? 조심스레 질문해야 할 것은 서사의 중심에 선 '나'는 누구인가이다.

기호의 정박점이 없다면 주체도 없다. 가족의 성심 어린 이해를 받지 못하는 가장은 "의무감"으로 아내와 딸을 부양하기에 바쁘다. 피서지에서도 그는 그들을 위해 온갖 귀찮은 일들을 수행하는 데서 즐거움을 찾으려 한다. 하지만 가장의 의무와 역할은 "너

---

8 랜다 헤인즈 감독의 1986년 작 영화 제목임을 밝혀 둔다. 한국에서는 「작은 신의 아이들」로 개봉했다.

무 오래되었다"(「팜비치」, 31). 낡은 서사인 것이다. 그래서 그는 무의식중에 "수해로부터 마을을 구"하는 네덜란드 소년이 되고, 프런트 직원으로부터 딸을 구해 내는 '미래의 아버지'가 된다. 가족이 원하는 상어튜브만 제자리에 가져다 놓으면 현실의 모든 것이 돌아오리라 믿지만, 정작 아내는 "진짜 팜비치"에서 온 남자에게 시선을 뺏긴 상태다. 그가 머무는 자리는 '가짜 팜비치'며, 언제든 바닥으로 추락할 수 있는 허공에 뜬 서사인 것이다. 상어의 머리가 그를 "주시하고 있다"(52).

타인들과의 공존을 위해, 이 세계를 살아가기 위해 필요한 서사는 우리에게 모종의 역할을 분배한다. 약사의 아내는 건강보조식품과 유기농을 권유하는 건전한 세상의 일원이었다가, 생태연구 소모임의 환경운동가가 되기도 하고, 국가 간 문화교류의 담당자로 활약하기도 한다. 하지만 이 모두는 그녀가 현재 맡고 있는 인생 서사의 맹점들을 보지 못하는 한에서만 가능한 역할들이며, 그 서사가 망가질 위기에 직면하면 격렬한 공포를 통해 원점으로 회귀한다. 자신의 역할을 확정 짓는 서사를 확보하지 못한다는 게 공포의 원인이고, "그녀는 여전히 악몽을 꾼다"는 게 그 결과다(「오가닉 코튼 베이브」, 76). 물론, 자신이 만든 서사의 역할놀이는 쾌락을 선사한다. 정당한 배우자로 대접받지 못하던 용순은 남자의 친구들과 함께한 모임에서 불가피하게 거짓말을 시작한다. 지금껏 무탈하게 반평생을 연기하던 역할, 곧 순종적이고 묻지 않으면 대답도 않는 수동성을 우연히 벗어난 것이다. 교사생활을 하는 아들, 다정한 남편, 소풍길에 들뜬 낙천적인 여성…… "그녀가 자기가 한 말을 믿고 있었다"는 게 중요하다(「홍로」, 122). 남성적 서사를 전복하는 여성의 자기 해방을 강조하기 이전에, 그녀의 쾌락이 거짓말의 도취로부터 연유한 것임을 먼저 지적하자. 그것은 위험하지만 또한 물리칠 수 없는 향락jouissance의 서사이다.

소설가 난영이 기한부로 방을 얻었을 때, 미옥은 그녀가 왜 그토록 매력적인지 깨닫고 있었을까? 실제 난영은 대단한 소설가도 아니며, 넘볼 수 없는 미모나 재능을 가진 것도 아니다. 난영이 미옥을 매혹시킨 이유는 단 하나, 자신의 서사를 가동시킬 정박점을 제공했다는 데 있다. 처음 그녀는 동생의 배려를 남편의 자상함으로 오해했고, 경선과의 대화에서 난영을 "유명한 작가"로 포장했으며, 난영의 눈동자에서 굉장한 "외로움"마저 읽어 들인다. 난영은 미옥이 익숙해져 버린 세계와는 "어딘가 달랐"고, "고급스러운 느낌"을 주는 타자였다(「지극히 내성적인 살인의 경우」, 136). 거짓말이 대개 그렇듯, 모든 서사는 궁극적으로 발화의 주체가 믿기 위해 만들어진다. 그것이 없다면 살 수가 없기 때문이다. 이 세계를 견디기 위해 구성된 질서. 그것의 표상은 타자('신')다. 하지만 그 타자가 나의 욕망을 충족시켜 주지 않는다면 어떻게 될까? 그러한 균열의 결과, "단 한 알"의 썩은 감자로 인해 "순식간에 전체가 끔찍한 냄새를 풍기게 된다"(146)는 것은 출발점에 지나지 않는다. 진정 섬뜩한 것은 주체가 자신의 세계를 보전하기 위해 자기가 불러들인 질서('신')를 파괴할 수 있다는 점에 있다. 선택권은 "오로지 당신[타자]에게" 위임하면서 말이다(160). 서사의 쾌락과 공포, 향락이란 그런 게 아닐까. 그럼에도 우리는 서사의 유혹을 거부하지 못한 채 붙잡으려 한다는 데 존재의 아이러니가 있다.

4. 서사, 또는 수신자 없는 편지

애초에 우리는 라캉과 도스토옙스키에서 출발했다. "만일 신이 없다면……" 이 질문의 전제였다. 신의 부재는 우리를 자유롭게 할 것인가, 무능력에 가둘 것인가. 그런데 만약 전제 자체가 잘못 놓인 것이라면 어쩔 것인가? 문제는 신의 존재나 부재가 아니라, 신에 대한 우리의 태도가 아닐까. 절대자를 '서사'라고 번역하는 우리에게 신과 질서는 어떤 감응affect의 대상인가? 이런 물음은 실상 신과 세계의 기원에 이미 던져졌으니, 아브라함이 자식을 번제에 올릴 때 품었던 믿음의 감정이 그러하다. 키르케고르는 이를 '부조리를 통한 믿음'이라 간주했던바[9], 「시편」의 언어를 취해 '두려움과 떨림'이라고 명명했던 것이다. "여호와를 경외함으로 섬기고 떨며 즐거워할지어다"(2:11, 『개역한글판 성경』).

두려움이란 신과 질서의 부재에 대한 인간의 고독이자 외로움, 불안의 투영이지만, 떨림은 그것을 망각하기 위해 불러낸 서사('찬양')로 얻게 되는 즐거움이다. 하지만 침묵하는 신은 그 서사가 정녕 자신을 영광되게 하는 것인지 치욕스럽게 만드는 것인지 답하지 않기에 우리는 영원히 신의 침묵 앞에 서사를 반복하고 매번 다르게 노래해야 한다. "그러므로 나의 사랑하는 자들아, 너희가 나 있을 때뿐 아니라 더욱 지금 나 없을 때에도 항상 복종하여 두렵고 떨림으로 너희 구원을 이루라"(「빌립보서」 2:12, 『개역한글판 성경』). 신의 부재와 현존, 혹은 그를 믿는지 믿지 않는지는 중요하지 않다. 서사를 계속할 것인가 그렇지 않은가가 더욱 근본적이다. 그

---

9 쇠렌 키르케고르, 『두려움과 떨림』, 강학철 옮김, 민음사, 1991, 51쪽.

것은 향락을 초래하는 욕망이기에 극도로 위험하고 불안하지만 결코 물리칠 수 없는 유혹이다. 윤이형과 최정화는 이 몸짓Geste에 자기를 실었다. 당신 역시 따르겠는가? 수신의 미래가 보장되지 않은 편지일지라도.

써라! 누구를 위해서? —죽은 자를 위해서. 써라, 네가 전생에 사랑하던 자를 위해서! 도대체 그들이 나의 글을 읽게 될까? 아니다![10]

---

10 앞의 책, 184쪽. 1843년 7월과 8월 사이의 **노트**.

4부. 비평과 정치적 무의식

12. 감응과 커먼즈
—— 비평의 아방가르드를 위한 서곡

1. '커먼즈'의 문제 설정

이 글을 읽는 누구라도, 문학이 소수 엘리트의 손에 독점된 대상이 아니라 대중 전체를 향해 열려 있는 공적 자원이란 주장에, 곧 문학은 공공의 것the public이자 공통의 것the commons이란 주장에 고개를 끄덕일 것이다. 하지만 이 진술은 선언적인 차원에 머물러 있으며 의제화된 당위로서 우리의 동의를 요청할 뿐이다. 긴 역사를 통해 문학이 온전히 대중의 것으로서, 대중의 말과 의식을 경유하여, 대중을 위해 창작되고 읽혔던 시대는 드물다. 문학이 소수 지배층의 유흥거리였던 고대나 중세 사회는 물론이고, 대중의 본격적 등장으로 표지되는 근대 사회에서도 문학은 대개 '고급문학'이자 '엘리트문학'의 범주 안에서 정의되어 왔던 까닭이다.[1] 19세기 무렵에

---

1 레이먼드 윌리엄스, 『키워드』, 김성기·유리 옮김, 민음사 2010, 280~282쪽.

는 광범위한 독자층의 대두와 인쇄매체의 확대 및 출판시장의 형성에도 불구하고, '상상의 공동체'라는 개념이 나타내듯 근대문학은 국가와의 관계 속에서 '국민문학'으로서 규정되어 왔으며, 이는 문학이 대중적 향유보다는 국민국가nation-state의 형성이라는 근대성의 특정한 지향 속에서 조형되어 왔음을 보여 준다.[2] 그런 의미에서 '문학은 대중을 향해 열려 있는 공적 자원'이라는 명제는 역사적이고 정치적인 조건들을 고려하지 않는다면 추상적 구호에 그칠수 있다. 그것은 마땅히 쟁취되고 지켜져야 할 언명이지만, 언제나 이행되지 않은 채 지연되기만 했던 의심스러운 약속이었다.

왜 지금 새삼스레, 이 구태의연한 명제를 들추어내는가? 사회적 지식이자 상징적 서사형식으로서 문학은 항상 사회적 조건과 의제 설정에 민감하게 조응해 왔다. 이 점에서 우리 시대 문학장의 변화 역시 시대적 사회변동과 긴밀히 맞물려 있음은 물론이다. 가령 최근 십여 년 동안 '헬조선'으로 대변되는 소외와 빈곤, 계급적 대립이 심화되었고, 세월호 참사나 문화계 블랙리스트, 여성 및 소수자를 향한 혐오의 정념 등이 나타나면서 '배제된 사람들'의 목소리가 전에 없이 공론장에 육박해 들어오는 사태가 벌어졌다. 우리 시대의 대중은 전통적 매체에 기대지 않은 채 직접 자신의 감정과

2　Benedict Anderson, *Imagined Communities: Reflections on the Origin and Spread of Nationalism*, Verso, 2006, pp. 9~38; 가라타니 고진, 『근대문학의 종언』, 조영일 옮김, 도서출판b, 2006, 43~86쪽. 서구의 상황을 보편화할 수는 없으나 한국이 식민지 시대에 일본을 통해 근대문학을 처음으로 경험했고, 이후의 역사에서 그것을 내면화하는 과정을 밟았다는 점에서 일반성을 가정해도 좋으리라 생각한다. 이른바 문학제도론이 이를 잘 보여주는바, 1970~1980년대의 민중·민족문학이 남긴 깊은 족적에도 불구하고 한국문학이 제도권력과 엘리트주의의 간섭 및 영향을 늘 고민하며 성장했다는 점을 기억할 필요가 있다.

생각을 표현하고자 욕망한다. 마침 문단 내에서도 이러한 변동과 짝을 이루는 사건들이 터져 나왔다. 표절과 권력 논쟁은 문단체제를 격렬히 진동시켜 놓았고, 음성적으로 만연했던 성폭력의 가시화는 페미니즘을 비롯한 소수자의 목소리가 문학장에 적극적으로 진입하는 계기를 마련해 주었다.[3] 이 모든 과정은 아직 진행형이어서 힘겨운 토론과 협의, 투쟁의 여지를 남겨 두고 있다. 그러나 분명한 사실은 이와 같은 사회적 급변에 문학장이 무감각하게 머물러 있지는 않았다는 점이다. 어떤 식으로든 현재 문학은 사회와 함께 급진적인 변전을 겪고 있다.

이런 조류 속에서 문학과 대중의 접속과 상호촉발에 관한 사유 및 공적인 것으로서 문학에 관한 발화가 이전과는 다른 방식으로 제기되고 있다는 점에 주목할 이유는 충분하다. 곧이어 살펴보겠지만, 이는 문학과 대중, 그리고 공적公的인 것의 오래된 관계가 최근의 시대적 변곡에 힘입어 급변하고 있음을 시사한다. 무엇보다도, '커먼즈'로서 문학의 위상이 새로이 정립되고 있는 이 시대에 과연 비평은 무엇을 할 수 있는지에 대한 응답의 요구가 제기되는 형편이다. 이 글은 우리 시대 문학장의 변전을 공공성과 공통성의 의제를 통해 살펴보고, 비평의 과제를 '공-동성의 사건화'라는 측면에서 생각해 보려하는 시론의 일환이다.

---

3 '정통' 문예지의 쇠퇴와 쇄신, '비평 없는 문학잡지'의 창간, 비등단작가로 구성된 매체들의 탄생 등이 전자의 경우라면(장은정, 「설계-비평」, 『창작과비평』 179호, 2018 봄, 309~320쪽), 활발하게 발표되고 있는 페미니즘 문학비평들이 후자의 사례들이다(『문학과사회』 116호, 2016 겨울[하이픈 '페미니즘-비평적']; 『문학동네』 2016년 가을호[특집 '페미니즘, 새로운 시작']; 『문예중앙』 148호, 2016 겨울[특집 '#여성혐오_창작']; 『창작과비평』 176호, 2017 여름[특집 '페미니즘으로 문학을 읽는다는 것'] 등등).

2. 근대성과 문학규범

공적인 것, 공공의 자원으로서의 문학이란 어떤 것인가? 앞서 문학의 공공성이란 주제가 19세기 이래 대중사회의 성립과 밀접한 관련이 있다고 말했다. 그런데 '대중적'이라는 요소를 가변항으로 둘 때, 실상 문학과 공공성은 근대 문학의 초기부터 지식 담론의 주요 상수로 다루어져 왔음을 확인하기란 어렵지 않다.

서양에서 근대문학의 출발점으로 간주되는 17세기 고전주의의 경우, 그리스와 로마의 고전고대적 전범을 모방하는 것은 작품의 예술성을 규정하는 가장 중요한 요소였다. 작가의 개성이 부각되지 않던 시기였기에, 유일무이한 독창적인 작품을 만드는 것은 애초에 가능하지 않은 목표였다. '미메시스'의 의미 그대로, 작품은 선행하는 모범에 대한 '다시 쓰기'를 가리켰던 것이다. 예컨대 장 라신이 「페드르」(1677)를 썼을 때, 그는 무로부터 유를 만들어 내는, 말 그대로 '창조'를 행한 게 아니었다. 동시대의 관객들은 페드르가 남편의 전처소생 아들인 이폴리트에 대한 금지된 정념에 휩싸인다는 줄거리를 미리 알고 있었고, 이를 극화한 다른 작가들의 작품들 또한 모르지 않았다. 라신은 이 공통의 주제를 자신의 스타일로 각색하여 선보였고, 「페드르」가 현대의 고전으로 남게 된 것은 그의 '다시 쓰기' 스타일이 후대의 미적 감각을 사로잡는 힘을 발휘했기 때문이다.[4] 하지만 라신 시대의 문학적 규범이 미메시스에 놓여 있던 한, 그의 창작은 원본적 진리의 충실한 재현으로 간주될 수밖에 없었다. 고전주의는 사적 개인의 창조성보다 공적 규범의 준수를

---

4 장 루이 아케트, 『유럽 문학을 읽다』, 정장진 옮김, 고려대학교출판부, 2010, 84~85쪽.

통한 반복의 충실성에 더 큰 값어치를 매겼던 까닭이다. 당연하게도 그 규범은 공공적公共的인 성격을 지녔으며, 창작과 비평의 주요한 척도로 기능했다.[5] 고전주의적 공공성은 예술 향유의 자격과 능력을 소지한 소수 지배층에 국한된 당대 문화의 산물이었다.

'창조적 예술가'라는 작가 신화의 진원지인 낭만주의 역시 사정은 다르지 않다. 고전주의적 미메시스를 거부하고 창의적 개성을 미학의 근거로 제시한 낭만주의는 작가가 갖추어야 할 재능이자 능력의 최고 심급으로서 독창성originality을 제시했다. 이는 예술 작품의 공유되지 않는 특이성인바, 흔히 사회와 불화하는 고독한 작가의 이미지를 조성하는 데 기여해 온 특징이다. 하지만 낭만주의는 무엇보다도 세계관이자 세계에 대한 태도로서 폭넓게 공유되는 사회적 감수성이기도 했다. '낭만'에는 실증 불가능한 예술의 신비에 대한 작가와 독자, 비평가의 공감이 내포되어 있으며, 이것이 낭만주의 이후 세계에 대한 근대인의 공통감각을 형성했던 것이다. 이를 통해 낭만주의는 사회·문화적 공론장이라는 지성사적 문맥에서 거론될 뿐 아니라, 사상사의 반열에조차 올라서게 되었다.[6] 소위 "세계를 낭만화하라"는 모토는 (고전주의적인) 좁은 의미의 예술 범주에 갇힌 창조력을 이 세계와 삶에 전면화시킬 것을 요구하

---

5 고전에 대한 모방 욕망은 너무도 강력하여 자기 시대와 과거 사이의 역사적 간극은 종종 무시되곤 했다. 고전은 곧 자연과 비견되었으므로, 일종의 자연법적 법칙성을 통해 불변하는 규범으로 선포되었기 때문이다. René Wellek, *A History of Modern Criticism: 1750–1950. The Later Eighteenth Century*, Yale University Press, 1955, p. 14 이하.

6 이사야 벌린, 『낭만주의의 뿌리』, 강유원·나현영 옮김, 이제이북스 2005, 19~23쪽; 버트란드 러셀, 『서양철학사』, 서상복 옮김, 을유문화사, 2009, 제18~19장.

는 목소리였다.[7] 소수 지배층으로부터 대중 일반으로, 심미적 안목으로부터 생활감정으로 기준이 이전됨에 따라 낭만주의적 감수성이 공공성의 비평적 도마 위에 오른 것은 당연한 노릇이다. 그렇다면 근대 문학장에서 공공성이란 무엇을 가리켰고, 어떤 역할을 맡았는가?

18세기 영국과 프랑스에서 커피하우스나 살롱을 통해 나타난 공론장의 특색은 문해력 literacy에 기반한 공동체란 점에서 문학예술과 깊은 관련성을 갖는다. 계명된 귀족뿐만 아니라 지식인과 수공업자, 노동자가 거기 포함되어 있었는데, 그들은 "전통적 의미에서의 '시민'에 속하지 않는 '시민적' 집단"이었고 "독서 공중"으로서 자신을 규정지었다.[8] 이들은 국가가 담당하던 공론의 칼자루를 일반 대중에로 연장시켰고, '공적 이익'과 '사적 이익'의 상상적 일치를 실현시키는 역할을 맡았다. 이 과정이 흥미롭다. 개성적 작가와 독자 개인이 만나는 문학경험은 근대 개인주의의 형성에 지대한 몫을 담당했다고 알려져 있으나, 여기엔 보이지 않는 제3의 요소로서 시장이 존재하며, 그것이 '공론으로서의 문학' 개념을 형성하는 데 결정적 요인이 되었던 것이다. 근대문학은 작가와 독자라는 개인뿐만 아니라 비평과 문단, 출판산업과 시장 등의 외부적 요소들로 구성되어 왔다.[9] 특히 문학시스템과 관련하여 공공성은 문

---

7 프레더릭 바이저, 『낭만주의의 명령, 세계를 낭만화하라』, 김주휘 옮김, 그린비, 2011, 50~53쪽.

8 Jürgen Habermas, *Strukturwandel der Öffentlichkeit*, Luchterhand, 1971, p. 37.

9 Pierre Bourdieu, *The Rules of Art: Genesis and Structure of the Literary Field*, Stanford University Press, 1995, pp. 122~124. 낭만주의의 천재-작가로부터 직업인-작가로의 개념적 이전은 19세기 문예공론장이 시장적 공공성을 규범 삼아 작동하는 담론장이었음을

학상품을 생산하여 시장에 공급했을 때 '공정한 계약'이 발생할 수 있는 조건을 감독하는 역할을 맡았다. 국가로부터 독립해 있는 시민사회를 자율적으로 규율하기 위해 공적인 것res publica이라는 개념이 요구되었고, 문학장 또한 거기에 의존해 있었던 것이다.[10] 이것이 문학적 근대성의 제도적 기반이며, 개인주의의 신화로 포장된 문학은 그렇게 근대성의 공적 평면에 연결된다.

역설적이게도, 시민사회를 관할하는 규범으로서 공적인 것은 동시에 국가적인 것과 긴밀히 연결된 개념이었다.[11] 예컨대 문해력과 교양은 근대성의 대중적 기반으로서 국가적 공공성의 형성에도 긴요한 요소로 작용했다. 이에 따라 개인은 공교육을 통해 공무원으로서 복무할 자질을 갖추어야 했으며, '정상적' 시민으로 활동하기 위한 최소한의 교양을 익혀야 했다. 18세기까지 무관심하게 방치되어 있던 사회화 교육은 19세기부터 읽고 쓰는 방법, 사고하고 행동하는 방법의 전반에 이르기까지 공공의 목표로서 가족 단위에 부과되기 시작한다. 근대문학의 정서적 원천으로서 '어머니의 신화'를 상기해 보자. 자애로운 모성의 이미지는 모국어mother tongue

---

반증한다. 하지만 이는 단절보다는 연속성을 암시해 주는데, 낭만주의적 독창적 예술이론이 전제하는 작품의 미지성(창의성)은 19세기 근대의 소비주의적 쾌락 향유 방식과 긴밀히 연관되어 있기 때문이다. 콜린 캠벨, 『낭만주의 윤리와 근대 소비주의 정신』, 박형신·정헌주 옮김, 나남, 2010, 164~182쪽.

10 제라르 델포 외, 『비평의 역사와 역사적 비평』, 심민화 옮김, 문학과지성사, 1993, 24쪽; 사이토 준이치, 『민주적 공공성』, 윤대석·류수연·윤미란 옮김, 이음, 2009, 50쪽. 국가로부터의 자유를 추구하던 시민사회는 초기부터 시장사회의 특징을 띠지 않을 수 없었다.

11 서구 국가론에서 국가의 기원 자체가 '공적인 것'에 연원을 둔다. 군주가 다스리지 않기에 인민의 것(res populi)인 정치체가 국가(Republic)인 것이다. 조승래, 『공화국을 위하여』, 길, 2010, 15~17쪽.

를 통해 상징적 지위를 얻게 되고, 모국motherland과 개인의 일체감을 조성하는 데 동원되었다.[12] 국가의 공식 영역으로부터는 배제되었으나, 문학적 신화 속에서 여성은 항상 국가의 상상적 대리자로 나타났다. 이는 사적인 삶을 공적 차원으로 통째로 이관시키려는 근대적 기획의 일환이었다.[13]

이와 같이 근대의 공공성 규범은 시장과 국가에 의해 은밀히 매개되었고, 사회 비판/비평은 그 매개의 형식을 둘러싸고 벌어진 담론의 전장戰場이었다. 옹호든 대결이든 여기에는 한 가지 전제가 깔려 있던바, 개인은 사회와 동일한 평면에서 만나고 결합된다는 믿음이 그것으로서 근대적 공공성의 (무)의식적 밑바탕에 다름 아니었다. 그리하여 아렌트는 공공성을 공동체의 모든 구성원들을 포괄할 수 있는 특징으로 간주하고, 근대 이후의 사회적 세계를 아우르는 '탁자' 즉 발판이라 명명하게 된다.

'공적'public이라는 용어는 세계가 우리 모두에게 공동의 것common to all이고, 우리의 사적인 소유지와 구별되는 세계 그 자체를 의미한다. 그러나 이 세계는 인간이 움직일 수 있는 제한된 공간이자 유기체 삶의 일반조건으로서의 지구 또는 자연과 동일하지 않다. 그것은 차라리 인간이 손으로 만든 인공품과 연관되며, 인위적 세계에 거주하는 사람들 사이에 일어나는 사건에 관계한다. 세계에서 함께 산다는 것은 본질적으로, 탁자가 그

---

12 프리드리히 키틀러, 『기록시스템 1800·1900』, 윤원화 옮김, 문학동네, 2015, 47~119쪽.

13 Peter Uwe Hohendahl, *The Institution of Criticism*, Cornell University Press, 1982, pp. 72~73.

둘레에 앉는 사람들 사이에 자리잡고 있듯이 사물의 세계도 공동으로 그것을 취하는 사람들 사이에 존재한다는 것을 의미한다.[14]

문학적 공공성은 '인위적인' 사회계약적 이념의 상징적 표현 형식으로서 제출된 것이고, 창작과 비평의 준거로서 작동해 왔다. 19세기부터 본격적으로 등장한 교양소설Bildungsroman의 이념이 이를 잘 표명하는바, 개인이 사회와 조화롭게 어울리는 상상적 형태를 창안함으로써 양자 사이에 '인공적'이고 '정치적'인 통일성을 만드는 과제가 근대 문학에 부여되었던 것이다. 그러나 교양소설의 허위의식 혹은 불가능성에 대한 폭로가 시사하듯,[15] 공공성이라는 '탁자'(준거)가 다만 허구적인 요청이자 당위에 불과하다면 그 창안의 동력이 퇴색하는 현상은 불가피한 노릇이다. 근대 비평(비판)의 주요한 과제 중 하나가 그와 같은 공공성을 수호하고 유지하는 데 두어졌던 것은 결코 우연한 일이 아니었다.

3. 탈근대와 만인의 예술

'공통성' 또는 '공통적인 것'의 문제 설정은 공공성에 대한 근대적 사변을 기각하고 공공성을 발본적 차원에서 재정식화하려는 시도

---

14 한나 아렌트, 『인간의 조건』, 이진우·태정호 옮김, 한길사, 1996, 105쪽.

15 프랑코 모레티, 『세상의 이치』, 성은애 옮김, 문학동네 2005, 422~423쪽.

라 할 수 있다.[16] 플라톤적 이데아나 칸트적 요청주의의 한계를 함축하는 '세계의 탁자'를 떠나, 자연과 역사 속에 영구히 실존해 온 구체적 현실로서 공통적인 것의 실체를 (재)구성하려는 기획이 그것이다.

맑스주의 전통에서 자본주의는 공산주의에 도달하기 위해서는 불가결하게 통과해야 하는 단계로 설정된다. 대공업과 세계시장이라는 자본주의적 조건은 반드시 충족되어야 할 물질적 토대를 만드는 과정이다. 그렇게 부풀려진 '빵'은 양적 최대화를 달성하고, 공평한 절차를 통해 차별 없이 분배될 것이다. 하지만 여기에는 피할 수 없는 덫이 있으니, 착취로 인해 발생하는 노동의 죽음이 그것이다. M-C-M'의 가치증식법칙에 따라 산출되는 상품의 세계는 '가치있는 것'과 '가치없는 것'을 나누고, 이로써 존재하는 모든 것은 전자와 후자 사이의 어느 한편에 귀속되어 버린다. 상품이 되지 못하는 것은 예외 없이 죽은 사물, 가치화되지 않는 비-존재일 따름이다. 그런데 신자유주의는 이전까지 가치화의 범주를 벗어나 있던 모든 것을 가치의 영역으로 몰아넣어 사유화하고, 상품화하여 시장에 유통시켰다.[17] 공통성의 문제의식은 여기서 출발한다.

---

16 한국의 자율주의 그룹은 'the commons'를 '공통적인 것' '공통성' '공통재' '커먼즈' 등으로 다양하게 번역하고 있다. 번역의 사정에 대해서는 피터 라인보우, 『마그나카르타 선언: 모두를 위한 자유권들과 커먼즈』, 정남영 옮김, 갈무리, 2012, 10~11쪽을 보라. 'common'이라는 단어는 근대 자본주의 이전에 공유지를 통해 인류가 '공유'를 경험해 보았다는 증거로서 제시되기 때문에 중요하다. 즉 공통적인 것은 추상적 관념 구성물이 아니라 자연사와 역사를 관통하여 산노동의 터전이 실재했음을 입증하는 (준)선험적 개념이다. 돌봄노동 등 이를 사회과학적 관점에서 풀어낸 사례에 대해서는 백영경, 「복지와 커먼즈: 돌봄의 위기와 공공성의 재구성」, 『창작과비평』 177호, 2017 가을, 24~27쪽을 보라.

17 데이비드 하비, 『신자유주의』, 최병두 옮김, 한울 2007, 201~208쪽.

공통적인 것은 지구, 그리고 지구와 연관되어 있는 모든 자원들, 즉 토지, 삼림, 물, 공기, 광물 등을 가리킨다. 이는 17세기 영어에서 'common'에 '-s'를 붙인 'the commons'라는 말로 공유지를 지칭했던 것과 밀접한 관계를 갖는다. 공통적인 것은 아이디어, 언어, 감응 같은 인간 노동과 창조성의 결과물을 가리키기도 한다. 전자를 '자연적인' 공통적인 것으로 이해하고 후자를 '인공적인' 공통적인 것으로 이해할 수 있겠지만, 자연적인 것과 인공적인 것의 구분은 사실상 곧 허물어진다.[18]

공통적인 것은 자본주의적 가치화 이전의 자연적인 것이지만, 순수한 자연물 자체라기보다 자연과 인간 사이에서 착취되지 않은 관계의 본래성을 뜻한다. 근대적 공공성과 달리 공통성은 우리에게 본래적으로 주어져 있는 관계를 함축한다. 여기서 노동은 살아 있는 행위로서 또 다른 공통적 관계를 창출하는 데 기여할 것이다. 그러므로 공통성을 회복하는 과제는 자본에 의해 착취당하고 강탈당한 공동의 터전을 되찾아 재구성함으로써 산노동의 코뮤니즘 사회로 이행하리란 전망 속에 긍정된다.

우리의 주목을 끄는 것은 언어가 공통성의 요소들 가운데 하

---

18 마이클 하트, 「공통적인 것과 코뮤니즘」, 연구공간 L 엮음, 『자본의 코뮤니즘, 우리의 코뮤니즘』, 난장, 2012, 34~35쪽. 자연재와 인공재를 공통적인 것으로 명명할 수 있는 이유는 이것들이 다양한 구성적 잠재성을 갖기 때문이다. 즉 공통적인 것들은 서로 합성하여 새롭게 관계 맺음으로써 다른 형태로 발명될 수 있기에 공통재라 불린다. 그것들은 "공유됨으로써 자신의 정당성을 발견"하는 것이다. 마우리찌오 랏짜라또, 「자본-노동에서 자본-삶으로」, 자율평론 기획, 『비물질노동과 다중』, 서창현 옮김, 갈무리, 2005, 267쪽.

나라는 주장이다. 물이나 공기, 자연자원처럼 언어는 무상으로 주어져 있기에 사적으로 독점할 수 있는 대상이 아니다. 언어는 자연 자체는 아니지만 자연에 실존하는 '생성하는 힘'은 언어를 통해서만 자신을 드러내고, 공통적인 것의 구성에 관여할 수 있다. 그런 의미에서 "언어는 공통적이다. 인간과 자연 그리고 인간과 인간 사이의 관계에서 도구는 완전히 변형되었다. (…) 우리는 언어만을 필요로 한다. 언어가 바로 도구다. (…) 언어는 공통적인 것에서만 그리고 공통적인 것으로부터만 탄생하고 발전한다."[19] 언어의 공통성이라는 근본 조건으로 인해 예술, 특히 문학은 대중에게 본래적으로 개방되어 있는 산노동의 도구로 표명된다. 공통적 언어에 입각한 문학예술은 작가와 독자 사이의 전통적 구분마저 폐지시킬 정도다. "예술은 천사가 만들어 낸 게 아니다. 예술은 만인이 천사라고 하는 단언이며, 또 이는 매 순간 재발견되어야 하는 사실이다."[20] 이로써 공통적 언어의 주체는 누구라도 공공성이라는 '탁자'를 벗어나 창작과 비평의 주체로서 활동할 근거를 얻게 된다. 분명 문학은 모두에게 공통적인 것common to all이라 단언할 수 있으리라.

언어를 공통적인 것으로, 문학을 그 산물로 간주하는 입장은 예술과 삶의 오랜 분열을 극복하려는 시도로 보인다. 오랫동안 문학의 수동적 소비자에 머물러 있던 대중은 창작과 비평의 무대 위에서 적극적으로 발언하고 직접 행위할 수 있는 근거를 획득하게 되었다. 문학의 공공성이 공정한 계약의 근대적 이념으로부터 공

---

19 안토니오 네그리, 『혁명의 시간』, 정남영 옮김, 갈무리, 2004, 119쪽.

20 안토니오 네그리, 『예술과 다중』, 심세광 옮김, 갈무리, 2010, 110쪽.

통성의 창조라는 현행적 활동으로 전화한 셈이다. 그러나 언어가 '공통적으로' 사용되기만 한다면 또 다른 긍정적 공통성, 곧 공통적인 문학의 생산에 기여할 것이란 주장은 다소 순박하게 들리는 게 사실이다.[21] 언어를 추상적 중립물처럼 다루는 탓이다. 중립을 표방하는 문법적 규약과 달리 실제 발화는 늘 가치평가적이고 상황종속적이며, 따라서 이데올로기적으로 정향되어 있다. 일상어와 마찬가지로 문학의 언어 역시 특정한 가치와 의미에 침윤되어 있으며, 사회적 규정성으로부터 자유로울 수 없다.[22] 언어가 공통적인 것으로서 모두에게 주어져 있다 할지라도, 역사적이고 정치적 문맥에서 그것이 사용될 때는 특정하게 변용된 상태를 고려해야 한다.

문학작품에서 쓰이는 언어는 전혀 중립적이지 않다. 창작활동은 언어에 대한 의식적이면서도 동시에 무의식적인 가치 및 의미의 굴절 과정이며, 이로부터 작품에 대한 해석의 문제도 생겨나게 된다. 가령 발자크가 의식적으로는 왕정주의자였어도 무의식적으로는 반왕정주의적 세계감각을 갖고서 창작에 임했던 사례를 떠올려 보라.[23] 작가의 무의식뿐만 아니라 텍스트의 무의식이 문제가

---

21 이종호,「공통되기를 통한 예술의 확장과 변용」,『자본의 코뮤니즘, 우리의 코뮤니즘』, 286~287쪽.

22 미하일 바흐친·발렌친 볼로쉬노프,『마르크스주의와 언어철학』, 송기한 옮김, 한겨레, 1988, 1장. 후기 알튀세르와 유사하게, 바흐친은 이데올로기를 의식적 측면과 더불어 무의식적 측면을 포괄하는 힘으로 간주했다. 최진석,『민중과 그로테스크의 문화정치학』, 그린비, 2017, 196~202쪽.

23 프리드리히 엥겔스,「엥겔스가 런던의 마가렛 하크니스에게」(1888년 4월 초),『맑스엥겔스 저작선집 6』, 최인호 외 옮김, 박종철출판사, 2002, 483~484쪽.

되는 현대의 관점에서, 언어의 공통성이라는 전제는 실제 작품을 창조하고 독해하는 데에 그다지 유효한 실마리를 마련해 줄 것 같지 않다. 언어를 순수하게 선험적인 도구로서, 마치 토지, 삼림, 물, 공기 같은 자연적인 실체처럼 간주하는 것으로는 충분하지 않다. 언어에 함유된 가치와 의미는 사회의 (무)의식적인 과정을 거치며 굴절되고 변형된 채 표현되는 까닭이다. 따라서 언어가 공통적으로 존재한다 해도, 모두에게 공동적共同的인 방식으로, 즉 동일한 것으로서 현존하는 것은 아니다. 언어가 실려 있는 사회적 (무)의식은 개인과 집단에게 상이한 방식으로, 그/녀와 그들이 실존하는 역사 및 정치적 지형의 차이에 따라 서로 다르게 조건 지어져 있다.[24] 언어의 공통성과 대중을 향한 문학의 개방이라는 주제는 이 점을 염두에 두면서 주의 깊게 성찰되어야 한다.

4. 대중의 감응과 우리 시대의 비평

감응affect, 感應은 공통성과 공공성의 차이를 절합articulate해 주는 개념이다.[25] 단순화를 무릅쓰고 설명하자면, 우리의 일상적 '느낌'이나 '감정'은 독립적으로 존재하는 감각이 아니다. 감각은 늘 하나의 상태로부터 다른 상태로 (무)의식적으로 이동하는 연속적 힘이

---

24 최진석, 『민중과 그로테스크의 문화정치학』, 제5장 참조.

25 처음 이 글을 발표했을 때는 인문학계의 관행에 따라 'affect'를 '정동'(情動)으로 번역했으나, 그간 이 용어의 함의와 용법에 대한 다양한 논변들이 생겨났고, 필자 역시 한 권의 책을 묶어 낸 바 있기에 수정된 글에서는 '감응'으로 고쳐 쓰기로 한다. 최진석, 『감응의 정치학: 코뮌주의와 혁명』, 그린비, 2019, 제1장 참조. 단, 다른 저자의 글을 인용할 때는 그의 용어 선택을 존중하기 위해 '정동'으로 남겨 두겠다.

며, 우리는 그 과정에서 예각화된 특정한 지점들에 '기쁨'이나 '슬픔', '분노' 등의 정서적 명칭을 붙여 구분한다. 그렇게 특정화된 감정들을 서로 이어 주는 연속적인 이행의 감각을 감응이라 부르자.[26] 가령 2018년 4월에 성사된 남북정상회담에 대해 언론이 '민족의 감격'이라는 표제를 내건다 해도, 각 개인이 체감하는 실제 감각은 그보다 훨씬 넓은 진폭을 보일 수 있다. 이산가족이라면 회한과 슬픔을 동반한 기쁨을 느낄 것이요, 이념적 대립의 시대를 겪은 세대는 평화에 대한 희망과 더불어 막연한 불안감도 가질 만하다. '기쁨'이라는 단어로 동일하게 표현되었을지라도, 경제교류를 반기는 기업인의 기대와 그런 이해관계 없이 고양된 사회 분위기에 호응하는 일반인의 기분이 같을 리 없다. 요컨대 느낌이나 감정은 언어적으로 포착된 감응의 일단면이기에, 그 흐름의 복잡다단한 변이 양상을 담아내지 못한다.

이러한 감응은 대중의 (무)의식적 감각에 직접 촉수를 맞대는 공통적인 것이다. 우리는 의식적으로는 서로 반목하거나 무관심할 수 있어도, 무의식적으로는 서로 연결되어 있다. 이에 따라 각자의 삶이 시장의 상품처럼 가치화된 신자유주의 시대에조차 대중은 감응의 상호작용을 통해 서로 만나고 교류하며 새로운 관계를 직조할 수 있게 된다. 사회적 의제에 관해 대중이 직접 발화하고 반응하는 이 시대에 문학은 더 이상 소수의 향유집단이나 전문가들에게 위임된 사유지가 아니다. 감각의 공유지대로서, 공유되는 감수

---

26 Gilles Deleuze & Félix Guattari, *What is Philosophy?*, Columbia University Press, 1994, pp. 66~67.

성으로서 감응은 우리 시대의 대중을 정의하는 가장 중요한 개념 중 하나다. 예술작품의 감동이 (무)의식적인 충격을 통해 감수성에 변화를 일으키는 것이라면, 대중은 자신들이 느끼는 감응의 충격을 직접적으로 표출하고자 욕망한다. 예를 들어, 조남주의『82년생 김지영』(민음사, 2016)을 둘러싼 비평가들의 논쟁은 단지 전문가적 감식안의 차이를 반영하는 것만은 아니다. 몇 가지 이유에서 예술적 완성도의 미비를 지적받고 있음에도 불구하고, 이 소설을 지지하는 평론가들은 작품이 독자대중과 내밀하게 감응하고 있다는 점에 주목한다. 허구적 주인공의 서사에서 (여성)독자들은 자신의 경험과 연결되는 지점들을 찾아내고 그에 감응했다는 것이다.[27] (무)의식적인 감각의 운동으로서 감응은 그렇게 작가와 독자를 연결시키고, 그들에게 공통의 언어를 기입한다. '정동의 쓰기'로 명명되는 이 운동은 "가장 내밀한 신체적 레벨에서부터 우리는 이미 서로 정동하고 정동되며 살아가고 있"다는 증거로서 제시되는 형편이다.[28]

이렇게 한국문학은 대중의 감응, 나아가 공통성에 직접 접속함으로써 문학 '바깥'의 영역에서 일어나는 다양한 쓰기의 범람을 경험하는 중이다. 즉 기존의 문학장르, 문단제도, 정형화된 글쓰기의 형태들을 타기하면서, 일상의 다양한 풍경들로부터 직접 감응을 길어 내 문자화하고 있는 것이다. 이는 근대적인 "공통의 합의

---

27 김미정,「흔들리는 재현·대의의 시간: 2017년 한국소설 안팎」,『문학들』50호, 2017 겨울, 34~37쪽.『82년생 김지영』이 불러일으키는 대중의 동조 효과는 감응의 발현과 전염이라는 점에서 정확히 감응의 운동을 예시해 준다. 최진석,『감응의 정치학』, 47~50쪽.

28 김미정,「'나-우리'라는 주어와 만들어 갈 공통성들: 2017년, 다시 문학의 공공성을 생각하며」,『문학3』1호, 2017, 18쪽.

된 이미지로서의 문학을 재생산하는 것을 넘어서, 새롭게 문학을 재구축하"는 현상이며, 그 명시적인 사례들이 "4·16 이후의 쓰기, 강남역과 구의역의 쓰기, 광장의 쓰기"로 나타났고, 궁극적으로는 "지금 문학장 안팎의 변동"을 상징적으로 드러내 주는 현상이라 할 만하다.[29] 이런 광경들은 자연히 문학이 '모두에게 공통적인' 표현적 자원으로 활용되리란 기대를 낳는다. "실제 독자들이 문예공론장에 대거 유입되고 발화하기 시작"했으며, "전방위적으로 대의되지 않고 스스로 말하겠다고 주장하는 주체들을 비로소 가시화했다. (…) 문학을 둘러싼 대화의 테이블에 이들 신참자들의 자리를 상정하지 않으면 안 된"다는 것이다.[30] 이는 전통적 문학담론이 가정했듯이 작가와 비평가의 창작 및 해석을 존중하고 뒤따르던 독자 대신, 현재를 살아가는 현실적 독자에게 "매우 적극적으로 '영합하는'" 방식으로 문학장이 변전했음을 인정하라는 주장이기도 하다.[31] 대중이 자신의 말을 쏟아 내기 시작한 우리들의 시대에 이르러, 마침내 삶과 예술의 근대적 분열은 극복될 것인가?

이와 같은 질문은, 비평의 기능과 역할에 대한 답변을 필연코 요구한다. 창조적 감응의 주체로서 대중 전체가 호출되고 기존의 장르 형식이나 글쓰기 형태의 외연이 확장되고 있는 우리 시대에 비평가의 전통적 위상은 전에 없이 좁아지고 말았다. 문학이 시민

---

29 앞의 글, 23쪽.

30 김미정, 「흔들리는 재현·대의의 시간」, 46, 48~49쪽. 대중의 가시화는 촛불로 표명되는 최근의 사회·정치적 변동과 궤를 같이하는 현상으로 언급되고 있다.

31 오혜진, 「퇴행의 시대와 'K문학/비평'의 종말」, 『문화/과학』 85호, 2016 봄, 103쪽. 나아가 전통적 문학형식을 대체하는 새로운 표현매체로서 웹소설이나 팬픽, 웹툰 등이 다양하게 거론되고 있다.

사회의 시장논리에 맞춰 상품으로서의 작품을 독자에게 공급하던 시절에 비평은 예민한 감식안을 통해 옥석을 가리는 기능을 수행했다. 허다한 문학작품들 중에서 어떤 것이 고귀하고 가치 있는 것인지, 어떤 것은 무의미하고 내버려도 좋은 것인지를 골라내고 품평하여 시장에 진입시키는 공정거래의 감독관 역할은 더 이상 필요없게 되었다. 사정은 이념비평에서도 다르지 않은데, 비평가는 대중의 정신과 육체에 올바른 영향을 끼치는 작품을 찾아내 그 의의를 선명하게 보여 주는 역할을 맡아야 했다. 어느 쪽이든 문학의 공공성이라는 명제는 비평가적 지위의 선도성과 우월성을 전제하는 것이었다.[32] 그런데 감응의 공통성으로 문학장의 기반이 변형된 오늘날, 비평가는 더 이상 대중의 취향이나 미적 관점을 지도하거나 주도할 수 없게 된 듯하다. 우리는 비평의 종언을 목도하고 있는 걸까?

역설적이게도, 현재를 '비평의 전성시대'라고 부를 만한 근거가 주변에 널려 있음도 사실이다. 직업적 비평가의 지위가 무너진 대신, 문화의 생산자이자 소비자로서 대중이 자신을 표현하기 위해 콘텐츠를 개발하고 플랫폼을 제작할 뿐만 아니라 일련의 비판적 작업에 관여함으로써 일종의 비평가적 역할을 수행하게 되었기 때문이다.[33] 문학이 커먼즈로서 창작의 공통성을 보유하는 것과 마

---

32 당연한 말이지만, 이 같은 전통 비평가의 역할은 더 이상 기대하기 어려울 뿐만 아니라, 순전히 긍정적인 기능이었다고 할 만한 것도 아니다. 앞서 근대 공론장의 성격에서 밝힌 대로, 가치의 옥석을 가리고 이념을 선도하는 비평은 종국적으로 시장 자본주의와 국가주의의 성장사와 궤를 같이했기 때문이다.

33 앞의 글, 94~95쪽,

찬가지로, 비평 역시 커먼즈처럼 '모두에게 공통적인' 작업이 되었다는 뜻일까? 이 같은 현상 자체를 부정적으로 볼 이유는 없다. 커먼즈로서의 문학, 모두에게 공통적으로 열린 문학장의 변화를 환영하지 않을 까닭이 없다. 다만, 우리의 입장이 이것이냐 저것이냐의 양자택일에 머무를 게 아니라면, 우리는 이 현상의 다층적인 면모들에도 주의를 기울여야 할 것이다.

맑스는 근대를 예술에 적대적인 시대로 규정한 바 있다. 자본주의가 만개하는 시대는 모든 노동의 가치가 오직 잉여가치의 생산에만 한정됨으로써, 이 회로를 벗어나는 어떤 활동도 무가치한 것으로 무화되어 버리는 탓이다. 존 밀턴John Milton이 『실낙원』(1667)을 종교적 열정이나 창조적 상상력에 이끌려 썼을 때, 그는 아무런 가치도 생산하지 않은 셈이다. 밀턴의 원고가 출판업자의 손에 넘어갔을 때만, 그래서 그의 손에 원고료가 쥐어졌을 경우에만, 그의 창작은 '생산적 노동'으로 인정받는다.[34] 밀턴의 17세기보다도 자본주의가 더욱 촘촘하게 지배의 그물망을 드리운 오늘날은 쓰려는 욕망조차 화폐단위로 가치화된다. 문학청년이 창작이나 비평의 꿈을 안고 글쓰기를 구상할 때 그의 욕망은 '순수'해 보이지만, 실상 그가 문학을 삶의 업으로 선택했을 때 이미 그는 문학이라는 제도, 문학장의 시장적 순환에 포획되고 마는 것이다.

개인 블로그나 SNS에 취미 삼아 또 재미 삼아, 혹은 순전한 '감응적 글쓰기'의 열정에 사로잡혀 연재하던 문장들은 책이라는

---

34 칼 맑스, 『잉여가치학설사 1』, 편집부 옮김, 아침, 1989, 448~449쪽. 즉 자본주의 사회에서 '생산적'이란 수식어는 교환가치로 환산된다는 조건을 충족시킬 때에만 붙여질 수 있다.

상품으로 컨텐츠화되는 순간부터 '생산적 노동'으로 규정되고, 원고료의 수익관계를 통해 가치화되는 사례들이 종종 보도된다. 그것은 개인의 순수한 취향이 가슴 벅찬 문학적 결실로 피어나는 장면인 동시에, 출판시장 속에서 그 열정이 계량화되고 계약관계로 편입되는 장면이라 할 수 있다.[35]

우리는 한편으로 창조의 열정이 화폐로 교환될 수 없는 순수성을 갖는다고 믿고 싶어 하지만, 실제로는 안정적이고 지속적인 창조를 위한 상품화의 논리를 (무)의식적으로 마음과 신체에 새겨놓고 있지 않은가? 그렇다면 창작과 비평의 영역에서 대중이 직접 활약하게 된 오늘날의 상황이 진정 새롭다고 할 수 있을까? 오히려 우리는, 신자유주의 시대를 살아가고 있는 대중은 자본에 의해 전방위적인 가치화의 경주를 강요당하고 있는 게 아닌가? 언어든 감응이든 그 무엇이든 공통적인 것마저 자본에 의해 식민화되고 있는 현재의 지형에서 비평은 무엇을 해야 하는가? 또는 어떻게 변전해야 할까?

---

35 목적 없이 개인 블로그에 연재되던 글을 출판사의 접촉을 통해 펴내게 되었다는 언론보도는 글쓰기와 책을 애호하는 대중에게 일종의 '도시전설'처럼 자주 회자되는 이야기다. 누구든 자신의 말을 타인들에게 전달하고 싶다는 욕망을 포착해 자비출판 형식으로 발간해 주는 비즈니스도 미래 유망사업으로 홍보되는 형편이다. 삶의 보람을 찾는다는 의미에서 그러한 글쓰기나 출판이 나쁠 리가 없다. 다만 대중의 일반적 통념에는 가격을 통해 가치화되지 않는 개인의 저술이란 대개 유의미한 것으로 다가들지 않는다는 점을 지적해 두자. 사정은 문학창작과 비평을 '본업'처럼 여기는 문학장에서도 마찬가지인데, 이른바 '메이저'와 '비메이저'를 나누고 어디에 글을 싣고 어떤 출판사에서 책을 내는가가 가치의 척도처럼 운위되는 상황은 이러한 아이러니를 정확히 반증하는 것이다.

5. 공-동성, 혹은 비평의 아방가르드

제도와 규범, 시장의 논리로 촘촘하게 포위된 (탈)근대 사회에서는 대중의 사고와 행동, 심지어 무의식과 욕망조차도 온전히 통제되고 조율된다. 우리는 세계와 타자를 '날것' 그대로 만날 수 없으며, 삶이 전달하는 직접적 감각은 봉쇄당해 버렸다. 대중의 무의식 및 신체를 관류하는 공통의 감응에 대한 기대와 희망이 우리 시대의 이론적 상상력을 수놓고 있으나, 그것을 직접 감지하거나 조정하고 기획하는 작업은 애초부터 불가능해 보인다. 감응은 개인을 넘어서는 힘이며 의식과 의지에 따라 규정되지 않는 집합적인 무의식적 욕망이다. 불의한 정권에 항의하기 위해 광장에 모인 사람들은 주최 측이 내건 대의명분에 하나부터 열까지 동의하지는 않더라도 그곳의 전반적 분위기에 감염되어 함께 구호를 외치고 노래하며 싸울 수 있다. 이러한 감염적 양상의 분위기가 감응의 공-동성共-動性을 만들어 낸다. 감응은 어떤 구체적인 실체라기보다 다양한 인접 요소들의 배치가 창출하는 분위기, 그 공명과 유동의 효과에 다름 아니다.[36]

문제는 현재의 신자유주의적 지형에서 돌봄과 배려, 자발성 및 창의적 아이디어와 같은 감응적 요소들은 화폐적 가치를 통해 장악되어 있다는 점이다. 달리 말해, 감응조차 자본주의적 관계에서는 '생산적 노동'으로 분류됨으로써 소비의 대상이 된다. 감정노동이나 열정노동은 벌써 오래전부터 보상 없는 감응적 노동으

---

36 최진석, 『감응의 정치학』, 51~53쪽; 최진석, 『민중과 그로테스크의 문화정치학』, 91~92쪽.

로 언급되어 왔으며, SNS나 블로그, 인터넷 매체에 재미 삼아 올리는 정보나 지식마저도 해당 미디어의 자산가치를 높여 주는 무상의 노동으로서 인식되는 형편이다.[37] 문학장의 변동과 함께 나타난 새로운 문학적 표현의 형태들 중에 팬픽이나 웹소설, 웹툰 등이 거론되곤 하는데, 그 창조적 열정과 효과는 주목받기에 충분하지만 궁극적으로 자본주의 사회의 플랫폼 위에서 그것들이 구축되는 한 '생산적 노동'의 함정을 피하기는 어렵다. 대중적 감응의 시대에 자유는 곧 착취당하고 강탈당할 자유와 다르지 않다. 이것이 더욱 위험한 이유는, 우리가 스스로의 가치를 창출한다고 믿는 가운데 우리에 대한 착취와 강탈을 순순히 허락할 수도 있기 때문이다. 비평의 문제제기는 바로 이 점에서 시작되어야지 않을까?

푸코는 자본주의와 국가권력에서 벗어나려는 비판적 태도를 "어떻게 하면 통치되지 않을 것인가?"라는 물음 속에 정식화한 바 있다. 비판/비평criticism이란 그 어원대로, 주어진 시대의 지평을 '분리'하고 '선택'하며 '판단'하면서 '결정'함으로써 맞서 '싸운다'는 뜻이다. 비판/비평의 파생적 의미로서 '위기'crisis를 항상 마주하는 비평가는 자신의 행위를 통해 "우리 시대 진리의 정치를 새롭게 사유"하는 기능과 임무를 맡아야 한다. 전적으로 동의한다. 자본주의적 가치 및 국가주의적 기율에 통치되지 않기 위해 우리는, 무엇보다도 비평가는 "통치하려는 권력이 내세우는 진리를 끊임없이 의심하고 회의"해야 하며, "그럼으로써 진정한 진리가 무엇인지를 밝

---

37 앨리 러셀 혹실드, 『감정노동』, 이가람 옮김, 이매진, 2009, 189~199쪽; 앙드레 고르스, 『에콜로지카』, 임희근·정혜용 옮김, 갈라파고스, 2015, 37~39쪽.

혀 그것으로 통치에 저항하는 거점을 마련하"려 노력해야 할 것이다.[38] 우리가 자신도 모르는 사이에 착취당하고 강탈당하지 않기 위해서는 모든 것이 자율적인 가치를 담지하는 듯한 이 시대의 대세에 항상 질문을 던지고 비판적 태도를 취할 필요가 있다. 그런데 자본과 국가에 대한 이와 같은 저항적 자세는, 설령 그게 아무리 진정성 있게 비친다 할지라도, 종래의 비판이론 즉 시민사회의 공공성이 노정하던 대항투쟁의 양태를 크게 벗어나지 못할 성싶다. 권력과 화폐가 제공하는 이데올로기의 달콤한 위장을 벗겨 내 이면의 함정을 폭로하고, 대중을 기만하는 허위의식을 규명함으로써 해방을 지향하는 이데올로기 비판의 전략들 말이다.[39] 물론, 그러한 노력의 유효성을 부정할 마음은 없다. 다만 부정적 방법이 갖는 방어적 한계를 넘어설 새로운 투쟁의 방식 또한 비평적인 것으로서 제시할 필요가 있다.

20세기 초엽, 사진이 회화를 대체하여 일상의 풍경을 낱낱이 기록하고 시장을 점령해 가던 상황에서 벤야민은 사진이 어떻게 고유한 예술성을 발견하고, 예술적 특이성과 함께 정치성마저 획득할 수 있을지 고민했다. 그는 이 문제를 렌즈의 '낯선 사용'으로

---

38 Michel Foucault, "What is Critique?" *The Politics of Truth*, Semiotext(e), 1997, pp. 26~29; 문강형준, 「어떻게 하면 통치되지 않을 것인가?: 비평의 의미와 문화비평의 임무」, 『문학동네』 86호, 2016 봄, 405, 407쪽.

39 전술했듯, 18세기 이래 시민사회의 건전성과 비판적 상식은 국가에 대항하는 과정에서 시장과 결탁했고, 그 후에는 국가에 예속되어 시장 질서를 지키는 데 일조했다. 비판/비평이 결국 시장을 보호하고 국가를 보위하는 도구로 전락한 역사를 우리는 잘 알고 있다. 비판적 태도 및 자세만으로는 부족하다. 그것은 어쩌면 미적 무관심성이라는 근대 미학의 원리와 상통하는, 비판을 가장한 무비판의 과장된 제스처에 지나지 않을는지 모른다. 테리 이글턴, 『미학사상』, 방대원 옮김, 한신문화사, 1995, 86~87쪽.

풀고자 했다. 현실을 있는 그대로, '사실적'으로 '재현'하는 게 아니라 대상의 이질적인 선택과 통상적이지 않은 촬영각 및 피사체의 배치 등을 통해 '초현실적'으로 '표현'하는 기법이 바로 그것이다. 카메라 렌즈는 인간의 맨눈으로는 볼 수 없는 특이한 감각의 풍경을 포착했고, 벤야민은 이를 '시각적 무의식'das Optisch-Unbewußte이라 불렀다.[40] 자연적 지각을 넘어서는 낯선 대상들, 또는 감히 대상이라 말할 수도 없는 그로테스크한 사물들이 비인간의 눈을 통과해 나타났고, 이는 세계의 재구성에 값하는 사건이라 할 만하다. 익히 알려진 '아우라'Aura는 이러한 사건적 분위기에 붙여진 이름인바, 시장과 권력에 의해 장악되기 이전의 세계감각, 근대의 시공간적 규범에 포획되지 않은 '다른 세계'로 나아갈 틈입구를 순간적으로 드러내는 돌출을 뜻한다. 상품의 형태로 타성화되고 자동화되기 전에 사진 이미지를 구출해 내야 할 절박한 이유가 여기에 있다. 그러므로 이 생경한 날것의 감응에 특정한 이름을 붙이는 행위는 미학적인 동시에 정치적인 모험이 되어야 한다. 아우라의 감응적 효과를 부각시키는 명명행위는 관습화된 취향에 복종하지 않음으로써 사진의 상품적 가치를 떨어뜨리고, 시장을 교란시키는 활동이 될 것이기 때문이다.

하지만 단지 익숙한 풍경을 타파하는 낯선 분위기를 표현하는 것만으로는 부족하다. 그 광경이 이질적인만큼 우리는 그것이 무엇을 뜻하는지, 다음 발걸음을 어디로 내딛어야 하는지, 혼돈을 다

---

40 발터 벤야민, 「사진의 작은 역사」, 『기술복제시대의 예술작품/사진의 작은 역사 외』, 최성만 옮김, 길, 2007, 168쪽.

시 어떤 식으로 조형해야 하는지 알지 못하는 까닭이다. 현재적인 질서를 흐트러뜨렸다면, 이제 다른 질서를 새로이 구성해야 할 때가 도래한다. 정치적인 것the political은 바로 이 시점에서 출현하는 사태를 가리키는바, 관건은 이 새로움이, 그 낯설음이 어떤 것인지 인식하고, 그로써 무엇을 새로이 사유하며, 어떻게 다시 행위할 수 있는지 파악하는 데 있다. 낯설음은 낯설음 그 자체로는 아무것도 아니다. 여기에 어떤 이름이 부여되고, 개념적 성분이 추가될 때 낯선 것은 비로소 우리 주체와 공-동하는 사건, 감-응하는 사태로 전변한다. 다시 사진의 사례로 돌아간다면, 인화지에 출현한 사물의 낯선 풍경에 특정한 표제를 붙임으로써 그것이 지배적 가치와 기율에 복종하지 못하도록 중지시키는 행위가 그것이다.

> 카메라는 점점 더 작아지고 점점 더 재빨리 스쳐 지나가는 은밀한 이미지들, 그 충격이 관찰자의 연상 메커니즘을 정지시키게 될 이미지들을 붙잡을 것이다. 이 자리에 사진의 표제가, 사진을 모든 삶의 상황을 문자화하는 일에 포괄시키는 그 표제가 들어서야 한다. 그 표제 없이는 모든 사진적 구성은 불확실한 것 속에 갇혀 있을 수밖에 없다.[41]

표제화Beschriftung는 새롭고 낯설게 출현한 감응을 권력의 지침에 회수되지 않도록 가로막는 행위이기에 정치적 사건화이고, 상품으로서 안일하게 소비되지 못하도록 저지하기에 예술적 사건

---

41 앞의 글, 195쪽.

화라 할 수 있다. 표제를 붙이는 것, 그것은 정신없이 변전하는 사태의 향방을 가늠하고 그 의미를 짚어 내며, 속도와 강도를 가속화하는 개입적 참여이다. 그로써 사건이 소진되어 휘발되지 않도록, 사건이 다음 사건을 위한 촉발제가 되도록 불쏘시개를 집어넣는 작업이다.[42] 시대의 비판, 시대를 마주한 비평 또한 그래야 하지 않을까? 생성하는 감응의 현장이 자본과 국가에 의해 박제가 되지 않도록 비판적으로 명명하는 행위, 의제화의 기예art야말로 지금 비평이 떠맡아야 할 과제 아닌가?

비평이 발생시키는 예술적 사건화의 의미는 대단히 중요하다. 비평은 작품을 정치적 언설 속에 용해시켜 버리는 작업이 아니라 예술작품이 갖는 고유한 강도와 속도를 보존시키는 가운데 자본과 국가의 권력으로부터 탈구시키는 전략이기 때문이다. 따라서 비평가가 사진 이미지에 붙인 해석적 표제는 통념에 반하거나 거부감을 일으킬 수 있지만, 그만큼 대중의 이완된 감수성에 충격과 성찰의 계기를 불어넣을 수 있다. 이는 작가가 작품을 만들면서 붙이는 제목과는 또 다른 의미화의 파장을 낳을 것이다. 러시아 형식주의자들의 조언대로, 예술은 그것이 느리고 완만하게 지각될수록, 그리하여 특정 의미에 최대한 늦게 도달할수록 역설적으로 그것만의 특이적인singular 가치를 지니게 된다. 형식주의자들이 '낯설게 하기'ostranenie라 불렀던 이 방법을 벤야민식으로 말해 본다면 '예술의 정치화'라 해도 좋을 것이다. 이는 작품에 어떤 교시적인 목표

---

42 가타리는 이 같은 사태를 코뮨주의적 실천에 의해 야기되는 재영토화라 불렀다. 안토니오 네그리·펠릭스 가타리, 『자유의 새로운 공간』, 조정환 엮고 옮김, 갈무리, 2007, 153~154쪽.

(의미)를 부과하여 대중을 계도하는 게 아니라, 대중이 작품과 접촉하고 감응하면서 조성하는 특이한 감응을 재빨리 포착해 명명하고, 그럼으로써 작품의 감상을 대중지성의 형성적 계기로 산출하는 과정이다. 이렇듯 공-동성은 예술작품을 강제적이거나 타협적인 해석으로부터 구출하여 생경하고도 신선한 지각의 장場에 던져 넣는 비평적 사건을 가리킨다. 지금-여기에 밀려든 대중의 거대한 감응은 필경 커먼즈의 귀환이라 불러야 옳겠지만, 이에 환호하며 사태 속에 모든 것을 맡겨 버리는 것으로는 충분치 않다. 거꾸로 비평은 개입해야 하며, 커먼즈가 사건으로 계속 남도록, 사건 속에 휘말려 다음 사건을 통해 미-래로 열리도록 촉진해야 한다. 촉진자로서의 비평, 비판의 아방가르드가 감히 되어야 한다!

지금 우리는 어떤 비평적 사건, 공-동성의 경험을 맞이하고 있는가? 어느 순간 이성애중심적인 가부장 사회에 균열이 발생했고, 남성적 척도에 맞춰 쓰였던 문학사에 대한 재검토가 활발한 요즈음이다. 놀랍게도, '여성혐오'가 과연 실제로 존재하는 감정인지에 대해 벌어졌던 논란을 기억할 것이다. 통념적 거부반응을 넘어서 전진해 온 페미니즘과 소수자 문학에 대한 비평적 실험은 어느덧 문학장의 큰 줄기조차 바꾸어 놓은 듯하다. 고전으로 추앙받던 작품들이 새롭게 읽히고, 낯선 해석적 지표들이 하나둘씩 새로이 가동되고 있다. 진보와 반동, 반응과 역반응을 왕복하던 대중적 정념의 유동을 창작과 비평의 주파수로 수신하여 표제화하기까지 적지 않은 난관이 있어 왔고, 앞으로도 쉽게 사라지지 않을 것이다. 예컨대 유난히도 동성사회적homosocial 문화가 강력한 한국에서 페미니즘과 소수자 문학비평의 길이 적극적으로 열린 것은, 사회·정치적 반동을 감내하면서까지 '혐오'라는 감응을 포착하고 이를 문화 영역 전체에 표제화시킨 노고에 힘입은 바 크다. 이 시대 전체의 분위기를 단정 짓기에는 아직 이르지만, 적어도 현재의 추세가 낳고 있는 공-동적 사건화의 흐름은 결코 다시 돌이킬 수 없을 것이다. 감응이라는 커먼즈는 항상-이미 공-동적 사건화의 과정 중에 생성하고 있기 때문이다.

한 걸음 더 나아가 보자. 사건은 정의상 사건 아닌 지형으로부터 나타난다. 뒤집어 말하면 어떤 사건도 언젠가는 비사건의 상태에 고착될 수 있다. 이와 같은 사건의 경직화 혹은 역逆생성은 사건화가 한창인 와중에도 얼마든지 일어날 것이다. 따라서 비평이 안고 있는 적극적이고 긍정적인 과제는 사건이 중단되지 않도록 끊임없이 표제화하는 데, 즉 새로운 의제를 공급하는 데 있다. 대중의 감응을 포착하여 사건을 사건으로 남겨 두는 것, 현재의 사건이 또 다른 사건으로 이어지도록 관찰하고 촉발하는 비판적 노동이 그것이다. 다수가 눈감고 부정했어도 "여기에 차별과 혐오가, 폭력이 있다"고 굽힘 없이 주장했던 목소리들이 그러하지 않았는가?

정확히 동일한 의미에서 사건의 중단은 사건화의 과정 속에도 위험스럽게 잠복해 있음을 기억해 두자. 어떤 사건도 규범화의 덫에 빠질 수 있으며, 사건을 정체시키는 위험을 내포한다. 예컨대 요즘 논쟁 중인 '정치적 올바름'political correctness이라는 의제는 보수적으로 편향된 한국사회를 바꾸는 데 일정한 유효성을 갖지만 그 자체로 규범이 되어서는 곤란하다는 의견에 충분히 귀 기울여야 한다.[43] 사건의 매혹에 갇히지 않은 채 항상 낯선 사건화의 첨점尖點을 탐색하고 도달하려는 노력이야말로 공-동성, 혹은 사건적 비평의 출발점이기 때문이다. 새로운 사건화의 실마리는 언제나 현재의 사건 속에 이미 잠재해 있다. 비평의 아방가르드가 된다는 것은, 감히 사건 속에 뛰어들어 바로 그곳에서 비판의 주체가 되려는 힘겨운 시도에 다름 아니다.

---

43 다양한 방식으로 논전이 거듭되고 있는 페미니즘과 소수자 문학 및 비평의 사안들에서 정치적 올바름은 결정적인 동시에 문제적이다. 기존의 이성애적이고 가부장적 규범을 타파하기 위한 방법으로서 그것은 중요한 초석적 가치를 지니며, 수단으로서의 정당성을 가질 수 있다. 하지만 또한 정치적 올바름은 '정체성 정치'의 위험성을 포함하고 있기에 자기 규범화의 유혹과 위험으로부터 늘 스스로를 경계하고 방어하도록 애써야 한다. 규범화된 정치적 올바름은 자칫 광장의 차이들을 권력 간의 알력으로 바꿈으로써 정치를 죽음으로 인도할 수 있기 때문이다. 후지이 다케시, 「정치적 올바름, 광장을 다스리다?」, 『문학3』 2호, 2017, 22~29쪽.

13. 사건과 형식
── 비평과 글쓰기의 운명

1. 크리틱, 우리 시대의 아이러니

오랫동안 평단을 지켜 왔던 어느 선배로부터 자기 비평의 속내에는 그저 자신만의 글을 써 보고 싶은 욕망밖에 없었노라는 고백을 들은 적이 있다. 문학의 자장에 속한 어떤 장르든 '자기'라는 축을 따라 한 편의 글을 만들어 내는 과정이라 할 때, 그의 고백이 유달리 특이하다고 할 순 없겠다. 하지만 비평이 근대 문학 체제의 한 분과란 점을 감안한다면, 여기엔 독특한 아이러니가 실려 있음을 곧 깨닫게 된다. 이른바 '문학의 5대 장르' 가운데 비평만이 유일하게 다른 텍스트를 준거 삼는 글쓰기이기 때문이다. 범박하게 말해, 비평은 자기가 아니라 타인의 사유, 타인의 말, 타인의 글에 대한 글쓰기다. '나'는 문장의 주어일 뿐, 글의 주제나 대상, 목표가 될 수 없다. 아무리 잘 쓴 비평이라 해도, 그 글의 주인공은 '나' 아닌 다른 누군가이고 그 누군가의 작품이게 마련이다. 비평의 존재론은 타인과 타인의 글에 의존해서만 간신히 자기의 자취를 남길 수 있다는 데 있다. 그럼에도 불구하고, 자기에 관한 관심 없이는 그 어떤 타인의 것에 관해서도 쓸 수 없다는 아이러니를 선배는 토로한 게 아닐까?

이런 사정의 역사는 실상 유구한 것이다. 근 백 년 전 게오르크 루카치는 비평을 대상 지향적인 글쓰기로 보아야 할지, 그 자체로 자기 충족적인 글쓰기로 보아야 할지 의문을 표했다. 장르의 제도적 정의상 비평은 분명 전자에 속한다. 하지만 후자의 충동 없이, 자기의 글에 대한 욕망 없이 비평이라는 글쓰기가 온전히 성립할 수 있을까? 비평이 오직 객혼의 입장에서만 쓰이는 것이라면, 그런 글쓰기에 어떤 고유성이나 진정성이 있다고 말할 수 있을까? 쓰면 쓸수록 자기 분열적이고 자기 배반적인 글쓰기인 비평을 어떻게 구제할 수 있을까? 또한 비평가를 구원할 수 있을까? 이런 고민은 비평이 제도의 한 분과이기 때문에 생겨난 것만은 아닐 듯하다. 오히려 자신을 통째로 걸지 않고서는 그 진정성을 담보할 수 없는, '위기'와 '결정'이라는 '크리틱'의 본래적 함의를 내장하는 글쓰기로서 비평은 문제화되어야 한다. 대상을 향하되 붓끝의 궁극은 결국 자신을 향할 수밖에 없는 아이러니만이 유일하게 비평을 문제적으로 만들어 주는 까닭이다.

이런 아이러니는, 비평가가 언제나 인생의 궁극적 문제를 말하지만 그럼에도 언제나 이미지나 책에 관해 또 실제 삶에는 비본질적인 근사한 장식에 대해 말하는 듯하다는 점, 또한 가장 내적인 실재가 아니라 가장 아름답고 무용한 표면에 대해 말하는 듯하다는 점에 있다. 그래서 모든 에세이는 마치 삶과 동떨어진 것처럼 보인다. 에세이와 삶 사이의 거리는, 이 양자의 진정한 본질이 실제로는 서로 가깝다는 것을 고통스럽게 느끼면 느낄수록 더 큰 것처럼 보이게 된다.[1]

시와 소설은 삶으로부터 직접 대상과 목적을 취해 작품을 완성한다. 반면, 비평은 시나 소설을 경유하여 삶의 진리를 추구한다. 설령 문학이 미메시스의 예술이기에 삶 자체는 아니라 주장한다 해도 사정은 크게 달라지지 않는다. 어차피 비평은 미메시스에 대한 글쓰기를 자임하는 까닭에 작품에 의지해야 존립할 수 있는 장르인 것이다. 흡사 플라톤에게 예술이 그런 것마냥, 비평은 진리를 곧장 궁구하기보다 그것을 모사한 다른 이미지나 텍스트를 빌려 본질에 접근하는 장르이다. 에둘러 갈 대상이 없다면 비평은 애초에 성립할 수조차 없다. 다른 장르와 달리 비평이 홀로 온존하기 힘겨운 이유가 그에 있겠다. 그래서 루카치는 비평을 '에세이'라 부르며 아예 제도적 분별로부터도 벗어날 것을 종용했다. 물론 에세이를 폄하하기 위한 말은 아니었다. 거꾸로 어떤 목적성에 구속되지 않는 부유하는 글쓰기로서 비평을 호출해 내기 위해서였다. 이제 그로부터 백 년도 더 지난 우리 시대에 비평은 루카치의 물음으로부터 얼마나 멀리 나아갔을까? 지금 비평을 비평으로서 존속하게 해주는 것은 무엇인가?

---

1 게오르크 루카치, 「에세이의 본질과 형식」, 『영혼과 형식』, 반성완·심희섭 옮김, 심설당, 1988, 19쪽. 문맥에 맞게 번역을 일부 수정했다.

4부 비평과 정치적 무의식

2. 문학장, 비평의 구제와 전위

2015년, 표절과 권력에 관한 논쟁이 다시 쟁점화된 이후 '문학장의 구조 변동'이라 부를 만한 다양한 변화들이 생겨났다. 주요 문예지들이 체제를 정비해 혁신호를 냈고, 폐간된 간행물도 여럿이며, 이전과는 다른 방식으로 꾸며진 잡지들이 속속 창간되었다. 눈에 띄는 변화들 가운데 비평의 자리가 축소되거나 사라진 점은 자주 지적된 바 있다. 오랫동안 한국문단에서 평론이 차지하던 주요한 위상이 허물어져 버렸다. 창작의 향방이나 의의를 자리매김하고, 문학과 사회의 내밀한 연관을 밝히며, 사회에 대한 문학의 선도적인 역할을 정식화하던 비평이 몰락한 것이다. 최근 발행되는 문학잡지들에서 평론이 중요한 읽을거리로 부각되는 경우는 거의 없으며, 평론 없이 발간되는 잡지도 적지 않다. 비평의 황혼이랄까, 이것이 시대의 대세인지 또는 모종의 전환을 앞둔 전조인지 아직은 지켜볼 일이지만, 문학을 대하는 감수성에 돌이킬 수 없는 변동이 일어났다는 사실만은 분명해 보인다.

비평을 둘러싸고 벌어진 다양한 논쟁들, 입장과 의견들을 이 자리에서 세세히 펼쳐 볼 수는 없지만, 그 주요한 논점 세 가지를 헤아려 본다면 다음과 같다. 첫째, 그동안 비평은 지나치게 현학적인 담론들로 중무장하여 작품을 분석하기보다는 분해하고, 철학적 수사를 남용해 작품 자체를 난해하게 만들어 버렸다. 독자들이 직관적으로 읽고 이해할 수 있는, 그래서 음미할 수 있는 여지를 교조적인 이론의 언어로 옭아매 버렸다는 것. 둘째, 비평이 줄거리나 작가 소개에 머물거나 문단 내의 친분, '입에 발린' 상찬을 늘어놓음으로써 작품에 대한 깊이 있는 이해를 몰각하고 문학을 예능화하는 경향에 빠져 버렸다는 것. 정교한 분석만큼이나 평이한 해석도 필요하고, 좋은 작품을 칭찬하고 격려하는 것이나 작가와 비평가의 소통을 추구하는 것이 나쁠 리 없다. 하지만 하나마나한 소리를 비평이란 미명으로 풀어놓거나 '서로 띄워 주기'식 주례사 비평을 남발하는 것은 문학의 가치를 돌이킬 수 없이 격하시킬 것이다. 셋째, 앞선 두 가지와 결합하여 한국 현대문학계의 '병폐'를 고질적으로 전시하는 것으로서, '선생님'으로 군림하는 소수의 비평가들이 문예지나 출판사의 요구에 부응하여 작품과 작가를 선별하고 품계를 매겨 권력적으로 농단한다는 것. 문학권력 논쟁으로 알려진 사태가 그러한데, 이쯤되면 비평은 작품을 통해 삶의 진리를 탐구하는 작업이 아니라 자본의 첨병으로서 화폐 권력의 시녀로 복무하는 중이라 말해도 과하지 않을 터.

물론 현 시대 비평의 근본 문제를 이 세 가지 요인에 완전히 수렴시킬 수는 없겠다. 근대 지식 체제의 일부로서 비평이 어떻게 성장했고, 작동했으며, 어떤 조건에서 좌초했는지에 관한 섬세한 계보학적 비판은 아직 미흡하다고 생각한다. 그러나 비평이 부딪힌 현재의 곤혹은 분명 이 세 가지 요인들이 절합하고 있는 우리 시대의 문학지형에 대한 무능과 무력의 산물임이 틀림없다. 그렇다면 관건은 어떻게 비평을 전위傳位시킬 것인가에 있다. 비평을 아예 폐지하거나 소거시켜 버림으로써 문제를 해소할 수 있다고 믿는 게 아니라면 말이다.

최근 흥미 있게 지켜본 비평의 구제, 또는 전위의 양상 가운데 하나는 전문적 비평가의 자리를 대중에게 열어 두자는 주장이다. 시인이나 소설가와 마찬가지로 등단제도에 의지해 비평가의 자격을 구성해 왔던 지금까지의 문학장은 대학의 일부 학과와 결합한 전문 연구자로서의 비평가를 양산해 왔고, 그런 점들이 복합적으로 작용하여 비평을 난해하게 만들 뿐만 아니라 이해타산의 산물로 삼아 왔다는 것이다. 따라서 비평을 되살리고 그 기능을 전환시키기 위해서는 기성의 등단제도에 따른 비평가 배출에 의지하지 말고, 오히려 탁월한 감식안을 갖추고 발달된 기술적 매체를 이용해 글쓰기를 시도하는 '비전문' 대중으로 하여금 비평에 참여하도록 촉발해야 한다는 주장이다.

가령 비평가들로부터는 회의와 의혹의 시선을 잔뜩 받은 조남주의 『82년생 김지영』(민음사, 2016)을 우리 시대 문학의 새로운 입지점으로 끌어올린 주체는 바로 일반 독자들이었다. 고난도의 이론적 언어나 훈련된 심미안 없이도 독자 대중은 작품의 가치를 직감하고, 그것을 공적 담론의 장으로 소환하였다는 뜻이다. 바야흐로 비평을 구제하고 새롭게 전위시킬 비평가의 자리에 대중이 직접 나서게 된 시대가 온 것일까?

3. 삶, 아방가르드의 욕망

피에르 부르디외는 근대 문학장의 형성을 작가와 비평가, 출판사의 삼각동맹 플러스 독자 대중으로 정식화한 적이 있다. 생산자와 검수자, 유통조직은 제도로서의 문학장을 떠받치는 필수 요소지만 독자라는 소비자 없이 제대로 존립할 리는 없다. 독자가 책을 구입하는 소비자라는 말은, 실상 그가 문학장을 지탱하는 물질적 토태 혹은 '지주'라는 뜻이다. 반면 비평가의 역할이나 지위는 좀 이색적이다 못해 우스꽝스럽다. 근대 초 문학장에서 비평가는 책의 외양이나 인쇄 상태, 줄거리 소개와 별점 매기기 같은 '상품'의 감별사 기능을 맡았기 때문이다. 그러다 점차 작품의 질에 관한 평가를 시작했고, 그 의의를 수사적 문구로 치장하며, 철학적으로 의미화하는 과제를 떠맡게 되었다. 이렇듯 우리가 아는 전문 비평가의 탄생 또한 그리 오래지 않은 역사 속의 일이었다. 그렇게 본다면 비평이라는 작업이 굳이 특정한 소수, 교육과 훈련을 통해 '엄선된' 누군가의 전업 과제로 독점될 수 없음이 분명하다. 대중이 직접 비평의 무대에 뛰어들지 못할 이유는 전혀 없다.

독자로서뿐만 아니라 비평가로서도 대중이 문학장의 전면에 등장하여 활동하도록 독려해야 한다는 주장의 이면에는, 문학과 삶이 직접적으로 소통하고 있다는 우리 시대의 상황인식이 포함되어 있다. 18세기 이래 근대 예술은 삶의 굴레를 벗어나 자유를 구가하고자 진력해 왔고, 그것이 문학의 자율성이라는 테제를 낳았다. 이는 문학예술이 도덕이나 습속의 제어를 받지 않은 채 자유롭게 사유와 감각의 표현을 향유할 수 있게 해주었으나, 19세기 후반 삶과는 동떨어진 예술 지상주의적 태도로 이어짐으로써 거꾸로 몰락의 조건을 낳고 말았다. 그 반동으로 20세기 초의 아방가르드 미학은 예술로 하여금 삶으로 되돌아가 삶을 정초하도록, 그리하여 예술을 삶으로 바꾸도록 촉구했다. 비록 짧은 시간을 영유하다가 실험적 정신과 활동성을 소진해 버렸으나, 아방가르드 정신이 20세기 미학의 주요한 테제가 되어 삶과 예술의 일치, 합일의 준거로 기능했음은 잘 알려진 사실이다. 비록 비싼 값에 거래되는 예술상품으로서 상업적으로 전유되었다 할지라도, 아방가르드의 정신 곧 삶은 예술이요, 예술 또한 삶이라는 모토는 우리 시대에도 무시할 수 없는 문화적 모토로 남아 있다. 대중의 삶 속으로 치열하게 파고들 것을 명령했던 20세기 사실주의 문학의 강령 역시 그 같은 아방가르드적 주제와 무관하지 않다.

대중은 바로 그렇게 삶의 지평에서 살아가는 사람들을 가리키는바, 예술가들의 끈질긴 구애를 받아 왔던 그들이 이제 본격적인 활동의 시간을 맞이한 듯하다. 영상 이미지의 전면화와 함께 문자의 예술인 문학이 황혼을 맞이했다는 통설과 달리, 초단시간에 인터넷 공간을 경주하는 디지털 신호들은 문자 텍스트의 힘을 더욱 확장하고 있다. 예컨대 웹소설의 인기와 시장 확대에서 볼 수 있듯, 지면을 떠난 대중은 이제 화면 위에서 텍스트의 해체와 구성에 종사하고 있다. 질 들뢰즈식으로 말하면, 텍스트는 질료의 원본성을 따지지 않는 의미화의 효과다. 인생의 첫 출발부터 인터넷과 함께 나고 자라 온 대중에게 비평은, 어떤 의미에서는 그들이 종사하고 있는 본업에 가장 가까운 활동일지 모른다. 프로그램의 구성과 디자인, 버그 수정의 기술 등은 디지털 공간에서의 (재)의미화 작업이라 할 만하며, 궁극적으로는 문자 텍스트의 해체구성으로서 비평에 근접한 활동인 것이다. 그렇게 삶으로서의 예술에 이어, 삶으로서의 비평도 가능해진 걸까?

미묘한 의문이 피어오르는 지점이 여기다. 삶, 예술, 비평의 동일시 연쇄는 모종의 기시감을 유발하고, 그 기시감의 끝에는 어떤 실험의 추억이 매달려 있기 때문이다. 어떤 점에서 그런가? 길게 주장을 늘어놓기보다 러시아 형식주의의 사례를 소개해 볼까 한다.

4. 낯선 감각, 러시아 형식주의의 경우

한 세기 전 아방가르드가 예술은 삶이 되어야 한다고 주장했을 때, 이 주장을 이론적으로 뒷받침했던 일군의 연구자 집단이 있었으니 러시아 형식주의자들이 그들이었다. 로만 야콥슨이나 빅토르 슈클로프스키, 보리스 에이헨바움, 유리 티냐노프 등의 청년 연구자들은 문학을 문학으로 만들어 주는 요소를 문학 내부에서 찾고자 했다. '문학사의 반역'으로도 여겨질 법한 이런 태도를 이해하기 위해서는, 문학성에 대한 인식의 전환 과정을 알아야 한다. 19세기까지 문학성이란 작품의 바깥에 있는 시대정신이나 철학사상, 혹은 작가적 인격 등으로부터 추출될 수 있는 요소로 간주되었다. 가령 어떤 작품이 갖는 의미는 그것을 만들어 낸 작가의 인생과 인품, 사상적 기조 등으로부터 충분히 유추해 낼 수 있어야 했다. 작품은 그 같은 삶의 정수로서 사상적 내용을 반영하는 매체일 뿐이며, 작품의 의의는 작가가 담지한 사유의 높이에 비례한다고 믿어졌다.

반면 형식주의자들은 문학성이 작가나 사상, 시대정신 등과는 무관하다고 주장했다. 문학 외부의 요소들을 차단한 가운데 그들이 찾아낸 것은 작품이 조직된 구조, 읽히고 감상되는 과정에서 빚어지는 감각적 효과였다. 어떤 작품이 문학적이라고 간주되는 이유는, 그것이 읽힐 때 낯선 느낌을 자아냄으로써 문학에 대한 기존의 인식을 교란하는 데 있다. 소위 정전正典으로 분류되는 작품이란 수많은 분석과 해석, 해설의 지층들로 뒤덮여 더 이상 새로운 독해가 불가능한 대상을 말한다. 그것은 무조건 수용해야 할 권위 있는 해석의 명령을 내리며, 지시와 복종의 이 과정에서 독자가 독서의 생생한 즐거움을 찾기란 어려운 노릇이다. 어떤 단어, 어떤 문장을 읽더라도 독자는 거기서 숨은 뜻을 찾아내 무조건 받아들여야 하며, 낯선 의미와 분석의 효과는 선험적으로 제거되어 있다. 그런데 형식주의자들은 문학성은 새로움의 인식과 지각에서 생겨날 뿐, 그 어떤 미리 전제된 이념이나 사고, 의미에서도 나타나지 않는다고 단언한다. 문학성이란 작품이 발산하는 즐거움의 지각에서 성립한다. 그러므로 내용이 아니라 형식이 긴요하고, 후자는 언어의 세밀한 직조를 통해 드러나는 쾌감에 좌우될 수밖에 없다.

언어에 대한 관심은 일상생활에서 사용되는 자연어와는 구별되는, 시어詩語의 구성에 관한 물음으로 번져 나갔다. 무엇이 시적인 언어인가? 시적 언어란 자연어와 어떻게 다르고, 어떤 식으로 작동함으로써 문학성을 발생시키는가? 이 논리를 약간 쉽게 변주해 예시해 본다면, 중고교 시절에 배웠던 김영랑의 「돌담에 속삭이는 햇발」(1930)을 떠올려도 좋겠다. 모두가 기억하듯, 이 시의 백미는 내용이 안겨 주는 상쾌함과 더불어 유음과 비음이 뒤섞여 내는 유쾌한 발음의 향연에 있다. 'ㄴ, ㄹ, ㅁ, ㅇ'의 연쇄로 인해 드러나는 음성적 쾌락이 우리가 이 시를 기억하도록 만든다는 것. 간략한 예이지만 형식주의자들 또한 그와 같은 논리를 구사했다. 시와 더불어 사실주의 계통의 고전적 소설작품들조차 소리 내 읽음으로써 얻게 되는 낯선 감각에 의해 우리에게 '좋은 것'이 된다는 의미이다. 문학성이란 바로 그렇게 즐거움의 생경한 감각을 선사할 때 형성되는 심미적 효과이다. 이에 따라 형식주의자들은 시어를 자연어에 폭력적인 가공을 거쳐 특정한 효과를 발산시키도록 구성한 언어라고 정의했다. 시인이 의식했든 안 했든, 시어는 고도로 정교하게 조직된 언어의 특별한 산물이란 뜻이다.

비록 역사의 흐름 가운데 형식주의의 입장이나 태도는 큰 변화를 겪게 되지만, 미국의 신비평과도 비견할 만한 이러한 관점의 정립은 우리에게 유용한 교훈을 남겨 주고 있다. 예술이란, 특히 문학이란 삶 그 자체가 아니다. 오히려 삶을 특정한 방식으로 가공함으로써 모종의 효과를 내도록 구성한 텍스트가 문학작품이란 것이다. 다이아몬드가 탄소가공물이라는 화학적 정식을 안다고 해도 그 정교한 무늬를 파악하거나 음미하기란 어려운 노릇이다. 탄소 자체는 우리에게 예외적인 감응을 주지 않는다. 그것이 특수하게 조형되었을 때만, 우리는 심미적인 쾌락을 느끼고 그것이 자연적 대상과는 다른 것임을 직감하게 된다.

5. 비평, 사이-형식의 충동

비평도 그렇지 않을까? 우리 시대에는 문학예술이 일상적 삶의 지평에 대단히 가까이 다가왔고, 그만큼 양자 사이의 구분도 모호한 상황이 자주 펼쳐지고 있다. 고아한 현학의 지식을 뽐내는 게 아니라면 비평 또한 삶에 근접한 것으로서 문학예술에 가까이 있고, 따라서 삶과 동떨어진 감식안이라 할 수 없다. 그럼에도 불구하고, 형식주의자들에게 문학이 삶 자체가 아닌 것과 마찬가지로, 비평 역시 삶과 동일한 지평에 구별 없이 놓여 있는 활동은 아닐 것이다. 다이아몬드의 무늬를 알아보기 위한 세밀한 감식의 기술이 필요하다는 뜻으로 오해하진 말자. 그것은 비평을 근대 문학장 초기에 나타났던 '상품 감별'의 기술로 치부하는 것이나 다름없다. 비평의 역할을 그렇게 한정 짓는다면, 비평이 자본주의 시장논리에 포섭되어 작품의 유통가치를 매기는 데 복무하고 있다는 비판을 면하기 어렵다. 비평이 삶 자체와 동일하지 않고, 그렇다고 상품이 된 삶의 가격 평가자도 아니라면, 도대체 비평이란 무엇인가? 비평은 어떻게 구제될 수 있고, 전위될 수 있을까?

다시 루카치를 경유해 말하자면, 나는 비평이 에세이가 되어야 한다고 믿는다. 당연히, 여기서 에세이는 '수필'이라는 특정 장르의 명칭이 아니다. 그렇다면 비평은 '5대 장르' 가운데 또 다른 하나에 귀속되어 고유함을 상실할 지경에 이르고 말 테니까. 시든 소설이든 비평은 다른 장르에 기대어 자기의 존재론적 터전을 마련해서는 안 된다는 루카치의 고언을 마음에 새겨 보도록 하자. 내 나름으로 이 말을 해석하기 위해 한 가지 예시를 들어 보겠다.

지금 비평에 종사하는 사람들은 대개 철학에 바탕을 둔 이론에 열중하는 경향이 있다. 사실 그런 추세는 비평가만이 아니라 작가들에게도 다분히 목격되는데, 시를 쓰든 소설을 쓰든 인문학 이론을 공부하고 그에 맞춰 작품을 구상하는 것이다. 본질적으로 그런 태도나 자세가 문제적이라 생각지는 않는다. 이론에 대한 공부는 현재 세계의 지형을 인식하고, 그 중력의 작용을 이해하며, 거기서 살아가는 대중의 욕망에 호응하려는 태도를 반영하는 탓이다. 아이러니컬한 것은 공부의 자원으로 호명되는 이론가들, 가령 프로이트나 들뢰즈, 데리다, 벤야민, 하이데거 등은 자신들의 사유를 구축하기 위해 괴테와 도스토옙스키, 조이스, 프루스트, 보들레르, 횔덜린 등을 탐독했다는 사실이다. 그런데 오늘날의 작가들은 작품을 쓰기 위해 프로이트와 들뢰즈, 데리다나 벤야민, 하이데거 등을 읽고 있으니 무언가 앞뒤가 전도된 느낌이 들 수밖에. 비평가들 또한 그렇지 않은가? 작품을 제대로 읽기 위해 작품에 대한 이론을 읽다니?

비평가에게 에세이는 일상 산문이나 감상문 수첩이 아니다. 루카치로 시작했으니 루카치로 마쳐 보자. 그가 제안한 에세이란 글쓰기의 형식을 가리킨다. 즉 에세이가 아니라 에세이의 형식이 문제다. 누구든 루카치의 이름을 처음 듣고 매혹을 느껴 『소설의 이론』을 뒤적여 본 기억이 있으리라. 그때 느끼던 당혹감의 정체는 무엇이었나? '이론' 곧 소설이라는 서사의 구조적 형태를 충실히 해설해 줄 것을 기대했던 독자는 이내 장황하고 거침없는 형이상학적 서사에 깜짝 놀라 뒤로 물러나거나, 혹은 흠뻑 빠져들었던 경험을 토로할 것이다. 한 편의 '지식서사'narrative of knowledge라 불릴 만한 그의 작품은 어느 누군가의 사상이나 특정한 장르적 글쓰기로 환원되지 않는, 일종의 사이[間]-장르적인 낯선 형식의 글쓰기가 아닌가? 그는 분명 비평가로서 타인의 사유나 언어, 작품을 대상으로 글을 쓰지만, 그것에 구속되지 않은 채 자신의 사유를 유장한 말의 흐름 속에서 풀어내고 있다. 흔히 '비평이기보다 작품에 가깝다'고 평가되는 그와 같은 글쓰기는 단지 대가의 '예외적인 저술'일까, 혹은 그들이 대가로 불리기 위해서는 불가피하게 쓰여야만 했던 '저술의 예외'일까? 둘 다일 수도 있겠으나, 후자의 측면을 강조하고 싶다. 루카치에게서 문학연구자나 미학자, 철학자의 다면적인 모습을 볼 수 있는 이유는, 그리고 『영혼과 형식』이나 『소설의 이론』을 어쩔 수 없이 에세이라 불러야 하는 까닭은 루카치의 글쓰기가 비평의 구분을 넘어서는 비평의 형식을 취하기 때문 아닌가?

가라타니 고진은 자신을 비평가라 불러 달라고 주문하면서, 비평이 문학이나 철학의 근대 분과적 틀에 갇히지 않은 글쓰기임을 강조한 바 있다. 그야말로 장르와 전문 분야를 넘나드는 활동이 비평이며, 그에 종사하는 사람이 비평가라는 것. 그렇다면 똑같은 의미에서 고진을 루카치와 같은 '에세이스트'라 불러도 문제는 없을 듯하다. 그들 모두에게 에세이란 삶과 닮았지만 삶은 아니고 문학을 다루지만 문학 자체는 아닌, 사이-형식을 발견하고 수행하는 비평적 글쓰기인 까닭이다.

> 비평가란 형식 속에서 운명적인 것을 보는 사람이다. 비평가의 심오한 체험이란 곧 형식이 간접적으로 또 무의식적으로 자체 속에 감추고 있는 영혼의 내용이다. 형식은 비평가의 위대한 체험이다. […] 형식은 하나의 세계관이고, 하나의 입장이다. 또 형식은 그것이 생겨나는 바의 삶에 대해 갖는 일종의 태도표명이다. 그리고 형식은 삶 자체를 다시 만들어내는 하나의 가능성이기도 하다. 비평가의 운명적 순간이란, 그러니까 사물이 형식이 되는 순간을 말한다.[2]

삶과 글쓰기를 구별시키는 유일한 척도는 형식에 있다. 하지만 형식이 삶과 항상 대립하는 것은 아니기에, 형식은 또한 삶을 넘어서거나 비껴 나가는 운동이어야 한다. 비평을 분과적 장르에 속박시키지 않고, '사이'의 기예로 묘사해야 하는 유일한 이유가 여기

---

2 앞의 글, 17쪽.

있다. 아마도 '비평의 순간'이란 그와 같은 형식을 찾아내고, 삶의 한가운데서 그것을 실험하는 충동의 시간이 아닐까?

4부 비평과 정치적 무의식

14. 삶의 비평과 일상의 비평

—— 체화된 이론의 시간을 기다리며

1. 문학, '리얼'한 삶에 대한 욕망과 충동

언어학자로 잘 알려진 로만 야콥슨(1896~1982)은 청년 시절인 1910년 무렵 '모스크바 언어학회'라는 모임을 결성하고, 시와 언어의 관계에 대해 젊은 시인들과 열띤 토론을 벌이곤 했다. 비슷한 시기에 페테르부르크에서는 '시어연구회'OPOYAZ가 만들어졌고, 두 도시의 모임은 후일 '러시아 형식주의'라는 학파로 통합되어 불리게 된다. 테리 이글턴은 19세기까지 '한담'閑談에 가까웠던 문학비평이 이론으로서의 지위를 확보하는 시점을 러시아 형식주의가 등장한 시기로 산정한 바 있다. 그들은 문학의 문학성을 사상이나 이념적 내용이 아니라 언어적 형식 속에서 궁구하였으며, 이로써 철학이나 역사, 심리학과 구별되는 문학의 고유성을 드러낼 수 있다고 믿었기 때문이다. 20세기 전체를 통해 '문학이론의 전성시대'란 것을 말할 수 있다면, 그 출발점에는 러시아 형식주의자들이 있고,

그것은 야콥슨 등이 참여한 현대 언어학의 성과를 포함할 때만 정확한 평가를 받을 수 있다.

문학이론의 역사를 공부한 사람이라면 이 정도 지식은 조금만 책을 뒤적여도 알 만한 것일지 모른다. 그런데 형식주의자들이 단지 '형식'에만 몰두하진 않았음은 의외로 잘 알려져 있지 않다. 가령 소련사회가 급격히 경직되었던 1930년대에 이르면 문예학 바깥의 정치적 분위기에 강제되어 형식보다는 내용이 더 중요한 문제로 부상하기도 했다. 하지만 나는 여기서 문예학의 내적 발전의 일환으로서 내용에 관한 담론이 진작되었던 지점을 강조하고 싶다. 이 점에서 야콥슨이 1921년에 작성한 「예술적 리얼리즘에 관하여」라는 글은 몹시 흥미로운 착안점을 보여 준다.[1] 형식주의자들에게 문예사조의 교체는 특정 시대의 창작경향을 지배하는 언어적 규칙들의 변화를 가리키는 것이었다. 가령 18세기 말에서 19세기 초의 낭만주의는 운문과 은유로 연관시키고, 19세기의 리얼리즘은 산문 및 환유에 관련시켜 논의하는 것이 대표적인 사례이다. 그런데 야콥슨은 이러한 형식적 변화 이외에도 작가들의 창작적 지향의 문제가 문예사조의 변천에 영향을 끼쳤다고 주장한다. 관건은 비단 형식에만 있지 않다는 뜻이다.

통상의 문학사 교과서에 따르면 리얼리즘이란 19세기에 유행하던 문학유파(사실주의)이며, 현실을 핍진하게 그려 내는 것을 문학적 소명이자 방법론으로 따랐던 경향이다. 현실은 진리이자 실

---

1 Роман Якобсон, "О художественном реализме," *Работы по роетике*, М., 1987, pp. 387~393.

재이고, 따라서 그것을 묘사할 때 '진정성의 예술'이란 호칭을 얻게 된다. 그런데 이 정의를 곧이곧대로 따르자면, 우리는 약간 이상한 결론에 도달하게 된다. 19세기 리얼리스트(사실주의자)가 아닌, 이를 테면 전 시대의 낭만주의자나 그 후의 아방가르드는 현실의 핍진성을 추구하지 않았거나, 덜 지향했다는 식으로 말이다. 정말 그랬을까? 오직 리얼리스트들만이 유일하게 현실의 진리를 쟁취하려 했고, 다른 유파에 속하는 예술가들은 현실의 진리는 나몰라라 내버려 두거나, 심지어 진리가 아닌 거짓을 담아도 좋다는 태도를 취했을까?

야콥슨의 답변은 간단하다. 실상 모든 시대의 작가들은 리얼한 것the Real에 대한 욕망을 가지고 있었고, 그것을 언어적으로 제시하고자 전력을 다했다는 것이다. '실재에 대한 충동'을 리얼리즘이라 부를 수 있다면, 그것은 모든 시대, 모든 유파, 모든 작가들에게 공유되는 열정이지 특정 집단, 가령 19세기 사실주의자들에게만 독단적으로 부여할 수 있는 권리나 표찰이 아니다. 그러므로 모든 예술가들은 한결같이 리얼리스트들이었으며, 리얼리스트가 아니라면 예술가도 아니었노라 말할 수 있다. 그들은 어느 유파, 어느 사조에 속해 있든지 간에 자신들의 작업을 '리얼한 것에 대한 진정 어린 추구'였다고 진심으로 믿어 마지않았다. 그 리얼한 것, 실재의 이름은 다름 아닌 삶이다. 삶에 대한 욕망, 그것만이 예술을 예술로서, 문학을 문학으로서 유일무이하게 성립시켜 주는 근거가 된다.

2. 이론, 삶과 문학의 거리를 넘어서는 도약

문학의 진정성은 삶에 대한 열정에 있으며, 그것은 실재에 대한 열망이라고 바꿔 불러도 좋으리라. 이를 반박할 사람은 별로 없을 듯하다. 그렇다면 비평은 어떨까? 비평의 진정성은 어디에 있을까? 비록 독자적 장르로서 자기의 자리를 갖고 있다고는 하지만, 본질적으로 작품에 대한 '기생'을 통해 자기의 존재를 드러낸다는 점에서 비평은 문학창작을 따를 수밖에 없다. 달리 말해, 문학의 진정성을 창작과는 또 다른 차원에서 다시 제시하는 데 비평의 소명이 있을 것이다.

삶의 궤적을 부지런히 좇아 그 의미를 밝혀내고 조형할 수 있을 때 비평의 의미와 진정성 또한 발견되리라는 소망을 거부할 비평가는 없다. 하지만 멋진 당위의 수사를 뒤따르다 보면 중간에 누락된 고리들이 있음을 종종 망각하게 된다. 신념과 달리 비평이 추구해 오던 대상은 창작이며 작품이지, 삶 자체가 아니다. 삶을 특정한 방식으로 가공하고 재현한 것, 형식주의자들의 말을 빌리자면 '폭력적으로 왜곡함으로써' 시적인 것으로 만들어 낸 결과가 창작이며, 작품이다. 문학창작을 뒤좇는 것이 삶이라는 실재를 추구하는 것과 완전히 동일할 수 없음은 이런 이유에서다. 문학창작은 삶의 실재에 형식과 의미를 부여하여 작품(텍스트)으로 변용시키는 활동이기에, 비평이 창작과 삶을 동치시키는 것은 순진하다 못해 기만적인 행위가 될 수 있다.

20세기 문예학이 이론을 지향하다 못해 과도하게 정향되었던 사정에는 이런 연유도 있었으리라 짐작해 본다. 19세기의 역사적 사조로서 리얼리즘은 삶이라는 실재를 끄집어내 보여 주고 싶어

했으나, 실제로 그것이 찾아내 전시한 대상은 일상이었다. 장삼이 사, 갑남을녀가 밥을 짓고 아이를 낳아 키우며 조용히 늙어 가는 세상, 혹은 혁명과 반동의 소용돌이 속에 사람들이 휘말리고 죽어 가거나 생존하는 모습들. 분명 그것은 전 시대의 귀족적 낙천주의나 심미화된 비관주의보다 '현실적'이고 '실제적'이었을 법하다. 소박하고 평범한 민중들이 살아가는 풍경과 시대의 격류를 그려 내는 것이야말로 우리가 생명을 이어 가는 이 땅의 참된 정경이라고 선언할 수도 있다. 1980년대 한국문학과 비평의 상황을 대입해 보면 꽤나 생생한 이미지를 얻을 수 있을 것이다. 그러나 다른 한편으로 일상에 대한 천착이 삶 자체, 또는 실재의 충동과 꼭 같을 수 없음도 명백하다. 삶의 진리, 진정성에 대한 우리의 열정은 일상의 비루함과 겹쳐지지 않는다.

일상은 현상 자체, 그 도저한 현사실성에 꽉 붙잡혀 지금-여기와 단절적인 '다른' 시간과 공간을 들여다볼 수 없게 만든다. 눈앞의 현실과 그 조건들에 시선을 고정할 때, 지금-여기를 벗어나는 시공간은 그저 비현실적인 것, '비존재'에 불과하다. 현재의 사실들이 절대적이 될 때, 죽음이 선고된 문학은 영원히 되살릴 수 없고, 권력과 자본에 예속된 산노동은 혁명의 희망 없이 불가능의 벽 속에 유폐된다. 19세기의 리얼리즘은 삶이라는 실재를 향한 것이라기보다, 삶을 사실들의 집적인 일상으로 바꾸고 그것을 재현하고자 했던 '사실주의'에 더 가까운 것이었다.

이론의 역할은 무엇인가? 우주에 대한 관조라는 의미에서 이론theoria은 고립된 현실 '너머'를 발견하고, 욕망할 수 있게 만드는 비전vision의 힘으로 작동한다. 다소 신비적이고 과장적으로 들릴지 모르지만, 이론은 현실을 정확히 규명하는 방법이 아니라 현실을 떠나는, 지금-여기로부터의 단절적 사건을 일으키는 장치로서 요청되었다. 이것이 핵심이다. 어쩌면 이로써 20세기 문학이론이 주창하던 현학적인 철학적 논리들이나 수선스런 정치사회적 언명들을 조금이나마 이해할 수 있을지도 모르겠다. 사실주의로서 문학은 일상이라는 굴레, 비루한 사실들의 집적에 결박되어 지금-여기에 머물러 있다. 그러한 문학이 본원적인 삶을 향해 도약하기 위해서는 어떤 절단의 충동이 요구되는 게 필연적이다. 이론은 그와 같은 충동을 끌어내고 인식하는 장치인 셈이다.

다시 러시아 형식주의로 돌아가 이야기한다면, 야콥슨을 비롯한 언어학자들이 기꺼이 만나고 토론하며 영감을 주었던 이들은 바로 미래파와 아방가르드, 그리고 혁명기의 예술가 집단인 레프(Lef, 예술좌익전선)였다. 만일 주어진 조건 자체, 현상의 사실들로 구축된 일상이 문학적 대상으로 남아 있다면, 그러한 문학은 결코 코뮨주의적 미래를 향해 뛰어오를 수 없을 것이다. 부르주아적 세태에 얽매인 현재를 뛰어넘어 이질적인 시공간으로 나아가기 위해서는 그것을 직관하는 디딤대로서 이론이 필요했고, 비평은 기꺼이 이 장치를 삶과 문학을 잇기 위해 사용하고자 했다. 따라서 리얼리즘의 이론은 일상의 비평이 아니라 삶의 비평과 맞닿아 있는 충동의 힘이다.[2] 이 같은 상황과 문제의식은 지금도 여전히 유효하다.

---

2 미래파와 레프를 논의한 자리였기에, 이 글에서 모색하는 리얼리즘이 '사회주의 리얼리즘' 같은 것이냐고 묻는다면 나는 유보적으로만 그럴 수 있다고 답하겠다. 당연히, 그 유보조건들을 섬세하게 다듬고 개진하는 일이 필수적이지만, 이 자리에서 충분히 마칠 수 있는 작업은 아니다.

3. 상상력, 일상을 삶으로 사건화하는 이론의 힘

물론, 이런 서술은 이론을 지나치게 이상화하는 우愚를 범하는 것일지 모른다. 오늘날 우리가 맞닥뜨리고 있는 비평적 상황은 전혀 반대이지 않은가? 이론의 범람과 남용이 심각하다 못해 이론 자체를 질식시킬 정도이고, 그렇게 숨이 다한 이론은 물귀신처럼 문학 자체를 끌어당겨 익사시킬 지경이다. 예컨대 현재 활동 중인 대부분의 비평가들은 대학에 적을 걸어 두고, 연구와 평론에서 이론의 칼을 똑같이 휘두르는 오류를 범하곤 한다. 문학과 삶에 대한 절박한 문제의식 없이 작품에 대해 피상적으로만 사고하면서, 비평을 연구의 부업으로 삼는다는 지적은 그래서 뼈아프다.[3] 삶에 대한 비평이 문제가 아니라 일상에 대한 비평조차 희소하고 절실히 요구되는 실정이다.

당연한 소리지만 일상의 비평이 불필요한 것은 아니다. 사정은 도리어 정반대다. 존재와 현상, 삶과 일상의 이분법 자체가 이론적 구분에 불과하며, 사고의 전개와 확립을 위해 동원된 개념적 장치임을 모르지 않는다. 둘은 함부로 떨어뜨려 논의할 수 없고, 실제로 명쾌하게 구별될 수도 없는 범주들이다.[4] 정신분석에서 의식과 무의식이 그런 것처럼, 일상의 다종다기한 기호들이 없다면 삶이라는 실재적 차원을 어떻게 조작할 수 있을 것인가? 사실에 붙박힌 일상의 완고한 불변성을 고찰하지 못한다면, 어떤 식으로 삶이

---

3 최강민, 「서구 이론의 남용과 식자우환의 문학비평」, 『리얼리스트』 11호, 2014 하반기, 156쪽.

4 흥미롭게도 러시아어에서 존재(bytie, 삶)와 일상(byt)은 동일한 어근에서 파생된 단어들이다.

라는 거대한 유동을 예감할 수 있을까? 현상에 대한 명석하고 판명한 분석을 수행하지 못한다면, 존재에 대한 광대무변한 성찰의 힘도 얻을 수 없을 일이다. 이런 점에서 20세기 문예학의 기본적이고 핵심적인 방법론으로서 기호학적 분석은 필수불가결한 지위를 갖는다. 소련의 기호학자 유리 로트만은 인간의 두뇌는 컴퓨터와 비슷해서, 명확히 분절된 기호들을 통해 사유라는 창조적인 연산 과정을 실행할 수 있다고 말했다. 기호들의 관계가 노정하는 유사성과 차이, 결합과 대립의 법칙들로써 우리는 지금-여기의 현실을 파악할 뿐만 아니라, 그 운동과 결과로써 실재로서의 삶도 직감하게 될 것이다.

그런 의미에서, 일상의 차원에서 삶을 포괄하려는 노력이 없진 않았다. 1920년대 소련에서 시도된 삶과 일상의 분리를 회복하고 연결지으려는 실험이 그것이다. 레프는 문학적 허구를 통해서는 삶이라는 실재에 도달할 수 없다는 진단을 내리고, 삶의 차원을 되돌릴 방법으로 사실들facts을 수집하고 몽타주하여 새로운 문학예술을 구축하자고 제안한 바 있다. '팍토그라피야'factography가 그것이다. 진정성의 예술을 수복하려는 지향에서 이는 리얼리즘적이라 불릴 만한 시도지만, 방법론적 측면에서는 우리의 예상을 완전히 깨뜨린다. 이에 따르면 혁명 전 러시아의 위대한 리얼리즘, 우리의 맥락에서 사실주의는 부정되어야 할 인습에 다름 아니다. 레프의 작가들은 문학의 본령이라 언급되던 소재와 제재, 플롯 구성의 방식들을 '허구'라는 거짓을 양산하는 방법이라 비판했다. 그들은 오히려 있는 그대로의 현실로서 일상을 기호적으로 재현하는 것만이 문학의 진리라고 믿었다. 이에 따라 편지와 일기, 전기, 르포르타주, 신문과 뉴스, 각종 공지문과 게시물 등을 몽타주하여 작품을 만들어 내는 것이 중요해진다. 이는 단순히 문학 장르의 창안에 그치지 않고, 실재로서의 삶에 대한 예술적 육박이라 불릴 만하다.

하지만 일상 자체로서의 문학은 사실들을 단순히 나열하여 성립하지 않는다. 에이젠슈테인이 지적했듯, 눈에 보이는 현실은 단단한 고체적 이미지들로서 부동의 대상들이다. 그것들이 움직이는 효과, 그래서 견고하게 정박된 현실을 흔들어 전복시키고야 마는 혁명적 효과는 사실-이미지들을 특정하게 배치하고 충돌시켜 의미를 발생시킬 때 획득된다. 달리 말해, 일상의 이미지들, 사실들의 (재)배치는 그것이 낯설고 이질적인 효과를 생산하는 한, 단지 헐벗은 사실들의 열거가 아니다. 새로운 효과를 산출하는 사실들은 현존하는 일상을 그저 자리바꿈해서 얻어지지 않는다. 이론은 그러한 변형된 일상, 그 너머를 예시하고 조직할 수 있게 해주는 힘이며, 그것이 몽타주 이론이란 것이다. 이때 이론은 어떤 거창한 사상 체계나 사변적 형이상학을 지시하지 않는다. 오히려 정체된 현실을 이탈하는 상상력인 동시에, 그것을 통해 현존하는 지금-여기를 파열시키는 사건화의 장치인 셈이다.

4. 삶의 비평, 또는 이론의 힘을 어떻게 회복할 것인가?

꽤 복잡한 이야기를 어수선하게 늘어놓았지만, 이제 결론을 지어야 할 듯하다. 그렇다. 우리는 지금 비평의 위기가 운위되는 시점조차 넘어서 있다. 오래전 선언되었던 문학의 죽음에 이어 비평의 죽음마저 기정사실화되는 형편이다. 그렇다면 이제 비평에 관해 무슨 말을 덧붙일 수 있을까? 죽은 비평을 애도하며 그 장례식으로 나머지 활동을 채울 것인가, 혹은 비평은 아직 죽지 않았다고 결사 항전을 다짐하며 붓끝을 휘두를 것인가? 그런데 사망진단서를 발부하려면, 눈앞의 대상이 실제로 죽었는지 아닌지를 먼저 살펴보는 게 순서가 아닐까? 비평은 과연 죽었는가? 아직 죽지 않았다면, 무엇이 비평을 죽이고 있는가? 역으로, 무엇이 비평을 기사회생하게 만들까?

여러 가지 답변들이 있겠지만, 우리의 주제에 집중하자면, 이론에 대한 과도한 편향과 남용이 문제일 것이다. 삶이라는 실재를 추구하기 위한 장치로서 이론을 우리는 어떻게 잘 사용할 수 있을까?

이론은 참으로 매혹적인 무기가 아닐 수 없다. 날것일 때는 막연하고 막막하기만 한 텍스트가 이론의 안경을 걸치면 분해 가능한 대상으로 보이니 말이다. 또한, 어떤 이론적 지식에 제법 익숙해지면 그 어떤 낯선 작품이라도 달려들어 금세 요리할 수 있을 듯한 환상에 젖어 든다. 잘만 사용하면 전가의 보도처럼 막강한 위력을 발휘하겠으나, 잘못 휘두르면 살아 있는 작품을 처참하게 난도질해 흉측한 몰골로 망쳐 놓는다. 확실히, 채 소화하지도 못한 이론을 아전인수 격으로 사용하는 것은 정말 단절해야 할 인습이 되었다. 전문적인 비평가 집단에서나 공유될 논의라면 그나마 나을 테지만, 그조차도 아니어서 글쓴이 자신을 제외하면 (때론 그 자신조차!) 아무도 알아보지 못할 비평문은 추방당해 마땅하다. 하지만 그렇게 남용된 이론, 오용된 이론을 이론 자체의 무용함이나 해악으로 곧장 단정하는 태도는 건강하지도 않고 무익할 뿐만 아니라 그 자체로 유해할 수 있다. 이유는 단 하나다. 앞서 언급했던 것처럼, 이론은 현상을 그저 설명하는 기술어로도 사용되지만, 현상 너머, 혹은 그 이상의 또 다른 현실을 통찰함으로써 지금-여기로부터의 도약을 감행하도록 추동하는 명령어가 되기 때문이다. 전자와 후자의 차이를 섬세하게 구별하고, 필요에 따라 전자나 후자를 정확히 이끌어 낼 줄 알아야 한다. 이것이 우리가 이론의 끈을 잘라 내지 않고 집요하게, 그러나 성실하게 그것을 연마해야 하는 첫 번째 이유다. 그리고 보면, 관건은 이론이라는 칼 자체가 아니라 그것을 다루는 사람의 능력에 달려 있는 듯도 싶다.

니체는 철학적 진리를 다룰 때 쉽게 빠지는 함정으로, 그것을 누가 발언하는지 생각하지 않는 점을 지적했다. 아무리 훌륭한 금언이라도 그것을 누가 말하는지에 따라 효과는 천차만별이다. 다시 말해, 남녀노소 장유유서에 따라 언표의 경중과 방향이 달라지는 것이다. 푸코는 니체의 말을 받아, 발언의 공간이 어디인지 역시 중요하게 고려되어야 한다고 덧붙였다. 권력자의 무대인지 미천한 서민의 자리인지, 대학강당인지 저잣거리인지 발화자의 장소가 구체적으로 지정될 때만 언표는 위력을 발휘할 수도, 무력하게 소진될 수도 있다. 이론이라는 칼을 받았을 때 우리가 통과해야 할 수련 과정에는 이러한 자기지시적인 교훈들이 반드시 포함되어야 한다. 즉 이론을 사용하는 사람 자신에 대한, 그리고 그가 자리한 위치에 대한 성찰이 부단히 요구되는 것이다. 이론의 이러한 자기참조적 특성은 우리가 이론을 포기하지 않고 계속 사용할 수 있게 해주는 두 번째 이유가 된다. 과연 가능할까?

'체화된 이론'은 그 같은 이론의 잠재성과 가능성을 우리가 다시 되찾았을 때 붙여질 미-래의 이름이다. 지금 어떤 이론적 개념이나 범주가 우리에게 잘 맞는 옷처럼 어울리겠는가? 근대의 모든 사변이 그랬듯, 아직도 우리는 이론의 질곡에 빠져 있고, 이론의 덫에 걸려 허둥대고 있으며, 이론에 대한 선망과 원망을 동시에 갖고 있다. 이런 점들을 두고 보면, '이론중독'에서 벗어나기 위한 '극약 처방'이란 것도 때로는 시험해 볼 여지가 있다. 낫기만 한다면야, 무슨 수를 못 써 보겠는가? 하지만 아무리 강한 약도 죽지 않고 살기 위해 마시는 것처럼, 이론에 대한 검토와 타진, 사용은 비평의 현재를 다른 식으로 바꿔서 살려 내기 위한 것일 수밖에 없다. 그런 점에서 이론에 대한 우리의 매혹이나 거부는, 그것이 진정 삶을 위한 도약인지 따져 보는 면밀하고도 성실한 성찰을 여전히 요구하고 있다.

15. 비평의 무의식과 비평가의 자의식

—— 도약과 정신승리 사이에서

1. 목소리의 편차들

지난(2015년) 6월, 이응준 작가의 폭로로 시작된 표절 문제와 문학 권력 논란이 겨울로 접어들며 거의 사그라진 느낌이다. 세상이 아무리 복잡다단하고 급변하는 것이라 해도, 문단과 사회 일반을 뜨거운 논전 속에 몰아넣었던 사안이 불과 두어 계절 사이에 이렇게 식으리라고는 미처 생각지 못했다. 아니, 어쩌면 논란이 시작되자마자 이런 급속한 냉각은 벌써 예정되었던 것일지 모른다. 한국문학 '대표작가'의 표절 의혹은 이미 15년 전에도 지적된 바 있고, 사실상 '누구나 다 아는 비밀'이었다는 게 이번 폭로의 핵심 아닌가. 공공연한 비밀이자 거대한 추문임에도 다들 공론화시키길 거부했던 것, 또는 억압했던 것은 현행의 문학시스템을 존속시켜 온 고질적 병폐이기에 논쟁 또한 그만큼 격렬했던 것이리라. 곰곰 따져 보면 이 '고질적'이란 단어는 이중의 함축을 갖는다. 그것은 한편으로

낡고 부패한 시스템의 특징이지만, 다른 한편으로는 그 시스템이
제거하지 못하는 지속적 특징을 가리키는 탓이다.

　워쇼스키 자매의「매트릭스」연작(1999~2003)을 떠올려 보
자. 기계제국의 시스템은 자신을 업데이트하기 위해 주기적으로
버그를 일으킴으로써 진화를 이루어 간다. 이에 따를 때, 인류 해
방의 대의를 휘날리며 선포된 그 어떤 혁명도 결국 시스템의 자기
치유와 유지 과정에서 나타난 오류(버그)에 불과하다. 실로 '시스
템의 간계'라 부르지 않을 수 없다. 지난여름, 연일 쏟아지는 언론
의 질타와 사회의 날선 비판에도 불구하고 "이 또한 지나가리라"
며 씁쓸해하던 친구의 냉소가 머릿속을 스쳐 가는 것은 우연한 일
이 아닐 게다. 표절과 권력 시비로 얼룩진 이 사태에 어떻게 접근해
야 '시스템의 간계'를 돌파할 수 있을까? 성긴 관찰이지만 그간 오
갔던 수많은 말들 사이에서 느낀 미묘한 기류의 차이들을 적어 보
겠다.

　폭로와 논란이 불거진 후 발간된 문예지들은 각종 좌담회와
반성적 자기진단 및 평가 등으로 가득 채워졌다. 일례로『문학과사
회』와『문학동네』,『실천문학』은 작가와 비평가 들의 대담자리를
마련하여 어수선하고 복잡한 문학판의 분위기와 흐름을 스케치했
다. 흥미로운 점은,『문학과사회』가을호와『창작과비평』겨울호의
대담에는 작가 없이 비평가들만 참여했다는 사실이다. 나아가 이
번 사태를 비판적으로 주시하고 성찰하는 글은 거의 예외 없이 비
평가들의 붓을 빌린 것이었다. 내가 '미묘한 기류'라고 표현한 것은
이 지점인데, 표절과 권력에 대한 반성적 시선, 사유가 온전히 비평
가에게 주어진 몫처럼 보였기 때문이다. 분석적 관점으로 난마처

럼 뒤얽힌 사태를 언어와 개념으로 옮겨 놓는 일이 비평가 본연의 과제이긴 하지만, 소위 '문단 시스템'이 문제가 된 현재, 그에 대해 발언하고 판단하며 해결을 제시하는 역할이 비평가들에게만 주어진 소임일 리 없지 않은가? 뭔가 석연찮은, 그러나 익숙한 '편향'에 대한 의구심이 고개를 드는 시점이다.

예컨대, 『문학동네』 84호(2015 가을)에 실린 장문의 대담을 보면, 작가들은 당면한 문제에 대해 구체적인 분석과 해결책을 요구하고 있다. 소수의 출판사와 문예지에 집중된 권력을 다양하게 분배해야 한다는 목소리(장강명)나 줄 세우기적 공모제를 폐지하라는 주장(손아람)이 눈에 띄었고, 그 연장선에서 편집위원 제도의 병폐와 재구성이 화제로 오르기도 했다. 대담의 서두에서 비평가 신형철이 사회자의 역할에만 충실하겠다고 선언했음을 감안해도, 작가들의 목소리는 같은 호에 실린 여러 비평가들의 글에 비해 한층 뚜렷하고 정확한 해답을 촉구한다는 걸 금세 느낄 수 있었다. 실제로 문예지들에 실린 비평가들의 글은 반성문과 논문을 섞어 놓은 듯한 느낌을 떨칠 수 없었다. 이른바 '선생님 시스템'의 윗자리에 앉아 현재의 문단구조를 만들고 유지했다는 점에서 이번 사태에 대한 통절함을 감출 수는 없을 것이다. 아마도 비평가로서 응당 취해야 할 첫 번째 스탠스는 반성에 두어질 수밖에 없을 법하다.

논조의 진지함에도 불구하고, 그 결론 대부분이 '앞으로 잘하자'라는 식상한 구호를 반복한다는 인상을 지우기는 어려웠다. 더구나 그것이 비평가 자신과 독자들을 위한 면피용 제스처, 일종의 정신승리법에 가깝다면 문제가 아닐 수 없다. 그 어떤 성찰적 탁견을 제안한다 해도, 이번 사태를 바라보는 비평가들의 태도는 분명

작가들, 나아가 사회 일반의 관점과는 다소 거리가 있는 듯하다. 어떤 비평가도 제도의 문제를 제도적 차원에서 풀기보다는, 윤리의 문제로 치환해서 다루려는 무의식적인 태도로부터 멀리 벗어나지 못한 것이다.

2. 제도의 도덕과 비평가의 윤리

소수의 거대 상업출판사들이 문예지와 작품집 출판의 과반수를 차지하는 실정에서 작가들이 그 눈치를 보지 않기란 어려운 노릇이다. 이런 제도적 모순을 지적하고 해결을 촉구해야 할 비평가들이 대개 현상 유지에 동조하거나 담론적 정당화에 기여했다는 점은, 그들이 이번 사태에서 윤리적 문제의식에 깊이 빠져들 수밖에 없는 이유를 설명해 준다. 표절과 관련하여 적극적인 검증작업에 나서지 않았다는 점이나 문단권력 서열화에 대한 공적인 문제제기를 방기했다는 점 등은 뼈저리게 반성해야 할 대목들이다. 비평이 조사나 감독의 권한이 아니며 평론이 평가의 대상이 아니라는 의미에서 비평가에게 과대한 의무를 지운다거나, 반대로 전적인 책임의 소재를 묻는 것은 합당하지 않을 게다. 비평가도 문학인의 한 사람인 이상, 또한 문학이 제도와는 상이한 성격의 예술활동인 이상 윤리적 문제의식과 성찰에 더 강조점을 찍는 것은 당연한 노릇이다. 그럼에도 윤리적 측면에서만 무한히 되새김하는 것이 현 사태를 명료하게 정리하거나 해결하는 방안일 수는 없다.

인문학 담론에서 도덕과 윤리는 다른 위상을 갖는다. 전자가 제도와 규범, 규칙의 설정이라는 점에서 가시적이고 절차적인 차원에 있다면, 후자는 개인의 자기반성과 비판능력에 관련되기에 제도적 범주와 궤를 달리하는 것이다. 그만큼 비가시적이며 절차적 행정으로는 따질 수 없는 부분들에 대한 더 많은 고민을 포함한다는 뜻이다. 그렇다면 지금 불거져 나온 문학장의 문제는 어느 쪽에 속할까? 표절과 문학권력을 둘러싼 논란은 일차적으로 제도의 문제이다. 근대 문학이 작가와 비평가, 독자 및 출판 시장을 통해 성립한 제도이기 때문이다. 남의 글을 끌어와서 자기 작품을 만들거나, '줄 세우기'를 통해 서열과 위계를 만드는 것은 언뜻 개인적 일탈처럼 비칠지 몰라도 결국 제도를 통해 작동하는 문학장의 구조적 문제라는 사실을 부정할 수 없다. 그렇기에 표절과 권력의 문제를 윤리적 성찰의 범주에서만 다룬다면 어딘지 부족할 뿐만 아니라 정확한 답안을 찾기 어려울 수 있다. 문학장이라 부르든 문단이라 부르든, 문학은 그 성립부터 현재에 이르기까지 제도적 문제이며, 따라서 우선적으로 공적 도덕 즉 공공성에 깊이 관련되어 있는 것이다.

이런 판단에는 약간의 부연이 필요하다. 어디까지가 표절이고 어디서부터 표절이 아닌가라는 질문을 살펴보자. 언어의 직조와 창의적인 문체, 이야기의 구성이라는 점에서 창작은 작가 개인의 문제로 보인다. 하지만 언어 자체가 작가의 발명품이 아닌 이상, 우리는 그가 공적 자원으로서의 언어를 통해 집필활동을 한다고 생각할 수밖에 없다. 바꿔 말해, 문학은 작가적 개성의 산물인 동시에 공적인 자원을 통해 표현된 공동체의 공유자산에 값한다. 표절에 대한 1차적 책임 소재는 작가의 양심과 윤리에 닻을 내리는 것이지만, 이를 올곧이 개인적 차원에 국한시킬 수 없는 이유다. 표절 논란은 사회적 공유지로서의 문학에 교란이 일어났다는 증표이며, 개인 윤리를 넘어서 제도적 수준에서 개입해야 할 도덕적 문제 즉 공공성의 문제라 아니할 수 없다. 윤리적 비판과 성찰이 소중함에도 불구하고, 제도의 공적 도덕에 관한 문제는 일단 제도적으로 풀어야 한다. 가이사의 것은 가이사에게, 하느님의 것은 하느님에게.

작가와 비평가 들이 취한 서로 다른 포지션에 대한 지적은, 그들 중 누가 더 옳고 정당한가를 따지려는 것이 아니다. 문학평론가의 직무는 원체 성찰과 반성에 강조점이 두어지기 마련이고, 그 대상은 제도적이고 물적인 차원보다 윤리적이고 정신적인 측면에 가깝다. 하지만 제도와 구조에서 발생한 문제를 윤리와 정신의 반성으로 치환하려는 경향은 어느 정도 경계하는 태도가 필요하다. 더욱이 우리 시대의 비평가들 상당수는 대학제도에 직간접적으로 관련되어 있기에 그들 스스로 제도가 무엇인지 잘 알고 있지 않은가?

3. 자기비판과 비평

누구나 한 번은 들어 봤을 만한 리얼리즘의 유명한 정의가 있다. 1888년 엥겔스가 발자크에 대해 언급한 것으로, 훌륭한 작가는 자신의 계급적 위치에 무관하게 현실을 그려 낼 수 있다는 것이다. 상업출판이 발달해 가던 19세기 프랑스에서 작가 발자크는 자신의 작품을 당대의 문학제도 바깥으로 끌고 갔고, 이로써 그의 작품은 제도로서의 문학과 시대에 대한 비판을 동시에 달성할 수 있었다. 이처럼 작가의 글쓰기는 그의 자의식과 다르게, 그 이상의 지평으로 나아갈 수 있다. 비평에서는 이를 글쓰기의 무의식이라 부르며,

작가의 의식적 욕망에 이반하는 텍스트의 무의식, 혹은 욕망이라고도 부른다. 비평가 자신에 대해서도 사정은 다르지 않다. 비평 역시 글쓰기의 한 장르이며, 글쓰는 자신과 글 자체의 차이는 필연코 생기게 마련이니까. 비평가의 욕망과 그의 비평은 사뭇 다른 지향성을 드러낼 수 있다. 여기에는 비평의 무의식과 비평가의 자의식이 만들어 내는 거리만큼의 차이가 있다. 관건은 비평가가 어느 쪽을 향하느냐에 있을 터.

근대 문학은 무엇보다도 제도로서 기능하며, 비평 역시 그 제도의 일환으로 성립했다. 개인으로서의 비평가가 아무리 탁월한 개성적 안목과 감각을 갖추고 있어도 그 역시 이런 비평제도의 한 부분으로서 존재한다는 사실을 부인할 수 없다. 비평가의 자의식은 비평이라는 제도의 가치와 구조, 궤적을 충실히 따라갈 수밖에 없는 것이다. 그렇게 제도와의 화해와 합일을 통해 비평가의 재능이 증대되기도 하지만, 또한 동시에 그가 제도와 빚는 갈등이나 대결을 통해 자신의 비평적 능력을 전변시킬 수도 있다. 비평가로서의 자의식뿐만 아니라 비평이라는 글쓰기의 무의식과 만나는 것이 그것이다. 제도 내의 한 장치로서 비평가는 자의식 너머, 즉 비평의 무의식에 이르기까지 자기의 글을 밀어붙일 수 있어야 한다. 제도적 장치로서의 비평을 제도를 넘어서는 비판의 지위로 끌어올리는 계기는 비평가의 자의식이 비평의 무의식과 공명할 때 일어난다.

한 걸음 더 나아가자. 잘 알려져 있듯, 비평은 비판이다. 자기 비판이 되지 못하는 비판은 냉소적 풍자에 불과하다. 멀리 떨어진 채 '지적질'만 하는 풍자는 대상과 자신의 연루를 부인하고, 홀로 고고한 입장에서 칼춤을 추는 나르시시즘에 그치기 십상이다. 그

럼 자기비판을 함축하는 비판, 즉 비평은 무엇인가? 비평이 버티고
선 지반, 제도에 대한 비판에 몸을 사리지 않는 자세, 감히 나설 수
있는 태도에 그 출발점이 있지 않을까? 당연히 쉬운 일은 아닐 게
다. 누구도 자기의 근거 기반을 비판할 마음을 먹기는 어렵다. 무의
식적으로 우리는 방어적 태도를 취하며, 때로 그것을 의식하기조
차 힘겨운 게 사실이다. 그럼에도 비평이 윤리적 글쓰기를 지향한
다면, 그것은 자기 자신의 지금-여기에 대한 구체적인 비판에서 시
작하지 않을 수 없다. 물질적 지반이자 공적 도덕의 토대로서 제도
에 대한 비판은 비평가가 스스로를 정당화하기 위해서는 결코 회
피할 수 없는 첫 번째 윤리적 시험일 것이다.

　　이런 주장을 허영에 그치지 않게 하려면 자기파멸의 위험을
안고 있는 비판에 감히 주사위를 던질 수 있어야 한다. 과시성 정신
승리에 함몰되지 않기 위해, 비평가는 '목숨을 건 도약' 혹은 비평
의 무의식에 자신의 운명을 걸 수 있을까? 제도로서의 비평과 악수
하는 비평가가 되기는 쉽다. 하지만 제도 너머의 비평과 만나려 분
투하는 비평가가 되기는 참으로 어렵다. 이제 그 도정의 진짜 첫 걸
음을 딛을 시간이 기어코 도래했다.

5부. 예술의 사회학과 사회의 예술학

16. 문학, 노동 바깥의 노동을 위한 시론
── 예술의 새로운 가치이론을 위하여

1. 글쓰기는 노동인가?

2020년에 접어들며 문학계뿐만 아니라 사회 일반에서도 크게 회자된 뉴스 중 하나는 김금희 소설가가 이상문학상 수상을 거부한 사건이었다. 40년 넘게 문학적 권위를 자랑함과 더불어 독자들에게 널리 사랑받아 온 이상문학상의 수상 조건 중 하나가 3년간 수상작의 저작권을 출판사에 양도해야 한다는 것이었는데, 작가는 이를 받아들일 수 없었던 것이다.[1] 일단 이 사건은 '관행'을 빌미로 출판사가 작가를 지배해 온 오랜 관성에 의문을 제기했고, 뒤이어 최은영과 이기호 소설가가 거부행렬에 동참함으로써 커다란 사회적 관심을 모았다. 처음 출판사는 직원의 실수라고 변명하며 사태를 봉합하기에 급급했으나, 문학계와 사회 전반에서 비판 여론이 끓어

---

1 「봉건적 계약 '이상문학상' 거부한 김금희에 잇단 지지 목소리」, 『경향신문』 2020년 1월 6일.

오르자 결국 사과하고 시정을 약속하기에 이른다.[2] 김금희를 비롯한 작가들의 용기 있는 결단으로 출판계에 횡행하던 그릇된 풍토가 뭇매를 맞고, 이로써 보다 수평적이고 공정한 계약관계가 자리 잡으리란 기대감이 고조되었다. 하지만 무언가 근저에 자리 잡은 문제가 아직 풀리지 않은 기분은 어쩔 수 없다.

출판자본이 작가들에게 행사해 온 권력, 즉 수상이나 작품집 발행을 미끼로 온갖 불공정 계약을 남발했던 행태는, 거꾸로 작가들로 하여금 자신들의 활동이 무엇인지 되짚어 보도록 강제하는 계기가 되었다. 글을 쓴다는 의미, 소설이나 시와 같은 예술적 글쓰기가 시장이라는 자본주의적 환경 속에서 차지하는 위상과 가치가 무엇인지 질문하게 되었다는 뜻이다. 이는 다만 예술철학적 관점에서 글쓰기의 심원한 본질이나 이상理想에 관해 성찰하는 문제가 아니다. 예술의 본질이나 글쓰기의 의미에 대한 문답은 근대 예술이 출범하면서부터 항상적으로 제기되었던 논쟁적 주제였다. 추상적 논리로서가 아니라 지금 예술이 발 담그고 있는 사회적 조건, 곧 자본주의적 시장경제에서 예술적 글쓰기가 처한 위치와 그 성격에 대한 물음은 대단히 구체적으로 던져져야 한다. 이는 예술적 글쓰기, 지금 우리의 논제에서는 문학적 글쓰기가 노동인가 아닌가라는 의제와 맞닿아 있다.

이상문학상 사태가 글쓰기와 노동의 관계에 대해 최초로 각성하게 만든 계기는 아닐지라도, 이와 관련해 지속적으로 제시

---

2 「'이상문학상 거부' 김금희 "불공정 계약이 직원 실수? 변명 마라"」, 『경향신문』 2020년 1월 7일; 「'이상문학상 사태' 문학사상 뒤늦은 사과 "저작권 조항 수정"」, 『한겨레』 2020년 2월 4일.

되었던 문제의식을 심화시키고 전면화시킨 것은 사실이다. 가령 2019년도 수상자였던 윤이형 소설가는 이번 사태로 인한 충격으로 절필을 선언하면서 '예술인의 지위 및 권리보장에 관한 법률'(이하 예술인권리보장법)이 20대 국회에서 하루속히 통과되어야 한다고 촉구했다.[3] 예술 창작의 사회적·경제적 지위를 보호함으로써 노동권의 제도적 보장과 예술인 복지, 성폭력 등으로부터의 보호를 위한 법적 장치를 담고 있는 이 법은 20대 국회에서 통과되지는 못했으나, 예술창작자의 사회적 지위와 그 활동에 대한 논의의 싹을 다시 틔웠다는 의의를 갖는다. 문학계에 몸담은 누구라도, 또 분배의 사회적 정의에 관심을 기울이는 어느 누구라도 동의할 법한 예술인 권리보장법의 논제는, 그러나 깔끔하고 무난하게 해소되기에는 너무 많은 난제를 포괄하고 있다. 무엇보다 그것은 예술로서의 글쓰기, 즉 문학과 노동의 상호관계에 대한 근본적인 질문과 답변을 안고 있는데, 이에 관한 논란이 아직 제대로 풀리지 않은 것이다.

2. 예술-노동의 이상과 현실

예술인권리보장법은 2019년 4월 국회에 발의된 법안으로서 예술인의 노동자성 및 단체활동권을 제도적으로 보장해야 한다는 내용을 담고 있었다. 문학계에 몸담고 있는 사람이라면 누구라도 절실

---

3 「예술가로서의 삶… 힘없는 국민임을 실감한다」, 『오마이뉴스』 2020년 5월 6일. 2020년 4월 15일에 실시된 21대 총선 이전부터 예술인권리보장법의 통과에 대한 호소는 문학계에서 지속적으로 터져 나오던 목소리였다. 「소설가 김영하 "동료 작가들의 투쟁 온 마음으로 지지, '예술인권리보장법' 통과를"」, 『경향신문』 2020년 2월 20일.

하게 바라는 내용일 것이다. 자신의 정체성을 시인이나 소설가 등의 문학인으로 정의한 사람이거나 문학을 일생의 업으로 삼은 사람이라면 자기의 글쓰기를 의미 있고 가치 있는 활동으로 생각지 않을 리 없다. 각고의 노력을 기울여 작품을 만들어 내고, 그 작품을 사회 속에서 인정받을 뿐만 아니라 생활의 방편으로 삼으려는 것은——예술철학과 같은 본질주의적 담론이 정의하는 바와는 달리——문학이 단지 '재미'나 '놀이'로 이루어지는 활동이 아님을 반증한다. 오히려 일종의 '인정'과 '보상'의 활동으로서 글쓰기가 정의될 수 있다면, 또 그것이 창작 장르의 오랜 범주를 통해 규정된 활동을 뜻한다면, 문학을 노동으로 간주하는 태도는 수긍할 만한 일이다.

하지만 문학을 곧장 노동과 등치시키고자 할 때 생겨나는 난점은 그리 간단히 풀리지 않는다. 문학활동, 즉 문학에서의 글쓰기가 노동 행위와 동일함을 입증하려는 논리는 상당 부분 문학인 자신의 당사자적 직관에 의거해 있다. 그의 관점에서 볼 때, 오랜 시간 집중적으로 한 가지 일에 몰두하고, 그것이 심리적·정신적 노고에 상당하는 행위이며 원고료의 명목으로 화폐적 보상을 받는다면 문학은 당연히 노동에 포함된다. 그런데 당사자 이외의 관점에서 보아도 마찬가지일까? 문학활동을 통해 일련의 인정과 보상체계에 진입하지 않는 사람, 문학과는 별개의 영역에서 삶의 터전을 마련하고 그 기반 위에서 살아가는 사람에게도 문학은 과연 사회적 노동 행위인가? 물론, 문학에 대한 깊이 있는 이해가 없더라도 문학활동을 가치 있는 행위로 간주하지 못하는 것은 아닐 게다. 그러나 관건은 이 '가치'의 의미가 무엇인가에 놓여 있다. 문학을 노동이라고 주장할 때 그 주안점은 문학 행위가 현재 사회에서 긍정되고 유통되는 화폐적 보상체계의 일부가 되어야 한다는 입장을 가리킨다. 바꿔 말해, 사무직 노동자나 생산직 노동자와 동등한 임노동을 수행하는 사람으로서 문학인을 규정짓고 싶은 것이다. 문학인의 활동이 정말 사회적 생산관계에서 '노동자'의 활동과 동일한가? 미묘한 쟁점이 피어오르는 대목이 여기다.

　문학행위, 또는 글쓰기에 대한 보수적 관념이 강한 한국사회에서 문학적 글쓰기와 노동의 상관관계에 대한 논의는 아직 제대로 이루어지지 않았다. 아니, 숱한 논쟁은 있어 왔으나 논의가 제대로 공론화되고 정리된 경우는 드물다. 사정은 예술 일반의 측면에서도 엇비슷한데, 2010년대 중엽 문화예술계에서 벌어진 예술-노동 논쟁을 참조해 보는 것은 제법 유익한 경험이 될 듯싶다. 지금이 자리에서 모든 맥락을 짚어 보는 것은 무리이고, 다만 예술과 노동이라는 논제와 관련하여 중요한 대목들만 요약해 보도록 하자.

　2003년 조각가 구본주의 죽음, 2010년 뮤지션 달빛요정만루홈런의 죽음, 2011년 시나리오작가 최고은의 죽음 등은 예술가의 활동이 최소한의 생계조차 보전하지 못하는 현실을 극단적으로 보여주는 사건들이었다. 이 일련의 죽음들이 밝혀 놓은 것은, 그들이 보험약관상 무직자로 기재되거나 활동의 보상이 일정한 금액으로 정립되기 전까지는 지불되지 않는 (유사)노동자에 머무른다는 점, 혹은 그 어떤 사회보장체계 안에서도 자리를 찾을 수 없는 사회적 국외자에 불과하다는 점이었다.[4] 이런 일들을 계기로 예술가들의 열

4　홍태림, 「예술노동 뒤에 드리워진 검은 그림자」, 『문화/과학』 84호, 2015 겨울,

악한 처지를 개선할 수 있는 여러 방안들이 모색되기 시작했고, 그 중 가장 중요한 과제로 대두된 것은 제도적 차원에서 그들의 활동을 보조해 주는 것이었다.

제도적 '보조'의 의미는 두 가지다. 첫째는 예술적 활동에 대한 지원이다. 스스로를 예술가로 정체화한 사람이 자신의 활동을 추구할 수 있도록 보장하는 방안이 여기 포함된다. 둘째는 예술가이기 이전에 생활인으로서 일상생활을 꾸려 나갈 수 있도록 생계를 지원해 주는 것이다. 국가 차원에서 복지정책의 기획과 실행은 이를 위한 가장 밑바탕에 깔린 조치가 된다. 하지만 이 두 가지는 미묘하게 충돌하는 지점을 드러낸다. 전자의 경우, 예술활동은 특수 목적적 행위로 간주되며, 일시적이고 간헐적인 구제책의 차원에서 다루어진다. 그러나 예술가의 정체성이 항상적인 예술활동 속에서 정립되는 것이라면 예술활동에 대한 지원은 특수성의 범주를 넘어설 필요가 있다. 후자의 경우는 사회적 복지라는 보편적 차원에 걸린 문제이기 때문에 예술가는 시민 일반의 관점에서 처우되므로 예술활동의 측면이 제대로 고려되지 않는다. 역설적이게도, 시민 전체의 삶을 안전하고 건강하게 지켜 주기 위해 공적 프로그램 속에 예술가 복지가 포함될 때 예술활동의 특수성은 인정받지 못할 소지가 크다. 이에 관해서는 더 상론하도록 하겠다.

예술인권리보장법과 같은 제도화의 핵심은, 무엇보다도 예술인의 활동을 사회적 노동의 분류체계 속에 정당하게 자리 잡게 만드는 데 있다. 예의 예술-노동이라는 문제의식이 여기에서 비롯된

129~130쪽; 김상철, 「예술인 복지, 무엇이 문제인가」, 앞의 책, 110~111쪽.

다. 통상적인 사무직 노동자나 생산직 노동자와 마찬가지로 예술활동 일반, 즉 그림을 그리거나 작품을 설치하는 일, 음악을 작곡하거나 연주하는 일, 또는 시나 소설 등을 집필하는 일 등등을 시급과 주급, 월급 및 연봉이 계산되는 가치창출적 노동행위로 승인하게 만드는 것이다. 간단히 풀어 보면 다음과 같다. 보통의 시민이 자신을 노동자로 인식하는 것은 (계약에 따른) 출퇴근과 일과 수행, 급여의 수령 등을 통해 이루어지는 일이다. 만일 예술가가 동일한 원리에 따라 활동하고 급여 혹은 보상을 받는다면 그 역시 노동자라 불려도 좋을 것이다. 2015년 5월에 출범한 예술인소셜유니온Artists Social Union은 출범식 선언문을 통해 "예술가도 노동자다. 노동이 예술이다. 우리가 주체이고 우리는 연대한다"라고 주장하며, 이 같은 입장을 명확히 천명했다.[5] 약간의 유보조항을 통해 예술계 내부에 아직 이론이 있음을 인정하고는 있으나 예술활동 또한 노동 일반과 다르지 않은 가치창출 행위로서, 이 가치는 사회적으로 생산되고 통용되며 또 소비되는 한에서 노동생산물과 다르지 않다는 것이다.

국공립예술단의 사례처럼 실제로 예술가들이 국가나 기업에 직접 고용되어 자신들의 활동을 통해 임금을 받는 데서 알 수 있듯, 일상 전반에서 예술은 이미 노동과 동일하게 취급되고 활용된다는 사실을 짐작할 수 있다. 그럼에도, 소수의 예외를 제외하고 얼마나 많은 예술인들이 직접적 고용관계 속에 포함되어 '정상적' 임금체계를 통해 생활을 보장받고 있는지 되묻는다면 예술-노동의 논제

---

5 홍태림, 「예술노동 뒤에 드리워진 검은 그림자」, 141쪽.

는 여전히 미답의 상태에 놓여 있다고 말해야 옳을 듯하다. 더구나 만일 모든 예술가가 직접적 고용관계 속에 들어간다 해도 그것이 과연 예술의 바람직한 미래일지 반문하지 않을 수 없다. 예술은 노동이 아니며, 그래서도 안 된다는 주장이 이로부터 도출된다. 왜 그런가?

임금체계 속의 노동이란 자본주의적 생산관계의 산물이며, 임노동에 포함된다는 것은 곧 자본주의적 시장질서의 한 요소로서 자기의 자리를 갖는다는 뜻이다. 이에 따를 때 예술은 노동이라는 주장은, 그 숭고한 위의와는 정반대로 화폐만능주의적 사회에 예술활동이 철저하게 예속되어 있음을 반증하는 것이다. 그러므로 예술이 예술로서 스스로의 존엄과 가치, 기능을 유지하기 위해서는 시장에서 사고팔리는 상품으로서 취급받는 데 저항하는 태도를 고수해야 한다. 오직 그것만이 노동을 미학화하는 현대에서 예술이 예술로서 존립할 수 있는 방안이란 뜻이다. 그러므로 예술과 노동을 동일시하는 태도는 모든 것을 화폐적으로 가치화하려는 신자유주의적 지배전략을 무비판적으로 따르는 결과를 빚을 수 있다.

느닷없이 젊은 예술가들은 그런 노동이 미적인 행위로 둔갑한 세계란 본 적도 없다는 듯이 예술가의 활동은 노동이라고 강변한다. 예술을 자처하는 노동 그러나 노동이라고 항변하는 예술. 이런 자리바꿈의 대위법을 조율할 수 있는 논리는 없을 것이다. 실은 예술과 노동은 모순이기 때문이고, 예술은 끝까지 노동의 반대편에서 자본주의적 노동의 문제를 응시하고 있어야 한다. 그런데도 예술이 노동임을 자처한다면, 그것은 예술이 임계지점에 이르렀다는 것을 보여 준다. 누구는 문화융성을 꿈꾼다지만, 실은 오래전 문화파탄이 벌어진 지 오래이다.[6]

당연하게도, 이러한 입장은 예술가의 활동을 무상으로 제공해야 한다는 의미가 아니다. 예술가의 노고를 비정상적으로 수취하려는 관행은 시정되어야 하며, 이를 위한 실력행사로서 사회적 투쟁도 감행되어야 한다. 하지만 노동과 예술을 동일시함으로써 자본주의 사회에서 보다 정당하고 합리적인 자리를 찾으려는 시도, 곧 공정한 계약관계를 성립시키려는 시도는 역으로 예술의 가치나 의미를 훼손하는 것이 될 뿐이다.

예술이 노동을 불러내는 것은 상투화된 예술의 가치를 반성하고, 시장에서 사고팔림으로써 간신히 사회에서 연명하는 창조행위를 돌이켜 성찰하며, 그럼으로써 예술에 관한 사회적 사유를 전환시키기 위한 것이어야 한다. 또한 소외된 노동의 상태를 노동 바깥에서 직시하고 드러내기 위한 것이어야 한다. 이에 대한 진지한 고찰 없이 예술이 곧 노동이라고 주장한다면, 자본은 거꾸로 모든 것은 예술이라고 맞받아칠 것이다.[7] 따라서 예술은 노동이라는 명제는 그대로 승인될 수 없다. 오히려 자본주의 사회에서 처참하게 붕

---

6 서동진, 「노동하는 예술가」, 『경향신문』 2014년 3월 24일.

7 서동진, 「노동하는 예술, 투쟁하는 예술」, 『미술생산자모임 두 번째 자료집』, 202쪽. 벤야민의 유명한 테제인 예술의 정치화와 정치의 예술화 사이의 대립을 참고할 만하다. 전자는 예술 그 자체를 고수하는 가운데 예술의 외부를 불러내는 정치적 효과를 빚어내지만, 후자는 정치의 후광효과로서 예술을 불러내 다만 장식할 따름이다. 발터 벤야민, 「기술복제시대의 예술작품」, 『기술복제시대의 예술작품/사진의 작은 역사 외』, 최성만 옮김, 길, 2007, 92~96쪽.

괴된 노동과 예술의 가치를 되비추고 일깨우는 존재로서 예술의
비판적 자기정립이 필요하다. 바꿔 말해, 예술은 노동의 타자가 되
어야 한다.[8] 자본주의 세계 속에 소외된 노동의 자리를 밝히고, 이
로써 예술 스스로의 자리를 구축해야 한다는 말이다.

3. 노동, 혹은 문학의 역설

노동과 예술의 관계를 둘러싼 논쟁은 문학에 있어서도 크게 다르
지 않은 의미의 진폭을 갖는다.[9] 문학적 글쓰기 역시 가치창조적 행
위로 자리매김되며, 청탁과 게재의 과정을 거쳐 원고료로 화폐적
가치를 실현한다. 문학인 역시 앞서 언급한 예술인 일반과 마찬가
지로 사회적 개인이고, 일단의 창조활동을 통해 일상생활을 영위
하는 존재다. 그런 점에서 자신의 창조활동을 생계활동과 일치시
키고 싶은 욕망을 갖는다. 문학은 노동이라는 주장은 이 두 가지 활
동이 겹쳐질 것을 기대하는 명제인 셈이다. 그러나 동시에 자신의
행위가 노동에 값한다고 확신하는 문학인의 직관이 문학 외적 저
항에 부딪히는 자리도 바로 여기다. 왜냐하면 사회 일반의 관점에
서 볼 때 문학인의 행위가 노동 일반의 척도와 동일시될 수 있는 조
건이 아직 분명히 규정되어 있지 않은 까닭이다. 그 몇 가지 지점을
간단히 서술해 보자.

---

8 서동진, 「노동하는 예술, 투쟁하는 예술」, 205쪽.

9 예술-노동의 역사·이론적 전개에 대해서는 최진석, 『불가능성의 인문학: 휴머니즘 이후
   의 문화와 정치』, 문학동네, 2020, 제10장을 참조하라.

1) 노동가치론과 문학의 시간

노동이란 무엇인가? 물론 땀흘리며 몸과 마음을 다해 행위하는 보람 있는 활동이라면 무엇이든 노동이라 불릴 수 있다. 하지만 휴일 날 친구들과 어울려 축구를 즐기거나 홀로 컴퓨터 게임에 몰두하는 것을 딱히 노동이라 부르지는 않는다. 시험에 대비하기 위해 수학문제를 풀거나 안락의자에 앉아 공상의 나래를 펴는 것 역시 노동이라 하지 않는다. 반면 회사에서 회계장부를 적고 컴퓨터에 입력하거나, 공장에서 기계장치를 만지며 주의를 기울이는 것, 설계도면을 그리기 위해 그래픽 프로그램을 가동시키거나 물건을 배달하기 위해 운전석에 앉아 하루를 보내는 것은 분명 노동이라 할 수 있다. 사전적 정의 그대로, 인간이 생존을 위해 특정 대상에 대해 정신적이고 육체적인 행위를 가하는 것은 모두 노동인 것이다. 알다시피 이 같은 노동 일반의 이미지는 반대급부로서의 임금을 전제로 한다. 임노동은 노동자가 제공하는 노동력에 대한 대가로 화폐적 가치를 돌려받을 수 있는 활동을 가리킨다.

이러한 노동의 이미지는 자본주의 사회에서 특화되었을 뿐만 아니라 보편화되었다. 자기의 활동을 '노동'이라 규정짓는다면, 누구든 그에 대한 반대급부로서 일정한 화폐가치로서 임금을 요구하게 된다. 타인의 노력과 행위를 무단히 갈취하는 것은 착취라 규정되며, 제도적 차원에서 제재와 처벌의 대상이 되는 것이다. 원고청탁시 표준계약서를 작성하고 원고료를 명확히 기재할 것을 요구하는 이유는 작가의 글쓰기 활동이 노동행위라는 전제를 분명히 깔고 있다. 이 점에 대해서는 누구라도 이의를 제기하기 어려울 듯싶다. 하지만 노동으로서의 문학과 노동 일반의 사회적 관념이 차이를 빚어내는 지점에 유의할 필요가 있다. 시급이나 주급, 월급과 연봉 등의 임금체계는 단위시간당 투하되는 시간의 양에 따라 계산되는 구조를 갖는다. 한 시간 동안 백 명의 손님이 오든 단 한 명이 오든, 편의점 알바생이 받는 시급이 동일한 까닭은 그의 급여가 시간 단위로 계약되어 있기 때문이다. 마찬가지로 직업에 종사하는 사람은 누구든 싫으나 좋으나 직장에 출근해서 자신의 직무시간을 '채워 넣어야' 한다. 노동가치론이라 불리는 이 계산 메커니즘은 근대 사회에서 노동을 규정하는 가장 근본적인 공리에 해당된다.

그럼 문학적 활동은 노동가치론에 비추어 어떤 점에서 노동이라 불릴 만하며 또 그렇지 않은가? 다른 인근 예술과 엇비슷하게 문학에서의 글쓰기 역시 시간의 노고임은 분명하다. 그러나 대개의 문학인들은 자신의 창작활동을 출퇴근 시간에 맞춰서 수행하지 않는다. 그런 사례가 없는 것도 아니요, 일생에 걸쳐 규칙적인 글쓰기의 습관을 유지하는 작가도 물론 있다. 하지만 일반적으로 말해 자신의 글쓰기를 회사나 공장에서 일하듯이 단위시간당 투하되는 노동이라고 정의할 문학인은 드물 듯하다. 예컨대 소설가가 취재나 구상을 통해 창작의 실마리를 찾고 인물이나 배경, 사건 등을 구성하며 실제로 집필작업에 들어가는 과정은 사무직이나 생산직 노동자의 활동과 크게 다르며, 동일하게 포개질 수 없다. 우스갯소리로, '허송세월하는 게 남들 눈에는 놈팡이로나 보일 법한' 고민과 숙고의 시간을 통과한 끝에 창작의 결실을 맺는 것이다.[10]

---

10 이를 창작을 위한 '영감'의 시간으로 표현할 수도 있을 것이다. 낭만주의 시대 이래 작가의 신화를 대변하는 클리셰지만 여전히 많은 문학인들이 이를 수긍하고 있으며, 현대식으로 말해 '창작을 위한 준비 기간'으로 돌려서 생각하면 무난할 성싶다. 아무튼 문학

당연히, 그 결과물로 나타난 소설이나 시 등의 문학작품은 그 자체로 고귀한 노동의 산물이자 창조적 가치의 집약체라 할 만하다. 높은 가격에 팔리고 읽히며, 지은이에게 큰 명예와 부를 선사하기도 한다. 문제는 이런 결과와는 별개로, 문학인의 가치생산 과정이 노동가치론의 일반적 경로와 어긋나거나 배치되기 십상이며, 대단히 특수하게만 사회적 인정의 대상이 된다는 점에 있다. 강조하건대, 문학작품의 사회적 인정 여부가 아니라 작품의 생산 과정에 대한 사회적 인정이 진정 문제적이다.[11] 문학계 바깥의 일반 노동자들에게 문학인의 노동 시간 계산법을 그들 자신의 것과 동일하게 바라보도록 요구하기에는 상당한 무리가 따르는 게 사실이다.

문화예술지원 업무를 관장하는 공공기관 종사자에게 청취한 사례 하나를 더 들어 보겠다. 예술인이 신청한 지원금의 세목에는 종종 작품의 구상과 기획·취재를 위한 (창작 준비의) 명목으로 여행이 포함되기도 하는데, 이는 일반적인 의미에서의 여가나 충전을

인의 창작 시간은 일반 노동자의 작업 시간과 다른 척도와 규칙을 갖는다. 창작의 시간은 하루 중 단 몇 시간으로 고정된 게 아니라 문학인의 일상 전체를 차지하는 경우도 드물지 않다. "나는 신비주의자는 아니지만, 언제 그럴듯한 생각이나 이미지가 스쳐 지나갈지 모른다는 생각을 항상 하고 있다. 그런 생각이나 이미지가 자주 출몰하지 않는다는 것도 알고 있다. 그런 것들은 대개 떠오르는 것이 아니라 지나가는 것이다. 지나가는 시간이 정해진 것도 아니다. 지나가기 때문에 얼른 붙잡아야 한다. 붙잡지 않으면 어디론가 사라져 버린다." 이승우, 『소설을 살다』, 마음산책, 2019, 70쪽.

11 어떤 작품들은 사회적으로 큰 찬사를 받고 물질적 이익을 누리지만, 또 다른 작품들은 미미한 반향에 그치거나 완전히 사라져 버리고 만다. 달리 말해, 전자는 작품의 생산 과정이 '창조적인 시간'으로 사회적 인정을 받지만, 후자는 무가치한 '시간낭비'로 인지되고 마는 것이다. 자본주의적 가치창출(화폐적 이윤)에 성공한 작품만이 그 생산 과정에 소요된 시간의 가치를 인정받는다는 사실은, 문학적 글쓰기의 창조 과정이 노동가치론 일반의 규정을 벗어나 있다는 뜻이 된다.

위한 휴가와는 대단히 다른 것으로 의미화되곤 한다. 예술창작의 특수성이라는 관점에서 용인될 수 있을 것이다. 하지만 공적 기금의 운용자로서는 곤혹스러운 문제가 이때 발생하는데, 감사 과정에는 지원금에 대한 객관적 효용이 사회적 기준에 따라 입증되어야 하기 때문이다. 쉽게 말해, 사회의 일반 노동자들에게 그들이 내는 세금이 자기 자신에 대해서는 적용될 수 없는 기준에 의거해 예술인들에게는 지급된다는 사실을 설득하기란 상당히 난감한 노릇이다. 사회 일반의 지평에서 용인되기 힘드니 안 된다는 뜻은 아니지만, 자본주의 사회에서 예술이 갖는 특수성을 곧장 사회적 보편성으로 직결시키기는 쉽지 않다. 문학적 글쓰기를 노동이라고 직관적으로 간주하는 것과 사회적 생산 과정의 하나로서 노동행위와 동일시하는 것은 아주 다른 차원의 일이다.

2) 개인적인, 너무나 개인적인 글쓰기

민주화의 열기가 들끓던 1980년대에는 문학을 사회진보를 끌어내는 공적인 활동으로 정의하고, 집합적 창조물로 전화시키려는 시도가 활발했다. 이른바 집체시集體詩 운동이 그것인바, 집단창작을 통해 더 많은 감각과 더 많은 인식을 연결 짓고 대중적 스타일 속에 녹여 냄으로써 진정한 민중문학의 표현물을 만들고자 했던 시도가 그러하다. 이 같은 노력이 현재 완전히 사라졌다고는 할 수 없지만, 민중문학의 기치를 내걸고 열띠게 운위되던 시대와는 비할 데 없이 축소된 게 사실이다. 지금 그 실패나 몰락의 원인에 대해 논의할 여유는 없으나, 한 가지는 분명히 언급할 수 있다. 즉 다수 대중의 목소리를 문학적 글쓰기 형식으로 옮기려는 과제는 고도화된 현대 사회에서 갈수록 어려워지고 있다는 점이다.

우리가 문학에 대해 갖는 보수적인 통념의 하나는 그것이 고독한 개인의 활동이라는 점이다. 어두운 골방에서 펜과 원고지를 마주한 채 묵묵히 고투하는 작가의 이미지는 19세기를 거치며 형성된 낡은 관념에 불과하지만, 소위 '작가의 신화'를 형성했고 여전히 지속시키는 원동력으로 기능한다. 서로의 사상과 감정을 나누고 원대한 이념을 공유하며 제약 없는 상상력을 함께 발동시키는 문학적 협업의 꿈이 전혀 불가능한 일은 아니겠으나, 이러한 이상을 우리 시대에 적용시키기는 어려운 노릇이다.

이 같은 현실에 대한 증거는 표절을 둘러싼 논쟁 속에서 가장 확실히 찾아볼 수 있다. 2015년 문학계를 뜨겁게 달구었던 신경숙의 표절 논란은 「전설」(1994) 속의 한 대목이 미시마 유키오의 「우국」(1961)의 몇몇 대목들과 유사하다는 고발에서 비롯되었다.[12] 주지하다시피, 이후 신경숙을 비판하거나 옹호하는 평론가와 작가들의 논전이 지면과 온라인을 통해 펼쳐졌고, '문단권력' 논쟁으로 비화되기도 했다. 우리가 주목해야 할 지점은 그 경과나 결과가 아니라 원인으로서의 저작권 문제이다. 개념상 저작권이란 "문학·학술 또는 예술의 범위에 속하는 창작물의 창작에 의하여 그 창작물에 대하여 창작자가 취득하는 권리"를 말하며, 모든 창작물은 저작권

---

12 이응준, 「우상의 어둠, 문학의 타락: 신경숙의 미시마 유키오 표절」, 『허핑턴포스트』 2015년 6월 16일. 이 글에서 신경숙은 재미유학생 안승준이나 파트릭 모디아노, 마루야마 겐지 등 또한 자주 표절해 온 혐의를 받는다.

법에 의해 보호받는다.[13] 이때 저작권법의 보호를 받을 수 있는 자는 자연인과 법인에 한정되므로 모든 개인은 저작권법의 우산 아래 놓여 있다고 말할 수 있다. 지금도 끊이지 않고 제기되는 문학계의 수많은 고발 내용 중 하나는 표절에 관련된 것이며, 2020년을 달군 김봉곤 작가의 논란 역시 타인의 허락 없이 문장이나 아이디어를 절취했다는 이유로 발생한 일이었다.[14] 이런 경향이 보여 주는 것은 실제로 문학적 가치를 인정받든 받지 않든, 개인이 말과 언어로 표명한 내용은 그 개인의 단독적인 소유권에 귀속되며, 이를 침해하는 것은 도덕적 지탄을 받을 뿐만 아니라 범죄적 행위로서 징계나 처벌의 대상이 된다는 사실이다. 예술 일반에서와 마찬가지로 문학작품에 있어서도 타인의 작품을 끌어오는 것은 저작권상의 민감한 주의를 요하며, 원작 작가의 허락을 통해서만 가능하다.

당연하게도, 저작권에 대한 존중은 문학인의 창작활동에 대한 기초적인 예우이자 인정이고 보상의 표현이다. 작품의 예술적 독창성artistic originality은 오로지 해당 문학인 자신의 고유한 산물이며, 그의 재능과 노력, 노동의 결과물이기 때문이다. 하지만 동시에 독창성에 대한 그 같은 강조는 근대 예술의 특징으로서 그 이전에는 공인되지 않았던 경향이었다.[15] 17세기 고전주의 시대까지도 예술성이란 오래된 모범을 모방하고 재현함으로써 선양하는 가치였고,

---

13 『저작권법』, 법제처 국가법령정보센터(http://www.copyright.or.kr).

14 「김봉곤 '그런 생활' 속 SNS 대화 무단 인용 논란… "성적 대화 토씨 하나도 안 바꿔"」, 『여성신문』 2020년 7월 17일. 타인의 문학작품을 옮겨 온 것이 아니므로 '사적 대화의 무단 인용'으로 보도되었으나, 말과 표현에 있어서 개인의 (단독적 소유의) 결정권 개념이 중시된다는 점에서는 맥락을 같이한다.

15 오타베 다네히사, 『예술의 역설』, 김일림 옮김, 돌베개, 2011, 제2장.

예술가 개인에게 전적으로 귀속될 만한 특징이라 볼 수 없었다. 고유명사로 표지되는 예술가, 특히 문학작가 개인의 자질이나 능력으로 평가받는 독창성에 대한 관념은 낭만주의 시대를 거치며 문학과 예술이 시장체제 속에 자리 잡으면서 생겨난 통념에 가까웠다. 이는 문화예술계보다 더 넓은 지평에서 이루어진, 근대 사회의 성립과 함께 구조화된 개인의 이미지를 포함한다. 즉 자유로운 개인들의 자유로운 계약으로 탄생한 근대 사회는 17세기 이후 발전한 소유적 개인주의의 물질적 표현체였고,[16] 이것이 자본주의의 성장과 결합하면서 19세기에 이르러 독창적 예술성을 지닌 작가 개인의 신화 속에 안착하게 된 것이다.[17] 개인의 프라이버시와 예술적 독창성, 그리고 저작권에 대한 옹호는 우리 시대 문학예술의 기본적 전제를 이루지만, 그런 만큼 창작활동을 사사화私事化된 영역에 분류시키고 급기야 근대 사회의 토대인 노동가치론과 이반하게 만든다.

분업은 자본주의적 생산의 기본이지만 조직화된 협업체계의 일부로서도 존립한다. 아니, 오히려 후자가 근본이다. 자본주의 사회에서 노동은 개인의 단독적 행위가 아니라 집합적인 체제 속에서 가동되는 활동인 것이다.[18] 사무직이든 생산직이든 우리가 상상

---

16 크로포트 맥퍼슨, 『소유적 개인주의의 정치이론』, 이유동 옮김, 인간사랑, 1991, 363~364쪽.

17 Pierre Bourdieu, *The Rules of Art: Genesis and Structure of the Literary Field*, Stanford University Press, 1995, pp. 249~252. 이런 의미에서 예술가로서의 문학인은 탄생한 것이 아니라 사회적으로 구성된 직업적 집단을 가리킨다. 쟈네트 월프, 『예술의 사회적 생산』, 이성훈 외 옮김, 한마당, 1986, 58~66쪽.

18 서동진, 「노동하는 예술, 투쟁하는 예술」, 203~204쪽.

하는 노동자의 일반적 이미지는 일군의 집합 속에서 자신의 역할을 분배받고 타인들과 조력하면서 작업 과정에 참여하는 모습이다. 개별 노동의 질적 특수성이 빚는 차이에도 불구하고, 노동가치가 시간 단위에 따라 환산되어 온 사실은 근대적 노동이 깔고 있는 집합적 특성을 여실히 증명한다. 일반적으로 말해, 그 어떤 노동자도 조직 속에서 자신의 역할을 저작권적 개념에 따라 구별 짓지 않으며 그에 따른 인정과 보상의 체계를 요구하지도 않는다. 이는 자본주의 질서에서 문학활동이 사회 일반의 노동 관념과 어울리기 쉽지 않은 현실을 방증하는 것이다.

3) 생산적 문학의 아이러니

지금까지의 서술을, 자본주의 체제에서 노동이란 집합적이고 시간 단위로 계산되는 활동이며 사회 일반의 관심사를 통해 규정되는 것이니 문학을 노동으로 인정할 수 없다는 주장으로 읽지 않기 바란다. 문학과 노동의 불일치라는 문제는 사태의 본성에 관련된 것이라기보다 주어진 사회의 조건에 관계된 문제로서, 자본주의 시장질서를 배경에 두고 검토해야만 그 핵심을 제대로 짚어 낼 수 있다.

잠깐 시선을 돌려서 노동 대신 생산이란 무엇인지에 대해 생각해 보자. 물론 그것은 유·무형의 무엇인가를 만들어 내는 것, 창출해 내는 것이다. 가령 공장에서 상품을 제조한다든지 환율의 차이나 이자를 통해 부가적인 이익을 산출하는 것, 혹은 회의와 토론을 통해 멋진 아이디어를 착안해 내는 것 또한 생산에 해당된다. 이는 경제활동의 특별한 부문에만 국한되지 않는다. 삶 전반에 산재해 있는 각종 재료들을 끌어모아 특정한 방식으로 집합시키고 배치시키는 일체의 활동은 생산에 해당된다. 여기에는 기존의 척도를 벗어난 '창조적' 활동까지도 포함될 수 있으므로 새로운 가치를 창안해 내는 활동 전체를 '생산적'이라 부를 만하다. 하다못해 우리는 친구들과의 잡담을 나눈 후에도 "오늘 참 생산적인 시간을 보냈다"고 말하지 않는가? 그렇다면 일상생활 전체를 두고 볼 때 생산적이지 않은 것은 또 무엇이 있을까? 모든 것이 생산적이라는 말은 실상 별 의미도 없는 레토릭에 불과한가? 그렇지 않다. 우리는 무엇이 생산적이고 무엇이 생산적이지 않은지 직관적으로 안다. 관건은 '가치를 생산한다'는 것이 어떤 경우를 가리키는지에 따라 그 함의가 달라진다는 데 있다.

생활에 보탬을 주는 가전제품을 발명해서 시장에 판다면 돈을 벌 수 있다. 이것은 생산적인 활동이다. 광고사 기획회의에서 신제품을 홍보할 좋은 아이디어를 짜내 마케팅에 활용한다면 아이디어 입안자는 개인적으로 인센티브를 받게 되고, 회사도 영업이익을 챙길 수 있을 것이다. 이 역시 생산적이다. 대중의 마음에 와닿는 시구를 생각해 내고 한 편의 시로 완성하여 한 권의 시집 속에 응축시킬 때 시인은 명예와 금전적 이득을 누리게 된다. 그도 역시 생산적 활동에 종사했다고 할 수 있으리라. 시적 성취를 이루어 세상에 이름을 알린 시인이 문학노동을 한 게 아니라고 강변할 사람은 없을 것이다.

그럼, 거꾸로 아주 미약한 결과를 내거나 그로써 존재감을 거의 알리지 못한 시인의 경우는 어떨까? 그는 생산적 활동을 한 것인가 아닌가? 원론적으로 생산적이지 않을 까닭이 없다. 그는 시상을 떠올려 마주했고, 이를 언어로 객관화했으며, 한 편의 시와 작품으로 구체화했기 때문이다. 원론적으로는 이 '무명'의 시인 역시 문학노동에 종사한 셈이고, 생산적 활동에 임했다고 말해야 옳다. 그러나 그가 완성한 시를 어디에서도 실어 주지 않았기에 원고료를 받을 수 없고, 어렵사리 시집으로 출간했어도 팔리지 않는다면 재고의 부담으로 인해 그는 '생산적'이라는 어휘를 쉽사리 쓰지 못할 것이다. 아마 문학인의 입장이 아니라면 '마이너스'라는 경제관념을 통해 그의 노동을 '비생산적'이라 부르기 십상일 듯하다. 이는 무엇을 뜻하는가? 자본주의에서 '생산적'이라는 말의 의미와 범위가 제한적이라는 사실 아닐까?

동일한 종류의 노동이 생산적일 수도 있고 비생산적일 수도 있다.
예컨대 『실낙원』을 쓰고 그 대가로 5파운드 스털링을 받은 밀턴은 비생산적 노동자였다. 이와는 반대로 자기의 출판업자를 위하여 공장식으로 일하는 작가는 생산적 노동자이다. 밀턴은 『실낙원』을 누에가 명주실을 생산하는 것과 동일한 필요성에서 창작하였다. 이것은 그의 본성의 효과적인 발현이었다. 다음에 그는 자기의 작품을 5파운드 스털링으로 판매하였다. 그러나 자기 서적(예컨대 정치경제학 입문)의 출판업자의 지시에 의하여 일하는 라이프치히의 문필가-프롤레타리아트는 생산적 노동자이다. 왜냐하면 그의 생산은 최초부터 자본에 종속되어 있으며 이 자본의 가치의 증대를 위해서만 수행되기 때문이다. 자기 셈으

로 노래를 파는 가수는 비생산적 노동자이다. 그러나 같은 가수
도, 돈을 벌기 위하여 노래를 부르게 하는 기업주에게 고용되는
경우에는 생산적 노동자이다. 왜냐하면 이 가수는 자본을 생산
하기 때문이다.[19]

자본주의 사회에서 '생산적 노동'이란 자본 자체의 증식
(M-C-M')을 위해 복무하는 활동을 가리킨다. 물론 어느 문학인도
돈을 벌기 위해 쓴다고 말하지는 않을 것이다. 그러나 자기 작품이
출판사에 팔리고 계약을 통해 출간될 때, 다시 말해 교환될 때 그의
글쓰기는 자본의 잉여가치를 산출해 내는 생산적 노동으로 전환된
다. 전일적全—的 교환사회에서는 의도가 아니라 결과로서 활동의
성격이 규정된다. 그러므로 "생산적 노동이라고 할 때 그것은 사회
적으로 규정된 노동, 노동의 구매자와 그 판매자 간의 완전히 규정
된 관계를 포함하는 노동을 말하는 것이다."[20]

근대 예술의 가장 큰 특징은 모든 창조활동이 사회적 관계, 곧
생산-유통-소비의 체계를 따라 순환한다는 점에 있다. 문학을 이
에 대입해 본다면, '문단'으로 불리는 작가와 비평가 공동체가 출
판사와 맺는 출판산업 및 (저널리즘과 독자를 포함시키는) 독서시장을
통해 성립하는 경제적 네트워크가 그것이다.[21] 따라서 자본주의에
서 문학적 글쓰기가 '노동'으로 불리고 '생산적 가치'를 갖는지 여

---

19 칼 맑스, 『잉여가치학설사 1』, 편집부 옮김, 아침, 1989, 448~449쪽.

20 앞의 책, 443쪽.

21 제라르 델포·안느 로슈, 『비평의 역사와 역사적 비평』, 심민화 옮김, 문학과지성사,
    1993, 33~36쪽.

부는 작가와 그의 작품이 이 경제적 네트워크에 '정상적'으로 결합하는가, 그 경로를 이탈 없이 순행하는가, 그럼으로써 네트워크를 더 확장시킬 수 있는가에 따라 달라질 수밖에 없다. 앞서 우리가 노동에 대한 사회 일반의 통념과 문학인의 직관이 불일치하고 있음을 강조했던 것은 바로 이 같은 사실 때문이다. 단언컨대, 현재의 문학장은 자본주의 체제의 일부이며, 문학 자체도 자본주의가 산출한 제도적이고 구조적인 심급의 일부이다. 아이러니컬하게도, 이러한 현실의 논리를 따를 때 문학은 비로소 노동이 된다. 자본주의적 가치이론에 따라 복무하는 한 요소로서 문학은 생산적 노동이 되는 것이다. 하지만 이것이 진정 우리가 원하는 문학인가? 이를 여전히 문학이라 불러도 좋을까?

4. 문학의 새로운 가치이론을 찾아서

무언가 빠져나갈 수 없는 매트릭스에 갇힌 느낌이라면 아직은 기분 탓일 것이다. "자본주의 만세!"나 "문학은 없다!"를 외치기 위해 이 글을 쓴 것은 당연히 아니다. 단지 우리가 처한 현재적 상황 속에서 문학과 노동의 일치, 그 동일성을 주장하기 위해서는 염두에 두어야 할 실제적 조건들이 많다는 점, 또한 그 조건들은 낙관적 신념과 아름다운 의지로 탁상을 두드리는 것 이상의 위험성을 내포한다는 점을 말하고 싶다. 그것은 우리의 무의식에 깊이 삼투해 있는 시장적 가치체계, 교환가치에 매개된 생산성 등을 뛰어넘는 (불)가능한 도약에 대한 충동의 문제이자, 이를 현실 속에 구동시키기 위한 실천의 문제이다.

곰곰 생각해 보면, 우리는 교환가치로 곧장 연결되지 않는 다양한 가치들의 생산에 대해 이미 알고 있다. 은행에서 아무리 단기로 대출을 받는다 해도 원금에 대한 이자를 갚아야 한다는 사실을 모르는 사람은 없다. 단 하루를 빌리더라도 이자는 분명히 존재한다. 하지만 친구 사이에 돈을 빌려 주고 이자를 받아야겠다고 다짐하는 사람은 드물다. 은행대출과는 경우가, 더 정확히 말하자면 가치관계가 다르기 때문이다. 예컨대 하숙집을 옮기는 친구를 도와 책을 묶고 옷가지를 정리하는 것, 또는 자기 자동차로 짐을 날라 주는 것은 반드시 금전적 이익을 노리고 하는 행동이 아닐 것이다. 물론, 때로 저녁식사를 얻어먹을 수도 있고 작은 선물을 받을지도 모른다. 이것은 교환인가? 내가 단위 시간에 따른 노동을 투하했으니 그에 상응하는 화폐적 가치를 되돌려 받는 것인가?

세계의 모든 사물을 추상화시켜 화폐 형태로 교환 가능하게 만든 노동가치론의 맹점은 존재자의 즉물적 현존이 갖는 특이성을 포착하지 못한다는 점이다. 풀어 말하자면, 사냥꾼이 토끼 한 마리와 사슴 네 마리를 바꾸는 논리는 설명할 수 있지만 토끼와 사슴이 전혀 다른 존재자라는 점은 결코 해명할 수 없다는 것이다. 두 시간 동안 이삿짐을 날라 주는 것과 짜장면 한 그릇을 먹는 것, 혹은 선물로 작은 부채를 받는 것은 절대 같지 않다. 이 행위의 연쇄에서 창출되는 부가적인 가치는 짐 나르기나 식사하기, 물건 받기 사이에서 생겨나는 화폐적 연산의 차이가 아니라 우정과 같은 교환 외부의 감응적 가치affective value의 증식이다. 이것은 쉽사리 지워지거나 파괴되지 않으며, 음수 없이 양수적 증가로 이어지는 감응의 네트워크, 연대의 공-동성共-動性에 다름 아니다. 여기서 생산의 의미는 자본주의적 생산과는 전혀 다른 것으로 드러나게 된다.

다시 말하지만, 이는 전혀 새로운 사실이 아니다. 우리 모두는 이미 그 같은 감응의 공-동체 안에서 살아가고 있다. 다만 아는 것과 실행하는 것, 바꾸는 것은 전혀 다른 차원의 문제다. 우리의 외적 현실을 규정하는 실체적인 사회적 관계는 자본주의적 시장질서에 따라 조율되며, 이는 노동가치론에 입각한 전일적인 교환의 논리로 작동하기 때문에 우리의 일상생활은 그에 맞춰 조직될 수밖에 없다. 이 같은 현실의 규정력은 강고하고 절대적이다. 막연한 상상력을 통해 단숨에 이를 벗어나거나 즉흥적인 의기투합으로써 이같은 현실의 지배력을 넘어서기란 불가능하다. 단 한 번의 스트라이크로 도시와 사회를, 세계를 멈춰 세워 유토피아로의 이행을 감행한다는 희망은 망상과 크게 다르지 않다. 그렇다면 어쩌자는 것인가? 무엇을 해야 하는가? 문학은 노동인가 아닌가? 문학은 생산적인가 그렇지 않은가?

노동과 생산의 조건, 이를 좀 더 궁구해 볼 필요가 있다. 자본주의 사회에서 노동과 생산의 조건이 이윤산출의 공식을 따르는 잉여가치 법칙에 종속되어 있다면, 생산적 노동으로서의 문학은 예속적이지 않을 수 없다. 자본주의적 가치창출의 기제라는 존재 및 작동의 근본 조건을 바꾸지 못한다면 문학이 제아무리 노동임을 주장하고 생산적임을 설파한다 해도 자본의 신민으로서나 기능할 따름이다. 그럼 자본의 신민이 아니고서, 자본주의의 심급으로서 생산적 노동이 아니고서 문학이 또한 생산적 노동일 방안은 없는 걸까? 어떻게 그것이 가능할까? 이야기가 너무 번지는 듯하니, 논의를 구체화하며 글을 마무리를 짓도록 하자.

노동에 대한 사회적 통념과 노동으로서의 문학이 충돌하는 이유는 양자가 서로 다른 가치론적 토대에 기대고 있기 때문이다. 전자는 물론 노동가치론인바, 비물질노동이 전면화된 21세기적 지형 속에서 그 규정력이 퇴색했다고는 해도 여전히 지구적 질서를 움직이는 주요한 동력으로 작용하고 있다. 비문학인뿐만 아니라 생업에 종사하는 문학인조차 노동가치론에 의거한 임금체계와 인정 및 보상체계에 따라 살아가지 않을 도리가 없다. 만일 문학 역시 이 체계에 귀속되고 그에 발맞춰 '진화'하고자 한다면 우리의 논의는 더 이상 계속할 필요가 없으리라. 그 자체로 비생산성을 더할 따름이니까. 하지만 거시적 관점에서 점점 힘을 상실해 가는 자본주의적 근대의 상황 속에서 노동으로서 문학의 가치와 생산의 의미를 확보하고자 한다면, 우리는 노동가치론과는 상이한 논리를, 특이적인 문학의 이론을 구성할 수 있어야 한다. 즉 현재의 자본주의적 조건을 파고들면서 시장과 화폐의 질서를 균열시키고 오작동하게 만드는 다른 가치이론을 형성하고 제시해야 하는 것이다. 아, 대뜸 반문하는 이도 있을 법하다. 미와 도덕의 온전한 가치를 일깨우고, 인간의 소외를 극복하여 자유롭게 해주며, 나아가 노동하는 대중의 해방을 위해 복무하는 문학예술의 가치이론이 이미 존재하지 않느냐고.[22] 물론 그렇다. 하지만 군이 예술학 개론서를 뒤적이

---

22 멜빈 레이더·버트람 제섭, 『예술과 인간가치』, 김광명 옮김, 이론과실천, 1987; 미셸 라공, 『예술, 무엇을 하기 위한 것인가?』, 김현수 옮김, 미진사, 1986. 이러한 저작들의 입장 자체를 완전히 부정할 수는 없겠으나, 자본주의하에서 문학예술의 위기를 타개하기 위해 저자들이 호명하는 사회주의적 문학예술의 이념이 근대 사회의 일반 이론에 의거해 있음을 부인하기는 어렵다. 노동가치론과 잉여가치의 생산주의는 20세기의 두 체제가 공유하던 근대적 공리였다. 현실 사회주의의 몰락은 근대성의 큰 형식이 자본주의에

지 않더라도 그 같은 이론적 진술들이 자본주의적 근대성과 맞서기 위한 사회주의적 근대성의 유사 논리에 바탕해 있다는 점은 금세 알 만한 일이다. 따라서 근대의 낡은 이론적 전제를 벗어난 새로운 논리, 현재적 조건을 염두에 두되 그 조건을 탈주할 수 있는 낯선 논리를 창안해야 할 의무와 권리가 우리에게 있다.

한편으로 문학의 새로운 가치이론은 사회에서 '다수가 공유 가능한 기준'을 고려하여 고안되어야 한다. 문학인이 자신의 활동을 무위에 그치지 않게, 공정한 교환의 관계를 통해 수행되도록 보장하는 '현실적' 문제가 여기 걸려 있다. 노동과 문학은 결코 완전히 일치할 수 없지만, 가능한 그 단차를 줄여 나가는 방식을 모색해야 한다.[23] 그러나 현실 논리의 강고함을 강조하면 할수록 현실의 논리에 장악될 위험은 더 커진다. 타협을 폐기하지는 않더라도 타협에 함몰되어서는 곤란한 노릇이다. 그래서 다른 한편으로 새로운 가치이론은 마치 지금 현재의 지배적 가치논리가 무효화되었거나 존재하지 않는다는 듯이 작동하는 '이상하고도 낯선 활동'이 되어야 한다. 문학을 통념적 기준의 노동으로 재단하기를 멈추고 노동-아닌-것으로 존재하도록 만들어야 하는 것이다. 무엇보다도 이를 담론적으로 구성하여 사회에 제시하지 않으면 아무 소용이 없다. 그렇지 않으면 문학인의 나이브함이나 문학의 무용성을 또다시 보여 주는 근거로 소모되고 말 뿐이다. 그런 모험이 진정 가능

더 우호적이었음을 반증할 뿐이다. 프레드릭 제임슨, 『단일한 근대성』, 황정아 옮김, 창비, 2020, 20쪽.

23 홍태림, 「예술노동 뒤에 드리워진 검은 그림자」, 147~148쪽.

할까?

지금-여기의 현실적 조건 '너머'를 바라보게 강요하는 힘이 예술에 있다면, 역사적으로 그 가장 유력한 형식의 하나는 문학이었다. 영상 이미지의 발전으로 인해 문자매체의 효용은 감소하였으나, 언어적 진술 능력이 인류 문명 커뮤니케이션의 기본 조건으로 남아 있는 한 문학적 글쓰기의 수행력은 항상 작동 중인 채로 효력을 발휘할 것이다. 물론, 우리의 시대는 문학에 불리한 여건으로 가득 차 있고 심지어 적대적이기까지 한 게 사실이다. 그리하여 문학은 한없이 위축되어 있고 곧 소진될 문턱에 놓여 있다. 역설적이게도, 그렇다면 오히려 더 걱정하지 않아도 된다. 이왕 망가지고 와해될 상황이라면 왜 걱정을 보태야 할까? 차라리 마음껏, 능력이 허락하는 이상으로 현실의 '너머'를 향하는 모험을 감행해도 좋지 않을까? 자유로운 창작의 상상력과 합리적인 비평의 논리는 때로 지금-여기의 조건에 결박된 채 빈사의 곤경에 처하기도 하지만, 때로는 무-조건의 광기에 올라탄 듯 분열증적 방언을 쏟아 낼 수도 있는 것이다. 현재의 논리는 그러한 광기와 분열증, 방언을 쇠퇴와 해체의 전조로 파악하지만, 미-래의 논리는 그것을 예언과 조짐, 도래할 사건의 징후로 끌어안는다. 지금-여기서 벌어지는 그 경험들을 형식화하는 것,[24] 그러한 모험과 도약이 절실한 지금이다.

노동가치론에 함락되지 않는 가치이론을 통해서만 문학은 노동이 아니면서 동시에 노동으로서 자신의 근거를 세우게 될 것이

---

24 데이비드 그레이버, 「역순의 혁명」, 『목소리 없는 자들의 목소리: 대중의 소수화』 부커진 R 1.5, 그린비, 2008, 58쪽.

다. 현실 속에서 미-래의 실마리를 건져 내는 작업이 그것이며, 문학의 낯선 논리, 즉 새로운 가치이론은 바로 그와 같은 노고를 통해 생성될 사건이다.

17. 기초예술의 예술적 기초
— 사회예술에서 사회적 예술로의 도정

1. 예술과 예술적인 것

예술이 무엇이냐는 질문에 정확한 정의를 내릴 사람은 드물다. 예술을 모른다기보다, 누구든 먼저 미술관이나 전시회에서 보았던 그림과 조각상, 듣기 좋은 음악이나 아름다운 영화, 심금을 울리는 시와 소설, 그리고 '문화재'로 지칭되는 유무형의 갖가지 작품들을 떠올릴 것이기 때문이다. 하지만 이렇게 연상한 모든 것들을 왜 '예술'이라 부르는지, 그것들이 어떻게 '예술적'인지에 대해서는 답하기 쉽지 않다. 일반적으로 우리는 박물관에 보존된 것, 전문가들이 미적이라고 감정한 것, 혹은 화폐적 값어치가 통념을 뛰어넘는 고가품을 예술로 받아들이는 탓이다. 그렇지만 귀하게 전시된다는 것과 예술성이 항상 일치하는 것은 아니며, 전문가들의 판단이 늘 옳지만도 않다. 게다가 비싸고 귀하다는 이유로 예술성이 있다면, 1000억 원에 육박하는 F-35 전투기가 예술품이 아닐 이유도 없다

(심지어 이 비행기에는 디자인의 미적 가치도 포함된다). 누구에게나 명백해 보이지만 실상 아무에게도 명확하지 않은 것, 그것이 우리 시대의 예술 아닐까?

지금 이 시대의 예술을 화두로 삼는다면 문제는 더욱 복잡해진다. 베토벤의 교향악만큼이나 조선시대의 궁중음악이 '예술적'이라는 데는 대부분 동의할 것이다. 하지만 이들은 어떻게 다르며 또 어떻게 같은가? 사람들이 즐겨 듣고 부르는 대중가요는 전통음악에 비해 예술적인 것인가 그렇지 않은가? 새로운 소재나 도구를 동원해 전통과 현대를 조합함으로써, 이른바 퓨전을 내세우는 음악이나 미술 등의 예술성은 누가 판가름할까? 공상과학적 상상력으로 무장한 SF는 생생한 현실을 묘사하는 사실주의 소설에 비해 예술적 가치가 낮은 걸까? 두꺼운 질감을 자랑하는 종이책과 포털사이트에서 매주 업데이트되는 웹소설은 예술적으로 어떤 차이가 있을까? 상업성에 밀접히 결부된 후자는 돈과 얽혀 있으므로 덜 예술적이라 말해도 좋을까? 일반적으로 '예술'이라 호명되는 것과 예술의 고사 현상을 언급할 때마다 지적되는 사회적 관심 및 지원의 대상은 동일한 범주에 있을까?

오늘의 주제는 '기초예술'이다. '기초'와 '예술'이라는 쉽고 단순한 낱말들의 조합이지만, 예술 자체가 모호해져 버린 이 상황에서 이 단어 짝은 굉장히 애매하게 들리기만 한다. 초보적인 예술이라는 뜻일까? 반대로, 근원적인 예술이라는 뜻일까? 일견 평범해 보이지만 아무 포털사이트에 검색을 해봐도 속시원히 그 의미가 진술되어 있지는 않다. 하지만 한국에서 기초예술이라는 용어는 2004년을 전후하여 활발하게 논의된 바 있고, 지금은 국가의 문화예술사업 안에 주요한 의제로 자리잡은 정책적 개념 중 하나이다. 전문 연구자나 정책 제안자와 같은 위치에 있지 않은 일반인들이야 이런 용어에 무심할 수 있겠지만, 인터넷이 지식의 일반적 플랫폼으로 정착한 시대에 이런 개념이 제대로 검색조차 되지 않는다는 것은 대중적 인식의 부족 탓으로 돌리기 어렵다. 이는 예술의 사회적 이해에 대한 대중적 접근이 가로막혀 있고, 소수의 창작자나 비평가, 관료집단에만 예술의 문제가 위임되어 있는 우리 시대의 곤혹을 반증하기 때문이다.

현재 우리에게 예술은 어떤 의미이며, 하필이면 지금 기초예술이라는 프리즘을 통해 그것이 문제적인 것으로 제기된 까닭을 따져 볼 이유는 충분하다. 예술이 명료한 정의 없이 소문처럼 떠돌거나 관료들의 문서에만 기재된 용어라면, 그 의미와 범위에 대해 제대로 궁리해 보는 것은 예술 일반뿐만 아니라 기초예술의 현재성에 대해 답하는 첫걸음이 될 것이다.

2. 순수예술, 만들어진 전통

일반적으로 예술에 대한 우리의 사고는 '순수예술'이라는 단어 앞에 멈춰서기 십상이다. 무엇이 순수하다는 것은, 그 대상에 이질적인 요소가 없고 단 하나의 성질만으로 전체가 충족되어 있다는 뜻일 게다. 그런 의미에서 예술에서 '순수하다'라는 관념은, 장르가 무엇이든 해당 작품이 예술성 이외의 그 어떤 영역과도 관련을 맺지 않아야 한다는 의미가 된다. 예컨대 회화는 점, 선, 면과 색채로 구성된 사물의 조형적 이미지만을 담아야 하지, 정치적 내용이나 표현이 가미된다면 즉각 순수하지 못한 작품으로 지탄받을 수 있다. 문자로 전달되는 문학작품의 경우는 더 직설적이다. 황순원의 소설 「소나기」(1953)가 도시에서 전학 온 소녀와 시골소년 사이의 순박한 우정 내지 무구한 사랑에 대한 이야기임을 우리는 잘 알고 있다. 이 단편을 읽을 때 마주하는 애틋하고도 청순한 감정은 이것이 아이들 사이에서 이루어지는 순수한 관계에 대한 예술적 표현이라고 믿게 만드는 것이다. 반면, 1980년대 후반에 발표된 조정래의 『태백산맥』은 해방과 분단, 전쟁의 역사적 사실을 경유하는 가운데 치열한 이념적 대립을 다루면서 당대 현실을 비판적으로 지시한다는 의혹을 야기함으로써 문학과 정치의 논쟁을 불러일으키기도 했다(1994년 임권택에 의해 영화화된 동명의 작품도 유사한 논란에 휩싸였다). 각자의 입장이나 태도가 어떠하든 예술에서 예술성 이외의 것을 연상시킨다는 것은 '불순'하고도 '위험'한 시도로 간주되었고, 지금도 그 같은 인식에서 우리는 자유롭지 못하다.

하지만 순수예술에 대한 우리의 통념은 사실 그다지 오래된 것이 아니다. 서구의 경우, 기원 이전의 고전시대에 오늘날과 같은 예술 개념은 존재하지도 않았다. 현대어 'art'의 기원인 라틴어 'ars'는 그리스어 'techne'를 번역한 것으로, 그림이나 시, 조각을 비롯해 수공예품 일반을 제작하는 행위와 능력을 가리키는 말이었다. 그렇게 만들어진 테크네의 산물은 종교적 제의나 정치적 행사에 쓰이는 것이어서 대중적 심미안을 위한 공적인 전시품이 아니었고, 사적인 거래의 대상도 아니었다. 동아시아에서도 사정은 다르지 않았는데, 산수화는 자연의 아름다움을 묘사하기 위한 시각적 표현물이 아니라 교양계급의 정신세계를 상징하는 표현물이었고, 음악은 궁중의 제사 같은 공적 의례를 수행하는 데 바쳐진 기능물에 가까웠던 탓이다. 상상적 서사로서의 소설이 오랫동안 '잡설'로 취급당하며 '대설'大說로서의 정치적 시문들에 비춰 천대받아 왔던 것은 잘 알려진 이야기다. 아이러니컬하게도, 지금 우리가 순수하다고 생각하는 전통예술 일반은 지극히 비예술적인 환경 속에서 창작되었고, 정치와 종교 등의 불순한 성분들에 의해 규정되고 통용되었던 것이다. 동서를 막론하고 예술의 순수성이란 실제로 존재하는 본질적 가치가 아니라 현대의 관점에서 만들어진 특수한 전통에 다르지 않다.

순수예술의 현대성은 지금으로부터 거의 이백 년 정도 거슬러 올라가 낭만주의 시대에 비롯되었다는 게 학자들의 중론이다. 순수성의 개념은 그때 성립했는데, 그것은 예술작품이 예술성 이외의 다른 영역으로부터 그 어떠한 영향도 받지 않아야 한다는 금지의 계율과도 같은 것이었다. 정치와 종교의 간섭으로부터 자유로워야 한다는 것은 물론이고, 다른 예술 장르나 동종 장르 안에서도 개별 작품들은 각자의 경계를 명확히 선포하고 확보할 수 있어야 비로소 '예술적'이라는 평가를 받을 수 있었다. 가령 몇 년 전 문단과 사회 전반을 떠들썩하게 달구어 놓았던 신경숙의 표절 사건을 떠올려 보자. 쟁점은 그가 외국의 다른 작가가 쓴 작품의 일부를 거의 똑같이 옮겨 썼느냐는 데 있었다. 그저 영향을 조금 받은 정도로는 납득할 수 없을 만큼 모티프나 표현방식이 닮은꼴이어서 그 자신만의 독창성을 주장할 수 없다는 게 논란의 핵심이었다. 여기서 그 사건을 헤집어 볼 여유는 없으니 요점만 간추리자. 한 작가의 작품은 다른 그 누구, 또는 어떤 다른 작품과도 비슷해서는 안 된다는 데서 성립하는 독창성은 예술의 순수성과 상통하는 개념이었다. 바꿔 말해, 예술에서의 순수함이란 곧 독창적이고 유일무이한 가치를 갖는다는 뜻이다. 그러니 정치든 종교든 외적 가치에 영향 받아서는 안 되고, 다른 작가나 작품과의 관련성으로부터도 자유로워야 예술이라 불릴 수 있다.

흔히 예술의 자율성이라 불리는 이런 입장을 부정할 사람은 별로 없을 듯하다. 누구나 예술은 그런 것이라고 배워 왔고 몸에 익히며 살아온 까닭이다. 철학자 칸트는 이런 순수성의 테제를 '미적 무관심성'이라고 멋지게 표현했는데, 이는 예술은 예술 이외의 것에는 전적으로 무관해야 한다는 철학적 명령이자 합리화에 다름 아니었다. 예술이 자기만의 철학적 기반을 갖추고 가치의 위엄을 내세우라는 요구가 흠이 될 리 없다. 어떤 분야든 그것만의 고유한 영토를 찾고, 자신만의 논리로 무장하려는 것은 자연스러운 일이다. 하지만 예술의 순수성이 주창되던 근대, 곧 낭만주의 시대와 그 이후를 세심하게 돌아보면 사정은 사뭇 다르다.

예컨대 18세기 이래의 세계사는 세속사회의 성립과 자본주의의 발전으로 특징지어진다. 군주정을 대신해 등장한 민주주의는 세련된 정치를 지향하고, 사회를 폭력이나 맹신이 아니라 자율적 분위기 속에 통제하고자 했다. 종교적 믿음이 쇠퇴하기 시작한 전근대 사회에서 세속화는 대중이 신앙이나 이데올로기와는 무관하게 즐길 수 있는 대상을 추구하게 만들었고, 예술은 그 적절한 대체재로 부각되었다. 예술품의 독창성은 단일 장르와 품목의 고유한 가치가 존재한다는 표징이었고, 자율성 테제는 그 가치가 순수한 형식적 교환의 체계에 들어갈 수 있는 가능성을 열어 놓았다. 이 순수한 교환적 가치의 체계가 바로 화폐로 순환하는 자본주의 체제이다. 오늘날 우리는 미술품의 가장 순수한 가치는 그것의 가격에 있다고 무의식적으로 믿는다. 비평가들이 그 어떤 찬사를 늘어놓고 예술사적 가치를 열거해도, 궁극적으로 작품의 가치는 공인된 화폐가치에 의해 입증된다는 것이다. 시와 소설의 계약금은 작가가 얼마나 유명한지에 따라 달라지고, 음악 역시 시장성에 의거하여 그 평가가 좌우되곤 한다. 순수예술이란 결국 근대 자본주의 사회의 성장과 더불어 등장한 교환가치의 정당화 담론이 낳은 부산물인 것이다.

순수예술은 전혀 순수하지 않다. 거꾸로, 예술의 순수성은 예술 바깥의 요소, 즉 사회의 변화와 흐름에 따라 착상되고 구성된 개념이라 할 수 있다. 순수성의 비순수성, 이 역설적인 주장이 예술의 가치나 의미를 폄훼하지는 않을 것이다. 오히려 이 같은 예술사의 민낯을 돌아봄으로써 예술적인 것의 절대적인 가치나 의미는 존재하지는 않으며, 예술을 둘러싼 사회적 자장 속에서 예술의 가치와 의미가 줄곧 결정되어 왔음을 기억하는 것이 중요하다. 요컨대 모든 예술은 언제나 사회의 예술Art in Society이었다. 바꿔 말해, 사회 바깥에 있다는 알리바이를 댈 만한 예술은 한 번도 존재하지 않았다. 예술에 대한 성찰은 이 같은 성찰적 비판을 빼놓고는 정직하게 풀어낼 수 없다.

3. 예술, 참여와 상업 사이에서

그럼 이제 순수예술의 반대편에서, 우리에게 익숙한 또 하나의 개념을 끌어와 보자. 언젠가 들어 봤음직한 용어인 '참여예술'이 그것이다. 물론, '참여'라는 단어 자체가 곧장 '순수'의 반대말이 되지는 않는다. 모든 단어는 그것이 놓인 맥락에서 비로소 의미가 결정되기에 참여와 순수의 두 단어가 대립개념이 되는 특수한 문맥을 고려해야 한다. 이 경우, 서로 다른 의미역에 놓인 두 단어를 맞부딪히게 만드는 개념적 고리는 '사회'이다. 전술했듯, 순수예술을 옹호하는 입장은 예술작품이 유아독존하듯 그 자체로 존립하기에 다른 작품이나 작가 등의 모든 것들과 구별된다고 주장한다. 잘 지어진 소설 한 편은 작가의 개인적 이력이나 시대적 배경 등으로부터 독립적이고, 마치 하늘에서 뚝 떨어진 듯한 독창성으로 무장하고 있다는 뜻이다. 천의무봉天衣無縫, 즉 기운 자리가 보이지 않을 정도로 말끔한 한 벌의 옷이란 사자성어는 작품의 완전무결함을 상찬하는 표현이지만, 예술을 비롯한 모든 문화적 현상이 개인과 개인, 집단과 집단이 상호작용함으로써 발생하는 것이라는 현대적 관점에서 볼 때 대단히 미심쩍게 들리는 부분이다.

때묻지 않은 순수한 사랑으로 표상되는 「소나기」는 한국전쟁이 끝나갈 무렵 발표된 소설로, 작품에는 전쟁이나 사회상이 전혀 언급되지 않는다. 처음부터 끝까지 두 아이의 소박하고 진솔한 감정선을 담아내는 데 집중하기에 '순수'를 표방하는 데 거슬림이 없다. 하지만 그게 다는 아니다. 소녀의 집안인 윤초시네는 대대로 부와 권위를 누려 왔지만 점차 쇠퇴일로에 접어드는 와중이었다. 재산을 다 팔고 작은 읍으로 이사가려던 찰나에 맞은 증손녀의 죽음은 한 가문의 몰락과 동시에 전근대적 전통의 종말을 뜻한다. 작가가 무엇을 말하고자 했든, 우리는 작품과 더불어 그것을 둘러싼 문화적 네트워크로서의 사회를 가정하지 않을 수 없다.

예술이 순전히 영향을 받는 대상에만 머무는 것은 아니다. 1960년대에 벌어진 순수-참여논쟁은 좁게는 문학사적 논쟁이었지만, 넓게는 예술과 사회를 포괄하는 상호작용의 네트워킹을 둘러싼 투쟁이었다. 순수를 주장한 쪽은 예술이 비예술, 즉 정치나 사회 등에 지나치게 관심을 가지면 예술의 본령을 상실한다고 주장했고, 참여를 주장한 쪽은 예술이 본질적으로 사회적이며, 그렇기에 사회에 대한 관계 속에서만 자기 자리를 찾을 수 있노라고 외쳤다. 그 상세한 내력을 지금 풀어내기는 곤란하지만, 순수를 내세우며 예술이 사회로부터 독자적인 영토를 갖는다는 입장은 그 자체로 사회적인 맥락을 품고 있음이 분명하다. 예의 자율성에 대한 테제와 마찬가지로, 사회로부터 고립되길 원하는 욕망 자체가 이미 사회를 전제하는 것이고, 현존하는 것과는 다른 사회의 표상을 염두에 두지 않고는 성립할 수 없는 것이다.

예술과 정치에 관한 숱한 논란은 이로부터 발원해 나왔다. 우려는 주로 예술이 정치에 관여해도 괜찮은지에 대한 물음에 있다. 한국 현대사에서 민주화 운동이 한창이던 1980년대에 타올랐던 민중미술은 민주주의와 통일에 대한 열망으로 넘쳐났지만, 늘 이적 행위 및 체제 전복이라는 당국의 의심에 시달려야 했다. 예컨대 홍성담의 연작 「새벽」은 세상에 알려지지 않은 채 봉인되었던 광주민중항쟁의 진실을 판화의 형식으로 되새기고 알렸던 작품인데, 안온한 미학주의에 젖어 있던 평단의 흐름 및 권위주의적 치안질서에 배치되었기에 '정치적'이라는 딱지가 붙여진 채 탄압받았다. 하지만 폭압적 독재권력이 기승을 부리던 80년대에 예술의 형식을 빌리지 않았다면 누가 어떻게 광주의 진실을 제대로 알릴 수 있었을까? 한편으로 그것은 예술이 정치에 관여하는 방식이었지만, 다른 한편으로는 정치가 예술을 통해 현실에 발언하는 방식이었다고 할 만하다.

그렇게 직설적인 표현의 형식만이 항상 가능한 것은 아니다. 서양 근대사를 공부하면서 외젠 들라크루아의 「민중을 이끄는 자유의 여신」(1830)을 한 번도 보지 못한 사람을 없을 듯하다. 흔히 1789년 프랑스 혁명을 상징하는 작품으로 널리 알려져 왔지만, 사실 이 그림은 1830년 7월 혁명을 기리기 위해 만들어진 것이었다. 흥미롭게도, 새로이 성립한 정부를 옹호하기 위해 제출되었던 이 그림은 그다지 호의적인 평가를 받지 못했다. 상반신을 훤히 드러낸 여성과 총칼을 쳐든 민중이 시체를 밟고 넘어서는 장면을 본 당대의 정치가들은 '품위'를 문제 삼아 작품을 들라크루아에게 돌려보냈고, 이 그림은 오랫동안 세간에 공개되지 못했던 것이다. 화가의 정치적 의도는 말 그대로 무시당했고, 후일 미술사를 통해 재조명받아야 했다. 정치와 예술이 어우러진 위대한 걸작처럼 고평받는 이 작품의 진실은, 예술과 정치의 만남이 행복하지만은 않다는 역설에 다름 아니다. 그럼에도, 정치와 예술 사이의 상호작용은 불가피하며 항상적이란 사실만은 감출 수 없다. 작가와 대중, 작품과 사회는 음으로든 양으로든 서로를 비추고, 그로써 자기의 의미와 가치를 발현하기 때문이다.

이쯤에서 다음과 같은 반론과 만나는 것은 전혀 이상하지 않다. 예술이 예술의 외부 곧 사회와 그토록 밀접하게 연관되어 있다면, 그런 연관성을 극명하게 보여 주는 예는 상업예술 아닐까? 사회가 수용하고 대중이 반기는 예술이란, 결국 자본주의 사회에서 '잘 팔리는' 작품에서 드러날 것이기 때문이다. 우리가 살고 있는 현대 사회는 그 가장 분명한 예시가 된다. 영화든 미술이든 음악이든, 문학이나 기타 어떤 예술장르든 사람들이 많이 알고 또 기꺼이 그에 열광하는 작품이라면 '사회적'이라 불러도 틀리지 않을 게다. 특별히 교육받은 소수의 전문가나 비평가, 수집가들의 범위를 넘어서 사회 전반에서 대중에게 호소력이 있다는 말은 곧 그 작품이 사람들의 공통적 정서에 닿아 있고, 취향과 감수성, 욕망마저 대변하고 있다고 볼 수 있는 까닭이다. 무엇보다도, 자본주의적 일상을 영위하는 데 가장 중요한 요소인 돈을 흔쾌히 지불할 마음을 불러일으킨다는 점에서 상업예술은 이전 시대의 엘리트 예술과는 구별되는 우리 시대의 '사회예술'이 아닐 수 없다. 다른 많은 점들은 차치하고, 그러나 상업예술이 일으키는 사회적 감성의 정체에 대해서는 다소 비판적으로 돌아볼 필요가 있다. 달리 말해, 대중의 현재적 요구에 부응하는 예술이 과연 좋은 것인가, 그리고 그것이 정말 사회적인가, 라는 물음이 우리 앞에 던져져 있다.

한 사회에서 전체 대중이 공유하는 통일된 취향 같은 것은 없다. 있는 것은 언제나 다수의 분열된 감각과 그에 이끌린 열정과 욕망이다. 당연히, 경향적으로 다수가 된 취향이 없을 수는 없다. BTS가 한국을 넘어 세계 전체(주로 미국을 위시한 영어권)에 음악적 취미의 공통성을 불러일으켰다고 해도, 그에 동조적인 감수성을 갖거나 이해하지 못하는 사람들은 늘 존재하기 마련이다. 중요한 것은 이러한 다수와 소수의 흐름 중 어느 쪽이 더 나은 대세에 속하는가를 가리는 데 있지 않다. 반대로 핵심은 통일된 다수의 흐름에 대해, 다양하고도 복잡한 소수의 흐름들이 늘 존재한다는 것, 그럼으로써 같은 사회 내에서 소외되거나 압살되지 않도록 특수화된 감수성의 생태계들을 남겨 두어야 한다는 데 있다. 사회적 감수성은 결코 하나로 수렴될 수 없는 복수의 다양한 감각들을 통해서만 존재하기 때문이다.

하지만 화폐를 매개로 구성된 자본주의 사회는 그 화폐가 통용되기 위한 조건으로서 일체화된 취향과 감각, 욕망의 공통성을 강요하곤 한다. 사람들을 동일한 감수성으로 포박해야 더 많은 지출 또한 이끌어 낼 수 있는 탓이다. 상업예술이 불편하고도 위험스러운 이유는 그 보이지 않는 다양성을 말끔히 지우고, 단 하나의 색조로 덧칠함으로써 공존과 공생의 가능성을 질식시키기 때문이다. 그런 의미에서 상업예술을 우리가 원하는 사회적 생태계의 예술적 기초라 부르기는 어렵다. 우리가 사회와 예술을 함께 이야기할 때 염두에 두어야 할 것은, 공동체의 구성원 전부가 엇비슷한 감수성을 갖는 게 아니라 서로 다른 감각의 통로를 열고 각자의 눈과 귀를 통해 자신만의 목소리를 낼 수 있는 발판이 마련되어야 한다는 점이다.

4. 기초예술을 둘러싼 쟁점들

먼 길을 에둘러 왔지만, 이제 본 주제인 기초예술에 대해 이야기해 보자. 앞서 기초예술은 2004년 무렵부터 정책적 의제로 제안되어 사용되어 온 용어라고 소개했다. 이 간단하고도 낯선 단어가 회자되었던 사정은 다음과 같다. 정치와 경제에 있어 열악한 수준에 머물러 있던 1970년대까지 한국에서 예술이 갖는 지위는 대단히 제한적이었다는 데 다들 동의할 것이다. 서민들의 경제적 여유가 미치지 못하기에 수준 높은 고급 문화를 향유할 만한 심리적 동기나 감식안이 생겨나지 못했고, 사회적으로도 예술에 대한 취향의 다양화 및 대중화를 견인할 플랫폼이 만들어지기 어려웠다. 문학, 미술, 음악, 연극 등 제반 분야에서 뛰어난 성과를 내는 예술가들이 없지 않았음에도 사회 전체가 예술을 공동의 인식 속에 담아내지 못했고 충분히 키워 낼 수도 없었다. 물론, 전통문화로 대변되는 영역도 거론할 만하지만 생활을 보장받지 못하는 척박한 환경에서 예술가로서의 근거를 확보하기 곤란했음은 마찬가지였다. 상류사회의 고급 취향 및 아카데미의 전문 영역에서만 예술이 운위되던 상황은 1980년대에 접어들며 변화하는데, 민주화 운동과 함께 나타난 민중예술운동이 그 기폭제였다. 앞서 살펴본 대로, 권력과 재력에 예속되지 않으며 민중의 일상을 예술과 접목시키려던 이 운동은 사회 일상의 토양 위에 예술적인 것을 싹 틔우려는 시도였다고 평가할 수 있다.

상황은 1987년의 민주화와 더불어 또 한 번 변화를 겪는다. 형식적으로나마 민주주의가 실현된 한국사회가 맞이한 것은 대중문화의 만개였다. '서태지와 아이들'로 대변되는 90년대의 문화적 풍경은 경제적 풍요와 정치적 안정이 어느 정도 달성된 단계에서 나타날 법한 예술의 다양화이자 대중화에 해당된다. 제도예술 또는 민중예술로 양분되었던 80년대에 비해 90년대의 예술은 대중문화와 긴밀하게 결합하여 사회적 일상을 풍미했고, 소수의 고급 취향에 머물던 예술적인 것의 싹을 다수의 생활 속에 흩뿌려 놓았다. 지금 우리가 예술과 문화를 손쉽게 혼용해 사용하고, 자주 두 단어를 동의어처럼 활용하는 태도는 그즈음부터 생겨난 것이다. 예술을 돈많은 사람들이나 훈련받은 전문가들의 전유물처럼 간주하던 시대로부터 우리의 시대는 얼마나 멀리 왔는가? '클래식'이라 불리는 전통적 장르들 이외에도 새롭고 낯선 장르들 역시 각자의 특색과 이름으로 예술성을 구가하는 시대에 이르렀다. 김대중정부에서 사회 각 영역의 전문가들을 '신지식인'이라 명명한 적이 있는데, 이는 예술 영역에도 그대로 적용되었다. 즉 클래식의 바깥에서도 예술성을 인정받고, 심지어 이전까지는 결합불가능하게 여겨졌던 단어 짝인 '대중예술'이라는 표현 또한 널리 통용되기 시작했다.

모든 것이 순조롭고 좋기만 한 것은 아니었다. 문제는 2000년대에 접어들며 가시화된다. 만개한 대중문화의 시대는 거꾸로 예술의 상업화와 긴밀히 결부되어 있음이 드러났고, 이는 한국의 신자유주의화와도 뗄 수 없는 시대적 연관성을 갖는다. 가령, 그즈음부터 본격적으로 쓰인 '문화산업'이란 말은 돈이 되는 예술만을 문화의 영역으로 수용하는 경제주의적 가치지향을 대변하는 것이었다. 문학과 미술, 음악, 연극, 무용, 전통예술 등 개별 문화 영역들이 상업성과 완전히 무관했다고 할 수는 없지만, 적어도 상업화 이전에는 예술적 가치의 고유성을 실현시키기 위해 자기의 영토를 보유하는 게 당연하다는 인식이 있었다. 그런데 21세기에 접어들며 경제가 사회적 발전과 문화 향유의 가장 중요한 토대처럼 인식되자 예술적 가치의 영토들이 침해받고, 심지어 상실될 위기에 처하게 된 것이다. 대외적으로는 한류로 대표되는 문화상품의 수출이 활발해지고 그에 따라 문화 영역들이 자기만의 예술적 특성들을 더욱 강화시킬 것을 요구받았음에도, 문화산업의 기반을 쌓고 조성해야 할 예술적 토대는 무너져 가는 상황이 점차 뚜렷해지던 시절이었다.

2004년 각 분야의 60여 개 단체가 참여하여 출범한 기초예술연대는 이 같은 문제의식을 안고 '순수예술'이라 불려 온 예술 장르들을 지원하고 육성하려는 제도적 대응책이었다. 순수예술이라는 표현을 썼지만 그것이 지난 시대의 순수예술과 동일하지 않다는 점은 쉽게 짐작할 만하다. 80년대 민중예술운동의 후신들과 아카데미 바깥의 예술 장르들, 새롭게 발생한 신생 장르들의 현장 종사자들이 주축이 된 이 연대는 산업적 가치에 함몰된 한국사회의 예술문화 판도를 바로잡고 예술창작의 보다 근본적인 토대를 다져야 한다는 모토를 내걸었다. 정·관계의 호응도 적극적이었는데, 문화산업 지원과 구별되지 않은 채 진행되었던 문화예술 지원을 특화했고, 예술을 경제적 관점으로 재단하지 않도록 제도적 개선책을 강구하고자 했다. 실로 공적 영역에서 예술에 대한 정책적 지원은 어떤 관점과 어떤 방법으로 이루어져야 하는지를 처음으로 묻고 답하며 실현시키고자 노력했던 과정이었다. 특히 현장에서 직접 활동하는 예술가들의 의견을 묻고 이를 반영하고자 했던 시도는 시장적 가치와 구별되는 예술적 가치의 고유성을 인정하고, 이를 구호로만 옹호할 게 아니라 정책을 통해 국가적으로 보조해야 할 과제로 받아들였던 증표였다.

17년 전의 상황과 상반되게, 2021년 현재 기초예술에 대한 대중적 인식은 여전히 미미해 보인다. 코로나19로 주춤해지긴 했지만, 주 5일 근무제와 향상된 소득수준 및 높아진 문화적 취향 등은 평균적인 한국인의 감수성이 결코 예술 향유에 있어 예외적인 상태에 놓여 있지 않음을 반증한다. 그럼에도 예술문화의 저변을 일구는 중요한 의제인 기초예술에 대해 왜 대개의 사람들은 알지 못하는 걸까?

일단 기초예술이 예술에 대한 대중 일반의 인식도 및 이해도를 제고하기 위한 개념이 아니라 국가적 정책을 위해 안출된 용어라는 사실을 짚고 넘어가자. 기초예술이 현재 어떤 상태에 처해 있으며, 어떤 도움이 절실히 필요한가, 누가 그 지원의 주체가 되어야 하는가에 대해 각계의 의견을 모으고 구체적인 해결책을 모색하며 그 미래 전망을 상술한 『기초예술백서』(기초예술연대, 2004)를 자세히 읽어 보면 그 이유가 엿보인다. 문화산업의 융성에 따라 예술의 밑바탕이 피폐해지고 있다는 상황인식의 심각성 및 위기탈출의 여러 방안들이 제안되었음에도, 백서의 결론은 정부가 나서서 현장 예술가들의 창작과 생존에 실제적인 지원책을 마련해야 한다는 데 모아져 있다. 당연히 이런 결론이 틀렸다고 할 수는 없다. 예술이 시민들의 건전하고 행복한 삶을 위한 문화환경적 토대라는 점을 염두에 둔다면, 예술가의 생존과 창작활동이 예술인 각자의 몫이라고 떠넘겨 버릴 수는 없는 노릇이다. 더구나 17년 전보다 훨씬 여유로운 경제적 힘을 갖게 된 한국의 현재 상황에서 예술이 차지하는 사회적 지분은 그 어느 시대보다도 크다. 국가가 예술에 보다 깊은 관심을 기울이고 다각적인 보조를 취해야 한다는 요청은 필연적이다.

하지만 이 보람찬 기획에는 무엇인가 빠진 듯한 느낌이 든다. 기초예술이라는 용어 자체가 제도적 지원을 모색하기 위해 상정된 정책적 개념이란 점에서 알 수 있듯, 기초예술을 둘러싼 네트워크에는 예술인과 국가의 관계만이 설정되어 있다. 이렇게 양자관계만이 부각될 때 무엇이 문제일까? 다른 무엇보다도, 관계의 일방향성이 전제되어 있다는 점과, 그 관계의 사회적 합의가 결여되어 있다는 점을 지적할 만하다. 예술가와 그의 예술이 놓인 곤궁한 사정과는 별개로, 국가가 그와 그의 활동을 지원해야 할 이유는 어디에 있을까? 시혜적 행위가 아니라면 그에 합당한 논리와 근거가 필요하지 않을까? 예술은 나라의 자산이기에? 그 나라의 정신적 수준이자 문화적 활력이고 행복감의 원천이라서? 다 옳은 말이다. 하지만 정부의 재정적 대상으로 예술활동을 입안하기 위해서는 비단 예술가와 국가 사이만이 아니라 그들과 더불어 문화적 생태계를 구성하고 있는 사회를 고려해야 하지 않을까? 특히 예술노동이 첨예한 사회적 의제로 제출되고 논쟁의 무대에 올려진 요즈음의 상황에서 지원의 근거가 다만 예술이 노동이기 때문이라는 이유는 너무 빈약하다. 회사와 공장, 여러 작업장에서 노동을 수행하고 그에 대한 임금을 지불받는 비예술가들, 즉 일반 시민들에게 자신들의 세금이 왜 예술가와 예술활동에도 투여되어야 하는지 설득하는 것은 대단히 중요한 과제이다.

단언컨대, 예술과 국가의 네트워크에서 빠져 있는 것은 다름 아닌 사회다. 사회를 설득하라는 말은 사회의 허가를 받으라는 굴종적인 뜻이 아니다. 한 사회의 재정을 특정한 부문에 투입하기 위해서는 그 타당성과 논리, 가치의 이해가 선행되어야 한다는 점은 시민사회의 상식이다. 다른 여러 영역들에서 그러하듯, 예술에 대해서도 국가적 재정이 투여되기 위해서는 그 필요성과 근거가 사회적 공론장을 통해 논의되고 수용되어야 한다. 그런 점에서 기초예술이 예술과 국가의 양자 관계만 주목할 뿐, 그것을 담론적으로 보조하고 여론을 통해 옹호할 제3항, 즉 사회를 누락시킨다면 본래의 목적을 달성하기가 어려울 것이다. 더 많은 사람들로 하여금 기초예술에 대해 알게 하고, 그 용어의 의미와 개념을 받아들임으로써 상당한 동의와 이해를 얻고자 노력하지 않는다면 기초예술은 정책상의 논제로만 계속 남게 될지 모른다.

5. 기초예술에서 사회적 예술로

기초예술을 둘러싼 쟁점들은 비단 그것이 사회적 여론의 장을 누락시켰다는 점에만 한정되지 않는다. 애초에 기초예술연대가 결성되고 그에 참여했던 단체와 개인들이 문학과 연극, 미술, 무용, 전통예술 등의 '전통적' 장르들을 배경으로 활동하는 주체들이었던 반면, 지금 우리 시대의 예술주체와 예술활동은 이전의 방식으로는 정확히 구분되지 않는 새로운 장르적 파생현상을 겪는 중이다. 예컨대 지면출판을 전제하지 않는 웹소설의 약진은 기존의 문학적 구조에 새로운 파란을 일으키고 있다. 스마트폰과 인터넷 기술의 발전에 힘입어 언제 어디서나 접속가능해진 네트워크 환경은 소설의 분량이나 형식, 창작 및 독서 태도에 심대한 변형을 불러냈다. 또한 판소리와 팝을 접목시킴으로써 새로운 음악적 영토를 구축한 이날치의 사례는 예술뿐만 아니라 대중의 취향도 전통의 규정 영역을 벗어났으며, 계속적으로 진화할 수 있음을 보여 준다. 이런 예시들은 몇 권의 책으로 묶어도 다 채워지지 않을 성싶다. 그렇다면 정책 지원의 대상으로서 기초예술의 범위에 이 새로운 장르들은 과연 포함시켜야 할까, 제외시켜야 할까?

어떤 장르가 기초예술의 대상인지 아닌지 판가름 짓는 것은 이 글의 목적이 아니다. 또한 지금까지 예술의 근대적 발전과 기초예술의 역할, 그 지위와 상태 등을 살펴보았던 것도 무엇이 (기초)예술이고 무엇이 아닌지 판정하기 위함이 아니었다. 핵심은 현대 민주주의 사회에서 예술과 사회의 관계는 끊임없는 대화와 논쟁을 통해 형성되는 상시적인 네트워크에 가깝다는 데 있다. 예술이 노동인지 아닌지, 기초예술의 개념과 의미는 어떻게 설정되어야 하는지, 그 범위는 어디까지 한정되거나 확장되어야 하는지, 이 모든 질문들은 예술의 영역 내부에서는 제대로 풀리기 힘들다. 아무리 장르가 다르다 해도 예술이라는 공통의 활동적 인식과 감각을 갖고 있는 내부자적 공간에서 국외자의 관심과 이해를 얻을 방법은 제한되어 있는 탓이다. 기초예술이 아직 유효하고 여전히 필요한 의제라면, 이를 사회적 공론장으로 끌어내서 합의 가능한 방식으로 대화와 타협의 가능성을 타진해야만 한다.

물론, 예술은 그 특수성으로 인해 노동이나 복지와 같은 일반적 사안과 동일하게 다루어질 수는 없다는 반론이 제기될 만하다. 특히 예술이 표현하는 미적 가치는 무형적이며 정서적인 측면이 강하고, 장기지속적으로 효과화되는 것이기에 당장의 정책적 실효성을 담보하기 곤란한 게 사실이다. 이런 점을 무시하고 예술을 사회적 담론의 도마 위에 함부로 올려놓고 재단하려들 수는 없다. 그러나 다르다는 이유로 어떠한 공통의 지평도 거부한다면, 사회의 모든 개별 영역들은 감히 그 사회에 속해 있다고 부를 수도 없을 일이다. 요점은 사회 내의 상이한 영역들 간의 대화와 타협은 해도 좋고 안 해도 좋은 선택지가 아니라, 그 사회를 움직이기 위해서는 반드시 수행해야 할 필수적 과정이라는 데 있다. 단위시간당 투하되는 노동력의 양에 따라 가치가 결정되는 노동가치론이 지배적인 분위기에서, 예술이 노동이 되기 위해서는 어떤 가치이론에 준거해야 하며, 그 합리성과 타당성을 양해받고 수립하기 위해서는 어떤 노력이 필요한지 검토하고 토론하는 일은 불가피하다.

이 지점에서 필연적으로 다시 호출되어야 할 것은 사회다. 그러나 국가의 하위공간으로서 개인들을 국가에 연결 짓는 매개체로서의 사회이기보다, 국가라는 정치체와는 다른 방식으로 개인들을 연결시키고 공동의 삶의 터전을 조직하는 생활세계로서 사회를 우리는 새로이 개념화해야 한다. 아니, 그런 작업은 이미 꽤 많이 이루어져 있다.

노동의 프리즘을 통해 이를 조감해 보자. 가정과 일터가 명백히 분리되어 있던 근대 세계에서 노동은 생산의 현장에 배타적으로 귀속되는 말이었다. 가령 회사나 공장에서 일하고 귀가하면 가정에서는 온전히 휴식과 여가를 즐기는 게 당연하며, 설령 집에서 일을 더 한다고 해도 그것이 노동의 가치(즉 급여)로 산정되지는 않는 것이다. 일터 밖은 소비의 공간 이상도 이하도 아니다. 하지만 기술적 네트워크의 발전으로 사회와 세계 전체가 연동되어 있는 현대적 삶에서 생산과 소비의 확실한 분할은 더 이상 가능하지 않다. 편의점에서 콜라 하나를 구매해도 그것은 전산시스템을 통해 기업과 공장에 판매정보로 전달되고, 새로운 출고명령으로 이어진다. 소비가 생산에 연계되어 있는 것이다. SNS에 휴가지의 풍경을 업로드하거나 상품평을 등록하는 것 또한 새로운 생산과 소비의 네트워크를 진작시키고 가동시킨다. 아니, 생산이든 소비든 어느 규정된 활동에 임하지 않아도, 그저 개인으로서 존재한다는 사실 자체가 사회의 생산력을 촉진시키는 데 일조하고, 발전의 전체 전망을 가늠하게 해주는 것이다. 기본소득의 경제학적 전제는 이렇게 사회화된 노동, 곧 육체나 정신적 활동으로 엄격히 결정되었던 노동 개념이 사회적 장으로 확장되면서 성립되었다. 사회적 노동자Social Worker로서 현대 사회의 개인은 자신의 사회적 가치를 항상-이미 실현시키고 있는 셈이다.

예술도 이와 다르지 않다. 직업적으로 예술활동에 종사하든 안 하든, 취미 삼아 한 달에 한 번 연극을 보거나 독서를 하든, 우리는 이미 문화의 토대로서 예술을 삶의 향유적 조건으로 받아들이고 있다. 먹고살기에 빈궁하여 가치 기준을 논할 여력이 없던 시절과 달리, 생활용품을 하나 고를 때조차 유용성과 더불어 디자인을 따지고, 삶의 평안과 위엄을 향상시키기 위한 투자에도 아낌이 없다. 이는 심미적이고 정서적 향유에 더 많은 인생의 가치를 부여하고자 하는 자세인데, 삶의 섬세한 만족과 보람에 대한 감수성이 전제되지 않고는 나타날 수 없는 현상이다. 요컨대 돈이 좌우하는 교환가치의 회로에 갇혀 있을 때는 불가능하지만 일상의 사용가치에 주목하는 향유적 태도는 예술에 대한 사회적 감수성이 보편적으로 자리잡을 때 비로소 나타나는 것이다.

쾌적하고 건강하며 아름다운 삶에 대한 정의는 각자마다 다를 것이다. 하지만 그런 삶의 조건으로서 문화적 취향과 예술적 환경을 부정할 사람은 거의 없다. 바로 이 점에서 예술은 예술가 개인이나 국가적 (문화)사업의 차원을 벗어나 사회공동체가 형성되고 지속하기 위한 기본값으로 장착될 수밖에 없다. 예술에 어떤 수식어를 붙이든, 기본적으로 그것은 사회적 예술Social Art임을 부인할 수 없는 것이다. 기초예술의 예술적 기초는 그것이 사회적 자장에서 생겨났고 작동하는 사회적 활동의 하나임을 항상 인식하고, 그로써 언제나 여타의 사회적 영역들과 상호작용하고 있음을 전제할 때 가능해진다.

사회적 예술! 남녀노소를 불문하고, 빈부귀천을 막론하고 아무에게나 개방되고 또 누구에게나 향유되는 그 같은 예술의 토대는 공짜로 즐길 수 있는 게 아니다. 누군가는 그것을 위해 자신의 삶과 활동을 '갈아 넣어야' 하는 까닭이다. 따라서 예술의 사회적 토대는 다름 아닌 사회적으로 치러져야 할 공동체의 몫이 분명하다. 이백 년 전과 달리, 이제 예술은 고독하고 재능 있는 개인이 홀로 감당해야 할 천재적 소명이 아니라 공동체 구성원 모두에게 제시되고 누려져야 할 기본적 가치로서 자리매김했다. 예술이 왜 사회적이고, 어떤 장르가 사회적 원조의 대상이 되는지, 사회의 구성요소로서 예술은 어떤 식으로 사회에 작용해야 할지에 대한 공적 토론은 가능하고도 절박한 우리의 과제이다. 예술가들을 어떻게 지원하고 예술활동을 어떤 식으로 보조할지 성급히 정책적 방안들에 몰두하기보다, 그것이 왜 우리 시대에 제기된 공동의 과제이며 지속적으로 고민해야 할 문제인지 대중과 함께 논의해야 한다. 당사자적 의제를 넘어 사회적 공론으로 나아가고, 당위적 선언을 극복하여 합리적 방안을 창출해야 할 시점이다. 그제야 비로소 기초예술은 사회적 예술로 새로운 시대를 펼쳐 나갈 것이다.

발표지면

이 책에 실린 글들은 아래 지면에서 처음 발표된 원고의 제목 및 내용을 수정·개작한 것이다.

1. 「미-래의 목소리와 예술: 세월호를 사건으로 기억하기 위하여」, 『오늘의문예비평』 101호, 2016 여름.

2. 「문학과 공감의 미래: 감응의 감성교육을 위한 시론」, 『내일을여는 작가』 69호, 2016 상반기.

3. 「장편의 상상력과 그 전망: 최근 문학공모전을 통해 살펴본 장편소설의 현황」, 『비평문학』 79호, 2021.

4. 「비인간, 또는 새로운 부족들의 공-동체: 황정은의 소설이 던진 물음들」, 『문학동네』 84호, 2015 가을.

5. 「우리 모두의 이장욱: 주체 없는 자리에서 주체처럼 글쓰기」, 『문학과사회』 128호, 2019 겨울.

6. 「원형의 감옥: 최진영 소설에서의 기억과 자유」, 『21세기문학』. 72호, 2016 봄.

7. 「진실을 조형하는 허구의 미학과 윤리: 김숨의 『한 명』에 나타난 위안부 형상과 문학의 정동」, 『한국예술연구』 19호, 2018.

8. 「이웃, 그 신성하고도 섬뜩한 이야기: 이기호, 『누구에게나 친절한 교회오빠 강민호』(문학동네, 2018)」, 『문학과사회』 123호, 2018 가을.

9. 「적대와 우정 사이의 모호한 타자」, 『실천문학』 137호, 2020 가을.

10. 「너희도 신처럼 되리라: 이기호의 『목양면 방화 사건 전말기』 성경에 빗대어 읽기」, 『문학 선』 64호, 2020 여름.

11. 「서사의 향락, 혹은 신 없는 세계의 두려움과 떨림: 윤이형, 『러브 레플리카』(문학동네, 2016)+최정화, 『지극히 내성적인』(창비, 2016)」, 『자음과모음』 32호, 2016 여름.

12. 「공-동적 사건의 비평을 위하여: 문학이라는 커먼즈와 비평의 문제」, 『창작과비평』 180호, 2018 여름.

13. 「비평, 또는 사이-형식의 시간(들)」, 『시인동네』 66호, 2018년 10월.

14. 「삶의 비평과 일상의 비평: 체화된 이론의 시간을 기다리며」, 『리얼리

스트』 2015년 제13호.

15. 「비평의 무의식과 비평가의 자의식」, 『웹진 문화 다』 2015년 12월호.

16. 「문학, 노동 바깥의 노동을 위한 시론」, 『POSITION』 31호, 2020 가을.

17. 「기초예술의 예술적 기초: 사회예술에서 사회적 예술로의 도정」, 『아르 코공론장』 2021년 8월.

사건과 형식

소설과 비평, 반시대적 글쓰기

초판1쇄 펴냄 2022년 3월 31일

지은이 최진석
펴낸이 유재건
펴낸곳 그린비
주소 서울시 마포구 와우산로 180, 4층
대표전화 02-702-2717 | **팩스** 02-703-0272
홈페이지 www.greenbee.co.kr
원고투고 및 문의 editor@greenbee.co.kr

주간 임유진 | **편집** 홍민기, 신효섭, 구세주, 송예진 | **디자인** 권희원, 이은솔
마케팅 유하나, 육소연 | **물류유통** 유재영, 한동훈 | **경영관리** 유수진

ISBN 978-89-7682-679-4 03800

學問思辨行: 배우고 묻고 생각하고 판단하고 행동하고
독자의 학문사변행을 돕는 든든한 가이드 _그린비 출판그룹

그린비 철학, 예술, 고전, 인문교양 브랜드
엑스북스 책읽기, 글쓰기에 대한 거의 모든 것
곰세마리 책으로 통하는 세대공감, 가족이 함께 읽는 책